UN BRIVIDO
NELLE OSSA

JANE SEVILLE

Triskell Edizioni

Pubblicato da
Triskell Edizioni di Barbara Cinelli
Via 2 Giugno, 9 - 25010 Montirone (BS)
http://www.triskelledizioni.it/
Questa è un'opera di fantasia. Nomi, personaggi, luoghi e avvenimenti sono il frutto dell'immaginazione dell'autore. Ogni somiglianza a persone reali, vive o morte, imprese commerciali, eventi o località è puramente casuale.

Prodotto in Italia
Prima edizione – giugno 2016
Edizione Ebook 978-88-9312-082-1
Edizione Paperback 978-88-9312-101-9

Dedicato a ogni lettore che mi ha offerto il suo sostegno, rivolto un elogio, una critica, o un semplice ringraziamento.

Sapete a chi mi riferisco. Mi aiutate a scrivere da molti anni, e senza tutto ciò non sarei la scrittrice che sono ora, né sarei la scrittrice che spero ancora di diventare.

A narrow fellow in the grass
Occasionally rides—
You may have met Him,—did you not,
His notice sudden is.

The Grass divides as with a Comb,
A spotted Shaft is seen,
And then it closes at your Feet
And opens further on—

He likes a Boggy Acre,
A Floor too cool for Corn—
But when a Boy, and Barefoot,
I more than once at noon,

Have passed, I thought, a Whip lash
Unbraiding in the Sun
When stooping to secure it
It wrinkled, and was gone—

Several of Nature's People
I know, and they know me—
I feel for them a transport
Of Cordiality—

But never met this Fellow
Attended or alone
Without a tighter Breathing
And zero at the bone.[1]
                    —Emily Dickinson

---

[1] La poesia è presente nel volume in lingua originale del libro perché il
titolo in inglese, "Zero at the bone", richiama appunto il finale di questa
poesia di Emily Dickinson

CAPITOLO 1

L'odore delle stanze dei motel economici gli era di conforto, come la sua T-shirt più vecchia e logora. Disinfettante, piedi sporchi, e quel sapore forte e acido di sporcizia e disperazione che cercavano di mascherare e rendere gradevole con lenzuola fresche di bucato e quei copriletto rigidi che parevano carta vetrata contro il sedere, quadri acquistati in saldo sulle pareti e schifezze impacchettate che non erano tanto sapone quanto l'idea di come un sapone dovesse essere.

Le camere dei motel come quella avevano conosciuto molti uomini senza nome, ma lui si chiese se per caso fosse il primo ad averla scelta deliberatamente. Firmò sul registro con uno pseudonimo senza significato e pagò in contanti. Poteva permettersi di soggiornare in posti migliori, ma ciò avrebbe significato tirare fuori una delle sue impressionanti varietà di identità fasulle, e non le utilizzava a meno che non fosse assolutamente necessario. Ciascuna, una volta usata, lasciava un'impronta superficiale tra le dune sabbiose in movimento della sua esistenza, che preferiva mantenere immacolata e anonima. Anche se non ne avesse avuto la necessità, avrebbe in ogni caso preferito stanze come quella. Gli andavano a pennello, dandogli la confortante sicurezza dell'anonimato. Ogni volta che aveva soggiornato in sistemazioni più gradevoli si era innervosito come l'ultimo pisello rimasto in una lattina. Gli occhi del mondo potevano vederlo in posti del genere. In luoghi come quello in cui si trovava ora, invece, riusciva a transitare senza lasciare traccia e gli occhi del mondo guardavano altrove.

Si sfilò la giacca annusando l'odore di fumo e di birra svaporata che gli erano rimasti addosso dall'ultimo locale in cui

1

aveva trascorso la serata. Non sapeva perché andava avanti così. I bar, come le stanze dei motel, erano sempre gli stessi. Non andava in quelli con le luci al neon accattivanti o con drink sofisticati. Gli piacevano quelli col parcheggio in ghiaia e i tetti incurvati, il genere di locali che esibivano cartelli dipinti a mano con su scritto che quello era il "Bar di Un Nome". La gente andava in quei posti per due ragioni: per ubriacarsi quanto bastava per dimenticare le loro vite miserabili, o per rimorchiare. Nessuna delle due cose lo interessava. Non poteva affermare che alla sua vita non avrebbe fatto bene un po' di oblio, ma non era stato ancora inventato un alcolico che gli consentisse di riuscirci, ed era più che certo di non avere intenzione di rimorchiarsi qualcuno.

Ogni tanto pensava che avrebbe dovuto, anche solo per salvare l'apparenza di far parte della razza umana. Non sarebbe stato difficile. Di solito le puttane che bazzicavano quei locali gli si avvicinavano nel momento in cui varcava la soglia, squadrandolo per vedere se era buono per una scopata, un pasto gratis, e magari per vivere in un bilocale e per pagare i conti. Si muovevano sulla pista da ballo, esponendosi come scimmie allo zoo, appoggiandosi troppo vicino a lui al bar, esalando una mistura sgradevole di Love's Baby Soft e sudore stantio.

L'idea sporadica che forse non avrebbe dovuto dormire da solo ogni notte della sua vita non era sufficiente per fargli prendere veramente l'iniziativa. Era da parecchio tempo che qualcuno non gli si avvicinava in quel modo. E visto il tipo di lavoro che svolgeva, doveva stare attento. Essere abbastanza vicino da scopare, significava anche essere abbastanza vicino perché qualcuna di loro cercasse di fargli la pelle, magari con un pugnale nascosto tra le pieghe degli short di jeans. Una parte della sua mente, che ricordava cosa significava la civiltà, sapeva che non era normale essere così paranoico. Ma non poteva farci nulla. Quella nave era salpata.

Così andava nei bar, si faceva una o due birre, se ne stava tranquillo, osservava la gente e se ne andava. Se fosse rimasto più a lungo, gli occhi su di lui sarebbero diventati troppi. Sempre gli occhi, che lo osservavano di traverso, come se sapessero. Cosa potevano sapere di uno straniero che si faceva una birra in un bar? Non sapevano un cazzo. Ma gli occhi erano sempre su di lui, e che fosse vero o meno, l'idea che potessero sapere lo faceva andare via.

Si stese sopra il copriletto, accendendosi una sigaretta e fissando il soffitto. Poteva dire a Josey che era solo una precauzione, e a se stesso che era paranoia, ma lì su quel copriletto simile a carta vetrata, dove c'erano solo lui e quei quadri a poco prezzo, non poteva negare che era sempre solo in quelle stanze dimenticate da Dio, perché tette e culi in offerta semplicemente non erano così interessanti per lui. Non gli piaceva pensare a quanto si fosse spinto nell'abisso, al punto che persino la lussuria gli era ormai del tutto estranea.

Almeno avvertiva la fame, il freddo e la voglia di nicotina. Quanto ci sarebbe voluto perché anche quelle sensazioni animali lo abbandonassero? Alla fine sarebbe rimasto con nient'altro che le sue capacità, utili per un'unica professione, e la testa piena di cose che non voleva sapere? Magari si era distaccato così tanto dal mondo che non avrebbe più sudato né pisciato, né sentito quelle stupide canzoni nella testa. Gli avevano detto più e più volte che avrebbe dovuto diventare una macchina, ma non aveva veramente creduto che l'avrebbe fatto. Ora aveva imparato la lezione.

Spense il mozzicone di sigaretta e la luce sul comodino. Si chiese se avrebbe dovuto provare a farsi una sega. Sarebbe stato carino se fosse stato capace almeno di quell'atto di narcisismo, ma non era in grado di farsene una da molto tempo. Mesi? Anni? Non riusciva a ricordare. Il deserto aveva rimosso dai suoi ricordi la maggior parte degli indicatori, come date e stagioni. Là tutto era sempre caldo e luminoso e bruciante.

Mise la sveglia. L'indomani non poteva fare tardi all'incontro con Josey, e c'era ancora parecchia strada fino al Nevada.

Jack voleva solo lavarsi via il sangue dalle maniche. Era incrostato tra le pieghe delle nocche e coagulato tra i peli sui polsi. Tutti i giorni si trovava sprofondato nel sangue fino ai gomiti, ma mai senza la protezione offerta dal camice, dai guanti, da qualcosa di asettico… sterile. Non riusciva a smettere di fissarlo: i bordi delle chiazze insanguinate sul bianco della camicia, le macchie più scure sulle mani. Voleva solo che gli fosse concesso di alzarsi, lasciare la sala degli interrogatori e lavarsi. O cambiare la camicia. O andarsene a casa e piangere.

Le probabilità che accadesse erano remote. «Ci pensi di nuovo, dottor Francisco.»

Non si preoccupò di sollevare lo sguardo per vedere chi gli stava parlando. Erano tutti uguali. Diventavano un'entità senza nome che gli poneva domande, lo circondavano con le loro uniformi blu navy, stuzzicandolo e punzecchiandolo, e non l'avrebbero lasciato andare a casa. «Ve l'ho già detto.»

«Ce lo dica di nuovo.»

«Mi stavo dirigendo verso la mia macchina.»

«Nel parcheggio.»

«Sì.»

«Che piano?»

«Il decimo.»

«Perché aveva parcheggiato così in alto?»

«Sono arrivato tardi al lavoro oggi; è stato il primo posto che ho trovato.» Riusciva a sentire la sua stessa voce, piatta e senza intonazione. Si era ridotto tutto a quello: una ripetizione meccanica di una delle giornate peggiori della sua vita. «Ho visto tre persone in piedi nello spazio vuoto accanto alla macchina.»

«Che tipo di macchina?»

«Era una Escalade nera. Non so di che anno. L'ultimo modello. Non ho preso il numero di targa. La donna era in piedi contro la portiera. Ho controllato per vedere se aveva bisogno di aiuto, poi ho visto il coltello.» Sentì nuovamente la vergogna che gli saliva nel petto, tentando di soffocare le parole. «Avrei dovuto aiutarla,» disse.

«È stato un bene che non l'abbia fatto, o sarebbe morto anche lei. Poi cos'è successo?»

«Mi sono accovacciato dietro la macchina. Il tipo alto l'ha pugnalata. Lei non ha gridato. C'è stato quel suono aspirato, simile a un ansito. L'ho sentita cadere. I due uomini

4

sono saliti sull'Escalade e sono partiti.» Deglutì. «Non mi hanno notato.»

«Lei ha visto distintamente gli uomini?» Jack annuì. «Poi cos'ha fatto?»

«Sono corso verso di lei per vedere se potevo aiutarla. Ho cercato di fare pressione sulla ferita mentre chiamavo il 911.» Si passò una mano sugli occhi. «È morta prima che arrivassero i paramedici.»

Silenzio. Jack sollevò lo sguardo. Gli uomini erano preoccupati. Si guardò intorno. Stavano aspettando qualcosa. Non si prese la briga di chiedere cosa.

La porta si aprì ed entrò un altro uomo con un fascicolo. Non si presentò né si fece riconoscere dagli altri; si sedette semplicemente accanto a Jack. «Dottor Francisco, la donna che ha visto uccidere era Maria Dominguez. Doveva testimoniare sulle attività connesse alla droga del suo ex marito.»

«Quindi… quegli uomini… erano…»

«Sì.» L'altro uomo incrociò il suo sguardo. «Non voglio dirle delle stronzate, dottor Francisco. In questo caso lei è il nostro biglietto vincente alla lotteria. Non abbiamo mai avuto un testimone che potesse identificare qualcuno della famiglia Dominguez nell'atto di commettere un crimine.»

«Vuole dire che non ne avete mai avuto nessuno che abbia vissuto tanto a lungo da testimoniare.»

L'uomo sospirò. «Lei vivrà. Glielo prometto.»

Josey stava aspettando al drive-in dove avevano programmato d'incontrarsi. Il luogo sembrava trovarsi direttamente "Ai confini della realtà". Sembrava abbandonato da anni: tutto era scolorito dal sole del deserto. Erbacce marroni ammosciate si addensavano attorno alla base di pali vuoti che una volta erano stati altoparlanti, piantati a file regolari come lapidi. Non si sarebbe sorpreso se uno di loro lo fosse stato davvero. *Dev'essere un buon posto per seppellire dei corpi*, pensò. *Nessuno che vede, a parte il grande occhio cieco dello schermo cinematografico.*

Lei era seduta sul cofano della macchina. «Sei in ritardo, D,» disse mentre lui si avvicinava.

5

«Scegli un luogo per darci appuntamento che non sia nel mezzo di un fottuto nulla, poi ne riparliamo sul fatto di essere in ritardo. Cos'hai per me?»

«Niente che t'interesserà, probabilmente.»

«Qualcosa dev'essere. Mi hai fatto venire qui.»

«Giuro, non so perché ti tengo sulla lista. Così schizzinoso, cazzo.»

«Le regole sono regole.»

Lei sospirò e aprì la ventiquattr'ore. «L'opportunità più interessante di oggi è questa,» disse, tendendogli il fascicolo. Lui dette una scorsa al contenuto e gli bastarono cinque righe per sapere che non l'avrebbe preso in considerazione. «D, sono un centinaio di pagine,» lo implorò Josey mentre lui le restituiva il fascicolo. Cercava sempre di appiopparglie   ne alcuni di quel genere, sebbene lui non riuscisse a capire perché, dopo tutto quel tempo, lei pensasse ancora che prima o poi avrebbe capitolato, accettando.

«Non mi faccio una donna solo perché quello stronzo di suo marito è imbarazzato dal fatto che lei si scopi il bagnino. Il prossimo.»

«Questo?»

Per il secondo ci vollero solo due righe prima che glielo restituisse. «Non mi occupo di poliziotti.»

«Okay, signor Cazzo di Moralista Superiore, che mi dici di questo?»

Lui iniziò a leggere e proseguì. Quello era... fattibile. «Mh.»

«Oh, hai davvero intenzione di prenderlo in considerazione? Potrei pisciarmi nei pantaloncini dalla gioia.»

«Non ho mai sistemato un mercante d'arte.»

«Dovrebbe essere una passeggiata. Un tipo come questo crede di essere intoccabile.»

Lui sospirò. «Quanto?»

«Cinquanta.»

Si infilò il fascicolo sotto la giacca. «Tre giorni.» Iniziò ad avviarsi.

«Sai,» disse Josey, «tutti questi di cui non ti occuperai, li darò semplicemente a uno degli altri. Verranno comunque

6

evasi.»

D si fermò ma non si voltò. «Sì?»

«Quindi se verranno comunque sistemati, perché t'importa che non sia tu a occupartene?»

Lui scosse il capo. «Visto che hai bisogno di chiedere il perché, non ho intenzione di scomodarmi per rispondere.»

Jack era seduto nel soggiorno in penombra. Be', tecnicamente non era il *suo* salotto. Apparteneva a Jack Macintosh, chiunque fosse. Aveva la patente di guida di Jack Macintosh in tasca e la posta in corridoio era indirizzata a quell'uomo mitico, da qualunque posto provenisse. Chi era? Cosa faceva per vivere? Jack Macintosh era un professionista nell'attendere. Attendere che arrivasse il momento di prestare giuramento e dire a una giuria quello che aveva visto. In quel momento, comunque, Jack Macintosh stava scorrendo la guida della TV via cavo in cerca di qualcosa d'interessante. Il dottor Jack Francisco non era lì. Ma Jack Macintosh aveva tutto il tempo del mondo per riflettere sugli eventi che lo avevano condotto in quell'impersonale casa ammobiliata a Henderson, in Nevada.

Deve assaggiare un biscotto.

Un biscotto aveva condotto Jack in quel luogo, migliaia di chilometri lontano dalla sua vecchia vita. Stava uscendo dal suo ufficio quando una delle infermiere l'aveva salutato. «Prenda un biscotto, dottor Francisco!» gli aveva detto la donna. Lui aveva esitato. Era possibile che fosse solo l'ultimo assalto nella campagna in corso, sostenuta da alcune infermiere e colleghi medici, per sedurlo servendosi dei dolci.

Non aveva nemmeno fame. Ma mmm… i biscotti. Così ne aveva preso uno. Cos'era tutta quella fretta, dopotutto? Arrivare a casa nel suo appartamento buio dove il compagno della serata sarebbe stato probabilmente qualunque cosa avessero trasmesso su TCM quella notte?

Se non fosse stato per quel fatidico biscotto, si sarebbe perso l'omicidio di Maria Dominguez e sarebbe stato ancora in quell'appartamento oscuro, con i suoi mobili, i suoi libri, a guardare Robert Osborne mentre presentava un film tra i capolavori di Bette Davis o Joseph Cotton. O George Sanders, se Jack fosse stato molto fortunato.

Beh, ho comunque Robert, pensò cambiando canale. Se c'era una cosa su cui si poteva contare in quel mondo era che, in qualsiasi momento, Robert Osborne avrebbe parlato di film dal suo salotto fasullo negli studi della TCM.

I fratelli Dominguez sapevano che lo Stato aveva un testimone. Il fortunato Jack aveva visto Tommy Dominguez e Carlos Alvarez uccidere Maria. Quindi adesso era a Las Vegas e la sua patente portava il cognome di un estraneo. «Nessuno viene da Las Vegas,» aveva detto il suo contatto. «È facile nascondersi là.»

Si sarebbe nascosto fino a che non fosse giunto il momento di testimoniare. E dopo avrebbe dovuto nuovamente nascondersi. Stava cercando di non pensare troppo al fatto di lasciarsi alle spalle la sua carriera. L'idea di non essere più un chirurgo, di non essere in grado di fare ciò per cui si era preparato per la maggior parte della sua vita adulta era straziante. Ma che scelta aveva? Doveva aiutare a condannare quegli uomini. Magari avrebbe dovuto abbandonare tutto, ma sarebbe stato vivo, che era più di quanto poteva dirsi per Maria o per le dozzine di altri uomini che quegli individui avevano ucciso, o avrebbero ucciso in futuro, se Jack non avesse dato il suo contributo per fermarli. Quello era ciò che continuava a ripetersi. Qualche volta funzionava anche. Non era di gran conforto quando giaceva sveglio nel cuore della notte dispiacendosi per se stesso, ma era tutto ciò che aveva e doveva attaccarsi a quel pensiero.

Posò il telecomando mettendosi comodo. *All About Eve* stava per iniziare. Jack sorrise. Almeno quella notte qualcosa stava andando per il verso giusto.

Josey aveva ragione. Il lavoretto del mercante d'arte era una passeggiata.

Attese nella camera da letto, l'ultimo ospite che quell'uomo avrebbe intrattenuto lì. Si sedette sul letto, respirando tranquillamente. Era una gran bella camera. Si chiese se il mercante d'arte avesse mai fatto sesso lì, o se si fosse solo fatto una sega guardando i libri d'arte. Si chiese che genere di visitatori potessero essere stati lì, se fossero uomini o donne.

Il contratto era semplice. Ottenere la prova fotografica dei misfatti di quell'uomo, poi disfarsi di lui. Aveva già trovato lo studio e documentato ogni cosa. Ciò che quell'individuo aveva portato avanti in quel luogo era una piccola truffa, fredda e incruenta. Non era certo dei dettagli, ma da quello che era riuscito a capire, il tipo aveva ricevuto i pezzi d'arte con un giro di documenti loschi; la maggior parte dei pezzi erano stati rubati dai nazisti, poi le loro storie erano state ripulite in modo che i collezionisti e i mercanti d'arte potessero fare una fortuna svendendoli sottobanco alle famiglie dei sopravvissuti.

Quella merda non va bene. Era ciò di cui aveva bisogno per rendere la cosa accettabile. Era abbastanza... più o meno.

Sentì la porta principale aprirsi e chiudersi. Attese. La pazienza non era un problema per lui.

Ci volle un'ora perché il piccolo uomo entrasse nella stanza. Era a malapena sulla soglia quando D gli ficcò la freccetta nel collo. Lo trascinò verso il letto e lo sistemò. «Non riuscirai a fare alcun movimento,» disse, «ma sicuramente potrai parlare.» Estrasse il suo iPod, inserì il microfono e l'uomo parlò. Parlavano sempre. Non sapevano che a D non importava quello che avevano da dire. Non sapevano mai che la cosa non li avrebbe aiutati.

L'uomo rovesciò gli occhi all'indietro. A D tornò in mente un cervo che aveva dovuto uccidere quando il primo colpo non l'aveva finito. Suo padre era rimasto in piedi alle sue spalle dicendo: «Devi finire quello che hai iniziato.» Aveva usato un coltello, dritto al cuore dell'animale. «Finiscilo, figliolo, fino a quando il sangue non pomperà più.»

Talvolta si faceva delle domande riguardo a quella questione, alla luce della sua scelta professionale. Qualche volta lo sognava anche.

Il mercante d'arte iniziò a negoziare con lui, come facevano spesso. Gli offrì il doppio di quello che aveva ricevuto. Si scusava per qualsiasi cosa avesse fatto per far arrabbiare D. D non si degnò di rispondere. All'uomo non sarebbe servito a niente sapere che non era lui quello che aveva fatto arrabbiare.

Due spari al cuore. D non mirava mai alla testa; era una cosa che creava troppa confusione.

Si diresse allo Starbucks dietro l'angolo; odiava il loro caffè, ma adorava la connessione Wi-Fi. Mandò un'e-mail a Josey con un messaggio vuoto attraverso un server anonimo, con oggetto "Fatti le TETTE GROSSE APPENA POSSIBILE!!!" Significava che il lavoro era stato portato a termine. Se nell'oggetto si parlava di ingrandire il pene significava che il lavoro era stato interrotto, mentre le Torride Puttane Asiatiche indicavano che c'era stato un ritardo. Scaricò le foto e l'MP3 della confessione del mercante d'arte, poi salvò tutto in una chiavetta usb. La fece scivolare nella busta che Josey gli aveva dato col contratto, poi ripulì l'hard disk. Gettò la busta in una cassetta postale e il portatile in un camion della spazzatura che passava. La videocamera e l'iPod erano suoi; tornarono nelle sue tasche.

Una passeggiata.

Josey non c'era all'incontro successivo. Lui attese per un'ora ma lei non si fece vedere. D avvertiva un accenno di insolita preoccupazione nelle viscere. Avrebbe dovuto essere addestrato per certe cose, ma il suo arrugginito io emotivo occasionalmente gli lanciava ancora dei segnali. Non erano esattamente coinvolti in affari a basso rischio, e uno qualsiasi fra diversi possibili destini spiacevoli poteva aver colpito la sua sola collega di lavoro.

Si diresse a casa e trovò un'e-mail della donna. L'oggetto era "Procurati del VIAGRA a basso costo!!!" Significava che qualcosa era andato storto.

Si armò e salì in macchina, dirigendosi al rifugio Se c'era un problema, Josey l'avrebbe incontrato là.

Infatti c'era un problema, sotto forma di tre uomini corpulenti che parevano usciti dal catalogo *Hired Muscle Weekly*. D era a malapena arrivato alla porta quando si gettarono su di lui. Ebbe una frazione di secondo per chiedersi come avessero trovato quel posto prima che gli bloccassero le braccia, trascinandolo all'interno. D sbatté la testa all'indietro, contro uno dei loro nasi, e udì uno scricchiolio soddisfacente. Spinse contro quello che ancora lo stava trattenendo e scalciò verso l'alto colpendo la mascella di quello di fronte a lui. Chiaramente non si aspettavano che lui ingaggiasse una lotta.

Sfortunatamente l'elemento sorpresa non durò a lungo, e dopo pochi secondi l'avevano gettato sul divano del salotto. Sollevò lo sguardo e si ritrovò davanti due canne di pistola, e fu obbligato a rivalutare le sue intenzioni di opporre resistenza. Josey era legata a una sedia vicina, contusa e sanguinante. «Stai bene?» le chiese.

Lei annuì. «Mi dispiace, D,» disse poi. La sua voce suonava stridula, come se qualcuno l'avesse strangolata. «Non so come mi abbiano trovata.»

«Non dire nulla,» le ricordò. Probabilmente non era necessario. Persino picchiata e legata, Josey era probabilmente tre passi avanti col pensiero.

Il più basso dei loro nuovi amici, presumibilmente la mente della squadra, si avvicinò a lui. «Abbiamo un lavoro per te,» disse.

«Scelgo da solo i miei incarichi, stronzo,» ringhiò D.

Cervellone gli gettò un fascicolo. «Lei dice che non accetteresti questo lavoro se potessi scegliere. Quindi noi non ti concediamo di scegliere. Lo accetterai.» D iniziò ad aprire il fascicolo. «Non c'è bisogno di aprirlo,» disse Cervellone. «Tutto quello che devi sapere è che lo farai.»

«O cosa?» chiese D. Non importava, a dire il vero. In quel momento loro erano nella posizione di minacciarlo in qualunque modo volessero. La sua stessa vita, la sua identità, la vita di Josey, con una morte lenta e dolorosa paragonata a quella rapida che D avrebbe inflitto.

A quanto sembrava erano arrivati preparati. Cervellone gettò a D un altro fascicolo, facendogli cenno di esaminarne il contenuto. D lo aprì. «Che io sia fottuto,» disse, ponendo un freno all'orrore sordo che gli cresceva in gola. Il fascicolo era pieno di immagini. Sue. Mentre andava e veniva dalla scena di ciascun lavoro che aveva svolto negli ultimi sei mesi. Tutte riportavano la data. Lanciò un'occhiata a Josey, e gli venne in mente che poteva essere stata lei a tradirlo, ma l'espressione sul volto di lei dissipò i suoi dubbi.

«Accetterai il contratto. Abbiamo prove che ti collegano a mezza dozzina di omicidi su commissione solo quest'anno. Ti prenderai sei mesi sulla sedia elettrica.» Cervellone sorrise e D pensò nuovamente a quel cervo che aveva ucciso. «Hai una settimana. Dopodiché, queste foto e un certo numero di altre prove documentali molto interessanti finiranno all'FBI.»

«E dopo che tutto sarà finito? Non intendo essere la vostra marionetta per sempre,» borbottò.

«Il mio principale non è interessato a te. Puoi tornare al tuo lavoro… abituale. Quando è fatto, è fatto.» D sollevò un sopracciglio. Comprese all'istante che il tizio era uno di quelli che immaginavano sempre di essere in un film di Tarantino. Conosceva il tipo. Quel genere di persone che pensavano fosse fantastico tenere le pistole sui fianchi, cosa che nella realtà nessuno faceva.

Cervellone e i suoi scagnozzi se ne andarono. D si diresse verso Josey e la liberò dalle corde. «Mi dispiace,» ripeté lei. «Mi hanno obbligata a condurli qui e a mandarti il messaggio concordato.»

«Non importa,» disse lui, mentre la sua attenzione era rivolta al contratto che gli avevano gettato in grembo. Aprì il fascicolo e iniziò a leggere, sapendo che non gli sarebbe piaciuto, e così fu.

Josey stava osservando il suo volto. «Perfino io non te l'avrei mai mostrato.»

«Un fottuto *testimone*?» ringhiò D. «Quindi adesso devo uccidere un passante innocente per un qualche cosiddetto signore della droga? Cazzo.» Gettò il fascicolo di lato e si passò una mano sui capelli quasi rasati. «Comunque come cazzo hanno fatto a pedinarmi?»

«Non lo so. Devono aver piratato le mie registrazioni.»

«Pensavo non potesse accadere.»

«Non lo credevo infatti.» Lui si alzò dirigendosi alla finestra, sentendosi gli occhi di Josey sulla schiena. «Devi farlo.»

«Lo so.»

«No, voglio dire che devi.»

«Ho detto che lo so, cazzo.»

«D… è quello che fai.»

«So quello che faccio, maledizione, e questo non ne fa parte.»

«Sei pagato per uccidere la gente.»

D serrò la mascella. «Quando se lo meritano.»

Silenzio. «Come si chiama questo tipo?»

Non aveva bisogno di consultare il fascicolo. Un'occhiata ed era già nella sua testa. «L'organizzazione lo dà come Jack Macintosh. Il nome vero è Jack Francisco.» D scosse la testa. «Dottor Jack-maledetto-Francisco. Ha visto qualcosa che non doveva e ha le palle di alzarsi e dichiararlo. E io devo mettergli un proiettile in corpo per questo motivo.»

# CAPITOLO 2

Era stata un'altra lunga giornata di ozio e Jack era esausto.

La sua vita, anche se non influenzata da responsabilità e obblighi, stava iniziando a farsi dannatamente priva di scopo. Era vivo per nessun'altra ragione che non fosse il supporto vitale alle cellule cerebrali, affinché ricordassero l'omicidio di Maria Dominguez. Una volta che l'avesse vomitato e che fosse stato registrato da uno stenografo, scolpito nella pietra del sistema giudiziario, lui avrebbe anche potuto sparire. Cercò di mantenere la mente concentrata sui giorni dopo la testimonianza, ma quei giorni avevano iniziato a farsi sentire crudelmente inconsistenti, come i miraggi ondulati nel deserto, con colori mutanti che ingannavano la vista. Per cosa doveva ancora vivere? Non poteva comunque tornare al suo lavoro, che era tutto ciò di cui realmente gli importava.

Di solito trascorreva le giornate andando in giro in macchina. Le attrazioni turistiche e i casinò di Las Vegas non lo interessavano. Era attirato dalla distesa piatta e senza fine del deserto che circondava quelle oasi di cromo e acciaio, dai grandiosi esempi della natura che la gente ignorava per dirigersi a quel dannato spettacolo del Cirque du Soleil. Era stato alla Hoover Dam e al lago Meade, aveva esplorato il deserto all'interno e fuori del circondario periferico di Henderson. Qualche volta parcheggiava su qualche strada desertica e camminava senza meta, ascoltando il silenzio e sentendo la pelle che si cuoceva. Quel giorno, per la prima volta, aveva guidato lungo la Strip ed era rimasto scioccato da quanto sembrasse strana alla luce del giorno. Ciò che di notte diventava abbagliante e meraviglioso, sotto il sole implacabile pareva soltanto deforme e stranamente pacchiano. Era come andare in un nightclub a mezzogiorno, quando ciò che di notte era attraente si rivelava essere niente più che una scatola nera sporca dove le scarpe s'attaccavano al pavimento.

Entrò in casa, sospirando di sollievo per il soffio gelato dell'aria condizionata (teneva il termostato puntato su "congelamento carne"), e gettò le chiavi sul tavolo dell'ingresso. Il sollievo ebbe vita breve.

C'era un uomo seduto nel suo salotto, e lo osservava.

Jack si bloccò, la mano sospesa a mezz'aria dopo aver iniziato a salire con l'intenzione di lisciare i capelli gonfiati dal vento. La saliva gli si asciugò in bocca.

L'uomo pareva rilassato, ma Jack sapeva che non lo era. Indossava jeans, una T-shirt bianca e un soprabito nero sportivo. I capelli erano a malapena visibili sul suo cranio e gli occhi erano nascosti dagli occhiali da sole. In grembo aveva una pistola argentata col silenziatore.

L'uomo si alzò, la sua corporatura dinoccolata si allungò con scricchiolii appena percettibili. Jack si chiese da quanto tempo lo stesse aspettando.

La mascella di Jack era rigida quando cercò di parlare; il suo volto era intorpidito in un modo che lo fece pensare a quando spalava il vialetto d'accesso in gennaio. «Chi sei?» gracchiò. L'uomo non rispose. Attraversò il salotto con falcate sicure e regolari e lo afferrò per il braccio. Lo strattonò in avanti mettendolo seduto sulla sedia Eames. L'uomo fece un passo indietro e si piantò davanti a lui, una minaccia calma con un'intenzione mortale. Jack lo fissò, con la mente vuota. Gli interruttori del suo cervello erano scattati bloccando il flusso delle emozioni. «Come mi hai trovato?» chiese. Era meno di una domanda evasiva e più una legittima curiosità. Dava quasi per scontato che i fratelli Dominguez avrebbero trovato un modo per arrivare fino a lui, ma era rimasto così colpito dall'accuratezza del suo spostamento che non sapeva come diavolo *chiunque* potesse trovarlo in quel luogo.

Tuttavia non era esattamente una sorpresa che qualcuno ci fosse riuscito.

Jack fece dei respiri lenti. *Morirò da un momento all'altro.* Il pensiero era sorprendentemente privo di potere. L'idea della morte non aveva alcuna forza se paragonata all'ineluttabile certezza della cosa. Era un dato di fatto. Non c'era bisogno di avere paura. Era quasi un sollievo non dover avere più paura.

L'uomo che era venuto per ucciderlo era proprio lì, in piedi, lo sguardo fisso in qualche punto sopra la testa di Jack, la pistola lungo il fianco. Sollevò la mano libera massaggiandosi la fronte, poi iniziò a camminare lentamente avanti e indietro davanti a lui. Gli occhi di Jack lo seguivano, mentre il suo corpo era incollato alla sedia come se vi fosse stato fissato con una cinghia. Qualcosa nella postura dell'uomo, nel linguaggio del corpo... un minuscolo spettro di speranza si agitò, facendosi strada nella sua mente.

Non vuole farlo.

Jack trattenne il respiro, osservando l'andatura del killer. *Non essere stupido. Lo farà, che gli piaccia o meno.*

L'uomo non lo guardava. Camminava, e quelle lenti scure e assenti si muovevano avanti e indietro come l'insensibile occhio di una videocamera di sicurezza. Il cervello di Jack fece una connessione casuale e si ritrovò a pensare a *2001: Odissea nello spazio*. «*Apri la saracinesca esterna, HAL.*» Quello era ciò che lo sguardo invisibile dell'uomo gli ricordava. Lo sguardo da ciclope di HAL, che tutto vede. «*Mi dispiace, David, purtroppo non posso farlo.*»

Non startene lì seduto come una pecora muta in attesa di essere macellata. Fai qualcosa, per Dio. Se non riesci a fare qualcosa almeno di' qualcosa.

Jack deglutì faticosamente, sentendo uno schiocco nella gola riarsa. «Non farlo,» disse. *Bella battuta, stronzo. Come se prima d'ora questo tizio non avesse mai sentito qualcuno implorare per la sua vita.* Jack si raddrizzò un poco con le spalle. *Non ho intenzione di supplicare. Non importa quello che accadrà. Non ho intenzione di supplicare.* «Non devi farlo.»

L'uomo smise di camminare, poi si sedette sul divano di fronte a lui e guardò in basso verso la propria pistola. Jack lo osservava, cercando di leggere qualcosa nella sua espressione, il che era dannatamente difficile con il cuore che gli batteva così velocemente da rendergli la visuale tremolante. Gli interruttori

16

si stavano resettando. Il terrore si stava diffondendo nel suo corpo, privandolo di qualunque forza d'animo fosse stato in grado di raccogliere. *Dio, non voglio morire. Non in questo modo. Non in questo modo.*

Il killer aveva abbassato la testa ora, la pistola stretta in entrambe le mani. Jack sentì venir meno il suo esile autocontrollo. Stava tremando in modo incontrollabile. *Per favore, fa' solo che non mi pisci addosso. So che lo farò in ogni caso quando i proiettili mi trapasseranno la testa, ma non quando sono ancora responsabile delle mie azioni. Concedimi questo, almeno.*

L'uomo si alzò e fece due passi verso Jack, che sedeva immobile sulla sua sedia preferita. Sollevò la pistola puntandogliela alla testa. Jack trasse un respiro e chiuse gli occhi, la bocca arricciata in un'espressione di terrore. Il suo respiro entrava e usciva attraverso i denti serrati come se avesse corso per un paio di chilometri, e attese. *Come sarà? Farà male? Da un momento all'altro... non lo sentirò affatto, o sarò semplicemente morto? Spero che non faccia male. Da un momento all'altro...*

Trascorsero cinque secondi. Dieci. Quindici. Jack aprì un occhio con cautela. Il killer era ancora in piedi sopra di lui, la pistola puntata alla sua testa, ma non aveva fatto fuoco. Con uno sforzo, Jack guardò oltre la canna della pistola – che pareva riempire il mondo intero – e vide la mascella serrata dell'uomo e le sue labbra strette in una sottile linea bianca.

Non vuole farlo. Il pensiero ritornò, più forte stavolta. Jack fissò l'imboccatura della canna della pistola, quel cerchio scuro di morte, e una calma improvvisa scese su di lui. Tutto d'un tratto seppe esattamente cosa fare. *Parla. Circuiscilo. Fa' in modo che ti parli. Digli il tuo nome. Renditi una persona.*

«Non lo farai,» disse, stupito di quanto calme suonassero le sue parole. Aveva smesso di tremare.

La testa del suo probabile killer si voltò leggermente e si chinò in modo interrogativo. Non parlava ancora.

Jack scosse il capo. «Lo avresti già fatto.» Sollevò una mano col palmo in avanti. *Va tutto bene. Non sono una minaccia.* «Come ti chiami?» chiese. *Grandioso. Adesso sembri un bambino di cinque anni nell'area giochi durante la ricreazione che cerca di farsi amico il ragazzino più figo della classe e spera che non lo riduca in polvere per averlo disturbato.*

Il killer non rispose, né a parole né in altro modo. Sembrava non averlo nemmeno sentito. «Mi chiamo Jack Francisco. Io, ehm… immagino che tu lo sappia, però. Sono un medico. Te l'hanno detto? Sono un chirurgo maxillofacciale.» L'uomo fece un passo indietro. Un piccolo fremito di trionfo percorse i nervi tesi di Jack. *Ce la sto facendo.* «Vengo da Baltimora.» L'uomo alzò entrambe le mani verso il viso, la pistola ancora stretta nella destra. «Ehi…va tutto bene,» disse Jack. «Non devi farlo. Sai almeno perché sei qui? O perché ci sono io? Ho visto uccidere qualcuno, e adesso…»

«Lo so,» ringhiò improvvisamente il killer, le prime parole che avesse detto. Si era tolto le mani dal volto rivolgendo le lenti scure dei suoi occhiali da sole su Jack, che riusciva quasi a percepire quei fanali su di sé, come i raggi di un buco nero che succhiava calore da lui invece che posarvisi sopra. «So maledettamente bene cos'hai visto,» ripeté lui.

Jack deglutì faticosamente. *Non lasciarti andare adesso. L'hai fatto parlare.* «Guarda, non so cosa ti hanno detto i tuoi capi…»

«Quelli non sono i miei capi,» disse il killer, le labbra ancora arricciate in un mezzo sogghigno, la voce come il ringhio di un animale messo alle strette. «Fottuti signori della droga.» Scosse il capo. «Non prendo ordini da quelli come loro.» Iniziò nuovamente a camminare. «Non sono una loro proprietà. Figli di puttana. Non faccio un lavoro solo perché me lo dicono loro.» Jack lo osservava. L'uomo pareva non rivolgersi più realmente a lui.

Il cervello gli vorticava troppo velocemente; i pensieri si sparpagliavano in tutte le direzioni come bambini incapaci di mantenere la presa su una giostra in un parco giochi. Riuscì a catturarne uno con i polpastrelli insensibili. *Non vuole farlo, ed è irritato per il fatto di essere stato obbligato a farlo. Usa questa cosa. Infiltrati sotto la sua pelle.* Jack si spostò un poco sulla sedia. *Ma non farlo incazzare.*

Giusto. «Quindi lavori per i fratelli Dominguez?» chiese. «Ti pagano bene per fare il loro sporco lavoro?»

Il killer si arrestò mentre camminava, e incredibilmente

fece una risatina. «Ti stai prendendo gioco di me, Francisco?» chiese.

Sentire il suo nome pronunciato a voce alta dall'uomo che era stato mandato lì per farlo fuori diede a Jack un brivido sgradevole. *Dilettante,* si schernì da solo. «Voglio solo sapere se hai intenzione di uccidermi o cosa.»

Il killer – la mente di Jack stava iniziando a pensare a lui come a HAL – si voltò di scatto, la pistola nuovamente sollevata verso la sua testa. «Potrei farlo anche adesso,» disse. «Non voglio farti perdere tempo.»

Jack si ritrasse. «Nessuna fretta.» HAL annuì, poi riprese a camminare. *Parlagli. Più gli parli più sarà difficile per lui giustiziarti. Più a lungo tergiverserai, minori saranno le probabilità che prema quel grilletto.* «Quindi non lavori per loro.»

«No, cazzo.»

«Allora perché sei qui?»

«Non sono affari tuoi.»

«Hai intenzione di uccidermi?» chiese Jack.

HAL sospirò. «Non lo so.»

«Potresti semplicemente andartene. Io… non dirò a nessuno che sei stato qui. Non chiamerò la polizia né lo sceriffo o chiunque altro. Lo giuro.»

L'uomo tirò su col naso. «Pensi che m'importi di chi puoi chiamare? Non è questo il problema.»

«Oh,» disse Jack, non sapendo più cosa dire. Quell'uomo non aveva timore della legge. «I fratelli? Immagino che darebbero di matto se non mi uccidessi.»

HAL scosse il capo, prendendo posto nuovamente sul divano. «Non lo immagini nemmeno, Doc,» grugnì.

Il tipo non era una fighetta, D doveva concederglielo. Se ne stava seduto lì, su quella bella sedia, e cercava di circuirlo in qualche modo. Lo stuzzicava insinuando che lui fosse la puttana dei Domínguez, schiaffeggiandolo con le parole per vedere la sua reazione. Aveva pensato che il tizio sarebbe stato una fighetta. Medico in una grande città, una sorta di specialista, secondo il dossier. Pensava che se la sarebbe fatta sotto, iniziando a frignare nel momento stesso in cui avesse visto la pistola. Non l'aveva fatto, però. Aveva solo quello sguardo distante migliaia di chilometri che aveva visto in un sacco di persone, quello sguardo che diceva che erano andati più lontano che potevano, e ora la morte era lì ed era giunto il momento di offrirgli il ventre e far fuoriuscire le viscere. Era il momento in cui un fusibile esplodeva nella mente, così che le sensazioni non paralizzassero tutto il cazzo di cervello.

Ma si era ripreso abbastanza velocemente. Cercava di spingerlo a parlargli. Gli aveva chiesto come si chiamasse, gli aveva detto il suo nome. Aveva tentato d'intavolare una fottuta *conversazione* con lui. D aveva sentito una gran quantità di implorazioni, pianti, giuramenti e mercanteggiamenti, ma non era mai stato oggetto della messa in pratica di insegnamenti di un corso di psicologia.

Ora D si domandava perché aveva pensato che Francisco sarebbe stato una fighetta. Il tipo aveva le palle per testimoniare contro i fratelli. Doveva averle, sapendo cosa aveva da guadagnarci, vale a dire un biglietto di sola andata per la protezione testimoni e una vita intera da passare guardandosi alle spalle.

D si era preparato per farlo. Aveva trascorso due giorni a macinare quel concetto dentro di sé, così che non avrebbe dovuto impegnare il cervello quando sarebbe stato il momento, sperando di riuscire a lasciarselo alle spalle. Si trattava solo di far sedere il tipo, piazzargli un paio di colpi, chiudergli gli occhi se necessario e andarsene. L'aveva fatto dozzine di volte. Centinaia, forse. Quel caso non sarebbe stato diverso.

Ma era differente, e non c'era alcun motivo per fingere altrimenti. Era abituato a uccidere la gente che si era meritata il genere di morte che lui gli portava. Era persino giunto a pensare a quella cosa come al suo contributo nei confronti della società. Ripulire dalla feccia. Gente che aveva ucciso, violentato, ferito, rubato. Gente cattiva. Ma Francisco non era uno di loro.

Non farlo, sai cosa succederà. Loro non si daranno la pena di spedire quelle foto a chicchessia. Arriveranno da te e anche da Francisco a pistole spianate. Probabilmente un paio di loro ti stanno già alle calcagna, giusto per assicurarsi che tu faccia il lavoro perché sanno che non sei così desideroso di farlo.

Quindi perché ti avrebbero scelto, in primo luogo?

Quella era la domanda che non riusciva a togliersi dalla mente. I fratelli avevano fatto dei considerevoli sforzi per assicurarsi i suoi servigi, erano arrivati al punto di farlo pedinare per mesi. C'erano dozzine di altri professionisti che avrebbero eliminato Francisco senza battere ciglio o perderci un minuto di sonno. Sapevano che D non era di quel genere. Quindi perché lui?

Forse volevano soltanto farti perdere la verginità facendoti uccidere un uomo innocente, in modo che fosse più facile la volta successiva. Magari volevano farti abituare alle esecuzioni come tu avresti fatto con un cavallo alla sua prima sellata.

Tutto ciò gli riportò alla mente l'idea latente che Josey potesse in qualche modo aver orchestrato tutto quanto. Non aveva fatto mistero che la sua riluttanza di condurre in porto determinati incarichi fosse un fardello per lei. *Magari vuole solo spingermi a farlo. Forse è stufa delle mie stronzate. Magari lei sa...*

Comunque non riusciva a venirne a capo. *Non può essere. Se lo sapesse, io sarei già morto...*

E ora ecco lì Francisco, che pensava di aver compreso tutto. «Immagino che si arrabbierebbero se non mi uccidessi,» aveva appena detto, come se avesse scoperto qualche stupefacente rivelazione di quello stramaledetto universo.

Arrabbiati, certo. I fratelli avrebbero pestato i piedi dicendo, "Maledizione, è andato di nuovo tutto all'aria," e poi avrebbero alzato le mani in segno di esasperazione. "Non riusciamo proprio a impedire a Francisco di spedirci in galera," avrebbero aggiunto poi, sedendosi in attesa di essere arrestati.

Arrabbiati. Come vespe a cui viene calpestato il nido. Pazzi come un fottuto uragano, ed era proprio una cosa simile che si sarebbe abbattuta su di lui. Non su di lui... su di *loro*. Perché se avesse deciso di non uccidere Francisco non avrebbe potuto lasciarlo lì. Avrebbero semplicemente mandato qualcun altro.

È quello che fanno sempre, bisbigliò una voce calma e familiare. *Tu non ucciderai gente innocente, quindi loro manderanno semplicemente qualcun altro. Non ti è mai importato prima.*

Non era vero. Non da molto tempo. Ma quello era diverso, comunque. Non aveva mai spianato la pistola in faccia a qualcuno per poi risparmiargli la vita. Risparmiarlo significava mantenerlo in vita, e se non aveva intenzione di uccidere Francisco, allora non l'avrebbe fatto neppure qualcun altro.

Se non lo farai, dovrai scappare. E dovrai portarlo con te perché non durerà due giorni una volta che i fratelli capiranno che è ancora vivo e tu sei sparito dalla circolazione.

Fottuto Francisco. Non poteva essere un irritante mocciosetto che si buttava sulle ginocchia e lo implorava di risparmiargli la sua miserabile vita? Non poteva essere uno stronzo rotto in culo che strangolava segretamente i gattini o qualcosa di simile? Se lo fosse stato, magari avrebbe potuto tirare quel grilletto.

Fallo e basta. Fallo, cazzo. Puoi sopportarlo. Ma non puoi vivere con ciò che accadrà se non lo farai, e non c'è bisogno di farti un disegnino. Ci vuole solo un secondo. Due spari. Chiudi gli occhi mentre lui ti osserva come se stesse guardandoti attraverso le ossa. Stronzo, perché continua a fissarmi in quel modo? La maggior parte delle persone distoglie lo sguardo. Guarda il pavimento, il soffitto, le loro stesse mani, in qualsiasi direzione all'infuori di me. Sono gli occhi dannatamente più grandi che abbia mai visto in un uomo, più blu del cielo giù a Bryce Canyon. Grandi a sufficienza da contenere tutta la sua vita così che io la possa vedere, la vita che loro vogliono che io gli tolga, la vita che dovrò stare qui a vedere andarsene. Stupidi figli di puttana che uccidono uno dei loro e poi mi costringono a far piazza pulita per loro come se mi avessero marchiato.

D sospirò. Quella cosa gli rodeva ma non c'era scelta.

«Non ne hai idea, Doc,» borbottò HAL. Poi, con meraviglia di Jack, sollevò la mano e si tolse gli occhiali da sole. Chiuse gli occhi prima che Jack potesse persino vedere di che colore fossero, mentre aggrottava le sopracciglia. Con la mano libera si pizzicò la radice del naso, come se gli stesse venendo il mal di testa. Rimase seduto in quel modo per alcuni lunghi istanti. A Jack sembrava come di avere i sensi amplificati, affinati fino a diventare ipersensibili a causa della pistola ancora stretta nella mano destra di HAL. Era consapevole del ronzio dell'aria condizionata, della collosità della sua pelle umida dovuta al contatto con la sedia di cuoio, del fruscio dei vestiti di HAL contro i cuscini del divano, del suono ovattato delle macchine che transitavano e dei bambini che giocavano. *La gente sta vivendo là fuori. Come possono farlo? Io sono qui con una sorta di assassino prezzolato con una pistola, con la quale potrebbe spararmi in qualsiasi momento, e nel frattempo la gente va a fare la spesa, scopa, prepara da mangiare e guarda quella fottutissima Oprah.*

HAL lasciò cadere la mano e si alzò. Jack cercò di non indietreggiare mentre i suoi occhi incrociavano quelli del suo presunto killer per la prima volta. Senza gli occhiali da sole, l'idea di automa che si era fatta di lui era svanita e sembrava solo... un uomo. Un uomo con zigomi forti e pronunciati e occhi castani che avrebbero potuto essere caldi, se non fossero stati colmi di quella piatta rassegnazione.

Lui sospirò, il sospiro di un uomo che portava sulle spalle un carico pesante. «Alzati, Francisco,» disse.

In qualche modo, Jack si staccò dalla sedia e si alzò. Le gambe parevano di gelatina. «Vuoi guardarmi negli occhi quando mi sparerai?» chiese.

Il killer gli rivolse un leggero scuotimento del capo che significava chiaramente *Dio, con che razza di idioti devo avere a che fare*. «Prepara una borsa.»

Jack sbatté le palpebre. «Una... una borsa?»

«Tu vieni con me.»

«Col cavolo che vengo!»

HAL sollevò nuovamente la pistola. «Hai dimenticato chi comanda qui?»

«Guarda, se non hai intenzione di spararmi, vattene semplicemente da casa mia e dimenticheremo entrambi che sia mai accaduto.»

L'uomo scosse nuovamente la testa come se non riuscisse a credere alla stupidità di Jack. «Credi che i fratelli dimenticheranno? Se io non ti uccido, manderanno qualcun altro a farlo, probabilmente qualcuno che lo farà più lentamente e con maggiore spargimento di sangue.»

«Il programma di protezione mi troverà un altro posto. Non mi scoveranno.»

«Ti hanno trovato qui. Ti troveranno di nuovo.»

«Non vengo da nessuna parte con te.»

«Hai una cazzo di voglia di morire?» gli sibilò HAL. «Quei figli di puttana mi staranno dietro per non averti ucciso e ti staranno alle calcagna per non essere ancora morto, e nessuno può proteggerti da loro! Nessuno, hai sentito? Né gli sceriffi, né la polizia e nemmeno quegli stramaledetti poliziotti di quartiere! La tua unica possibilità è quella di stare con me!»

Jack sbatté le palpebre, incerto se stesse sentendo davvero ciò che pensava di sentire. «Cosa? Stai dicendo che... adesso tu vuoi *proteggermi*?»

«Vuoi vivere? Devi venire con me. È questo che sto dicendo.»

«Devi essere fuori di testa se credi che io abbia intenzione di fidarmi di te!» urlò Jack.

HAL gli afferrò la camicia e lo strattonò in avanti fino a che furono petto contro petto, la canna della pistola schiacciata sotto il mento di Jack. S'irrigidì ma non abbassò lo sguardo mentre l'uomo lo osservava. «Non devi fidarti di me. Devi solo fare quello che dico. Adesso. Prepara. Una. Borsa.»

D camminava nel salotto di Jack, fumando. Quell'uomo era qualcosa di dannatamente particolare. Contraddirlo, quando invece avrebbe fatto meglio a cogliere l'occasione al volo. Pensare che quel dannato programma di protezione dei testimoni gli avrebbe salvato il culo da mammoletta. D si chiedeva cosa avrebbe detto Francisco se lui gli avesse rivelato che probabilmente i fratelli erano venuti a sapere del luogo in cui si trovava comprando l'informazione da qualcuno nell'ufficio dello sceriffo.

Prendiamo la macchina di Francisco. Probabilmente qualcuno sta tenendo d'occhio la casa. Dato che sono entrato dal retro, si spera che non sappiano che sono qui. Ce ne andiamo con la sua macchina, mi accuccerò, magari penseranno unicamente che stia andando a fare la spesa o qualcosa del genere. Dobbiamo provare a partire in vantaggio.

Un vantaggio per dove? D non aveva idea di dove andare una volta usciti. Nessuno dei luoghi abitualmente sicuri lo era più. I fratelli probabilmente sapevano della loro esistenza se l'avevano pedinato, o potevano pestare Josey affinché glielo dicesse. Ripensò ai rifugi che non usava da lungo tempo, posti di cui nessun altro era a conoscenza, e soppesò i loro vantaggi tattici.

Riusciva a sentire Francisco che sbatteva le cose al piano di sopra. Udì qualcosa cadere e rompersi e un rabbioso: «Dannazione!»

Sei un idiota a lasciargli preparare i bagagli da solo. Potrebbe nascondere una pistola o un coltello o Dio solo sa cos'altro nella sua borsa e coglierti di sorpresa nel sonno. Il che era vero. In un certo senso D quasi sperava che Francisco tentasse una cosa del genere. Almeno gli avrebbe suggerito con che razza d'uomo aveva a che fare. Uno che avrebbe offerto la giugulare a un maschio dominante? O uno che l'avrebbe morso al collo, sfidandolo?

L'uomo arrivò quasi ruzzolando giù per le scale, all'apparenza spossato mentre trasportava uno zaino sulla spalla. «Okay, ho preparato una dannata borsa. Soddisfatto?»

D schiacciò la sigaretta sul tappeto. «Sarò soddisfatto quando saremo lontani da qui da cinque ore. Andiamo. Prendiamo la tua macchina.»

Jack uscì dal vialetto e D si rannicchiò sul sedile posteriore in modo che nessuno potesse vederlo. «Va bene, dove abbiamo intenzione di andare?» gli chiese.

«Vai a nord, fuori città.»

«Come vuoi.» Guidava tranquillamente, stando attento a non aumentare la velocità e a non passare col rosso. Gli venne in mente che probabilmente poteva riuscire ad attirare l'attenzione di un poliziotto, o fare segnali a qualcuno in cerca d'aiuto... ma come sarebbe finita? Che aiuto gli potevano offrire? E ne aveva realmente bisogno? Non era stato esattamente rapito.

Sono in fuga, pensò freneticamente. *In fuga con un sicario che doveva farmi la pelle. Quale sarà la prossima mossa? Una femme fatale? Un inseguimento in macchina? Magari avremo una resa dei conti in qualche magazzino abbandonato come in quei film d'azione mal riusciti che mandano in onda su TNT il sabato pomeriggio.*

Jack scosse il capo per lo stupore. *A dire il vero, se fosse un film, tu saresti una donna affascinante e andresti a letto con HAL entro il secondo tempo.*

«Controlla se qualcuno ci sta seguendo,» disse HAL dal sedile posteriore.

«Come faccio a saperlo?»

«Ehm... guarda nello specchietto retrovisore.» Jack si stava stancando di quell'*idiota* sottinteso che pareva aggiunto alla maggior parte delle considerazioni di HAL. E si stava *realmente* stancando di pensare a quell'uomo come HAL.

Continuò a tenere d'occhio gli specchietti per alcuni minuti. «Non ci sta seguendo nessuno.»

«Ne sei certo?»

«Sono sicuro.»

HAL si sedette, poi sbirciò oltre il cruscotto. «Devi fermarti a fare benzina.»

Jack si fermò alla più vicina stazione di rifornimento. Stava quasi per inserire la carta di credito nel distributore quando sentì una mano sul braccio. «Contanti. Paga alla cassa. Non possiamo lasciare tracce.» *Idiota.*

«Non ho contanti.»

HAL sospirò pesantemente. «Ce li ho io.»

Jack osservò il suo improbabile compagno ritornare con due bottiglie d'acqua in mano dopo aver pagato la benzina. «Fammi guidare,» disse lui.

Jack fu lieto di lasciargli il sedile del guidatore e si allacciò la cintura. Stappò la sua bottiglia d'acqua e quella di HAL, sistemandole negli appositi sostegni. HAL gli rivolse un'occhiata. «Grazie,» disse, sembrando sorpreso per quella piccola cortesia.

«Grazie per non avermi sparato.»

HAL sbuffò mentre tornavano indietro sulla strada. «Ti direi prego nessun problema, ma per la verità è davvero un grande problema del cazzo.»

Guidarono in silenzio per alcuni chilometri. «Quindi adesso mi dirai come ti chiami?» chiese Jack. «Non posso continuare a chiamarti HAL.»

L'uomo corrugò le sopracciglia. «Perché dovresti chiamarmi HAL?»

«È una storia lunga. Quindi? Tu sai il mio nome. Dimmi il tuo.»

«Meno sai di me, meglio è.»

Jack fece spallucce. «Bene. Basta che non t'importi se mi rivolgo a te con "ehi, tu".»

Un battito. Un sospiro. «Chiamami D.»

«D?»

«Hai chiesto il mio nome, te l'ho detto.»

«Sì, è solo che… be', la maggior parte delle volte la D è seguita da altre lettere. Come –onald, o –avid.»

D lo fissò per alcuni secondi, poi parve rilassarsi. «D va bene.»

Jack annuì. «Piacere di conoscerti, D.»

⊕CAPITOLO 3

Jack non disse nulla mentre D guidava in quelli che parevano cerchi tortuosi e contorti intorno ai sobborghi di Las Vegas, prendendosela comoda e svoltando ogni tanto a sinistra e a destra, rinchiuso di nuovo in se stesso. Gli occhi erano in allerta; Jack sospettava che stesse ancora osservando se qualcuno li stava seguendo.

Finalmente D si fermò in un vicolo dietro un'area commerciale e parcheggiò la macchina. Si allungò verso il sedile posteriore, estrasse il portatile dalla borsa e lo accese, tenendolo in equilibrio sulle ginocchia. Jack cercava di mantenere un atteggiamento di nonchalance e indifferenza, come se tutti i giorni parcheggiasse nei vicoli con killer prezzolati e quello non fosse nulla di nuovo.

Dette una scorsa allo schermo del portatile di D. Sembrava Google Maps. «Ehm... cosa stai facendo?» chiese finalmente, quando fu chiaro che D non avesse intenzione di dargli volontariamente quell'informazione.

«Dobbiamo procurarci delle targhe nuove per questa macchina,» borbottò D. Le parole gli uscirono con riluttanza, risentito di dover sprecare fiato per spiegare le proprie azioni.

Jack si accigliò. «Come? Non credo che le vendano su Amazon.»

Quello gli fece guadagnare un'occhiataccia fulminante. «Dobbiamo rubarne un paio.» *Idiota.*

«Oh.» Suppose di doversi sentire a disagio al pensiero di perpetrare dei furti, ma dopo aver testimoniato per un omicidio ed essere quasi stato il protagonista di un altro, non riusciva a sviluppare alcuna forma d'indignazione per un paio di targhe. Targhe... una lampadina si accese nella sua testa. «Aspetta!

Questa la so! Aeroporto, parcheggi a lungo termine, giusto?»

D sospirò. «Vedi troppi film.»

«Non va bene?»

Le lenti degli occhiali da sole di D ruotarono nella sua direzione. «Quando lasci il parcheggio dell'aeroporto, devi pagare il tipo per uscire. Potrebbe ricordarsi di qualcuno che arriva e poi esce nuovamente. Non possiamo permetterci di essere notati.» Si voltò verso il portatile.

«Quindi... cosa stai cercando? Il magazzino delle targhe su e-Bay?»

Un mezzo sorriso increspò il volto di D. «No. Ho trovato qualcosa di meglio.»

«Stai scherzando.» Jack si guardò intorno confuso mentre entravano, fermandosi nel parcheggio della casa di riposo. D svoltò sul retro, lontano dal parcheggio dei visitatori. Fermò l'indefinibile Ford Taurus fornita dal programma di protezione di Jack e scese. Dopo un attimo di esitazione (*piccolo furto*) Jack lo seguì. «Una casa di riposo?»

D lo ignorò, girando la testa avanti e indietro mentre ispezionava le auto. Jack improvvisamente comprese che quelle erano le auto che appartenevano ai residenti della casa. La maggior parte erano macchine adatte agli anziani: eleganti berline, imperturbabili e tranquille, e nessuna di loro era nuova. Il parcheggio pareva in stato di abbandono; molte macchine avevano foglie morte e altri detriti impilati attorno agli pneumatici e la polvere trasportata dalla pioggia segnava i finestrini. Il retro della casa di riposo era appartato e non visibile dalla strada. Erano soli. Di colpo D si fermò e abbassò il mento, puntando una macchina come un cane da caccia fa con la preda. «Quella,» borbottò, facendo un cenno verso una Toyota vicina.

«Perché quella?» bisbigliò Jack, sentendosi trasparente ma seguendo D verso la macchina.

«La polvere indica che non viene mossa da un po' di tempo.»

Jack tirò la manica di D. «No, quella è meglio,» disse,

indicando una Buick alcune macchine più avanti.

D esitò. «Perché?»

«La targa è scaduta da sei mesi. Credo che nessuno la guidi proprio del tutto.»

Le lenti di HAL si fermarono per un attimo sul volto di Jack e poi D annuì. «Va bene,» fu tutto quello che disse, ma Jack individuò (o sperò di aver notato) una nota di ammirazione per la sua deduzione. *Magari potrei essere anch'io un assassino ninja*, pensò.

D estrasse un coltellino svizzero dalla tasca, si accovacciò accanto alla Buick e con un paio di giri riuscì a svitare la targa, poi si spostò davanti e ripeté la procedura.

Tornarono alla macchina e D scambiò le targhe, staccando da quelle presenti le attuali note di registrazione di Jack e mettendole poi su quelle rubate, infine gettò le targhe vecchie nel bagagliaio. «Non dovremmo metterle sulla Buick?» chiese Jack.

D lo guardò come se fosse pazzo. «Perché diavolo dovremmo farlo?»

«Be', nessuno noterebbe delle targhe sbagliate sulla Buick, ma la mancanza totale di una targa potrebbe spiccare.»

«Guardati in giro,» disse D con impazienza. «La gente non viene molto qui dietro; quando qualcuno se ne accorgerà ce ne saremo andati da un pezzo. Inoltre, se mettiamo le tue targhe su questa macchina e il fatto viene segnalato, sapranno che siamo stati qui e sapranno quali targhe abbiamo!»

Jack annuì, sentendosi come se meritasse davvero la definizione di *idiota*. «Va bene. Certo.»

Salirono in auto e lui non disse più nulla mentre D si dirigeva fuori città. Non appena si lasciarono Las Vegas nello specchietto retrovisore, l'adrenalina iniziò ad abbandonare il corpo di Jack e lui si spaparanzò contro la portiera del passeggero, la testa dolorante e i muscoli contratti. Nelle ultime ore era passato dalla vita sicura (sebbene monotona) di un testimone sotto protezione all'essere in fuga con un uomo che era giunto fino a casa sua per ucciderlo. Un uomo che pareva avesse deciso di non ucciderlo ma che non si preoccupava di *parlare* con lui. Il fatto di non riuscire a vedere nel suo futuro molto più del pezzo di autostrada che aveva davanti gli faceva mancare la terra sotto i piedi. «Dove siamo diretti?» chiese finalmente.

«A Quartzsite,» rispose D.

Era distante all'incirca quattro ore di viaggio, nel mezzo del nulla. «Cosa c'è laggiù?»

Sospiro. «Devo prendere della roba.» D pareva disturbato dal dover rispondere anche alla più semplice domanda, e l'irritazione crebbe nella gola di Jack.

«Sai, potresti anche darci un taglio, cazzo,» disse aspramente. D lo osservò velocemente, poi tornò a guardare la strada. «Sono bloccato in una macchina con un tizio che doveva uccidermi e questa è la *seconda* volta in un tot di mesi che la mia intera vita viene spazzata via e mi si chiede di starmene seduto qui tranquillamente senza fare domande? Sono dispiaciuto d'*infastidirti*, cazzo, ma qui sono io quello con un bersaglio sulla fronte.» Jack incrociò le braccia sul petto e cadde di peso all'indietro contro il sedile.

La risposta visibile di D a quella piccola invettiva fu il suo stringere leggermente le labbra. Con la coda dell'occhio, Jack notò il muscolo che si contraeva e si rilassava. Improvvisamente, D strattonò il volante verso destra e uscì abbandonando l'autostrada deserta, poi parcheggiò la macchina e si voltò sul sedile per guardare Jack in volto, togliendosi quei dannati occhiali da sole da HAL. «I fratelli Dominguez ti vogliono morto. Sono stato assoldato per ucciderti. Non sono del tutto certo che siano stati loro a darmi l'incarico. Quindi esiste la possibilità che ci siano due fazioni sulle tue tracce. In più, anche la polizia ti starà dando la caccia ora che ti sei tirato fuori. Fanno tre gruppi da cui dobbiamo stare alla larga.»

«Perché non possiamo permettere che la polizia ci trovi? Se sei così preoccupato per il mio benessere, loro sono gli unici…»

D lo interruppe. «Odio dovertelo dire, ma dobbiamo prendere in considerazione il fatto che chiunque abbia ordinato di ucciderti potrebbe aver ottenuto la tua posizione dall'interno del programma.»

Jack sbatté le palpebre. Era un pensiero inquietante.

«Come potrebbero…»

D agitò una mano come se fosse un dettaglio insignificante. «Potrebbero averli comprati, o rubato, piratato, estorto le informazioni. Non importa. Il punto è che non possiamo più fidarci di loro per nasconderti. In più, considerato che non ti ho fatto fuori, quelli che mi hanno assoldato, che siano o meno i fratelli, saranno sulle mie tracce. Hai afferrato la situazione?»

Jack deglutì faticosamente. «Fin troppo bene.»

«Nessuno dei miei nascondigli sarebbe sicuro. Ho delle riserve segrete nascoste fuori Quartzsite. Stiamo andando laggiù per il denaro e le armi. Poi dobbiamo procurarci una nuova identità. Dobbiamo andare a Los Angeles per quello, ma prima abbiamo bisogno di contante.» Durante tutto il discorso, gli occhi fissi di D non abbandonarono mai il volto di Jack, anzi lo trattennero inchiodato contro la portiera come fosse un'ameba sotto un microscopio.

«Okay,» disse Jack annuendo.

D sospirò. «Ma non credere di essere solo tu ad avere un bersaglio sulla fronte.» Si voltò nuovamente e si immise di nuovo in autostrada.

Guidarono in silenzio per una buona mezz'ora. Jack osservava la vasta distesa del paesaggio del sud ovest che scorreva all'esterno della vettura, cercando di liberare la mente dai pensieri… ma uno rimase ricorrente. «Cosa intendevi quando hai detto che potrebbero non essere stati i fratelli Dominguez ad averti assoldato?» chiese.

Ci volle del tempo prima che D rispondesse e Jack iniziò a domandarsi se avesse intenzione di farlo. «Non ho alcuna prova che fossero loro.»

«Il fatto che mi vogliano morto non è una prova sufficiente? Non credo che nessun altro ce l'abbia così tanto con me.»

D si schiarì la gola, muovendosi sul sedile. «Potrebbero essere più interessati a vedere se ti uccido piuttosto che a vederti morto.»

«Non capisco.»

«È possibile che ci siano delle persone che vogliono

vedere se io sarei in grado di ucciderti.»

«Perché potrebbero pensare che non lo faresti?»

«Non importa.»

«Bene, come vuoi.» Jack si fece nuovamente silenzioso. Il sole stava calando e a lui iniziava a venire sonno. Strizzò gli occhi verso il tramonto spettacolare che purtroppo si era perso distraendosi, e lasciò che le parole di D gli permeassero il cervello. Si rannicchiò nell'angolo del sedile e posò gli occhi sul profilo di D mentre lui guidava senza fermarsi, entrambe le mani sul volante, l'immagine della determinazione risoluta persino impegnato in una mansione così banale come la guida.

Con i capelli rasati e la barba corta, la testa di D sembrava essere stata sabbiata e spazzata dagli agenti atmosferici. Jack aveva trascorso la maggior parte della sua vita professionale sezionando il volto della gente, e il suo occhio da chirurgo gli mostrava le ossa sotto la pelle di D, sebbene paressero molto più in superficie di quelle della maggior parte delle persone. La linea della mascella era come un contrafforte volante, le sopracciglia come quegli altipiani che si stagliavano all'orizzonte. Il cranio era geologico nella sua architettura. Si potevano solo immaginare gli eventi sismici e le placche tettoniche che si erano succeduti nella sua vita per modellarlo in... qualunque cosa lui fosse.

Jack sapeva che avrebbe dovuto temerlo, e in qualche modo era così, ma nessuna impressione negativa o maligna emanava da quell'uomo. Sembrava solo rigidamente sulla difensiva, talmente tanto che si domandava se fosse persino possibile che avesse reazioni emotive, anche se in effetti aveva espresso emotività nel suo salotto, quando si era trovato a dover fronteggiare quell'incarico omicida. Da allora però era stato inaccessibile quanto il cactus saguaro che punteggiava il paesaggio.

Quanto vorresti essere accessibile se fossi un sicario? Jack trattenne un brivido. Quanta gente aveva ucciso D? Dozzine di persone? *Centinaia?* Quanti avevano implorato pietà? Quanti avevano famiglie, figlie e coniugi da mantenere? Quanti, come lui, non avevano fatto nulla all'infuori di essere nel posto sbagliato al momento sbagliato? Distolse lo sguardo, era riuscito a farsi venire i brividi da solo. *Questo tizio potrebbe decidere di ucciderti in qualsiasi momento, Jack. Solo perché oggi ti ha dato un'opportunità non significa che tu sia al sicuro, e faresti meglio a non dimenticarlo nemmeno per un attimo.*

Jack riconsiderò l'idea di cercare di fuggire. Probabilmente ne avrebbe avuto la possibilità, se fosse rimasto lucido. Era già successo. *Procurati un telefono e chiama il tuo contatto nel programma di protezione.* Era allettante, ma D aveva detto che poteva non essere sicuro. *Magari si era solo inventato la cosa in modo che tu non chiamassi le autorità.*

Jack si sfregò gli occhi. Stava pensando in modo confuso e ciò permetteva al mal di testa di aumentare. Il piano che D aveva descritto pareva abbastanza buono e lui era semplicemente troppo stanco per pensare a un motivo per non acconsentire.

Francisco l'aveva osservato per la maggior parte del viaggio. D gliel'aveva permesso senza dare a vedere di averlo notato, né gli aveva chiesto il perché. Se fosse stato al suo posto, anche lui avrebbe cercato di capirci qualcosa in tutto quel casino.

La strada asfaltata e deserta a due corsie non era il percorso più rapido per Quartzsite, ma era la meno battuta, ed era ciò che voleva. Facile accorgersi di un pedinamento, difficile farsi cogliere di sorpresa. Riusciva a percepire quanto fosse sbilanciato il gioco che stava conducendo e voleva concedersi qualunque vantaggio potesse avere. Non riusciva a scrollarsi di dosso la sensazione che fossero in pericolo, nonostante non avesse visto alcun segno di sorveglianza a casa di Francisco, né da quel momento in poi.

E riguardo a Francisco? Quell'uomo l'aveva sorpreso. L'osservazione sulle targhe che avevano rubato era stata acuta, e D si sarebbe preso a calci per non averla fatta lui stesso, ma poi le sue idee da romanzo di spionaggio sui parcheggi negli aeroporti e sul mettere le targhe della Taurus sulla Buick l'avevano ricondotto all'essere come un ragazzino che gioca a guardie e ladri. Francisco poteva aver appreso qualcosa dai libri e aveva una certa determinazione, ma in quegli occhi D riusciva a vedere lo spiraglio profondo di speranza che tutto sarebbe andato bene, reso ancor più degno di nota da quello che aveva passato di recente.

Francisco lo stava ancora osservando, ma in quel momento stava cercando di nasconderlo. Non sapeva che D riusciva a sentirsi addosso gli occhi di chiunque, il peso del loro sguardo su di lui, pesante come un acquazzone. Odiava trovarsi così vicino a quell'uomo ed essere così facilmente esposto al suo sguardo. Non era nulla di personale; solo che non lo voleva. E avrebbe dovuto tenerselo vicino in quel modo se non voleva che lo eliminassero sotto il suo stesso naso.

Vide Francisco tremare un poco. *Probabilmente sta ricordando la pistola che gli hai spianato in faccia qualche ora fa,* pensò D. *Dovresti concedergli qualcosa, almeno così capirebbe che non hai intenzione di sparargli e andartene, dopotutto. Devi far sì che si fidi un poco di te, altrimenti potrebbe cercare di scappare. Non puoi permettertelo. Non devi dargli la possibilità di andare dai poliziotti o darsela a gambe da solo e farsi saltar via quella dannata stupida testa.*

Dannazione, odio tutto questo. D si schiarì la gola. «Manca un'ora a Quartzsite,» disse.

Francisco sobbalzò per un attimo all'improvviso rumore dopo un'ora di silenzio. «Oh... ehm, bene. Credo.»

«Troviamo un motel e ci fermiamo per la notte.»

«Okay.» Francisco si era seduto un tantino più dritto e lo osservava di nuovo apertamente. «Quindi... solitamente non lavori per i fratelli?» chiese, approfittando subito dell'apertura che D gli aveva offerto.

«Non lavoro per nessuno.»

«Sei indipendente?»

D tirò su col naso. «Credo di sì.»

Francisco annuì, rimuginandoci sopra. «Non ho mai pensato che uomini come te fossero reali.»

«Uomini come me?»

«Lo sai. Assassini su commissione.»

Ciò provocò a D una breve risatina nasale. «*Assassini su commissione?* Quanti libri di Tom Clancy hai letto?»

Francisco sbatté le palpebre e poi rise sommessamente.

«Suonava un po' melodrammatico, non è vero?»

«Un po', sì.»

«Dimmi tu cosa sei, allora.»

D recuperò un pacchetto di sigarette dalla tasca della giacca e ne accese una, aprendo leggermente il finestrino. «Faccio semplicemente quel che faccio.»

«Ma solo per essere chiari, ciò che fai è uccidere su commissione, giusto?»

Sentirselo dire in quel modo fece stringere a D le labbra un poco di più attorno alla sigaretta. «Suppongo che sia così.»

«Quindi perché qualcuno potrebbe aver pensato che non mi avresti ucciso?»

«Eh?»

«Prima hai detto che qualcuno potrebbe volersi accertare che mi avresti ucciso. Perché non avresti dovuto farlo?»

«Perché non te lo meriti,» disse D piano.

Francisco sbatté di nuovo le palpebre. «Cosa?»

«Non hai fatto nulla che giustifichi tutto questo, Francisco. Sei stato testimone di un crimine e stavi aiutando a far rinchiudere quei bastardi. Non esiste alcuna ragione per ucciderti, non secondo i miei parametri.»

Francisco si era voltato sul sedile e ora lo stava fissando con interesse impassibile. «Mi stai dicendo che uccidi solo persone che lo *meritano*?»

«Queste sono le mie regole.»

«E chi si arroga il diritto di decidere? Tu?»

«Chi cazzo lo dovrebbe fare?»

«Che genere di persone sono? Chi lo merita, me lo dici?» Francisco si stava agitando. D aveva pensato che quel tipo di discussione l'avrebbe tranquillizzato, ma di certo non stava funzionando in quel modo.

«Be'… alcuni di loro sono assassini a loro volta. Alcuni sono mostri che hanno molestato dei bambini. In realtà, alcuni di quelli lì ho sistemato gratis. Tanti sono dei boss della criminalità. Alcuni sono dei protettori. Brutta gente.»

«Brutta gente,» ripeté Francisco. «Come te.»

D sospirò. «Sto solo ripulendo la feccia, Francisco.» Scosse il capo. «Non volevo farti incazzare,» disse.

«Mi dispiace,» reagì bruscamente Francisco. «Solo che non ho mai incontrato un killer professionista prima e ho qualche problemino con il concetto di moralità qui.» Si rilassò sul sedile, espirando. «Immagino che non dovrei giudicare. Le tue regole mi hanno salvato la vita, non è vero?»

«A quanto mi risulta.»

Trascorsero alcuni minuti di tensione, finché Francisco sospirò e le sue spalle si afflosciarono. «Io...»

«Non preoccuparti,» disse D interrompendolo. «Hai ragione. Io *faccio parte* dei cattivi.»

Francisco non disse nulla per un paio di istanti. «Non credo che tu sia cattivo,» mormorò poi.

Jack si svegliò spaventato per un dito che gli picchiettava sulla spalla. «Eh?» chiese, tirandosi su a sedere.

D era piegato su di lui, nulla più di un contorno buio nell'oscurità generale. «Siamo arrivati,» disse. «Vieni, ho bisogno di un paio di mani extra.»

Jack scese dalla macchina. Era così buio che non riusciva nemmeno a vedere le mani davanti al suo viso. «Cristo, è buio qui fuori. Come sai che siamo nel posto giusto?»

Il bagliore soffuso dello schermo verde a LED illuminò per un attimo il volto di D mentre gli porgeva una torcia. «GPS.» Poi accese la propria e Jack lo seguì a ruota. Mentre i suoi occhi si adattavano all'oscurità, riusciva a distinguere le grandi colline vicine e il terreno piatto e desertico sotto i suoi piedi. D camminava lentamente, puntando intorno il fascio di luce, fino a quando vide un albero di Yucca alto con i rami posizionati nella caratteristica forma a forcone.

«Molto appropriato,» borbottò Jack.

D si fermò alla base della pianta e puntò la luce sul terreno, strisciando con il piede il suolo desertico fino a che scoprì qualcosa di metallico. Si chinò e lo afferrò, e Jack vide che era la maniglia di una botola. D strappò via un pezzo di tessuto, scoprendo una serratura a combinazione. La ruotò a destra e a sinistra, poi diede uno strattone verso l'alto. La botola oscillò rimanendo aperta come una bocca affamata,

37

svelando una breve rampa di scale.

Jack seguì D nella cavità, con un po' di apprensione, ma era solo un vecchio bunker, verosimilmente un rifugio antiaereo abbandonato. D tirò una cordicella e una lampadina spoglia illuminò la stanza. Il bunker era polveroso e odorava di stantio; sugli scaffali erano impilate un certo numero di valigette d'alluminio. D iniziò a tirarle giù e ad aprirle; Jack riusciva a vedere che la maggior parte contenevano armi. Non sapeva nulla di armi da fuoco, ma D sembrava sapere cosa stesse cercando.

«Ecco, prendi questa,» disse, porgendo a Jack un borsone da viaggio. Lu lo tenne aperto mentre D ci gettava dentro armi e scatole di munizioni. Aggiunse una valigetta in pelle più piccola e poi aprì una lattina di caffè, all'apparenza innocua, ed estrasse uno spesso rotolo di banconote avvolto da un elastico, che poi si ficcò in tasca.

«Porca puttana!» disse Jack. «Dobbiamo prendere il controllo di un piccolo stato?»

D fece una risatina nasale. «Dobbiamo essere preparati.» Sollevò lo sguardo sul viso di Jack, accigliandosi. «Cosa?»

Jack fece spallucce. «È solo che...» Sospirò. «Sto iniziando a vedere svolazzare nella testa parole come "complice" e "favoreggiamento".»

D reagì a malapena. «Che mi dici di "morto in arrivo"? Ti piace di più?»

Jack annuì, stringendo le labbra. «Prendiamo più munizioni. Le munizioni sono una cosa buona.»

Una volta che la serratura di sicurezza e la catena furono assicurate, D si sentì immediatamente meglio. L'apparenza dimessa della stanza del motel gli era familiare, e mentre chiudeva le tende era come chiudere gli occhi del mondo su di loro. Nessuno poteva vederli lì.

Francisco era caduto di peso nel letto accanto al bagno, e fissava il soffitto. D si sedette sull'altro letto e sfilò le pistole. Verificò che fossero cariche e ne piazzò una sul comodino e l'altra sulla cassettiera.

«Sto morendo di fame,» disse Francisco. «Posso ordinare

una pizza?»

«La pizza va bene.»

Francisco si sedette, accigliandosi. «Oh, ne vuoi anche tu?»

«Ho fame anch'io.» D osservò l'espressione disorientata di Jack. «Cosa?»

Francisco si strinse nelle spalle, scrollandole. «Non lo so. È solo che è bizzarro che tu, voglio dire… mangi.»

D sollevò un sopracciglio. «Non lo fanno tutti?»

«Sembra che tu sia indifferente a tutto.»

Dannazione, lo vorrei. «Be', non lo sono. E mi piacciono i funghi.»

«Anche a me.» Francisco trovò l'elenco telefonico e ordinò le pizze. D ascoltò, scuotendo la testa mentre l'altro utilizzava abilmente le sue capacità nel convincere la pizzeria a portar loro anche una confezione di birre da sei. Dopo che ebbe riagganciato, attesero in silenzio, Francisco sul letto, D seduto sulla sedia accanto alla finestra. «Perché l'hai fatto?» chiese Francisco.

«Fatto cosa?»

«Accordarti per uccidermi. Hai detto che non uccidi persone che non se lo meritano, ma avevi intenzione di farmi fuori. Perché avresti infranto le tue regole?»

D sospirò e accese una sigaretta. *Questo stronzo non smette mai di parlare.* «Non avevo scelta.»

«Cosa, stavano tenendo in ostaggio il tuo gatto o qualcosa del genere?»

«Non ho nessun gatto.»

«Perché non avevi scelta?»

«Gli uomini che mi hanno assoldato avevano delle mie fotografie scattate durante altri servizietti che ho fatto.»

«Quindi ti hanno ricattato.»

«Sì.»

«Cosa impedisce loro di denunciarti adesso alla polizia?»

D si voltò a guardare Francisco, che se ne stava seduto lì sul letto a gambe incrociate come un ragazzino che racconta storie di fantasmi, così fottutamente naif che gli venne mal di denti. Quasi odiava essere colui che disilludeva quell'uomo da tutte le sue belle teorie. Dopo la vita che aveva condotto negli ultimi dieci anni, era carino sapere che al mondo c'erano ancora delle persone come Francisco, che pensavano che la vita potesse essere buona e dolce. «Niente. Potrebbero denunciarmi alla polizia in qualsiasi momento. Non lo faranno, però. Ho accettato il lavoro e non l'ho portato a termine, e adesso sto cercando di impedire a qualcun altro di prendere in consegna il mio incarico. Non hanno alcun interesse nel mandarmi in prigione. Vogliono solo vedermi morto.»

«Tu e io, entrambi.»

«Sì.»

«Quindi... siamo sulla stessa barca?»

D tirò su col naso. «Sembra quasi che speri sia così.»

«Francamente, se avessi della gente che mi dà la caccia, preferirei essere in fuga con qualcuno come te piuttosto che da solo. Sono in grado di guarire una palatoschisi a occhi chiusi, ma sarei inutile contro dei killer armati.»

«Di sicuro.»

Francisco rimase tranquillo per un attimo, ma D sapeva che non sarebbe durata, e così fu. «Quindi, per quanto tempo sei stato nelle forze armate?»

D lo guardò con sguardo tagliente. «Come fai a sapere che ero nelle forze armate?»

Francisco sorrise. «Non lo sapevo. Ora lo so. Una congettura fortunata. È solo che sembri il tipo. E non hai iniziato a portare i capelli in quel modo solo per seguire la moda.»

D si stravaccò sulla sedia. Lo preoccupava il fatto che Francisco riuscisse a capire le cose così facilmente. Di solito era orgoglioso di essere imperscrutabile. Oscuro, come la luna nuova, con nessuna caratteristica visibile. O lui stava perdendo colpi o Francisco era davvero fottutamente acuto. Aspirò la sigaretta per evitare di rispondere. «Sì, mi sono arruolato quando avevo diciotto anni.»

«Per quanto tempo ci sei rimasto?»

«Sette anni. Fino al 95.»

La cosa parve sorprendere Francisco. «Quanti anni hai?» chiese.

«Trentasei.»

«Anch'io! Ehm, non dimostri trentasei anni.»

«Davvero?»

«No. Pensavo che fossi più vecchio.»

D sbuffò. «Credo che dovrei sentirmi offeso.»

«Perché avresti lasciato la... cosa, l'Esercito? La Marina?»

«L'esercito. Che cazzo è questo, un quiz a premi?» D s'irritò, stanco dell'interrogatorio ma anche allarmato dalla quantità di informazioni personali che si stava lasciando sfuggire. Josey non sapeva nemmeno quanti anni avesse e adesso conosceva Francisco da otto ore e gli stava spifferando la dannata storia della sua vita. Ciò che era anche *più* allarmante era che aveva scoperto di voler raccontare ancora di più. Doveva troncare sul nascere quella merda. «Non siamo amici, Francisco,» ringhiò, sperando di suonare minaccioso. «Non sai nulla dei miei affari, e io non so nulla dei tuoi.»

Francisco fece spallucce. «Va bene, continua così. Dovremo trascorrere un sacco di tempo insieme e non possiamo rimanere seduti qui in silenzio tutto il tempo.»

«Perché cazzo no?»

Quelle parole parvero mettere alla prova la sua determinazione. Le spalle di Francisco si afflosciarono e D avvertì un lieve strattone dietro lo sterno all'espressione da cane bastonato sul suo volto, come un cucciolo che desidera solo che gli massaggino il pancino e non comprende come mai qualcuno possa resistere a tanta tenerezza. «Be'... non riesci almeno a chiamarmi Jack?»

D sospirò. «Sì. Credo di poterlo fare.» *E sai una cosa, Jack? Puoi chiamarmi... chiamarmi...* Ma quello non sarebbe accaduto. Quel nome non era più il suo, apparteneva a un uomo diverso che non esisteva più.

Jack s'illuminò. «Bene. Facciamo progressi.»

Progressi, pensò D, accendendo un'altra sigaretta dopo la prima. *Vuole fare progressi. Alla prossima vorrà parlare dei nostri traumi infantili e dei nostri colori preferiti e dei nostri pensieri più intimi e profondi.* Si aspettava di avvertire l'idea come ripugnante o terrificante, ma allo stesso tempo si rifiutò di sentirsi così.

Guardò fuori dalla finestra, respingendo la sensazione che potesse essere davvero piacevole rimanere seduto lì e raccontare tutto di sé a Jack Francisco, confessargli cose che non aveva mai detto a nessuno, solo per sentire che a qualcuno importava, e per tenere quei grandi occhi blu fissi su di sé il più a lungo che poteva.

CAPITOLO 4

Jack sbatté le palpebre disorientato, guardandosi attorno mentre il suo cervello confuso dal sonno cercava un senso a quell'ambiente estraneo. *Cosa diavolo... Oh, sì. Motel. Quartzsite. Quasi assassinato. Capito.* Si voltò sul fianco. D era seduto sulla sedia accanto alla finestra, completamente vestito in quelli che parevano gli stessi abiti che aveva indosso il giorno prima, e fumava una sigaretta. Non sembrava essersi mosso da quando Jack si era finalmente infilato nel letto la notte precedente. Quell'uomo aveva dormito? Anche lui aveva *bisogno* di dormire? Magari era uno di quei super soldati, geneticamente programmati e parte del programma governativo top-secret MK-Ultra, che non avevano bisogno di dormire e possedevano una memoria fotografica, ma si era ribellato contro i suoi superiori e i loro immorali esperimenti e si era messo in proprio per correggere il male che gli era stato fatto...

Jack si strofinò una mano sul volto. *Ha ragione. Leggo troppi romanzi di Tom Clancy.* «Hai dormito?» chiese.

D grugnì. «Abbastanza.»

«Hai... usato il letto?» L'altro letto non sembrava essere stato toccato.

«Mi ci sono sdraiato sopra.»

«Perché? Così da poter entrare in azione se fossimo stati colti di sorpresa?»

D lo osservò semplicemente, un sopracciglio leggermente sollevato. «Dobbiamo andare,» fu tutto quel che disse. «Vuoi fare colazione?»

«Possiamo anche farla con qualcosa di veloce a portar via. Ho voglia di mangiare qualcosa di davvero nocivo per me. Fanno dei donut ricoperti di pancetta?»

Alla fine si erano ritrovati da Golden Arches, e mentre si mettevano in viaggio sulla strada per Los Angeles, Jack si stava ripulendo l'unto lasciato dal McMuffin Bacon & Egg. «Dannazione, era disgustoso,» commentò. «Non sono molto amante dei fast food, di solito.»

«Hai mangiato tutto però, no?» D aveva preso soltanto un succo d'arancia extra large.

«Avevo fame. Tu no?»

«Non mi piace mangiare al mattino,» borbottò D. «Ho problemi di stomaco.»

«Oh, certo, allora quel succo d'arancia decisamente acido ti calmerà proprio lo stomaco. Il succo di frutta è tutto zucchero, lo sai.» La reazione di D fu la stessa di poco prima, ovvero alzò il sopracciglio, così Jack tacque. Per poco. «Dove stiamo andando?»

«A procurarci un'identità.»

«Quello lo so, ma dove? No, lasciami indovinare. Conosci un tizio.»

«Giusto, per una volta.»

«Sei sicuro che possiamo fidarci di lui? Hai detto che…»

«Possiamo fidarci di lui,» replicò D piattamente, il tono impediva qualsiasi discussione.

«Quanto tempo ci vorrà per avere dei documenti nuovi?»

«Non lo so. Vedremo. È facile scomparire a Los Angeles. Dovrebbe andare bene. Nessuno si accorge davvero di te a meno che tu non sia una sorta di stella del cinema, cosa che noi non siamo.»

Proseguirono il viaggio in silenzio. Jack era nervoso. Aveva pensato che sarebbe stato a suo agio allontanandosi da Las Vegas, ma pareva essere l'opposto. L'idea di tornare dove c'erano così tante persone era inquietante. Il deserto offriva un tipo di sicurezza solitaria. Era difficile nascondersi là. Nella città estesa, una città che aveva visitato solo una volta e detestato profondamente, il pericolo poteva essere in agguato a ogni angolo e dietro a ogni volto.

Jack sembrava un po' agitato. D non ne era sorpreso.

44

Los Angeles provocava quella reazione alla gente, persino a lui, sebbene non lo mostrasse. Non amava quella città e ci andava solo quando era assolutamente necessario. Nel suo lavoro era difficile evitarlo. Qualsiasi attività illegale a ovest del Mississippi doveva passare per Los Angeles, alla fine. C'erano cose che solo lì si potevano ottenere, come i documenti di cui lui e Jack avevano bisogno.

Non ne aveva fatto parola, ma era un po' ansioso sul fatto di mostrare la sua faccia nel club dove Dappa teneva il suo negozio. Era quasi impossibile che fosse l'unico a usare i suoi servizi e poteva incappare in qualcuno dei suoi avversari. Chiunque di loro poteva aver già sentito della taglia che senza dubbio pendeva sulla sua testa. Sperava che per una volta la parola non si fosse sparsa troppo velocemente, e che potessero entrare e uscire senza imbattersi in qualcuno di sua conoscenza.

Guidò attorno a San Bernardino fino a che non trovò un motel che pareva sufficientemente generico per i suoi scopi. Non abbastanza carino da attirare ladri, ma neanche tanto sudicio da essere popolato da farabutti che soggiornavano a basso costo per settimane. Era una linea sottile. «Prendiamo una camera?» chiese Jack.

«Dobbiamo. Non guido in città con un borsone pieno di armi, munizioni e denaro nel bagagliaio.» Jack annuì e lo aiutò a trasportare ogni cosa in camera, dove D chiuse tutto a chiave nelle valigette d'alluminio che aveva portato dal bunker, facendole poi scivolare sotto il letto. Entrambi si concessero un paio di minuti per rinfrescarsi un poco e Jack si cambiò su suggerimento di D. «Sembri uno fuggito da una cazzo di partita di softball. Mettiti i pantaloni e la giacca.»

Nel giro di mezz'ora erano di nuovo in macchina diretti in città. Jack guardava fisso fuori dal finestrino e pareva un ragazzino di periferia che vedeva il ghetto per la prima volta. Se aveva mai visitato Los Angeles, e D immaginò che probabilmente lo avesse fatto, di sicuro non era mai stato in quella parte della città.

Il negozio di Dappa era sotto un nightclub. D spesso si chiedeva perché la gente che non combinava nulla di buono possedesse quella dannata passione di aprire attività dietro, sotto, sopra o in qualche modo in prossimità di qualche cazzo di nightclub. Non si riusciva ad andare da nessuna parte senza quel dannato giro di basso che picchiava nel petto, quando tutto ciò che si stava cercando di fare era comprare armi al mercato nero o riciclare del denaro. Quel particolare nightclub, un posto osceno chiamato Del Muerto, frequentato da ispanici, era di proprietà del fratello di Dappa.

Lui e Jack si fecero strada attraverso la folla all'esterno poi, con un rapido cenno d'intesa, attraverso la porta e dietro il bancone. Jack gli stava incollato in modo ridicolo. D si chiese se avrebbe dovuto tenergli la mano, come un bambino spaventato in un parco divertimenti. «Non dire nulla,» borbottò entrando. «Lascia che me ne occupi io.»

Jack annuì energicamente. «Certo, certo. Nessun problema.»

Scesero per le scale sporche sul retro fino al seminterrato, passarono per la porta riservata al personale e giunsero in quella che sembrava una dispensa per le provviste. Sul retro dello sgabuzzino c'era un'altra porta. D bussò e venne ad aprirgli un uomo corpulento con un basco, uno di quelli che gli faceva sempre pensare a quei cappellini con le pale d'elicottero che i ragazzini indossavano nei cartoni animati degli anni Cinquanta. «Chi ha bussato?» chiese l'uomo.

«Il buono e il cattivo, che immagino faccia di te il brutto, Carlos. Fammi entrare.»

Carlos lanciò un'occhiata dietro di lui, a Jack, e i suoi occhi scuri, piccoli e brillanti lo squadrarono dall'alto in basso. «Chi è il twink?»

«Mio cugino. Fatti da parte. Dappa mi sta aspettando.»

Carlos gridò oltre la spalla. «Capo? C'è D.» D trasalì quando Carlos pronunciò il suo nome in modo stentoreo. *Maledizione, non diffondere la cosa, stronzo. Cerchiamo di mantenere un basso profilo.*

«Fallo entrare!» giunse una voce stridula e familiare.

«Ha con sé un amico che sembra uno studentello.»

«Ho detto di farlo entrare!»

Carlos si fece da parte con riluttanza. «Devo prendere le tue armi,» disse.

D allungò una mano sotto il cappotto e consegnò la sua pistola. Sentì Jack irrigidirsi; probabilmente non aveva capito che l'aveva con sé. Avrebbe dovuto saperlo ormai che la portava sempre. «Contento?» Carlos fece un cenno secco con la testa e loro entrarono nello studio.

Il negozio di Dappa sembrava un normale ufficio, ma dopo il passaggio di un ciclone che l'aveva colpito. D non aveva idea di come l'uomo trovasse le cose. «Mi ha chiamato twink,» borbottò Jack mentre si attardavano vicino alla porta, in attesa di Dappa.

«Sta' zitto.»

«È una cosa positiva o no? Cosa significa?»

«Indica un uomo che sa quando deve tenere la cazzo di bocca chiusa, quindi chiaramente si stava sbagliando. Adesso sta' zitto.»

«Ho avuto il tuo messaggio,» disse Dappa precipitandosi da loro. «Ho preparato le cose; ho solo bisogno delle foto. Hai il denaro?»

«Ce l'ho,» disse D, prelevando la maggior parte dei fasci di banconote che aveva recuperato a Quartzsite.

Jack gli si fece più vicino mentre Dappa si allontanava. «Ci vuole tutto quel denaro per i documenti?»

«No. Dappa ha predisposto un nuovo conto corrente, in modo che non dobbiamo portarci del contante quando useremo il nome che mi ha dato. Prenderà il mio denaro, lo metterà nella sua società di copertura e poi lo trasferirà in un conto nuovo con documenti intestati al mio pseudonimo, come una sorta di consulente o investitore o qualcosa di simile.»

«Ah. Sembra così… noioso.»

«Cosa ti aspettavi, sacchi di monete d'oro come nei film di pirati?»

Jack fece spallucce sentendosi come un pesce fuor d'acqua, e nervoso. «Come sai che possiamo fidarci di questo tizio?» chiese, facendosi anche più vicino, con la voce a malapena un bisbiglio.

D sospirò. Non sapeva di essersi preso in carico un passeggero che criticava il guidatore a tempo pieno quando aveva fatto quel favore personale a Francisco. «Mi è debitore per una sorta di favore personale. Rilassati. So quello che sto facendo.»

«Okay,» disse Jack mostrando un atteggiamento da *se lo dici tu.*

Dappa fece loro le foto con una piccola fotocamera, simile a quella che avevano alla Motorizzazione. «Ci vuole una mezz'oretta o giù di lì, D. Perché voi ragazzi non andate di sopra a farvi un drink? Offre la casa.»

D valutò la questione. Esporre così entrambi lo rendeva nervoso, ma Jack avrebbe potuto certamente calmarsi bevendo un po', e un whisky era un'attrattiva invitante anche per lui. Non voleva davvero rimanere lì seduto in quello scantinato ad aspettare, con il vecchio Carlos che lo guardava con sospetto per tutto il tempo. Annuì bruscamente e lasciò il negozio, Jack appicciato al suo fianco come se fosse attaccato col velcro.

Diede un'occhiata alla folla mentre si dirigevano in un angolo in ombra del bar. Nessuno prestava loro attenzione. Fin lì tutto bene. Ordinò un whisky per sé, e con sua sorpresa Jack ordinò la stessa cosa. «Vieni qui spesso?» chiese Jack scegliendo un tono scherzoso senza però riuscirci davvero.

«Odio Los Angeles,» disse D voltando la schiena al bar e alla maggior parte degli avventori.

«Anch'io. Sono venuto qui per una conferenza medica e non vedevo l'ora di tornare a casa.» D osservò il volto di Jack, attraversato da un'ombra veloce di tristezza.

«Ti manca Baltimora?» chiese.

Jack annuì. «Sì. Immagino che non potrò più vivere laggiù.»

«Probabilmente no,» disse D, non vedendo la necessità d'indorargli la pillola.

Bevvero in silenzio per alcuni minuti. D stava iniziando a pensare che avrebbero dovuto andarsene, quando si accorse di una figura vestita di scuro che si avvicinava dall'altro lato del bar.

Jack doveva aver percepito la sua agitazione. «Cosa c'è?» chiese, guardandosi in giro con atteggiamento indiscreto.

«Calmati,» disse D. «Bevi il tuo drink.»

«Hai visto qualcuno?» chiese Jack.

«Un tipo che fa il mio stesso lavoro.»

«Merda,» sibilò Jack. «Un rivale?»

«No. Una sorta di amico. Abbiamo fatto un lavoretto a quattro mani insieme.»

«Oh. Quindi è tutto a posto, giusto?»

«Non scommetterci. Se la taglia su di me è meno di due milioni sarà un cazzo di insulto. Non si hanno amici quando la tua pelle vale così tanto.» Osservò Signor avvicinarsi, mostrandosi disinvolto.

Sig li abbordò, sfrontato come d'abitudine. «D,» disse.

D annuì. «Sig.»

«È lui?» chiese, con uno scatto della testa verso Jack.

Merda. La voce si è sparsa. «No. È solo un tizio che mi ha offerto un drink. Deve trovarmi carino o qualcosa del genere.»

«Certo, come no. Si è sparsa la voce che sei nella merda, D. Le quotazioni sono salite, stamattina.»

«Quanto?»

«Tre e mezzo.»

D fischiò. «Lo prenderò come un complimento.»

«Faresti meglio ad andartene da qui prima che qualcuno ti veda.»

«Mi hai già visto tu.»

«Non ho intenzione di prendermi quell'incarico. Non con uno della fratellanza.»

D sbuffò una risata. Sig era uno di quei tipi che nutriva sogni impossibili riguardo un certo tipo di legame di fratellanza d'onore tra ladri, tra uomini che facevano lo stesso mestiere. D riteneva che fosse una delle tante stronzate di Hollywood, ma Sig era il genere d'individuo merdoso tipico di Hollywood. Se la cosa fosse stata d'aiuto, D avrebbe annuito e sorriso. «Chi altri sta guardando?»

«Be', Rolan Bartoz è appena arrivato con il suo gruppo. È seduto a un tavolo come il re della collina. Se ti vede, i suoi scagnozzi lo sapranno entro cinque secondi e chiunque altro in California entro cinque minuti.»

D scolò ciò che rimaneva del suo whisky. Non era una buona notizia. Il tavolo di Bartoz era vicino all'ingresso. «Devo uscire dal retro.»

«Dovrai passare dietro di lui per prendere la tua roba da Dappa. Ti dico cosa faremo. Andrò di sotto a prendere i tuoi documenti e ci incontreremo sul retro, all'ingresso delle ballerine. Ti coprirò per arrivare alla macchina. Hai parcheggiato in cima al garage?»

«Sì.»

«Okay. È meglio andare adesso.»

D annuì, diede un colpetto a Sig sulla spalla facendo cenno a Jack di seguirlo. Camminò rapidamente dietro il palco, oltrepassò il tendone e superò alcune ballerine seminude che emisero delle grida al loro passaggio e poi si ritrovarono fuori dietro al club, in un vicolo poco frequentato. D lasciò che la porta si chiudesse dietro di loro e si voltò verso Jack.

«Carino da parte del tuo amico aiutarci,» disse questi.

«Non ci sta aiutando. Sta tornando qui per ucciderci.»

Jack rabbrividì, sbattendo le ciglia. «Ma... ha detto...»

«Potevo scendere giù nel negozio senza che Bartoz mi vedesse. Sig non voleva che ci andassi perché Carlos ha la mia pistola e me la sarei ripresa se fossi andato a recuperare la valigetta da solo.»

«Quindi gli hai solo fatto...»

«Gli ho fatto credere che ci stessi cascando. Quando arriverà qui, mi occuperò di lui. Stai indietro. Mettiti vicino a quel cassonetto. Rimani lì dietro in caso di problemi, mi hai sentito?»

Jack annuì, il volto pallido persino nell'oscurità. «Cristo, D... questo è folle! Cosa succede se ti uccide? Cosa ne sarà di me, poi? Andiamocene da qui prima che arrivi!»

«Ho bisogno di quella valigetta con i documenti di Dappa.»

«Cosa succede se non la porta? E se ne porta una vuota pensando che stia unicamente venendo a ucciderci?»

«Non lo farà. Anche lui vuole i documenti. In quel modo può prendere tutto il contante in quel mio cazzo di conto bancario nuovo di zecca.»

«Be'... cosa succede se Dappa non gli dà i documenti?»

«Lo farà. Sa che abbiamo lavorato insieme. Ora, vuoi stare zitto?» sibilò D. «Dobbiamo comportarci in modo

50

disinvolto quando arriva, come se non sospettassimo!»

«Quindi perché me l'hai *detto?*»

D sbatté le palpebre. In effetti era una domanda abbastanza chiara. «Guarda, stattene laggiù e basta, e sii pronto ad accovacciarti.»

Jack si spostò più vicino al cassonetto, provando diverse pose "disinvolte". Si appoggiò contro il muro, poi incrociò le braccia, poi posò una mano sul cassonetto. Sarebbe stato divertente se la situazione fosse stata meno tesa.

Sig giunse svoltando l'angolo, tenendo una valigetta. Guardò a destra e a sinistra mentre si avvicinava. «Ecco qui,» disse, porgendola.

«Mettila a terra e basta,» disse D.

Sig esitò per un attimo, poi si curvò e depose la valigetta sul terreno. D lo stava osservando, quindi vide la mano di Sig muoversi furtivamente nella giacca e quando riemerse stringendo una pistola, lui era pronto. Diede un calcio alla mano armata e la pistola volò via. Sig non era del tutto sorpreso però, e sbatté la spalla contro il petto di D, mandandolo a finire contro il muro. D sentì Jack gridare qualcosa, non capì cosa. Afferrò le spalle di Sig e affondò il ginocchio nel suo stomaco, poi lo spinse indietro.

Sig lo fronteggiava, col volto pallido e sudato. «Avresti dovuto rimanere al sicuro, D,» disse lui.

«Non avresti dovuto intrometterti.»

Anche se D lo aveva avvisato (cosa che lui desiderava non avesse fatto), Jack restò sorpreso quando l'altro sicario (non aveva afferrato il suo nome chiaramente, suonava come Ziggy, che poteva non essere del tutto corretto) estrasse una pistola. D sembrava essere pronto e la scalciò lontano, e poi Ziggy sbatté D contro il muro. Jack sentì qualcuno gridare, comprese che era lui stesso, e si accovacciò dietro il cassonetto come gli era stato detto di fare.

«Avresti dovuto rimanere al sicuro, D,» disse Ziggy.

«Non avresti dovuto intrometterti,» ringhiò D, con una voce che fece rizzare i peli sulla nuca a Jack.

Ziggy indietreggiò, le mani in alto in una sorta di posizione d'arti marziali. D rimase lì, in piedi, non sembrava affatto pronto, ma quando Ziggy gli si fece sotto con un'azione da kung-fu, D attaccò con un braccio, poi una gamba, poi un pugno. Jack cercava di guardare, ma era buio e si muovevano troppo velocemente. Ziggy tirò fuori un coltellino dalla fibbia della cintura cercando di colpire D, che aspettò solo che lui lo muovesse per fare un passo avanti, voltandosi in modo che la schiena fosse rivolta a Ziggy. Gli afferrò il braccio e gli spezzò il polso, obbligandolo a lasciar cadere l'arma, che poi calciò lontano mentre l'altro barcollava all'indietro, imprecando col polso che gli penzolava mollemente.

Jack era atterrito, devastato dall'orrore e preoccupato per la vita di D, ma una parte di lui era affascinata. Si chiedeva che genere di addestramento avesse quell'uomo. Ziggy sembrava impiegare un sacco di energie per muoversi, mentre D semplicemente rimaneva fermo, rilassato, facendo il minimo sforzo nei movimenti, e quei pochi che faceva erano rapidi e determinanti. Non pareva karate, non che Jack fosse un esperto, a parte aver visto *Matrix*.

Ziggy non si diede per vinto, malgrado avesse quello che sembrava un polso fratturato (*frattura dello scafoide, possibile frattura dell'ulna, probabile strappo dei legamenti centrali*). Jack immaginava che tre milioni e mezzo di dollari potessero acquistare una steccatura per il polso placcata d'oro. Il killer si lanciò ancora verso D, ma il suo equilibrio era compromesso. D gli spazzò via la gamba da sotto e poi l'afferrò attorno al collo col braccio. Fece una mossa rapida col braccio e con l'altra mano. Jack udì uno scricchiolio e Ziggy cadde come un masso.

Prima che potesse anche solo iniziare a elaborare il fatto che D aveva appena spezzato il collo a quel tizio, D lo stava tirando in piedi per il braccio. «D... tu... lui...»

«Non sarà più un problema,» ringhiò D recuperando la valigetta e trascinando Jack verso l'imboccatura del vicolo. «Ricomponiti. Cerca di sembrare normale.»

Jack in qualche modo recuperò il controllo e serrò le braccia risolutamente contro il petto per calmare il tremore. Si appiccicò al fianco di D mentre attraversavano la strada, oltrepassando la folla in attesa di entrare al Del Muerto (avrebbe riso per quanto era idoneo il nome se non fosse stato così fottutamente pietrificato). Si diressero tra le ombre del parcheggio, e D aprì rapidamente la valigetta controllando che i documenti fossero lì ed estraendo la sua pistola. La ficcò nel retro dei pantaloni e proseguirono verso la macchina. Jack inciampò leggermente. Sentiva le braccia e le gambe intorpidite e la testa leggera. Improvvisamente, la mano di D gli prese il braccio con fermezza. «Dai, controllati,» gli borbottò all'orecchio.

Lui ci provava, ci provava per davvero. Stava respirando con fatica, come se avesse appena inalato qualcosa di disgustoso, cercando di espellere l'odore dal naso. Salirono le scale fino in cima, dove avevano lasciato la macchina. «Oh, merda,» disse Jack con voce strozzata, sentendo qualcosa risalirgli in gola. Barcollò fino all'angolo e si liberò di tutto quanto aveva nello stomaco. Chiuse gli occhi e si appoggiò al muro fino a che non ebbe finito, poi rimase incurvato, tossendo e guardando le stelle che gli volteggiavano davanti alle palpebre.

Percepì la presenza di D accanto a sé, e poi una mano tra le scapole. «Va tutto bene?» chiese l'uomo, la voce sorprendentemente delicata.

«Cazzo,» disse Jack con voce strozzata.

«Fai un respiro profondo. Rilassati e basta.» La mano di D gli stava massaggiando la parte centrale della schiena, quasi come avrebbe fatto un padre col figlio malato. *È così che mi vede? Come un bambino?* In ogni caso, quel movimento era di conforto e Jack non voleva che smettesse. Il calore della mano attraverso la camicia e la giacca gli si stava diffondendo alla spina dorsale, propagandosi su per il collo e facendolo arrossire a quel contatto.

Jack cercò di rilassarsi, come aveva detto D, distogliendo lo sguardo dalla pozzanghera di vomito che aveva lasciato. D tenne la sua mano salda tra le sue scapole. Jack si sfregò gli occhi inumiditi. Il petto si contraeva da solo, come quando era scosso dai singhiozzi. «Mi… di-di-dispiace…»

53

«Va tutto bene. Cerca di calmarti.» D lo condusse dal lato passeggero e gli aprì la portiera, come se fossero a un appuntamento. Jack si raggomitolò sul sedile mentre il suo stomaco si contraeva ancora per i crampi, e D chiuse la portiera. Salì dal lato del guidatore e nel giro di un paio di minuti si allontanarono di diversi isolati.

«Mi dispiace,» disse nuovamente Jack dopo essersi ripreso. «È che... non ho mai visto niente del genere. Qualcuno che viene ucciso davanti ai miei occhi.»

«Ma sei un dottore. Non hai mai visto...»

«Ho visto morire un sacco di gente. Ma... mai in quel modo.» Jack sospirò e si costrinse a guardare D. *È un killer. È quello che fa.* Si chiese se nel profondo non avesse sperato che fosse stata solo una metafora o qualcosa di simile, che non uccidesse la gente *per davvero*, che tutto quello fosse solo un'astrazione. Be', la prova era nello scricchiolio che aveva prodotto il collo del tizio, il suono che aveva ancora nelle orecchie. «Aveva intenzione di ucciderci, giusto?»

«Giusto.»

«Ma... dovevi ucciderlo? Gli hai rotto il polso. Non poteva farci molti danni.»

«No, ma avrebbe potuto dire che eravamo nei paraggi a qualsiasi farabutto entro il raggio di un centinaio di chilometri. In questo modo si spera che nessun altro mi abbia visto.»

Jack era seduto raggomitolato nell'angolo del sedile, gli arti deboli e stanchi. «Certo. È che...»

«Non devi spiegarmi,» disse D con calma. Si fermarono al semaforo rosso e si volse verso di lui. «Io, ehm... mi dispiace che tu lo abbia dovuto vedere.»

Jack annuì. «Grazie.»

D riusciva a sentire il sentore deciso e chimico della paura e dell'adrenalina che scaturivano da Jack, ed era sorpreso di come la cosa lo toccasse. Quando Jack lo aveva guardato, proprio dopo aver vomitato... l'espressione nei suoi occhi gli aveva fatto un brutto effetto. Era come se fosse deluso, quasi, persino più che spaventato, cosa che ovviamente era.

Quell'uomo non era temprato come lui. D aveva reagito proprio come gli era stato insegnato, aveva fatto ciò che doveva per assicurarsi che fossero al sicuro. Signor si era messo sulla loro strada, era diventato una minaccia reale e immediata, e D aveva avuto unicamente un pensiero: neutralizzarlo. Quando aveva visto il volto di Jack nel vicolo, il suo stomaco si era agitato in un certo modo, come non gli accadeva da anni. Era stato travolto dalla vergogna e quasi non l'aveva compreso. *Hai spezzato il collo di un uomo proprio di fronte a lui, come pensi che possa fidarsi di te ora? Probabilmente sta proprio pensando che tu sia ancora una macchina per uccidere.*

Fallo parlare. Fa' che si liberi la mente. Non permettere che se ne stia lì seduto a rimuginare in silenzio. «Quindi, ehm... che tipo di medico hai detto che eri?»

«Chirurgo maxillofacciale,» rispose Jack. La sua voce suonava spenta e fosca. Somigliava a quei motel dall'aspetto kitsch.

«Cosa diavolo è?»

Jack prese un respiro lento ed espirò prima di rispondere. «I chirurghi maxillofacciali trattano ferite, malattie e difetti nel cranio, nella mascella, nel collo e nel volto.»

«Come un dentista?»

«Sono un dentista.»

«Pensavo che fossi un chirurgo.»

«Sono dentista e chirurgo. Prima ho preso il diploma in odontoiatria, poi sono andato alla facoltà di medicina. È quello che fanno di solito i medici nel mio campo.»

«Quindi... potresti estrarmi questi fottuti denti del giudizio, allora?»

«Certo. Hai un paio di pinze e un martello?»

«A cosa serve il martello?»

«Per mandarti al tappeto prima di iniziare a tirare.»

D lo esaminò. Il fantasma di un sorriso gli increspò le labbra mentre gli lanciava una breve occhiata. *Va meglio.* «Sono un sacco di anni di scuola, Jack.»

«Quattordici anni.»

D andò quasi fuori strada con la macchina. «Merda, quattordici cazzo di anni?»

«Quattro al college, quattro alla scuola di odontoiatria, e sei alla facoltà di medicina e internato.»

«Quindi... hai appena finito!»

«Ho finito il mio internato tre anni fa. Ora sono un assistente.»

«Cazzo!» D era comprensibilmente impressionato. Sapeva che Francisco era intelligente, ma doveva essere anche piuttosto determinato per essere riuscito a ottenere tutto quello. «Quindi che genere di malattie e difetti? Hai mai visto qualcuno col cranio vuoto?»

L'affermazione suscitò una risata. «Be', mi è capitato di pensarlo. Non ho a che fare col cervello; lascio quella roba ai neurochirurghi. Si parla di malati di mente, quelli sono pazzi. Sono specializzato in chirurgia ricostruttiva. Opero su individui che sono nati con difetti alle ossa del volto, o sono rimasti feriti in incidenti e hanno bisogno di essere sistemati.»

D ci meditò su. «Quindi... aggiusti la faccia della gente quando è rotta.»

Jack lo osservò. «Sì.» Si voltò per guardare fuori dal finestrino. Erano in autostrada ora, stavano superando una giungla di edifici dalle sagome scure, decorati da nastri di luce emessi dai fari stradali e dai lampioni. «Poco prima della cosa dei Dominguez, ho lavorato su una ragazzina che era nata con un'anomalia congenita al cranio davvero terribile. Non aveva il mento e di fatto nemmeno la fronte, il naso era praticamente al rovescio. Quella era la terza operazione a cui la sottoponevo. Era per costruirle una cavità nasale funzionale. Ho dovuto toglierle del tutto la faccia,» disse con una nota di meraviglia nella voce.

D sbatté le ciglia. «La faccia... rimossa?»

«Sì. Ho dovuto staccarla su tutta la superficie fino al mento, dalla fronte, in modo da poter lavorare dentro la cavità sinusale. C'è stato un momento in cui ho guardato in basso e ho potuto vedere attraverso la volta cranica fino al cervello. E ho pensato, dannazione, nessuno ha mai una prospettiva del genere su un essere vivente. È stato uno di quei momenti in cui mi ha proprio colpito quello che faccio, sai? Stavo dando a quella ragazza un volto, quando prima non ne aveva uno per

56

davvero.»

«Dannazione,» disse D. «Questa è una cosa incredibile da fare, Jack. È molto più di quanto la maggior parte della gente sarà mai in grado di fare.»

Jack rimase tranquillo per un po' di tempo. «D?»

«Sì?»

«Quello che fai ti colpisce mai per davvero?»

D guardava fisso le luci posteriori davanti a sé. «Ogni dannato giorno.»

Prima che tornassero al motel, il sedere di Jack era a pezzi. «Dannazione, sono stanco,» disse.

«Be', non metterti comodo,» ribatté D andando avanti con la chiave. «Non rimaniamo.»

«Perché no?» chiese Jack sentendo il tono piagnucoloso della propria voce, ma incapace di migliorarlo. «Possiamo almeno dormire un po'?»

«Dobbiamo rimetterci in viaggio. Troppo rischioso. Ho preso una stanza solo per avere un posto per nascondere le armi e roba del genere. Puoi farti una doccia, se vuoi.»

«Caspita, grazie,» mugugnò Jack liberandosi della borsa. «Dove siamo diretti ora?»

«Stockton.»

«Cosa c'è a Stockton?»

«Nessuna dannatissima cosa. È dove siamo diretti.»

«Quindi cosa?»

«Quindi...» D si sedette sul letto con un sospiro stanco. «Non so che cazzo dire. Ho bisogno di nascondermi da qualche parte e raccogliere i pensieri.»

«Sono d'accordo,» disse Jack. «Vado a farmi una doccia come prima cosa.» D annuì semplicemente mentre lui andava in bagno e chiudeva la porta.

Rimase in piedi sotto il getto bollente, caldo il più possibile, con gli occhi chiusi e l'acqua non rumorosa a sufficienza da sovrastare quell'orribile scricchiolio. Aveva sentito le ossa fare un sacco di rumori, alcune sotto le sue stesse mani, ma mai quello stridore, quello scricchiolio umido di vertebre che si separavano e di midollo spinale che si strappava. Jack si piegò per il dolore, sentendo ancora la gola ribellarsi, e mise la testa tra le ginocchia fino a quando la sensazione non passò.

Quando riemerse dal bagno, con indosso dei jeans puliti e tamponandosi i capelli, D era seduto a torso nudo sul letto e scrutava alcuni lividi sul proprio petto. Mosse il braccio, sibilando un poco per il dolore.

«Fammi vedere,» disse Jack.

«Non è niente,» ribatté D.

«Dai. Lasciami fare l'esperto per una volta.»

D sospirò e tirò giù il braccio, sollevando un sopracciglio come per dire "e allora fallo". Jack si curvò su di lui. C'era un'abrasione e un principio d'ematoma sulla parte destra più esterna del petto, che coinvolgeva anche l'ascella. «Riesci a muovere il braccio?»

«Sì. Fa solo un po' male.»

Jack tastò l'ematoma. Non sanguinava. Fece spallucce. «Hai ragione, non è nulla.»

«Cavolo. Grazie, Doc. Hai intenzione di farmi pagare duecento dollari adesso?»

«Almeno so che li hai,» disse Jack sorridendo. «Prendi due aspirine e chiamami domani mattina.» D iniziò a sorridere in risposta, ma poi il sorriso svanì come un refolo di fumo. Si voltò e si diresse verso il bagno.

Jack indossò una camicia, corrucciandosi. L'uomo era un enigma, quello era certo. Si sedette sul letto e cadde di peso sulla schiena, lasciando che gli occhi si chiudessero mentre sentiva il rumore della doccia in bagno.

Non si accorse di essersi appisolato finché D non lo scosse, svegliandolo. «Dai, Doc. Dobbiamo metterci in viaggio.»

Jack si trascinò in piedi, mettendosi la borsa sulla spalla. Prese una delle valigette in alluminio, D prese l'altra ed entro pochi minuti tornarono alla macchina, diretti a Stockton, e stavolta il vuoto davanti a loro sulla strada era di conforto.

CAPITOLO 5

D sapeva che se fosse stato una persona normale avrebbe faticato a tenere gli occhi aperti. Era mezzanotte passata, non aveva dormito molto la notte precedente e stava guidando nel buio su un tratto autostradale davvero noioso, attraverso la californiana terra di nessuno. Ma non era una persona normale, e aveva dovuto acquisire da tempo la capacità di funzionare anche con poco sonno.

Lanciò un'occhiata a Jack, addormentatosi velocemente sul sedile del passeggero, raggomitolato come un bambino con le mani nascoste sotto la guancia e la testa poggiata contro la giacca ripiegata che aveva infilato in un angolo. La fronte era corrugata da linee sottili, preoccupato persino nel sonno, e ogni tanto borbottava e si muoveva, facendo piccoli rumori e tirando su col naso. D lasciò indugiare per un attimo lo sguardo e poi si volse verso la strada, la mascella serrata.

Aveva rimuginato tra sé per buona parte del viaggio. *Devi dargli una nuova identità e scaricarlo da qualche parte. Non va bene che te lo trascini dietro a lungo. Potrebbe essere colpito dal fuoco incrociato. Il tuo tentativo di aiutarlo potrebbe ucciderlo.*

Ma… non c'è nessun altro che lo possa proteggere come me. Conosco questi stronzi. So come lavorano perché sono uno di loro. Nessun piedipiatti, nessuna protezione testimoni sa come anticipare ciò che hanno intenzione di fare. È più al sicuro con me.

Ma non è quello il vero problema.

Chiudi quella bocca, dannazione.

Ti sai… attaccando.

Ti ho detto di tenere chiusa quella bocca, dannazione.

In qualche modo ti piace, non è vero? Non è lo scolaretto irritante che pensavi fosse, che si lamenta di perdere il momento del tè e si spaventa

59

all'idea di sporcarsi la sua fottuta J.Crew. Il ragazzo è impertinente, ha fegato. È il tipo di uomo di cui potresti diventare amico.

Non lo conosco da un tempo sufficiente per essere amici.

Hai attraversato quella linea quando gli stavi massaggiando la schiena mentre dava di stomaco, e lo sai. Ti ha dato un brutto presentimento, non è vero? Uccidere quel tizio davanti ai suoi occhi? Non vuoi che pensi male di te, vero?

Ho bisogno che si fidi di me in modo che non cerchi di scappare.

Stronzate. Vuoi piacergli. Vuoi che volga quegli occhi grandi e graziosi su di te e ti veda come il suo fottuto eroe. Vuoi ESSERE il suo fottuto eroe. Be', tu non sei un eroe, Anson Dane.

Quello non è più il mio nome da tempo.

Quello è il nome di cui ti sei liberato quando ti sei isolato... dopo. Pensavi di provare qualche sensazione, non è vero? Pensavi di essere al sicuro? Non sei al sicuro. Hai chiuso con tutto perché non avere alcuna sensazione era meglio che averne di negative. Vedere le loro facce, ascoltare nella testa, senza fine, la voce della tua bambina che chiamava papà ma tu non arrivavi. Nessuna sensazione era meglio di QUELLE sensazioni.

Non so di cosa stai parlando.

Certo che lo sai. Quelle sensazioni. Come per le ragazze. Eccezion fatta... magari no.

Chiudi quella fottuta bocca. Quante volte te lo devo dire?

Non devi dirmi di stare zitto perché io sono te, stronzo.

D sospirò, allontanando quel tormento dalla mente, così come aveva fatto un centinaio di volte in precedenza, scacciando la voce di una saggezza maturata molto tempo addietro, in contrasto con ciò che era stato il suo vero io, grazie all'osservazione della sua stessa follia e all'ascolto del tormento interiore nella sua testa.

Magari dovresti solo ucciderlo. Forse ne usciresti vivo, se solo lo facessi. Fallo rapidamente, proprio adesso, mentre dorme. Non lo saprà mai; semplicemente non si sveglierà.

D afferrò il volante ancora più saldamente.

Se continui così, vi ritroverete morti entrambi.

Controllò nuovamente Jack, e sapere che magari ucciderlo era la cosa più intelligente da farsi, non inficiava il fatto che non potesse farlo.

Oltrepassarono un cartello che diceva che mancavano

centosessanta chilometri a Stockton. Ripassò quello che doveva essere fatto in quel momento. Per prima cosa, trovare un posto per nascondersi per alcuni giorni. Riordinare i pensieri e prepararsi. Riposare e riprendere fiato. Fare un doppio controllo per assicurarsi di non essere stati rintracciati. Alla fine, Jack avrebbe contattato lo sceriffo perché dovevano dirgli che lui intendeva ancora testimoniare. Se fosse semplicemente scomparso senza una parola, il processo poteva essere posticipato. Però sarebbe stato complicato. L'avrebbero fatto in modo tale che lo sceriffo non potesse prenderlo in custodia, in modo che D potesse continuare a proteggerlo.

Non stava nemmeno dimenticando le minacce verso se stesso. I fratelli Dominguez potevano volere la testa di Jack su una picca, ma più ci rifletteva su, più pensava che non fossero loro gli unici responsabili del suo coinvolgimento in quel caso. Se volevano un sicario, c'erano individui molto meno scrupolosi di lui a disposizione, e per loro non aveva senso tirare così in lungo solo per ricattarlo, perché facesse qualcosa che una dozzina di altri uomini avrebbero fatto per uno stipendio... a meno che in qualche modo non fosse qualcosa che lo riguardava.

Non aveva alcun dubbio che lo sceriffo sapesse ormai che anche Jack era irrintracciabile. Ciò faceva sì che ci fossero almeno tre fazioni coinvolte e la situazione stava iniziando a essere un po' troppo affollata.

Si fermò a una stazione di servizio lontana, proprio dopo le quattro del mattino. Si era già servito lì in precedenza e si sentiva a suo agio per la sua lontananza e per la mancanza di telecamere di sicurezza. Il posto era deserto, il che gli andava a genio. Jack si contorse per un attimo e sbatté le palpebre, raddrizzandosi sul sedile. «Siamo arrivati?»

«Non ancora. Dobbiamo fare benzina.»

«Io devo fare pipì,» borbottò Jack strofinandosi la barba e stendendosi fuori dal sedile del passeggero. D dovette sorridere quando vide la testa arruffata di Jack mentre si trascinava verso la stazione di servizio. Poi l'uomo esitò, voltandosi indietro. «Vuoi una bibita o qualcosa del genere?»

D quasi rispose d'impulso "no," ma poi riconsiderò la

cosa. «Credo di sì.»

«Di che tipo?»

«Ginger ale. Della Vernor, se ce l'hanno.»

«Bevi ginger ale?»

D lo guardò accigliato. «Cosa c'è di sbagliato? Ti ho detto che ho uno stomaco pessimo.»

Jack fece spallucce. «Pensavo solo che bevessi qualcosa di più… forte.»

«Quali sono le più forti?»

«Non lo so. La Mountain Dew?»

D fece una smorfia. «Quella merda è nauseante. Ti fa marcire le palle.»

«Non esiste alcuna dimostrazione clinica che la Mountain Dew abbia un effetto negativo sui testicoli,» disse Jack facendo un sorrisetto. «Ma non posso non concordare sul fatto che sia disgustosa.» Si avviò di nuovo in direzione della stazione di servizio mentre D si appoggiava alla macchina, in attesa che il serbatoio si riempisse. Diede un'occhiata in giro, in allerta per un possibile pedinamento. Era quasi certo che non fossero stati seguiti da Los Angeles, ma non si era mai troppo attenti.

Vide Jack attraverso le finestre della piccola e squallida stazione di servizio mentre leggeva accuratamente quella che doveva essere un'edizione limitata di un disco pop. D si mosse sui piedi, il peso confortante della pistola nella sua cintura gli premeva contro la parte bassa della schiena. Si chiese se Jack avesse mai sparato. Probabilmente no; non pareva il tipo avvezzo a sport del genere e non avrebbe avuto alcuna ragione per farlo, altrimenti.

D si schiarì la gola, gli occhi che automaticamente correvano alla linea dell'orizzonte. Gli si rizzarono i peli sul collo. Conosceva quella sensazione. La stessa dell'animale braccato. Il flusso di benzina dall'erogatore, l'aria fredda e asciutta del deserto, il ronzio delle luci fluorescenti sopra la testa, era come vivere sulla propria pelle qualunque imboscata avesse mai predisposto.

Poi lo vide. Un baluginio più scoperto, un riflesso lontano di qualcosa che splendeva, dietro l'angolo della stazione di servizio. Si allontanò, camminando con nonchalance per alcuni metri per accendere una sigaretta, e vide che era il paraurti di una vettura parcheggiata dietro la costruzione, dove le macchine non avrebbero dovuto parcheggiare.

Jack uscì dalla stazione di servizio, camminando in linea retta con i capelli nuovamente a posto, trasportando un paio di bottiglie di una qualche bibita. «Nessun commesso,» disse accigliandosi. «Ho aspettato e ho gridato, ma non c'era nessuno. Ho lasciato semplicemente il denaro.»

D annuì. «Sali in macchina,» disse con calma. «Al posto del guidatore.»

«Cosa, è il mio turno di guida?»

«Non siamo soli. Non guardarti in giro.»

Dovette dargli atto che Jack rimase calmo e non si guardò intorno. «Il commesso…»

«Già morto.»

«Come ci avrebbero trovato?» bisbigliò Jack comportandosi come se gli stesse dando il resto. *Una copertura abbastanza buona, Doc.*

«Non lo so. Non importa adesso.» Nella sua testa, D si stava domandando dove fosse il localizzatore sulla macchina.

«Cosa faccio?» disse Jack. I suoi occhi, sgranati e spaventati, incrociarono quelli di D.

«Stai pronto a portarci fuori di qui. Saprai quando.» Jack girò attorno al lato del guidatore e salì. D estrasse dal serbatoio l'ugello che zampillava ancora e lo gettò a terra, ben lontano dalla loro macchina; l'impugnatura rimase aperta lasciando fuoriuscire una pozzanghera di benzina attorno alla base delle pompe.

Improvvisamente, due uomini vestiti di scuro si materializzarono dalla boscaglia ai lati del parcheggio e si precipitarono verso di lui, molto più audacemente di quanto D si aspettasse. Uno sparo silenziato colpì con precisione il supporto in ferro alla sua destra. «Jack, buttati a terra!» gridò D. Ficcò un proiettile nella fronte del primo uomo e si concentrò sul secondo, ma prima che riuscisse a far fuoco fu strattonato da quella che percepì come una palla di cannone che gli colpiva il petto, in alto sotto la spalla sinistra. Sentì Jack gridare il suo nome. Non avvertiva nessun dolore, solo una pressione intorpidita che si estendeva. Non guardò verso il basso, semplicemente puntò di nuovo la pistola e in qualche modo colpì il secondo uomo, che cadde.

In quel momento, il dolore iniziò a farsi sentire. Era molto peggio di quanto aveva sempre immaginato potesse essere. Barcollò contro la macchina, il braccio sinistro inutilizzabile. Il secondo tipo non era morto. Anzi pareva che l'avesse solo colpito al braccio... ma aveva le gambe nella pozza di benzina. D fece un gran tiro dalla sigaretta per accendere le braci e la gettò nella pozzanghera di benzina, che andò a fuoco con bassa intensità, con un *fwump* che inviò un'ondata d'aria verso di lui.

Jack si era gettato sul sedile davanti e ora aveva aperto la portiera. «Sali!» gridò. In qualche modo, D riuscì a crollare sul sedile e chiuse la portiera. Jack fece stridere gli pneumatici e uscì dalla stazione di servizio appena in tempo per vedere l'intero posto esplodere dallo specchietto retrovisore.

D notò con sollievo che la stazione di servizio e l'auto che era parcheggiata dietro di essa erano entrambe andate a fuoco. Jack non perse tempo a guardare; stava portando via il suo culo più veloce che poteva guidando senza correre rischi.

D era riverso sul sedile del passeggero, intorno a lui tutto diventava grigio. Improvvisamente, la mano di Jack si strinse attorno al suo braccio riportandolo alla realtà. «Quanto è grave?»

«Cosa?»

Jack cercò di esaminargli la ferita, ma doveva guardare la strada. «Quanto è grave? Stai sanguinando?»

D guardò verso il basso. La ferita era a sinistra, nella parte superiore del petto. La camicia era insanguinata ma non c'era alcun zampillo. «Non credo che lo sia.»

«Ti senti frastornato? Hai la nausea?»

Jack stava parlando in tono rapido, smozzicato, della serie rispondimi-subito-maledizione, il tono che D aveva sentito da ogni medico che aveva conosciuto. Era la Voce da Dottore. «Un po' stordito,» riuscì a dire.

«Riesci a respirare?»

D fece un respiro di prova. «Sì... quasi.»

«Allora ha mancato il polmone.» Jack scosse il capo. «Devo dargli un'occhiata. Dove possiamo nasconderci, anche solo per un attimo?»

D strinse i denti, tenendosi il braccio sinistro stretto contro il petto. «Esci dall'autostrada. Fai almeno sedici chilometri. Fai qualche svolta. Troverai un motel. Dobbiamo anche togliere il localizzatore dalla macchina.»

«Il localizzatore?»

«Figli di *puttana*!» urlò D, mentre la macchina scavalcava un dosso e un'altra ondata di dolore tremendo gli attraversava il tronco. *Merda, pensavo che sarei stato più stoico se fossi stato colpito,* pensò. *Sono deluso da me stesso.*

«Chiudi gli occhi e respira in modo veloce e regolare,» gli ordinò Jack. «Smettila di agitarti! Non ti hanno mai sparato prima d'ora?»

«No!» rispose D.

«Oh,» disse Jack con tono pentito. «Davo per scontato che ti fosse accaduto. Sai... considerato il tuo mestiere.»

«Non mi è mai successo perché sono bravo nel mio lavoro! Ma mi è bastato avere *te* intorno per venire colpito!»

«Piegati in avanti,» disse Jack, ancora con quella voce tipica da dottore. *Sì, perché è proprio facile,* pensò D. *Pare che il mio corpo sia fatto di cemento.* In qualche modo cercò di chinarsi in avanti e la mano di Jack fu sul retro della sua spalla, e tastava. D strinse i denti. «Il proiettile è ancora dentro. Non c'è una ferita in uscita.» Jack lo tirò su nuovamente; la testa di D ricadde contro il poggiatesta.

«Dobbiamo prendere il localizzatore prima di fermarci da qualche parte. Accosta.»

Jack obbedì e spense le luci. «Come fai a sapere che ce n'è uno?»

«In quale altro modo potevano trovarci qui?»

«Ma... non possono averci seguito fino alla stazione di servizio. Li avremmo visti arrivare! Come hanno fatto ad arrivare là *prima* di noi?»

D scosse il capo, imprecando come d'abitudine.

65

«Maledizione, è colpa mia. Troppo dannatamente prevedibile. Se qualcuno mi sta seguendo da mesi scattandomi delle foto, di sicuro sa che mi fermo a quella stazione di servizio. Mi piace perché è fuori mano. Il localizzatore ci mostrava sulla strada, e c'era una buona probabilità che ci saremmo fermati a quella stazione di servizio. Guarda sotto il portellone del bagagliaio, sopra il gancio. Se non è lì, controlla all'interno degli pneumatici e sotto l'auto, dietro, dove c'è il baule.»

Jack annuì. «Stai bene?»

«No, dannazione mi hanno sparato. Vai, fa' quel che ti dico.»

Jack aprì il bagagliaio e girò intorno alla vettura. D chiuse gli occhi, ascoltando il vago rumore dei piedi e delle mani di Jack. Poi lo sentì avvicinarsi al finestrino del passeggero e aprì gli occhi. Gli stava porgendo un piccolo dispositivo nero. «Era sotto il portellone del bagagliaio.»

D lo prese. «Merda. Fottuti federali.» Glielo restituì. «Calpestalo, poi gettalo via.»

Jack lo lasciò cadere, poi D lo udì frantumarsi sotto la sua scarpa. Il medico lo raccolse e lo gettò via con più forza che poteva nell'oscurità. Tornò dietro al volante e si rimisero in carreggiata. «Come sai che erano… ehm, federali? Quando avrebbero messo la cimice sulla mia macchina?»

«Mettono sempre quel dannato localizzatore all'interno del portellone del bagagliaio. Credo che potrebbero anche variare ogni tanto. E probabilmente l'hanno messo sulla macchina prima che te la consegnassero, per riuscire a trovarti se mai avessi deciso che quella merda di programma di protezione testimoni era intollerabile e te ne fossi andato. Quando hanno capito che eri sparito, l'hanno attivato. E qualcun altro o l'ha violato illegalmente o ha comprato la frequenza e ci ha trovato, perché quei tizi là dietro di certo non erano federali.» Tutto quel parlare lo fece sentire molto, molto stanco. Da quando parlare era così stancante? «Devo stare sveglio,» borbottò.

Inaspettatamente, Jack rise sotto i baffi. «È colpa della commozione cerebrale. Non hai un'emorragia. Chiudi gli occhi se vuoi.» D si volse e trovò Jack che lo guardava. «Mi prenderò cura di te. Tu l'hai fatto con me.»

Da più di dieci anni non mi fido che nessuno oltre a me possa prendersi cura di me, Francisco. Nel momento in cui chiudo gli occhi, mi porterai a una stazione di polizia o mi scaricherai fuori dalla macchina o prenderai un'arma e mi sparerai alla testa. Posso badare a me stesso. Sospirò, lo guardò negli occhi e annuì. «Okay.» Lasciò che gli occhi si chiudessero e fu un sollievo; non un sollievo di alcuni minuti, ma di anni.

Jack esaminò la strada, un'autostrada a due corsie. Sembravano gli ultimi esseri viventi nell'universo; non vedeva una macchina da otto chilometri. D era svenuto accanto a lui. Riusciva a sentire l'odore forte, tipico del sangue, ed era quasi confortante.

Aveva visto D schiantarsi contro la macchina e aveva subito compreso che era stato colpito. La sua reazione era stata una sorpresa persino per lui. Uno scudo di calma glaciale era sceso su di lui, e la sua mente aveva selezionato la funzione trauma dando priorità alla situazione, un istinto nato nei mesi trascorsi a rotazione al pronto soccorso nei quartieri poveri della città oppressi dalla violenza. *Trova una via respiratoria, trova il battito, ferma l'emorragia, seda il dolore, previeni l'infezione.* Tranne che quello era stato: *fallo salire in macchina, valuta la ferita, scappa, vai lontano, tieni giù la testa, guida velocemente, non fermarti, trova un riparo.*

D era suo paziente ora. Era passato un po' di tempo da traumatologia, ma alcune cose non ti abbandonano mai. La sua ferita non pareva seria di primo acchito, ma avrebbe dovuto rimuovere il proiettile e procurarsi degli antibiotici da somministrargli appena possibile. Avrebbe potuto aver bisogno di punti di sutura. Era incosciente, quindi Jack non pensava di nuocergli allontanandosi un po' di più dalla scena dell'esplosione. Dall'ubicazione remota del posto pensava la polizia avrebbe impiegato un po' di tempo prima di arrivarci e, una volta giunta lì, non c'era nulla che collegava loro o la macchina all'incidente.

Guidò per mezz'ora prima di fermarsi a un motel anonimo. Fece un giro in tondo per una volta parcheggiando nel punto più distante, in modo che la macchina non fosse visibile dalla strada. Lasciò D in auto con riluttanza e gironzolò attorno all'ufficio, assicurandosi di non avere sangue addosso prima di entrare. «Posso avere una stanza?» chiese all'impiegato dall'aspetto stanco. «Ho parcheggiato laggiù, davanti alla dodici.»

«Si accomodi,» disse l'impiegato. «Cinquanta dollari.»

Jack pagò in contanti e mostrò all'uomo il suo nuovo documento d'identità preparato da Dappa, che lo identificava come John Templeton. Firmò il registro, prese la chiave e si affrettò verso la stanza. Aprì la porta e diede un'occhiata in giro; afferrò un paio di asciugamani e li mise sul letto, poi uscì all'esterno e aprì la portiera dal lato passeggero. D era ancora svenuto.

Jack recuperò la sua borsa da medico dal bagagliaio ed estrasse una boccetta di sali. Li ruppe sotto il naso di D e gli mise una mano sulla fronte per tenerlo fermo. Sembrava che la ferita stesse ancora sanguinando. «Cosa... cazzo!» D s'interruppe quando il movimento improvviso gli fece contrarre la spalla.

«Shhh,» disse Jack. «Calmati. Siamo al motel.»

D annuì pigramente e si voltò per scendere dalla macchina. Jack si chinò e gli mise un braccio dietro la schiena, aiutandolo ad alzarsi e a scendere. Chiuse la portiera con un calcio e barcollò con D dentro la stanza, dando un calcio anche a quella porta. D si sedette sul bordo del letto. «Tira fuori le valigette dalla macchina,» disse.

«Non sdraiarti senza un asciugamano sotto,» disse Jack. «Non vogliamo dover spiegare delle macchie di sangue.»

D sbatté le ciglia. «Così si riempiranno di sangue gli asciugamani.» *Idiota.* Quella volta, Jack sapeva di non essere proprio un idiota.

«Degli asciugamani possiamo liberarcene. In questo posto devono rubarli giornalmente. Però potrebbero ricordarsi di un copriletto mancante.»

D valutò per un attimo la cosa, poi annuì. «Hai detto una cosa sensata, lo sai?»

«Torno presto,» ribatté Jack precipitandosi fuori e

sperando che D non lo vedesse arrossire come uno scolaretto quando viene elogiato. Radunò le loro borse, le valigette d'alluminio contenenti le armi, le munizioni, il denaro più i documenti nuovi, chiuse a chiave la macchina e tornò nella stanza. «Okay, adesso diamo un'occhiata a quella,» disse. D si teneva il braccio sinistro stretto al fianco per ridurre il movimento nella spalla.

Jack lo aiutò a togliersi giacca e camicia. D trasalì quando la stoffa s'incollò alla ferita. Jack la esaminò: non sembrava che ci fosse del tessuto all'interno del foro del proiettile. Stese gli asciugamani sul letto e aiutò D ad appoggiarsi all'indietro. Stava sudando ed era pallido. Jack andò in bagno e inumidì un asciugamano, poi glielo adagiò sulla fronte. «Rilassati,» disse, concentrandosi a prendersi cura di lui senza nemmeno pensarci su. Aprì la borsa e tirò fuori una siringa e un'ampolla.

«Cos'è quella?» chiese D sembrando un tantino sospettoso.

«È solo Lidocaina,» rispose Jack, mostrandogli il flacone. «Fidati di me: meglio anestetizzare la zona. Devo scavare per estrarre il proiettile.» D annuì debolmente e Jack iniettò un piccolo dosaggio attorno alla ferita, conservando il farmaco in caso ne avesse avuto bisogno più tardi. Quasi immediatamente la tensione nella spalla e nel braccio di D svanì, consentendo a Jack di allontanare il braccio dal corpo e dare una bella occhiata alla ferita. La palpò, davanti e dietro. Riusciva a sentire il proiettile inserito a due terzi di profondità nella spalla di D. «Stai bene?» chiese.

D annuì. «Sto molto meglio adesso.»

Jack estrasse un forcipe dalla lama lunga e infilò un paio di guanti di gomma. Strofinò le forbici con una salviettina sterile. Non efficace come un'autoclave, ma non c'era nulla di meglio. Inclinò la lampada verso di lui per ottenere un'illuminazione migliore e premette le dita attorno alla ferita.

«Ti farò un po' male adesso,» disse. «Cercherò di far presto.» D annuì e chiuse gli occhi; Jack vide la sua mascella serrarsi. Prese fiato, fissò il forcipe e lo immerse rapidamente nella ferita. Toccò il metallo, afferrò ed estrasse. «Oh,» disse tenendo il proiettile.

D aprì un occhio, poi l'altro. «Tutto… qui?»

«Be', *ecco qui* il tuo problema,» scherzò Jack mostrandogli il proiettile.

«Dannazione. L'ho sentito a malapena. Sei proprio veloce, Doc.»

«Sono un professionista. Non cercare di farlo a casa.» Mise il proiettile nel posacenere sul comodino e andò in bagno in cerca di un'altra salvietta. Si sedette di fianco a D e ripulì la ferita, poi estrasse un'altra ampolla dalla sua borsa.

«Cos'è quella lì?»

«Ampicillina. Solo un antibiotico. Non voglio che ti venga un'infezione.» Iniettò il farmaco nel braccio di D. «Dovrebbe funzionare, ma possiamo sempre prendere delle pillole se ne abbiamo bisogno. Dai, siediti.» Lo aiutò a sedersi e gli lavò via il sangue dal petto e dalla schiena. Nessuno di loro parlò. Jack era lieto che D non riuscisse a vedere il suo viso mentre lo toccava: i muscoli della schiena erano tesi e ben definiti sotto le sue mani, ed era abbastanza sicuro che non stesse immaginando i piccoli guizzi e tremiti muscolari dove le estremità delle sue dita gli sfioravano la pelle.

«Nessun punto di sutura?» chiese alla fine D.

«Non era una grossa ferita. Non dovrebbero essere necessari. A meno che tu non sia preoccupato per le cicatrici in caso facessi un servizio fotografico su Playgirl.»

D rise sbuffando dal naso. «Spiritoso.»

Jack iniziò a bendargli la ferita con la garza, avvolgendo le strisce attorno alla sua spalla e assicurandola con del nastro adesivo. «Mi meraviglia sempre che le pistole, persino come quelle che ti hanno colpito, non provochino danni maggiori.»

«Le pistole hanno un impatto basso, Jack. Ma non è tanto la velocità, quanto l'energia che spostano. Se colpisci qualcosa di duro, come un osso, o un muscolo forte come il cuore, trasferisci rapidamente un'energia tale da provocare molti danni. Nel caso della mia spalla, invece, non c'è trasferimento di molta energia.»

«Oh. Ho sempre pensato che le pistole fossero davvero una brutta cosa.»

«Sono pessime perché sono facili da nascondere, e non

sai chi ne è in possesso, ma in termini di ferite letali, sono i fucili quelli a cui devi fare attenzione. I proiettili di un fucile hanno tre, quattro volte la velocità di quelli di una pistola. Fortunatamente per noi, i fucili non sono molto comodi da portarsi dietro.»

«Be', ho visto un sacco di ferite provocate da pistole durante i miei turni al pronto soccorso, ma nessuna ferita di fucile, che io ricordi. Le pistole fanno danni a sufficienza.»

«Sì. Alcune danno una bella botta. Fammi vedere il proiettile.» Jack gli tese il proiettile insanguinato e deforme. «Sembra un calibro 38. Zero fantasia.» L'espressione di D cambiò leggermente mentre fissava quel piccolo pezzo di metallo omicida che fino a poco prima albergava nel suo corpo. «Avrebbe potuto uccidermi se quell'uomo avesse avuto una mira migliore.»

«Allora cerchiamo di essere lieti che non l'abbia fatto,» disse Jack in tono cupo.

D lo stava osservando. «Ti dà fastidio? Che io abbia fatto saltare in aria quei tizi?»

Jack sospirò. «No. Non proprio.» Incrociò lo sguardo di D. «Dovrebbe. Forse mi sto abituando a tutto questo.»

«Succede,» disse D. Suonava un tantino triste. Provò a contrarre la spalla. «Grazie, Jack, Sembra a posto.»

«Aspetta che passi l'effetto della Lidocaina e poi mi dirai come sembra a posto.» Jack si guardò attorno. «E ora? Stiamo qui? Andiamo via?»

«Credo che dovremmo andare, ma non so in che direzione. Stockton non sembra più molto sicura. Troppo vicina. Non voglio fare dietrofront e dirigermi ancora verso sud.»

«Be'... sai, forse conosco un posto dove potremmo andare.»

«Sì?» D scosse il capo. «Non ti sarò di molta utilità per un po',» disse, osservando mestamente la sua spalla.

«Credo che saremmo al sicuro là. È lo chalet del padre della mia ex moglie sul lago Tahoe. Lo usano solo durante la stagione sciistica.»

D parve valutare la cosa. «Ci sono molti vicini?»

CAPITOLO 6

«Nessuno. È un posto sperduto tra i boschi.»

«Potrebbero rintracciarti tramite la tua ex.»

«Be'… non ci sono prove che colleghino suo padre a quel posto. È ancora intestato a sua sorella.»

«Va bene.» D annuì. «Okay. Il lago Tahoe è a sole tre ore di distanza.»

Jack si alzò e lo guardò. «Come tuo medico ti suggerisco di riposare un po'.»

D si alzò a sua volta, ondeggiando un poco e ancora pallido, ma con gli occhi più vispi. «Sto bene, Doc. Mi riposerò quando saremo lontani da qui.»

Jack si fermò allo chalet, sentendosi sollevato di essersi ricordato dov'era. Si sarebbe fatto buio di lì a poco. Di certo quella giornata sarebbe finita presto e avrebbe potuto ritirarsi da tutto in un sonno senza sogni (lo sperava). E invece no, visto che erano solo le 3 del pomeriggio. Era fin troppo esausto, nonostante fossero così presto. A onore del vero, però, erano successe un sacco di cose.

D era addormentato o svenuto sul sedile del passeggero. Jack gli aveva dato l'ultima dose di ampicillina che aveva nella borsa medica e sperò fosse sufficiente. Stese il braccio e, col dorso della mano, gli toccò la fronte. Gli pareva un po' calda, ma senza un termometro era difficile dire se fosse realmente febbricitante o se fosse solo accaldato per via del sole che batteva sul finestrino dalla sua parte. «Ehi,» disse Jack scuotendolo gentilmente sulla spalla sana. «D?»

Lui aprì gli occhi, intontito ma vigile. «Cosa?»

«Siamo allo chalet. Come ti senti?»

D sbatté le palpebre e si sedette più dritto. «Ehm... bene, credo.»

«Dai, andiamo dentro. Hai bisogno di far risposare quella spalla.»

«Sto bene,» disse D, sventolando una mano verso di lui. Jack lo osservò trascinarsi fuori dall'abitacolo, il braccio sinistro allacciato in un'imbragatura di fortuna che gli aveva confezionato con un asciugamano. Si fermò e alzò lo sguardo verso lo chalet. «Oh. Posto carino.»

«Sì. Il padre di Caroline è benestante. Chiedilo a lui. Ti racconterà ogni cosa.» Jack si mise la borsa sulla spalla e s'incamminò verso l'ingresso principale. La chiave di scorta era in una roccia fasulla sepolta per metà sotto il portico. Udì un suono derisorio provenire da D, che aveva evidentemente qualcosa da dire riguardo a quello stupido espediente di sicurezza. Gli lanciò un'occhiata. «Non tutti devono stare in guardia contro assassini armati e signori della droga, sai. Una roccia fasulla è sufficientemente buona per la maggior parte delle persone.»

D lo seguì nello chalet. Era un posto carino. Due camere da letto che condividevano un bagno grande, con un altro bagno fuori dalla cucina. Un salotto accogliente e un balcone che affacciava sul lago Tahoe, lontano alcuni chilometri. «Dove ci troviamo esattamente?»

«A circa metà strada tra la Carnelian Bay e Tahoe City.»

«Quindi ancora in California.»

«Sì. Non c'è nessuno in giro. Le persone più vicine sono a tre chilometri verso est; non riesci nemmeno a vedere le luci attraverso gli alberi.»

«Bene.» D si sedette pesantemente mentre Jack tornava alla macchina a prendere le valigette d'alluminio.

«Quindi... siamo certi che non ci abbiano seguito?» chiese Jack chiudendo la porta dietro di sé e ruotando la serratura di sicurezza.

«Abbastanza. A meno che non ci sia un altro localizzatore su quella cazzo di macchina.» D sussultò e lasciò cadere la testa all'indietro contro il divano.

Jack si piegò su di lui e gli aprì i primi due bottoni della camicia, spostandola di lato e sollevando la fasciatura. Cercò di non farsi vedere, ma l'aspetto della ferita di D non lo rassicurò. Era arrossata attorno ai bordi e suppurava leggermente. Non aveva antibiotici. «Quando hai fatto l'ultimo richiamo dell'antitetanica?» chiese.

D lo guardò come se fosse pazzo. «Richiamo dell'antitetanica? Che io sia dannato se lo so.»

«Non ti ricordi?»

«Merda, no. Li ho fatti regolarmente quand'ero nell'esercito, ma da allora no.»

«Quindi sono più di dieci anni, è questo che mi stai dicendo?» Jack si raddrizzò passandosi una mano tra i capelli.

«Va così male?»

«Male? D, ti hanno sparato! Potresti contrarre il tetano!»

«Pensavo che lo si prendesse coi chiodi arrugginiti.»

«Qualunque oggetto metallico che penetri il corpo è una possibile sorgente d'infezione, e ciò include i proiettili. Non è molto probabile che tu lo prenda, ma se mai ci fosse un'occasione in cui è meglio prevedere piuttosto che curare, è questa.» Scosse il capo. «Devo avere del vaccino contro il tetano da qualche parte.»

«Sto bene. Non mi verrà il tetano.»

«Non puoi saperlo. E se sviluppi i sintomi sarà troppo tardi per somministrarti il vaccino. Il tetano ha un tasso di mortalità del cinquanta per cento, D. Ti piacciono queste probabilità? A me no.» D pareva un tantino preoccupato dalla cosa. «Non posso correre il rischio. E la tua ferita... non ha un bell'aspetto. Nemmeno tu hai una bella cera.» D era pallido e sudaticcio.

«Mi sento febbricitante. Non volevo dirti niente.»

«Non devi farlo, hai capito?» disse Jack girandosi verso di lui. «Devi dirmi come ti senti! Non posso prendermi cura di te se mi nascondi le cose, e non posso permettere che tu muoia di sepsi o tetano o di qualche cazzo di fascite necrotizzante perché non mi hai detto per tempo che ti sentivi la febbre!»

D sbatté semplicemente gli occhi a quella ramanzina.

«Bene. Sei tu il capo, Doc. Sentiamo che cazzo di grande piano hai. Pensi di entrare a passo di danza in qualche pronto soccorso e uscirtene con le tasche piene di medicine? Perché ho sentito dire che hanno inasprito i controlli su quelle cose.»

«Mi verrà in mente qualcosa.» Jack sospirò e si lasciò cadere in un angolo del divano, osservando D. «Ma non fino a domani. Voglio vedere come va la ferita e se hai bisogno di più antibiotici. Ci vogliono almeno due giorni per sviluppare i sintomi del tetano, quindi andrà bene anche se vado domani.»

«Andare dove?»

«Non ho ancora deciso.» Sorrise leggermente. «Dai, D. Fidati di me.»

«Be'… credo di dovertelo, non è vero?»

Lo chalet era abbastanza ben fornito di cibo in scatola, così Jack approfittò del microonde. Non aveva compreso fino in fondo quanto fosse affamato fino a quando percepì il profumo del chili, una roba in scatola da quattro soldi con poco sale. Si sedettero al piccolo tavolo rotondo in cucina. Jack divorò il cibo mentre D lo piluccò. «Hai bisogno di mangiare,» disse Jack.

«Non ho molta fame.»

Jack si fermò. «Dovresti averne: non abbiamo mangiato per tutto il giorno.»

D lo guardò. «Mi sento un po'… scombussolato.» Quell'ammissione di vulnerabilità fisica parve imbarazzarlo.

«Come va la spalla?»

«Fa male, porca puttana.»

«Fa male come? È un dolore tagliente, fisso, o bruciante?»

«Devo sceglierne solo uno?»

Jack si alzò e mise la mano sulla fronte di D. Era sicuramente caldo. Andò verso la sua borsa ed estrasse un termometro digitale. «Sotto la lingua,» disse, e D obbedì, sebbene non fosse troppo felice a riguardo. Jack controllò il risultato. «Bene, hai trentotto e mezzo di febbre. Non va così male, ma non va troppo bene.» Si diresse nuovamente ai fornelli. «Va', siediti sul divano e avvolgiti in quella coperta. Ti preparo del tè.»

D si alzò lentamente. «Sembri una fottutissima nonnetta.»

«C'erano le nonne a fare da dottori prima dei dottori stessi. Hai bisogno di liquidi.»

Quando Jack tornò in soggiorno, con la tazza in mano, D era sul divano avvolto nella coperta, come gli era stato detto. «Grazie,» disse, prendendo il tè. Jack si sedette all'altra estremità del divano. D si guardava intorno nella stanza. «Questo posto è sicuro?»

«Cioè?»

«Le finestre hanno una chiusura di sicurezza? C'è un secondo ingresso?»

«Ogni cosa ha una serratura. Ci sono unicamente la porta d'ingresso e quella che dà sul patio.» D grugnì, sorbendo il tè. «Sembri nervoso.»

D fece spallucce. «Se sarò costretto a letto, tu resterai senza difesa.»

«Starai bene.»

«La cosa che spero è che nessuno ci trovi qui.»

Jack annuì, raggomitolandosi nel suo angolo con un'altra coperta. Studiò il volto di D, in quel momento arrossato per il calore del tè. «Come sei entrato in questo giro?» chiese.

«È successo, semplicemente.»

«Una persona non può "semplicemente" diventare un assassino su commissione.»

«Be', a me è successo.»

Jack provò un'altra tattica. «Perché sei entrato nell'esercito?»

D fece nuovamente spallucce, come se quelle domande non avessero importanza. «Avevo diciotto anni e niente prospettive, qualcosa dovevo pur fare.»

«Doveva piacerti, visto che ci sei rimasto.»

«Era bello. Mi piaceva abbastanza. Gli ufficiali dicevano che ero portato, avevo il giusto tipo di personalità, qualunque cosa significasse quella dannata espressione.»

«Eri nell'esercito durante Desert Storm, giusto?»

«Sì. Ho trascorso due anni laggiù.»

«Sul serio?»

«Sì.»

«Com'era?»

«Non voglio più parlarne.»

«Dai, D. Tu sai tutto di me.»

«Non credo sia così.»

«Be', fammi una domanda. Ti dirò tutto quello che vuoi sapere.»

«Non c'è nulla che voglia sapere. Ne so abbastanza. Hai visto una donna assassinata e hai intenzione di testimoniarlo davanti alla corte, e non meriti di morire. Questo è tutto ciò di cui m'importa.»

Jack non disse nulla, ferito dalla mancanza d'interesse di D più di quanto si sarebbe aspettato. Tuttavia non riuscì a tollerare a lungo il silenzio. «Quindi… come funziona il lavoro?»

«Cosa?»

«Tutta la faccenda degli omicidi su commissione. Come funziona?»

D sospirò stancamente. «Ho una responsabile. I contratti arrivano attraverso di lei, mi mostra i fascicoli, prendo i lavori che voglio prendere, il cliente paga lei, lei si prende la percentuale, poi paga me. Davvero semplice. Lavoro quando voglio. Niente di più, niente di meno.»

Non voleva chiederlo, ma sapeva di doverlo fare. E avrebbe fatto meglio a farlo in quel momento. «Quanti sono?»

Il volto di D si girò leggermente verso di lui, gli occhi erano ancora concentrati sul caminetto. Non esitò. «Sessantasette.» Lo disse in modo schietto, come se volesse colpire duramente Jack con quella rivelazione.

Gesù mio. «Quanti mentre facevi parte dell'esercito?»

«Nessuno.»

«Nessuno?» chiese Jack incredulo.

«Non ho mai sparato nemmeno un colpo. L'esercito mi ha insegnato a uccidere, ma ho dovuto abbandonarlo per diventare un killer.»

Jack era risoluto a non distogliere lo sguardo. «Chi erano quelli? Quelle sessantasette persone?»

«Non vuoi saperlo, Jack.» D stava fissando nuovamente

la tazza.

«Invece sì. Dimmi chi erano.»

«Non voglio che tu lo sappia.»

«Perché?»

All'improvviso, D fece risplendere la luce abbagliante di quegli occhi ardenti su di lui. «Perché non voglio distruggere il mondo in cui vivi, dove la gente è buona e si aiuta a vicenda e tu sistemi il volto di chi rimane ferito, dove ti fai avanti, resisti e lotti quando vedi qualcosa di sbagliato, dove ti prendi cura di un uomo che è stato mandato per ucciderti. E non voglio che tu sappia com'è, non veramente, perché non voglio che tu sia toccato da me o da gente del mio stampo e dal mondo che conosco. Voglio che tu possa tornare alla tua vita così come sei ora.»

Jack lo guardò fisso, pietrificato. Era il discorso più lungo che avesse mai fatto tutto insieme, ed era la prima volta che aveva sentito quel genere di emozioni provenire da lui. D distolse lo sguardo, e poi mise la tazza di lato. «Ho intenzione di farmi una dormita.» Jack lo guardò dirigersi verso una delle camere da letto, la coperta ancora stretta attorno a sé, e chiudersi la porta alle spalle.

Crollò sul divano, una mano sopra gli occhi. *Maledizione, Dio, in cosa mi sono fatto coinvolgere?*

D lottò per svegliarsi tra banchi di nebbia fitta e la cosa in sé era allarmante. Di solito si svegliava rapidamente, passando a uno stato di piena allerta in pochi secondi, un talento residuo dell'esercito che gli aveva salvato il culo in più di un'occasione. Jack lo stava scuotendo.

No, lui non ti sta scuotendo, lo stai facendo tu, comprese. Era avvolto in una coperta e sudava, ma stava tremando. La spalla era in fiamme e si sentiva svuotato, mente e corpo. Si era ammalato poche volte in vita sua, ma mai così. Si sentiva come se stesse bruciando vivo, liquefacendosi e trasudando dai suoi stessi pori.

Lottò per mettersi seduto, poi per mettere i piedi sul pavimento, ma inciampò e cadde coi piedi aggrovigliati nella coperta. Sentì dei passi rapidi, poi la porta della stanza si aprì e delle braccia lo sollevarono verso il letto. «Cosa diavolo stai facendo?»

Rendersi conto di essere felice di sentire la voce di Jack fu un colpo all'indipendenza e alla freddezza attentamente coltivate. Dovette trattenersi dall'afferrarlo. Lui era così forte, calmo e in salute, e D aveva poca esperienza con le sensazioni degli afflitti. «Mi sono svegliato... tremante,» riuscì a dire.

«Cristo, stai bruciando,» disse Jack spingendolo indietro sul letto e accendendo la lampada sul comodino. Spinse di lato la camicia di D per guardare la ferita. D riuscì a comprendere dalla sua faccia tirata che non aveva un buon aspetto. Jack si sedette sul bordo del letto, molto più vicino di quanto D avrebbe normalmente tollerato, ma si sentiva così a terra che non gli importava. «Devo procurarmi altre medicine per te.»

«Come?»

Jack sospirò. «Andrò a Carson City e m'intrufolerò in un ospedale.»

D spalancò gli occhi, focalizzandosi sul volto di Jack. Sembrava dannatamente serio. «Jack, stavo scherzando quando l'ho detto.»

«Comprerò delle divise da un negozio di attrezzature sanitarie, un camice da laboratorio, prenderò il mio stetoscopio ed entrerò come se facessi parte dello staff. Non è così che tiri avanti? Te ne vai in giro come se un atteggiamento ti appartenesse?»

«Sì, credo di sì... ma...»

«Posso farlo. Devo farlo.»

«No, è troppo rischioso. Possono catturarti... I fratelli potrebbero trovarti...»

Jack si chinò un po' più vicino e lo fissò con sguardo determinato. «D, non ho intenzione di restare qui a far nulla mentre tu muori di sepsi o per qualche infezione da stafilococco. So quello che sto facendo. Farò in fretta e sarò di ritorno prima che tu te ne renda conto.»

«Non hai intenzione di andare adesso, vero?»

«No, non posso. Verrei notato più facilmente di notte, quando ci sono meno membri dello staff in circolazione. Andrò di mattina.» Aveva due dita sul polso di D e ascoltava il battito. «Però vorrei poter andare adesso. Peggiori ogni momento che passa.»

«Sto bene.»

«Smettila con l'atteggiamento da killer spietato e indifferente. Quand'è stata l'ultima volta che sei stato malato in modo serio?»

«Non credo di esserlo mai stato.»

«Be', è una cosa che rende tutti uguali. Ci fa sentire vulnerabili, dalla casalinga indaffarata e piagnucolosa al più duro addestratore militare. Non sei così resistente o immune, ora lo sai.»

D grugnì e si fece un poco più in là, come se ciò potesse fargli dimenticare il brivido di panico che lo percorse al pensiero di Jack che usciva. «Non c'è bisogno che tu mi tenga la mano, Doc.»

Jack rise sotto i baffi. «Dici così ora, certo.» Si alzò e andò in soggiorno, tornando poi con la sua borsa e un bicchiere d'acqua. «Tirati su,» disse, e D si sentì umiliato nello scoprire che aveva bisogno di aiuto per farlo. «Ecco, prendi queste,» disse Jack tendendogli la mano.

«Cosa sono?»

«Solo aspirine, stupido,» rispose Jack con un sorrisetto giocoso che D non comprese del tutto. «Aiutano per la febbre e i brividi. E bevi tutto il bicchiere d'acqua. Non voglio che ti disidrati, in aggiunta a tutto il resto.» D prese l'aspirina e scolò il bicchiere più veloce che poteva. «Va bene, andiamo a letto. Dai, spogliati.»

D lo guardò. «Prego?»

«Oh. Scusa. Il mio cervello è entrato in modalità medico e mi dimentico che i pazienti hanno bisogno di privacy. Ti porterò dell'altra acqua. Spogliati e mettiti sotto le coperte.»

Jack lasciò la stanza e D si sforzò di togliersi gli abiti, operazione resa ancora più difficoltosa dal dolore alla spalla e dall'inutilità del braccio sinistro. Cercò di liberarsi fino ai boxer e si arrampicò sul letto, che era soffice e invitante. Con un sospiro si mise comodo contro i cuscini, sentendosi leggermente meglio, anche se gli sembrava ancora di aver avuto un frontale con un camion.

Jack tornò con un bicchiere d'acqua e una ciotola di qualcosa. «Bevi questo, e voglio che cerchi di mangiare qualcosa.»

Lo stomaco di D ebbe i crampi al solo pensiero. «Non riesco a mangiare nulla.»

«Allora bevi, almeno.»

D prese il bicchiere e bevve qualche sorso. Jack poi glielo tolse dalle mani ed esaminò nuovamente la spalla. «Devo cambiare la fasciatura. Farà male.»

«Okay,» disse D.

Aveva ragione. Faceva male.

Jack stesso parve non stare troppo bene mentre si sbarazzava della vecchia fasciatura. Strofinò il volto di D con una salvietta fredda. «Mi dispiace,» disse.

«No... non...» *Cosa stava per dire?* Si stava allontanando. Si sentiva senza peso e la stanza si stava dissolvendo, galleggiando lontano. Riusciva a sentire Jack che pronunciava il suo nome, ma non era il suo nome, solo una stupida lettera, il meno di cui poteva liberarsi e tuttavia ancora un nome. *Voglio sentirti pronunciare il mio vero nome un giorno, Jack.* Il pensiero galleggiava nella sua mente, senza ormeggi e così scivoloso da non riuscire a tenerlo stretto. *Potrebbe essere lui la persona alla quale poter dire perché non sono più me stesso.*

Jack osservò D andare alla deriva in uno stato di semi-incoscienza. Prese nuovamente la temperatura. Trentanove. Più alta di prima. E con un'aspirina in corpo. Doveva procurarsi degli antibiotici più efficaci, e velocemente, prima che l'infezione si diffondesse e lo facesse stare peggio. Detestava dover attendere fino alla mattina successiva.

Mise il portatile di D in cucina, sistemandolo sul tavolino, sperando di riuscire a cogliere una rete. Fu soddisfatto nello scoprire che, a un certo punto, Warren aveva cablato quel posto, così fu in grado di navigare. Trovò l'ubicazione del Carson-Tahoe Hospital. Copiò il tragitto da MapQuest e fece lo stesso per il magazzino dove poteva comprare i camici. Il loro sito web diceva che potevano persino ricamare il suo nome sul camice di laboratorio mentre lui attendeva, il che avrebbe concesso un tocco di credibilità al suo travestimento. Era davvero un travestimento? Dopotutto, era un medico.

D aveva ragione su una cosa. Non poteva entrare al pronto soccorso e afferrare un paio di manciate di farmaci e del tossoide tetanico. I pronto soccorso avevano un servizio di sicurezza abbastanza efficiente. Ma se quell'ospedale non era diverso da quelli in cui aveva lavorato, ci sarebbe stata poca sorveglianza all'accettazione. Un'infermiera in servizio avrebbe potuto avere antibiotici e probabilmente del vaccino contro il tetano nel suo ufficio. Tutto quello che doveva fare era aspettare che la donna andasse a pranzo o qualcosa di simile. Trovò persino la cartina del piano ospedaliero online e localizzò l'accettazione. Si sedette e studiò la mappa del piano fino a che riuscì a memorizzarla abbastanza bene. Sarebbe stato complesso sembrare un frequentatore abituale se si fosse aggirato con lo sguardo perso in viso.

Puoi semplicemente scappare, sai. D non è in condizione di darti la caccia e non ha una macchina. Vai a Reno e chiama lo sceriffo. Devono rimetterti sotto custodia protettiva. Quest'uomo è pericoloso. Ha detto che ci sono delle persone sulle sue tracce oltre a quelle che cercano te. L'ultima cosa di cui hai bisogno è un compagno di viaggio che ti rende un bersaglio ancora più grande. Liberati di lui. Scappa lontano.

Jack si alzò e tornò in camera di D. Stava dormendo, non del tutto placidamente. Si avvicinò al letto e si sedette sul bordo, guardando con la testa piena di pensieri inquieti il suo improbabile alleato. Nel sonno, la maschera d'uomo tutto d'un pezzo che D indossava come una seconda pelle se n'era andata, e pareva vulnerabile, umano e fragile. Jack gli mise nuovamente il dorso della mano sulla fronte. Ancora bollente. A chi voleva darla a bere? Non poteva lasciare D. Non adesso. Lui gli aveva salvato la vita almeno tre volte. Poteva essere un killer feroce, ma lui non riusciva a giudicarlo. Doveva esserci qualcosa che l'aveva condotto a quel punto, perché lo aveva osservato bene e non aveva trovato quel genere di freddezza o crudeltà che pensava dovesse esserci in un uomo che aveva veramente scelto di guadagnarsi da vivere uccidendo gli altri.

Era il suo turno di salvarlo e doveva farlo.

D si agitò nel sonno, e gli sfuggì un gemito.

«D?» disse Jack, desiderando conoscere il vero nome dell'uomo. «Stai bene?»

Sembrava stesse sognando. Qualcosa di spaventoso, o preoccupante, all'apparenza. «Unnhhh... no,» gemette. «Juh... Juh...» Per un attimo, Jack si chiese se stesse per dire il suo nome. «Jill...,» terminò. «Juh... Jill...»

Jill? Chi era Jill? Aveva una moglie? O una figlia? L'idea di D con una famiglia non si adattava all'idea che aveva di lui. *Magari ha lasciato una famiglia da qualche parte. Magari ha un'ex moglie che l'ha abbandonato portandosi via i figli.* Jack non aveva prove, naturalmente, ma pareva logico pensare che un uomo nel giro dei killer prezzolati avrebbe potuto pagare un prezzo salato se la gente vicina a lui avesse saputo cosa faceva per vivere.

«Va tutto bene,» disse, cercando di essere confortante. Esitò, poi allungò il braccio e prese la mano di D. Era grande e forte, callosa tra le dita e il pollice. «Shhh,» disse, facendo dei suoni confortanti. «Starai bene, D.»

«Jill...»

«La troveremo di nuovo. Prova a riposare.»

D annuì. «Sì... devo trovarla...»

«La troveremo. Lo prometto.»

«Lasciami andare...» D ritirò la mano e si girò, dando le spalle a Jack. Lui rimase dov'era, a guardarlo cadere in un sonno più profondo, e poi si spostò verso la poltrona in un angolo. Si sedette lì, osservando il suo paziente, fino a che anche lui si addormentò.

CAPITOLO 7

Poco dopo le dieci del mattino, un chirurgo che non esisteva entrò al Carson-Tahoe Hospital. Indossava un'uniforme da chirurgo blu e un camice di laboratorio bianco; il suo nome, dottor John Templeton, era ricamato in blu sul taschino. Uno stetoscopio gli pendeva dal collo e stava girando delle pagine su un portablocco mentre camminava. Era solo un altro chirurgo che rivedeva un grafico prima di una procedura, un consulto o il giro di visite.

Nessuno gli prestò la minima attenzione, a parte l'infermiera al bancone che se lo vide passare davanti, probabilmente chiedendosi chi fosse quel medico così affascinante e che subito lo dimenticò, non appena fu lontano dalla vista.

Jack aveva pensato che sarebbe stato difficile salvare le apparenze, che i nervi l'avrebbero reso goffo facendolo dare nell'occhio, ma quell'ambiente era rassicurante. Doveva esserlo; l'aveva fatto un milione di volte quando non era una finzione. Aveva trascorso gli ultimi cinque anni camminando nei corridoi dell'ospedale in camice, guardando blocchi per appunti senza prestare attenzione a dove stava andando, lo stetoscopio attorno al collo. Non era impacciato; gli era familiare. Gli ospedali erano tutti uguali e sapeva che anche le vite di quelle infermiere, assistenti, interni e medici curanti lo erano, proprio come se anche lui fosse uno di loro.

Osservò come un paziente su una lettiga veniva portato via in gran fretta. Si domandò cosa non andasse in lui. Si chiese se potesse aiutarlo. *Magari potrei semplicemente fare un salto al pronto soccorso e dare una mano. Intubare un trauma cranico... magari valutare alcuni aspiranti chirurghi... persino dare dei punti a un paio di graffi, qualsiasi cosa...*

Riprese la sua direzione verso l'accettazione. *Cerca di controllarti, Jack. D ha bisogno che tu non mandi tutto a puttane. Concentrati.* Pensò al suo paziente febbricitante, solo, allo chalet, e tornò risoluto nel continuare. Quando l'aveva lasciato, D aveva il sonno agitato, la temperatura aveva subito un'impennata e la ferita era in suppurazione. Doveva fare il tutto velocemente, e l'ospedale non era l'unica fermata prima di tornare da lui.

Camminò dritto verso l'ufficio accettazione. Proprio come quello del Johns Hopkins, era uno spazio dall'aspetto ordinario con un bancone per la reception, un paio di tabelloni per le analisi e una branda. L'infermiera, una donna di mezz'età con capelli rosso fuoco, gli fece un grande sorriso mentre entrava. «Buongiorno!» disse.

«Buongiorno,» disse Jack. «Sono il dottor Templeton.»

«È nuovo, dottore? Non credo di averla mai vista prima.»

«No, vengo da Reno. Sono qui solo per un consulto su un caso. Mi ascolti, ho mangiato del sushi avariato ieri sera. Ha del Compazine[2]?»

«Certo!» disse l'infermiera. Sembrava felice di avere un vero visitatore. «Ha dei crampi? Vomito? Diarrea?»

«No a tutto,» disse Jack, pensando rapidamente quale risposta sarebbe stata la meno facile da ricordare e avrebbe innescato il minor numero possibile di domande. «Sono solo un po' nauseato.»

La donna si alzò e si diresse all'armadietto accanto ai lettini per le visite. Sotto il bancone c'era un piccolo frigorifero. Non era chiuso a chiave. Era lì che Jack avrebbe trovato ciò di cui aveva bisogno per D. L'infermiera estrasse una bottiglietta dall'armadietto e tornò al bancone. «Ne vuole solo due?»

«Basterà per il momento, grazie.» Jack prese le pillole, sorrise e lasciò l'ufficio.

Camminò lungo il corridoio per una breve distanza e poi si sedette su un divano, fingendo di studiare il "grafico" sul suo

---

[2] Plasil e Maalox sono le alternative italiane

portablocco. *Adesso cosa faccio? Sto seduto qui e aspetto? Mi sento come se stessi perdendo tempo. Non posso rischiare di andarmene; cosa accadrebbe se andasse a pranzo e perdessi la mia occasione?* Si appoggiò allo schienale, osservando medici e infermiere camminare avanti e indietro, pieni di impegni, pazienti da vedere, persone da curare. Le indicazioni sul muro gli dissero che le sale operatorie erano al terzo piano. *Magari potrei fare un salto lassù e infilarmi come sostituto in un'operazione di palatoschisi.* Il pensiero era ridicolo ma stimolante. Non teneva un bisturi tra le mani dal giorno in cui era stato testimone dell'omicidio di Maria Dominguez, e gli mancava più di quanto avrebbe mai immaginato. Brandire il bisturi, separare la pelle, riparare il danno, correggere ciò che era andato storto... tutto era un'esperienza inebriante e riusciva a capire facilmente come i chirurghi sviluppassero un delirio d'onnipotenza. Sperava di non averlo assimilato anche lui. Le illusioni dell'onnipotenza esibite dai suoi supervisori e mentori erano state così irritanti che lui e i suoi colleghi avevano giurato di non cadere mai in quel tranello, ma iniziava a sospettare che la cosa arrivasse con la professione.

Dovrei guardare al lato positivo, pensò. *Magari la mia profonda impotenza per mano dei signori della droga e il fatto di essere un fuggitivo mi salveranno dal montarmi la testa.* Un pericolo mortale pareva un prezzo alto da pagare per evitare il delirio d'onnipotenza, a dire il vero.

Tirò fuori un cellulare. Non era il suo. Era uno della mezza dozzina di cellulari clonati e irrintracciabili che D aveva recuperato dal bunker a Quartzsite. Se l'era portato dietro in caso D avesse bisogno di raggiungerlo, malgrado non fosse del tutto certo che lui l'avesse capito quando glielo aveva spiegato. I suoi occhi erano aperti, ma la sua attenzione andava e veniva. Almeno però era utile per la messinscena. Jack ebbe un'immaginaria conversazione con un collega, tenendo un occhio sull'ufficio accettazione che poteva vedere a malapena dal suo punto d'osservazione sul divano.

Prese alcuni appunti, tessendo una storia ancor più elaborata nella sua testa riguardo a una paziente di quattro anni con una grave sindrome di Treacher Collins. Parlò al fantomatico chirurgo plastico pediatrico degli innesti ossei di cui aveva bisogno, della diagnostica che avrebbero dovuto fare prima dell'intervento, delle fasi della ricostruzione facciale e delle cure post operatorie che la ragazzina – la piccola Susie, aveva deciso di chiamarla così – avrebbe richiesto.

Era così preso dalla sua finta paziente che quasi non si accorse quando l'infermiera dai capelli rossi lasciò l'ufficio accettazione. Vide di sfuggita la donna che si ritirava appendendo un piccolo cartello alla maniglia della porta. Come per incanto, terminò la sua conversazione con nonchalance e si alzò incamminandosi lungo il corridoio. Il cartello diceva "Sarò di ritorno tra un'ora". Perfetto.

Jack diede una rapida occhiata nell'ingresso e poi scivolò all'interno dell'accettazione, lasciando il cartello dove si trovava. Andrò dritto al frigorifero e lo aprì. Il vaccino contro il tetano era il primo della sua lista di cose da prendere; ebbe un attimo di smarrimento quando pensò che la donna non ne avesse, ma poi lo trovò in un angolo. Due fiale di Ancef avrebbero dovuto essere sufficienti per debellare l'infezione di D. Ne aggiunse una terza solo per essere sicuro, prendendola dal retro della fila in modo che non si notasse. Aprì i cassetti dell'armadietto ed estrasse alcune siringhe. Ci volle meno di un minuto per l'intera operazione.

Jack lasciò l'ufficio e si ricongiunse al flusso di persone in corridoio. Nessuno parve aver minimamente notato la sua presenza. Rapidamente, ma con calma, se ne andò dall'ospedale, salì in macchina e partì, e un profondo sollievo lo pervase mentre l'edificio scompariva nello specchietto retrovisore.

Mentre giaceva a letto preda di una febbre violenta, D scoprì come fosse rimanere per ore in uno stato di non-veglia-non-sonno dove i sogni cominciavano e si fermavano dopo pochi secondi e la realtà pareva offuscata come un pessimo trip con l'acido.

Non che si fosse mai fatto d'acido. Dio solo sapeva cosa avrebbe potuto dire o fare. Troppo rischioso.

Il sudore filtrava dal suo corpo ma si sentiva congelare. La spalla pulsava con un dolore acuto che si diffondeva a ondate attraverso tutto il busto, e lo stomaco si ribellava in preda a sgradevoli picchi di nausea. Aveva un vago ricordo di Jack che gli aveva fatto bere dell'acqua e prendere un'aspirina prima che lui… lui…

Lottò per trovare il modo di riprendere conoscenza. «Jack?» Nessuna risposta. «Jack!»

Se n'è andato. Ha preso il denaro e le armi e la nuova identità e ti ha lasciato qui a morire. È la cosa migliore che meriti. Probabilmente ti disidraterai semplicemente e ti addormenterai, che è una morte più dolce di quanto tu ti sia mai aspettato di avere. Maledizione, ti ha abbandonato…

I suoi occhi caddero sul cellulare posato sul comodino e si rilassò, ricordando Jack sopra di lui che gli diceva che stava andando a prendere le medicine di cui aveva bisogno, e che sarebbe stato presto di ritorno. *Usa il cellulare se hai bisogno di chiamarmi. Ho impostato il numero di quello che ho preso.*

D recuperò il cellulare, si sentiva i muscoli di burro. Aprì la rubrica e vide l'unico dato solitario, il nome che luccicava a lettere blu: Jack. Il dito stazionò sopra il pulsante Invia. *Chiamalo. Solo per tranquillizzarti. Scopri quando ha intenzione di tornare. No, non chiamarlo. Cosa sei, una sorta di ragazzina che non può rimanere da sola per un paio d'ore? Penserà che sei una mammoletta di prima categoria. Metti giù quel fottuto telefono e torna a dormire e ti sveglierai quando sarà di ritorno.*

Posò il telefono. La sua sola esistenza bastava in quel momento.

Jack lottò per trattenersi dall'accelerare, dal passare col rosso, in generale dal correre rischi inutili mentre portava a termine gli altri incarichi che si era assegnato. Per prima cosa: la farmacia. Bende, perossido d'idrogeno, paracetamolo, garze sterili, un'imbragatura adatta, dei sali di magnesio, anestetico locale e qualsiasi altra cosa che potesse essere lontanamente utile. Fermata successiva: il supermercato. Del cibo fresco. Pane, succo, carne in scatola, ginger ale, avevano quello della Vernor, e bustine di tè. Carne da fare alla griglia, verdura, pasta.

D avrebbe avuto bisogno di recuperare le forze, e lottare contro un'infezione era molto dura per il fisico. Sarebbe stato debole per alcuni giorni, almeno. Della birra, solo perché sospettava che lui stesso avrebbe avuto bisogno di tracannarne qualcuna.

Finalmente tornò sulla strada per lo chalet poco dopo l'una. Era stato via per circa quattro ore.

Ci vollero tre viaggi per scaricare la macchina, tra le borse del supermercato e quelle della farmacia. Le preziose fiale di medicinali furono attentamente prese dalla scatola dei guanti in gomma e poste nel frigorifero dello chalet. Chiuse nuovamente a chiave la porta d'ingresso e si diresse nella stanza di D per controllare il suo paziente.

D giaceva sdraiato, semi scoperto, e Jake riusciva a vedere un velo di sudore sulla sua pelle e l'umidità che gli impregnava la T-shirt. Teneva stretto in mano il cellulare che gli aveva lasciato e riposava a pancia in giù. Jack si chinò sopra di lui e gli tastò la fronte. Se possibile, la febbre si era alzata ulteriormente da quando l'aveva lasciato, e un'occhiata alla ferita gli fece capire che il rischio che aveva corso per procurarsi gli antibiotici era stato necessario. Gli sfilò il telefono dalla mano e D sussultò e si agitò. «Cosa... uhm...» Per un momento si contorse come un pesce preso all'amo, disorientato. Jack si sedette sul bordo del letto e lo tenne fermo, una mano sulla sua fronte umida.

«Ehi, va tutto bene. Shhh, stai tranquillo. Sono io. Sono tornato.»

Gli occhi di D si concentrarono su di lui, annebbiati e febbricitanti. «Oh,» disse rilasciando un respiro. «Sei tornato.»

«Certo che sì!» Jack scosse il capo. «Credo che ciò la dica lunga sul genere di persone con cui sei abituato ad avere a che fare. Pensavi che potessi abbandonarti qui a morire come un animale?»

«Com'è andata?» La voce di D era sottile e debole. Non pareva nemmeno lui.

«È andata bene, davvero. Nessun problema.»

«Ti ha visto qualcuno?»

«Be' sì, la gente mi ha visto, ma non credo che qualcuno

abbia notato un altro medico in camice da laboratorio. Torno subito.» Si diresse in cucina e si lavò le mani, poi prese le siringhe, le fiale e le borse della farmacia. «Okay, avanti. Te ne sei stato a letto a sufficienza, non credi?»

«Ah, divertente,» disse D con voce roca.

«Mettiti sul fianco.»

«Perché?»

«Perché, genio, queste due siringhe devono finire entrambe nel tuo sedere, mi dispiace dirtelo.»

D grugnì ma si mise sul fianco. Jack gli abbassò i boxer quanto bastava per esporre la parte dove fare l'iniezione, vicino all'anca. Passò un tampone con l'alcool, estrasse il vaccino del tetano in una siringa e fece l'iniezione. D trasalì. «Ahi,» disse.

«Mi dispiace. Questa brucia, lo so. È una dose notevole, va in profondità. L'Ancef non farà così male.»

«An-cosa?»

«Ancef. È una cefalosporina ad ampio spettro. Un antibiotico. Dovrebbe uccidere qualsiasi germe ti stia divorando.» Estrasse il medicinale e lo iniettò. «Ecco, fatto tutto.» D rotolò nuovamente sulla schiena.

«Per quanto tempo... quando...»

«Se tutto va bene, la febbre scenderà entro stasera. In quel caso saprò che sei in via di guarigione, ma ti somministrerò questa roba fino a quando sarò più che certo che hai superato la fase critica. Ne ho un sacco. Ecco,» disse dando a D dell'altra aspirina e una bottiglia d'acqua, «butta giù tutto adesso. Ora ti preparerò del brodo che berrai senza discutere. E ti ho preso della Vernor.»

D sollevò lo sguardo su di lui. «Tu... mi hai preso della Vernor?»

«Hai detto che ti piaceva. E il ginger ale va bene per i disturbi di stomaco che probabilmente potrebbe darti l'Ancef.»

«Grazie,» disse D, con tono meravigliato. Jack si chiese se qualcuno avesse mai fatto qualcosa di gentile per lui prima di allora, perché da come lo guardava, pareva di no. Ma non poteva essere così. Magari si era talmente abituato a non aspettarsi nulla che persino la più piccola gentilezza, come il ricordarsi della sua marca di bibita preferita, gli sembrava un gesto grandissimo.

«Di niente,» disse lui. «E se mi salverai la vita una quarta volta, magari ti offrirò anche una granita. Dai, ho bisogno di vedere quella ferita e cambiare nuovamente la fasciatura.»

Dannazione, se mai dovessi dire ancora qualcosa di scortese, sprezzante o lontanamente condiscendente sulla professione infermieristica, per favore fa' che io possa essere fulminato. Curare un malato senza mai fermarsi, invece che entrare e uscire semplicemente dalla stanza portando in dono la speranza di una ripresa, era estenuante. E, a confronto di altri, D non era poi così malato. Aveva un'infezione, ma non era finita in sepsi e sarebbe guarito. Ed era l'unico paziente che aveva. Non sapeva come facevano le infermiere. Gli somministrò l'aspirina, iniezioni addizionali di Ancef, lo mantenne idratato, pulì la sua ferita, gli fece bere brodo e Vernor e spugnò la sua dannata fronte. D però si fissò a voler andare in bagno. Insistette barcollando da solo, andata e ritorno, malgrado lui l'avesse rassicurato che aveva visto altri membri maschili prima di allora e che era un medico, e di conseguenza in grado di affrontare la cosa con distacco clinico, e che col cazzo che sarebbe tornato in città a rapire un chirurgo ortopedico nel caso in cui D fosse caduto rompendosi una gamba.

Tra un compito e l'altro, si sedette sul divano a guardare la TV e si appisolò qualche volta, ringraziando di essere in buona salute. Era stato malato come D solo poche volte in vita sua e non solo non era stato piacevole, ma l'aveva fatto sentire debole e vulnerabile, due condizioni che sapeva dovevano essere antitetiche all'esistenza stessa di D.

Poco dopo mezzanotte, si trascinò in camera di D. L'unico rumore era il suo respiro profondo e regolare. Accese la lampada e gli tastò la fronte. Era fresca. La febbre se n'era andata. Sospirò di sollievo e si sedette sulla poltrona nell'angolo. *Mi siedo qui solo per un minuto...*

E poi si svegliò, una mano sulla spalla. «Ehi, Jack.»

Sbatté le palpebre, il sole – sole? – colpì i suoi occhi duramente come un ceffone. D era chino sopra di lui, le guance erano appena colorite, una trapunta avvolta attorno alle spalle. «Oh, merda... che ore sono?» farfugliò.

«Le otto appena passate. Sei stato qui tutta la notte?»

«Credo di essermi addormentato.» Si concentrò nuovamente su D, ricordando la situazione. «Come stai? Sei in piedi, vedo.»

«Sto meglio.»

«Rimetti giù il tuo culo. Sarò io a giudicarlo.» D si sedette sul bordo del letto e si comportò bene mentre Jack gli auscultava il petto, controllava la temperatura e ispezionava la ferita. Era ancora arrossata, ma non era più in suppurazione: stava iniziando a cicatrizzarsi e guarire. «Be', grazie alle straordinarie doti del tuo medico curante, credo che tu sia in via di guarigione.»

«Mi sento un po'... debole. Come se non riuscissi a fare più di qualche metro.»

«Dovevamo aspettarcelo. Tuttavia dobbiamo riuscire a farti stare in piedi. Lascia che ti somministri un'altra dose...»

«Un'altra? Il mio sedere non è un puntaspilli.»

«Per la profilassi.»

«Profil... cos'è? Non è un profilattico? Che diavolo hai in mente, Doc?»

Jack ridacchiò. «La profilassi è una misura preventiva, come passare il filo interdentale per prevenire i disturbi alle gengive. I preservativi sono chiamati, a volte, "profilattici", perché sono una misura preventiva contro la fecondazione. In più gli antibiotici servono a prevenire la ripresa della tua infezione.»

«Oh, immagino sia così.» Si sedette tranquillo per l'iniezione, poi si alzò in piedi. «Sto morendo dalla voglia di farmi una doccia. E no, non ho bisogno di aiuto per quello!» disse con asprezza.

Jack sorrise, guardandolo trascinarsi in bagno. *Deve sentirsi meglio: è tornato a essere scontroso.*

D dovette fermarsi ogni tanto e appoggiarsi contro il box doccia per raccogliere le forze, ma l'acqua calda lo faceva sentire dannatamente bene. Aveva due giorni interi di sudore e malattia sulla pelle, come un olio scivoloso, e tutto ciò che voleva fare era strofinarsi fino a scorticarsi con la cosa vaporosa e cespugliosa che aveva trovato appesa alla maniglia del miscelatore.

La debolezza era qualcosa che gli avevano insegnato a odiare, ed era stato obbligato a negarlo a causa del suo stile di vita. Era qualcosa che non poteva mai permettersi, né di sperimentare né di mostrare. Buffo che una cosa così stupida come un batterio su un proiettile fosse riuscita laddove avevano fallito un gran numero di uomini forti, vale a dire stenderlo. Ma la cosa peggiore era che non era solo nel momento in cui l'avevano colpito. C'era stato un testimone della sua debolezza, e a peggiorare tutta la situazione era che quel testimone fosse qualcuno per cui D aveva voluto essere forte, più forte di quegli uomini che lo volevano morto, più forte della legge, più forte della sua stessa paura di esporsi.

Ma lui era forte? No. Jack era stato forte. Jack che era uscito nel mondo ostile e aveva commesso un crimine, Jack che aveva cacciato via i mostri in attesa di spingerlo nell'oscurità.

Quand'era stata l'ultima volta in cui si era fidato di qualcuno in vita sua? Non riusciva a ricordare. Probabilmente era accaduto quando stava nell'esercito, ma quel periodo era così distante e nebuloso, sospinto come dietro un velo di rabbia e tradimento, perdita e orrore. No, prima di Jack c'era stata solo una persona di cui D si era fidato, e anche allora, doveva essere qualcuno di cui non aveva mai visto il volto.

Si asciugò e indossò dei vestiti puliti, presi dal borsone che Jack aveva premurosamente portato nella sua stanza. Riusciva a sentire l'odore del cibo che cuoceva e il suo stomaco brontolò. Tutto d'un tratto gli venne abbastanza fame da mangiarsi un cavallo. Un cavallo morto. Coi vermi.

Jack aveva apparecchiato la tavola ed era ai fornelli a cuocere qualcosa. Formaggio grigliato, sembrava. D sbatté gli occhi, osservando come il tutto avesse un'aria quasi domestica in modo inquietante.

«Stai meglio?» chiese Jack.

D grugnì. «Sono più pulito.»

«Tieni,» disse Jack abbandonando i fornelli e prendendo una sorta di arnese in tessuto con tracolla e velcro. «Questo è per il tuo braccio. Devi tenere la spalla immobile in modo che possa guarire.»

«Non ho bisogno di nessuna fottuta imbragatura.»

«Hai bisogno di un'imbragatura e la indosserai.» Brontolando, D lasciò che Jack lo aiutasse con quella dannata cosa, sebbene dovesse ammettere che indossarla alleviava la pressione dalla ferita. Non sentiva più come se si stesse strappando. «Adesso siediti.»

D ubbidì. «Hai altri ordini da darmi, Doc?»

«No. Zuppa di pomodori e formaggio grigliato.» Mise un piatto di fronte a lui e l'appetito di D ebbe la meglio sull'imbarazzo. Si spazzolò mezzo sandwich nel lasso di tempo in cui Jack si sedete sull'altra sedia. «Cavolo, dovevi essere affamato.»

«Non ho mangiato nulla per due giorni.»

«Hai davvero un aspetto migliore.»

D annuì, il boccone di zuppa rendeva difficile rispondere. «Ho avuto un bravo medico,» disse, concedendosi una rapida occhiata al volto di Jack, il tempo necessario per vedere il sorriso compiaciuto che si spandeva sul suo viso.

Jack trascorse il pomeriggio pulendo compulsivamente lo chalet mentre D schiacciava un pisolino. Non aveva ancora nemmeno *usato* l'altra camera da letto, avendo dormito sporadicamente o sul divano o sulla poltrona nella camera di D. Uscì e spostò la macchina dietro la parte più nascosta della casa, pensando che sarebbe stato prudente, per lo chalet, apparire disabitato allo sguardo. Fece un rapido inventario delle provviste, programmando un altro viaggio a Carson City di lì a un giorno o due, e di fare il bucato. Non sapeva quanto tempo si sarebbero fermati in quel posto, ma ci sarebbe voluta almeno una settimana prima che D potesse usare il braccio in modo normale, e più a lungo lo faceva riposare, meglio sarebbe guarito. Non sapeva se D avrebbe acconsentito a starsene fermo per tutto quel tempo ma, d'altro canto, più a lungo rimanevano lì senza venire localizzati più significava che si erano nascosti bene. Vero?

D lo raggiunse sul portico sul retro poco prima delle cinque. «Dannazione,» borbottò osservando la vista del lago Tahoe. «Questo è... qualcosa di speciale. Tuo suocero dev'essere ricco.»

«Oh, sì,» disse Jack. D si sedette sull'altra sedia a sdraio. «Tu e Caroline avete rotto nel '98, giusto?»

Jack lo guardò. «Come fai a saperlo?»

«Ho visto il tuo fascicolo. So un sacco di cose su di te.»

«Oh. Sì, 1998, dopo sei anni di matrimonio.»

«Vi eravate sposati giovani, allora.»

«Ventidue anni entrambi. Avevo appena iniziato la specializzazione in odontoiatria. Lei studiava economia e gli studenti di odontoiatria e quelli di economia condividevano il parcheggio. Dobbiamo aver avuto dei corsi alla stessa ora perché la vedevo sempre arrivare e andare via quando c'ero io.»

D fece una mezza risata. «Sì. Dei corsi. Certo.»

Jack si accigliò. «Cosa?»

«Ti teneva d'occhio, Doc.»

«Uhm.»

D sospirò. «Lei prendeva nota di quando andavi e venivi e si assicurava di essere lì in modo da poterti rimorchiare, idiota.»

Jack sbatté gli occhi. Un altro ben meritato *idiota* per lui. «Non ci avevo mai pensato.»

«Certo che no, perché la tua mente non funziona così. La mia sì. Caroline sarebbe stata un bravo sicario. Le donne sono molto brave a farlo perché nessuno sospetta mai di loro.»

«Conosci donne killer?»

«Un paio. Il mio responsabile è una donna. Lo era, dovrei dire.»

«È morta?»

«No, ma non so proprio dire se sia ancora il mio responsabile adesso che sono fuori dal giro, no?»

Jack si sedette, imbarazzato. «Credo di no.»

«Allora, perché vi siete lasciati?»

«Perché mi stai facendo tutte queste domande?» ribatté

Jack. «Non t'importa.»

«Chi dice che non mi importa?»

«Tu! Hai detto che tutto quello che hai bisogno di sapere su di me è che sono un testimone, che non merito di morire, bla bla bla, e che era tutto quello che t'importava di sapere!»

Ora era il turno di D di sembrare imbarazzato. «Oh. Mi sa che l'ho detto sul serio, eh?» Non disse nulla per un minuto. «Magari adesso voglio sapere.»

«Non farlo per farmi un favore. Non ho bisogno di alcuna conversazione mossa da pietà. Possiamo starcene qui seduti in un silenzio totale del cazzo, per quello che m'importa.» Jack incrociò le braccia sul petto. *Stai mettendo il broncio, dacci un taglio.* Stava davvero mettendo il broncio e pensava fosse giustificato. D, tuttavia, non rispose. Rimase semplicemente seduto lì come una statua. Mettere il broncio non era così divertente quando il pubblico cui era destinato non collaborava. «Senti,» disse alla fine Jack, «mi prendo cura di te perché ne hai bisogno e sono un medico, ed è quello che faccio. Non sentirti in obbligo di comportarti improvvisamente come una persona diversa per via di questo.»

«Una persona diversa in che senso?»

«Lo sai. Amichevole e interessato.»

D grugnì. «Cavolo, grazie.»

«Sai cosa intendo. Sei fatto in un certo modo e ho capito il perché hai dovuto diventare così, e non ho intenzione di cercare di farti cambiare solo per sentirmi più a mio agio.»

«Non è colpa tua,» disse D, le dita che si contraevano in un modo che fece pensare a Jack che stesse desiderando ardentemente una sigaretta. «È solo… curiosità. Sulla gente normale. Non la provo da tanto tempo. Come si lascia la gente normale come te e Caroline?»

Qualcosa nel modo in cui pose la domanda fece accendere una lampadina nella mente di Jack. «Tu eri sposato, non è vero?» chiese.

D gli rivolse uno sguardo tagliente e poi lo distolse nuovamente. «Tanto tempo fa, sì.»

Jack osservò per un attimo il suo profilo, quel cranio definito sotto i capelli rasati in crescita, e poi andò dritto al punto. «D... chi è Jill?»

Vide la mascella di D serrarsi. Poi lui si spostò sulla sedia e accavallò le gambe. «Come sai di Jill?» chiese tranquillamente.

«Quando stavi male hai pronunciato quel nome. Stavi delirando.»

D sollevò una mano e se la premette contro la fronte, come se stesse cercando di trattenere qualcosa all'interno. «Jill è mia figlia,» disse.

«Dov'è adesso?»

«Non ne parlo, Jack.»

«Ma...»

«Non ne parlo,» ripeté D con tono tagliente, incrociando lo sguardo di Jack. «Certe cose non escono. Non ancora.»

Jack annuì. «Okay.» Lasciò passare il momento e il silenzio tornò, confortante. Quell'uomo era davvero un tipo particolare, come usava dire sua madre. Bisognava girargli attorno, fare attenzione e magari trovare un buco sotto la sua recinzione dove potevi infilare la testa per dare una sbirciata prima di venire tirato fuori per le caviglie e percorrere nuovamente il perimetro, in attesa di avere un'altra possibilità.

Jack si alzò e andò a prendere una birra, portandone una anche a D.

«Posso berla con tutte quelle medicine?» chiese lui, accettando la bottiglia.

Jack fece spallucce. «Non hai preso dei sedativi. Dovrebbe andar bene. Potresti sentirti stordito un tantino più velocemente di quanto ti accade normalmente.» Riprese il suo posto. «Vuoi sapere perché Caroline mi ha lasciato?»

«Te l'ho chiesto, no?»

«Perché alla fine ha incontrato il tizio da cui sfuggiva quando ha sposato me.»

D si accigliò e Jack comprese che quella risposta non gli tornava. «Eh?»

Jack sorrise. «Suo padre, della cui ospitalità stiamo al momento godendo senza che lui ne sia a conoscenza, si era fissato che lei doveva sposare il figlio di qualche suo socio in affari. Come se fosse Shakespeare e potessero unire le famiglie e governare l'impero insieme come un'unica dinastia, o qualcosa del genere. Ha trascorso metà della vita di Caroline a spingere la cosa. Pete McFarland è atletico, in futuro sarà un buon marito per qualche ragazza fortunata, Pete McFarland erediterà una fortuna, Pete è affascinante, Pete è fantastico... hai afferrato l'idea. Prima che Caroline compisse diciotto anni, odiava Pete McFarland anche se non l'aveva mai incontrato. Warren insisteva perché lei lo facesse, voleva organizzare un incontro tra loro, cercando di far funzionare le cose, e lei ne aveva talmente piene le scatole quando ci siamo incontrati che semplicemente mi ha afferrato al volo, e prima che me ne rendessi conto eravamo sposati e Pete McFarland non era più una minaccia. Warren non ne fu contento.»

«Immagino di no,» disse D con un cenno del capo.

«Be', ero alla facoltà di medicina e lei lavorava in un'agenzia di brokeraggio quando indovina cosa succede? Ha incontrato Pete McFarland. E indovina un'altra cosa? Era affascinante, divertente, seducente e un grande uomo d'affari. Al diavolo, se fossi stato una donna l'avrei sposato io quel tizio. Quasi la uccise il fatto di dover ammettere che suo padre aveva ragione. In ogni caso, già allora era evidente che il nostro matrimonio era un fallimento. Eravamo solamente poco più che coinquilini. Abbiamo avuto un divorzio davvero amichevole, nessun figlio, abbiamo diviso ogni cosa, e lei ha sposato Pete McFarland con la mia benedizione. Warren era così felice che ha persino dimenticato quanto mi avesse odiato, e lo sentii dire che ora ero una sorta di eroe per aver permesso a sua figlia di avere una vita con la sua anima gemella, o comunque lo si dica al giorno d'oggi.»

D scosse il capo, esterrefatto. «Quindi questo è quello che fa la gente normale per passare il tempo?»

«Non completamente. Qualche volta andiamo anche a giocare a bowling.»

Mentre le loro risate si mischiavano e scivolavano giù per la collina verso il lago, Jack riuscì quasi a credere che fossero solo una coppia di amici arrivati lì per un fine settimana di pesca o per sfuggire alla routine quotidiana e alle responsabilità. Stappare una birra, cazzeggiare, fumare sigari all'aperto e ridere di cose che una volta erano state dolorose mentre si manteneva il segreto su cose che ancora lo erano.

 # CAPITOLO 8

Dietro lo chalet c'era un giardino in pendenza con alcune rudimentali attrezzature e un paio di aree in cui sedersi, tutte con vista mozzafiato. In quel momento, D era seduto in una di quelle aree e fissava la superficie incredibilmente blu del lago, i picchi rocciosi incappucciati dalla neve che lo circondavano come i bordi frastagliati di un pezzo di carta.

Erano trascorsi due giorni dalla spedizione di Jack a Carson City e D stava iniziando a sentirsi sempre più l'uomo che era stato prima. Le sue energie stavano ritornando e il dolore alla spalla era ridotto a un pulsare sordo. Jack gliela ispezionava spesso, verificando segni di un'eventuale infezione, ma la pelle attorno al foro del proiettile era ritornata di un colorito più sano e la ferita si stava rimarginando da sola. Dietro insistenza di Jack, teneva il braccio nell'imbragatura per evitare di farla aprire nuovamente. Essere invalido in quel modo era insopportabile, ma pensava di poter almeno fare a Jack la cortesia di seguire il suo consiglio. Sarebbe stato un po' da stronzo da parte sua farsi male dopo che lui aveva rischiato così tanto per curarlo.

Jack era ancora addormentato, o almeno D sperava che lo fosse. Ora che il suo paziente era in via di guarigione, Jack aveva finalmente preso possesso della seconda camera da letto dello chalet e dormiva. Molto. Quando D aveva lasciato lo chalet, poco prima delle dieci, lui non aveva dato segni di vita. Aveva bisogno di riposare, e D era lieto che lo stesse facendo.

Era anche felice di trascorrere del tempo da solo, perché da un momento all'altro la sua tasca avrebbe vibrato e non voleva dover escogitare una scusa per dare una spiegazione.

Era determinato a sgombrare la mente, il che non era un

100

compito facile considerati i pensieri che ne imbrattavano le pareti. Lo scenario che si stendeva davanti a lui funzionava abbastanza bene come attrezzo per ripulirle. Non riusciva a scorgere alcun segno di civiltà. Dalla sua posizione privilegiata non erano visibili altre case o strutture; lui e Jack avrebbero potuto essere le ultime persone sulla Terra.

L'inaspettato senso di libertà che provenne da quel pensiero fu interrotto dalla vibrazione che stava aspettando. Estrasse uno dei telefoni cellulari clonati recuperati dal bunker e col pollice aprì il testo del messaggio.

Stai bene?

D trasse un respiro, lasciandolo fuoriuscire lentamente. Tenne il telefono con i pollici sopra la tastiera, pronto per la conversazione che stava aspettando da tutta la mattinata.

Sì
Dove 6?
Nn posso dirlo.
6 al sicuro?
Sì. Colpito ma sto bene.
6 sparito.
Prox mossa?
Nn lo so.
Bisogno d'aiuto?
Nn ora. Forse più tardi.
Okay, sai come contattarmi.
Grz del mex
No prob. Stai attento.
Okay
Guardati le spalle.
Sempre.

Fece scivolare nuovamente il telefono in tasca, lievemente rassicurato. Sentì aprirsi la porta sul retro dello chalet. «D?»

«Qui fuori,» rispose di rimando.

«Vuoi far colazione?»

Si alzò, dirigendosi verso lo chalet. «Sto arrivando.»

Jack stava preparando delle ciotole di farina d'avena quando D entrò dalla porta del patio. Nei giorni precedenti, aveva imparato che il dottore era più che competente nel cucinare, ma dannatamente irritante a riguardo. Non voleva saperne di uova e pancetta, ma insisteva con la farina d'avena e gli faceva la ramanzina sul colesterolo e sui grassi saturi. «Cosa stavi facendo là fuori?» chiese Jack.

D gli rivolse uno sguardo seccato. «Perché lo vuoi sapere?»

Jack alzò le spalle. «Semplice curiosità.»

«Prendevo il fresco. Ancora farina d'avena?»

«Ti fa bene. Carboidrati complessi.»

«Non abbiamo delle uova?»

«Come ti senti?» chiese Jack ignorando la sua domanda.

D fece spallucce, sedendosi e cominciando a mangiare senza ulteriori proteste. Per quanto desiderasse ardentemente un'omelette così piena di formaggio da occludere le arterie, ipotizzò che fin tanto che era Jack a far da mangiare, poteva anche evitare di lamentarsi riguardo a ciò che gli metteva davanti. «Abbastanza bene.»

«Come va la tua spalla?»

«Fa male. Ma non come ieri.»

Jack si sedette davanti alla sua colazione. Mangiarono in silenzio, mettendo le ciotole di lato quando ebbero finito e passando al caffè. D aveva notato che le filippiche di Jack circa una nutrizione corretta si fermavano a un passo dal condannare la caffeina.

Voleva fumare, ma Jack aveva buttato via tutto. In qualche modo, durante il trattamento della ferita d'arma da fuoco, aveva assunto l'incarico di salutista personale a tutela del benessere di D. Se gli fosse stato chiesto, avrebbe detto che odiava quell'intrusione, la presunzione di Jack e l'essere privato dei grassi, della nicotina e dei cibi ricchi di amido, ma avrebbe ammesso – solo a un lampione inanimato – che era una cosa carina avere qualcuno che si preoccupava per lui e che lo accudiva. Aveva badato a se stesso per così tanto tempo che aveva dimenticato com'era sapere che a qualcun altro, incredibilmente, sarebbe importato se fosse vissuto o morto o si fosse beccato un enfisema. Non si illudeva, però: Jack pensava anche a se stesso agendo così. Dopotutto, D era la sola cosa tra lui e orde di signori della droga infuriati.

Jack pareva un tantino distratto quella mattina. D poteva capirlo. Stava cercando di schiarirsi le idee sulla loro prossima mossa, ma la strada davanti era ancora confusa e indefinita.

Quando parlò, la sua voce suonò dura, una lama che tagliava il silenzio. «Raccontami di quelle sessantasette persone,» disse.

D sospirò. Non aveva intenzione di farlo. «Non lo vuoi sentire.»

«Non dirmi cosa voglio o non voglio sentire.»

«Jack, ci sono cose su di me che sarebbe meglio non sapessi.»

«Ci sono anche cose belle che ti riguardano,» disse lui incontrando gli occhi di D. «Ma ho bisogno di sapere pure quelle cattive.»

D scolò la sua tazza di caffè, guardando fuori dalle porte del patio, verso il lago. Aveva un po' di esperienza riguardo a come girare attorno al parlare del proprio lavoro. Solitamente non era un problema. «Non credo...» iniziò.

«Merito di sapere,» lo interruppe Jack. «Non mi stai più salvando il culo, D. Siamo sulla stessa barca, no?»

Lui sospirò. «Suppongo di sì.»

«Ti fidi di me?»

Quella era una domanda difficile a cui rispondere. Per più di dieci anni, probabilmente anche di più, D si era fidato solo di una persona, e quella fiducia era stata ripagata col sangue. Non sapeva se si fidava di Jack. Sapeva che non avrebbe dovuto. Dare fiducia era una cosa importante e non te la guadagnavi con una breve conoscenza né con qualche cura medica. Non quando Jack aveva così tanto da guadagnare tenendoselo dalla sua parte. E sicuramente non quando Jack poteva farlo arrestare o uccidere.

Ma nulla di tutto ciò cambiava il fatto che nel suo cuore voleva fidarsi di lui, e sperava di poterlo fare, e ciò era preoccupante. Sapeva che era breve il passo dal volersi fidare di qualcuno al fidarsi troppo presto, ed era ancora più breve farlo e poi trovarsi un coltello nella schiena. E se c'era una cosa che sapeva già, era che se il coltello avesse avuto sul manico il nome di Jack, gli avrebbe fatto più male più del proiettile che l'aveva ferito, e non volle pensare troppo o troppo a lungo sul perché potesse essere così.

Jack stava aspettando una risposta. «Non più di quanto tu ti fidi di me,» disse D, che era vago tanto quanto lui poteva prendere posizione.

Jack non si fece ingannare. «Bene, che tu ti fidi di me o meno, me lo devi.»

«Non ti devo un cazzo,» disse D in tono aspro, irritato all'idea, malgrado fosse la verità. «Non pensare che perché mi hai rattoppato io sia obbligato. Sarebbe ancora più sensato se ti uccidessi e servissi la tua testa ai fratelli, sai.»

Riusciva a vedere che quella non troppo velata minaccia non turbava Jack così tanto. «Di cosa hai paura?» chiese. «Che io non sappia gestirla? Che fugga urlando nei boschi? So che tu credi che io sia una sorta di pappamolla cittadino...»

«Non lo credo,» disse D.

«Qualunque cosa sia,» disse Jack, sventolando una mano. «Il punto è che ho trascorso il tempo in ospedali in dei sobborghi nei quali persino tu avresti avuto paura di entrare. Ho visto cose che ti avrebbero fatto vomitare tutte le budella, quindi non trattarmi come se fossi fatto di porcellana e non potessi sopportare di sentire ciò che fai.»

D sospirò. «Ciò che ero abituato a fare, vuoi dire.»

«Quindi vediamo un po'. Racconta tutto.»

Incrociò gli occhi di Jack, così blu, e non riuscì a pensare ad alcuna altra ragione per non dirgli quello che voleva sapere. «Va bene. L'hai chiesto tu.» Iniziò un'altra tazza di caffè. «Cosa vuoi sapere?»

«Chi è stato l'ultimo?»

«Un mercante d'arte. Un ladro, a dire il vero. Prendeva le opere d'arte che i nazisti saccheggiavano e faceva sì che non lo si potesse dimostrare, in modo da poterle vendere per un sacco di soldi quando appartenevano alle famiglie dei sopravvissuti.»

Jack sbatté gli occhi. «E tu pensavi che lui meritasse la morte per quello?»

«Era un uomo spregevole. E in ogni caso, non ero io a volerlo morto.»

Jack aveva le mani piegate sul tavolo. Sembrava che stesse elaborando le informazioni, con risultati incerti. «Quindi... che mi dici degli altri?»

«Cosa, vuoi una lista completa? Devo controllare la mia agenda.»

«Stai cercando di farmi arrabbiare?»

«No, sto cercando di dirti che non c'è motivo per citarti per filo e per segno tutta la gente che ho ucciso nella mia carriera!»

«Voglio solo sapere chi erano!» esclamò Jack col volto arrossato.

Una lampadina si accese disperdendo le tenebre nella mente di D. *Non vuole sapere chi erano. Vuole sapere quanti erano come lui. Vuole vedere quanto ci è arrivato vicino a essere quell'uno in più.* Sospirò. «Molti di loro erano a loro volta dei killer. Se tu solo sapessi quanti di quei tipi ci prendevano gusto coi dettagli, sarebbe abbastanza da rivoltarti lo stomaco. Alcuni erano stupratori, o pedofili... processi in cui era davvero difficile dimostrare la loro colpevolezza.» Jack stava annuendo con lui.

«Ma... chi paga per ucciderli? Cosa ricevi, dei contratti? Chi alza il loro prezzo e come? È possibile cercare esattamente nelle pagine gialle "killer a pagamento"?»

D ridacchiò «No, non proprio. In realtà...» Esitò. «Non dovrei dirtelo. Molte volte i miei servizi vengono pagati dalle famiglie delle vittime. Qualche volta prendono parte anche poliziotti e avvocati. Non dovrei parlarne. E per la maggior parte del tempo la famiglia riceve una lettera anonima, o una cartolina, che dice loro chi chiamare.»

Gli occhi di Jack si stavano dilatando. «Chi spedisce queste cartoline?»

«La maggior parte delle volte qualcuno come Josey, la mia responsabile. Tengono una traccia accurata di tutti i grandi casi. Programmi alla TV, giornali... hanno persone che sorvegliano tutto il Paese e che gli fanno le soffiate, in modo che sanno quando qualche killer fetente se la cava o qualche stupratore viene assolto. A volte, quando il caso è davvero brutto… be', qualche volta un piedipiatti o un avvocato mette al corrente la famiglia.»

«Dici davvero?»

«In modo anonimo, naturalmente. Non possono accettare ciò che faccio. Ma qualche volta non ce la fanno più. Gente orribile che se la cava perché il sistema è impotente nel prevenire gli errori. Capisco il perché. Meglio un colpevole libero piuttosto che un innocente in prigione. Se il colpevole è in libertà… bene, allora c'è gente come me che si occupa della cosa.» Riempì nuovamente la tazza di caffè di Jack. «È il grosso del mio lavoro. Il resto per la maggior parte riguarda l'eliminazione di criminali a loro discrezione. Guerriglie tra di loro. Alcuni fanno del male e non sono mai stati catturati, o non lo saranno mai. Gente che la legge non può toccare.»

«Così qualcuno chiama la tua responsabile…»

«Giusto. Chiama Josey, le dice cosa vuole che venga fatto, lei fa una valutazione e fa loro un preventivo. Il prezzo sale per un bersaglio d'alto profilo, sale in base a quanto è elevato il rischio, per esempio se il tizio ha delle guardie del corpo o qualcosa di simile, sale per lavori urgenti, cose di questo genere. Parte di quel prezzo è la tariffa di Josey, il resto va a me se accetto il lavoro.»

«Chi sono queste persone che non ucciderai?»

D scosse il capo. «Jack, la gente vuole gli altri morti per ogni tipo di ragione, e alcune non riesco a mandarle giù. Un sacco di questi incarichi sono per testimoni, come te. Ce ne sono tonnellate. Ho visto assassini all'opera contro mogli adultere, e altri uccidere bambini per punire i loro genitori per qualcosa, e altri colpire informatori e rivali in affari e gente che aveva solo fatto arrabbiare qualcuno.»

«E tu hai visto quei fascicoli, e…cosa? Hai detto "Grazie, ma no grazie"?»

«Praticamente.»

«Cosa accade a questi bersagli, quindi?»

«Be'… Josey li tiene… finché…» Si stava incamminando su un terreno molto pericoloso, e dall'espressione scura di Jack capì che la pensava allo stesso modo.

«Fino a quando lei li consegna a qualcun altro che li

prenderà in carico, giusto?»

«Suppongo di sì.» D fissò la tazza di caffè.

«Quindi hai visto i fascicoli di queste persone innocenti, bambini e donne, informatori e testimoni e sei semplicemente passato oltre, sapendo che qualcun altro avrebbe fatto quello che tu non volevi fare, e cos'hai fatto? Hai fatto qualcosa?»

«Cosa dovevo fare?»

«Avvisarli?»

D scosse la testa. «Non potevo avvisarli. Mi sarei tradito di sicuro.»

Jack si alzò e fece un paio di passi indietro. «Quindi perché diavolo non li hai semplicemente uccisi tu stesso? Perché questo gesto eclatante come se tu fossi troppo buono per farlo? Sapevi che sarebbero stati uccisi, non hai fatto nulla… tanto vale essere stati pagati per farlo!» gridò.

«Jack, calmati.»

«Non dirmi di calmarmi!»

«Sapevi chi ero quando me l'hai chiesto.»

«Sapevo quello che mi hai detto, ma non mi hai detto tutto, non è vero? Mi hai detto solo che uccidevi la gente che lo meritava.»

«Giusto.»

«Hai lasciato fuori la parte sul fatto che non hai fatto nulla mentre le persone che non lo meritavano venivano uccise da altri!»

D strinse saldamente la tazza di caffè. *Non può sapere. Non ancora. Non può saperne un cazzo. Tieni chiuso quello stupido becco, non importa quanto tu voglia parlargliene.* «Non era compito mio salvarli,» disse.

Il volto di Jack si contorse in un'espressione di disgusto tale che D dovette distogliere lo sguardo. «Non sei migliore di quelli che li hanno uccisi,» sputò. «Avrei dovuto lasciarti morire a causa di quella ferita.» Si guardò intorno e marciò verso la camera da letto, sbattendo la porta dietro di sé. D riusciva a sentirlo camminare avanti e indietro, poi udì qualcosa andare in frantumi dov'era stata gettata.

Restò seduto dov'era, la tazza di caffè stretta tra i palmi, e fissò il piano del tavolo fino a che smise di tremolare.

Ti sei fatto coinvolgere proprio in una bella situazione, Jack. Bloccato in uno chalet con un killer nel mezzo del nulla mentre i cattivi si aggirano furtivamente intorno cercando di trovarti e ucciderti.

Era sdraiato sul suo letto da oltre un'ora, irritato… o cercando di esserlo. Maledicendo D, immaginando gente innocente che era morta perché lui non aveva fatto niente, immaginando lui che infilava proiettili nella testa della gente (gli sparava in testa? O da qualche altra parte?), immaginandolo respingere un incarico su una madre di cinque figli che donava per beneficenza, lavorava gratuitamente e frequentava la chiesa, che qualcuno voleva morta, senza concedersi un ripensamento sul suo destino, andare avanti coi suoi affari, mangiare cibo pessimo e fumare come una ciminiera e magari raccogliere delle prostitute per divertimento.

Voglio odiarlo. Perché non riesco a odiarlo?

Mi ha salvato. Avrebbe dovuto uccidermi. Non l'ha fatto, non poteva. Mi ha salvato di nuovo, e ancora. Si è messo in pericolo.

Perché per me e non per qualcuno di quegli altri? Perché sono così dannatamente speciale?

Ci fu un leggero bussare alla porta. «Jack?»

Jack sospirò. «Cosa?»

Udì un raschiamento di gola impacciato. «Tu, ehm… hai intenzione di rimanertene lì tutto il giorno?»

«Può darsi!»

Ci fu una pausa. «Be'… stavo pensando… credo che dovremmo parlare.»

Jack si sedette, lanciando un'occhiataccia alla porta. «Oh, adesso vuoi parlare, eh?»

«Dai, Jack. Fammi entrare.»

Ricadde di peso sul letto. «Non è chiuso a chiave.»

La porta si aprì con uno scricchiolio e D spiò all'interno. Vedendo Jack sdraiato, entrò ancora un po' e si attardò vicino alla porta, sembrando restio a intrufolarsi nel suo spazio personale. «Andiamocene fuori sul portico, qualcosa del genere.»

«Perché? Ho trascorso abbastanza tempo nella tua

108

camera da letto quando siamo arrivati qui, all'inizio.»

«Ma è… una così bella giornata.»

Jack rise. «Oh, naturalmente! Una giornata meravigliosa! Come se t'importasse. Cammineremo tra gli alberi e sentiremo gli uccellini e canteremo *trallallà*.»

D alzò gli occhi al cielo. «Vuoi darci un taglio? Non mi piace quando fai così.»

«Oh! Non ti piaccio! Questa è bella!»

«Guarda, dev'essere davvero bello e comodo dall'alto del tuo pulpito,» disse D, ringhiando improvvisamente, «ma tu non sei vissuto nel mio mondo ed è comodo per te giudicare quando non hai dovuto fare quel genere di scelte.»

«Ah, davvero?» disse Jack saltando giù dal letto e fronteggiandolo. «Che ne dici del dover decidere se curare la donna col trauma cranico o l'autista ubriaco che l'ha investita? O se lasciare che un uomo muoia per una ferita d'arma da fuoco perché sai che ha sparato a un poliziotto lungo la strada? Che mi dici del curare una donna che è stata picchiata quasi a morte e doverla vedere uscire dalla porta e tornare dal marito che l'ha quasi uccisa mentre lei afferma che lui non voleva farlo, non per davvero! Non parlarmi di fottute scelte difficili e realtà dure. Solo perché non ho portato un fucile in spalla in Kuwait e non ho mai piazzato un proiettile tra gli occhi di chicchessia non significa che viva in un mondo di rose e fiori, D. Vivo in un mondo dove trascorro mesi a rimettere insieme il volto di una bambina di quattro anni dopo che il suo stesso padre gliel'ha fracassato con una palla da bowling. Credi che sia stato così difficile solo per te, e magari è così, ma la merda è dappertutto. Fattene una cazzo di ragione, amico.»

Sostenne lo sguardo furente di D, determinato a non battere ciglio per primo. Dopo alcuni attimi, D cedette le armi. Si sedette sul letto di Jack, trattenendosi attentamente come se provasse dolore o si aspettasse di provarlo in qualsiasi momento. Parlò tranquillamente, con tono misurato. «Non potevo aiutare quella gente,» disse. «Volevo farlo. Vedevo i loro volti e sapevo cosa li aspettava, e riesco ancora a vedere ognuna di quelle facce. Ho imparato a staccare, chiudere con tutto, e la cosa migliore che potevo fare per loro era rifiutare l'incarico.»

Sospirò. «I lavori mi arrivano in primo luogo perché sono il migliore, Jack. Eseguo, non vengo catturato, e non mi tiro indietro. Tutto ciò che potevo fare era sperare che chiunque avesse preso gli altri incarichi fosse approssimativo. So che non sembra molto, ma fare di più mi avrebbe ucciso rapidamente. Magari sarebbe stato meglio per chiunque. Di certo non so da cosa mi stavo proteggendo, né per chi stessi vivendo.»

La recitazione senza inflessioni e spenta di quel fatalismo agghiacciò Jack. Si sedette di fianco a D, la rabbia accantonata per il momento. «Come ti sei trovato coinvolto in tutto questo?» chiese. «Cosa ti è successo?»

D scosse la testa. Jack lo vedeva come un riflesso istintivo, come se gli avesse colpito il ginocchio col martelletto per vederlo reagire d'impulso. «Non importa.»

Importa. Importa a me. Sei importante per me, e ciò è più spaventoso di qualunque cosa tu possa dirmi su di te. «Se non importa, puoi dirmelo,» disse Jack.

D lo guardò, poi distolse di nuovo lo sguardo con rapidità. «Non voglio dirlo.»

Jack tentò un'altra tattica. «Cosa volevi essere quando eri bambino?»

«Un cowboy,» disse D, quasi immediatamente.

«Davvero?» Jack non pensava di poter essere più sorpreso se D avesse detto che voleva diventare una ballerina.

«Sì,» disse D, sorridendo di sé stesso con rimpianto. «Stupido, eh?»

«No, per niente.»

«Lavoravo nei ranch quand'ero un ragazzino.»

«Quindi... perché non...»

«Mi sono arruolato quando avevo diciotto anni. Dovevo.»

«Perché?»

D trasse un profondo respiro lasciandolo poi fuoriuscire. «Avevo una moglie nuova di zecca in dolce attesa, Jack. Non avevo molta scelta.»

Jack osservò il suo profilo, la tranquillità, il controllo di ogni muscolo e tic fino alla radice dei capelli, ogni ciocca sottoposta a rigida disciplina, tagliate brutalmente quando diventavano abbastanza lunghe per piegarsi a modo loro. «Come si chiama tua moglie?»

«Sharon. Naturalmente lei non è... non era...»

«Mi hai detto che il nome di tua figlia era Jill.»

D annuì. La sua bocca si stava stringendo come avesse un cordoncino che chiudeva il cappuccio, rinchiudendo il volto.

«D, dove sono adesso? Puoi vedere Jill?»

D si raddrizzò per gradi, come quando si indossa un abito, poi si volse per guardarlo in faccia, un'ombra granitica nuovamente sul suo viso. «Sono morte, Jack. È questo quello che volevi sapere? Sharon e Jill sono entrambe morte, ed è colpa mia.» Si alzò dirigendosi verso la porta. «Fammi sapere quando avrai finito di giudicarmi, perché dobbiamo trovare una soluzione a questa situazione di merda e non possiamo stare rintanati qui per sempre. Sarò fuori sul retro.» Chiuse la porta dietro di sé, lasciando Jack seduto lì sul letto, a guardare fisso la depressione che il corpo di D aveva lasciato nel materasso nel punto in cui si era seduto.

⊕CAPITOLO 9

Jack emerse dalla sua camera dopo essere rimasto a letto per un'ora buona rimproverando se stesso e D, a turno.

Perché continui a fargli pressione? Quell'uomo è più chiuso in se stesso di un riccio. Quindi perché spetta a te farlo aprire, stupido?

Non doveva dirmelo.

Probabilmente l'ha fatto solo per farti tacere. Avresti dovuto immaginare che gli era accaduto qualcosa di tremendo.

Non leggo nel pensiero. Non lascia mai trapelare niente.

Non vuole parlarne, e tu hai continuato finché non ha perso le staffe.

Non è andata così. Non l'ha fatto. Non lo fa mai.

Alla fine aveva semplicemente messo da parte quel pensiero e si era alzato. Era ora di farla finita, dopotutto.

D non era in casa. Jack lo trovò all'esterno, seduto sulla sua sedia preferita sul patio. *È un killer. Non merita la tua pietà, o la tua comprensione, o la tua gratitudine, o la tua… qualsiasi cosa sia.* Jack poteva cercare di convincersi, e anche di dirsi d'accordo con quelle parole, ma non cambiava il fatto che, sia che D lo meritasse o meno, in qualche modo gli offriva tutte quelle cose.

D non diede alcun segnale di averlo sentito uscire. Jack spuntò dietro la sua sedia e rimase lì per un momento, in attesa che l'altro gli facesse cenno di averlo notato. *Aspetterai per un bel pezzo*, pensò. Sollevò una mano, la fece librare in aria per un attimo, indeciso, e poi la lasciò cadere sulla spalla sana di D. Lo sentì contrarsi leggermente al contatto, ma non si mosse. La sua pelle era calda attraverso la T-shirt. «Quando è accaduto?» chiese alla fine.

D si spostò sulla sedia, guardando lontano. Jack gli si mise di lato, lasciando scivolare via la mano dalla sua spalla, e si sedette sulla sedia che usava abitualmente, alla destra dell'uomo.

D scosse il capo. «Non dirò altro per ora.»

Jack soffocò la sua curiosità con difficoltà. «Okay.»

Alla fine D si voltò e lo guardò. «Non hai intenzione di gridarmi contro per il fatto di essere un killer invasato che lascia morire gente innocente?»

Jack tirò su un ginocchio. «Mi dà fastidio, e non dirò che non è così solo per farti felice.»

«Sentirti dire bugie non mi renderebbe felice.»

«Il mondo è pieno di gente che cerca di fare ammenda per cose di cui si pente.»

«È ciò che credi io stia facendo? Fare ammenda?»

«Forse. E magari stai cercando di fare ammenda per molto di più che i soli contratti che non hai accettato.»

D sbuffò dal naso. «Magari dovrei stendermi su un divano se vuoi psicanalizzarmi, non credi?»

«Puoi fare finta di niente quanto vuoi, ma c'è qualcosa che ti rode dentro un poco alla volta, D. Ti conosco da meno di una settimana e riesco a vederlo chiaramente come il naso in mezzo alla tua faccia.»

D trasse un profondo respiro, lasciandolo poi fuoriuscire con un cenno del capo. «Be', se qualcosa mi sta rodendo dentro, sta diventando terribilmente affamato, perché non può esserci rimasto molto di me da mangiare.» Le sue dita si contrassero. «Gesù, vorrei avere una sigaretta.»

«Devi passare sul mio cadavere.»

«Per quello possiamo accordarci,» disse D, ma gli lanciò uno sguardo di traverso che brillò per un attimo, e Jack si rese conto che non diceva sul serio.

Rimasero seduti in silenzio per alcuni minuti. Jack guardava fisso il lago, lasciando che il nulla riducesse il frastuono all'interno del suo cervello, solo per un momento. Un momento molto breve. «Allora, hai detto che dobbiamo parlare di alcune cose,» disse alla fine.

D fece un vago grugnito. «Dobbiamo decidere cosa fare.»

«Riguardo a cosa?»

«Non possiamo rimanere qui per sempre. Qualcuno ci troverà.»

«Ma... siamo qui da alcuni giorni e nessuno ci ha trovato. Non significa che siamo abbastanza al sicuro?»

D si limitò a osservarlo, la parola *idiota* era scritta su tutto il suo viso. «Jack, è come dire che se non hai avuto il cancro entro i quarant'anni, sei al sicuro. Più tempo passa, più il rischio aumenta, non diminuisce. Più tempo passa, più aumentano le possibilità che qualcuno scavi nel tuo passato e trovi un collegamento con questo posto. Inoltre, tuo suocero lo verrà a sapere abbastanza presto.»

«Ti ho detto che non viene mai qui, a parte per...»

«È sicuro come l'oro che potrebbe notare un grosso incremento nella bolletta della luce di questo posto e chiedersi il perché, però.»

«Oh,» disse Jack, sentendosi un idiota per non aver pensato a quello.

«A un certo punto dovremo dire alle forze dell'ordine che non sei morto. Facciamogli sapere che intendi ancora testimoniare. Se svanisci, è possibile che il processo venga rimandato se il pubblico ministero può farlo, o andrà avanti senza che tu ti presenti e questo è veramente un male.»

«Abbiamo alcuni mesi fino al processo.»

«Sì, e scommetto che il procuratore si incazzerà perché te ne sei andato.»

«Credo che potrei chiamarlo. Ma cosa gli dico? Vorrà che rientri e mi metterà ancora in custodia.»

«Devi solo dire che non ti senti al sicuro, che qualcuno ti ha trovato e aveva intenzione di ucciderti ma te ne sei andato e ti stai nascondendo per conto tuo, ma sarai a Baltimora per il processo. Non gli piacerà ma non ha molta scelta. Non parlargli di me.»

«Non crederà mai che sono riuscito a sfuggire da un killer professionista.»

«Probabilmente no, ma non ha ragioni per metterti alla prova, e non avrà alcun modo per rintracciarti, quindi dovrà rassegnarsi.»

Jack immaginava cosa avrebbe dovuto fare se avesse

dovuto scappare sul serio da D, se lui avesse deciso di portare a termine il suo compito, dopotutto. Il pensiero era un tantino spaventoso. «D?»

«Mm?»

«Quando stavi lottando con quel tipo nel vicolo?»

«Sì?»

«Che genere di lotta era quella?»

D si accigliò. «Del genere disperato. Cosa vuoi dire?»

«No, voglio dire... sei stato allenato per il combattimento corpo a corpo, giusto?»

«Sì.»

«Di che tipo? Come il judo o qualcosa di simile?»

D rise. «Nessuna di quelle cose eleganti. Le forze armate utilizzano la lotta chiamata Krav Maga. È davvero... utile. È tutta basata sul risparmiare le energie e usarle al momento necessario.»

Jack si volse sulla sedia, mentre un'idea prendeva forma con urgenza nella sua testa. «Insegnami.»

D semplicemente sgranò gli occhi. «Insegnarti?»

«Insegnami a combattere. Non credi che dovrei essere in grado di difendermi un po' da solo?»

«Jack, non posso insegnarti una cazzo di tecnica di combattimento in un paio di giorni, ed è più che sicuro che non posso farlo con una spalla fuori uso. Ci vuole parecchio tempo per prendere dimestichezza, e solo guardandoti capisco che nessuno ti ha mai aggredito violentemente.»

Aveva ragione, Jack doveva ammetterlo. «Be', quindi... puoi insegnarmi come sparare con una pistola? Quello non può essere così difficile.»

«Oh, cavolo, certo che può esserlo.» D esitò, le sue labbra s'incresparono e si distesero. «Però non è una cattiva idea.»

Jack non aveva mai toccato una pistola. L'idea di maneggiarne una e sparare era improvvisamente allettante come non lo era mai stata prima. Supponeva che non ci fosse nulla come toccare la morte da vicino per far apprezzare a una persona l'utilità delle armi. «Allora possiamo farlo?» chiese, suonando assurdamente simile a un bambino che chiede il permesso di andare allo zoo o qualcosa del genere.

D si voltò verso di lui, un mezzo sorriso sul volto. «Sì, quello possiamo farlo.»

Predisposero un bersaglio sul sentiero più lungo e pulito che riuscirono a trovare nel giardino sul retro e D prese dei tappi per le orecchie da qualche parte in una delle sue magiche valigette d'alluminio. Jack ne trascinò una sul portico e D iniziò a scaricare le armi. «Sai qualcosa delle pistole?»

«Sparano proiettili.»

«Be', è un inizio. La prima cosa riguardo alle armi è la sicurezza. Devi sempre presupporre che siano cariche, non puntarle mai contro qualcuno a cui non vuoi sparare, e ricordati sempre che stai tenendo in mano un pezzo d'ingenuità umana progettato per provocare danni, e faresti bene ad avere un fottuto rispetto di ciò, hai afferrato?» Jack annuì. «Okay, allora. Questo è un revolver,» disse lui, porgendogli un'arma. «I revolver sono un genere datato, ma il meccanismo è più semplice e hanno minori probabilità di bloccarsi o incepparsi.» Estrasse una pistola nera dall'aspetto lucente. «Questa è una pistola semi-automatica.»

«Qual è la differenza tra una semi-automatica e un'automatica?» chiese Jack. «Ho sentito la gente parlare solo di "automatica".»

«È la stessa cosa. La gente dice automatica quanto intende semi-automatica. Significa solo che i proiettili saltano fuori dalla cartuccia da soli in modo che tu possa spararne uno dopo l'altro senza alzare il grilletto. Completamente automatica significa che devi solo stringere il grilletto e i proiettili usciranno fino a che non lo lascerai andare, come un mitra.»

«Esistono pistole interamente automatiche?»

D inarcò un sopracciglio. «Sì, ma sono una cosa seria. Non vuoi trafficare con quelle. In ogni caso, non ne ho qui.»

«Come sono?»

«Ehm…» D lo guardò di traverso. «Hai visto *Matrix*?»

«Certo.»

«Quel pezzo dove sparavano all'impazzata in quell'ingresso pieno di tipi della SWAT? Lì hanno usato per la

116

maggior parte delle pistole mitragliatrici. Le tieni in una mano. Sono delle armi un po' odiose. Io stesso non le uso. Non ricevo molte richieste di armi totalmente automatiche nel mio lavoro. Pistole e fucili, per la maggior parte.»

«Fucili?» disse Jack drizzando le antenne.

«Frena, Tex. Non ho fucili con me e non sono per principianti. Una cosa è sparare con una pistola, ma farlo con un fucile è tutt'altra cosa.» Prese il revolver e porse a Jack la pistola nera. La sentì naturale nella propria mano, come se fosse stata fatta apposta, e Jack suppose che fosse così. La sentiva più leggera delle sue dimensioni e letale. «Quella è una Beretta 92. È adottata normalmente dall'esercito negli Stati Uniti. Ho passato un sacco di tempo con una di quelle al mio fianco. Questa è una Glock 17, comune nei dipartimenti di polizia e simili. Nove millimetri.»

«Cosa significa?»

«È il calibro dei proiettili che spara.»

«Cosa mi dici di quelli che sono... cosa, 3.57? O 38?»

«Dannazione, guardi un sacco di film. Quando dicono 38 è anche il calibro, ma sono pollici. Sono usati con armi di fabbricazione americana. Le Glock sono austriache quindi utilizzano il sistema metrico decimale.»

«Cos'è quella cosa spaventosa?»

D fece un sorrisetto e allungò nuovamente una mano nella valigetta, prelevando una pistola che faceva sembrare piccole le altre due. «Penso tu ti riferisca a questa,» disse. «È una Desert Eagle. Non credo che sparerai mai con questa. A dire la verità, non è così utile come pistola. Troppo grande. Potrebbe tornare comoda se dovessi sparare a un alce o qualcosa del genere. Ecco, prova questa,» disse porgendogliene una più sottile. «Questa è una Walther PKK. Ti sembra familiare?»

Jack osservò l'arma nella sua mano, aggrottando le sopracciglia. «Un po'.»

«È la pistola di James Bond,» disse D. «Mi piace.»

Jack sbatté gli occhi e la rimise giù. «Credo... tu le hai usate tutte, eh?» disse.

D si sedette. «Sì.»

«Per uccidere la gente.»

«Sono fatte per quello.» Sospirò. «Io sono fatto per quello.»

Jack alzò lo sguardo su di lui; D era un po' accasciato di lato con il braccio nell'imbragatura, gli occhi su quello schieramento di dispensatori di morte dispiegati sul tavolo davanti a loro. «Non è tutto ciò che sei.»

«Lo è, o così hai detto. Uccido o lascio che la gente venga uccisa.» D raccolse un caricatore e iniziò a inserire i proiettili con movimenti rapidi e precisi. «E ora vuoi che t'insegni come, e questo è davvero ironico.» Caricò la Glock. «È la sola cosa in cui sia mai stato bravo,» disse con calma. Jack osservò il suo volto, attento. «Ed ero dannatamente bravo. Troppo bravo, perché mi ha trascinato in questo mestiere del cazzo.» Gli porse la pistola. «Forza, Doc. Facciamola finita.»

Condusse Jack al lato estremo del cortile, di fronte al bersaglio. «Come faccio…» iniziò Jack, ma D si stava già muovendo attorno a lui, mostrandogli come posizionarsi con gomitate rapide e strattoni.

«Ecco. Pianta i piedi a terra. Sostieni la mano che spara con l'altra… sì, così. Mantieni le spalle salde; ci sarà un certo rinculo.» D si mosse e si mise direttamente dietro Jack. Così vicino che Jack riusciva a percepire il suo respiro sull'orecchio. «Okay. Sei a circa quindici metri. Prendi la mira seguendo la canna, poi lascia uscire un respiro e mantieni la presa.» Fece come D aveva detto, cercando di trovare un barlume di calma dentro di sé mentre tutto il suo corpo era teso e agitato, non solo per la stranezza di quell'attività, ma anche per la vicinanza fisica assoluta di D, che gli fece un effetto inaspettato, sebbene non del tutto sconosciuto. «Poi spara. Non tirare il grilletto; schiaccialo.»

Jack trasse un altro respiro e poi lo lasciò fuoriuscire, mantenne la presa, puntò e premette. L'arma rimbalzò, e da essa scaturì un forte schianto. Sollevò lo sguardo verso il bersaglio e vide che lo aveva colpito a pochi centimetri dal centro. «Ehi, l'ho colpito!» disse.

«Oh. Non male per essere la prima volta. Di nuovo.»

Jack aveva sparato un caricatore intero da tutte le pistole semi-automatiche, e stava iniziando a familiarizzare con quella sensazione. Era una cosa inebriante tenere quel meticoloso piccolo sforzo d'ingegneria nella mano e dispensare proiettili; proiettili che potevano menomare o uccidere, se avessero trovato il loro bersaglio.

Dopo il primo paio di giri, D era indietreggiato un poco osservandolo da alcuni passi di distanza. Jack aveva finito con lo sparare un intero caricatore della Beretta e aveva abbassato le braccia. «Ehi, cos'è quella cosa in cui si tiene la pistola di lato?» disse sorridendo.

D sbuffò. «Quella è roba da teppisti da due soldi,» disse. «Potrebbe andar bene nei video rap. Se vedi qualcuno tenere un'arma così, sai che è inesperto perché è più interessato a com'è avere un'arma nelle mani piuttosto che a quello che può fare, e probabilmente è anche molto stupido.» Stava caricando nuovamente la Walther. «Vedi se riesci a raggrupparli meglio stavolta. La tua accuratezza non è male, ma la precisione è il meglio.»

«Qual è la differenza?»

«Non hai capito? Non sei uno scienziato?»

«Ho dato l'esame di Fisica 1 un sacco di tempo fa.»

«L'accuratezza è quanto ti avvicini al bersaglio che vuoi colpire. La precisione è quanto colpisci regolarmente lo stesso punto. Vedi, se prendo tutti i fori che hai fatto e faccio una media, quella con cui hai colpito si avvicina al centro del bersaglio, ma sono sparpagliati tutti in giro. Sinistra, destra, alto e basso. Non troppo preciso.»

«Qual è più importante?»

«Dipende.»

«Da cosa?»

D sorrise e gli porse un'arma. «Da quanto malamente hai colpito quello che era il tuo obiettivo e da quante possibilità avrai di farlo ancora.»

Jack abbassò lo sguardo verso l'arma, poi in alto verso D. «Grazie.»

«Per cosa?»

«Per insegnarmi tutto questo. Per aver fiducia nelle mie

possibilità. Voglio dire… mi stai insegnando come ucciderti, in un certo senso.»

«Oh, potevi farlo davvero facilmente alcuni giorni fa, Jack. Sarei morto per infezione se tu non avessi…»

«Lo so, ma… sai cosa voglio dire.»

«Sì.» D si fece serio e poi indicò il bersaglio. «Vai avanti.»

Jack puntò, piantò i piedi e respirò con attenzione, cercando di raggruppare i colpi. Era marginalmente consapevole che D non lo stesse osservando veramente, ma che stesse camminando lentamente avanti e indietro alla sua destra. Svuotò il caricatore, un colpo alla volta, poi abbassò l'arma e sorrise. «Cavolo sì, questo è quello di cui stavo parlando! D guardali, sono tutti entro…»

Jack si voltò rapidamente, il braccio che si agitava in gesti entusiastici, senza accorgersi che D era proprio dietro di lui. La sua mano lo colpì direttamente sulla ferita provocata dal proiettile. «Merda,» sibilò D, incespicando all'indietro di un passo. Jack lasciò cadere l'arma.

«Oh, Cristo. D, mi dispiace, Non ho visto che eri lì.»

D stava stringendo i denti, l'altra mano premuta alla spalla. «Sparami dato che ci sei!» ringhiò.

«Ho detto che mi dispiace! Fammi vedere,» disse Jack tirandolo verso di sé.

«No, è a posto…»

«Ho detto di lasciarmi vedere,» disse Jack sollevando la mano di D dalla ferita che stava guarendo. L'uomo resistette, traendo respiri rapidi e superficiali, poi alla fine cedette. Jack spinse di lato la camicia di D e controllò la ferita. «Oh, va bene. Non pare che si sia riaperta nuovamente. Non sta sanguinando.»

«Fa un male cane,» disse D col volto ingrigito.

«Vieni dentro. Mi sono rimasti alcuni Demerol.»

«Quelle cose mi fanno sentire la testa ovattata.» Però non fece resistenza mentre Jack lo trascinava nello chalet.

«Sopravvivrai,» disse Jack. Lo mise seduto sul divano e andò a prendere la sua borsa assieme a un bicchiere d'acqua. Prelevò due Demerol e li porse a D, poi estrasse la bottiglia quasi piena di lidocaina.

«Hai intenzione di bucarmi?»

«Solo un po' fino a che il Demerol non farà effetto.» Gli fece l'iniezione nella spalla, vicino alla ferita. D si rilassò quasi immediatamente.

«Va meglio,» disse, adagiando la testa all'indietro e chiudendo gli occhi.

Jack mise la borsa di lato e appoggiò un ginocchio sul divano in modo da essere di fronte a D. Osservò il suo volto per alcuni attimi, ricordando la conversazione precedente. «Mi dispiace,» disse.

Lui fece spallucce. «Non avevi intenzione di colpirmi.»

«No... mi dispiace,» ripeté, lasciando alle parole un peso maggiore di quello che avevano normalmente. «Mi dispiace per la tua famiglia.»

D voltò il capo e incrociò lo sguardo di Jack. «Grazie.» Sostenne il suo sguardo abbastanza a lungo perché iniziasse a diventare un tantino confuso, poi lo distolse nuovamente. Jack si sedette sul divano, al suo fianco.

«Allora,» disse, cercando di usare un tono leggero, «come sono andato per essere un tiratore principiante?»

D ridacchiò. «Ho visto di peggio.»

«Voglio sparare con quella grossa. È un po' un cliché, vero? Non ho mai pensato che sarei stato uno di quei tipi che vogliono sparare con un'arma grande. È un simbolismo così chiaro. Ma non m'importa; voglio sparare con quella grossa.»

«Non hai bisogno di sparare con la Eagle. Quell'arma è più grossa di te.»

«Tu hai sparato con quella, e non sei più grosso di me.»

«Sono un professionista.»

Jack rifletté per un attimo. «È diverso quando spari a una persona, non è vero?»

«Spero che tu non debba mai scoprirlo.»

«Non ti piace vedermi sparare, eh?» D fece una mezza alzata di spalle. «Perché no?»

«Non lo so, Jack. Tu... non sei quel genere di persona.»

«Che genere di persona?»

«Un tipo come me. Tu sei...» Si interruppe con un sospiro frustrato. «Non sei marcio. Sei un puro. Non voglio che tu venga toccato da tutto questo.»

Jack lo guardò, il suo profilo contro il sole che tramontava. «Non sono un innocente scolaretto, lo sai. Ho...»

«Tu sei come un bambino nel bosco, Jack,» lo interruppe D. «Te lo dice uno che ha visto uomini malvagi e cosa fanno, e che ha fatto cose tremende.»

«E allora? Hai deciso di salvare non solo la mia vita ma anche la mia anima o qualcosa del genere? Non ho bisogno che tu stia di guardia alla mia virtù, D.»

«Però se potessi farti rimanere come sei, allora...» La voce dell'uomo si perse, e lui si guardò la mano imbragata, mentre l'altra riposava accanto alla sua gamba. Scosse il capo, mordicchiandosi il labbro. «Io non posso tornare indietro. Ma se tengo te lontano, magari potrei...» Distolse lo sguardo e Jack lo vide sbattere gli occhi. «Non so di cosa sto parlando. È quel fottuto Demerol che parla al posto mio.»

«Magari dovrebbe continuare a parlare per te, se continui a dire cose così importanti.»

«Non sono importanti.»

«Lo sono, D. Forse più di qualunque altra cosa.»

D sollevò la testa e si guardò in grembo, le labbra contratte. «C'è oscurità attorno a me, Jack. Qualche volta è come se non riuscissi a vedere nient'altro.»

Jack si spostò un poco più vicino a lui sul divano e parlò piano. «Pensavi che se potevi tenere quell'oscurità lontana da me, magari avrebbe abbandonato anche te.»

D si voltò per guardarlo, e Jack vide qualcosa di vulnerabile e scoperto nella sua espressione, reso libero dai farmaci. La sua durezza se n'era andata e lui riusciva a scorgere il bambino, il padre e il marito che era stato un tempo. Il giovane soldato, il padre di famiglia speranzoso, e quasi gli spezzò il cuore vedere quell'uomo sepolto così profondamente in quello che D era adesso, un uomo che chiaramente detestava ma da cui non riusciva a scappare. I suoi occhi erano grandi e lucidi. «Non riesco a ricordare come sono le cose senza l'oscurità,» disse, la voce rauca e incerta.

Jack non sapeva cosa rispondere. Non riusciva a mettersi al posto di D, né riusciva a immaginare il genere di cose che lui aveva visto e fatto, o che desiderava evitare. Abbassò lo sguardo e vide la sua mano abbandonata al suo fianco, a un pelo appena da quella di D. Trasse un respiro, trattenendolo, poi lentamente allungò il dito fino a che sfiorò il lato della mano di D; un colpetto, un contatto di prova. D non si ritrasse; la sua mano invece si avvicinò un poco. Incoraggiato, Jack la coprì con la propria. D volse il palmo verso l'alto e le loro dita scivolarono insieme, intrecciandosi e adattandosi le une alle altre come se non stessero aspettando altro che la possibilità di farlo.

D espirò e lasciò cadere nuovamente la testa all'indietro, gli occhi chiusi. Jack rimase semplicemente seduto al suo fianco, con la spalla premuta contro la sua, le loro mani strette, nascoste tra di loro come serrature, due lati separati da una barriera di legno duro ma unite da un meccanismo nascosto, in attesa solo della chiave giusta per allinearli.

⊕CAPITOLO 10

Jack mosse il cavaliere in QB4. D si accigliò, fissando la scacchiera, poi scosse il capo. «Vorrei sapere come giocare a questo fottuto gioco,» disse, muovendo la torre.

«Sì, anch'io,» gli fece eco Jack.

«Voglio dire... conosco le regole, ma vorrei sapere come giocare davvero, con strategia e roba simile. Penso che potrei fare meglio di così.»

«Perché? L'attività di un assassino comporta un sacco di tattiche strategiche?» chiese Jack con una punta di sarcasmo nella voce che D non aveva mai udito in precedenza.

«Ne saresti sorpreso.» Mosse l'alfiere. «Oh... scacco.» Jack non si mosse. Incrociò gli occhi di D, guardò in basso verso la scacchiera e poi li risollevò nuovamente. D si accigliò, riesaminando i pezzi. «Oh, aspetta... scacco matto!»

Jack emise un sospiro esausto. «Facciamo a chi ne vince due su tre?»

«Ho fame. Improvvisiamo qualcosa per cena.»

«Pensavo che potrei cuocere degli hamburger stasera,» disse Jack dirigendosi verso il frigorifero. Sembrava avere troppa fretta di abbandonare la scacchiera.

«Gli hamburger vanno bene,» disse D, rimanendo sulla sua sedia. Sperava di recuperare una facciata decente perché gli sembrava di starsi sgretolando sempre di più e di perdere coesione.

Il pomeriggio era trascorso in una confusione mentale a causa del Demerol. Riusciva a ricordare di essere stato seduto sul divano con Jack che gli teneva la mano, e tutto ciò che aveva desiderato era solo lasciar cadere la testa sulla sua spalla o distendersi proprio sul suo grembo. Arrendersi, staccare con

124

tutto e lasciare che si prendesse cura di lui. Era quel fottuto Demerol. Certo, era una bella fiaba.

Jack continuò a osservarlo, piccole occhiate di traverso che probabilmente pensava fossero discrete, piccole valutazioni che dicevano tutte la stessa cosa: *Amico, ma che cazzo?* D desiderava avere una risposta. Dopo una buona mezz'ora in cui era rimasto seduto in silenzio sul divano, Jack lo aveva tirato in piedi e l'aveva fatto andare a letto per un sonnellino, senza lasciargli le dita fino a quando gli aveva rimboccato le coperte. In un attimo di follia, gli aveva quasi chiesto di rimanere. *Resta seduto qui sul letto, okay? Magari accosta una sedia? Non devi dire o fare nulla. Ma per favore… non andartene.* Però Jack l'aveva lasciato e D l'aveva assecondato, perché cos'altro poteva fare? Niente.

Chiuse gli occhi e immaginò la sua camera blindata. La camera blindata era sua amica e lui l'aveva costruita una lastra dopo l'altra, una saldatura per volta, fino a che era diventata impenetrabile e impermeabile. All'interno c'era tutto quanto non gli apparteneva più, le cose che gli avevano portato via e quelle che aveva allontanato per sopravvivere. La maggior parte di ciò che lo aveva reso umano era in quella camera, ma in quei giorni la porta pareva essersi aperta, e riusciva a percepire delle folate fuggire, ombre che erano sempre state rinchiuse al sicuro all'interno. *Dovrei mettere Jack in quella camera blindata*, pensò. *Prima che diventi troppo grande per adattarvisi e che io debba costruire una fortezza per trattenerlo.*

Si alzò e mosse la spalla per verificare la situazione. Ci fu una contrazione e uno strappo all'interno della ferita, ma il dolore si era placato. Presto sarebbe stato in grado di mettere da parte l'imbragatura, e quello sarebbe stato un sollievo, per nessun'altra ragione se non il fatto di sentirsi con le mani legate in caso si presentasse un problema, un'eventualità che sentiva sempre più inevitabile ogni giorno che passava.

Si diresse verso la piccola cucina dove Jack stava preparando gli hamburger. «Vuoi una birra?» chiese aprendo il frigorifero.

Jack gli rivolse un'occhiata. «Oh… no, grazie. Non dovresti bere con il Demerol.»

«Ma sono trascorse quattro cazzo di ore.»

Jack fece spallucce. «Va bene, bevine una.»

D si schiarì la gola. «Credo che berrò una limonata,» disse, tirando fuori la brocca e versandone un bicchiere. Si aspettava che Jack sorridesse o facesse un commento, ma lui tenne lo sguardo solo sugli hamburger.

«È meglio accendere la griglia,» disse infatti, e si diresse verso la porta del patio. D lo guardò andarsene.

È andato fuori di testa. I proiettili, il quasi omicidio e le stazioni di servizio in fiamme vanno bene, ma tenerti la mano l'ha fatto dare di matto.

Sei certo che sia di lui che stai parlando?

D chiuse nuovamente gli occhi. *Non gli hai fatto nulla. Non gli hai tenuto la mano; lui ha tenuto la tua. Ha iniziato lui. Tu eri sotto l'effetto del Demerol, non sapevi cosa stavi facendo.*

Ah davvero? Be', eri sotto l'effetto del Demerol nel deserto? Ma quello era nella camera blindata, e lì sarebbe rimasto. Non era come quello. *Non sono come allora. Ho la responsabilità di Jack. Lui non è… Io non…* Qualunque frase cercasse di cominciare terminava con l'epilogo nella camera, il fragore di quella porta che si chiudeva sbattendo, interrompendo ogni suo pensiero.

D si riscosse e uscì. Jack era curvo sopra la griglia e apriva il serbatoio del propano. Sollevò lo sguardo mentre lui si avvicinava e poi si rimise in piedi. Raddrizzò le spalle e lo guardò. «Come va la spalla?» chiese.

«Bene. Non fa più male.»

Jack annuì. «Bene, bene. Ascolta D, mi dispiace davvero molto. Avrei dovuto prestare maggiore attenzione. Non mi sono reso conto che eri proprio lì…»

D alzò una mano. *È questo che lo sta divorando?* «Non devi scusarti, Jack. È stato un incidente.»

«Be', in primo luogo si suppone che non arrechi alcun danno, e invece mi sono tutto eccitato sparando con una dannatissima arma, come se fossi un adolescente ossessionato dalla violenza, e ho colpito il mio paziente dove è ferito… Avrei potuto riaprire nuovamente la ferita.»

«Ehi,» disse D, avvicinandosi di qualche passo. «Non fartene una colpa.»

«Devi pensare che io sia il più grande imbranato al

mondo,» disse Jack a mezza voce.

«No,» rispose D, adottando un tono disinvolto quando la sua mente stava girando come una trottola. *Cristo, sta parlando come... come se pensasse che io sia uno di quei fighetti del liceo e avesse paura che mi prenda gioco di lui. È questo che pensa? Devo dirgli che non è così.* «Nessun danno, nessun fallo.»

Jack incrociò i suoi occhi e sostenne il suo sguardo per un attimo, sembrando rassicurato da qualsiasi cosa ci vide. «Okay,» disse. «Prendo gli hamburger.»

D rimase in piedi accanto alla griglia e bevve la limonata, poi mise il bicchiere vuoto sul tavolo del patio. Trasse un respiro profondo e non avvertì alcun dolore alla spalla, una volta tanto, poi guardò il lago, una visione della quale era ben lontano dallo stufarsi. Jack tornò fuori portando il piatto di hamburger. Li sistemò sulla griglia e chiuse il coperchio, poi si mise di fianco a D, un poco più vicino di quanto non aveva fatto il giorno precedente. «Bella giornata,» commentò D, sperando che suonasse neutro.

«Sì,» concordò Jack. D avvertì le loro dita sfiorarsi leggermente. *Spostati. Fai solo un piccolo passo. Non devi farlo in modo ovvio, anche se lui lo capirà comunque.* Eppure i secondi scivolarono via senza che lui facesse alcuna mossa. Rimase semplicemente lì, immobile, mentre Jack allungava la mano, muovendo solo quella e avvolgendo le dita attorno alle sue. D lanciò un rapido sguardo con la coda dell'occhio e vide Jack con lo sguardo fisso davanti a sé, come se fosse inconsapevole di quello che la sua mano sinistra stava facendo e fingendo di non avere alcuna responsabilità per le sue azioni. La sua mano era calda e asciutta, e le sue dita forti; la presa era una di quelle che poteva condurre e guidare. Magari condurre D verso luoghi dove lui aveva giurato che non sarebbe mai tornato, posti di cui aveva persino ripudiato la conoscenza. Non reagì all'inizio, chiedendosi se Jack avrebbe lasciato perdere se lui non avesse fatto nulla, ma quando non fece niente, non gli restò altra scelta. Strinse velocemente le dita di Jack, poi le lasciò e si allontanò di qualche passo. Raccolse il bicchiere di limonata e fece per bere, ma si accorse che era vuoto e lo rimise nuovamente giù. Jack si stava dirigendo alla griglia per girare gli hamburger, e l'intero movimento passò inosservato.

Un argomento. Ho bisogno di un cazzo di argomento. «Allora, questo contatto che hai all'ufficio dello sceriffo,» disse. «Come si chiama?»

«Churchill,» replicò Jack.

«Quello è il nome o il cognome?»

Jack sollevò lo sguardo, sbattendo le palpebre. «Non ne ho idea. Abbiamo parlato solo di cose ufficiali.»

«Ti fidi di quel tizio?»

Lui fece spallucce. «Credo. Non ho molta scelta, vero?» Depose le pinze e si sedette sul bracciolo del divanetto. «Pensi davvero che qualcuno si sia fatto dire la mia posizione da una persona interna all'ufficio, pagandola?»

«Non proprio. La Protezione Testimoni è piuttosto dannatamente ermetica. Ma credo fermamente che qualcuno possa oliare le cose a sufficienza per entrare in possesso delle informazioni. Ecco perché se tu chiami quel tizio, Churchill, non puoi dirgli dove ci troviamo. Anche se è affidabile, potrebbe sfuggirgli. Non mi fido di nessuno.»

Jack annuì. «Saranno in grado di rintracciarmi con una telefonata?»

«Non se usi uno dei miei cellulari. Sono irrintracciabili.»

«E poi?»

«Poi dobbiamo trovare un posto in cui nasconderci fino al processo. Un posto che non abbia alcuna connessione con te.»

«Mancano due mesi al processo! Hai davvero intenzione di...» Jack s'interruppe. «È tanto tempo, D. Non posso chiederti di...»

«Di cosa? Finire quello che ho iniziato? Jack, io ti vedrò sul banco dei testimoni sano e salvo o morirò per far sì che avvenga.»

«Non voglio che ti faccia ancora del male,» disse Jack, gli occhi così grandi e blu mentre fissavano quelli di D, che qualunque altra cosa pareva sbiadita e pallida.

D minimizzò. «Nessuno ha ancora avuto la meglio su di me, non preoccuparti.»

«Dove andremo?»

«Ho un paio di idee.» Fece ondeggiare l'imbragatura. «Tra quanto tempo mi libererò di questo arnese?»

Jack si avvicinò, l'espressione da medico sul volto, e gli spinse di lato la camicia in modo da poter sollevare la fasciatura ed esaminare la ferita. La palpò con gentilezza. «Ancora un giorno o due. Ma non significa che tu sia pronto a muoverti in scioltezza.»

«Ho capito. Ma dobbiamo aspettare a partire fino a quando non avrò recuperato la maggior parte dell'uso del braccio.»

«Due giorni ti suonano bene?»

D annuì. «Okay.» Alzò lo sguardo, improvvisamente consapevole della vicinanza di Jack. Riusciva a sentire il suo odore mentre applicava la fasciatura e gli sistemava la camicia, le sue mani che lisciavano il tessuto sopra l'articolazione della spalla. I suoi occhi rimasero abbassati mentre una mano gli percorreva il braccio all'ingiù il braccio, in modo talmente delicato che avrebbe potuto essere fatto per caso.

D si alzò e si allontanò. «Non voglio che si brucino gli hamburger,» disse.

Mangiarono in silenzio, e parve che ci fosse una terza persona a tavolo con loro in quel momento, un ospite non invitato che era giunto col vento su un tappeto magico di Demerol e che ora rifiutava di andarsene.

D continuò a pensare alla lezione di tiro di quella mattina. Jack aveva ragione: a lui non piaceva vederlo sparare, sebbene riuscisse ad apprezzare il suo senso pratico nell'apprendere come fare. Era solo unicamente un altro dei modi in cui la vita di D stava influenzando Jack, trascinandolo sempre più lontano da quella che aveva iniziato a perdere il giorno in cui aveva assistito a quell'omicidio. *Però era bello da vedere, eh? Sembrava naturale. Ha fatto davvero bene per essere un principiante, persino meglio di quanto gli hai fatto credere. Prendi delle mani ferme da chirurgo e un occhio fottutamente acuto. Con un po' di allenamento potrebbe diventare un tiratore incredibile.*

«Vuoi raccontarmi dei tuoi incubi?» chiese Jack di punto in bianco. D alzò lo sguardo, sorpreso della domanda improvvisa. C'era una sfida negli occhi del medico.

«Cosa?»

«Potrebbe essere d'aiuto parlarne.»

«Quali incubi?»

Jack ingoiò un boccone di hamburger e scosse il capo, come se fosse sfinito dall'ottusità di D. «Quelli che hai ogni dannata notte, D. O ogni volta che dormi.»

«Come hai fatto... Che cazzo?» sbottò D aspramente, mentre un brivido di paura prendeva possesso della sua pancia. *Come fa a saperlo? Cosa cazzo sta succedendo?*

L'espressione di Jack si stava lentamente trasformando in comprensione. «Gesù. Non lo sai per davvero? Non mi stai semplicemente sfottendo.»

«Se mi dici di cosa diavolo stai parlando magari posso aiutarti con quella domanda.»

«D, ogni notte, da quando sei guarito dall'infezione, mi hai svegliato diverse volte. Urlando, dando botte e colpi rumorosi contro il muro. Sono stato più volte sul punto di dirti qualcosa perché avevo paura che ti saresti ferito la spalla nel sonno, ma... non so, non mi piaceva farlo.»

D guardava fisso il proprio piatto. Non aveva mai sognato. La camera blindata tratteneva tutto ciò che avrebbe potuto manifestarsi nei sogni rinchiuso saldamente, in modo che nemmeno l'inconscio potesse arrivarci. Non riusciva a ricordare di aver avuto alcun incubo lì, ma non dubitava della parola di Jack. *Fottuta camera blindata che perde. Dio solo sa cosa sta traboccando.* «Non ricordo alcun incubo,» disse. «Cosa dicevo?»

«Be',» iniziò Jack, sembrando un tantino a disagio, «hai pronunciato un sacco di volte il nome di tua figlia.» Sollevò lo sguardo verso il volto di D, poi lo distolse rapidamente.

Jill, pensò D, e la nausea si sollevò a quel nome proibito. «Oh,» riuscì a dire.

«Un sacco di cose non sono comprensibili,» proseguì Jack. «Ti ho sentito dire "no" qualche volta, come se... stessi implorando.»

D recuperò il suo hamburger. «Magari dovresti comprarti dei tappi per le orecchie o qualcosa del genere,» borbottò.

«Non liquidarla così. Stavi dicendo che non ricordi di

aver avuto incubi? Non è normale, sai.»

D rise. «È normale per me. Proprio come qualsiasi altra cosa che mi riguarda possa essere definita normale.»

«Magari il tuo inconscio sta cercando di dirti qualcosa, o sta cercando di metterti di fronte a qualcosa.»

«Quindi sei uno strizzacervelli oltre a essere un chirurgo maxiqualcosa, è così? Ripari la parte esterna delle teste e poi l'interno? Due al prezzo di uno?»

Jack indietreggiò un poco. «Sto solo cercando di aiutarti.»

«Non ho bisogno del tuo aiuto. Non su questo argomento.»

«A detta tua non esiste nulla su questo argomento!»

«Non voglio parlarne.»

«No, naturalmente no,» disse Jack duramente, accoltellando brutalmente la sua insalata di patate. «Semplicemente fai quello che fai sempre, D. Ti tiri indietro e chiudi. Credo che sia il tuo solo modo di gestire ogni cosa, non è vero?»

«Con me funziona.»

«Certo. Funziona così bene che hai incubi notturni in cui ti svegli urlando e non riesci a gestire il più piccolo investimento emotivo in qualsiasi cosa.»

D strinse gli occhi, guardandolo. «Investimento? Di che tipo?»

«Come... questo!» disse Jack, facendo dei movimenti vaghi tra di loro in aria. «Lo sai!»

«No, non lo so, cazzo.»

«Lo sai, solo che non vuoi ammetterlo.»

«Magari dovresti pensarci due volte prima di saltarmi al collo, Jack.»

«Sì. Questo è il passo successivo. Va' a nasconderti dietro la cosa del grande spaventoso assassino. Be', non ho paura di te!» gridò Jack. Il suo volto era rosso e una vena pulsava nel suo collo. D ne era felice. La rabbia sapeva come gestirla. Più l'altro si arrabbiava, più freddo e pieno di controllo si sentiva lui. Era una risposta automatica e confortante nella sua affidabilità. Si mise tranquillamente le mani in grembo e guardò Jack con sguardo vuoto.

131

«Dovresti averne,» disse. *Non farlo. Non far sì che abbia paura di te. Tu non vuoi che lui abbia paura di te, vero?*

No, naturalmente, non voglio. Ma sarebbe meglio per entrambi se fosse così.

«Dovrei... un sacco di cose,» disse Jack. «Dovrei vivere a Baltimora e operare ragazzine con palatoschisi e trascorrere i sabati guardando un'intera stagione di *24*. Ma è così? No, sono qui in uno chalet nei boschi... con te.» Si alzò e gettò i piatti nel lavello con clangore. «Vado nella mia stanza. A farmi gli affari miei. Credo che sia quello che vuoi, no?» Marciò via senza aggiungere una parola e D udì la porta sbattere.

Rimase seduto in silenzio per qualche altro minuto, poi si alzò e si diresse lentamente all'esterno. A quanto pareva Jack aveva fatto piazza pulita dei detriti residui della pratica di tiro mentre lui dormiva; il bersaglio era stato smontato, le armi non c'erano più. Non sembrava nient'altro che un giardino tranquillo, una casa per le vacanze, un rifugio. Ma non per D, per il quale non esisteva alcun rifugio da nulla. Gli errori del passato si rifiutavano di trovare pace. Aveva infettato Jack con la violenza, e ora lo aveva infettato con le cose che lo avevano intrappolato in un'esistenza da criminale.

Magari vuoi che anche lui venga intrappolato. Così avrai compagnia.

Quello non poteva accadere. Sarebbe stato al sicuro prima o poi, e lui sarebbe rimasto solo. Era così che sarebbero andate le cose.

D recuperò il cellulare che aveva usato e controllò i messaggi in entrata. Nulla. Non era sorpreso: X raramente lo contattava per primo, ma era deluso lo stesso. Avrebbe potuto mandare lui un messaggio, ma non aveva nulla di nuovo da dire o chiedere, né alcuna richiesta da fare, e lui e X mantenevano le comunicazioni entro lo stretto necessario da otto anni, una sequenza che non aveva particolarmente voglia d'interrompere quel giorno. Inoltre aveva un'altra chiamata da fare, una che non aveva voglia di fare. Sospirò e si sistemò sotto un albero all'estremità più lontana dello chalet, dove Jack non poteva sentirlo, e compose un numero che aveva memorizzato tanto tempo prima.

Udì una serie di scatti e relè, suoni di linea differenti che indicavano derivazioni diverse fino a che finalmente una voce femminile rispose: «Switch, 926.»

Chiuse gli occhi. «Relay, A210.»

Ticchettio di dita su una tastiera all'altro capo della linea. «Autorizzazione?»

«76, B45.8.»

Ticchettio. «Rimanga in linea per favore.» Scatto, scatto. Segnale di linea. Scatto, trillo.

Suonò tre volte prima che la chiamata venisse presa. D non aveva idea di dove quel relè finale trovasse risposta, sempre dallo stesso uomo, che gli aveva solo detto di chiamarlo Stan. «Switch, 629.»

«Sono io.»

«Hai Francisco?» chiese l'uomo. Senza preamboli.

La domanda lo gettò in una sorta di spirale. Si era aspettato di dover spiegare la situazione. «Affermativo,» disse.

«Siete al sicuro?»

«Per quanto ci si possa aspettare.»

Udì un sospiro. «Attraverso un altro informatore ho sentito che avevi accettato di ucciderlo. Non volevo crederci.»

«Non avevo scelta. E ora la sto pagando.»

«Come?»

«Ho un proiettile nella spalla, in primo luogo. Se non avessi avuto un dottore qui con me, sarei sicuramente morto. E io sono nel bel mezzo della questione, il che credo sia una pessima notizia per voi ragazzi.»

«Hai fatto abbastanza. Sono felice che ne stai uscendo.»

«Non essere così smielato con me, adesso.»

Una risatina leggera. «Qual è il piano?»

«Domani gli farò chiamare il suo contatto nella Protezione Testimoni. Il nome del tipo è Churchill. Lo conosci?»

«Sì.»

«Informa questo Churchill di aspettarsi la chiamata di Jack, ma deve mostrarsi sorpreso. Non voglio che Jack sappia che sto tirando io le fila.»

«Ho capito.»

133

«Jack chiamerà, gli dirà che non si sente al sicuro dopo l'attentato di Las Vegas, e che ha intenzione di nascondersi per conto suo fino al processo. Assicurati che questo Churchill sia d'accordo. Jack è sotto la mia protezione; sarà su quel banco dei testimoni, hai capito?»

«Sì. Non gli piacerà.»

«Non ha altra scelta.» D esitò. «È un brav'uomo questo Churchill?»

«Sì. Dovresti parlargli. Potreste avere degli interessi comuni in futuro.»

«Potrei farlo, ma più avanti. Dopo che Jack l'avrà incontrato ci sposteremo. Non sono ancora certo dove, ma una volta arrivati potremmo anche chiamarlo per tranquillizzarlo. Hai avuto qualche soffiata riguardo ai fratelli? Sanno che Jack non è più sotto l'ala della Protezione Testimoni?»

«Non lo so, è difficile da dire. Hanno altri testimoni di cui preoccuparsi oltre a Jack. Non credi che siano loro che ti hanno ricattato?»

«Non proprio, no. Se avessero saputo che Jack era a Las Vegas, l'avrebbero semplicemente eliminato.»

«Be', sono preoccupati per qualcosa. Hanno fatto entrare Petros nell'affare.»

D si accasciò. «Cazzo!»

«Non farti sfuggire con nessuno dove si trova Jack.»

«Non devi dirmelo. Ho visto lavorare quell'uomo da vicino.»

Ci fu un'esitazione all'altro capo della linea. «Sembri strano.»

«Strano in che senso?»

«Non lo so. Sembra... come se ti importi. È per Francisco? Com'è?»

D lasciò ricadere la testa all'indietro contro il tronco dell'albero. «Non è come mi aspettavo. È forte e brillante, ed è in gamba.»

«Ti piace, eh?»

«Sì,» mormorò D. «Mi piace abbastanza. A sufficienza da essere lieto di non averlo ucciso.»

Un'altra pausa. «Quanto ci sei andato vicino?» chiese

Stan, la voce molto regolare e calma.

D chiuse gli occhi. «Non voglio pensarci.» *Davvero fottutamente vicino. Troppo fottutamente vicino. Pensare che quasi gli mettevo un proiettile tra gli occhi per prendermi quella vita che ora morirei per salvare, e non avrei mai saputo cos'era lui nel mondo, e chi era o poteva essere, e non avrei mai nemmeno saputo cosa mi stavo perdendo, né quanto ci si potesse sentire bene a mettere le dita vicino alle sue.*

«Così vicino, eh?»

«Sono più in gamba di loro. In tutto.»

«Qualche idea su chi ti ha incaricato di quest'omicidio, se non si tratta dei fratelli?»

D sospirò. «È questo che mi manda in pappa il cervello. Non ho un cazzo di indizio. Ma quello dovrà aspettare perché adesso ho altre cose a cui pensare. Devo far fare a Jack quella telefonata a Churchill e poi andarcene di corsa.»

«Sono felice che tu abbia chiamato.»

«Non volevo che questo Churchill ci stesse addosso con tutto lo SWAT e strappasse via Jack infilandolo nel retro di una qualche Taurus governativa dove non posso proteggerlo.»

«Oh.»

«Cosa?»

«Ci tieni, vero?»

D sospirò. «Più di quanto dovrei.» Riappese e si appoggiò contro l'albero. *Vuoi sapere se m'importa? Chiedimi quanto è stato difficile lasciare che Jack ce l'avesse con me, e rimanermene seduto lì senza far nulla mentre mi gridava contro e mi voltava la schiena, sapendo che era meglio volere che si chiudesse la porta di quella camera blindata, ma desiderando anche di spalancarla e lasciar uscire tutto, perché è il primo che mi abbia mai fatto pensare che potrei guardarci dentro senza impazzire, e il primo che ho voluto sapesse tutto quanto. La prima persona che mi abbia mai fatto pensare che avrei potuto riavere qualcosa che avevo rinchiuso... o pensare che avrei avuto persino bisogno, o meritato, di riaverlo indietro.*

⊕CAPITOLO 11

Jack era steso sul letto, le braccia incrociate sul petto, lo sguardo fisso al soffitto. Sentì la porta aprirsi e chiudersi mentre D si dirigeva all'esterno.

Bene. Se non vuoi parlare dei tuoi incubi terribili, non sono affari miei. Non me ne frega un cazzo di come dormi.

Il che era una bugia, naturalmente. Gli importava e voleva sapere. Voleva sapere cosa c'era nella mente di D, cosa lo guidava, cosa lo spaventava. Voleva sapere tutto.

E perché Jack? Perché sei così interessato? Vuoi sapere cosa non va in modo da poterlo riaggiustare? Essere l'eroe, sanare l'uomo ferito?

Forse. Era così terribile? Era così offensivo che potesse volerlo aiutare?

Vuoi unicamente che ti lasci entrare nel suo inconscio inaccessibile, perché non lascia entrare nessuno. Se ci riesci significa che devi essere speciale. Sei importante. Importante per un uomo che considera cosa degna di nota il non avere affetti. E se esiste un legame malgrado la sua natura, deve significare che sei persino più fantastico di quanto pensavi di essere.

Jack si mise su un fianco, piegando le mani sotto la guancia. Era davvero così? Un gioco a conferma del suo ruolo?

Voglio solo sapere se significo qualcosa per lui… nel modo in cui lui significa qualcosa per me.

Rotolò sullo stomaco e si tirò un cuscino sopra la testa. Certo, nessun problema. Testimoniare contro alcuni signori della droga. Assumere un nome nuovo e trasferirsi lontano migliaia di chilometri. Un gioco da ragazzi. Assassini sulle tue tracce? Ci sono. Assassini con la coscienza tormentata che ti fanno sparire? Ci sono. Nascondersi in uno chalet lontano? Oh, già fatto. Sviluppare una cotta inopportuna per un sicario spietato?

Jack sospirò. *Mi manca solo una malattia terminale per ritrovarmi nel film strappalacrime della settimana.*

D rimase fuori dalla porta della stanza di Jack per cinque minuti buoni, cercando di capire cosa fare. *Bussare? Gridare? Entrare direttamente? Stronzo, sei in grado di pianificare un'infiltrazione in una dannata filiale della Federal Reserve, ma non riesci a capire come svegliare il tuo... tuo...*

Comunque, cos'era Jack? Il suo punto di riferimento? Il suo compagno? Il suo protetto? Il suo amico? Il vocabolario di D era inadeguato in quel frangente.

Bussò. «Jack?» Nessuna risposta. «Jack!» Sentì un vago borbottio dall'interno. «Dai, alzati! Sono quasi le nove e devi chiamare quel tizio.»

Jack fece un suono incoerente e irritato. «Dev'essere fatto proprio ora?» chiese attraverso la porta.

«Ehm... credo di no. Solo pensavo... sai... che potresti alzarti.» *Perché sei lì dentro dalle otto di ieri sera e mi stai facendo paura.*

Sentì un colpo, poi dei passi, poi Jack spalancò la porta. «Vuoi che mi alzi solo perché ti faccio paura,» disse.

D sbatté le ciglia. *Merda, l'ho detto a voce alta?* «Cosa te lo fa pensare?»

«Stai balbettando e sembri spaventato.»

«Oh,» disse D confuso. «Be', ora che ti sei alzato, facciamo colazione.»

«Quindi mi hai fatto alzare solo perché cucinassi per te, vero?

«No! Cucinerò io! Ma che cazzo di problema hai comunque?» Marciò verso il frigorifero e tirò fuori il latte.»

Jack si diresse al tavolo e si sedette. «Non lo so.» Sospirò. «Mi dispiace. Credo di essere andato a dormire arrabbiato e di essermi svegliato ancora arrabbiato.»

D portò le scodelle e i cereali. *Spero che questo vada bene per colazione.* «Arrabbiato con me e i miei incubi, vuoi dire.»

«Be'... sì.» Pareva esserci qualcos'altro nascosto dietro lo sguardo ombroso di Jack, qualcosa che non gli consentiva di vedere. D non chiese.

«È che non posso condividere tutto con te,» disse lui.

«Continui a impicciarti e curiosare e so che lo fai con le migliori intenzioni, ma...» Sospirò. «Tengo rinchiusa tutta la mia vita e non è così semplice. I cardini della porta sono talmente arrugginiti che non la posso aprire.»

«Lo so,» disse Jack, la voce più gentile. «Non avrei dovuto insistere. Non mi devi alcuna confessione né confidenza. Sono solo... preoccupato.»

D versò il latte. «Non sono esattamente abituato ad avere qualcuno preoccupato per me.»

«Be', abituati.»

D lo guardò negli occhi e vi vide un sorriso. Si sentì ricambiare quel sorriso. Mangiarono i cereali in silenzio per alcuni istanti.

Jack si alzò per riempire nuovamente la sua tazza di caffè e ritornò al tavolo, sembrando un tantino contrariato. «Non voglio telefonare a Churchill.»

«Devi.»

Jack scosse il capo. «Non crederà che sono riuscito a fuggire in qualche modo da un killer addestrato.»

«Non abbiamo molta scelta.»

«Penserà che mi sto inventando tutto.»

«E allora? Non lo può dimostrare.»

Jack stava ancora scuotendo la testa, come se fosse determinato a discutere su qualunque dannata cosa dicesse D. «Cosa succede se cerca di arrivare a me?»

«Come potrebbe farlo? Con la visione magica a raggi X? Non può rintracciare questo telefono. Potresti essere in uno qualunque degli stati contigui e dubito che abbia qualche renna magica per trascinare la sua slitta. Vuoi rilassarti?»

«Be', scusa se l'idea di parlare a un uomo di legge che, potrei aggiungere, non ha fatto nulla all'infuori che cercare di proteggermi, e raccontargli un sacco di frottole sperando che mi creda, sia una cosa un tantino strana per me.»

«Sarai convincente.» D gli porse il telefono. «Fai quel che devi.»

Jack lo prese, gli occhi si sgranarono un poco. «Adesso? Dici davvero?»

«Via il dente via il dolore.»

Jack fissò il telefono come se fosse un serpente addormentato che poteva svegliarsi e morderlo in qualunque momento. Si alzò. «Vado fuori.»

«Cosa, non vuoi che io senta?» L'idea di non sentire era vagamente sconvolgente, sebbene D sapesse che non aveva alcun diritto di ascoltare di nascosto.

«Voglio… un po' privacy,» borbottò Jack e poi si diresse fuori verso il patio. D restò seduto a guardarlo andar via, poi tornò ai suoi cereali con un sospiro.

Jack digitò il numero a memoria, la mente galoppava con tutte le cose che avrebbe dovuto dire e non dire, menzionare e non menzionare, rivelare e nascondere. «Protezione testimoni, Churchill.»

«Ehm… sì, sono Jack Francisco.»

«Jack? *Jack?* Mi prendi in giro?» Sembrava che Churchill fosse scattato in piedi e fosse sul punto di correre da qualche parte.

«No, sono io.»

«Dove diavolo sei? Ti sto cercando da una settimana!»

«Lo so… mi dispiace. Sto bene.»

«Cosa diavolo è successo? Perché te ne sei andato?»

«Perché avete messo un rilevatore di posizionamento sulla mia macchina?» disse Jack con asprezza. *Gesù, da dove mi è uscito?* pensò.

Ci fu silenzio per un attimo. «È solo una precauzione, Jack. Ho capito che dovevi averlo trovato quando abbiamo perso il segnale. Perché hai lasciato Las Vegas? Eri al sicuro là!»

«Al sicuro, certo. Così al sicuro che un assassino si è presentato a casa mia per uccidermi.»

Di nuovo silenzio. «Non è divertente.»

«No, non lo credo nemmeno io.»

«Sei serio? Qualcuno è venuto a cercarti?»

«Sono arrivato a casa e l'ho trovato seduto nel mio soggiorno con un'arma.»

«Cazzo. Come ti ha trovato?»

«Questo è quello che mi piacerebbe sapere, considerato

che tu e la tua agenzia eravate i soli a sapere dov'ero.»

«Nessuno qui ti ha venduto, Jack. Spero che tu lo sappia.»

«Vorrei crederci.»

«Potrebbero averti individuato per strada, solo per un caso fortuito.»

Vabbè. «Non importa come mi ha trovato, ma il fatto che sia successo.»

«Come hai fatto a fuggire?»

«Gli ho gettato un vaso sulla testa e mi sono messo a correre.»

«Jack… non abbiamo trovato alcun vaso rotto nella tua casa. Non c'era alcun segno di lotta là.»

Merda. Jack pensò in fretta. «Il vaso non si è rotto. Era uno di quei pezzi di ceramica pesante. Probabilmente l'ha preso con sé in modo che il suo sangue non venisse trovato in casa.» *Ha senso? A me sembra buono. Troppo tardi per cambiare idea.*

Churchill sospirò. «Be', ha senso. E sei semplicemente corso via? Come hai trovato il rilevatore di posizionamento?»

«Ho pensato che qualcuno mi stesse seguendo. Non sapevo chi fosse, così ho accostato e ho controllato la macchina.»

«Dove sei ora?»

Jack sospirò. «Non mi sento a mio agio a condividere questa informazione.»

«Lascia che ti riporti qui. Ti troveremo un'altra sistemazione.»

«Ho cercato di adattarmi alle tue regole una volta e non ha funzionato. Mi prenderò cura di me stesso. Non mi sento al sicuro con qualcuno che sa dove mi trovo.»

«Non posso permetterti di stare da solo, Jack.»

«Cos'hai intenzione di fare a riguardo?» Silenzio. «Sì, è quello a cui stavo pensando. Senti… ho assolutamente intenzione di testimoniare. Okay?»

«Non mi dispiace dirti che il pubblico ministero mi chiama al telefono sei volte al giorno. Sta per avere un aneurisma.»

«Digli che ci sarò. Mi terrò in contatto con te due volte a

settimana, puoi tenermi aggiornato su quando dovrò comparire al processo e mi farò trovare là. Fino ad allora... ho intenzione di mantenere un basso profilo e nascondermi.»

«Non mi piace questa cosa, Jack.»

«Credi che a me piaccia? Non è quello che ho accettato di fare, ma devo adattarmi a conviverci fino al processo.»

«Credo che tu abbia qualcuno che ti sta aiutando.»

«Sono da solo, e così rimarrò.»

«Stai parlando come un professionista. Sei un chirurgo, non una sorta di agente segreto. Chi ti sta aiutando?»

«Nessuno, ed è così che mi piace. Allora, siamo d'accordo? Ci siamo intesi?»

«Cosa ti è successo? Eri come un bambino perso nel bosco quando ti ho sistemato a Las Vegas.»

«Be', si cresce in fretta quando ti inseguono dei killer a pagamento.» *E quando vivi con uno di loro per una settimana.*

«Non volevo questo per te, Jack.»

«Lo so. Rimarrò in contatto.» Riagganciò prima che Churchill potesse pronunciare un'altra parola.

Rimase in piedi a guardare il giardino per un attimo, riesaminando la conversazione che aveva appena avuto. Non gli piaceva mentire a Churchill, ma non aveva molta scelta. Si voltò e si diresse in casa. D era ancora al tavolo in cucina, e fissava una scodella di cereali mollicci.

«Fatto,» disse.

D alzò lo sguardo con circospezione. «Cos'ha detto?»

«All'incirca quello che ti aspettavi. Non gli è piaciuto, non ha scelta, pensava di aiutarmi. Però sembra aver abboccato.»

«Bene.» D si voltò nuovamente verso i suoi cereali, roteando il cucchiaio nella poltiglia fradicia.

Jack annuì, picchiettando il telefono contro la gamba. «È tutto quello che hai da dire? "Bene?" Ho appena mentito a un funzionario governativo, D. Dev'essere una sorta di violazione di qualcosa. La Protezione Testimoni ha promesso di aiutarmi e ho appena detto loro una bugia evidente per aiutare a proteggere l'uomo che è venuto a uccidermi.»

D si alzò lentamente e si voltò per guardarlo in viso.

«Non hai agito per mio conto, Doc. L'hai fatto di tua volontà. Non mi stai proteggendo da nulla.»

Jack scosse il capo e gettò il telefono sul divano. «Non posso credere che sia vero. Cazzo. Cosa diavolo sto pensando? Dovrei dire a Churchill dove sono esattamente e chiedere quanto velocemente può arrivare fin qui!»

«Se è quello che vuoi non ti fermerò.»

«Mi permetteresti di dirgli ogni cosa? Rimarresti lì senza far nulla mentre gli racconto tutta la dannata storia?»

«No. Me ne andrei. Puoi raccontargli quello che vuoi ma è sicuro come la morte che non posso starmene qui ad aspettare di incontrarlo. Quindi credo che tu debba decidere se credi che sia meglio andartene via con me o con la Protezione Testimoni. Sto solo cercando di proteggerti, Jack. Credo di poterlo fare meglio di quanto non possano fare loro. Se non sei d'accordo, allora va' da loro con la mia benedizione e auguri per la tua sicurezza.»

«Lasceresti che mi consegni a loro? Semplicemente così?»

«Semplicemente così.» D strinse gli occhi e lo sbirciò. «Sembra che qualcosa ti preoccupi. Credi che lotterei per trattenerti, è così? Che proverei dei rimorsi o dei rimpianti a vederti che mi volti le spalle? Non hai torto. Questo è un mestiere difficile, Jack, con nessuno spazio per le amicizie o per sentimenti profondi. Devi fare ciò che è concreto e immediato, e ciò che ti aiuterà a evitare di venire ucciso, arrestato o entrambe le cose. Avere un amico è il modo più rapido per ritrovarti un coltello nella schiena.»

Jack osservò il volto di D, il viso indurito e segnato e si chiese unicamente quanto di ciò che stava dicendo derivava dalla sua esperienza personale. «Questa è la cosa più triste che abbia mai sentito,» disse.

D fece spallucce. «È un duro aspetto della vita. È quello che è.»

Jack si alzò nuovamente e andò verso la finestra, distogliendo lo sguardo. «Be'... se ci sia o meno spazio per le amicizie... io sono tuo amico, D.»

Udì D sospirare. «Vorrei poter dire che ero tuo amico,

Jack.» Udì dei passi e poi la porta sul retro si aprì e chiuse nuovamente.

D era seduto da ore su quella che aveva iniziato a considerare la "sua" panchina. Il sole si era alzato e poi aveva iniziato la sua lenta discesa attraverso il cielo. D guardava fisso le formiche che avanzavano sul patio chiedendosi cosa stesse aspettando. Sperava che Jack sarebbe uscito per costringerlo a parlare? Per chiedergli di rientrare? Stava aspettando per vedere quanto tempo ci sarebbe voluto?

Il cellulare, quello che Jack aveva usato per chiamare Churchill, era nella sua tasca. L'aveva preso dal divano mentre Jack gli dava la schiena, e lo sentiva pesante, carico di aspettative. La chiamata che stava rimandando non sarebbe diventata più semplice col trascorrere del tempo. Alla fine si alzò e camminò fino ad addentrarsi un po' tra gli alberi, poi ricompose l'ultimo numero in uscita.

Squillò solo una volta prima che qualcuno rispondesse. «Protezione Testimoni. Churchill.»

«Sono D.»

Sentì l'altro uomo sistemarsi, schiarirsi la gola, prendere fiato. «Stavo aspettando la tua chiamata.»

«Ci siamo intesi?»

«Dammi una buona ragione per cui non dovrei venire a trovarti e sopprimerti come un cane.»

«Te ne darò due. Non puoi, e non dovresti.»

«Hai accettato un contratto sulla vita di Jack Francisco.»

«Un contratto che non ho portato a termine.»

«Dovrei crederti perché hai una sorta di attacco di coscienza all'ultimo minuto?»

D contò fino a cinque prima di rispondere, la voce tesa e controllata. «Il Bureau ti ha parlato?»

«Sì.»

«Quindi sai solo da quanto tempo va avanti il mio attacco di coscienza.»

«Non me ne frega un cazzo di quello che hai fatto per il Bureau. La mia preoccupazione è Francisco.»

«È anche la *mia* preoccupazione.»

«Ma non è la tua *sola* preoccupazione.»

D sospirò. «No. Devo uscire io stesso da una situazione spiacevole. Qualcuno mi ha ricattato per accettare l'incarico di ucciderlo, e adesso sono nervosi. Ho evitato un paio di loro sulla strada per Stockton. Ho pensato che ci avessero trovato sfruttando il tuo rilevatore di posizionamento, così non fare tanto il cavaliere senza macchia visto che il tuo piccolo aggeggio ci ha quasi fatto uccidere entrambi.»

«Quella stazione di servizio che è saltata in aria?»

«Sì. Cos'hai trovato là?»

«Niente. Auto affittata sotto falso nome, due corpi senza documenti, sai com'è la procedura.»

«Abbastanza bene da conoscerla a memoria.»

«Quindi ci sono degli sconosciuti che ti stanno pedinando.»

«In aggiunta ai fratelli, che stanno ancora cercando Jack, anche se non sanno nulla di ciò che sto facendo io. Hai sentito chi hanno tirato dentro per aiutarli in quest'affare?»

«Petros, ho sentito.»

«Ecco. Guarda, so che hai buone intenzioni, ma ti dico che non puoi proteggere Jack come posso farlo io.»

«Non posso lasciare uno dei miei testimoni nelle mani di un mercenario.»

«Puoi chiamarmi come vuoi, ma conosco queste persone e tu no.»

Churchill sospirò. «Guarda, D… o qualunque sia il tuo nome… Jack Francisco è un brav'uomo. È una rarità nel mio mestiere, era davvero uno spettatore innocente. La maggior parte dei nostri testimoni sono addetti ai lavori diventati testimoni per l'accusa, quindi mi ritrovo a proteggere le vite di persone che hanno loro stessi una lunga lista di crimini da scontare. Francisco è diverso.»

«Non devi dirmi niente di Jack.» *Probabilmente lo conosco molto meglio di te, figlio di puttana.* «So che genere di uomo è, quello che ha visto e cosa vuole fare. Quindi farai meglio a credermi quando ti dico che chiunque voglia venirselo a prendere dovrà passare sul mio cadavere, e se ci riescono faresti meglio a sapere che significa che sono morto davanti a lui, mi hai capito? Tu te ne stai seduto nel tuo ufficio carino e al sicuro, ovunque tu sia, e cerchi di condurre le danze? Io sono qui con lui nella merda, con una taglia di tre milioni e mezzo di dollari sulla testa e sto qui ad ascoltare te che ti lamenti di doverti fidare di me. Non me ne frega un cazzo. Devi darmi solo lo spazio che mi serve per fare ciò che devo, per tenere me e lui in vita abbastanza a lungo perché possa arrivare a quel banco dei testimoni. Dopo di che, puoi subentrare tu e metterlo sotto la protezione di uno nuovo e il mio lavoro sarà finito. Hai capito?»

Ci fu un lungo silenzio. «Sì, ricevuto. Ho solo un favore da chiedere.»

«Cosa?»

«Jack si terrà in contatto con me due volte a settimana. Fai lo stesso.»

D sospirò. «Sì, quello posso farlo.»

«E tienilo al sicuro, va bene?»

«Hai la mia parola.» D riappese e tornò alla sua panchina. Si sedette e osservò il lago mentre il sole scendeva sulla superficie e le ombre si scurivano sempre di più.

Jack aveva trascorso la giornata usando il portatile di D, guardando video senza senso su YouTube e leggendo tre settimane di post vecchi su uno dei suoi forum preferiti di musica. Di sicuro non stava aspettando che D rientrasse, né si chiedeva che diavolo stesse facendo là fuori, né cosa fosse successo alla confidenza che era nata tra di loro. In qualche modo sembrava che, al momento, non facessero altro che camminare in cerchio uno attorno all'altro e aggredirsi a parole.

Lo sai il perché, genio. Lo puoi sentire, e così anche lui.

Sospirò e cliccò sulla CNN, ma era arrivato a un punto critico di auto-illusione e rifiuto della realtà, così spinse via il portatile con un sospiro demoralizzato. Lasciò cadere la testa tra le mani e fissò il piano del tavolo, arrendendosi a tutti quei pensieri che si affollavano da giorni contro le sue barriere mentali.

Era difficile ammettere di essere attratto da D. Quello non faceva parte del piano, se mai ce ne fosse stato uno, a parte quello di non rimanere uccisi. Era occorso molto tempo a Jack, la maggior parte della sua vita adulta, in effetti, per ammettere con se stesso che provava un'attrazione di gran lunga maggiore per gli uomini piuttosto che per le donne. Aveva sepolto quell'aspetto durante il matrimonio, sebbene a volte si chiedesse quanto bene l'avesse nascosto a Caroline, che era molto sveglia, ma adesso quello non era importante. Non gli era estraneo il corpo di altri uomini, ma le sue esperienze non si erano mai avventurate nel settore emotivo. Era andato a letto con degli uomini, ma si era mai... poteva osare pensarci ora? Era vero, poi? Non sapeva nemmeno se aveva mai avuto un'esperienza concreta di quella parola di cinque lettere a cui non consentiva di avvicinarsi troppo, nessun parametro di paragone per il calderone gorgogliante in cui era immerso da giorni.

Comunque era tutto teorico. D era accessibile quanto il monte Everest. La sua mente tornò ostinatamente a quel momento sul divano quando avevano intrecciato le mani, a quel minuscolo barlume di possibilità che però non era stato nient'altro che inerzia indotta dal Demerol. Quando aveva cercato di ricreare quel momento il giorno successivo, D aveva educatamente, ma fermamente, posto fine alla cosa.

Non importava. Doveva toglierselo dalla mente, e in fretta. Avrebbe trascorso un sacco di tempo con lui nelle settimane successive, forse mesi, e doveva troncare la cosa sul nascere prima che lo rendesse infelice.

Si alzò dal tavolo e si diresse verso l'armadietto sopra il frigorifero, dove sapeva esserci una bottiglia quasi piena di Wild Turkey. Arrancò fino al divano e si sedette pesantemente, stappò la bottiglia e tracannò un sorso, sussultando per il bruciore del whisky.

Ne bevve altri quattro sorsi prima che D tornasse in casa, il sole al tramonto faceva risaltare la sua sagoma all'entrata. «Ti stai ubriacando, Francisco?» brontolò.

«Cosa te ne importa?» ribatté Jack sentendosi già la lingua lenta e stupida. *Gesù, non reggi l'alcol, Francisco. Un paio di sorsi e sei già andato.*

D si avvicinò e gli prese la bottiglia, ma invece di metterla via la capovolse e ne bevve due lunghi sorsi. Si sedette all'altra estremità del divano e gli ripassò velocemente la bottiglia. «Semplicemente non voglio sentirti lamentare domani mattina perché hai dei postumi di sbornia.»

«Perché? Abbiamo qualcosa da fare?»

«Dobbiamo partire presto. Una volta che avrai dato l'approvazione al mio braccio.» Lo fletté in direzione di Jack. Aveva smesso d'indossare l'imbragatura il giorno precedente.

«Non c'è fretta,» disse Jack prendendo un altro sorso e tendendo la bottiglia a D, che fece altrettanto.

«No, niente fretta.»

Rimasero in silenzio passandosi la bottiglia avanti e indietro per una buona mezz'ora, fissando le fiamme del caminetto a gas. Jack iniziò a sentirsi pesante e rilassato. Le parole iniziarono a salire senza controllo fino alla sua lingua e fu solo con uno sforzo che sbarrò loro la strada.

Tuttavia alcune riuscirono a sfuggire. «Da quanto tempo non scopi, D?» chiese.

D fece un grugnito indistinto. «Perché?»

Jack fece spallucce. «Non lo so. Io sono in un periodo morto. Scommetto che non sia difficile per te, però. Un misterioso spettro della morte in nero; scommetto che le tipe non ne hanno mai abbastanza.»

D scosse il capo. «Sei già ubriaco?»

«Non è una risposta.»

«Non faccio quelle cose, va bene?»

«Far cosa? Scopare?»

D aveva la mascella serrata. Jack osservò il suo profilo. «Io non... non sono...» D sospirò e raggiunse la bottiglia, bevendo un altro sorso. «Semplicemente non posso,» disse piano.

Jack aggrottò la fronte. «Cosa vuol dire che non puoi?»

«Non sento nulla. Non come accade a un essere umano.»

«Be'... ma...» Jack esitò. «Non senti nulla?»

«Chiudi il becco e basta.»

«Cosa, non riesci a fartelo rizzare?»

D si voltò per guardarlo in viso, gli occhi scintillavano nella penombra. «Attento a quel che dici, Francisco, Non è troppo tardi per ucciderti, lo sai.»

«Ooh, cazzo come sono spaventato. Non stai scherzando, vero?» Jack tirò su un ginocchio e si voltò per guardare D in viso. «Mi stai dicendo che hai sepolto te stesso in una caverna così profonda che non hai nemmeno più una libido?» Il silenzio di D fu una conferma sufficiente. Jack scosse la testa. «Quello è una cosa tosta, D.»

Ci fu un lungo silenzio e altri passaggi della bottiglia, che andava esaurendosi. Alla fine D parlò nuovamente, la voce bassa e sibilante, come se si stesse rivolgendo a se stesso. «Faccio delle cose,» disse. «Troppe da poterle contare o misurare. Devo troncare per sopportare. Troncare tutto.» Il mento s'indurì in una linea di determinazione. «Cerchi di ricucire nuovamente il tutto e ti accorgi che è troppo tardi.» Si alzò improvvisamente e si diresse nella sua camera da letto, chiudendo la porta dietro di sé.

Jack guardò di nuovo dritto davanti a sé e si scolò il resto della bottiglia. Si lasciò andare sul divano e osservò il fuoco fino a che gli occhi si chiusero da soli.

Quando lo schianto lo svegliò, Jack stava sognando di sparare. Era in giardino con la Glock di D tra le mani e sparava cercando di colpire il bersaglio, ma i proiettili tornavano indietro verso di lui e doveva schivarli di tanto in tanto.

Si tirò su a sedere, disorientato e ancora leggermente ubriaco. Era notte fonda, non riusciva a leggere l'orologio sopra il fornello e sentiva la testa intontita e pesante. Che cazzo era stato? Sembrava qualcosa che era caduto pesantemente.

Sentì qualcos'altro. Un altro colpo, non così forte, e un grido incoerente e mezzo soffocato. *Merda, è D. Sta avendo un altro incubo.*

In precedenza Jack l'aveva lasciato solo durante i suoi incubi. Era meglio lasciare che continuasse a dormire. Ma ora, seduto proprio fuori dalla porta di D, ancora mezzo addormentato... si rimise in piedi e andò alla porta. La colpì con un pugno. «D? Svegliati!» Un altro colpo e un urlo soffocato, nessuna parola.

Jack aprì la porta. La testa di D stava sbattendo da un lato all'altro sul cuscino, le mani strette alle lenzuola. Aveva buttato giù la lampada dal comodino, che aveva probabilmente provocato lo schianto che aveva svegliato Jack.

Jack non rifletté. Barcollò a fianco del letto e afferrò le spalle di D. «D! Svegliati!» È solo un incubo!»

D farfugliò alcune sillabe senza senso e poi scattò in modo fulmineo, aguantando alla cieca e spingendo via Jack. Lui cadde all'indietro ai piedi del letto. D era seduto adesso, ma Jack non credeva fosse del tutto sveglio. Si sedette di nuovo e gli afferrò le braccia. «Calmati! Sono io, Jack!»

D scattò, lottando contro la sua presa, e tutto si ridusse a una confusione fatta di braccia aggrovigliate, con Jack che si prese un colpo a lato del viso che gli fece vedere le stelle. Afferrò le braccia di D e le trattenne con forza tra i loro corpi. La fronte di D era contro quella di Jack, il suo petto ondeggiava. «J... Jack...» balbettò.

«Sì, sono io... va tutto bene,» bisbigliò Jack. «Stai... stavi solo...»

La voce gli venne meno e il respiro accelerò. Le dita di D gli stringevano gli avambracci e tutto stava scricchiolando, scattando come un'apertura elettrica, pesante come l'aria prima di una tempesta. Stava praticamente rantolando per respirare; lo stavano facendo entrambi.

Jack si tirò indietro un attimo e osservò il volto di D, arrossato e sudato, gli occhi abbassati. Sentì crescere l'eccitazione. *Oh, Gesù, vattene. Vai via. Non puoi farti vedere così. Probabilmente non lo ricorderà... non permettergli di vedere...*

Gli occhi di D guizzarono in alto per incrociare i suoi, ed erano grandi e sorpresi come non li aveva mai visti, il battito visibile nella sua gola, rapido e agitato. Jack riusciva a percepire il sapore forte e aspro del sudore di D e i muscoli tesi che pulsavano sotto le sue mani; sostenne quello sguardo, gli occhi illuminati dal bagliore che veniva dal soggiorno, e vi vide qualcosa di crudo e scorticato fino a diventare vuoto, a causa del tempo e dell'incuria, cigolare per tornare in vita e strisciare fuori dall'oscurità.

Jack non sapeva come si fosse azzardato a farlo, ma senza abbassare gli occhi tolse la mano dalla spalla di D e la fece scivolare tra le sue gambe. D sibilò e trasalì, gli occhi si chiusero di colpo. Jack sentì la sua erezione sotto la mano. Appoggiò nuovamente la sua fronte contro quella di D. «Lo senti anche tu,» bisbigliò, a malapena un respiro, non proprio una domanda.

D scosse solo la testa, girandola contro quella di Jack, ma non in segno di rifiuto. Jack sentì crescere l'eccitazione dentro di sé, pervadergli la mente con desiderio, il desiderio di quell'uomo, tutto di lui, oscuro e rovinato dal disuso, glorioso e spezzato e che fuoriusciva dalle crepe.

Le sue mani andarono per conto loro alla fibbia dei pantaloni, cercando a tentoni di aprirla. Le mani di D erano sul suo collo ora, lo afferravano e premevano, massaggiando la pelle umida. Jack lo sentì risucchiare un respiro ed espellerlo sibilando, e poi di colpo D gli afferrò le spalle e lo voltò verso il letto, sullo stomaco, e gli aprì le ginocchia. *Oh, Gesù, sta accadendo.* Sentì l'aria umida della stanza colpire la sua pelle nuda mentre D gli strappava verso il basso i jeans dai fianchi. Il letto cigolò mentre D si sistemava dietro di lui; riusciva a sentire il suo respiro uscire in ansiti duri, un debole borbottio di sottofondo, il calore delle sue mani sui fianchi. Jack mise giù la testa e cercò di rilassarsi; poi una spinta e una vibrazione profonda e D fu dentro di lui.

Jack gemette e si afferrò alle lenzuola, trasalendo per il dolore. D si lasciò sfuggire un grido soffocato e Jack sentì i suoi fianchi premuti contro di sé, il suo peso che lo spingeva in avanti, le mani che si tenevano strette alla sua maglia, e poi si avventuravano ruvidamente al di sotto in cerca della sua pelle. Spinse all'indietro e il disagio scomparve, D affondò in lui più e più volte, reso brutale e insaziabile dalla negazione. Il cervello di Jack si svuotò di tutti i pensieri e lui si lasciò andare, donando se stesso alle necessità impellenti di D. Gemiti bassi provenivano dalla gola di D e Jack si perse, gridando mentre veniva senza essersi nemmeno aiutato, le mani dell'altro sulla sua schiena sotto la sua maglia, esigenti, che lo trattenevano mentre D spingeva a fondo e veniva dentro di lui senza un suono, rigido e sorpreso. Poi cadde in avanti di peso con un basso gemito portando Jack con sé, scivolando fuori da lui e rotolando sulla schiena. Jack si mise su un fianco, stordito. Scalciò via i jeans e rimase lì solo con la T-shirt, il battito che rallentava e il sonno che iniziava a pervaderlo. Cautamente, stese una mano per posarla sul petto di D prima che il sonno li cogliesse entrambi.

CAPITOLO 12

D si svegliò lentamente, le tende bloccavano la maggior parte del sole mattutino. La stanza era umida e soffocante, e si sentiva stranamente caldo.

Questo perché c'è qualcun altro nel letto con te, cretino.

Voltò la testa e vide il viso addormentato di Jack, mezzo sepolto nel cuscino, le mani sotto la guancia. Rimase immobile, in modo da non svegliarlo, perché finché rimaneva addormentato, D non avrebbe dovuto controllare la propria espressione, non avrebbe dovuto cancellare alcuna traccia di preoccupazione, rimorso o confusione o persino tenerezza. Poteva rimanere semplicemente lì, guardarlo per un attimo e cercare di non spingere oltre il pensiero, o chiedersi cosa diavolo era accaduto o come aveva potuto permettere che succedesse, o cos'aveva significato, o se era troppo tardi per ritrattare.

Una delle sue mani si spostò da sola verso il volto di Jack. D la fissò, ferma lì a mezz'aria, poi la ritrasse. Jack si mosse leggermente e D si girò dall'altra parte, facendo scivolare lentamente le gambe da sotto le coperte. Si alzò e in punta di piedi si diresse verso il bagno che era condiviso da entrambe le camere da letto. Fece scorrere l'acqua il più calda possibile e si raschiò con una cosa piccola, stupida, soffice e cespugliosa, chiudendo gli occhi e lasciando che il vapore lo circondasse come uno scudo d'invisibilità.

Hai scopato un uomo la notte scorsa. Che te ne pare? Ci pensi? Quando inizierai ad affrontare la cosa? O il fatto che può essere la prima volta che l'hai fatto, ma non era la prima volta che volevi farlo?

Si sfregò il sapone sui capelli, stando attento alla ferita alla spalla ancora sensibile. Sciacquò il capo e rimase lì sbattendo gli occhi, incerto su cosa fare. Si era lavato per intero, ma non voleva ancora lasciare la protezione offerta dalla penombra della doccia.

Alla fine si costrinse a uscire. Probabilmente Jack avrebbe voluto fare una doccia, magari non una fredda, quindi non sarebbe stato troppo carino da parte sua usare tutta l'acqua calda solo perché era spaventato dal guardare in faccia la vita fuori dal bagno. Uscì e si asciugò, occhieggiando la porta del bagno. Jack era ancora addormentato? Era seduto nel letto, in attesa che D uscisse per poter avere una sorta di conversazione a cuore aperto riguardo cosa significava ciò che era successo? O peggio ancora, stava aspettando che tornasse in modo che potessero... farlo nuovamente? Sarebbe stato strano uscire nudo? Non era sicuro di volere che Jack lo vedesse nudo.

La nave è salpata, non è vero? Te lo sei scopato ma non vuoi che lui ti veda nudo?

Be', non puoi rimanere in questo cazzo di bagno tutto il giorno.

Aprì con cautela la porta e sbirciò fuori. La camera da letto era vuota, le coperte all'altro capo del suo letto erano tirate indietro, e riusciva a sentire Jack fuori, nella stanza principale. Tirò un sospiro di sollievo e si affrettò a uscire e a indossare dei vestiti puliti.

Fece una pausa sulla porta della camera, chiuse gli occhi, trasse un respiro profondo e uscì proprio come se fosse una mattina qualsiasi e lui e Jack stessero per fare colazione, come se non avessero fatto sesso la notte precedente. Jack era al bancone che preparava il caffè. Si era rimesso i jeans.

«Buongiorno,» disse, gettando un rapido sguardo oltre la spalla.

«Mm,» grugnì D.

«Hai finito in bagno?»

D sbatté gli occhi. *No, mi sono solo preso una piccola pausa a metà del mio rituale mattutino di bellezza per venire qui a chiacchierare con te. Ovvio che ho finito.* Si trattenne e fece un semplice cenno del capo. «È tutto tuo,» borbottò.

Senza dire altro Jack si diresse nella sua camera. Qualche attimo più tardi, D sentì la doccia in azione. Si appoggiò al bancone e fissò il caffè che gocciolava nella caffettiera, concentrandosi sulla caffeina per trattenersi dal pensare a Jack nella doccia. Nudo nella doccia.

Più o meno era riuscito a togliersi l'immagine dalla mente quando Jack riemerse dalla sua camera, interamente vestito e rasato, un compito che D non aveva avuto la prontezza mentale di ricordarsi. «Quello è, ehm, il caffè rimasto,» disse Jack. «Partiremo presto? Definitivamente, intendo.»

«Non lo so.»

«Se non partiamo dobbiamo procurarci delle provviste.»

D si costrinse a voltarsi e guardare Jack in viso per la prima volta. Gli sembrava lo stesso. *Cosa ti aspettavi? Un grande triangolo rosa sulla sua fronte? Una F gigante sul suo petto? Ovviamente è lo stesso. Così come anche tu sei lo stesso. Il solito vecchio Jack.* A parte il fatto che non lo era. Jack pareva lo stesso, ma non lo era, e nemmeno D. Lo sentiva dentro di sé e lo vedeva nella rigidità delle spalle di Jack e nel modo irrequieto in cui teneva le mani infilate in tasca. Lo vedeva principalmente nei suoi occhi. Erano velati, cauti. Sembrava... sulla difensiva. Non sapeva cosa sarebbe successo ora e si teneva forte contro qualunque cosa potesse accadere. Conosceva quella sensazione. «Vuoi far colazione?» chiese, voltandosi di nuovo verso i fornelli.

Jack sospirò. «Siediti. La preparerò io. Tu riusciresti a bruciare l'acqua.»

D lo guardò, notando una leggera traccia di normalità nella battuta sarcastica. Le labbra di Jack erano arricciate in un sorrisetto duro e teso, ma non guardava nella sua direzione. «Tu sei il capo,» disse, e aggirò il tavolo.

Jack preparò uova e toast, togliendo temporaneamente l'embargo sul colesterolo. Mangiarono in silenzio. D era concentrato sul cibo e non sollevava gli occhi dal piatto per evitare che potessero scorgere qualcosa a cui avrebbe dovuto dare una risposta.

Il silenzio non ingannava nessuno, però. Era distante chilometri dai silenzi più rilassati e amichevoli di cui avevano goduto solo alcuni giorni prima. Praticamente D riusciva ad avvertire la tensione nell'aria, come se stesse vibrando con essa e attraversasse lui, la sedia, il pavimento, il tavolo e tutto fino a

Jack.

Spinse il piatto di lato e incrociò le braccia sul tavolo. «Partiremo stanotte,» disse. Anche solo fare un'affermazione precisa riguardo a qualcosa, qualsiasi cosa, lo sentiva come un progresso.

«Dove siamo diretti?» chiese Jack. Sembrava un tantino spaventato dalla risposta.

«Redding.»

«Cosa c'è a Redding?»

«Un posto dove possiamo nasconderci, magari fino al processo.» *Aspetta. Non suona come una sorta di avances? Mettersi tutti comodi, a proprio agio e intimi in una casa da qualche parte? Lui pensa che io… e se pensa che io intendo… fanculo, non so nemmeno cosa voglio dire. Buon Dio. Sono negato in questo. Qualunque cosa sia "questo".*

«Una casa?»

D annuì. «La casa di mio fratello.»

Ci fu una pausa. D arrischiò uno sguardo verso l'alto e scoprì che Jack lo fissava stupito. «Hai un *fratello*?»

«Avevo. È morto.»

«Tu… avevi un fratello?»

D alzò le spalle. «Sì. Cosa c'è di tanto strano?»

Jack scosse il capo e le spalle. «Non lo so. Solo che è strano pensare che tu abbia dei parenti. Come una persona normale. Fratelli, sorelle e genitori.»

«Ovviamente ho avuto dei genitori. Credi che sia spuntato fuori dalla sabbia del deserto già adulto?»

Jack sbatté le ciglia. «Una cosa del genere, sì.»

D sospirò. «Be' i miei genitori sono morti quando ero un bambino. Mio fratello e mia sorella si sono presi cura di me. Non ho più visto nessuno dei due dopo che ho lasciato l'esercito. Mio fratello è morto in un incidente automobilistico cinque anni fa e mi ha lasciato la sua casa. L'ho intestata sotto falso nome, uno dei miei pseudonimi, in modo che non possa essere collegata a me.»

«Dov'è tua sorella?»

«Non lo so.»

«Cosa vuoi dire che non lo sai?»

155

D lo gelò con lo sguardo. «Quale parte non ti torna? Non. Lo. So.»

«Potresti scoprirlo!»

«Non m'interessa. Non mi vuole vedere. Comunque lei fa parte di… di ciò che io ero. Quell'uomo è morto. Sono rimasto solo io, e non ho famiglia.»

D rimase in attesa della reazione di Jack, ma non fu quella che si aspettava. Solo pochi giorni prima il suo discorso da "l'uomo che ero è morto" avrebbe potuto sortire un po' di stupore, o qualche fremito empatico, o una qualche dannata dimostrazione d'umiltà in presenza di un così testardamente caparbio torpore emotivo. In quel momento, invece, Jack scosse la testa con un mezzo sorriso cinico in viso. «Mi dispiace di averlo chiesto,» disse, il tono tagliente. «Sai, il tuo ritornello del "devi aver paura di me perché tanto non esito" sta diventando un cazzo di disco rotto.» Si alzò in piedi di colpo e marciò verso il lavello, gettandovi dentro i piatti. Rimase semplicemente lì, con la schiena rivolta a D e la testa bassa.

«Disco rotto, uhm?» disse D, più in modo simbolico che con l'intenzione di porre veramente una domanda.

«Disco rotto, sì. Ed è un insulto nei miei confronti che tu continui con queste stronzate dopo… tutto.»

«Ti piacerebbe pensare che siano stronzate, non è vero?» scattò D, mentre il suo umore s'accendeva. «Sarebbe bello credere che sia tutta una recita e che io abbia una vita carina nascosta da qualche parte dove tornare quando smetto di giocare all'Assassino. Be', non è una recita, Doc. Non ti ho mai raccontato stronzate, non su questo argomento.» Si alzò in piedi e si diresse verso la porta del patio. «Dobbiamo andare a Carson City per alcuni rifornimenti prima di andarcene. Partiamo tra dieci minuti.»

«Come vuoi,» borbottò Jack mentre D fuggiva in giardino; la sua panchina lo chiamava e gli prometteva quiete, se non pace.

Jack era in piedi nella corsia, entrambe le mani sul

carrello della spesa mentre fissava senza vedere le file di barattoli di caffè. *Abbiamo bisogno di caffè. Abbiamo bisogno di una lattina grande? Ci sarà del caffè nel posto nuovo? Meglio che prenda la lattina grande. Quale piace anche a D? Non gli è piaciuta l'ultima. Prenderò questa; è cara quindi difficilmente si lamenterà. D e io abbiamo fatto sesso la scorsa notte.*

Tutta la mattina era trascorsa in quel modo. Una sequenza di pensieri normali conclusi da un sobbalzo di realtà che strappava via il velo di normalità che entrambi continuavano a mantenere.

Il giro in città era trascorso in un silenzio penoso che entrambi avevano fatto passare come naturale. La conversazione in negozio si era limitata a quali barrette di cerali comprare e se dovevano procurarsi una confezione di Red Bull per il viaggio.

Non sapeva nemmeno perché erano lì. Per quanto ne sapeva, c'erano dei supermercati a Redding. Se fossero partiti quella sera non avrebbero avuto bisogno di fare compere in quel momento. *Sta cercando di ingannare il tempo con delle occupazioni inutili.* Quindi perché non partivano subito e basta?

Magari sta rimandando. Forse non vuole lasciare lo chalet. Dio sa che nemmeno io lo voglio. Lo chalet era il loro piccolo posto sicuro, nascosto in una sorta di foresta incantata, come se avessero attraversato il retro di un armadio per arrivarci. Un nido di pace dove potevano trascorrere ore senza far nulla, chiacchierando di cose poco importanti, sentendosi a loro agio in un qualcosa ancora senza nome. Lasciare lo chalet era come sentirsi sospinti all'indietro in un mondo ostile, dove andare a letto con un altro uomo significava un sacco di cose, non tutte buone o confortanti, dove sarebbe diventato reale in un modo che ancora non lo era, e dove, ancora una volta, avrebbero potuto essere trovati da una varietà vertiginosa di uomini che volevano uno di loro, o entrambi, morti.

Jack voleva solo abbandonare il carrello, tornare in macchina e filare allo chalet il più velocemente possibile. Chiudere a chiave la porta, spegnere le luci, prendere la mano di D e condurlo in camera da letto, rifugiarsi sotto le coperte e nascondersi lì, abbracciati. Era un impulso codardo. L'impulso di chi mette la testa sotto la sabbia. Se solo fosse rimasto tranquillo non sarebbe accaduto nulla di male. Se solo avesse finto che D provava dei sentimenti per lui che non avrebbe mai espresso nemmeno in un milione di anni, che entrambi potevano nascondersi nello chalet, innamorarsi pazzamente e trascorrere il resto dei loro giorni a prendersi cura l'uno dell'altro, allora magari la realtà li avrebbe lasciati in pace, anche solo per un paio di giorni. Ma D aveva ragione: probabilmente alla fine li avrebbero trovati.

Per un breve lasso di tempo, quella mattina, Jack si era domandato se magari D non ricordasse nemmeno ciò che era accaduto tra loro la notte precedente. Dopotutto aveva bevuto un po' di whisky. Non pareva ubriaco marcio, ma talvolta era difficile dirlo. Però aveva messo rapidamente da parte l'idea quando l'aveva visto. Ovvio che se lo ricordava. Si era svegliato con Jack nel letto accanto a lui, dopotutto. Ed era così chiaro nel modo in cui evitava i suoi occhi.

Gli dispiace. Vuole dimenticare. Non riesce a credere che sia successo. Non vuole che accada di nuovo. Riesce a malapena a parlarmi.

«Jack?»

Sobbalzò e si voltò. D era lì in piedi con in mano un sacchetto di arance. «Eh?»

«Hai preso il caffè?»

«Ehm… sì,» rispose afferrando la lattina più vicina e gettandola nel carrello. S'incamminò per la corsia mentre D teneva il passo al suo fianco.

«Magari dovremmo procurarci alcuni…»

«Non abbiamo bisogno di procurarci nulla,» disse Jack. «Perché stiamo comprando delle provviste *adesso*? Non avrebbe più senso aspettare di farlo una volta a Redding?»

D arrossì leggermente. «Be'… credo… solo che…»

«Cosa?»

Fece spallucce. «Non mi piace essere visto in giro.»

Jack lo sbirciò, cercando invano di leggere qualcosa in quegli occhi duri. «La gente ti conosce laggiù? Gente del tuo passato?»

«Naa, non proprio. Ma alcuni di loro mi conoscono come il tizio proprietario della casa di mio fratello. Potrebbero fare un collegamento.»

«Questo è dannatamente paranoico, persino per te.»

«Be', non sono ancora morto, quindi continuerò a essere paranoico come sono sempre stato, se per te fa lo stesso.»

«E se non fosse così? Se non ci fosse più niente che faccia lo stesso?» disse Jack mentre le parole rotolavano fuori.

D lo osservò in modo vacuo. Non stavano più parlando di provviste. «Prendiamo queste cose e andiamocene di qui. Ho una brutta sensazione.»

«Che genere di sensazione?»

«Come di essere rimasto fermo troppo a lungo. Di essere osservato.»

«È la tua immaginazione.»

«La mia immaginazione mi ha salvato il culo più volte di quante riesca a contarne.»

«Ma...»

D gli girò intorno. «Jack, dacci un taglio, eh? Dammi solamente... una cazzo di tregua, okay?» S'incamminò giù per la corsia lasciandolo col carrello tra il cappuccino solubile e il thè Earl Grey.

Arrivarono allo chalet appena dopo l'una, e fu un sollievo tornarci. D odiava stare fuori in mezzo alla... gente. Vedeva le loro facce e le loro piccole vite banali e si meravigliava di essere stato uno di loro. Guidavano le loro macchine, guardavano la televisione, scopavano le loro mogli, nutrivano i loro figli, leggevano *People* e non avevano alcuna idea che al supermercato avevano sfiorato i gomiti con un uomo che aveva ucciso più di sessanta persone a sangue freddo. Lo spingeva a chiedersi chi fossero loro veramente. Lo spingeva a chiedersi con *chi* si era sfiorato senza nemmeno saperlo.

Al ritorno aveva guidato Jack, silenzioso e con la mascella tesa, gli occhi fissi davanti, sulla strada. D aveva lasciato che il suo sguardo indugiasse sulla coscia forte dell'uomo, sui tendini del suo avambraccio mentre stringeva il volante, e aveva dovuto distogliere gli occhi di continuo. *Tu lo vuoi. Lo volevi la scorsa notte quando l'hai preso, ma anche la notte precedente e quella prima ancora. È possibile che tu lo voglia da quando ti ha guardato da dietro la canna della tua arma, ti ha guardato in faccia e ti ha visto, ti ha visto per davvero.*

Lo vuoi, ma non puoi averlo. Non puoi più farlo, soprattutto non a lui. Non lo merita. Aiutalo a superare questo processo e poi lascialo libero, senza vederlo più e senza pensare più a lui.

Lasciarono la maggior parte delle borse in auto, considerato che avrebbero caricato le loro cose e sarebbero partiti entro poche ore. Si diressero all'interno nella stanza principale, raccogliendo cose e mettendole nuovamente giù. D si diresse verso il patio in un moto istintivo. «Vado a prendere un po' d'aria,» borbottò. Gli era quasi andata bene quando la voce di Jack lo fermò.

«Non vuoi proprio affrontare la cosa, vero?»

D rimase dov'era, una mano sulla maniglia, a testa bassa. «Affrontare cosa?» disse.

Jack emise un suono disgustato, dimesso. «Questo è troppo per me, D. Sono cosa... cinque ore?»

«Da cosa?»

«Da quando ci siamo svegliati a letto insieme, bastardo dal sangue freddo.»

D si obbligò a girarsi per guardarlo in viso, tenendo il suo teso e composto. «E?»

«E... io...» Le mani di Jack si agitavano in aria come se le parole stessero danzando via dalla sua presa, la bocca si apriva e chiudeva. Alla fine si strinse nelle spalle e lasciò ricadere le mani. «Credo che sia tutto ciò che ho bisogno di sapere, non è vero?» Distolse lo sguardo e si diresse alla porta d'ingresso.

«Dove stai andando?»

«Fuori a fare una passeggiata.»

«Non andare troppo...» La porta sbatté. «Lontano,» terminò D, sospirando. *Ben fatto, amico.*

Meglio interrompere tutto adesso che più tardi, quando farebbe più male.

Uscì sul patio, desiderando più che mai una sigaretta. Dannato Jack e le sue manie salutiste, tutto ciò che voleva era un tiro. Ficcò le mani in tasca e rivolse il viso in alto, cercando di fare quella cosa di cui aveva sentito parlare la gente quando si crogiolava al sole e traeva una sorta di sensazione di benessere, sentendosi in armonia con la natura. Tutto ciò che sentì fu una vaga sensazione di calore.

Passeggiò giù verso il prato, calciando i sassolini sul patio, dicendosi che non gli importava se Jack si era sentito ferito, o se fosse incazzato. Anzi sarebbe stato meglio se fosse stato incazzato. Non dovevano andare d'accordo perché lo potesse proteggere.

Si era quasi convinto che sarebbe stata la cosa migliore per chiunque se lui e Jack avessero cessato ogni contatto al di fuori di quelli professionali, quando raggiunse il grande albero sotto il quale c'era la sua panchina, e i suoi occhi caddero sull'erba alla base. Tutti i pensieri riguardanti la sua relazione con Jack furono spazzati via efficacemente dalla visione di quattro mozziconi di sigaretta schiacciati nella terra e dalla piccola chiazza d'erba calpestata intorno, e nessuna di quelle cose era presente quella mattina, prima che partissero per Carson City.

Scattò dietro l'albero e si posizionò sulla chiazza calpestata. *Cazzo. C'è una visione perfetta della casa da qui.* Il panico gli pervase le vene come non accadeva da anni. Corse semi accovacciato attorno al lato della casa, poi fece uno scatto verso la parte anteriore. «Jack?» chiamò, guardandosi intorno e cercando di suonare disinvolto in caso qualcuno fosse in ascolto. «Ehi, Jack?»

Nulla.

Corse oltre la porta principale verso l'altro lato, scrutando tra gli alberi in cerca della giacca blu di Jack. *Oh Dio, oh Dio, oh Dio, oh Dio* ripeté come una litania nella mente correndo lungo il viale dov'era probabile si fosse incamminato Jack, in cerca di un suo segnale.

Girò in tondo quando giunse al punto in cui il viale incontrava la strada. «Jack!» gridò, senza più preoccuparsi che qualcuno potesse sentirlo. Nulla, all'infuori degli uccelli.

Corse nuovamente verso la casa col cuore in tumulto, che perse un battito quando lui si arrestò davanti ai gradini del portico.

La giacca di Jack era appesa alla porta principale, sorretta da un grande pugnale infilato nel legno. «Oh no, oh no, no, no, no, no,» mormorò D tra i denti, a malapena consapevole di ciò che stava facendo. Con un balzo fu sul portico, strappò il coltello e afferrò la giacca portandosela al petto. Sotto la giacca c'era un pezzo di carta che volteggiò sul terreno.

D cadde in ginocchio sullo zerbino d'ingresso e lo raccolse. Solo quattro parole, scarabocchiate in lettere disordinate: «Rimani accanto al telefono.»

Accartocciò il foglio con un movimento spastico, lanciandolo di lato come se così facendo potesse annullare ciò che diceva, se soltanto fosse riuscito ad allontanarlo da sé con forza sufficiente. Stava stringendo la giacca di Jack e respirava con più difficoltà di quanto gli sarebbe piaciuto; si costrinse a rilassarsi un poco. «Jack,» bisbigliò, guardando la giacca.

Non era certo di quanto tempo passò lì in ginocchio sul portico, ma fu la sola necessità che lo spinse a trascinarsi in casa. Pareva che gli avessero sparato allo stomaco, e la sensazione era una sorpresa. Era una sorpresa anche il comprendere che non poteva gestire tutto da solo. Nei dieci anni precedenti gli era capitato molto raramente di non riuscire a farlo.

Trovò il cellulare e si costrinse a sedersi e a trarre un paio di respiri profondi prima di inviare il messaggio.

SOS

Attese. Restò seduto al tavolo della cucina e tenne il cellulare con entrambe le mani, fissandolo, desiderando che vibrasse. Dopo alcuni minuti, lo fece.

?
ho bisogno d'aiuto
chiamo?
Sì pf

Attese nuovamente e dopo pochi secondi il telefono squillò. «Ho bisogno del tuo aiuto,» disse subito.

«Qual è il problema?» La voce di X, come al solito, era filtrata attraverso un distorsore vocale. Non si capiva nemmeno se era maschio o femmina.

«L'hanno preso.»

«Preso chi?»

«Jack!» esclamò D, picchiando una mano sul tavolo. «Hanno preso Jack!» *Cristo, ascoltati. Controllati.*

«Chi l'ha preso?»

«Non lo so. Sto aspettando la chiamata.»

«Be', non possono essere i fratelli.»

D sbatté gli occhi senza seguire il discorso. I suoi abituali processi mentali acuti parevano essersi sciolti nella melassa. «Perché no?»

«L'avrebbero semplicemente ucciso. Se hanno intenzione di chiamarti, devono volere qualcosa. Probabilmente uno scambio.»

«Quindi si tratta di chi mi ha incastrato con questo lavoro, allora.»

«Molto probabile. Vorranno che tu scambi te stesso con lui.»

«Okay. Possono prendermi.»

«D, non puoi semplicemente darti per vinto.»

«Sarà un sollievo.»

«Chi proteggerà Jack se tu sarai morto?» D sospirò. «Come pensavo. Ascolta, rimani in attesa della chiamata. Poi fammi sapere dove deve avere luogo lo scambio. Fai semplicemente come se dovessi andare fino in fondo.»

«Poi cosa?»

«Mi prenderò cura io della cosa.»

D scosse la testa. «Non mi piace.»

«Cosa c'è da farsi piacere?»

«Ma...» Esitò. «Tengono d'occhio questo posto. Perché non mi hanno semplicemente preso? Perché prendere lui?»

Ci fu una pausa. «Non lo so, D. E tu?»

«Forse... per vedere se l'avrei fatto.»

«Devono pensare che non lo farai.»

«Si sbagliano, allora. Sono stato pronto a morire per salvare la sua vita fin dall'inizio.»

⊕CAPITOLO 13

Non farti prendere dal panico. Non farti prendere dal panico.

Bel consiglio, più facile a dirsi che a farsi. Jack continuò a ripeterselo, ma continuava a non funzionare. Il panico stava crescendo in lui come la marea e sapeva che non sarebbe stato capace di contenerlo per tanto tempo.

I suoi occhi erano coperti e le orecchie tappate; il mondo era scuro e silenzioso. Sapeva soltanto di essere al chiuso e legato a una sedia. Non sapeva se fosse solo, se qualcuno stesse parlando, se era giorno o notte. A giudicare dal bernoccolo doloroso sulla nuca era stato messo al tappeto e si era svegliato lì. Ovunque fosse "lì".

L'oscurità e il silenzio erano più inquietanti di quanto si fosse immaginato. Qualcuno poteva essere lì lì per torturarlo con degli aghi e lui non l'avrebbe mai saputo fino al momento in cui non avesse provato dolore. Poteva essere in procinto di morire e non avrebbe avuto alcun avvertimento.

Tieni duro adesso e non preoccuparti. Sto venendo a prenderti.

La voce di D, chiara come una campana. Se solo fosse stata vera. Se solo avesse potuto convincersi che stava andando a salvarlo. Non gli interessava nemmeno fare la parte della damigella in pericolo. Non era una donzella, ma era certamente in difficoltà, e se per tirarlo fuori dai guai D doveva piombare lì per salvarlo, avrebbe accusato volentieri il colpo al suo orgoglio mascolino.

Ma per quanto ne sapeva, D non era nemmeno a conoscenza del fatto che lui se n'era andato. Non aveva idea di quanto tempo era trascorso da quando era stato così efficacemente prelevato dallo chalet. E anche se D lo sapeva, non poteva immaginare dove fosse, né come trovarlo.

Magari avrebbe semplicemente detto "che liberazione" e se ne sarebbe andato per la sua strada.

Jack non lo pensava realmente... ma era ancora terrorizzato che potesse essere così.

Concentrati. Pensa.

Il suo primo pensiero fu che i fratelli l'avessero trovato, ma la cosa non aveva molto senso. Se così fosse stato, l'avrebbero ucciso. Perché tenerlo lì e assicurarsi che non sapesse dov'era o in che mani era finito? I fratelli avrebbero voluto che lui lo sapesse.

La sola spiegazione alternativa era che quelle persone pensassero di far cambiare idea a D. Jack era ancora un po' confuso riguardo alle connessioni labirintiche che conducevano da D alle figure indistinte che li inseguivano, ma sapeva che D sospettava che non fossero stati i fratelli Dominguez a ricattarlo per fargli accettare l'incarico, bensì qualcun altro. Magari quel qualcun altro aveva deciso di prenderlo e usarlo per costringere D.

Ma questo presumendo che, chiunque fosse, sapesse che a D sarebbe importato di ciò che accadeva a Jack. Perché qualcuno l'avrebbe pensato? A meno che non li stessero osservando...

Quello era un pensiero allarmante. Jack se lo tolse dalla mente.

O sanno che io e D abbiamo una sorta di... connessione... o pensano che lui cercherebbe di salvarmi a prescindere. Ma perché penserebbero che un uomo come lui, che uccide per sbarcare il lunario, si preoccuperebbe se vivo o muoio? Dovrebbero conoscerlo. Dovrebbero...

Improvvisamente Jack fu colpito al viso. A sorpresa, il colpo gli mozzò il respiro; la sua testa oscillò di lato. Riusciva a sentire, molto debolmente, il suono di qualcuno che parlava, ma non riusciva a distinguere alcuna parola.

Oh, Signore Dio, per favore tirami fuori di qui, non m'importa chi mi abbia preso, o cosa vogliano o cosa stiano cercando o cosa sappiano, ma non voglio ancora morire, per favore.

Anche se continui a pensarci non accadrà prima. Anche se

166

continui a pensarci quel fottuto telefono non suonerà.

D era seduto sul divano con il cellulare in grembo da più di un'ora. Da quando aveva chiuso la chiamata con X stava facendo come gli era stato ordinato: aspettare vicino al telefono.

Non sapeva cosa fare. Non sapeva come si sentiva. Non sapeva cosa pensare. Stava cercando di evitare d'immaginare qualsiasi cosa fin quando non avesse saputo che Jack era vivo, chi l'aveva preso, e cosa volevano. Dovevano volere qualcosa, o l'avrebbero semplicemente ucciso.

Almeno era ciò che continuava a ripetere a se stesso.

I suoi occhi si chiusero e subito iniziò tutto. Immagini di Jack, di lui e Jack, di ciò a cui lui stava veramente cercando di non pensare. Ogni volta che chiudeva gli occhi lo vedeva. D sospirò e lasciò cadere la testa all'indietro contro i cuscini del divano e si arrese, lasciando che il ricordo della pelle di Jack e del suo corpo e di ciò che aveva provato con lui lo inondasse come la schiuma dura e battente su una sponda rocciosa, che ne offuscava i margini frastagliati.

Gesù, Jack. Non farmi questo, maledizione. Non disseppellire tutta quella merda che ho messo sotto chiave.

D si alzò e camminò avanti e indietro. Era inutile, ma almeno lo faceva sentire come se non stesse perdendo del tutto la testa. C'era stato un tempo, sebbene ora paresse come un miraggio, in cui nulla lo toccava. Era come una dannatissima roccia, e qualunque cosa gli scivolava addosso senza lasciare alcuna traccia. Ma Jack Francisco era come un milione di anni di pioggia, scavava canali e caverne attraverso di lui, delle doline giù fin nelle profondità oscure che non aveva mai pensato potessero vedere nuovamente la luce del giorno. In quel momento si sentiva solido come del formaggio svizzero.

Non devono venire a saperlo, quando chiameranno. Devi essere freddo come un fottuto ghiacciaio. Non puoi rivelare che t'importa qualcosa di ciò che gli accade perché darai a loro più potere.

Il telefono squillò. D sobbalzò, poi immediatamente maledisse quel che era rimasto dei suoi nervi. Raccolse il telefono, trasse alcuni respiri e rispose. «Sono D.»

«Sedici chilometri a ovest di qui sulla Highway 267 c'è

una vecchia strada sterrata d'accesso che si biforca proprio dopo la Harlan Creek Road. Ti condurrà oltre il Truckee Gorge Dam. Fatti trovare all'estremità orientale della diga tra un'ora.»

D si schiarì la gola. «E, ehm… cosa dovrebbe succedere lì?»

«Rivuoi Francisco vivo o no?»

«Credi che me ne freghi qualcosa?»

«Certo che sì, altrimenti saresti già lontano più di cento chilometri.» D sospirò. Avevano ragione.

«Cosa vuoi?»

«Solo te.»

«Io in cambio di Francisco?»

«Giusto.»

D si morse il labbro. «Cosa vuoi che faccia?»

«Importa qualcosa?»

«Come faccio a sapere che non è già morto?»

«Non lo è.»

«Fammi parlare con lui.»

«Non credo che sia necessario.»

«Non vengo se non so che Jack è vivo.»

«Sta bene. E anche se non lo fosse, verrai comunque in caso che lo sia.»

Cazzo. E io che pensavo di avere sangue freddo nelle vene. «Pensi proprio di avermi inquadrato, vero?»

«Non so nulla di più di quello che mi stai dicendo, D. Ho sentito direi che sei intelligente e cauto. Il mio informatore deve aver pensato a qualcun altro.»

D tenne la mascella serrata e in qualche modo cercò di non sbottare. «Un'ora. Ci sarò.» Chiuse la comunicazione e sprofondò nel divano, componendo nuovamente il numero di X.

Lui (lei?) doveva essere in attesa della sua chiamata perché rispose al primo squillo. «Cos'hanno detto?»

D ripeté le istruzioni che gli erano state date. «Non molto per andare avanti.»

«No. Jack potrebbe essere morto, e loro potrebbero avere in mente di spararti quando arriverai.»

«Sembra un po' macchinoso solo per spararmi.»

«Concordo. Probabilmente hanno intenzione di proseguire con lo scambio, il che significa che hanno bisogno che Jack sia vivo e in grado di camminare in modo che possiate scambiarvi di posto. Sanno che non ti consegnerai fino a che non l'avrai visto.»

«Quindi? Cosa facciamo?»

«Tutto ciò che si può fare è arrivare là in tempo. Lascia fare a me.»

D sbatté le ciglia. «Non posso semplicemente lasciare che te ne occupi tu.»

«Non è questo il motivo per cui mi hai chiamato?»

«Non sono quel genere di persona.»

«Quale genere di persona?»

«Il genere di persona che acconsente a un piano. Sono il tipo che lo predispone.»

«Bene. Sentiamo il tuo piano.» La bocca di D si aprì ma non ne uscì alcun suono. «Come pensavo. Inoltre, non dovresti decidere tu. La tua capacità di giudizio non è attendibile in questo momento.»

L'umore di D si alterò. «Cosa diavolo intendi con questo? Sono stato sufficientemente in gamba per te in passato!»

«Sei coinvolto emotivamente. Non puoi prendere delle decisioni razionali in questo stato.»

«Le mie capacità decisionali ti hanno salvato la vita, come mi hai detto un milione di volte, o te lo sei dimenticato?» disse D con asprezza. Ci fu una pausa, abbastanza lunga perché si chiedesse se aveva oltrepassato il limite.

«Non l'ho dimenticato,» disse X, e D pensò di aver udito un pizzico di tristezza attraverso il distorsore vocale sintetizzato. «Questo spiega perché voglio che ti vada tutto bene.»

«Mi dispiace,» borbottò D.

«Non scusarti. Fai solo quello che dico.»

«Okay,» disse D, tra sé. «Okay.»

«Fai lo scambio in qualunque modo vogliono che tu lo faccia. Mi occuperò io del resto. Stai pronto a muoverti rapidamente.»

UN BRIVIDO NELLE OSSA – Jane Seville

«Lo sono sempre.» Si accigliò, un pensiero si fece avanti. «Com'è che sei abbastanza vicino per raggiungere il luogo in un'ora?»

«Sono a Tahoe, D. Da una settimana.»

D fu preso alla sprovvista. «Mi stai osservando?»

«Non direttamente. Voglio solo... assicurarmi che tu faccia quello che stai cercando di fare. È da tanto che aspetto che tu abbandoni il mestiere, e questa è la tua via d'uscita.» Un sospiro elettronicamente distorto. «Probabilmente dovresti sapere una cosa, però.»

«Che cosa?»

«Non ti avrei permesso di uccidere Francisco.» La linea cadde. D continuò a fissarla, mente ed espressione vacue, cercando e non riuscendo a non prestare attenzione all'uomo dietro le quinte.

Una volta che furono in macchina e in movimento, la benda che gli copriva gli occhi e i tappi alle orecchie vennero rimossi. Sibilò all'assalto improvviso alle sue retine. Tutto pareva amplificato. Fuori dai finestrini osservò di sbieco gli alberi che passavano, ma non riconobbe nulla. «Dove mi state portando?» chiese, sperando di suonare fiducioso e sprezzante invece che terrorizzato com'era.

«Adesso ti liberiamo,» disse uno dei due uomini sul sedile anteriore.

«Così all'improvviso. Certo.»

«Be', avremo qualcosa in cambio.»

Jack deglutì faticosamente. «D?»

Il tirapiedi (come Jack riusciva solo a immaginare che fossero quegli uomini) fece una risatina. «Ho sentito dire che è un osso duro, ma si è arreso come un cagnolino e si è consegnato.»

«Cosa... cos'avete intenzione di fare con lui?»

«Questa non è una cosa che ti riguarda,» disse il guidatore, parlando per la prima volta e osservando Jack nello specchietto retrovisore. Lui si ritrasse contro il sedile, con la mente che correva. Doveva esserci qualcosa che poteva fare.

Non poteva permettere che D prendesse semplicemente il suo posto.

Perché no? Potrebbe essere una giusta fine per lui. Una possibilità per redimersi.

La mascella di Jack si strinse mentre pensava a D preso, picchiato, ferito, ucciso. *Non m'importa se non si redimerà mai; lo voglio al sicuro con me.*

D si fermò alla diga giusto in tempo. C'era una comune macchina nera sull'altro lato. «Figli di puttana,» borbottò.

Non riusciva a vedere Jack. Spense il motore e rimase seduto aggrappato al volante per un attimo, odiando tutto di quella cosa, ma più di tutto il fatto di non sapere esattamente come X stesse progettando di occuparsene. Riusciva a immaginare che probabilmente avrebbe coinvolto un tiratore scelto e un paio di scagnozzi, ma in quello scenario c'era anche troppo margine d'errore per i suoi gusti.

Scese dalla macchina e rimase accanto al cofano. Le portiere dell'altra vettura si aprirono e ne emersero due uomini in giacca e cravatta. «Fatemi vedere Jack!» gridò D.

«Allontanati dalla macchina,» disse il guidatore.

D fece alcuni passi in avanti. «Non verrò più avanti di così fino a che non vedrò Jack,» disse D.

Il guidatore annuì all'altro tirapiedi che aprì la portiera posteriore della vettura e tirò fuori Jack. D sentì un'ondata di sollievo percorrerlo quando lo vide, vivo e apparentemente incolume. I loro occhi si incontrarono come se avessero trovato il loro nord magnetico. Il tirapiedi gli tolse le manette e lo spinse in avanti. Jack iniziò a camminare, senza distogliere gli occhi da quelli di D. Il guidatore estrasse una pistola e la puntò contro Jack. «Non tentare di fare qualcosa, D,» disse. «Posso ancora ucciderlo.»

D annuì e iniziò a muoversi in avanti. Gli occhi di Jack erano pieni di domande. *Come usciremo da tutto questo? Hai un piano, giusto? Sono pronto a condividerlo. Fammi solo sapere. Hai tutto sotto controllo, giusto?* D cercò di non lasciar trasparire la sua incertezza mentre si avvicinavano.

«Sali in macchina,» sibilò a Jack quando lui fu sufficientemente vicino da sentirlo. «Qualsiasi cosa mi succeda, vattene. Tutta la nostra roba è nel bagagliaio. Hai capito?»

«Cosa sta succedendo?» sussurrò Jack. «Cosa faccio?»

«Sali in quella cazzo di macchina e vattene via di qui.»

«Non hai veramente intenzione di...» Si stavano passando accanto in quel momento. D vide il braccio di Jack muoversi come se volesse tenderlo verso di lui, ma non lo fece. Il desiderio di afferrare Jack e buttarsi a terra era forte, ma resistette.

«Non preoccuparti per me, fai solo come ti dico.» D continuò a camminare, senza concedersi di guardare indietro. Fece deliberatamente dei passi lenti, osservando l'arma del guidatore puntata dietro di sé, che teneva nel mirino la ritirata di Jack.

«Così va bene,» disse il guidatore. «Non fare l'eroe.»

«Non sono un eroe,» grugnì D. Dietro di lui udì la portiera aprirsi e poi chiudersi nuovamente. Il guidatore mosse l'arma verso D.

«Okay. Ora Sali in macchina.»

Con sorpresa, D avvertì una brezza dietro l'orecchio prima di udire un debole suono. Un foro circolare apparve sulla fronte del guidatore, perforata con la precisione di un laser. L'uomo si irrigidì e D vide la vita lasciare i suoi occhi; era una visione familiare. Lanciò un'occhiata all'altro uomo, che non aveva ancora nemmeno compreso cos'era successo, giusto in tempo per vedere un foro identico apparire sulla sua fronte.

Entrambi gli uomini caddero come sacchi. D corse in avanti e recuperò l'arma del guidatore. Se la ficcò nella cintura, si allungò dentro la vettura e fece aprire il bagagliaio. Tutto d'un tratto Jack fu lì, accovacciato, e si copriva la testa. «Cosa sta succedendo? Chi ha sparato?»

D afferrò l'autista sotto le spalle. «Prendigli i piedi. Buttiamo questi tizi nel bagagliaio.»

Jack fece come gli era stato detto e si mise le sue gambe sotto il braccio. Lo sollevarono da terra e Jack parve un tantino pallido. «Oh, Dio... si sta ancora muovendo.»

«Stai bene?»

«Taci e buttiamolo nel bagagliaio,» disse Jack a denti stretti, col volto rosso. Lo trasportarono sul retro e lo misero nel bagagliaio.

«Adesso l'altro,» disse D guardando Jack per vedere se era in grado di farcela.

Jack annuì. «Facciamola finita.»

D aveva appena chiuso il bagagliaio quando squillò il telefono. «Sì?»

«Mi sbarazzerò della macchina, voi ragazzi sgommate.»

«Sicuro?»

«Avete meno di un'ora prima che qualcuno capisca che non stanno tornando con te. Quanto potete essere lontani per allora?»

«Giusto.» D trasse un respiro. «Grazie.»

«Guardatevi le spalle.»

«Hai ancora intenzione di tenerci sotto controllo?»

Una pausa. «Lascerò che tu te lo chieda.» La linea s'interruppe.

D fissò il telefono per un attimo e poi se lo fece scivolare in tasca. «Forza,» disse a Jack.

«Lasciamo qui la macchina? Con dentro i corpi?»

«Se ne prenderanno cura. Dobbiamo andarcene da qui.»

Corsero alla loro auto. «Dove stiamo andando? Redding?» chiese Jack mentre allacciava la cintura di sicurezza.

«Sì.» D scosse il capo. Erano davvero solo le cinque del pomeriggio? Quella giornata pareva non giungere mai al termine. Fece retromarcia dalla diga, poi un'inversione a U e si diresse in autostrada. Lanciò un'occhiata a Jack, che era seduto rigidamente sul sedile del passeggero con le braccia incrociate sul petto. «Stai bene?»

«Sto bene.»

«Non ti hanno… fatto del male o qualcosa di simile?»

Jack scrollò le spalle. «Mi hanno colpito in faccia un paio di volte.»

D si accigliò. «Fammi vedere.»

«Sto bene.»

«Hai rimediato un occhio nero o qualcosa del genere? Ti hanno…»

173

«Ho detto che sto bene,» disse aspramente Jack, rivolgendogli un'occhiataccia. D lasciò perdere e tenne gli occhi sulla strada. *Scambi te stesso con un altro e ti staccano la testa perché ti preoccupi.*

Trascorsero alcuni momenti in un silenzio teso. «Vuoi dirmi cosa ti si è infilato su per il culo?» chiese D, pentendosi immediatamente per l'involontaria metafora.

Jack non parve accorgersene. «Chi diavolo stava sparando, D? Qualcun altro di cui non mi hai parlato?»

«Aspetta un po', chi dice che devo parlarti di ogni dannata cosa al mondo?» ribatté D.

«Quando qualcuno spara con un fucile nella mia direzione e mi manca la mia testa di un soffio, mi piacerebbe esserne al corrente.»

D sospirò. «Soltanto un mio amico. Be'… non un amico, veramente. Qualcuno di cui mi fido.» *Qualcuno che può avermi o non avermi osservato senza che lo sapessi per settimane.* «È quello che ti fa incazzare?»

«Chi ti dice che sia incazzato?»

«Il tuo modo di fare è incredibilmente lamentoso, se non lo sei.»

Jack tenne lo sguardo fisso fuori dal finestrino del passeggero, una mano sul mento. «Se il tuo amico non fosse stato in grado di aiutarti, avresti fatto lo stesso lo scambio?» D non rispose. Non era richiesta alcuna risposta. Jack sospirò. «Come pensavo. È che… ti ho quasi fatto uccidere.»

«Non l'hai fatto.»

«Col cavolo. Ti saresti consegnato per salvarmi. Perché?»

D serrò la mascella. «Era la cosa giusta da fare.»

«Non so più quale sia la cosa giusta.»

«Sì. È la storia della mia cazzo di vita, Jack.»

Arrivarono a Redding poco prima delle dieci. D accostò vicino a una casa simile a un ranch dall'aspetto confortevole in una zona tranquilla. Avevano parlato a malapena per l'intero viaggio, ma era stato penoso lo stesso. Sembrava che l'aria tremolasse all'interno della vettura, come se il calore salisse dall'autostrada muovendosi nello spazio tra di loro, come se emanassero delle radiazioni. Del genere che ti bruciano.

D percepiva che Jack era teso. Tutto il suo corpo emanava quella sensazione, quella vibrazione di una persona che cercava di controllarsi. Di cosa voleva parlare? O cosa voleva fare? Voleva toccare D, o fare qualche genere di confessione intima per la quale nessuno dei due era pronto? D pregava che riuscissero a trascorrere il periodo di quella vicinanza obbligata senza incidenti, e fu profondamente lieto di scendere dall'auto e andarsene da quelle vibrazioni che si erano depositate sulla sua pelle come un sudore notturno.

Trovò la chiave della casa di suo fratello, e una nuova trepidazione gli crebbe nel petto mentre si avvicinava alla porta principale. Non aveva mai condotto nessuno lì prima, e lo sentiva pericoloso. Era troppo vicino a ciò che si era lasciato dietro. C'erano cose, all'interno, che lo collegavano a chi era stato in passato, cose che Jack avrebbe indubbiamente scovato col suo naso per i luoghi più sensibili, cose con le quali D non era pronto a confrontarsi né era pronto a spiegare.

Aprì la casa e portarono le loro cose all'interno, lasciandole temporaneamente in mezzo al soggiorno. Jack mise le provviste in frigorifero aprendo per sé una bottiglia d'acqua. D controllò porte e finestre, assicurandosi che fossero ben serrate.

Quando tornò in soggiorno, Jack era in piedi accanto alla finestra e guardava fuori, il profilo illuminato dal bagliore del lampione all'esterno. D rimase semplicemente lì e lo osservò, paralizzato dall'indecisione, ammutolito da troppi anni di autocensura.

Il tuo fottuto stupido io. O ci provi o lasci perdere. Lo vuoi. Hai bisogno di lui. E ti ha lasciato così pietrificato che non riesci nemmeno a parlargli dopo che entrambi siete sfuggiti alla morte per un soffio.

D chiuse gli occhi, ogni cellula del suo corpo lo spingeva e lo tirava via... lo trascinava verso Jack, e poi lo respingeva, un tiro alla fune dove non vinceva nessuno.

Si trascinò in avanti con passi lenti ed esitanti che lo avvicinarono alle spalle di Jack. Lui non si voltò dalla finestra, sebbene sapesse con sicurezza che D era lì. La mano di D si alzò, come il braccio di un burattino tirato da fili, il respiro divenuto incerto e in preda al panico come un cavallo spaventato. Jack non si mosse.

Fanculo. D lasciò cadere la mano sulla spalla di Jack. Lo sentì trasalire leggermente al contatto, anche se non si voltò. La sensazione di Jack sotto la sua mano, il calore attraverso la camicia, la solidità, la forza e la vita, inviarono un'altra deflagrazione alla porta della camera blindata, che oscillò sui suoi cardini. Mise la mano libera sull'altra spalla di Jack, la testa incurvata verso il basso. Riusciva a sentire il fremito dell'uomo, come se avesse avuto la mano sul cofano di una macchina col motore acceso.

D si arrese. Non riusciva a lottare contro quello, almeno non in quel momento. L'orrore nell'aver visto la sua giacca contro la porta dello chalet, la paura per ciò che poteva essergli accaduto, la facilità con cui aveva deciso che si sarebbe offerto in cambio di Jack, e ora il sollievo di riaverlo sano e salvo, era troppo, persino per lui. Si chinò in avanti affinché la sua fronte si appoggiasse contro il retro del collo di Jack. Espirò profondamente e si ritrovò a stringergli le spalle con forza.

Jack non si mosse. D non aveva realmente bisogno che lo facesse; aveva solo bisogno di rimanere lì a sentire il calore del suo corpo e il battito nella sua gola, la vita che aveva risparmiato e per la quale la sua era diventata rapidamente secondaria.

All'improvviso, D avvertì la tensione abbandonare le spalle di Jack, che si voltò rapidamente e si premette con forza contro di lui, espirando in modo brusco. D trasse un respiro e chiuse gli occhi, stringendo Jack al proprio petto con forza, le braccia dell'uomo attorno alle sue spalle.

«Non posso credere che tu sia venuto per me,» bisbigliò Jack contro il collo di D.

«Dovevo,» disse lui.

«Perché?»

«Shhh,» disse D. «Lascia...» esitò lui. «Lascia che ti tenga per un minuto, okay?» mormorò. Forse se fosse stato in silenzio a sufficienza, non avrebbe dovuto dirlo per davvero. «Non farmi domande. Lasciami solo sentire che sei in salvo.»

176

Jack sospirò e strinse le braccia attorno a lui. «D?»
«Mhh?»
«Potrei volerti stringere per più di un minuto.»
«Mh. Immagino si possa fare.»

⊕CAPITOLO 14

Lì, in piedi di fronte alla finestra, con le braccia di D avvolte attorno a lui, Jack dovette domandarsi se, dopotutto, non fosse valsa la pena di essere rapito e malmenato.

Sarebbe rimasto lì per sempre, ma, in maniera prevedibile, D lo spinse via. «Mh,» grugnì. «Beviamoci qualcosa.» Si allontanò di qualche passo e picchiettò sulla spalla di Jack. *Come se fossimo dei maledetti compagni di bevute che si fanno una birra dopo il lavoro.*

Seguì D in cucina e si sedette al bancone della colazione. Si guardò intorno; era stato troppo distratto per notare un granché della casa quando erano arrivati. «È un posto carino.»

«È un tetto sopra la testa,» disse D. Versò due bicchieri di scotch e gli si sedette di fianco. Jack pensò che avrebbero fatto un po' di conversazione. Qualsiasi cosa pur di tenersi distanti dal riconoscere che era tardi, che era ora di andare a letto, perché ciò avrebbe condotto a discutere della sistemazione per farlo, il che avrebbe significato doversi almeno chiedere chi doveva dormire dove e in compagnia di chi.

Jack prese il proprio bicchiere. *Alla faccia della birra.* Ne bevve un sorso. «Allora, parleremo di ciò che è accaduto alla diga? O fingeremo che sia una cosa normale nelle nostre eccitanti vite?»

D emise uno sbuffo col naso. «Nella mia, magari. Non nella tua.» Lo sbirciò. «Sei sicuro di stare bene? Quello è un occhio nero incredibile.»

Gli faceva parecchio male, ma Jack di certo non glielo avrebbe fatto capire. «Sopravvivrò.»

D si alzò e si diresse verso il frigorifero. Estrasse un

asciugamano da un cassetto e vi mise alcuni cubetti di ghiaccio, poi lo arrotolò per usarlo come un impacco freddo. «Ecco,» disse, ritornando al tavolo. «Mettici questo.»

«Chi è il dottore qui?» disse Jack, prendendo l'involucro.

«Mi hanno fatto abbastanza occhi neri nella mia vita da non aver bisogno di un medico per sapere come curarli.» Allungò la mano e mise l'asciugamano in quella di Jack, spingendogliela poi contro l'occhio ammaccato. «Tienilo così. Aiuta con il gonfiore.»

Jack tenne il ghiaccio all'altezza del volto, appoggiando il gomito sul piano del tavolo. «Non l'ho nemmeno sentito arrivare,» disse tranquillamente. «Devono avermi proprio messo al tappeto. Ho un bernoccolo dietro la testa. Sto bene,» disse, notando il sopracciglio aggrottato di D. «Conosco i segni di una commozione cerebrale, quindi smettila di fare la chioccia. Tutto quello che so è che un minuto prima stavo camminando sul viale, e un minuto dopo mi sono svegliato nel bagagliaio di una macchina.»

«Hai visto o sentito qualcosa?»

«Mi hanno bendato e tappato le orecchie. Non ho visto né sentito niente.» Guardò D che osservava cupamente lo scotch ancora intatto. «Conosci quei tizi?»

Scosse il capo. «Non quelli in particolare, no. Di certo erano solo manovalanza.»

Jack deglutì. «Pagati da chi?»

D lo guardò per la prima volta da quando si erano seduti e ridacchiò un po'. «Ascolta quel che dici. "Pagati da chi?" Stiamo parlando di assassini a pagamento e tu usi una forma grammaticale corretta.»

«Hai intenzione di rispondere alla mia domanda?»

«Lo farei se avessi una risposta.»

«Devi avere una qualche idea.»

D scolò l'intero bicchiere di scotch facendo una smorfia. «Credo di sì.»

Jack attese. «Quindi?»

Lui restò seduto lì, a fissare il bicchiere vuoto, rigirandoselo continuamente tra le dita. Jack tese una mano esitante e gliela mise sull'avambraccio. D sobbalzò e sollevò lo sguardo, poi sospirò. «Credo che tu abbia il diritto di sapere. Si tratta del tuo culo tanto quanto del mio, ora. Ti hanno seguito per prendere me.»

«Chi, D?»

Mise da parte il bicchiere e si voltò per guardarlo in volto, visibilmente risoluto. «Jack, devo dirti delle cose. Su di me.»

Jack trasse un respiro. «Riguardo a… alla tua famiglia?»

D sbatté gli occhi, confuso. «Cosa? No, no. Non riguarda quello.»

«Allora cosa?» D esitava ancora. Jack chinò la testa cercando d'incrociare il suo sguardo. «D… sai che puoi fidarti di me, giusto?»

D si agitò. «È difficile. Mi fido solo di una persona da tanto tempo. Non mi viene facile con qualcuno di nuovo.»

«Ma… ti fidi?»

Lui sollevò la testa e i loro occhi s'incontrarono. «Sì.»

«Allora parlamene. Dimmi la verità.»

D annuì e raddrizzò le spalle. «Ricordi quando ti ho parlato dei contratti che non avrei mai accettato? Non riesco a dimenticare ciò che hai detto. Che avrei potuto anche sparargli se sapevo della loro esistenza e non facevo nulla.»

Jack annuì. «Mi ricordo. Immagino di aver detto delle cose abbastanza dure.»

«Non hai detto niente che non fosse vero. Ma ti dico che…» Sospirò. «Be', *stavo* facendo qualcosa.»

Jack si accigliò. «Cosa vuoi dire?»

D chiuse gli occhi per un attimo e li aprì nuovamente, e Jack vide se stesso scagliarsi dentro l'abisso. «Il fatto è che… lavoro col Bureau. Va avanti da tre anni.»

Jack rimase a bocca spalancata. «L'FBI?»

«Esatto. È stato difficile per loro arrivare a gente del mio calibro. Siamo come fantasmi. Nessuna connessione, nessuna identità. Difficili da rintracciare. Dannatamente vicini all'impossibile da prevedere. Quando vedo dei contratti, quelli che non accetterei…be', qualche volta posso aver dato al Bureau una piccola dritta.»

«Solo qualche volta?»

D sospirò nuovamente. «Se l'avessi fatto ogni volta, non ci sarebbe voluto tanto tempo a capire qualcosa.» Sbuffò. «Credo che qualcuno ora l'abbia fatto.»

«Credi che qualcuno sapesse cosa stavi facendo e stesse cercando di... cosa, esattamente?»

«Occuparsene. Ma non solo quello. Vogliono anche una sorta di vendetta. Ho i miei sospetti che qualcuno là fuori voglia farmi patire, e così volevano farmi prendere il tuo contratto. Immagino che se avessi fatto il lavoro, si sarebbero assicurati che io finissi sulla sedia elettrica per l'omicidio di un testimone. Una sorta di giustizia poetica, capisci? Mi avrebbero incastrato con il tuo omicidio.» Jack annuì. «Ma visto che non l'ho fatto, ora mi vogliono morto. Il tutto con premeditazione, come si dice.»

Jack stava ancora cercando di capire fino in fondo tutto quanto. *Sapevo che non era cattivo. Non per davvero. Semplicemente lo sapevo.* «D, sarò onesto. Sono lieto di sentire che hai cercato di fare qualcosa riguardo tutto questo.»

D fece spallucce. «Non sognavo di diventare un killer a sangue freddo quando ero ragazzo, Jack. Ci sono delle ragioni per cui sono quello che sono, e perché faccio quel che faccio. Ed è arrivato un momento in cui quelle ragioni non erano più sufficienti.»

«Aiutare a salvare la gente... quello deve averlo reso più facile da fare, mh?»

«L'ha reso più difficile.»

«Come mai?»

«Jack... Cristo, non ho mai parlato di questo. Continui a tirarmi fuori merda, Francisco.»

«È un dono.» Jack fece un sorrisetto, ma era inutile con D che non lo guardava.

«Ti succede qualcosa quando... be', quando fai quello che faccio io, e... si perdono delle cose. Non puoi lasciarti scappare nulla. Metti tutto sottochiave. L'ho fatto abbastanza bene. Lo faccio ancora, come puoi aver notato.»

«Cosa, tu? Sottochiave? No, non l'avevo notato.»

D proseguì come se Jack non avesse parlato. «È facile quando metti giù la testa e ignori tutto. Ma poi ho dovuto veramente iniziare a guardare. Come si decide quale di quattro persone innocenti salvare? Non le potevo salvare tutte, altrimenti non ci sarebbe stato alcun giovamento per nessuna di loro. E così era ancora peggio. Ho dovuto mettere tutto sotto chiave. Già è difficile quando non guardi quelli che non puoi salvare. Diventa persino più difficile quando inizi a darci un'occhiata.»

«Però hai ucciso delle persone.»

D annuì. «Quelli che pensavo se lo meritassero.»

«Ed è una cosa che decidi tu?» *Taci, Jack. Non è il momento per discuterne.* Troppo tardi.

La testa di D ruotò verso di lui. «Chi altri? Il sistema giudiziario del cazzo? Stai scherzando, vero? Lo stesso sistema giudiziario dove un trafficante di droga da quattro soldi prende dieci anni mentre chi uccide un bambino ne prende tre? È un sistema di merda. Non ho quel problema.»

«No, chi si fa giustizia da sé di certo non ha a che fare con processi regolari e tutta quella merda.»

«Più un uomo è colpevole, più un regolare processo non aiuta. La gente che ho ucciso? Non appartiene al genere che viene condannata da una giuria di loro pari. Non hanno pari o giurie. Sai chi sono i loro pari? Io. Io li condannerò.»

«Ed eseguirai la sentenza.»

«Mi paga le bollette.»

Jack avvertì un brivido risalire la spina dorsale. «Smettila.»

«Smettere cosa?»

«Sai cosa.»

«No, dannazione, non lo so.»

«Smettila di giocare all'assassino duro e puro. Stai solo cercando di spaventarmi o farmi venire i brividi, così non ne parleremo.»

D gli lanciò uno sguardo scialbo, simile a quello di una lucertola. «Parlare di cosa?»

«Lo sai.»

«Mi sto davvero stancando di questi indovinelli, cazzo.»

«Parlare ciò che sta accadendo tra di *noi*, D.» *Ecco. Beccati questo.*

D rimase seduto e digrignò i denti per alcuni istanti, poi si alzò e si diresse al lavello, dove sistemò con cura i bicchieri vuoti. «Non c'è nulla di cui parlare.»

Jack annuì. «Immagino di no.» C'era dell'altro che voleva chiedere, chi aveva salvato loro il culo alla diga, tanto per iniziare, ma la conversazione pareva essere finita. Per il momento. Si alzò e gettò l'impacco ghiacciato nel lavandino. «Vado a letto.»

«Vai. Scegli una stanza.»

Jack recuperò la sua borsa dal soggiorno e si diresse giù per il corridoio, senza prestare a D molto più di un'occhiata, deciso a prendersi la camera più grande.

Jack era steso sul letto su un fianco, le braccia piegate sotto la testa, e osservava la linea di luce visibile sotto la porta della sua camera. Aveva messo le sue cose nella stanza che aveva scelto, sistemando i pochi capi d'abbigliamento nella cassettiera, e poi si era fatto la doccia, lavato i denti ed era andato a letto, tutto senza vedere o sentire D. A giudicare dall'odore, tuttavia, poteva dedurre che l'uomo fosse seduto a fumare da qualche parte in casa.

Fumare in casa. Dove si è procurato le sigarette? Questa cosa deve finire in fretta.

Gesù, Jack. Cosa sei, sua moglie?

Dopo essersi ritirato e avere chiuso la porta, aveva sentito D muoversi in giro. Passi nella camera da letto attigua, in bagno. Cassetti che si aprivano. La doccia in funzione. Ancora passi. La linea di luce dal corridoio era spezzata da ombre di gambe e piedi in movimento mentre D passava avanti e indietro di fronte alla porta.

I passi si diressero nella camera attigua e si fermarono. Improvvisamente ci fu un tonfo forte e un'imprecazione; Jack sentì la casa scuotersi leggermente. D aveva appena colpito il muro, o altrimenti vi aveva gettato contro qualcosa. Il suo battito aumentò un poco; cosa stava succedendo?

I passi si diressero nell'altra stanza. Sentì il letto cigolare. Poi ancora. I passi tornarono indietro.

Jack si sdraiò sulla schiena e fissò il soffitto, le coperte tirate su fino al petto. Non indossava nulla quella sera; se fosse collegato alla necessità di fare il bucato o a semplice ottimismo non era qualcosa a cui volesse pensare troppo. Vide D passare davanti alla sua porta, diretto nuovamente in bagno. La luce si affievolì mentre quella del corridoio venne spenta, lasciando accesa solo quella in bagno.

L'ombra delle gambe giunse davanti alla sua porta e fece una pausa. Jack trattenne il respiro. Sentì un colpo leggero, era abbastanza sicuro che fosse la fronte di D che colpiva la porta.

Attese.

Dopo quella che pareva un'eternità, durante la quale l'ombra di quelle gambe non si mosse, la maniglia si piegò e la porta venne spalancata. D era appoggiato allo stipite e guardava il pavimento, con indosso solo i pantaloni del pigiama. Jack si sollevò sui gomiti. D si stava rosicchiando l'unghia del pollice, guardando ovunque tranne che in direzione di Jack. Alla fine arrischiò una rapida occhiata.

Jack stese il braccio sopra le lenzuola pulite e lisce, allungando la mano verso la porta. «Dai,» bisbigliò.

D si trascinò in avanti, le spalle ricurve, gli occhi ancora fissi verso il pavimento, le braccia incrociate. Quando raggiunse il letto gli diede la schiena e si sedette sul bordo con un sospiro esausto, come se il tragitto sul tappeto fosse stato anche troppo stancante. Strinse le mani sul bordo del materasso e ciondolò la testa come un uomo che meditava sulle sue ultime parole.

Jack attese. Sentiva il calore del corpo di D scivolare sulle lenzuola per accarezzarlo. I muscoli della sua schiena si contorcevano mentre continuava a scuotere leggermente la testa avanti e indietro, avanti e indietro. Jack allungò una mano e gli toccò gentilmente la spalla. La sentì trasalire al tocco, ma D non si mosse. Così appiattì il palmo contro la sua pelle e lentamente la fece scorrere giù, lungo l'esterno del suo braccio. «Cosa?» mormorò.

«Tu...» disse D con voce roca.

Jack sospirò. «Cosa?»

Ci fu una lunga pausa. «Meriti di meglio,» disse D alla fine, il volume della voce quasi troppo basso per essere udito da Jack.

Il cuore gli si spezzò un po'. «Anche tu,» mormorò. D girò leggermente la testa per guardarlo, il volto in ombra alla luce fioca che proveniva dal bagno. Jack afferrò le coperte e le scostò, esponendo le sue nudità e la distesa piatta delle lenzuola vuote, un invito silenzioso. D rimase seduto lì immobile per alcuni attimi, poi si alzò. Per un terribile attimo Jack fu certo che avesse intenzione di andarsene, ma poi le sue mani corsero all'elastico dei pantaloni, dai quali sgusciò fuori velocemente. Scivolò sotto le coperte e le tirò di nuovo su. Rimase lì, sulla schiena, a fissare il soffitto, le lenzuola bloccate sotto le braccia.

Dopo alcuni attimi di silenzio teso, D sbuffò col naso. «Che cazzo ci faccio qui?» borbottò.

Jack era stanco di girarci intorno, e sapeva che se non avesse fatto qualcosa potevano restarsene distesi lì tutta la notte. «D, vuoi fare sesso con me?» chiese cercando di sembrare esplicito e sicuro di sé, cosa che non era.

D chiuse gli occhi con un sospiro, poi annuì. «Solo che... non ho scuse stavolta,» disse.

«Quali scuse?»

«Di essere ubriaco.»

Jack fece una risatina. «Oh, sì.»

«Cioè... lo vorrei davvero stavolta.»

Ciò fece fermare Jack. «Non lo volevi l'altra volta?»

D si girò e i loro occhi s'incrociarono. «Sì,» gracchiò. «Ma Jack, io... io non... non so se posso...»

«Shhh,» disse Jack, mettendogli una mano sul petto. «Lascia fare a me, okay?» D annuì, sospirando sollevato. *Ti chiedevi se provasse qualcosa per te? Be', guardalo, Jack. Ti permette di vederlo in queste condizioni. Cos'altro hai bisogno di sapere?*

Jack scivolò vicino e prese D tra le braccia. Era teso come un uomo che stava per essere defibrillato, ma si sistemò tra le sue braccia meglio che poté. Jack premette il viso contro il suo collo, il calore della sua pelle gli faceva sudare la fronte, e fece scorrere le mani su e giù lungo la sua schiena, placando un po' per volta la tensione nei suoi muscoli. Plasmò se stesso contro il corpo che desiderava così tanto toccare a quel modo, intrecciò le gambe con le sue, e sentì le mani incerte di D sulla schiena che lo toccavano cautamente con la punta delle dita, come se l'uomo avesse paura di bruciarsi.

Strofinò il viso contro quello di D, in cerca delle sue labbra, ma l'altro continuava a tirarsi indietro. Alla fine sollevò una mano afferrandogli la mascella, tenendogli ferma la testa, e lo guardò dritto negli occhi. D distolse lo sguardo, irrigidendosi nuovamente. *Okay. Una cosa alla volta.*

Jack si tirò indietro e lasciò scivolare la lingua sui tendini del collo di D, sentendolo fremere e sentendo anche che ce l'aveva ancora flaccido. Lui era dolorosamente eccitato e cercò di non prenderla sul personale. Insistette, toccando D dove gli sarebbe piaciuto essere toccato, allentando la tensione dai suoi muscoli, incoraggiandolo con le mani, cercando di dirgli col corpo *va tutto bene, va bene se mi vuoi, va bene sentirne il bisogno, puoi mostrarlo*. Le mani di D stavano diventando più audaci su di lui, bramose, e poi all'uomo sfuggì un gemito soffocato, e il suo corpo, da teso e tremante, divenne esigente, e Jack fu avviluppato in una morsa di mani che lo accarezzavano e di gambe che si muovevano. La bocca di D era sul suo collo, sul petto, dappertutto. D lo fece sdraiare sulla schiena e Jack era consapevole che nessuno dei due poteva più aspettare. Si allungò per prendere il barattolo di vaselina che aveva trovato in bagno e lo mise sul comodino, e in qualche modo riuscì ad aprirlo. D si puntellò su una mano e Jack lo unse con un paio di carezze veloci e rapide. D sibilò nel sentire la mano di Jack su di sé. «Dai, forza,» mormorò Jack. Trattenne il respiro e lo rilasciò solo quando D scivolò dentro di lui. Era grosso, più grosso di quanto ricordasse, ma non aveva molto tempo per riflettere sulla questione perché D era pazzo di piacere.

Pronunciava sillabe incomprensibili, come se stesse parlando una lingua sconosciuta, e lasciò cadere la testa nell'incavo della spalla di Jack. Era frenetico; Jack non poteva fare altro che resistere, ed era a malapena possibile. Più di una volta, per poco non uscì da lui e Jack gli afferrò il sedere con entrambe le mani, cercando di tenerselo vicino. L'angolazione non era perfetta per lui; sapeva già che non l'avrebbe portato all'orgasmo, ma al momento non sembrava così importante, perché stava accadendo qualcos'altro. D si stava lasciando andare tra le sue braccia, nel suo corpo, e fu impetuoso; Jack si avvinghiò a lui, stringendolo forte. *Ti tengo. Ti tengo. Ti tengo.* Il pensiero investì la sua mente mentre D ansimava vicino al suo orecchio, respiri che avevano un fondo intrappolato di singhiozzi, come se avesse trovato qualcosa di antico e inespresso in fondo ai polmoni che ora veniva trascinato all'aria aperta dallo sforzo.

Non ho intenzione di lasciarti andare.

Il corpo di D fremette e si irrigidì; lui emise un grido liberatorio e collassò, madido di sudore, afflosciandosi come uno straccio, ancora con le braccia e le gambe di Jack attorno a sé. «Jack... Jack,» ansimò, il nome che gli usciva fuori in un sospiro ogni volta che espirava, come se fosse finito all'interno e stesse fuggendo come vapore da una pentola a pressione. Nascose il volto contro il collo di Jack, che gli mise le mani sulla nuca e sospirò. D si ritrasse e lo guardò. «Oh...» disse, suonando come se stesse riavviando la voce. «Tu non... tu non...»

«Non preoccuparti.»

D osservò il viso di Jack per un lungo momento, poi improvvisamente scivolò giù dal letto, spinse le coperte di lato e glielo prese in bocca. Jack ansimò per la sorpresa. *Gesù, sarei stato felice di un lavoretto di mano. Non ho mai pensato che avrebbe... oh, dannazione...*

Jack si alzò sui gomiti in modo da poter vedere, perché era un qualcosa che non voleva perdersi. La vista di D, un assassino tutto d'un pezzo che conosceva dozzine di modi in cui uccidere con un filo, che gli stava facendo quello, era quasi più eccitante della sensazione prodotta dall'atto stesso. D, che era troppo macho per lasciare che una ferita d'arma da fuoco lo rallentasse, che era anche troppo virile per parlare di... be', qualunque cosa... che Jack credeva di poter chiamare amante anche se non sapeva ancora il suo vero nome, era certamente troppo macho per compiere quel gesto, il più omosessuale tra gli atti sessuali se non si considerava scopare un altro uomo. Eppure tutto dimostrava il contrario.

«Oh, Dio... D,» gemette Jack, reclinando la testa all'indietro. «Sto per... sto per venire...» D si fermò e lo tenne stretto, accarezzandolo fermamente fino a che non venne con un grido. «Gesù Cristo,» sospirò Jack, cadendo all'indietro contro i cuscini. D risalì gattonando fino alla testiera del letto e si tirò Jack vicino; lui gli appoggiò la testa sul petto e tirò su le coperte.

Percepì il leggero rombo della risata silenziosa di D sotto la sua guancia. «Va meglio adesso, Doc?»

«Mm. Eh?»

«Credo che la risposta sia affermativa.» Jack sentì il braccio di D stringersi attorno alle sue spalle e si raggomitolò più vicino, stupito del fatto che l'uomo gli stesse concedendo quelle coccole post-coito quasi quanto lo era stato per il sesso orale.

Quando D parlò nuovamente, la sua voce era sommessa. «Sai da quanto tempo non… be', stavo con qualcuno?»

«Da quanto tempo?»

D sospirò. «Più di dieci anni.»

Jack rimase a bocca aperta. «Ma… sarebbe…»

«Da quando stavo con mia moglie, sì.»

Jack non chiese com'era possibile che un uomo facesse un pompino come quello senza averlo mai fatto in precedenza. Non sembrava il momento giusto. «Devi aver avuto l'opportunità.»

«Te l'ho già detto. Non volevo. Non potevo, direi. Al diavolo, non me lo sono nemmeno tirato fuori in tanti anni. È come…» Sospirò, guardando verso il soffitto. «Come se avessi smesso di essere un essere umano. Talvolta era una sorpresa che avessi ancora bisogno di pisciare e mangiare. Quasi mi aspettavo di svegliarmi un giorno e di scoprire che non avevo più il battito, come una sorta di zombie.»

Jack allungò un dito e gli toccò la guancia. «Be'… a me sembri vivo.»

D si morse il labbro. «È… be'…»

Jack s'acigliò. «Cosa?»

«Dentro di me, è come se… forse…» La sua voce si abbassò a un brontolio quasi incomprensibile, tanto che Jack dovette sforzarsi di ascoltare e leggergli le labbra per capire. «Inizio a sentirmi di nuovo un po' umano. È come svegliarsi da un lungo sonno pieno di brutti sogni.»

Jack annuì. «Da quando hai iniziato a lavorare con l'FBI.»

D incrociò il suo sguardo e si accigliò. «No, Jack. Da quando ho incontrato te.» Jack rimase senza parole, quello che gli aveva detto lo aveva colpito allo stomaco come un cazzotto. Sostenne lo sguardo di D finché non diventò imbarazzante, il che accadde in fretta. D si spostò, la mascella si contrasse. Jack capiva che pensava di aver detto troppo. Abbassò di nuovo la testa sul petto di D e mise un braccio sopra di lui. *Non ho intenzione di lasciarti andare.*

Sentì D rilassarsi un poco alla volta; la giornata che entrambi avevano avuto li avrebbe fatti addormentare rapidamente e con facilità.

Proprio mentre Jack era sul punto di assopirsi, sentì D spostarsi leggermente, e poi, sebbene più tardi non potesse giurare che non fosse stata la sua immaginazione, premere un bacio veloce sui suoi capelli prima di ritrarsi velocemente.

⊕CAPITOLO 15

Jack sapeva di essere solo a letto ancor prima di svegliarsi del tutto. Se l'era aspettato. Quella mattina, tuttavia, la solitudine non lo allarmò.

Sbadigliò e rotolò sulla schiena. L'altro lato del letto era sgualcito e spiegazzato, le coperte non gettate di lato ma piegate all'indietro con cura; D doveva averle spostate delicatamente in modo da non disturbarlo. Jack trasse un paio di respiri profondi, permettendosi di svegliarsi con calma, si grattò il petto e diede un'occhiata alla sveglia. Erano già le nove passate. Probabilmente D doveva essere in piedi da ore.

Jack si era svegliato appena dopo le due del mattino col bisogno di andare in bagno; quando era ritornato non si era coricato subito, ma era rimasto seduto sul letto, momentaneamente folgorato dalla vista di D che giaceva accanto a lui, sdraiato sullo stomaco, profondamente addormentato, le braccia avvolte attorno al cuscino. Le linee e le curve del suo volto erano addolcite da una pace tranquilla, il respiro lento e regolare.

Non importava che non si fosse alzato con D quella mattina. Aveva dormito accanto a lui, e al suo fianco D aveva dormito serenamente, si era mosso appena durante la notte, e Jack non aveva bisogno che gli venisse detto che il riposo era una circostanza rara nella vita dell'uomo.

Si alzò, sussultando leggermente per il dolore dovuto al sesso della notte precedente, e indossò dei pantaloni sportivi e una T-shirt. Il profumo di caffè lo trascinò fuori dalla camera da letto.

D era seduto al tavolo della cucina e leggeva il giornale con una tazza di caffè vicino. Sollevò lo sguardo mentre Jack entrava, un sopracciglio alzato. «Be', guarda chi ha deciso di uscire dal letto oggi,» borbottò.

«Non ho mai sostenuto di essere mattiniero, sai. E comunque sono solo le nove.»

«Sono in piedi dalle sei e mezzo.»

Jack si versò il caffè. «Ehi, dove hai preso il giornale? Non puoi avere un servizio di consegna qui.»

«Sono uscito e l'ho comprato,» disse D, lentamente. *Idiota.*

Jack annuì, sentendosi stupido. «Già.»

«Ho portato i donut.»

«Tu... mi hai portato i donut?» Jack sbatté gli occhi.

«Be', ne voglio mangiare un paio anch'io. Non sono solo per te.»

Jack si sedette al suo fianco e rovistò nella scatola dei donut, estraendone uno glassato al cioccolato. «È successo qualcosa nel mondo?»

D scrollò le spalle, ripiegando il giornale e mettendolo di lato. «Il solito tran tran di tutti i giorni.»

Jack si guardò intorno. «Allora... questa è la casa di tuo fratello?»

«Lo era, sì.»

«Come sai che non ci troveranno qui? Voglio dire, se ci hanno trovato allo chalet...»

«C'era una traccia che ci collegava a quello chalet. La tua ex moglie, suo padre, sua sorella. Non ci sono tracce che portino a me da questo posto. Non è di mia proprietà. A dire la verità appartiene a una compagnia fittizia che fa da copertura per un'altra che è di proprietà di una società che funge da tramite per operazioni azionarie e così via di seguito. E anche se qualcuno riuscisse a risalire a un nome non sarebbe il mio, visto che io non ce l'ho neanche.»

«Quindi siamo al sicuro qui?»

«Per quanto possiamo esserlo, sì. A patto che non siamo stati seguiti.» Sollevò una mano all'espressione allarmata di Jack. «Non ci hanno seguito.»

«Sei sicuro?»

«Non c'è mai nulla di certo.»

«Questo non mi riempie esattamente di fiducia.»

«Hai un'idea migliore?»

«Una sfilza di motel anonimi?»

«Troppo rischioso. Viaggiare di più significa esporsi di più.»

«Una caverna tra i boschi?»

«Ma che diavolo dici?»

Jack sospirò. «Okay, passo. Mi rimetto alla tua competenza. Oh, e a proposito di quella, fammi dare un'occhiata alla tua spalla.»

«Sta bene,» disse D.

«Lo giudicherò io.» Si alzò e si piegò sopra D, tirando di lato il collo della sua T-shirt per controllare la ferita. Era quasi completamente chiusa; ormai c'era solo una piccola benda. Jack la rimosse e palpò la pelle. Appariva rosea e sana; la ferita stessa si stava cicatrizzando e ritirando. Annuì. «Bene.» Indugiò con la mano sulla spalla di D, il pollice sfregava la pelle sopra la clavicola. D guardava dritto davanti a sé, gli occhi fissi sul piano del tavolo. Poi la sua mano scivolò verso l'alto, oltre il fianco di Jack, infilandosi sotto l'orlo della sua maglietta per posarsi contro la parte bassa della sua schiena. Jack osservò il profilo di D, ma la sua espressione non cambiò. L'intimità del tocco fece irradiare calore dal punto del contatto, ma Jack non cercò di fare nulla. Sapeva che non era così che sarebbe dovuta andare. Si raddrizzò e tornò alla propria sedia, e la mano di D sparì furtivamente così come era arrivata.

«Ha un bell'aspetto,» disse Jack, lasciando deliberatamente correre lo sguardo su e giù sul petto di D, ma il doppio senso andò perduto dato che l'uomo non lo stava nemmeno guardando.

«Lieto di sentirlo,» disse, scolando la sua tazza di caffè.

«Allora… adesso cosa facciamo? Stiamo seduti qui fino al processo?»

«Praticamente sì.»

«Bene. Sembra che avrò un sacco di tempo per recuperare le cose in attesa su Netflix.» Si appoggiò all'indietro e sistemò il piede sul piolo sotto la sedia di D. «Questo probabilmente ti succede sempre, giusto? Ti nascondi in qualche posto per settimane e settimane?»

«Succede.»

«Non ti annoi?»

D si strinse nelle spalle. «Un po'. Mi piace leggere, se ho dei libri. O persino… andare a pesca.»

«Pesca, mh?» Jack non ne fu sorpreso. La pesca, con la sua immobilità e pazienza, pareva adattarsi perfettamente al temperamento di D. Sospirò. «D.»

«Lo so. Abbiamo delle cose di cui parlare.»

«Chi ci ha aiutati alla diga? Uno dei tuoi amici dell'FBI?»

«No. Almeno non credo.»

«Allora chi?»

D pensò per un momento, poi incontrò i suoi occhi. «Non lo so.»

«Tu… non lo sai?»

«Be', lo so. Solo che non so chi sia.»

«Mi sono perso. Sono rimasto un po' indietro.»

«Ricordi che una volta ti ho detto che c'era una sola persona di cui mi fidavo?»

«Vagamente.»

«Be'…» D si schiarì la gola e sembrò ponderare il commento successivo. «In primo luogo, quello non è più vero,» disse, arrossendo leggermente, facendo guizzare gli occhi sul volto di Jack. Lui sorrise. «Ma quel qualcuno che intendo… non so chi siano.»

«Ti fidi di loro ma non sai chi siano?»

«Li conosco solo come X. Non so nemmeno se è un uomo o una donna.»

Jack ammutolì per un attimo. «X? Sul serio? Cosa, t'incontri con loro nei parcheggi bui? Hai un Bat-segnale o qualcosa di simile?»

«Perché te la stai prendendo?»

«Mi dispiace. È che… Gesù Cristo. Quando finisce? Quando finalmente credo di arrivare al dunque di chi sei realmente, c'è un altro strato di stronzate da spionaggio.»

«Ehi! Quelle stronzate mi hanno tenuto in vita più di una volta, quindi ti sarei grato se non commentassi!»

Jack alzò le mani. «Okay, okay.»

«Tenere segreta la propria identità è vitale per chi vive nel mio ambiente,» disse D. «E sospetto che X abbia le sue buone ragioni per essere com'è.» Piegò le braccia sul tavolo. «Circa otto anni fa, quand'ero ancora un novellino, ho iniziato ad avere la sensazione che qualcuno mi stesse osservando. Accadevano delle cose che finivano con l'aiutarmi, più di quanto mi sarei aspettato. La gente che conoscevo si aspettava che finissi in prigione... o morto. All'inizio ho pensato che fosse solo la mia immaginazione.»

«Ma non lo era?»

D scosse il capo. «Un giorno stavo facendo delle cose normali, sai, lavanderia a gettoni, supermercato, e quando sono tornato alla mia macchina l'ho trovata scassinata. La cosa mi mise immediatamente all'erta, ma quando ho guardato all'interno, ho visto qualcosa sul sedile del passeggero. Sono salito in macchina e ho scoperto che era un dispositivo d'accensione.»

«Un cosa?»

«Una cosa che metti sulla macchina di qualcuno che innesca un'esplosione quando giri la chiave. Davvero popolare tra le brave persone.»

«Sì, certo.»

«Comunque ne era stato messo uno sulla mia macchina, ma qualcuno l'aveva trovato, rimosso e l'aveva lasciato lì per me in modo che sapessi di fare attenzione. Una robaccia simile è accaduta un paio di altre volte l'anno successivo. Ho iniziato a sentire come se avessi un angelo custode. E alla fine avevo ragione.»

«Chi era?»

«Un giorno ho ricevuto una telefonata. La voce era contraffatta. Una persona disse che era quella che mi aveva aiutato. Sapevo che era vero, sapevano delle cose su di me. Però ero un po' incazzato. Voglio dire... non mi piaceva l'idea che qualcuno mi spiasse, mi osservasse, anche se mi aveva salvato il culo ogni tanto. Gli ho chiesto chi diavolo fossero, ma non me l'hanno detto. Mi hanno solo detto che me lo dovevano.»

«Perché?»

«Perché avevo salvato loro la vita.»

«E l'avevi fatto?»

«Sì. Non so ancora come e quando l'ho fatto. Penso di avergli creduto solo perché è difficile immaginare qualcuno che faccia quello che hanno fatto per me solo per gentilezza. Non sapevo se avevo salvato la vita di qualcuno. Ma sapevo con certezza che loro avevano salvato la mia, così quando hanno chiesto il mio aiuto, gliel'ho dato. Lo faccio da allora. È una sorta di controllo vicendevole. Be', per la maggior parte sono loro che osservano... non posso proprio tenere d'occhio qualcuno quando non so chi siano.»

«Così quando sono sparito...»

D annuì. «Sì, ho chiamato X. Ha detto che si sarebbe occupato della cosa, che dovevo solo presentarmi per lo scambio, fingere di assecondarli ed essere pronto a muovermi rapidamente.»

«Credi che sappiano dove ti trovi adesso?»

«Se ci fosse qualcun altro non saprei dirlo, ma ho imparato che X possiede una dannata e inquietante abilità di sapere dove sono e cosa sto facendo. Ho smesso di meravigliarmi su questa cosa anni fa.»

«Potrebbe averti intercettato in qualche modo?»

«Non vedo come. Ho cambiato auto così tante volte che non poteva tenere il passo. Non indosso gli stessi vestiti a lungo. Non ho alcun genere di dispositivo impiantato su di me; sono passato ai raggi X e ho attraversato un sacco di metal detector.»

«Magari è sensitivo,» scherzò Jack.

D non rise. «Sono quasi dell'opinione che non mi dispiacerebbe l'idea, per quanto strano possa essere.»

«Be'... sono felice che tu l'abbia chiamato,» disse Jack.

D sospirò. «Non avevo scelta. Dovevo...» Si fermò, si schiarì la gola e proseguì. «Dovevo riportarti indietro,» terminò quasi sottovoce.

Jack fissò la sommità della testa abbassata di D, contando i battiti che passavano in silenzio. Improvvisamente D si alzò in piedi e lasciò la cucina. Jack sentì la porta del patio aprirsi e chiudersi. Rimase seduto a tavola per un attimo, poi si alzò e riempì di nuovo la sua tazza di caffè.

Quando Jack uscì all'esterno, poco prima dell'ora di pranzo, vestito, D stava… facendo giardinaggio? No, non era del tutto corretto. «Cosa stai facendo?» chiese Jack.

«Oh, questi alberi lasciano ogni tipo di schifezza sul prato. Rami caduti e quelle piccole cose arricciate. Stavo solo… mettendo un po' in ordine.»

Jack lo guardò radunare scrupolosamente baccelli e foglie, depositandoli in un sacco della spazzatura. «Vuoi che tiri fuori l'aspirapolvere in modo che possa fare bene il lavoro?» chiese.

D gli rivolse un'occhiata irritata al di sopra della spalla. «È solo che è un casino, tutto qui.»

«Lo so.» Jack si arrotolò le maniche. «Ti aiuto.»

Indossarono i guanti e trovarono una motosega nel garage. Un albero era caduto sul limitare della proprietà, e una volta che il cortile fu riordinato, si misero in moto per portare a termine quel compito gravoso senza discutere. D accese la sega mentre Jack tagliava i rami piccoli dal tronco con un potatore dal manico lungo. Camminavano avanti e indietro per il canale vicino alla strada, scaricando pezzi di legno e fasci di rami fino a che il cortile non fu pulito, lasciando solo la polpa interna bianca e cruda dell'albero tagliato che riluceva umida sotto il sole cocente. D borbottò quando Jack non gli volle lasciar sollevare nulla di più pesante di una bracciata di rami, ma obbedì.

Jack si stiracchiò e si sfilò i guanti. D sopraggiunse accanto a lui e annuì. «Bene,» disse. Si voltò e iniziò a dirigersi verso la casa, ma esitò e si avvicinò sempre più alla spalla di Jack. I suoi lineamenti si contrassero, come se si fosse appena ricordato di qualcosa. Jack non si mosse. D sbatté gli occhi un paio di volte, e poi lentamente si avvicinò di più, abbassando il viso verso la curvatura della spalla di Jack. Con le sopracciglia aggrottate, respirò a fondo. Jack vide i suoi occhi chiudersi e i suoi tratti distendersi come se si stesse addormentando proprio lì dov'era, cadendo in un sogno a occhi aperti o in un ricordo.

«Oh,» sospirò, un respiro lungo e sfinito, quello di chi affonda nella sedia preferita dopo essere rimasto in piedi per ore. «Hai il profumo del sole,» mormorò. Il tono di D era schietto, come un uomo sotto ipnosi. «Conosci quel profumo? L'odore della pelle bruciata dal sole, come dopo una giornata trascorsa in spiaggia?» Annuì leggermente. «Mi piace quell'odore.» Si raddrizzò, gli occhi fissi sul terreno. «Mi ricorda quando lavoravo al ranch da ragazzo. Cavalcavo con mio fratello, su per le colline, e il sole ci abbronzava il collo e le mani.»

Jack non osava parlare o respirare, né fare il più piccolo movimento che potesse disturbare quella fantasticheria così rara. Quell'occhiata nella mente segreta di D era come l'avvicinarsi di un cervo in un sentiero tra gli alberi; un movimento falso e sarebbe schizzato via nella boscaglia, lasciandolo solo con il lampo della coda bianca prima di scomparire.

Poi D alzò lo sguardo, l'incantesimo si era spezzato. Emise un suono di disapprovazione e parve un tantino imbarazzato. «Comunque, vado a prendermi una birra.» Si diresse a grandi passi verso la casa, troppo rapido perché Jack potesse anche solo avvicinarsi un poco con la mano per tenerlo vicino.

Jack usò il portatile di D per controllare le notizie e i blog che seguiva e spiare alcune conversazioni su forum a cui non poteva più partecipare. Lo richiuse, la tristezza gli risalì lungo la spina dorsale. Presto non ci sarebbe stato nulla, nulla del vecchio sé. Avrebbe dovuto essere tutto nuovo. Non avrebbe potuto portare nulla con sé, a parte i suoi ricordi e se stesso, se fosse almeno riuscito a gestire quell'aspetto.

La sua mente sfiorava a malapena il pensiero che D potesse essere parte di quella nuova vita, ma poi lo scansava. Troppo presto, assolutamente troppo presto per quello. E ridicolo persino considerarlo, perché era anche troppo... troppo tutto.

Si alzò e uscì sul patio. D era seduto su una panchina

accanto al grill, che avevano usato per cuocere gli hamburger per la cena, lo sguardo lontano verso la valle dietro la casa. Jack si accigliò. Cosa stava facendo? Guardava dritto nel vuoto? Lo faceva spesso e lui si domandava sempre cosa stesse accadendo nella sua testa.

Arrivò alle spalle di D, che certamente aveva percepito la sua presenza ma che non ne diede segno. Tirato come l'aria in un'aspirapolvere, gli mise le mani sulle spalle. Incoraggiato dal fatto che D non si ritraesse, iniziò a massaggiare lentamente i muscoli tesi, affondando i pollici nelle scapole. Poteva dire a se stesso che era solo una carineria, o che sperava di ricevere un trattamento simile più tardi, ma perché gli importava di mentire? Voleva solo stare accanto a lui, toccarlo di nuovo, visto che era stato in grado di farlo a malapena per tutta la giornata. Forse se D non riusciva a vedere il suo viso, non sarebbe sembrato così spaventosamente intimo. La paura dell'intimità sembrava ridicola dopo la notte che avevano trascorso, ma in qualche modo quella era stata diversa. Essere intimi in camera da letto, nell'oscurità, durante e dopo il sesso, era una cosa. L'intimità casuale alla luce del giorno, vestiti, durante le attività ordinarie era qualcos'altro. Implicava qualcos'altro, qualcosa che aveva un nome, un nome che nessuno aveva pronunciato né si erano permessi di pensare.

D resistette per un breve istante, mantenendo la sua postura dritta e tesa, ma cedette abbastanza presto. Lasciò cadere la testa in avanti e le spalle si curvarono, rendendo il compito di Jack molto più semplice. «Ecco,» borbottò. «Accidenti, non ti ucciderà rilassarti.»

«Mm. Ogni volta che mi rilasso sembra accada sempre qualcosa di terribile.»

Jack s'inginocchiò dietro di lui in modo che fossero alla stessa altezza. Smise col massaggio alla schiena e fece scivolare le braccia attorno alla sua vita, appoggiandogli il mento sulla spalla. Sentì che il suo petto si espandeva con un sospiro sotto le sue mani. «Potrei quasi dimenticare che qualcuno mi vuole morto oggi,» mormorò Jack.

«Non devi mai dimenticare. È così che ti trovano.»

«Si sta facendo tardi,» disse Jack dopo un momento.

«Vieni dentro.»

«Sto bene.»

Jack sospirò. «Non te l'ho chiesto perché pensavo che tu non stessi bene.»

«Perché allora?»

«Magari voglio solo la tua compagnia.»

D non disse nulla, ma la sua testa si chinò un tantino, quel tanto che bastava per appoggiarsi a quella di Jack. «Non sono questa gran compagnia. Non conosco storielle divertenti.»

Jack lo strinse leggermente. «Non ho bisogno che tu m'intrattenga.»

«Di cosa vuoi parlare allora?»

«Di qualunque cosa ci faccia piacere parlare.»

D restò in silenzio. Si alzò all'improvviso e si allontanò di alcuni passi, le spalle curve come il guscio di una tartaruga. Jack si alzò in piedi ma rimase dov'era. D scosse il capo una volta, con forza. «Cazzo, non farmi questo, Jack.»

«Cosa ti sto facendo?»

«Lo sai, maledizione a te.»

Jack incrociò le braccia sul petto. «Presumo che voglio che tu lo dica.»

D si ficcò le mani nelle tasche e diede un calcio all'erba. «Non è che io non… lo sai. Perché tu sei tu, e naturalmente io… merda.»

«D, cosa?»

«Non posso avere bisogno di qualcuno. Non di nuovo,» disse in fretta. «Non ce la faccio.» Si voltò e incontrò gli occhi di Jack. «Non c'è più nulla dentro di me.»

«Questo non è vero.»

«Deve esserlo. Meglio che sia vero, cazzo, perché ci ho messo dieci anni a renderlo tale.»

Jack fece alcuni passi verso di lui. «So che non è vero perché ti ho visto. Non questo,» disse, facendo cenno agli abiti e all'aspetto di D, «ma quello che sei per davvero.»

«Non esiste alcun vero io. Lo so…» Distolse nuovamente lo sguardo. «Tu credi che io sia forte ma non lo sono. Magari lo sono per il mondo, all'esterno, ma…» Si mordicchiò il labbro. «Sono come merce avariata, Jack. Non hai idea di quanto poco sia rimasto qui dentro. Posso proteggerti e assicurarmi che tu abbia la nuova vita che meriti. Ma non posso darti più di questo. Non posso essere più di questo per te.»

Jack chiuse la distanza tra di loro, allungò un braccio e prese la mano di D. «Se non puoi, com'è possibile che tu lo sia già?» disse. D non rispose, lo fissò semplicemente negli occhi e rimase aggrappato alle sue dita. Jack annuì. «Okay.» Si voltò e si allontanò, dando uno strattone alla mano di D e riconducendolo verso casa.

«Dove stiamo andando?» chiese D.

«In casa. Ho intenzione di portarti a letto.»

«Jack, io…»

«Zitto. Non m'importa se sei danneggiato o se non sei abbastanza forte dentro di te. Cosa credi? Nessuno lo è. Qualsiasi cosa sia rimasta dentro di te è sufficiente.»

CAPITOLO 16

Fuori i grilli frinivano ancora, il chiaro di luna si estendeva sul letto, lasciando il resto della camera nell'oscurità. Un debole bagliore rosso proveniva dall'angolo dove il cellulare di D si stava ricaricando con il suo minuscolo occhio demoniaco.

Jack era una forma argentea sopra di lui, il suo respiro ritmico conduceva D con sé mentre oscillava avanti e indietro, la testa gettata all'indietro, le ombre che cadevano sul suo collo e sul suo petto, mentre cavalcava D lentamente e languidamente come se avessero tutto il tempo del mondo. D lo fissava, gli occhi indugiavano sul suo corpo; sembrava una sorta di semidio preistorico durante un cerimoniale, col fumo che si levava tutt'intorno a lui fino all'apertura nel soffitto, i tamburi che battevano in lontananza, rapito dall'ipnosi di un rito sessuale e pronto a lasciar fuoriuscire il suo stesso sangue per santificarli.

La testa di Jack ciondolava sul suo collo mentre i fianchi affondavano nell'inguine di D. I suoi occhi erano chiusi e la bocca aperta, respiri forti e rapidi come quelli di un corridore di lunga distanza, il rossore che risaliva alla gola e il sudore che scivolava sul petto.

D giaceva lì, incerto su cosa fare visto che Jack stava facendo tutto il lavoro. Non l'avevano mai fatto in quel modo, con Jack sopra, e pareva strano. Le sue mani non vedevano l'ora di prendere il controllo, capovolgere Jack e prenderlo con forza, o trascinarlo in ginocchio e prenderlo in quel modo. Era andata così negli ultimi tre giorni, ogni notte e in parte ogni giorno che avevano trascorso lì, nel letto di Jack, prendendo tutto l'uno dal corpo dell'altro, mentre il letto, in quella che doveva essere la camera di D, rimaneva immacolato e intatto.

Jack ci diede dentro con più forza e D gemette, i suoi pensieri volarono in pezzi, distrutti da quello che Jack gli stava facendo, come una martellata forte su una lastra di ghiaccio. Era da tanto tempo che non si sentiva in quel modo, anzi, non riusciva a ricordare di essersi mai sentito così. Le sue mani, aggrappate alle lenzuola, lasciarono il loro appiglio sicuro e scivolarono sui fianchi di Jack e poi dietro per afferrargli il sedere, sentendo i muscoli contrarsi e flettersi sotto di esse. Jack guardò in basso, i suoi occhi socchiusi nell'ombra; coprì le mani di D con le proprie e le staccò da sé, intrecciando le loro dita, poi si piegò in avanti e si resse forte facendo leva sui gomiti di D. Le ombre cadevano sui suoi occhi e il chiaro di luna li illuminava dal dietro. D era inchiodato da quei riflettori blu.

Serrò la mascella mentre Jack lo portava più in alto e oltre, le nocche bianche, i sussulti; tutto ciò che D sentiva dell'altro erano le loro dita intrecciate e se stesso sprofondato dentro di lui. Appeso sopra un precipizio e trattenuto solo da alcuni fili sottili mentre si contorceva in una lunga, lunga caduta. *Non mi lascerà mai andare. Mai.*

Venne con un grido sorpreso, stupefatto per l'orgasmo improvviso, il calore dello sperma di Jack che gli riversava sullo stomaco, mentre lui si puntellava sui piedi per seppellirsi ancora più profondamente al suo interno, facendolo volare. Jack cadde in avanti contro il suo petto. «Gesù Cristo,» gli mormorò contro il collo.

D non disse nulla. Giacque semplicemente lì e ascoltò il respiro di Jack, percependo il suo peso contro il proprio corpo finché alla fine rotolò via sulla schiena. Trascorsero alcuni minuti. «Mm,» disse.

Jack ridacchiò. «È tutto quello che avrò? Un grugnito?»

«Cos'è, vuoi che ti canti una canzone?»

«Se accetti delle richieste, mi piacerebbe sentire "Bei Mir Bist du Schoen".»

D sbuffò. «Sei parecchio soddisfatto di te stesso.»

Jack si girò e gli si mise vicino, le loro gambe intrecciate, la sua testa nell'incavo del collo, dove pareva adattarsi così naturalmente. D lasciò il braccio sistemato sulle spalle di Jack, le dita che sfioravano leggermente la pelle. «Sì, sono compiaciuto. Era... dannazione.»

«Mm,» disse D. «Lo è sempre,» mormorò. Sentì il sorriso di Jack, quindi la sua mano sul petto.

«Non riesco ancora a credere che mi lasci fare questo,» disse Jack.

«Fare cosa?»

«Lo sai. Questo. Le, ehm... le coccole. Ho sempre pensato che saresti stato quello che veniva, si girava e filava dritto a dormire.»

«Oh. Non mi ero reso conto che ci avessi pensato tanto ancora prima che accadesse.»

«Dai. L'idea di... questo... mi è passata per la mente più di una volta prima che accadesse.» Sollevò la testa. «A te no?»

Amico, altroché se mi era passata per la mente. Si era fatta strada e aveva aperto una dannata voragine. «Mm... be'...»

Jack scrollò le spalle. «Non ti spingerò a dirlo. Però... hai detto che sono il primo uomo che tu... lo sai.»

D annuì. «Sì. Più o meno.»

«Più o meno? Vuoi dire che avevi già voluto farlo prima?»

«Perché, è importante?» chiese D esasperato.

«Io so chi sono, D. Sto ancora cercando di intuire chi sei tu. Non hai opposto molta resistenza. Non potevi pensare di essere eterosessuale.»

«Non è quello il punto. Non c'è molto di quello che ero nella persona che sono oggi.»

Jack fece una risatina. «Quando capirò quello che significa, sono certo che mi sentirò illuminato.» Appoggiò la testa alla mano in modo da poter incrociare lo sguardo di D. «Non hai mai pensato che potessi essere gay?»

«Chi dice che io sia gay?»

Jack inarcò un sopracciglio. «Chiediamolo al mio sedere e vediamo cosa ne pensa.»

«Non so nemmeno vagamente cosa significhi gay.»

«Be', vuol dire quando due ragazzi si prendono molta cura l'uno dell'altro, allora...»

«Sta' zitto, cazzo,» sbottò D. La luce maliziosa negli occhi di Jack svanì, e a D andava bene. Quella luce era pensata perché Jack potesse nascondervisi, perché era confuso tanto quanto D, e non c'era ragione per nascondere che fosse così. «Non sono un ragazzino. Non devi trattarmi con condiscendenza.»

«Non avevo intenzione di farlo,» disse Jack con calma.

«Che fottuto saputello sfacciato che sei. Potrei ucciderti col mignolo, lo sai.»

Jack rimase a bocca aperta, poi scoppiò a ridere. «Scusa,» disse, trattenendosi e agitando una mano davanti al viso. «Dove hai sentito quella battuta, in un film di Bruce Lee?»

D lasciò che un mezzo sorriso gli increspasse le labbra. «Era una cosa che diceva di solito la mia responsabile. Come una sorta di battuta fra quelli del giro.»

«Continui a cambiare argomento.»

«Perché non mi piace molto.»

«Hai mai provato qualcosa per gli uomini in precedenza? Prima di me, voglio dire. Certo se, ehm... se provi qualcosa. Non voglio dare per scontato...» Jack balbettò, il volto arrossato. D riusciva a sentire il calore del suo volto contro la sua spalla. «Non intendevo dire quel genere di sentimenti, solo le sensazioni sessuali, sai cosa intendo.»

«Jack,» disse D. «Stai zitto adesso,» disse, addolcendo il tono. Sospirò, sapendo che non sarebbe fuggito dalla conversazione. «Sì, ho provato delle sensazioni in precedenza.»

«E?»

«E non ne voglio parlare.»

«Perché no?»

«Gesù, vuoi proprio sapere tutto, vero?»

«Sì.»

«Ho detto che non ne voglio parlare.»

Jack lo osservava con quegli occhi che talvolta parevano avere l'abilità di vedere oltre le difese di D. «C'era un uomo, non è vero?»

«Ti ho appena detto che c'era.»

«È successo qualcosa? Quest'uomo era nel Golfo?»

D sospirò e chiuse gli occhi. «Lo dirò una sola volta e lo

farò rapidamente, e non ho intenzione di rispondere ad alcuna domanda, hai capito?» Jack annuì. «Era un ragazzo. Sapevo che mi faceva gli occhi dolci, e io cercavo di fingere di non ricambiare. Siamo usciti insieme in ricognizione. Abbiamo dovuto aspettare due ore perché ci venissero a prendere, ci siamo ritrovati… ehm, lo sai. Ci siamo fatti una sega a vicenda. Non ne abbiamo parlato. Il giorno successivo mi ha minacciato con un coltello. È finito davanti alla corte marziale ed è stato spedito a casa. Fine della storia.»

Jack lo fissò con gli occhi spalancati. «Ti ha minacciato con un coltello?»

«È quello che ho detto.»

«Perché?»

«Ho detto niente domande.»

Jack si sdraiò nuovamente sulla schiena, il braccio ancora sul petto di D. «Gesù, non mi meraviglia.»

D strinse un poco la presa attorno alle spalle di Jack. Sopra di lui non vedeva il soffitto ma quel giorno, il sole splendente, l'odore acre e metallico del diesel e la sabbia del deserto, e Porter col coltello. Lo choc della cosa, prima il gelo lungo la colonna vertebrale e poi il calore che risaliva alla pelle e il sangue che arrivava ai muscoli. Il lembo della tenda che si apriva, il volto di Porter, un'ondata di piacere nel vederlo, l'apprensione di quello che avevano fatto e che avrebbero fatto di nuovo, il calore nella sua pancia, la vergogna di quel gesto tanto più grande della vergogna di una semplice fantasia, il desiderio di rifilare un calcio al sedere di Porter e quello di tirarlo a sé, il tutto interrotto dallo scintillio del metallo. Poi aveva dovuto reagire velocemente allo scatto impacciato di Porter, con i suoi occhi folli, e tutto d'un tratto si era reso conto che l'altro era pazzo. Forse lo era stato tutto il tempo, forse lo era diventato in quel luogo. Non sarebbe stato il primo. Magari era diventato così… a causa di ciò che avevano fatto. Ed ecco lì D (a parte che non era D ma un uomo chiamato Anson, quel giorno era stato il primo di tanti nella sua lunga e lenta morte), la prova, la dimostrazione, l'unico che sapeva. Il coltello. Le mani che avevano usato per toccarsi l'uno con l'altro utilizzate per lottare, per allontanare il coltello, due pugni, stomaco e collo, e poi ancora lui in piedi sopra l'amico svenuto. Le spiegazioni al colonnello, omettendo la parte più importante, no signore mi ha minacciato senza motivo, non ho idea del perché, magari il calore gli ha semplicemente fuso il cervello come un dannato brasato e si ritrova tutto sottosopra. Non gli erano state fatte troppe domande. Le cose succedono. Mondo duro, guerra dura.

Era tornato al suo incarico come al solito. Occhi al fronte, soldato.

Sospirò e chiuse gli occhi, vedendo nuovamente quella scena, a parte che adesso non era Porter che lo minacciava con un coltello, era Jack. Ma lui se ne stava lì senza fare nulla, a guardare il coltello che affondava nel suo cuore freddo e morto.

Jack si svegliò di soprassalto. Era ancora buio. Soffocò il suono che gli risalì dalla gola, qualsiasi cosa fosse: un grido, un colpo di tosse, persino un urlo. Trattenne il fiato e ascoltò: il respiro di D era lento e regolare. Si rilassò, espirando e sbattendo gli occhi per scacciare i residui dell'incubo. Non era il primo. Come sempre non era rimasto il tempo necessario per farsi esaminare, ma si era dileguato nel suo inconscio, lasciando nella sua mente delle impressioni simili a impronte. Sangue e dolore, e risate oscure e morte, e lui era l'interprete principale.

Stai bene. Sei al sicuro adesso. Se soltanto avesse potuto crederlo sul serio. Indossò la maschera del coraggio perché non aveva molta scelta, ma nel profondo del suo cuore non sapeva davvero se sarebbe mai stato al sicuro da qualche parte. Gli uomini che lo inseguivano erano cresciuti nella sua mente, passando da esseri umani di carne e sangue a mostri che tutto vedono e tutto conoscono, che avrebbero spazzato via D come se fosse un insetto molesto e poi avrebbero eviscerato lui. Lentamente.

«Stai bene?»

Jack trasalì, la voce bassa alle sue spalle diede uno strattone alla calma inconsistente dentro di lui. «Gesù,» sussurrò.

«Mi dispiace. Ho sentito che ti eri svegliato.»

«Sto bene.»

«Il tuo cuore batte veloce.»

«Cosa, hai un udito da mutante adesso?»

«Riesco a vedere il battito nella tua gola, cretino.»

«Non è nulla. Un brutto sogno.»

«Mm.» D divenne silenzioso, ma Jack sapeva che non aveva intenzione di tornare a dormire. Sentì la sua mano toccargli leggermente la spalla. «Vieni qui,» disse D, la parola a malapena uno sbuffo d'aria. Jack si voltò e si ritrovò attratto tra le sue braccia. Sospirò e si rilassò un poco. «Va meglio?»

«Sì.» Rimase dov'era per alcuni minuti, il tonfo costante del cuore di D nell'orecchio, la sua mano sulla nuca. «Ho paura,» bisbigliò alla fine.

«Lo so.»

«Continuo a dire a me stesso che va tutto bene, e che dovrei essere coraggioso…»

«Essere coraggioso non significa non aver paura. E non sappiamo se va tutto bene.»

«Caspita, questo è confortante.»

«Non ho molto conforto da darti.»

Jack si rintanò più vicino a lui, facendo scivolare il braccio attorno alla vita di D sotto le lenzuola. «Sento che è abbastanza per me.»

«Hai una buona ragione per essere spaventato,» mormorò D.

Jack sospirò. «Però tu non lo sei. È imbarazzante.»

«Chi dice che non lo sono?»

Jack riusciva a sentire lo sguardo di D su di sé.

«Be'… non ti comporti come se lo fossi.»

«Non sarei andato molto lontano nel mio lavoro se mi si fosse letto in viso.» Il suo braccio si sistemò attorno alle spalle di Jack. «Non ho paura per me stesso. È da tanto tempo che non ne ho. È che adesso…» Esitò.

Jack sollevò la testa e lo guardò. «Cosa?»

D incontrò i suoi occhi, poi distolse rapidamente lo sguardo. «Ho paura di non essere pronto se verranno per te. Di non essere sufficientemente rapido o abbastanza astuto.» Alzò le spalle ed emise un suono di disapprovazione. «Ho paura che non sarò in grado di proteggerti.»

Jack non sapeva cosa dire a quell'affermazione. Appoggiò nuovamente la testa sul petto di D. Non parlarono per diverso tempo.

«Com'eri da ragazzino?» chiese alla fine.

«Eh?»

«Cosa ti piaceva fare?»

«Diavolo, non lo so. Ero come ogni altro ragazzino, credo.»

«No, voglio sapere.»

«Sapere cosa?»

«Tutto. Qualunque cosa.»

D sospirò, esasperato. «Come mai questa cosa?»

«D, dormo con te ogni notte e so a malapena qualcosa su di te.»

«Quello che facevo da ragazzino non ti dirà nulla d'importante.»

«Ma io voglio sapere le cose non importanti. Quali erano le tue caramelle preferite?»

«Mm. Devo pensarci su.»

«Io adoravo le Pixie sticks.»

D ridacchiò. «Tubetti di carta attorno a delizioso zucchero duro, eh?»

«Quella è roba buona, amico.»

«Mia nonna aveva sempre delle ciliegie ricoperte di cioccolato,» disse D, con un tono che dava l'idea fosse sorpreso lui stesso al ricordo. Jack scivolò un poco verso l'alto in modo da poterlo guardare in viso. «Mi piacevano quelle cose. Il modo in cui scoppiavano quando le mordevi e quella roba sciropposa dentro, poi la ciliegia. Mordevo un lato del guscio con attenzione, così che non fuoriuscisse nessuna goccia di sciroppo, poi succhiavo fuori tutto ciò che colava, recuperavo la ciliegia con la lingua, così mi rimaneva solo il guscio di cioccolato e lo sgranocchiavo fin quando era finito. Me ne lasciava prendere solo una o due quindi dovevo farle durare.» Osservò Jack che lo stava fissando a sua volta, con la bocca spalancata. «Cosa?»

«Questa è la cosa più sexy che abbia mai sentito.»

D arrossì e si agitò. «Oh, dai.»

«Sul serio. Chiedimi quanto vorrei adesso avere quelle ciliegie ricoperte di cioccolato in modo da guardarti mentre le mangi.»

«Chiudi la bocca,» disse D, ma Jack percepiva che era un po' compiaciuto. D si sentiva sempre a disagio quando lui gli diceva che era sexy, o commentava il suo aspetto.

«Ehi, sei tu che hai detto tutte quelle cose sexy in quel modo.»

«Mi si sta addormentando il braccio,» disse D, cambiando argomento.

Jack rotolò via sulla schiena e tese il braccio. D lo guardò. «Be'? Vieni qui.»

«Io non, uhm... um...»

«Cosa, sei troppo macho per essere cullato dal mio abbraccio mascolino?»

«Dovevi metterla così, vero? Dannazione, tu e i tuoi commenti saccenti.»

«Il fatto che diventi irriverente quando mi sento insicuro non dovrebbe più sorprenderti. Vieni qui. Stiamo avendo una conversazione intima a letto e non la farò con centimetri di materasso tra di noi.»

«Merda, stai diventando autoritario.» D gli scivolò vicino e si voltò sul fianco, lasciando che lui lo abbracciasse. Malgrado le sue proteste, la tensione sembrò scivolare via gradualmente dal suo corpo, il braccio sistemato sul ventre di Jack.

«Vedi? Non è così male.»

D scosse un poco il capo. «No. È... bello.» Sospirò.

«Raccontami della casa in cui sei cresciuto.»

«Stai scrivendo una biografia?»

«Be', varrebbe la pena leggerla.»

«Ne dubito.» D si spostò leggermente; Jack appoggiò la guancia contro la sommità della sua testa, senza parlare, cercando di essere una spugna, un tranquillo ricevitore per qualsiasi cosa doveva essere detta. «Avevo una casa sull'albero.»

«Sì?» disse Jack sorridendo.

«Mio padre l'aveva costruita quando ero un bambino. Un vecchio albero sul retro, con la scala a pioli inchiodata al tronco. Ho trascorso un sacco di tempo lassù.»

«Probabilmente eri un ragazzino solitario, non è vero?»

«E scommetto che tu eri il ragazzino più popolare dell'isolato.»

«Dov'era il tuo posto segreto?»

«Come sai che ne avevo uno?» chiese D, spostando la testa per osservare Jack, con un sopracciglio inarcato.

«L'hai detto tu.»

D fece spallucce e tornò a sdraiarsi. «Era una fattoria abbandonata, distante da casa poco più di un chilometro lungo la strada. Avevo l'abitudine di salire in cima al fienile. Aveva l'odore dell'estate tutto l'anno.» Esitò. La sua mano aveva lentamente iniziato a muoversi da sola avanti e indietro sul petto di Jack; quando parlò nuovamente, la voce di D era sommessa. «Avevo l'abitudine di andare là e fingere di essere l'ultimo sopravvissuto. L'ultimo uomo sulla Terra. Dovevo costruire il mio rifugio, cercare cibo, uccidere la selvaggina solo con la mia arguzia e qualsiasi cosa che trovavo in giro.»

D proseguì, la voce andava da sommessa a strozzata. «Un giorno sono rimasto in giro per ore e ore. Fingendo di cacciare. Ho preso un coniglio e l'ho ucciso.» Jack rimase molto calmo e tranquillo, resistendo al desiderio di agitarsi e parlare. «Non lo sapevo,» disse D. «Non sapevo cosa significasse. Pensavo che sarebbe stato come un gioco, ma… non potevo far tornare indietro le cose. Sono rimasto seduto là col coniglietto, il sangue che usciva dalla sua bocca, l'ho tenuto in grembo… non era un gioco. Era per sempre.» Sospirò. «L'ho sepolto. Piangendo come una dannata ragazzina. Sono tornato a casa, pensavo che chiunque mi avrebbe letto in viso quello che avevo fatto. Ma nessuno notò niente. Era come qualsiasi altro giorno. Sono ritornato il giorno successivo per vedere se magari l'avevo sognato, ma no, il coniglietto era ancora morto.»

Jack sentì le lacrime salirgli agli occhi. Premette le labbra in cima alla testa di D e lo tirò più vicino. Rimase in attesa.

«Jack, io… non so come…»

«Va tutto bene. Fai con comodo.»

«Devo dirtelo…» Le parole scemarono nuovamente.

«Lo so.»

«Non… sbarazzarti di me.» Quell'ultima frase era così sommessa che quasi non si riusciva a sentire.

«Non lo farò. Mai.»

D trasse un respiro profondo e lo rilasciò. «Mi sono sposato perché lei era incinta. Non so perché l'ho messa in quella situazione. So solo che l'ho fatto. Mi sono arruolato. Magari è durata più a lungo del previsto perché ero stato lontano troppo tempo. Amavo la mia bambina. Era così dolce. La prima volta che mi ha chiamato "papà" ho pensato che mi sarei sciolto. Così intelligente e adorabile, voleva bene a tutti, a me più degli altri. Era davvero la cocca di papà. Ho cercato di essere buono con la sua mamma, ma… be', credo che tu sappia perché lei non era giusta per me. Da troppo tempo non avevamo nulla da dire l'uno all'altra. Non ero l'uomo giusto per lei, così mi ha lasciato.

«Doveva mantenere se stessa e Jill, naturalmente. Le inviavo del denaro ma non era abbastanza. Vivevamo in North Carolina. Si era trasferita con Jill mentre ero ancora a Fort Bragg. Lei aveva un lavoro davvero buono alla Social Security Administration. Aveva un cugino laggiù che le aveva fatto ottenere un colloquio. Così dovette andare dov'era l'ufficio. Quinto piano al Murrah Federal Building di Oklahoma City.»

Jack trasse un respiro, le braccia si strinsero attorno a D di riflesso. «Oh, mio Dio.»

«Lei stava lavorando. Jill era giù all'asilo nido.»

«Oh, Gesù, D.»

La voce di D era piatta e atona. «Lo scoppio delle bombe le ha uccise entrambe. Ho visto al telegiornale e in quel momento ho capito che la mia bambina era morta. Sapevo che era l'edificio dove c'era sua madre. Hanno continuato a dirmi di sperare, che poteva non essere lei, che poteva star bene, ma io sapevo. E non sarebbe tornata perché ce l'avevo messa io in quell'edificio. Se ci fossi stato per lei e per sua madre, non avrebbero dovuto trasferirsi laggiù. Quando è successo è stato come se tutta la luce dentro di me si fosse spenta. Ho solo aspettato ciò che è arrivato dopo. Ho sepolto la mia bambina e la sua mamma, e sono tornato al lavoro solo per scoprire che a farlo era stato un qualche tizio impazzito dell'esercito. Un mio commilitone, porco diavolo. In qualche modo la cosa era ancora peggiore. Sono girate un sacco di chiacchiere sul fatto che avesse amici ancora in servizio. Figli di puttana attivisti che cercavano di farci abbassare la cresta dall'interno. Circa un anno dopo le bombe uno dei superiori è venuto da me e ha detto che aveva sentito che ero uno che poteva sistemare le cose. Ha detto che avevano scoperto che un certo maggiore aveva aiutato quello stronzo a procurarsi i materiali e a pianificare le bombe. Volevano che mi occupassi della cosa, in maniera non ufficiale, se sai cosa voglio dire, e mi ha chiesto se l'avrei fatto. Non ho nemmeno esitato, ho risposto che andava bene. Mi sono occupato della cosa. Il giorno successivo ho rassegnato le mie dimissioni e me ne sono andato in cerca dell'incarico successivo.»

Divenne silenzioso. Gli girava la testa. Era quasi troppo da pensare. Molto spesso si era domandato come D fosse entrato in quel giro. Scoprire che era stato guidato dal dolore e dalla vendetta era allo stesso tempo strano e appropriato. D non era un uomo controllato dalle sue emozioni. Almeno non lo era adesso.

«Non l'ho mai detto a nessuno,» disse D, suonando vuoto.

«Mi dispiace così tanto, D. Hai avuto così tante tragedie nella tua vita.»

«Immagino di sì.»

«Ma... ma ciò che è accaduto a tua moglie e a tua figlia non è stata colpa tua.»

D grugnì. «Certo che sì. Se fossimo rimasti sposati...»

«Ma ti ha lasciato lei, giusto?»

«L'ho allontanata.»

«Non potevi saperlo.»

«Non importa.» Si allontanò bruscamente e si tirò su a sedere. «Gesù, senti quanto la tiro lunga. Probabilmente sei stanco.»

«Sto bene. Io...»

«Vado a farmi una passeggiata.»

«Sono le tre del mattino!»

«Non ho sonno. Starò bene.»

«Ma...»

«Jack, ho detto che sto bene.» Cercò di scivolare via ma Jack gli afferrò il braccio e lo trattenne dov'era.

«No, non stai bene. Ed è normale che sia così.» D lo guardò nuovamente, sbattendo gli occhi. «Ho detto che non mi sarei sbarazzato di te, e non ho intenzione di farlo.» D abbassò lo sguardo e fissò le lenzuola. Jack si sedette e gli mise una mano sul volto, obbligandolo a incrociare il suo sguardo. «Non sei l'ultimo uomo sulla Terra. Non ora.»

D lo fissò, gli occhi velati di lacrime. Due di esse fuoriuscirono dalle sue palpebre e scivolarono lungo le guance. Jack le asciugò con i pollici e si piegò in avanti fino a quanto la sua fronte fu premuta contro quella di D. Riusciva a sentire il respiro esausto di D; percepì un'altra lacrima cadergli sulla gamba. Quanto tempo era trascorso da quando quell'uomo si era concesso uno sfogo emotivo? Quanto lontano poteva aspettarsi che andasse in una notte?

Improvvisamente D si tirò indietro e agguantò il volto di Jack tra le mani, un'espressione decisa negli occhi umidi. «Perché?» domandò. «Perché è così tra di noi?»

Jack lottò per trovare una buona risposta ma non trovò nulla. «Io... non lo so.»

D annuì. «Bene. Nemmeno io.» Sospirò. «Non c'è mai stato nessuno così per me, mai.»

Jack sorrise, un po' scosso, e sollevò le mani verso il volto di D. «Neanche per me.» Si protese verso di lui e i suoi occhi guizzarono verso quelli di D, in attesa che lui si tirasse indietro come aveva sempre fatto.

Non lo fece.

Il primo tocco fu esitante, prudente. Lo spettro delle labbra di D, ferme come quelle una statua, sotto le proprie. Strofinò nuovamente la bocca su quella dell'uomo, in attesa di una reazione, percependo il suo respiro. D si ritrasse e incontrò i suoi occhi, l'espressione interrogativa. Lo sguardo di D cadde sulla sua bocca, poi le sue mani lo tirarono in avanti e stavolta, non esitò.

Baciare Jack non era come si era aspettato. Non essersi

concesso di farlo così a lungo adesso sembrava una cosa stupida... o molto stupida. Di che cosa aveva avuto paura? Troppo intimo, troppo romantico, troppo... solo troppo. Il sesso era okay, anche succhiare il cazzo era okay. In quello ci prendeva gusto. Baciare però... quello lo si fa solo perché hai qualcosa da dire e le parole non sono abbastanza. Quello significa sentimenti e confusione.

La confusione arrivava in altre forme oltre al semplice baciare, però. Aveva appena scaricato un'intera pila di confusione, e a malapena credeva di averlo fatto, persino mentre udiva le parole uscire dalla sua bocca. Ognuna di esse. Sharon, Jill, il suo primo incarico, era venuto fuori tutto. La porta della camera blindata si era spalancata, tutti i suoi segreti buttati fuori e che vedevano l'aria per la prima volta in assoluto. E l'aveva aperta volontariamente. Aveva girato la serratura, estratto le verità custodite così attentamente e le aveva poste nelle mani di Jack perché si fidava di lui. Era una strana sensazione. Lui era l'unico che avrebbe dovuto occuparsi di tutta la faccenda della protezione, ma la verità era che Jack faceva sentire *lui* al sicuro.

In quel momento Jack gli faceva provare qualcosa di completamente diverso. Le sue labbra erano soffici e piene, il suo corpo caldo e solido tra le braccia di D, ed era tutto giusto, così dannatamente giusto. Fece scorrere la lingua sulle labbra di Jack, che si aprirono senza esitazione. Affondò le mani tra i suoi capelli e si immerse in lui, abbandonando il controllo senza ripensamenti, le mani di Jack che gli afferravano la schiena e le spalle, spingendogli la lingua nella bocca. D arretrò solo per baciargli di nuovo le labbra. La barba corta di Jack era ruvida contro le sue guance e il suo mento, dei suoni leggeri provenivano da Jack o da lui stesso o da entrambi, non lo sapeva dire; sapeva solo che erano seduti sul suo letto, ognuno per metà sul grembo dell'altro, e limonavano come adolescenti eccitati sul sedile posteriore della macchina di papà.

Jack si staccò, tenendo la testa di D tra le mani. «Cosa?» chiese D, non desiderando altro che baciarlo di nuovo.

Jack fece un gran sorriso, i suoi occhi scintillavano al chiaro di luna evanescente. «È... non lo so. Tu.»

«Vieni qui,» D lo tirò più vicino, fece scivolare le mani lungo la sua schiena per afferrargli il sedere, e lo baciò nuovamente. «Questa cosa di baciarci funziona davvero bene per me.»

Jack ridacchiò contro la sua bocca, e portò una mano tra le gambe di D. «Mm, lo sento,» disse. «Meglio recuperare il tempo perduto.»

«Non discuto,» disse D, appoggiando una mano sulla nuca di Jack, protendendosi dentro di lui, le bocche che si muovevano l'una contro l'altra.

«D,» sussurrò Jack, mentre lui lo baciava lungo il collo. «Cosa vuoi?»

«Voglio te,» rispose D, ritornando alla bocca di Jack. «Ti voglio così tanto.»

Jack gemette e spinse D sulla schiena, cadendo sopra di lui mentre ancora lo baciava. D avvolse gambe e braccia attorno a lui, sollevando il bacino per spingerlo contro quello di Jack. «Gesù... Dio,» ansimò Jack.

«Vieni qui,» disse D, attirando la bocca di Jack contro la propria. I loro gemiti si persero nelle loro gole mentre si muovevano insieme sul letto, Jack sostenendosi sui gomiti, le mani di D aggrappate al sedere che lo tenevano stretto e vicino, le loro bocche sigillate insieme. Vennero in rapida successione, impazienti nel raggiungere l'orgasmo – non c'era tempo per altro all'infuori di quello – che proseguì mentre loro si rilassavano, avvolti l'uno all'altro, i loro baci ora lenti e languidi, che si fermarono solo quando sprofondarono nel sonno.

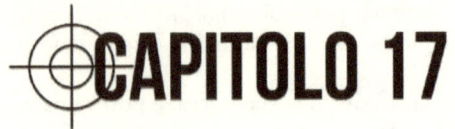CAPITOLO 17

Jack sbatté gli occhi e si stirò, sbadigliando fino a svegliarsi. Il sole era abbastanza alto, dovevano essere almeno le nove passate. Non fu sorpreso di essere solo nel letto. Si girò e controllò l'orologio. Sì, le nove e un quarto.

Si alzò e indossò i pantaloni della tuta e una T-shirt, poi si trascinò fino in cucina, continuando a sbadigliare. D stava accendendo un fuoco sul fornello, una tazza di caffè in mano. «Buongiorno,» disse Jack.

«Mm,» grugnì D. «Vuoi delle uova? Stavo per iniziare a farle.»

«Certo, grazie,» Jack si chinò e tirò fuori il tostapane, poi il pane.

«Come?»

«Strapazzate.» Jack si allungò sopra D per tirare fuori dalla credenza una tazza per sé, notando che l'altro lo scrutava. Sorrise, ricevendo in cambio una piccola contrazione della sua bocca.

«Tu, uhm… stai bene?» chiese osservando il suo profilo.

D lo guardò, accigliandosi. «Sì, perché?»

«Be', hai tirato fuori delle cose la scorsa notte. Cose che ti portavi dentro da tanto. Mi chiedevo solo se adesso, sai, alla luce del giorno…»

D si voltò verso di lui. «Quel che è fatto è fatto. Non sono solito rimuginare sopra le cose; in ogni caso non posso riportarle indietro.»

Quella risposta non era esattamente quella che Jack sperava. «Ma, io…» balbettò. «Be', credo non abbia importanza,» disse, voltandosi per riempire la sua tazza.

Udì D sospirare alle sue spalle, il sospiro stanco che

praticamente era un concentrato pieno di frasi come *Gesù Cristo, in cosa mi sono cacciato?* «Jack, non rimpiango le cose che ti ho detto stanotte,» disse D, la voce sommessa.

Jack si voltò. «No?»

«No,» rispose l'altro, scuotendo la testa. Fece alcuni passi verso Jack. «Non mi sarei mai aspettato di farlo,» continuò fissando il pavimento, le mani nelle tasche dei jeans. «Pensavo che quella merda fosse definitivamente sotto chiave ed ero felice che fosse così. Non ho mai voluto mostrarla a nessuno.» Con un guizzo rivolse una rapida occhiata timida al volto di Jack. «Non fino a questo momento.»

Jack deglutì faticosamente. «Ne sono felice.»

Un lato della bocca di D si arricciò in un mezzo sorriso, uno scintillio malizioso comparve nei suoi occhi. «Vieni qui,» mormorò, allungando una mano e afferrando il braccio di Jack, che andò verso di lui spontaneamente, tenendo ancora in mano la sua tazza, ma non fece alcuna mossa. Lo sguardo di D si spostò sulla sua bocca e poi tornò su verso i suoi occhi. Jack inarcò un sopracciglio. *Be'? Cosa stai aspettando?* D si sporse in avanti, esitante, aspettandosi che l'altro gli andasse incontro a metà strada, così che fosse Jack a baciarlo e non lui, che prendesse il comando in qualche modo, cosa che Jack non aveva intenzione di fare. Infatti rimase dov'era, osservando il volto di D, gli occhi irrequieti, il rossore alle orecchie. D si fermò e osservò nuovamente Jack. Tentò ancora una volta, spingendo la mascella in avanti, sporgendo la lingua a inumidire il labbro inferiore, ma Jack non si mosse e D si bloccò a metà strada.

D arretrò con un sospiro, scuotendo la testa. «Vaffanculo, bastardo orgoglioso.» Ridacchiò, poi attirò Jack a sé, e con la mano libera gli afferrò la nuca; un gran sorriso illuminò il volto di Jack ma a malapena vide la luce del giorno prima che la bocca di D fosse su di lui, affamata ed esigente, la sua mano tra i capelli. Jack andò indietro a tentoni in cerca di quello che sperava fosse il piano di lavoro vicino e si liberò della tazza di caffè; la sentì rovesciarsi, ma per fortuna non tutta sul pavimento. Ciò che importava in quel momento era che aveva entrambe le mani libere di afferrare voracemente la T-shirt di D, e un brivido lo pervase al primo contatto intimo al di fuori della camera da letto. Qualunque cosa fosse, ora era in piena vista, non serrata dietro porte chiuse dove poteva essere dimenticata come una coincidenza o un bisogno.

La mano di D era in alto sotto la T-shirt di Jack, calda e asciutta. La fretta iniziale passò, le loro labbra s'incontrarono in una sorta di familiarità calma, poco impegnativa, tipica delle giornate di festa: carezze e massaggi, assaggi, sorrisi e respiri senza dividersi mai, scivolando l'uno nell'altro come dune modellate dal vento. Il tocco della lingua di D s'impadronì della sua bocca, calda e umida e tutto sua.

Jack sospirò, chiedendosi se potesse perdere i sensi come una sorta di damigella vittoriana. *Potrei abituarmi a questo.* D si ritrasse e distolse lo sguardo, mentre il rossore affluiva lentamente sulle sue guance. *Come un ragazzino che ruba baci sotto il portico dopo il coprifuoco,* pensò Jack. Sorrise, dimenticando per un attimo di controllare la propria espressione e tenere a freno le emozioni. E tutto d'un tratto percepì una scossa nella colonna vertebrale che esplose nel cranio come la sequenza di immagini di un fiore che sboccia. Espirò ruvidamente. *Gesù, è così che ci si sente?*

Si liberò dalla presa di D e si voltò per mettere in salvo la sua tazza di caffè. «Merda, ho fatto un disastro, non è vero?» disse, tenendo la schiena girata mentre si allontanava per prendere dei tovaglioli di carta.

«Credo... che possiamo cominciare a fare colazione, uhm?» chiese D, suonando un tantino confuso.

«Certo, buona idea.»

Nessuno parlò per alcuni istanti; l'unico suono in cucina era quello di D che cucinava. Jack era in piedi vicino alla porta del patio e guardava fuori verso il cortile mentre beveva il caffè. «Faremmo meglio ad andare al supermercato oggi,» disse D. «Stiamo finendo un sacco di... roba.» Ingoiò quasi per metà l'ultima parola, e Jack capì che aveva notato che stavano finendo non solo il caffè e il pane, ma anche il lubrificante.

Jack trasse un respiro profondo e tornò accanto a D, al fornello. «Possiamo passare da una libreria o qualcosa di simile? Sto morendo dalla voglia di qualcosa di nuovo da leggere.»

D gli rivolse un'occhiata. «Non puoi parlare al plurale, amico. Andrò da solo.»

«Oh, stai scherzando,» disse Jack.

«Non sto scherzando. È troppo rischioso per te uscire.»

«Cosa credi? Che degli assassini armati sorveglino Albertson nella remota possibilità che io vada a farci un giro?»

«È possibile.»

«No, non lo è. Stai diventando paranoico.»

«La paranoia mi ha salvato il culo più di una volta. Ora salverà il tuo.»

«D, devo uscire da questa casa.»

«C'è il cortile là fuori.»

«Farò finta di non aver sentito. Non sono un animale domestico!»

«Grandioso. Allora stai diventando capriccioso,» grugnì D, sbattendo le uova con più forza.

«Magari lo sono. Siamo qui da una settimana e non è successo nulla di male. Tu stesso dici che qui siamo al sicuro, quindi perché non dovrei uscire?»

«Perché non voglio sfidare la fortuna, va bene?» esclamò D, facendo rumore nel deporre la padella su un fornello freddo. «Vuoi per favore stare qui? Dammi una cazzo di tregua, Jack.»

Il malumore di Jack esplose. *Oh no, non poteva.* «Dar*ti* una tregua? Certo, perché no? Sono solo stato sradicato dalla mia vita per due volte finora, ho dovuto abbandonare la mia carriera, la mia casa, i miei amici e la mia famiglia e trasformarmi in un fuggiasco, ma *tu* hai bisogno di una tregua, eh?» Gettò la tazza nel lavello e se ne andò, la frustrazione che lo sorprese con la sua ferocia. Sbatté le porte del patio uscendo e s'incamminò con passo pesante in cortile, fermandosi quando ebbe raggiunto il suo albero preferito. Si sedette con la schiena contro il tronco.

Gesù. Datti una calmata. Ma si stava tenendo calmo da settimane ormai, e la presa sui suoi nervi iniziava a essere scivolosa. Aveva scacciato dalla sua mente tanto della realtà di quella situazione così da potersi concentrare su altre cose, come la sopravvivenza, e in quel posto dove iniziava a sentirsi al sicuro, tutto tornava a farsi lentamente strada dentro di lui.

Probabilmente non avrebbe più rivisto i suoi genitori, o Caroline o i suoi amici. Il caffè all'angolo vicino al suo appartamento, l'infermiera scontrosa che lavorava all'accettazione della sala operatoria.

Si ritrovò a pensare a Julia, la ragazzina che aveva curato per quasi due anni. Era nata con delle deformità gravi alla mascella che avevano richiesto una serie di operazioni per correggerle in modo che potesse parlare e mangiare normalmente. Aveva solo quattro anni ma il suo volto era come un sole splendente. Sapeva che ogni viaggio all'ospedale significava dolore e sofferenza, ma lei lo abbracciava ancora quando arrivava, chiamandolo "Dottor Jacky" nel suo linguaggio distorto, e ridacchiando quando lui le faceva il solletico. Ricordava il suo volto quando gli aveva illustrato tutte le parole nuove che riusciva a dire con la mascella nuova e come era stata coraggiosa e non aveva pianto quando aveva compreso che era ora di andare nuovamente in sala operatoria, sebbene il suo labbro avesse tremato e i suoi grandi occhi castani si fossero riempiti di lacrime.

Chi si prendeva cura di Julia ora che lui se n'era andato? Quel dottore le teneva la mano? Le faceva visita durante la degenza in attesa che i suoi occhi si aprissero? Si era preoccupato di minimizzare le cicatrici, era stato attento con le sue gengive in modo che i denti permanenti potessero uscire in futuro? Lei si ricordava del dottor Jacky domandandosi perché non si prendeva più cura di lei? Si sentiva abbandonata?

Julia era solo uno dei tanti pazienti che aveva dovuto lasciare, che era stato costretto ad affidare alle cure dei colleghi. La maggior parte di loro non aveva avuto la possibilità di avere una conversazione con lui prima; le cose erano successe troppo in fretta.

Jack sentì una lacrima uscire e scivolare sulla sua guancia. La rimosse con una passata impaziente della mano. *Sei vivo. Sii grato.*

Appoggiò la testa indietro contro il tronco dell'albero. Si era aspettato che tutta la sua vita cambiasse, ma non si aspettava di incontrare qualcuno per cui avrebbe provato dei sentimenti, sensazioni che francamente lo facevano sentire così spaventato… soprattutto perché era difficile immaginare che finisse senza che il suo cuore fosse spezzato.

D osservò Jack marciare fuori casa, un poco sollevato. Jack era stato d'accordo quasi in tutto da quando si erano incontrati, dicendo cose sagge e convincendolo delle sue capacità a un livello tale che non avrebbe mai creduto possibile, ed era probabile che la cosa non sarebbe durata. Era una buona cosa vedere che se ne rendeva conto, qualunque cosa fosse. Non era una situazione facile, e non sarebbe diventata più facile in futuro.

Nemmeno tu la stai rendendo più semplice visto che te lo sei scopato in tutti i modi. Come se aveste una sorta di relazione. Non è possibile, ma tu sai che lui ci sta pensando. Solo che alla fine rimarrà ferito, e tu credi che abbia bisogno di questa merda in aggiunta a tutto il resto?

Rimase lì appoggiato contro il bancone, irrequieto e nervoso. Due settimane prima avrebbe lasciato Jack al suo destino e si sarebbe dato da fare col suo lavoro, ma ora non era due settimane prima. Una parte di lui era uscita allo scoperto, voleva andare da Jack e farlo parlare, o magari solo…

Sospirò, chiudendo gli occhi. *Ammettilo stronzo. Una parte di te vuole solo andare là fuori e confortarlo. Mettergli le braccia intorno al corpo e stringerlo fino a che si sentirà meglio, asciugargli le lacrime, magari baciarlo fino a fargli dimenticare il perché è rimasto sconvolto.*

Gesù. Cosa stava diventando? Una cazzo di ragazzina? Uno di quei tipi stile New Age che parlavano per ore delle loro sensazioni senza dire una singola cosa di senso compiuto?

Uno di quei… tipi gay?

Lascialo da solo, lascialo strillare. Vorresti che lui t'interrompesse se ti trovassi tu in un momento simile? Starà bene, tornerà dentro e si comporterà nuovamente come al solito.

Si sedette al tavolo, la schiena fermamente rivolta alle porte del patio, e mangiò le sue uova e il toast. Non ne assaggiò molto. Fece una lista di cose da procurarsi al supermercato, aggiungendo senza rendersene conto degli articoli che sapeva Jack avrebbe apprezzato.

Mise i piatti nella lavastoviglie. Strofinò la padella che

aveva usato per le uova. Mise via il tostapane e sciacquò la caffettiera, e quando non poté più fermarsi, trasse un profondo respiro e uscì in cortile.

Jack stava camminando avanti e indietro, braccia conserte, occhi al terreno. D era abbastanza bravo a interpretare il linguaggio del corpo e tutto di lui stava dicendo "Cazzo, cazzo, vaffanculo."

Si fermò ad alcuni metri di distanza e rimase in attesa, non avendo idea di cosa dire, se doveva dire qualcosa. Jack non diede segno di averlo visto. «Spero di non averti fatto arrabbiare io,» disse D alla fine, buttandola sullo scanzonato.

Jack lo guardò e poi scosse il capo. «No. Credo che alcune cose mi stiano cadendo addosso tutte insieme, qui. Mi dispiace.»

«Non devi scusarti, cazzo, mi hai sentito? Hai passato l'inferno nelle scorse settimane, sei autorizzato a sentire una certa frustrazione. Ero stupito di quanto fossi calmo, francamente. La maggior parte della gente avrebbe perso la ragione, ormai.»

«Sì, be'. Questo è il mio modo di fare, no? Fare buon viso, fingere che tutto vada bene così che gli altri non debbano preoccuparsi.» Si passò una mano tra i capelli. «Ingoia e sorridi. Questo sono io, in poche parole.»

«Non devi fare la commedia davanti a me.»

«No, non è per te. Non so per chi sia, in realtà. Chi sto cercando di compiacere?» Calciò l'erba, il volto increspato dalla rabbia e dalla frustrazione.

D vide cosa stava per fare Jack prima che lo facesse, lo vide nella tensione delle sue spalle e dalla rotazione dei suoi fianchi. Si mosse in avanti. «Jack, non...» Non riuscì a dire altro prima che l'uomo attaccasse all'improvviso e colpisse con forza l'albero.

«PORCA PUTTANA!» gridò, barcollando all'indietro, la mano ferita stesa davanti a sé. D lo afferrò da dietro, tenendogli le braccia ai lati.

«Gesù, Jack! Smettila con queste stronzate!»

«Ahi, ahi, ahi, ahia,» borbottò Jack, quasi ridendo nel mentre. «Dannazione, sono proprio un idiota del cazzo.»

«Fammi vedere, dai,» disse D. Jack gli porse la mano. Le nocche erano graffiate e sanguinanti. «Riesci a muovere le dita?» Jack le mosse appena, trasalendo un poco. «Okay. Andiamo a sciacquarle.» Iniziò a camminare con Jack verso la casa.

«Fa davvero male, D,» disse Jack.

«Sì, lo so.»

«In qualche modo non me lo aspettavo. Non capisco.»

«Io sì,» disse D, conducendolo in bagno e mettendolo seduto sul wc. «Ho colpito un sacco di cose. Sacchi da boxe, guantoni da pugilato, la faccia della gente. Anche cose dure, come tavole e sì, alcuni muri. Puoi sapere nella tua testa quanto siano duri, ma quando ti alteri e vuoi solo colpire qualcosa, è come se da qualche parte dentro il tuo cervello, tu creda segretamente che cederanno.»

Jack stava annuendo. «Sì, è così, esattamente. Ho pensato che sarebbe crollato.»

D s'inginocchiò sul tappetino del bagno e gli pulì la mano con un asciugamano umido, poi con dell'acqua ossigenata. «Brucerà un po',» disse.

«È tutta colpa mia.»

«Spero che ti faccia sentire meglio, almeno.»

Jack sospirò. «Non lo so. Non so cosa ci sia di sbagliato in me. Stavo bene, davvero. Avevo la mia vita tutta in ordine… be' più o meno, fino a che…» La sua voce si smorzò. D sollevò lo sguardo e incontrò i suoi occhi. «Le sensazioni vanno in blocco, D. Ne lasci libera una e vogliono tornare tutte insieme.»

D sostenne il suo sguardo per un attimo finché non divenne troppo intenso e dovette guardare altrove. Avvolse della garza attorno alla mano di Jack e l'assicurò con una spilla da balia che aveva trovato nel kit del pronto soccorso. «Ecco. Va meglio.»

«La mamma aveva l'abitudine di baciare la botta e andava meglio,» disse Jack.

Un commentaccio salì alle labbra di D ma lo tenne a freno. Guardò in basso verso la povera mano di Jack e sentì nuovamente quel senso di responsabilità e il tepore quieto delle dita dell'uomo nelle sue. Sollevò la mano, curvò la testa e baciò le nocche bendate, lasciando le sue labbra posate lì per un attimo. Sentì Jack rabbrividire, sollevò lo sguardo e vide i suoi occhi pieni di lacrime, lo sguardo distante, poi si chinò in avanti e scivolò giù dal wc, sul pavimento tra le braccia di D, stringendosi contro di lui come un ragazzino. D lo sostenne, come una sentinella silenziosa.

Dopo che D se ne fu andato al supermercato, Jack scese di sotto. Lo scantinato era rifinito come una sorta di sala giochi, con un tavolo da biliardo e alcuni vecchi divani, uno stereo e una TV più grande di quella del piano di sopra. In un angolo c'erano attrezzature da allenamento; Jack aveva intenzione di correre sul tapis roulant per un po' e smaltire il nervosismo.

C'erano un paio di porte montate nella parete in fondo. Una conduceva alla lavanderia e allo spazio per gli attrezzi, ma l'altra non l'aveva mai aperta. Jack la fissava chiedendosi perché non avesse mai indagato; quella curiosità innata lo aveva già catturato per la maggior parte del resto della casa.

Non c'è momento migliore di questo. Aprì la porta ed entrò. Dall'altro lato c'era un ufficio mediocre, con una scrivania, una poltrona con lo schienale reclinabile e alcune librerie. Sparpagliate intorno c'erano fotografie e cimeli che lo attirarono come un magnete, affascinato com'era da ogni occhiata nel passato di D.

Foto di gente che non conosceva. Souvenir di destinazioni che non riusciva a identificare. Ricordi di vite di cui non aveva mai sentito parlare. Rimase in piedi a fissare i detriti della vita di quell'uomo e avvertì ancora una volta una fitta di risentimento per il fatto che D continuasse a tenerlo così distante da tutto ciò. Condividevano i pasti e le attività e riuscivano a sentirsi a loro agio in bagno insieme, ma non sapeva ancora da dove veniva quell'uomo, non per davvero, o com'era stata la sua vita in passato. Condividevano il suo letto, ma non conosceva il suo nome.

Raccolse una foto di tre bambini biondi e la tenne in alto vicino alla luce proveniente dalla finestrella che dava all'esterno, e gli si strinse il petto quando riconobbe D al centro. Pareva avere all'incirca dieci anni, ma era lui, senza dubbio. Gli stessi occhi castani, lo stesso naso, lo stesso sorriso non sorriso a labbra serrate. Jack sorrise a sua volta, un dito si mosse lentamente per accarezzare il piccolo volto, i riccioli biondi scarmigliati al vento di tanto tempo prima. «Gesù, D,» sussurrò. A quel ragazzino sembrava piacesse giocare a scacchi e costruire i soldatini pronti per un attacco a sorpresa sul divano del soggiorno. La tragedia di tutto quello che sarebbe potuto diventare e di ciò che era invece diventato per poco non mandò Jack lungo e disteso.

Dov'era stata scattata? Sembrava un parco, forse una gita di famiglia, o persino una vacanza. D gli aveva fatto capire che la sua infanzia era stata povera, quindi una vacanza non era troppo probabile. Jack voltò la fotografia e tolse il feltro sul retro. C'era una scritta, con grafia femminile, sul retro della foto.

Giugno 1980, Yellowstone. Darrell, Anson e Merle.

Jack trattenne il respiro. Sbatté gli occhi e guardò nuovamente, ma era ancora lì.

Anson. Si incastrò alla perfezione nella sua mente, come se fosse stato un ingranaggio che finalmente si metteva in movimento.

Girò la fotografia e fissò il volto del ragazzo. «Anson,» sussurrò, toccando nuovamente l'immagine. Guardò oltre la propria spalla. Il nome era un incantesimo che avrebbe evocato l'uomo, se pronunciato?

Per lunghi istanti rimase lì in piedi a fissare la fotografia, senza muoversi, il nome echeggiava su e giù per i corridoi della sua mente, una mente che era stata così piena di D, di Anson, nelle ultime settimane, che la sua presenza aveva scacciato qualsiasi altra cosa che vi era stata contenuta.

Perché non me l'ha detto?

Ma Jack sapeva perché. Quel ragazzo era morto, a giudizio di D. Lo aveva ucciso quando aveva imbracciato un'arma a sangue freddo contro un altro essere umano. Quel nome non gli apparteneva più, e non pensava più di avere il diritto di rivendicare le cose che aveva quel ragazzo: una famiglia, un'identità, un posto nel mondo dove era compreso e ben accetto.

La tentazione di sentirsi ferito da quell'ultima omissione era forte, ma Jack resistette. D gli aveva raccontato tanto, e lo sapeva, senza che ci fosse bisogno di dirlo per filo e per segno, che D non aveva detto a nessun altro ciò che aveva detto a lui. Le sue esperienze nell'esercito, il suo primo omicidio, le morti nella sua famiglia, le sue colpe, le sue vergogne, la sua rabbia, il suo conflitto interiore. Erano cose che D aveva chiuso fuori per lunghi anni, e solo ora gli aveva concesso di venire alla luce del sole, ma non era finita. Lui non aveva finito. E fino a che non l'avesse fatto, quel nome non sarebbe mai stato il suo.

Jack rimise la fotografia nella cornice, risistemò il feltro sul retro, e la ripose con attenzione dove l'aveva trovata, una linea priva di polvere sullo scaffale la guidò al suo posto. Indietreggiò e annuì una volta.

Sentì aprirsi la porta sul retro. «Jack?»

«Sto arrivando,» disse, salendo le scale. D stava mettendo le borse del supermercato sul bancone. Jack andò alla macchina e ne sollevò altre due, bilanciandole su un braccio mentre afferrava una scatola di birra con l'altra mano. Con un calcio chiuse la porta dietro di sé e mise giù il suo carico. «Hai visto qualche assassino nel reparto alimentari? Nascosto in mezzo alla rucola?»

«Davvero divertente, stronzo,» brontolò D. «Sono quelli che non vedi quelli di cui devi preoccuparti.»

Jack s'impegnò a mettere via le cose. Pane, patatine, quella maledetta carne di manzo essiccata di D, formaggio, ketchup. «Hai preso i...»

«Sì. Ho dovuto prendere quelli generici, non avevano la marca che volevi.»

Jack alzò le spalle. «I sottaceti sono sottaceti. È solo che ogni tanto muoio dalla voglia di mangiarli. Probabilmente è a causa del sale.»

D fece una mezza risata. «Vorrei dire qualcosa ma non lo farò.»

«No, vai avanti, racconta la barzelletta prevedibile sulla gravidanza. Fingerò che sia divertente e potremo tornare tutti alle nostre vite.»

Si voltò. D stava aprendo una birra, appoggiato con

naturalezza al bancone, le scorte alimentari non scaricate. Jack ripiegò una borsa vuota e poi sbirciò nell'altra, mettendo un broncio esagerato all'indirizzo di D. «Ah. Tutto qui?»

D borbottò qualcosa sottovoce.

«Cosa? Quasi non ho capito cos'hai detto.»

«Ho detto che non ho comprato le ciliegie ricoperte di cioccolato.»

«Oh, dai. Sai che le volevi.»

D scosse il capo come se fosse incredibile per lui. «Non le voglio e quelle caramelle mi fanno pensare a mia nonna, quindi è strano che tu le abbia trasformate in un qualche genere di fantasia sessuale, okay? Perché poi mi si mischia tutto nella testa, e mi ritrovo nel soggiorno di mia nonna mentre faccio le patatine fritte col Play-Doh mentre tu mi succhi il cazzo e quello è davvero sbagliato. Persino io non sono *così* fuori.»

Jack rise. «Non ancora, no.» Guardò il volto sorridente di D, che rideva con lui, così aperto come non l'aveva mai visto, appoggiato lì contro il bordo del bancone. Jack si fece serio.

Anson. Il suo nome è Anson.

D s'acciglió. «Cosa?»

«Cosa?»

«Tu… hai fatto un'espressione strana.»

Jack ci pensò su un minuto. «Posso chiederti una cosa?»

«Vai avanti.»

«Tu sei… be', sei più a tuo agio di quanto pensavo saresti stato. Con questa cosa. Riguardo a noi, voglio dire.»

«Okay, in che senso? disse D, incrociando le braccia sul petto.

«Se avessi dovuto indovinare, avrei pensato che potevi essere un tipo che sarebbe uscito di testa al pensiero di fare sesso con un uomo, obiettando sul fatto di non essere gay, negando tutto e disperandosi.»

D ci pensò su per un attimo. «Be', non fa molta differenza dato che siamo solo tu e io qui, giusto?»

«Però non saremo solo tu e io per sempre.»

Guardò il pavimento e mosse un poco i piedi. «Non voglio pensare a quello adesso.»

Jack si avvicinò di un passo. «Dovremo pensarci alla

227

⊕CAPITOLO 18

fine.»

«Alla fine non significa oggi.» D incrociò il suo sguardo.

Jack lo sostenne per alcuni battiti. *Conosco il tuo nome, D. Non devo aspettare fino a quando deciderai di dirmelo. Posso dirtelo proprio adesso e osservare il tuo volto mentre comprendi che possiedo qualcosa di te che tu non mi hai lasciato vedere. Quindi magari potrei smettere di aspettarti. Magari se ti chiamassi per nome saresti mio, così come certamente io sono tuo.* Aprì la bocca.

D parlò nuovamente, interrompendolo. «Non posso pensare ad altro che a ora, perché oggi ti ho qui e non riesco a pensare a quando non sarà così.» Stava scuotendo la testa. «Nessuno mi conosce a parte te, Jack,» disse con un sussurro roco. «Non ero nessuno prima di conoscere te, e dopo che te ne sarai andato sarò di nuovo nessuno.»

Jack chiuse la bocca, ammutolito da quella inattesa confessione. Non riusciva a pensare cosa dire, quindi non disse nulla, allungò solo un braccio e lo strinse a sé, e le braccia di D ricambiarono all'istante.

Premette il volto contro il collo di D. «Non sei mai stato nessuno,» mormorò. «Non per me, D.»

Il suo nome è Anson. E me lo dirà quando sarà pronto.

Il sole era caldo sulla nuca di Jack mentre procedeva sulle ginocchia, strappando le erbacce con poco entusiasmo. Aveva preso il lavoro in giardino come un progetto per distrarsi, e non l'aveva fatto a cuor leggero. A volte trascorreva ore a diserbare e a falciare, profilando i bordi e potando, mandando D al vivaio e da Home Depot con compiti sempre diversi. Sperava intensamente che l'uomo si sarebbe stancato di fare quelle commissioni e gli avrebbe effettivamente permesso di lasciare la casa, ma fino a quel momento aveva obbedito senza alcun commento, senza mostrare alcun cenno di avere cambiato idea.

Stavano in quella casa da un mese. Jack iniziava a sentirsi *sistemato* in modo allarmante. La vita nella quale lui e D si erano trovati improbabili coprotagonisti non sembrava più sull'orlo di una catastrofe: era diventata semplicemente routine. D si alzava presto ogni giorno e faceva una sorta di ginnastica calistenica, che pareva somigliare al tai chi ma non lo era, poi preparava il caffè e talvolta la colazione. Jack usciva a fatica dal letto attorno alle nove e di solito trovava D a tavola col giornale, sebbene lui spesso si allontanasse poco dopo che Jack si era alzato. D non era fatto per il farsi compagnia. Restava nei dintorni, ma diventava irrequieto quando stavano vicini troppo a lungo.

Facevano la spesa. Discutevano di chi fosse il turno di lavare i piatti. Guardavano la TV insieme. Qualche volta si rifugiavano in parti diverse della casa, altre volte gironzolavano l'uno vicino all'altro.

Di notte si ritiravano in quella che da tempo era diventata la loro stanza e si davano da fare più a lungo che potevano prima di collassare. Jack aveva scoperto in se stesso una riserva di bisogni sessuali di cui non aveva sospettato l'esistenza, e per ciò che concerneva D… talvolta pareva che stesse scoprendo il sesso per la prima volta. Jack l'aveva spesso colto con un'espressione sbigottita in viso, come se stesse pensando "Merda, non sapevo di poterlo fare". Jack non vedeva l'ora di stare con lui, perché era solo lì, in quel letto e tra le sue braccia, che D abbassava la guardia e gli lasciava intravedere chi era, anche se solo una piccola parte di sé.

Il solo luogo in cui lo portava era un poligono di tiro lì vicino. Ci andavano spesso e Jack stava diventando abbastanza abile con le armi dell'arsenale personale di D, sebbene non avesse ancora il permesso di sparare con la Desert Eagle. Ora D gli stava insegnando come maneggiare la pistola: come estrarla velocemente da una fondina sul fianco, come tenerla, reagire con l'arma in mano, e sentirsi a suo agio come se fosse un'estensione della sua mano. Jack lo trovava tanto difficile quanto imparare a puntare e sparare.

Cercava di non chiedergli qual era lo scenario che vedeva nella sua testa e che lo spingeva a sottoporlo a quei ritmi. Aveva la sensazione che fosse decisamente meglio non sapere tutti i modi tremendi in cui D immaginava che lo avrebbero attaccato o colpito.

Si stiracchiò, sperando di non essersi scottato. Indossava una T-shirt e tutta la sua prima abbronzatura estiva era svanita da quando aveva lasciato Las Vegas. Sentì alcune vertebre scrocchiare nella colonna vertebrale e decise che fosse opportuna una pausa. Si alzò in piedi e si voltò.

D era appostato accanto alla porta del patio, lo osservava, una birra che penzolava dalle dita. Jack rimase lì e lasciò che lo guardasse. D mise la bottiglia di birra sul corrimano e attraversò il giardino. Distolse lo sguardo per un attimo, poi silenziosamente tese una mano, senza guardarlo.

Jack si sfilò i guanti da giardinaggio e prese la mano di D, perplesso. L'altro si voltò e lo ricondusse verso la casa, sempre in silenzio. Jack lo seguì, sentendosi un tantino sciocco a essere condotto per mano come un bambino allo zoo, ma qualcosa nel comportamento di D lo costrinse al silenzio.

D lo condusse dritto in camera da letto, chiuse la porta (contro chi, Jack si chiedeva) e solo allora si voltò e lo guardò. Si avvicinò, con lo sguardo concentrato, e gli afferrò l'orlo della maglietta, sfilandogliela da sopra la testa con un movimento rapido. Le sue mani gli corsero sul petto umido di sudore e poi giù verso gli short, che gli tolse in pochi secondi. Jack sfilò i piedi e lasciò che D lo guidasse al letto, camminando lentamente all'indietro in modo da non perdere il contatto visivo.

Si lasciò mettere sdraiato. Le mani di D su di lui erano possessive, ogni colpo e strattone telegrafavano come un linguaggio di punti e linee, *mio, mio, mio*. Si distese sul letto, le mani dietro la testa in modo da mettersi meglio in mostra, e osservò D togliersi gli abiti. Quando fu nudo, i loro occhi si incontrarono nuovamente e l'espressione di D era circospetta.

Jack scivolò di lato per fare posto; D salì sul letto e si sostenne su un gomito in modo da poter guardare il corpo di

Jack. Iniziò a toccarlo quando il guardarlo non fu più sufficiente, lento in modo esasperante, sul petto, le gambe, le braccia. Gli occhi di D si muovevano sul suo corpo e aprivano la strada alle sue mani. Jack rimase tranquillo: in qualche modo sapeva che era ciò che gli veniva richiesto in quel momento. Osservò solamente il volto di D. Rivelava così poco che lui aveva dovuto diventare un esperto nel leggere i piccoli segnali. La leggera tensione vicino alla sua tempia, lo stiramento agli angoli della bocca, l'abbassamento delle palpebre. Era tutto ciò che aveva, ma capiva che D aveva bisogno di qualcosa da lui proprio in quel momento. Desiderava solo che gli dicesse cos'era.

Senza alcun preavviso, D abbandonò l'esplorazione del suo corpo e rotolò su di lui, con la bocca che reclamava brutalmente quella di Jack. Jack trasse un respiro intenso dal naso e le sue braccia avvolsero le spalle di D. Allacciò le loro gambe insieme, piegandosi in modo che potessero avvolgersi l'uno nell'altro. Ma quella vicinanza non era abbastanza. Si aggrappò per quanto poteva ai capelli corti di D, il peso del compagno lo premeva contro i cuscini. Sentì la mano di D tra di loro; sollevò i fianchi e gemette nella sua bocca mentre veniva penetrato. D si posizionò sopra di lui, spingendo in avanti i fianchi tra le sue gambe, e Jack si aggrappò con forza ai suoi bicipiti.

D lasciò cadere la testa nell'incavo della spalla di Jack, ed era ancora silenzioso a parte il suo respiro roco. Spingeva e si ritraeva come la marea contro di lui, e Jack lo prendeva dentro di sé quanto poteva, le mani sulla schiena di D. Aveva voglia di dire qualcosa, *fare* qualcosa. Spingere D sulla schiena e cavalcarlo fino a quando avrebbe implorato pietà, forse. Ma non lo fece. Resistette sotto di lui e lo tenne stretto, cullandolo col suo corpo, una mano sulla parte posteriore della sua testa.

Improvvisamente D si fermò e si stese immobile sopra di lui. Per un lungo attimo, semplicemente respirarono. D si ritrasse e incontrò i suoi occhi. «Jack,» mormorò, il nome a malapena qualcosa di più di un soffio d'aria.

Jack annuì. «Più forte,» mormorò.

D si sollevò sulle ginocchia, tirando a sé i fianchi di Jack per far sì che i loro corpi non si separassero. Si mise le gambe di Jack sopra gli avambracci, chiuse gli occhi e dette una spinta in avanti ancora una volta, con forza. Jack sibilò, afferrandogli i polsi. «Ti piace così?» sussurrò D.

Era quasi troppo scioccato che D stesse dicendo qualcosa che aveva a che fare con la loro vita sessuale per rispondere, ma riuscì ad annuire.

D spinse in avanti nuovamente, la testa reclinata all'indietro, e poi ancora e ancora, fino a sbattere velocemente dentro Jack, tenendogli le gambe sollevate e separate, ogni muscolo del petto e delle braccia risaltava come marmo scolpito. Jack era ipnotizzato da quella visione.

Poco dopo, Jack iniziò a muovere la testa sul cuscino, non riusciva ad emettere altro che dei deboli grugniti; D diede alcuni colpi deliberatamente superficiali proprio nei suoi punti più sensibili e lui s'inarcò come se fosse stato fulminato, venendo con un grido strozzato, e D lo seguì alcuni secondi più tardi, in silenzio. Restò disteso, esausto, ansimando e guardando il suo stesso petto vibrare sopra il battito cardiaco. D uscì da lui e si voltò per sedersi sul letto, le gambe oltre il bordo, le spalle incurvate. Jack si sentiva come uno straccio afflosciato, dolorante in modo giusto, scosso dall'adrenalina.

Ritornò in sé poco a poco, fino a che recuperò abbastanza consapevolezza da preoccuparsi per il fatto che D se ne stava seduto lì come se avesse appena perso un cucciolo. Allungò una mano e gli toccò la coscia. «Ehi. Che succede?»

D sospirò. «Mi dispiace, Doc.»

«Ti dispiace? Perché?»

D gli rivolse una rapida occhiata. «Ci sono andato troppo pesante.»

«Non devi scusarti per avermi dato quello che ti ho chiesto.»

Sospirò nuovamente, scuotendo la testa. «È che…»

Jack si sedette e piegò le gambe sotto di sé. «Cosa?»

«Ti ho visto là fuori in giardino. Eri così dannatamente… bello,» disse con calma. «Era come se dovessi averti, proprio in quel momento. È venuto su come… non lo so, vomito o qualcosa di simile.»

Jack fece una risatina. «Di certo te la cavi bene con le parole, D.»

D si voltò per metà e lo guardò. «Non ho mai voluto qualcuno come voglio te,» disse, deglutendo faticosamente. «E adesso è... Sono...» La voce si affievolì, gli occhi vagarono verso il pavimento.

Jack si allungò e gli mise una mano sul braccio. «Sei cosa?»

«Sono un finocchio, non è vero?»

Jack sorrise. «D, ho conosciuto un sacco di uomini nella mia vita, finocchi ed etero, e credo di poter affermare con sicurezza che tu sei gay tanto quanto una parata di primavera.»

D rise, sembrando sorpreso di se stesso. «Merda.»

Jack gli si avvicinò, passandogli le braccia attorno alle spalle da dietro, appoggiando il mento sulla sua spalla. «Ehi. Non è così male.»

«Certo che non lo è. Sono solo un cazzo di killer gay. Ci sono le basi per una pessima battuta.»

«Non sei più un assassino,» disse Jack.

D sollevò la mano e l'appoggiò sull'avambraccio di Jack. «No, non lo sono.» Sospirò, appoggiando la tempia contro quella di Jack, poi voltò la testa di lato, cercando le sue labbra con un dolce grugnito. Jack torse il collo per incontrare la bocca di D, baci dolci e respiri lenti, una gentilezza nel tocco che era ancora come una sorpresa dopo tutto quel tempo.

D ruotò e attirò nuovamente Jack a sé, spingendolo giù sulla schiena e sdraiandosi accanto a lui; rotolò a pancia in su e tirò Jack sopra di sé. Jack si sistemò contro di lui, le loro bocche che si aprivano, un sapore caldo contro la sua lingua e l'odore di D e di se stesso, il profumo della pelle bruciata dal sole che D aveva trovato così irresistibile. Le mani di D sulla sua schiena e poi sul suo sedere, le sue gambe che si aprivano in modo che Jack scivolasse comodo tra di esse. Sentì i fianchi di D sollevarsi...

Jack indietreggiò sbattendo gli occhi. D lo stava guardando, il volto tirato. Voltò la testa di lato e chiuse gli occhi. Jack si abbassò tra le sue braccia, espirando, la bocca contro l'orecchio di D. «Lo vuoi?» bisbigliò. Avvertì l'assenso breve e superficiale di D, i suoi respiri irregolari contro il petto, come quelli di un coniglio spaventato, il battito in gola che accelerava. «Mi vuoi dentro di te?» sussurrò Jack, con meno voce e più gesti labiali, volendo assicurarsene. Ancora quel rapido assenso. *Non farmelo dire; fallo e basta. Fa' che io finga di non averlo chiesto.*

Jack riportò la bocca su quella di D per tenersi occupato mentre riconduceva i suoi pensieri alla logica. Baci duri e ruvidi come una lotta, i muscoli di D tesi come funi. Jack gli baciò la bocca, il volto, il collo. Era passato tanto tempo da quando aveva posseduto un uomo che non era mai stato penetrato. Il pensiero di farlo con D era sia insostenibilmente eccitante che dilaniante, dal punto di vista nervoso. «Devi rilassarti,» mormorò. «Girati.»

D fece come gli era stato chiesto e Jack montò sopra di lui, mettendosi a cavalcioni delle sue gambe, passandogli le mani sul corpo con carezze lunghe e dolci, come se stesse rastrellando un giardino Zen, linee e curve intagliate nella sabbia e nella carne di D. Si curvò e gli baciò la nuca, poi premette i palmi delle mani con forza sui muscoli delle sue spalle ampie, della schiena, delle braccia, sentendo la tensione abbandonare il suo corpo un poco alla volta. Le rugosità delle cicatrici passarono sotto i suoi palmi. Una ferita di coltello lì, alcune abrasioni dovute a incidenti là, segni nella spettrale brughiera del corpo di D, quello che aveva fatto e quello che gli era stato fatto.

Jack premette di più il petto contro la schiena di D, le sue mani lavoravano sopra le sue braccia distese, la carne ora morbida e arrendevole. «Mettiti sul fianco,» mormorò. D obbedì; Jack si sistemò dietro di lui, una mano che scendeva accarezzandolo fino ad arrivare al sedere, le dita in esplorazione tra le natiche. Recuperò il lubrificante e ne versò un poco nella mano prima di tornare a premere nuovamente contro di lui, la bocca sul collo di D e il petto contro la sua schiena, i loro respiri in perfetta sincronia.

Avvolse entrambe le braccia attorno a D da dietro e lo tenne così per un attimo, obbligandosi ad abbandonare una certa ansia da prestazione. *Dio, non riesco a credere che voglia questo.*

Devo renderlo speciale per lui, devo.

Non c'era bisogno che gli dicessero che la posizione faccia a faccia non sarebbe stata la migliore per la prima volta. Con gentilezza, fece mettere D sullo stomaco e gattonò dietro di lui, afferrandogli i fianchi. D lasciò che lo mettesse in ginocchio, ma tenne le spalle e il viso in basso vicino al materasso, incrociando le braccia e appoggiando la fronte su di esse come se si stesse nascondendo. Jack esitò.

«Non sei obbligato a farlo,» mormorò.

D premette all'indietro contro di lui, la testa si voltò leggermente.

Jack annuì. «Okay.» Applicò più lubrificante su di sé e si premette contro di lui. D espirò quando lo sentì, la sommità del capo premuta sul letto, e Jack scivolò lentamente all'interno. «Gesù,» sussurrò, osservando il corpo di D che lo risucchiava. L'uomo era silenzioso ma ancora rilassato. Quando fu interamente all'interno si fermò, occhi chiusi, le mani che accarezzavano i fianchi di D, concentrandosi per non venire subito.

Si ritrasse e spinse nuovamente in avanti. D si mosse all'indietro contro di lui, le spalle si alzarono dal letto e le sue braccia lo tennero sollevato, le testa penzoloni. Jack fissava il lucichio del sudore che imperlava la schiena di D mentre spingeva, gentilmente all'inizio, costante e regolare. «Merda,» gemette D. Jack gli afferrò la spalla con una mano e sbatté dentro di lui con più forza. Le reazioni di D lo spingevano ad andare più veloce di quanto avrebbe fatto di sua volontà.

Improvvisamente D si sollevò sulle ginocchia, la schiena contro il petto di Jack, i fianchi sistemati contro il ventre del compagno mentre le ginocchia trovavano posto tra le sue cosce aperte. Jack avvolse le braccia attorno al petto di D, da dietro, i loro fianchi sgroppavano all'unisono come se stessero cavalcando in tandem. Le mani di D si mossero all'indietro e gli afferrarono i fianchi, strattonandolo con vigore, la testa si reclinò all'indietro. Jack fece scivolare una mano sull'addome teso di D e gli afferrò l'erezione, pesante e dura nella sua mano. D si contrasse attorno a lui in un modo che gli fece quasi incrociare gli occhi. «Jack...» ansimò. «Cazzo... sto per venire…» Jack lo toccò fino a quando gli venne in mano, accasciandosi poi in avanti. Lo trattenne attorno alla vita, appoggiando la guancia contro la sua colonna vertebrale, perdendo il controllo quando raggiunse l'orgasmo, eiaculando nel corpo di D con un grido strozzato.

Rimasero così, seduti abbracciati sulle ginocchia, respirando a fatica e tornando lentamente lucidi. Jack premette la fronte e poi le labbra contro la schiena di D.

D stava tremando.

Jack si ritrasse lentamente e si mise di fronte a lui. Lo circondò con le braccia e tirò entrambi in basso sul letto, sistemando le coperte sui loro fianchi. D rimase lì, così, sdraiato contro il petto di Jack, le braccia attorno al suo stesso stomaco.

Jack non disse nulla. Si limitò a tenerlo così, carezzandogli la nuca con una mano, dove il taglio di capelli brutalmente corto stava lasciando spazio a morbidi ricci. Era troppo sopraffatto per riuscire a radunare le forze per parlare. Nell'annebbiamento dell'euforia post coito voleva dire a D che lo amava, che non aveva mai amato nessun altro, che sarebbe morto per lui o avrebbe ucciso per lui o qualsiasi altra cosa la gente diceva prima di avere riflettuto, che non gli importava di cosa gli sarebbe successo o del processo o della sua vita fin quando potevano stare insieme.

Quindi chiuse gli occhi e si abbandonò al sonno prima che potesse sfuggirgli qualche parola, parole che non dovevano venire pronunciate, non in quel momento e forse mai.

L'incubo arrivò nuovamente, fottuto infido bastardo di una visione che viveva dietro i suoi occhi, sangue e morte, la sua bambina che gridava sepolta sotto le macerie, e chiamava il suo papà perché andasse a salvarla. D gettava i detriti da una parte come se non pesassero nulla, ma molti continuavano a cadere, la sua voce si allontanava, e poi una mano sul suo braccio, una mano che conosceva, e si voltava e vedeva Jack che gli faceva cenno di allontanarsi.

No, devo trovare Jill.

Il sorriso di Jack come pace sull'acqua. *Va tutto bene, Jill è salva. Vieni con me.*

No... ma la mia bambina... lei è là fuori, ferita e spaventata...

Ti sta aspettando qui.

Jack gli prendeva la mano e lo conduceva via dalle rovine, ma non c'era alcuna via d'uscita. Vagavano e vagavano, D sentiva ancora le grida di Jill, si metteva le mani sulle orecchie ma il suono non smetteva. Nulla lo fermava.

Riesci a sentirlo? Devo aiutarla! Mi sta chiamando!

Sentire cosa? Il volto di Jack era inespressivo. *Non sento nulla.*

Devi sentirla! È così forte... sta diventando più forte...

Posso farla smettere.

Le labbra di Jack erano sulle sue e tutto si placava, tutto era pace, ma ora c'erano dei volti che spuntavano dall'erba, come un prato con gli alberi e i volti tutt'intorno a lui...

D sobbalzò, svegliandosi, udendo i suoi stessi gemiti mentre si spegnevano, delle mani che lo scuotevano. «Cos... cazzo...»

Jack era chino su di lui. «Va tutto bene,» disse, suonando in modo sinistro come nel sogno. «Stavi avendo un altro incubo.»

D si afflosciò contro i cuscini. *Porca puttana.* «Merda,» borbottò, asciugandosi la fronte madida di sudore. Jack gli stava accarezzando la pancia come si faceva per calmare un cavallo. «Sto bene,» grugnì lui.

«Ancora Jill?» chiese Jack. D lo guardò. Jack fece spallucce. «Stavi chiamando il suo nome, come fai sempre.»

D annuì. «Come sempre.» Sospirò. «Vorrei che smettesse. Mi dispiace darti fastidio. Non è divertente continuare a svegliarsi per via dei miei maledetti incubi.»

Jack non disse nulla, continuò solamente a fare dei cerchi lenti con la mano. D lo guardò e vide le lacrime nei suoi occhi. «Jack... cosa?»

Scosse il capo. «Non è niente.»

«Dai, cosa?»

Jack incontrò i suoi occhi. «È solo che... era diverso questa volta.»

«Lo era?»

«Di solito ti dimeni e chiami Jill e talvolta piangi un poco.»

«E?»

Jack scivolò più vicino e mise la mano sul volto di D. «Stavolta, dopo che hai pronunciato il nome di Jill...» Esitò, mentre la mascella si muoveva. «Hai chiamato me.»

D non disse nulla. Lo sguardo sul volto di Jack era troppo per lui. Lasciò che gli si raggomitolasse vicino e mantenesse le sue illusioni, illusioni che desiderava poter condividere.

«D?» disse Jack, dopo una lunga pausa.

«Mm?»

«Faresti una cosa per me?»

«Cosa?»

«Insegnami a combattere.»

Jack stava saltellando sugli avampiedi, in giardino, colpendo l'aria come un pugile. D scosse la testa mentre collocava le imbottiture che aveva preso al negozio di articoli sportivi quella mattina. «Okay, Sugar Ray. Non abbiamo angoli qui.» Iniziò ad allacciarsi le protezioni per il corpo.

«Una volta mi hai detto che tipo di lotta fai. Mango qualcosa?»

D rise. «Krav *Maga.*»

«Cosa significa?»

«È ebraico e sta per "contatto ravvicinato". È uno stile di combattimento israeliano. Loro, gli Israeliani, non cazzeggiano. Credo che duemila anni di vita in zona di guerra ti facciano questo effetto.»

«Quindi come comincio? Hai intenzione di insegnarmi alcune mosse stravaganti?»

«Non ce ne sono.»

Jack smise di rimbalzare e si accigliò. «Cosa vuol dire con non ce ne sono?»

«Non ci sono forme o mosse coreografate. Non è uno sport come il karate o il judo. È sopravvivenza. Ed è qualcosa di diverso per chiunque lo impari.»

Jack pareva un tantino dubbioso. «Oh,» disse.

«Questa roba non è sportiva, Jack. Esistono tre principi di base. Uno: non preoccuparti di quanto male arrecherai all'altro soggetto. Due: provoca più danni possibile. Tre: non tirarla per le lunghe. Fai ciò che devi fare e vattene. Afferra qualsiasi cosa a portata di mano, togli l'iniziativa a chiunque ti stia addosso e ribalta le sorti dell'attacco più veloce che puoi.»

«Ma... cosa *faccio?*»

«Cosa pensi? Tira cazzotti, calci, ficca le dita dappertutto, strattona. Qualunque cosa tu riesca a farti venire in mente. Colpisci gli occhi, i genitali, qualunque parte più sensibile.»

«Quello è giocare sporco, non è vero?»

D si raddrizzò. «Togliti subito quel pensiero dalla testa, capito? È una stronzata intrisa di belle parole sull'onore che viene dalla mentalità orientale. Non sto dicendo che siano cattivi o senza senso, ma sono combattimenti sportivi, atletici, improntati alla lealtà e all'ordine. Il modo più rapido di farsi uccidere nella vita reale è preoccuparsi di lottare con "correttezza",» disse, virgolettando in aria l'affermazione con le dita. «La sola cosa sporca che tu possa fare in uno scontro è farti uccidere o ferire. Tutto ciò se si suppone che l'altro tizio ti voglia morto. Non vuoi morire? Faresti meglio a fare qualsiasi cosa tu possa per ucciderlo, o almeno ferirlo a sufficienza in modo che non possa ferirti lui. Vuoi imparare delle mosse carine e calci acrobatici e preoccuparti del tuo onore? Vai e cerca un dojo. Vuoi imparare come non farti ammazzare? Quello posso insegnartelo io.»

Jack sospirò. «Non è quello che mi aspettavo.»

«Questo perché hai guardato troppi film crescendo. L'onore è una buona cosa, la lealtà è una cosa buona e giusta e se ti lasci influenzare da tutto questo quando stai lottando per la tua vita, sarai un cadavere veramente onesto.»

«Sì, credo di aver afferrato, ma... come faccio... voglio dire, cosa faccio?»

D sospirò. «Jack, hai in testa le stesse idee che, all'inizio, ha una persona su due quando impara a combattere. Non hai bisogno di mossette stravaganti o modi di precisione speciali per sollevare la tua cazzo di gamba, o nessun modo particolare per posizionare il tuo dannato gomito. Reagisci e basta. Difenditi, poi attacca. Devi solo provarci.»

«E... è tutto?»

Lui annuì. «È tutto.»

«Ma suona così... semplice.»

«Be', se te lo devo insegnare, il mio compito è di non renderlo facile fino a che non sentirai di aver compreso ciò che stai facendo.» D allacciò le ultime imbottiture al loro posto sugli stinchi. «Adesso che sembro quel fottuto omino gonfiabile della Michelin sei pronto a prendere a calci il mio culo?»

Jack fece un sorrisetto. «Riesco a pensare a una o due cose che preferirei fargli, ma sì.»

D si sentì arrossire. «Va bene, saputello. Vedremo cosa farà la tua bocca entro un'ora o giù di lì.»

Jack era fradicio di sudore ma riteneva di cominciare a imparare.

La prima volta era stata... umiliante. D lo aveva persino avvisato. «Sto arrivando,» aveva detto. E aveva fatto ciò che persino Jack riusciva a vedere come un balzo goffo, pesante e quasi al rallentatore... e lui si era anche affrettato a togliersi da davanti ed era indietreggiato come un gattino spaventato. D l'aveva semplicemente sollevato da terra e gli aveva detto di tentare nuovamente. Jack non sapeva se essere contento del fatto che non lo canzonasse o disturbato che non fosse sorpreso della sua debolezza.

Si preparò e cercò di ordinare al suo cervello di reagire, non di evitare. D mosse un braccio in avanti, verso di lui e Jack lo afferrò alla cieca, barcollando un poco per lo sforzo. Vide che il fianco sinistro di D era scoperto, così scalciò e lo colpì ai reni. D si piegò in due e Jack strattonò il suo braccio più che poté, tirandolo giù, poi lo colpì con un pugno al petto e lo spinse a terra. «Ahi,» disse, agitando la mano.

D si alzò. «Quello... non era male,» disse.

«Fa male!»

«Ci prenderai la mano.»

«Ci stavi andando piano con me.»

«Cos'è, dovrei alzare il ritmo al massimo il tuo primo giorno?»

Jack sospirò, imbarazzato. «No, credo di no.»

D si stava slacciando le imbottiture. «Per ora è abbastanza.»

Jack annuì. «Sono sfinito.»

«Ti sentirai anche indolenzito.»

«Grandioso.»

D fece una pausa e lo guardò, inclinando il capo. «Mm.»

«Cosa? Oh Dio, cos'hai intenzione di farmi adesso?»

«No, stavo solo pensando... magari posso aiutarti con le parti indolenzite.»

«Ah sì?» Suonava promettente.

«Ti faccio un massaggio.»

Jack sorrise. «Ah sì?» ripeté, dando alle parole un'enfasi civettuola.

D agitò un dito verso di lui. «Non fare il carino. È puramente terapeutico, naturalmente.»

Jack si ricompose, annuendo. «Naturalmente. Terapeutico. Capito.»

Tolte le imbottiture, D fece un passo in avanti scuotendo la testa e sorridendo. «Dannati dottori,» borbottò, poi mise la mano dietro il collo di Jack e lo trasse a sé per un bacio rapido e profondo prima di entrare in casa.

D si fermò in un parcheggio libero ed estrasse il suo cellulare. Doveva farlo velocemente; Jack non se la sarebbe bevuta che gli ci voleva mezz'ora per uscire a prendere il gelato. In più lo aspettava per *CSI*.

Compose il numero e attese. «Churchill.»

«A rapporto come ordinato,» disse, ringhiando le ultime due parole.

Udì Churchill sospirare. «Lo sai, è passato un mese. Potresti andarci un po' più piano con questo modo di fare.»

«Jack ti ha già chiamato? Ha detto che aveva intenzione di farlo stasera.»

«Sì, ho appena messo giù il telefono con lui. Ha detto

che è tutto tranquillo.»

«Sì. Non ho visto un cazzo.»

«Sembri quasi deluso.»

«Cazzo, no.»

«Bene, se ti manca l'eccitazione ho delle notizie per te.»

D si raddrizzò un po' di più a sedere. «La data del processo?»

«Sì. Due settimane da lunedì.»

Merda. «È abbastanza... veloce, non è vero?»

«I pubblici ministeri si stanno muovendo rapidamente, stavolta. Jack non è l'unico testimone, e più in fretta riescono a ottenere il processo, minori possibilità hanno che uno di loro venga ucciso. Dovrai essere a Baltimora il ventitré.»

«Dovremo partire entro una settimana allora. Ci vuole quasi una settimana per arrivarci.»

«Potremmo accordarci per un trasporto sicuro in aereo.»

«No. Qualunque trasporto sicuro che parta o arrivi in città potrebbe essere intercettato, e non posso essere visto mentre lo aiuto. Anzi, dobbiamo accordarci con voi, ragazzi, affinché possiate prelevarlo fuori da una città, come Frederick o Annapolis, e lasciarmi entrare in città per conto mio, in modo che non lo si veda in compagnia di qualcuno.»

«Buona idea.»

«Dovresti pensarci su,» disse D bruscamente. In parte si stava fidando di quell'uomo per la sicurezza di Jack e il fatto che non prevedesse quel tipo di preoccupazioni non era rassicurante.

«E tu sei dannatamente paranoico.»

«Però siamo arrivati fin qui, no?»

Churchill rimase silenzioso per un attimo. «Sì, è vero. Ascolta, voglio che tu sappia che apprezzo veramente quello che stai facendo per Jack. Tutti lo apprezziamo. Francamente non siamo preparati a fronteggiare il genere di minacce che sono emerse in questo caso.»

«Lo so. Ecco perché ci sono io. Perché voi non siete preparati.»

«Ho parlato al tuo contatto al Bureau. Dice che la tua assistenza ha salvato dozzine di vite.»

D sospirò, lasciando cadere la testa all'indietro contro il poggiatesta. «È una goccia nel mare.»

«Spera che lavorerai per loro a tempo pieno… dopo.»

«Dopo cosa?»

«Dopo la testimonianza di Jack, e quando sarà sistemato con una nuova identità. Voglio dire, puoi continuare come un freelancer.»

«Questo è certo.»

«Stan ha parlato coi tuoi superiori sul fatto di creare una posizione per te.»

«Bene, è davvero gentile da parte sua averlo fatto senza consultarmi.»

«Stai dicendo che non lo vorresti?»

«Ho già un sacco di casini, lo sai. Chiunque mi abbia incaricato dell'omicidio di Jack mi vuole ancora morto. Inoltre, io, ehm… ho dei progetti per i fratelli una volta che sarà terminato il processo.»

«Saranno in prigione.»

«Sì, bene, ci crederò quando lo vedrò. E anche se ci finiranno, non sono solo loro di cui doverti preoccupare.»

«Cosa stai pensando?»

D sospirò. «Non ho intenzione di lasciare che Jack abbandoni il suo nome e la sua carriera. Il mio obiettivo è di assicurarmi che possa mantenere il suo nome, la sua vita, ed essere tuttavia al sicuro.»

«D, non è possibile… E non posso stare ad ascoltare quello che credo tu stia dicendo.»

«Non sai quello che sto dicendo. Non sai niente. Ora ascolta. Nel momento in cui vedranno Jack a Baltimora, gli assassini inizieranno a ronzargli intorno rapidamente. Tieni d'occhio Petros. Hai i suoi dati?»

«Sì, è nel database del Bureau.»

«Devi andarci giù duro con lui. Arrestalo con una scusa qualsiasi. Perché ha attraversato col rosso, se devi. Toglilo da quelle maledette strade perché sarà la loro soluzione finale, se nessun altro arriva a Jack.»

«Cos'hai intenzione di fare?»

«Lascia che sia io a occuparmi degli altri. Ho ancora dei

contatti, e alcune altre identità che posso tirare fuori.»

Churchill esitò. «Questa è una questione davvero personale per te, non è vero?»

D giocherellò col portachiavi. «Sì.»

Un altro silenzio che suonò come una domanda non posta. «Bene... Ho detto a Jack la data del processo. Non sa ancora che parli con me?»

«No.»

«Che ragione c'è per tenerlo all'oscuro?»

«Perché dovremo separarci a breve, e poi starà con te. La nostra separazione sarà netta. Poi sarà sotto la tua protezione e non può pensare che io stia ancora tirando i fili.»

«*Non* lo stai facendo.»

D ridacchiò. «Non credi nemmeno che ci *siano* dei fili da tirare, vero?» Riagganciò e rimase seduto per un momento a pensare.

Sobbalzò quando il telefono suonò tra le sue mani. Lo guardò, aspettandosi di vedere che era Jack, ma il numero era sconosciuto. Un brivido di paura gli risalì la spina dorsale. «Pronto?»

«Stavi chiamando ancora le linee erotiche?»

D sbuffò, sollevato nel sentire quella voce digitalmente alterata. «Cristo, mi hai spaventato.»

«Stavo aspettando che riagganciassi.»

D si raddrizzò, guardandosi intorno. *X poteva vederlo.* Non riusciva a vedere nessuno, né qualsiasi altra cosa in particolare. Era senza parole. «Dove cazzo sei?»

«Vicino.»

«Adesso mi fai venire i brividi.»

«Mi dispiace. Sai com'è.»

«Sei stato qui tutto il tempo?»

«No. Ho fatto un salto un paio di volte a settimana per controllarti. Jack sta diventando abbastanza bravo nelle arti marziali, non è vero?»

D chiuse gli occhi, fremendo al pensiero di essere osservati nel loro rifugio privato, anche se da un amico. «Dovevi spiarci così?»

«Meglio io di Petros.»

«Non ci ha trovati, vero?»

«No. Crede che siate ancora da qualche parte in Nevada. I fratelli hanno scoperto che Jack è fuggito da Las Vegas e vi ha rintracciati allo chalet. I suoi ragazzi lo hanno fatto a pezzi.»

D sospirò. «Merda. Apparteneva al suocero di Jack.»

«Non preoccuparti; ho coperto la cosa. Ho inscenato un corto circuito e l'ho ridotto in cenere. Il signor Hapscomb incasserà una bella somma dall'assicurazione e non ne saprà nulla.»

D si sentì incredibilmente malinconico al pensiero del loro idilliaco chalet sul lago, dove aveva toccato Jack per la prima volta, ridotto a un cumulo di ceneri fumanti. «Be'... grazie, immagino.»

«Faccio quel che posso.»

«Partiremo per Baltimora la prossima settimana.»

«Lo so.»

«Merda, stavi ascoltando?»

«Churchill è un bravo ragazzo. Puoi fidarti di lui.»

«Lo conosci?» chiese D, drizzando le antenne a quell'indizio sull'identità di X. Se conosceva Churchill, magari anche lui lavorava in qualche ufficio governativo.

«In un certo senso.»

«Guarda, devo tornare a casa. Non voglio lasciare solo Jack troppo a lungo.»

«D... stai attento.»

«Lo faccio sempre.»

«Questa è una situazione nuova per te.»

«Evitare assassini folli non è una situazione nuova.»

«Lo è quando sei innamorato dell'uomo cui stanno dando la caccia.»

D rimase seduto tranquillo per alcuni istanti, il cuore che produceva un rumore sordo contro il petto. «Chi ti dice che io sia...»

«Non m'inganni, lo sai.»

D chiuse gli occhi. «Figlio di puttana,» ringhiò.

«Ho la sensazione che potremmo incontrarci presto faccia a faccia, D.»

«Sì, lo penso anch'io.»

«E probabilmente non sarà nelle migliori circostanze.»

«No. Ma ascolta... sei in debito di qualcosa con me, e non sono mai stato sicuro di cosa sia, ma è così, giusto?»

«Sì.»

«Allora...» Sospirò. «Se mi succede qualcosa, puoi...» La voce si affievolì.

«Proteggerò Jack se non potrai farlo tu, D.»

D si afflosciò contro la portiera dell'auto. «Sì. Grazie.»

«Fa' buon viaggio.»

«Mi sembra di andare al patibolo.»

«Nella tana del leone.»

«No, non per quello. Per... be'...»

Silenzio. «Lo so. Ma lo vedrai nuovamente.»

⨁CAPITOLO 19

D esitò fuori dalla porta che conduceva in casa dal garage. *Ricordati che non conosci la data del processo. Lascia che te lo dica lui e non dimenticare di sembrare sorpreso.* Annuì a se stesso ed entrò.

«Ehi,» sentì dire a Jack. «Come mai ti ci è voluto così tanto?»

«Io, ehm...»

«Be', sbrigati. Sta per iniziare *CSI*.»

D si sfilò la giacca dirigendosi in soggiorno. Jack era spaparanzato sul divano, le braccia incrociate sul petto e il telecomando stretto in una mano come una spada prima di un duello, il volto girato verso la TV. D gli sollevò i piedi e si sedette all'altra estremità, risistemandoseli in grembo una volta seduto. «Hai chiamato Churchill?» chiese, sperando che il tono suonasse neutro.

Jack non disse nulla, continuò solo a tenere gli occhi fissi sulla TV, il volto impassibile.

«Jack? Mi senti?»

Lui sospirò, poi tolse l'audio alla TV e lo guardò. «Sì, l'ho chiamato.»

«E?»

Jack si sfregò gli occhi con una mano. «Dice che il processo inizierà tra due settimane.»

D lasciò trascorrere un paio di battiti in silenzio. «Oh.»

«Sì.»

«Bene... allora dobbiamo andarcene tra una settimana.»

«Sì.» Jack voltò di nuovo la testa verso la TV, ma non ripristinò l'audio. «Dovrei essere contento,» disse

247

tranquillamente.

«Contento?»

«Di dimenticare questa storia. Che il processo inizi e che io possa ottenere una nuova identità e cercare di andare avanti.»

«Stai dicendo che non sei contento?» Jack si limitò a scuotere il capo. «Perché no?»

A quella domanda, Jack lo guardò con un sopracciglio sollevato. «Cosa, sei in cerca di complimenti? Sai dannatamente bene perché non lo sono.»

D si limitò a grugnire, fissando lo schermo silenzioso della TV con la mano sul polpaccio di Jack poggiato sulle sue cosce. «La cosa migliore per te è lasciarti alle spalle questa testimonianza e andartene, e per sempre.»

Jack rimase lì, sbattendo gli occhi. «Potresti almeno fingere di essere *un tantino* dispiaciuto,» disse con voce brusca.

D fissava il suo profilo, delineato dal bagliore pallido della TV. Con la punta delle dita dei piedi si tolse le scarpe e tirò su le gambe, poi si distese sul divano, sistemandosi tra Jack e i cuscini. Jack non disse nulla, ma si spostò un poco in avanti per fare posto. D gli avvolse il braccio attorno alla vita e fece scivolare la mano sotto la sua camicia, lasciandola sul ventre caldo di Jack. Spostò l'altro braccio sopra la testa di Jack e intrecciò le dita tra i suoi capelli. Sospirò e lasciò che gli occhi si chiudessero, sapendo che non poteva dirgli ciò che voleva sentire.

Premette la bocca contro la curva del collo di Jack. «Credi che non mi dispiacerà?» mormorò, la mano che accarezzava lo stomaco di Jack e s'immergeva più in basso, le dita che scivolavano sotto la cintura dei jeans. «Mh?» Gli aprì i pantaloni. Jack continuava a rimanere in silenzio, ma il suo respiro accelerò mentre lo accarezzava, i suoi fianchi si mossero appena contro la mano di D, che gli passò l'altro braccio attorno alle spalle, tenendoselo vicino.

Jack allungò una mano e la infilò tra di loro per appoggiarla all'inguine di D, attraverso i jeans. Poi afferrò i propri e li abbassò. D smise di accarezzarlo e si aprì rapidamente la cerniera. Non avevano il lubrificante, così scivolò semplicemente tra le gambe di Jack. Inumidì il palmo e prese in mano l'uccello di Jack. «Credi che non mi dispiaccia?» gli sibilò all'orecchio. «Te lo faccio vedere come mi dispiace.» Sapeva a malapena cosa stava dicendo; Jack si stava agitando contro di lui e lo teneva stretto tra le cosce. «Mi dispiace, cazzo…» Jack afferrò il sedere di D con le mani, la testa inarcata all'indietro, e il telecomando cadde dimenticato sul tappeto con un tonfo attutito.

Dopo minuti di affondi e carezze, vennero entrambi con grida soffocate. Jack giacque tranquillo per un attimo, poi si sedette. «Merda,» borbottò, guardando in basso. Si alzò in piedi, tenendo i jeans attorno alla vita. Sospirò e osservò il divano dove D era ancora sdraiato tranquillo. «Sì, ci scommetto che sei dispiaciuto,» disse. «Dispiaciuto di perdere un posto caldo dove ficcare il tuo cazzo.» Marciò verso il bagno.

D rimase lì mentre sentiva scorrere l'acqua della doccia, fissando il soffitto monotono e grezzo, sentendo la data del processo che gli si scagliava contro come un treno merci.

una settimana più tardi…

Preparare i bagagli non richiese molto tempo. Abiti, il necessario per la toilette, alcuni snack per il viaggio, un frigorifero portatile pieno di bottiglie d'acqua e ginger ale per D.

Tutto ciò che Jack voleva era un segno. Un'indicazione che quella partenza era dolorosa per D come lo era per lui. L'aveva aspettato per tutta la settimana. Ora non aveva altra scelta che concludere che semplicemente quella partenza *non era* dolorosa per D come lo era per lui.

Non poteva avere sbagliato a interpretare tutto. Non poteva essersi sbagliato *così tanto*. D provava dei sentimenti per lui. Che genere di sentimenti fossero era meno chiaro, ma c'era qualcosa. Doveva esserci.

Si sta chiudendo in se stesso in modo da non farsi distrarre, si disse. *Non dovresti esserne sorpreso. Ha a che fare da così tanti anni con tutto questo da aver imparato a staccarsi dalle sue emozioni. Non c'è da meravigliarsi che lo stia facendo di nuovo.* Ma poi meditò che forse stava solo lusingando se stesso pensando che i sentimenti di D per lui fossero tali che la prospettiva di una separazione era equiparabile a un omicidio, e abbastanza per farlo ritirare dietro le barriere emotive che aveva trascorso anni a costruire intorno a sé.

Avrebbero avuto la strada, quel viaggio attraverso il Paese che dovevano fare in macchina per sicurezza, e poi... basta, probabilmente. D lo avrebbe consegnato a Churchill a Frederick, Jack avrebbe testimoniato e sarebbe finito nel sistema di protezione testimoni, e probabilmente non lo avrebbe mai più rivisto. Quel pensiero era quasi sufficiente da fargli dire *Fanculo il processo, andiamocene via.*

In più, D si comportava in modo evasivo. Si defilava per conversazioni private al cellulare, pensando probabilmente che Jack non lo notasse. Teneva il telefono con sé per tutto il tempo e controllava furtivamente i messaggi. Aveva aumentato il tempo dedicato alla pratica dell'uso delle armi e del corpo a corpo, per non menzionare la quantità di quella che faceva da solo.

Si sta preparando per qualcosa. Jack era seduto sotto il portico in attesa che D uscisse con l'ultima delle valigette metalliche che avevano prelevato dal bunker in Arizona così tanto tempo prima. *Sì, si sta preparando a scappare da chiunque lo abbia incastrato in tutto questo. Probabilmente sarà in fuga per il resto della sua vita. Puoi anche essere in procinto di testimoniare e perdere la tua identità, ma una volta che ti avrà lasciato, D avrà una nuova serie di problemi con cui avere a che fare.*

Jack odiava pensare a D in quel modo. Cacciato, nascosto, che si guardava alle spalle, interrogandosi sempre, senza rilassarsi. D era il cacciatore, non la preda. Non poteva fare a meno di sentirsi responsabile. *Non è stata colpa tua se qualcuno l'ha incastrato. Eri solo il mezzo per arrivare al loro scopo. La fine di D.*

Per quanto odiasse pensare a D in fuga, il pensiero di lui che veniva catturato era troppo orribile persino da tenere nella mente troppo a lungo. Se lo vide morto a terra, colpito o torturato o picchiato a morte, e gli venne la nausea. Ciò che lo faceva sentire ancora peggio era essere consapevole della propria impotenza.

Da quella notte sul divano, quando avevano appreso della data del processo, la loro relazione fisica si era logorata. Jack riusciva ancora a sentire il respiro di D sul suo collo mentre ringhiava "credi che non mi dispiacerà" mentre si strusciava contro di lui, dimostrando unicamente cosa gli sarebbe dispiaciuto perdere. Jack e D avevano fatto sesso molte volte, ma quella era stata la prima volta in cui Jack si era sentito usato.

Da allora, in camera da letto non aveva più funzionato. Lo stoicismo dalla bocca serrata di D era ritornato in auge e non contribuiva a del buon sesso, e lo sconforto di Jack per la loro imminente partenza rendeva ogni cosa inutile e destinata all'insuccesso. Per due notti, da allora, avevano dormito fianco a fianco senza toccarsi. Quella mattina, l'ultima in quella casa che aveva cominciato a sentire come la loro, era cominciata con D che era saltato fuori dal letto senza una parola e Jack che era rimasto lì cercando di non sentirsi abbandonato.

D uscì di casa con la sigaretta stretta tra le labbra, gli occhiali a specchio sul naso, l'ultima valigetta d'alluminio in mano. Jack vide con vago sgomento che si era rasato ancora la testa a quei pochi centimetri di capelli che aveva quando si erano incontrati per la prima volta. «Andiamo,» disse, dirigendosi alla macchina e mettendo la valigetta nel bagagliaio. Jack si alzò guardandosi intorno. *Tutto qua? Semplicemente "Andiamo?" Non un commento sul lasciare la nostra casa, nessuno sguardo indietro, nulla?* D lo guardò da dove era rimasto, in piedi, vicino al lato del guidatore. «Chiudi tu?»

Immagino che sia tutto. Jack accostò la porta e poi controllò che fosse chiusa a chiave. Si buttò la giacca sulla spalla e si diresse alla macchina. Salirono dalle rispettive portiere e allacciarono le cinture di sicurezza. D accese la macchina e fece retromarcia sul vialetto d'accesso, e poi se ne andarono.

Jack osservò fuori dal finestrino mentre la casa svaniva dalla vista. Incrociò le braccia sul petto e guardò avanti. *Non ha senso guardarsi indietro.* O almeno era quello che avrebbe detto se avesse detto qualcosa.

Aveva pensato che guidare per quattro giorni di seguito

con D che dava il meglio di sé sarebbe stato penoso, ma fu sorprendentemente facile. Rimasero seduti fianco a fianco guardando fuori dal parabrezza, senza parlare. Jack trascorse un sacco del viaggio ascoltando gli audiolibri sul suo iPod e guardando lo scenario che scorreva vicino al finestrino del passeggero. Attese che D gli chiedesse di fare cambio alla guida ma non accadde mai.

Ogni notte si fermavano in un motel e pagavano in contanti. Salt Lake City, poi North Platte, Nebraska, poi Chicago. Troppo stanchi per fare molto di più che ingoiare cibo da fast food e farsi una doccia, dormivano poi nello stesso letto, più per abitudine che per altro, pareva. Jack attese che D facesse una mossa, ma non accadde mai. Valutò se farla lui ma non riusciva a decidersi.

La seconda notte, al motel in Nebraska, Jack si svegliò nel cuore della notte e scoprì che, durante il sonno, D era rotolato accanto a lui e lo aveva avvolto tra le sue braccia abbastanza stretto da permettergli di muoversi a malapena. Giacque tranquillo, sudando per il calore corporeo di D, fino a quando l'uomo grugnì nel sonno e si girò a pancia in su, lasciandolo libero.

E alla fine, Frederick. Ultima fermata.

Parcheggiarono in un motel indefinito. D andò all'ufficio a prendere la chiave, come faceva sempre, mentre Jack tirava fuori le borse dal sedile posteriore.

Portarono la valigetta d'alluminio in camera con loro, chiusero a chiave la porta mettendo la catena e si sedettero, ognuno sul proprio letto.

Jack estrasse il suo cellulare e chiamò Churchill. «Sono qui, a Frederick.»

«Bene. Dimmi dove sei alloggiato e verrò a prenderti in mattinata.»

Jack guardò D, che non sarebbe dovuto esistere per quanto ne sapeva Churchill. «Perché non ci incontriamo semplicemente da qualche parte?»

«Va bene. Uhm… incontriamoci a Baker Park, all'angolo tra Church e North Bentz.»

«Va bene. Alle nove?»

«Andrà bene. Il processo inizia lunedì, quindi i pubblici ministeri avranno il fine settimana per prepararti. Sono incazzati di aver dovuto attendere tutto questo tempo per farlo.»

«Oh, sono incazzati? Sono io quello con assassini prezzolati attaccati al culo qui.»

«Lo so. Mi ci è voluto uno straordinario autocontrollo per non farglielo notare.» Churchill sospirò. «Stai attento.»

«Lo farò.» Jack riagganciò. D si era spostato al tavolino della TV della piccola stanza del motel, gli occhiali da sole piantati sul viso e una sigaretta tra le labbra, e fissava il parcheggio. Jack si alzò e fece alcuni passi lentamente, spingendosi tanto lontano quanto poteva farlo entro i confini della stanzetta. «Incontrerò Churchill domani mattina,» disse, come se D non avesse ascoltato metà della conversazione.

«Mh.»

«Mi porteranno a Baltimora.»

«Mh.»

«E sarà tutto finito.»

D si limitò ad annuire.

Jack sentì le lacrime pizzicargli gli angoli degli occhi e li sbatté con forza. «Tutto qui? È tutto quello che hai da dirmi?»

Vide le spalle di D alzarsi e ricadere con un sospiro tranquillo. «Cosa vorresti che dicessi?»

«Oh, non lo so. Nulla credo. Immagino che sia tutto quello che posso aspettarmi da te. Credo che sia tutto quello che tu debba darmi. Nulla.»

D guardava fisso fuori dalla finestra. «Ti ho detto che era tutto ciò che avevo.»

«Ma non lo era. Mi hai dato di più, e non startene lì seduto a dirmi che non lo era. Non *dirmi* che non ha avuto alcun significato per te!» Jack si ritrovò a gridare senza rendersi conto di aver cominciato.

D si alzò e si strappò via gli occhiali da sole. «Che cazzo vuoi da me, Jack?» I suoi occhi erano rabbiosi e pungenti, ma Jack non era impressionato.

«Niente. Non voglio un cazzo da te, D. Voglio solo uscire da qui, così inizierò a cercare di dimenticarti.» Camminò

253

con passo pesante verso la porta.

«Non uscire,» disse D. «Potrebbe essere pericoloso.»

Jack lo aggirò. «Che cazzo t'importa?» Uscì sbattendo la porta dietro di sé, salì in macchina e guidò senza alcun pensiero in testa su dove andare.

Jack non ritornò al motel fin quasi a mezzanotte. Aveva trovato un fast food alcuni isolati più in là e si era seduto in un angolo, bevendo caffè e mangiando pancake, perché i pancake gli piacevano e ne aveva voglia, maledizione. La cameriera non gli aveva fatto domande mentre continuava a rimanere lì seduto ora dopo ora, buttando giù caffè e fissando il vuoto.

È meglio così. Una rottura netta. Inutile confondere le cose con dichiarazioni all'ultimo minuto o con qualche sorta di tentativo meschino per estorcergli una promessa che non è chiaramente sincera. Lascia morire la cosa, lascia che sia ciò che doveva essere, prenditi i tuoi ricordi e vattene, e cerca di non pensarci su. Accetta ciò che è stato in grado di darti, non chiedere o aspettarti altro di più, e sii solo molto felice di non avergli mai detto come ti senti veramente.

Come ti senti veramente?

Come se non mi riprenderò mai. Come se non riuscirò a trarre un altro respiro senza che a metà esprima il desiderio di avere lui con me.

Si fermò di fronte alla loro stanza e spense il motore. La finestra era buia, ma sapeva che D non dormiva. Tuttavia cercò di rimanere calmo mentre apriva la porta ed entrava, nel caso che lo fosse.

La chiuse dietro di sé e vi si appoggiò contro. D era seduto sul letto, interamente vestito, senza occhiali da sole, i gomiti appoggiati alle ginocchia mentre fumava quella che pareva la sua centesima sigaretta. Non alzò lo sguardo mentre Jack entrava. Per un lungo istante rimasero entrambi dov'erano senza parlare.

«Stai cercando di punirmi per qualcosa?» grugnì D alla fine, la voce aspra per il fumo della sigaretta.

Jack scosse il capo. «Non posso punirti per quello che sei.»

«Sei stato via un sacco di tempo.»

«Avevo delle cose a cui pensare.»

«Di che genere?» Accese un'altra sigaretta.

Jack sospirò. «Come il fatto che mi aspettassi tanto da te, più di quello che potevi dare. È solo che il modo in cui ti sei comportato a Redding... non lo so. Magari ha risvegliato troppo le mie speranze.»

D scosse un poco la testa. «Quali erano le tue speranze, Jack?»

«Oh, non molto. Cose stupide come tu e io in una casa con un cane e l'orto, e le domeniche mattina a letto con il caffè e un giornale.»

D rimase in silenzio per lungo tempo. «Solo perché una cosa non è possibile, ciò non la rende stupida,» disse con calma, alla fine. «Io non dovrei... be', avrei dovuto stare più attento. Non so come ho permesso che la cosa si spingesse così oltre.»

«E ti dispiace?»

Alzò lo sguardo e incontrò gli occhi di Jack per la prima volta, scintillanti nella penombra. «Non ho detto questo.»

Jack annuì, spostando lo sguardo sulle proprie scarpe. «Mi alzerò presto per partire. Chiamerò un taxi in modo che ti resti la macchina.»

«Va bene.»

«Guarda... lasciamo tutto così, ok? Non so se riuscirò a dirti addio, D.» D non disse nulla, la sigaretta penzolava flosciamente, le mani strette tra le ginocchia. «Quindi cercherò di non svegliarti, e se lo farò... fai finta di essere addormentato fino a che non me ne sarò andato.» D spense silenziosamente la sigaretta nel posacenere sul suo lato. «Lasciami andare e basta, va bene?» Ancora nessuna risposta. Jack annuì, prendendo il silenzio dell'uomo come il suo dirsi d'accordo. Si tolse la giacca e iniziò a dirigersi verso il bagno.

Era a poca distanza quando D allungò il braccio e gli afferrò la mano con uno strattone rapido e convulso, come se avesse voluto fermarsi, ma la sua mano fosse stata più veloce. Jack si bloccò dove si trovava, poi guardò oltre la propria spalla. D era ancora seduto nella stessa posizione. Solo la sua mano si era mossa e ora stava stringendo quella di Jack abbastanza forte da schiacciarla.

255

Jack arretrò un poco e si voltò per osservarlo. Lo guardò ammutolito mentre D tirava vicina la sua mano e ci strofinava sopra la fronte. La afferrò con entrambe le mani e se la premette sul volto, mentre i suoi respiri esalavano umidità sulle dita di Jack. «D...» mormorò.

D lo attirò più vicino, poi lasciò cadere la mano e premette il viso contro il ventre di Jack, le braccia attorno alla sua vita. «Non posso,» lo udì mormorare Jack. Si chiese cosa non potesse fare. C'erano così tante scelte.

Gesù. Non ce la faccio. Jack desiderò, solo per un attimo, di essere il genere di uomo che poteva rimanere impassibile e risoluto in ogni frangente, ma non lo era. Si accasciò tra le braccia di D, avvolgendogli un braccio attorno alle spalle, prendendogli la nuca con l'altra mano. D rimase semplicemente seduto, il viso ancora premuto contro lo stomaco di Jack, prendendo lunghi, appassionati respiri come se si stesse preparando a fare immersione, saturando i polmoni con Jack prima di un tuffo profondo.

Jack scivolò in ginocchio nell'abbraccio di D, così che si trovarono faccia a faccia. Gli prese il volto tra le mani e lo costrinse a incrociare lo sguardo con lui. «Cosa?» chiese. «Che cos'è?»

D scosse il capo. «Mi dispiace,» sussurrò. «Mi dispiace.»

«Perché?»

D lo guardò negli occhi confusi. «Non volevo farmi prendere,» disse, rauco. «Non volevo sentirlo. Mi dispiace.»

Jack annuì. «Lo so.»

«Non so cosa fare.»

«Nemmeno io.»

«Non posso lasciarti andare così, come hai detto tu.»

«Non volevo. Tu mi stavi costringendo.»

«Lo so. Mi dispiace.»

«Non essere dispiaciuto.» Le lacrime erano sfuggite e oramai scorrevano sul volto di Jack.

«Avevamo tutto il viaggio insieme. Avremmo potuto...»

«Shhh. È troppo tardi per quello adesso. Abbiamo ancora stanotte.»

D annuì, poi afferrò il viso di Jack tra le mani tremanti e

lo baciò, un bacio forte, convulso, che si spinse rapidamente tra le labbra di Jack e lo fece indietreggiare. Afferrò le spalle di D per trattenersi dal cadere all'indietro. D si staccò e si alzò in piedi, tirando in piedi Jack e tentando di togliergli i vestiti. Jack gli sfilò la giacca, poi gli strattonò la camicia fino a che cedette. Camminarono spingendosi l'uno con l'altro attorno al letto, calciando via le scarpe e liberandosi dei pantaloni che rischiavano di farli incespicare, finché raggiunsero il letto, nudi, sospirando di sollievo l'uno nella bocca dell'altro, mormorando sillabe senza senso per riempire i ricordi scarni delle ultime due settimane.

Nelle ore che seguirono, a Jack parve che le mura squallide della stanza del motel volassero via lasciandoli avvolti al centro di una sorta di vasta pianura vuota, abbracciati insieme per tenerla a distanza. Chiuse gli occhi e inarcò il collo mentre D oscillava dentro di lui, i loro arti aggrovigliati e allacciati, le dita intrecciate, gemendo di piacere e ascoltando D bisbigliare al suo orecchio, poi invertì le posizioni in modo da essere sopra e poterlo cavalcare con forza, guardando in basso verso il suo viso.

Avevano a malapena ripreso fiato che D si allungò di nuovo verso di lui, scivolando sul letto per prenderlo in bocca, sistemandosi in modo da stare a cavalcioni sopra il suo viso. Collassarono allacciati l'uno all'altro, con Jack che teneva saldamente D contro il proprio petto, sentendo il battito del suo cuore attraverso la pelle. Si appisolarono a tratti, svegliandosi l'uno l'altro con lievi tocchi che riportarono indietro il tempo, e fecero ancora sesso fino a che giunse il mattino ed entrambi erano sfiniti.

Le otto. Jack si sedette e poggiò i piedi a terra. Sentì D rotolare verso di lui, nuovamente in cerca del suo calore. «Mm,» grugnì. «Che ore sono?»

Jack sospirò. «Le otto.»

Una lunga pausa. «Oh.»

«Devo farmi la doccia e andarmene.»

«Ah-ha.»

Jack si alzò rapidamente e si diresse in bagno, sperando di farcela. Riuscì a tenersi tutto dentro fino a che il getto dell'acqua fu forte, poi fece un passo verso lo spruzzo della doccia e pianse, sperando che l'acqua coprisse il suono. Quando si fu calmato a sufficienza, si lavò rapidamente, sorridendo mestamente ai molti segni rossi che D aveva lasciato sul suo corpo. Uscì dalla doccia e si rasò, poi si spazzolò i denti.

Quando riemerse, D era seduto all'estremità del letto e fumava, le lenzuola raggruppate attorno ai fianchi nudi. Sollevò lo sguardo verso di lui. «Hai una cera migliore di come mi sento io.»

«L'aspetto può essere ingannevole. Sono sfinito.»

D annuì. «Ma... ne è valsa la pena, vero?»

Jack sorrise stancamente, poi si piegò e gli baciò la fronte. «Ci puoi scommettere.»

D si schiarì la gola e distolse lo sguardo, a disagio come sempre di fronte alla manifestazione di sentimenti di tenerezza. «Tu, ehm... prendi quella che vuoi.»

Jack s'acciglò. «Quella che voglio di cosa?»

«Arma, cretino.»

«Mi stai *dando* una delle tue armi?»

«Hai trascorso un sacco di tempo in loro compagnia. Devi avere protezione per te.»

«Non me la porteranno via?»

«Chiedi al tuo amico Churchill se può darti il permesso di portarla nascosta. Considerato che ci sono delle minacce di morte pendenti sulla tua testa, non dovrebbe essere un problema.»

Jack annuì. «Okay.» Trasportò la valigetta delle armi dal pavimento al tavolino del motel e l'aprì, passando in rassegna tutte le armi di D, molte delle quali erano ormai familiari, come dei vecchi amici. «Credo che prenderò la Glock.»

«Pensavo che avresti preso quella,» disse D. «Sei bravo con quell'arma.»

«È la mia preferita. Però vorrei ancora che mi lasciassi sparare con la Desert Eagle.»

D ridacchiò. «Anche per me è un'arma difficile. È una pistola troppo potente. Voglio che tu sia attento anche col corpo a corpo. Un sacco di scuole d'arti marziali offrono corsi di Krav Maga. Vedi se riesci a trovarne uno.»

«Okay, lo farò.»

«Non sarò nei dintorni se ti lascerai andare. Lo sai. E là fuori, nel mondo reale, gli istruttori non ti coccoleranno come ho fatto io.» D stava sorridendo, e Jack comprese che lo stava solo sfottendo.

Jack caricò la Glock e la fece scivolare nella sua borsa con alcune scatole di munizioni. Si voltò lentamente e guardò D seduto lì, dall'aspetto apparentemente indifeso, nudo con una nebbiolina fumosa che si librava sopra la sua testa. Si sedette al suo fianco. «Devo andare tra poco,» mormorò.

D annuì.

«D, io… non so cosa dirti.»

«Non devi dire nulla.»

Jack fissava il suo profilo. «Ti devo la vita. Grazie.»

D sollevò la testa e incontrò i suoi occhi e, per la prima volta, Jack riuscì a vedere Anson, la facciata che chiamava D si era assottigliata e logorata. «Grazie a te.»

Jack tese la mano e intrecciò le loro dita. Il suo cuore si stava spezzando; non esisteva un modo per fare buon viso e non c'era alcun modo per dirglielo.

«Quindi testimonierai,» disse D, fissando il tappeto. «Poi entrerai nel programma protezione testimoni. Io mi metterò in marcia e cercherò di capire chi mi ha incastrato in questa storia prima che mi trovino e mi uccidano. Giusto?»

Jack annuì. «Giusto.»

«E questo è tutto, quindi.»

«Sì.»

D si schiarì la gola. «E, ehm… ti va bene se lasciamo le cose così, vero?»

Jack lo fissò. «Non dobbiamo farlo?»

«Non lo so.» D incontrò i suoi occhi. «Dobbiamo?»

La bocca di Jack si aprì e chiuse alcune volte. «D… cosa…»

«Jack, io… ho pensato molto nelle scorse settimane, e specialmente la scorsa notte. Non credo di aver nemmeno dormito. Sono rimasto lì a pensare per la maggior parte del tempo. Pensare a cosa dovevi fare, e a cosa dovevo fare io, e a tutti quei figli puttana che vogliono uno o tutti e due morti. Ma per la maggior parte del tempo ho pensato che... Be', so come dovrebbe essere tra di noi ora. Dovremmo separarci e non guardarci indietro, giusto?» Jack annuì. «Sai cosa sto pensando adesso?»

«Cosa?»

«Col cazzo.»

Jack soffocò una risata di sorpresa che era per metà un singhiozzo. Allungò la mano e afferrò la nuca di D, unendo le loro fronti. «Davvero?» sussurrò. Sentì D annuire.

«Devi ancora fare quello che devi. E anch'io devo fare le mie cose. Ma... non sarà per sempre.»

«Sarò nel programma di protezione testimoni,» disse Jack. «Avrò un nome diverso, non so dove vivrò...»

D arretrò e gli prese il volto tra le mani. «Ti troverò. Mi hai sentito?» Jack annuì, un groppo gli risaliva la gola. «Ti troverò.»

«Fra... fra quanto?»

«Non lo so. Potrebbero volerci anni.»

Jack incontrò i suoi occhi. «Aspetterò.»

Rimasero seduti a fissarsi vicendevolmente per un lungo momento. Il suono del clacson del taxi di Jack spezzò il silenzio, e D distolse lo sguardo. «Faresti meglio ad andare.»

Jack annuì e si alzò. Con passo pesante portò fuori le borse, fece cenno col dito al guidatore di attendere "solo un minuto", tornò indietro nella stanza e chiuse la porta dietro di sé. D si era infilato i jeans e stava lì in piedi a fissare il vuoto. «D,» disse Jack.

Lui sollevò lo sguardo e Jack sentì le parole che gli schizzavano su per la gola. *Ti amo. Non devi dirlo anche tu. L'hai già detto, senza tante parole. Ma voglio che tu sappia che voglio dirtelo, voglio che tu lo senta e ci creda. Ti amo.* Aprì la bocca, poi vide l'avvertimento negli occhi di D e le parole gli morirono sulle labbra.

Si incontrarono a metà strada e si avvolsero in un abbraccio stretto. *Gesù, lasciami uscire di qui prima che mi perda completamente.* D indietreggiò e fece scorrere il pollice sulle labbra di Jack, zittendolo. Sospirò. «Stai attento.»

«Anche tu.»

«Sto sempre attento.»

«Ci saranno degli uomini armati a proteggermi; tu non li avrai.»

«No. Sarò solo.»

Jack rimase lì paralizzato. «Dillo di nuovo,» mormorò.

D gli circondò le guance con le mani e sollevò la testa per incrociare i suoi occhi. «Ti troverò,» disse, basso e implacabile.

Jack annuì. Si protese e D incontrò le sue labbra, silenzioso e calmo. Jack strofinò per l'ultima volta il viso contro il suo e poi si staccò. Si voltò e aprì la porta, superandola praticamente con un balzo e sbattendola dietro di sé in modo da non avere la possibilità di guardarsi indietro.

D si appoggiò contro la porta chiusa del motel, le mani sull'impiallacciatura di legno a buon mercato, come se potesse ancora percepire Jack da qualche parte dall'altro lato. Trasse un respiro, si ricompose e raccolse il suo cellulare.

«Protezione Testimoni, Churchill.»

«Sì, sono D.»

«Dov'è Jack?»

«Se n'è appena andato. È per strada per incontrarti.»

«Bene. Cosa gli hai detto?»

«Niente di particolare, ma so che crede che lascerò subito la città.»

«Qual è il tuo piano?»

«Hai già trovato Petros?»

«No.»

«Bene, quella sarà la priorità sulla lista. Poi vedrò se riuscirò a capire se qualcuno ha accettato di uccidere Jack.»

«D, sei un ricercato tu stesso. Non ti riconosceranno?»

«No. Ho alcuni assi nella manica. E poi difficilmente lavoro fuori dalla costa Est. Non credo che uccidermi sia una priorità lì. Potrei passare inosservato. Che tipo di sicurezza hai predisposto per lui?»

«Soggiornerà all'Hyatt, nel centro di Baltimora. Verranno

applicate condizioni di protezione standard: nessuno nelle stanze sopra, sotto, o ai lati, si sposta solo con ascensore sicuro, agenti alla porta.»

«Mm. Mi sembra buono. Senti, gli ho dato un'arma da fuoco per difesa personale.»

«Vedrò di fargli avere il permesso di portarla nascosta.»

«Bene. Apprezzo la tua preoccupazione.»

«Non c'è di che, Dane.»

D si paralizzò. «Come mi hai appena chiamato?»

«Quello è il tuo nome, non è vero? Capitano Anson Dane, defunto, delle Forze Armate Speciali degli Stati Uniti.»

D si sedette pesantemente. «Cazzo.»

«Non intendevo spaventarti, ma pensavo che dovresti sapere che so chi sei.»

«Chi altri lo sa?»

«Nessuno.»

«Non dirmi cazzate.»

«Non lo faccio. Ascolta, te lo sto dicendo perché dovresti sapere che qualcuno ha scavato nei tuoi documenti militari.»

«Chi?»

«Non lo so. Hai lasciato un'impronta. In quella stazione di servizio che è saltata in aria fuori Stockton. Era impressa nella maniglia della pompa della benzina.»

«Cazzo. Io non lascio impronte.»

«Stavolta l'hai fatto. La tua identità è stata ripulita abbastanza bene e Anson Dane è morto, non è vero? Gli ultimi documenti militari riguardano un congedo onorevole nel 1996. Poi ci sono i documenti di un uomo con quel nome morto in un incidente automobilistico a Redding, California, però quando ho scavato un po' più a fondo all'anagrafe, riguardo il corpo che è stato ritrovato dopo l'incendio, i dati non combaciavano con quelli nei tuoi documenti militari. E poi la data dell'incidente coincide anche con l'ultima volta che qualcuno ha più avuto notizie di tuo fratello, Darrell, anche se le tasse di proprietà e le utenze continuano a essere pagate da conti a suo nome.»

D sospirò. «Quell'impronta metterà la parola fine su di

me, cazzo.»

«No, non lo farà perché l'ho sepolta.»

«Tu cosa?»

«Non dirmi che sto rischiando la mia carriera perché lo so già. Guarda, hai già corso un grosso rischio per salvare la vita del mio testimone. Ciò che ti sto dicendo è che quando sono risalito ai tuoi documenti militari ho scoperto che qualcuno aveva avuto accesso di recente.»

«Quando?»

«Nel marzo scorso.»

D tornò a pensarci. Marzo non gli faceva suonare alcun campanello d'allarme. «Non ho idea di chi l'abbia fatto.»

«Bene, nessuno sa della connessione tra l'identità di Dane e te, a parte me.»

«Immagino che farei meglio a stare dalla tua parte allora.»

Churchill fece una risatina. «Aiutami a mantenere in vita Jack e saremo a posto.»

«Rimarrò in contatto.»

«Va bene.»

«Oh, e...» A D si affievolì la voce.

«Cosa?»

«Abbi cura di lui,» disse D, incapace di trattenere la raucedine nella voce. «Abbi cura del mio Jack.» Si era messo a nudo più di quanto avesse mai fatto, ma in qualche modo non era così spaventoso come aveva sempre pensato che sarebbe stato.

Ci fu una lunga pausa. «Lo farò.» Churchill riagganciò.

D cadde di peso all'indietro sul letto, la testa gli girava. *Gesù, adesso ho le palle sulla graticola per davvero. Chi diavolo è andato a ficcare il naso nei miei documenti? E adesso qualcuno sa il mio nome. Credo che mi fiderò di Churchill, meglio che uno solo sappia, piuttosto che tanti.*

Oh, fanculo a tutto. La tua identità si stava già esaurendo. Devi smetterla con tutta quella merda ora che Dio solo sa chi dà la caccia a D. E se stai pensando di poterti fare una vita con Jack...

Zittì immediatamente quei pensieri. Non era buona cosa pensare a sogni impossibili, non ancora in ogni caso. Doveva fare quello che aveva detto a Jack. Ma tra il dire e il fare c'era di mezzo il mare.

Si rigirò e tirò vicino un cuscino. Aveva ancora il profumo di Jack. Vi affondò il volto e s'afflosciò nel materasso nodoso, senza ormeggi, andando ora alla deriva senza il suo punto di riferimento.

⊕CAPITOLO 20

Jack se ne stava seduto ad aspettare Churchill su una panchina di Baker Park, con il suo borsone lì a fianco. Era una bellissima giornata. Presto sarebbe arrivato l'autunno, con suo grande piacere. Gli sembrava di essere tornato a casa dopo mesi nel deserto. Presto sarebbe tornato a casa sul serio, a Baltimora, la città dove aveva passato buona parte della sua vita adulta.

Quella vita ormai pareva un miraggio. Qualcosa di immaginato, un ricordo, o una storia sentita raccontare dai suoi genitori ma non vissuta in prima persona.

Il tuo appartamento è là. Il tuo lavoro. La tua macchina, quel che possiedi. Hai lasciato lì tutto. Tutta la tua vita.

No. La tua vita l'hai appena lasciata in quella stanza di motel.

Jack chiuse gli occhi e sospirò, mentre il vento gli sollevava i capelli dalla fronte.

Non ci si può fare niente. E comunque è solo momentaneo.

Riportò alla memoria la voce di D.

Ti troverò.

«Jack?»

Riaprì gli occhi e si ritrovò davanti un uomo. Era alto, magro, con i capelli di un rosso vivido e il pomo d'Adamo evidente. Faceva pensare a un insegnante di matematica. Indossava un completo senza cravatta, la camicia bianca aperta all'altezza della gola.

«Sì?»

L'altro sorrise. «Sono Paul Churchill.» Gli porse la mano. Jack, sentendosi tranquillizzato, si alzò e gliela strinse. «Diamine, è un piacere incontrarti, finalmente.»

«Anche per me.» Il sorriso di Jack si allargò. Churchill era esattamente l'opposto della persona che si era aspettato, e quello gli era in qualche modo di conforto.

«Andiamo. È ora di portarti via da questo posto.» Prese una delle borse di Jack e si incamminarono verso la strada dove l'auto di Churchill era parcheggiata accanto a un parchimetro. Caricarono i bagagli e salirono.

«Dove andiamo?»

«Prima di tutto ti porto in hotel. Devi essere stanco morto, dopo quel viaggio.»

Jack annuì. Non era il viaggio a essere stato stancante. «Già.»

«Be', il meglio che posso fare per te ora è lasciarti fare una bella doccia e poi la colazione, visto che entro mezzogiorno devi essere nell'ufficio del procuratore federale.»

«Dove mi chiederanno le stesse cose ottocento volte.»

«Sì, probabile. Senti, è per il tuo bene. Qualsiasi costoso avvocato abbiano ingaggiato i fratelli, farà di tutto per farti passare per idiota o criminale tu stesso.»

Jack digrignò la mascella. «Lasciamo che ci provi. Non ho passato tutto questo solo per farmi massacrare sul banco dei testimoni. Durante i giri in corsia sono stato torchiato da alcuni dei medici più tosti del pianeta. Posso sopportarlo.»

Churchill ridacchiò. «Devo dire, Jack, che tu, come testimone, sei il sogno di ogni procuratore. Fedina penale pulita. Non solo non ti astieni dal venire a testimoniare, ma rischi addirittura la vita. Sulla scena del crimine eri un passante innocente. E poi sei un medico, il che, davanti a una giuria, ti fa guadagnare automaticamente punti come persona intelligente e degna di rispetto. E, come dici tu, sei abituato a essere sotto pressione, quindi è difficile farti vacillare durante un controinterrogatorio. Salie dovrebbe inginocchiarsi davanti a te e baciarti le chiappe.»

«Salie?»

«Sì, Brad Salie. È il procuratore che gestisce il caso.»

«È bravo?»

«Sì, è bravo. Un duro. E sono cinque anni che cerca di raccogliere prove contro i fratelli.» Churchill stava girando sulla

I-70, direzione Baltimora. «Vuoi fermarti da qualche parte per un caffè o per andare in bagno?»

Jack scosse la testa. «Sono a posto.» Passarono alcuni attimi, durante i quali sentì gli occhi di Churchill su di sé. «Che c'è?»

L'altro sospirò. «Jack, so di D.»

Lui sbatté le palpebre. «Chi?»

«Non prendermi in giro.»

«Non so di cosa tu stia parlando.»

«Del sicario che doveva ucciderti ma ha finito per proteggerti.»

Jack annuì lentamente. «Uh. E questa storia te la sei inventata tutta da solo?»

«No. È tutta l'estate che lo sento al telefono una volta a settimana.»

Quella risposta fu sufficiente a fargli perdere l'aplomb. «Cosa?»

«Mi ha chiesto di non dirtelo, ma non vedo motivo perché tu non lo sappia. Credo sia sua abitudine tenere tutto segreto.»

Jack si limitò a fissarlo. «Mi stai dicendo che per tutto questo tempo sei stato in contatto con lui?»

«Già.»

Non sapeva perché ne fosse anche sorpreso. «Maledetto. Non pensa mai che io sia capace di cavarmela. Per giunta dopo che mi ha fatto quella tirata sul fatto che tu non potevi sapere di lui.»

«Senza offesa, Jack, ma ero certo che avessi qualcuno che ti aiutava. Non era molto probabile che fossi sfuggito da solo a uno come lui.»

«Esattamente quello che gli ho detto io! Ma lui mi ha risposto che non avevi altra scelta che berti la frottola!»

«Voleva assicurarsi che io accettassi di lasciarti libero per il momento, e sapeva che non l'avrei fatto a meno di non essere certo che avessi protezione, così mi ha contattato di nascosto da te per farmi sapere che non eri solo.» Jack poté solo scuotere mestamente la testa. «Questo ti fa arrabbiare?»

«Immagino che dovrebbe, ma credo di non avere più

molta rabbia a disposizione. Sicuramente non la sprecherò a incazzarmi con lui.»

«Guarda, ho parlato con l'agente dell'FBI che lavora con lui e so cosa ha fatto per loro, ma... è pur sempre un killer di professione, Jack.»

«Tu non lo conosci,» disse lui in tono piatto. «Nessuno tranne me lo conosce.»

D uscì dal Best Buy di Towson con il suo nuovo portatile sotto braccio. Tornò in auto e si mise alla ricerca del più vicino Panera, dove avrebbe trovato ottimi dolci e Wi-Fi gratis. Aveva chiesto agli smanettoni del negozio di configurargli il computer. Aveva dovuto riflettere un momento per ricordarsi la password del suo server personale ma, una volta fatto, aveva scaricato e installato il suo solito firewall, poi si era seduto in attesa che gli mettessero su la suite di sicurezza.

Jack in questo momento è da qualche parte in questa città.

Quel pensiero lo fece sentire come se passasse accanto a una casa dove qualcuno faceva un barbecue in giardino. Ne sentiva il profumo ma non aveva il diritto di partecipare, e per quanto gli venisse l'acquolina non poteva presentarsi a chiedere un hamburger come niente fosse.

Una volta configurato il computer secondo le sue indicazioni, D aprì il browser e digitò l'indirizzo IP imparato a memoria. L'accesso alla rete, uno schermo bianco con una singola linea in cui inserire il testo, era imperscrutabile come sempre.

Non poteva entrare con il proprio nome. Ogni sicario del Paese gli stava dando la caccia. Fortunatamente nessuno, neanche X, sapeva che D non era un killer solo ma svariati. Quando aveva iniziato a lavorare per l'FBI aveva scoperto il vantaggio di usare identità alternative in modo da poter tenere traccia di quello che veniva detto su di lui, metodo che inoltre gli forniva modi extra per sputtanare il prezzo di certi lavori senza compromettere la sua identità principale. Dato che molte poche persone in quel campo sapevano che aspetto avesse, era facile mantenere identità separate. Ci rifletté un momento, poi si registrò come Lincoln, identificato da una stringa di lettere e numeri casuali che aveva imparato a memoria. Un anno prima era entrato con quel nome e aveva annunciato che stava per prendersi un anno sabbatico in Turchia. La gente diventava sospettosa quando qualcuno spariva per lungo tempo.

Il sito non aveva una pagina di benvenuto, un forum o una chat, né testo di sorta. Era un'altra serie di anonime pagine bianche, eccetto una. Una finestrella nell'angolo in basso a destra mostrava i nominativi degli utenti on line al momento. *Uhm. Frost lo conosco... c'è Carver... Dorian mi suona familiare...* C'era una serie, lunga in maniera preoccupante, di user name che non riconosceva, anche se era vero che nella sua professione il ricambio era frequente. La sua carriera di dieci anni era eccezionalmente lunga, ed era stato fuori dalla circolazione per parecchi mesi.

Non dovette aspettare a lungo. Sullo schermo si aprì una finestra con un messaggio di Frost. A dire il vero lo aveva anche incontrato di persona, presentandosi come Lincoln, e aveva collaborato con lui per un paio di lavori a due.

Bentornato.

Grazie.

Com'era la Turchia?

Calda. Ho portato a casa qualche giocattolo nuovo.

Quando sei tornato?

D pensò in fretta. *Una settimana fa.*

Hai sentito? Sig è morto.

Davvero? Come?

D lo ha fatto fuori.

Mi prendi per il culo. Perché l'avrebbe fatto?

Gira voce che D abbia risparmiato un bersaglio. Ha incontrato Sig a LA e l'ha ucciso.

Ah sì? Che bersaglio?

Un chirurgo, testimonia contro i fratelli Dominguez.

Il contratto per questo tizio è ancora attivo?

No, preso.

Chi ce l'ha? D sperò vivamente che Frost non trovasse sospetto il suo interesse. Probabilmente no. I killer professionisti erano pure paranoici e inclini all'isolamento, ma anche pettegoli.

Ho fatto un'offerta ma i fratelli avevano già un paio di candidati in attesa. JJ ha fatto l'ultima offerta.

D sospirò. JJ era sveglia e subdola, sarebbe stato difficile depistarla. *Chi altri?*

Il primo contratto è andato a Carver. Se nessuno dei due lo fa fuori, si riapre la trattativa, oppure ci pensano i fratelli in persona.

E D? Ti sei offerto?

Le trattative su di lui sono state cancellate. Niente taglia.

D aggrottò le sopracciglia. Quello non era un buon segno. Se tutti i contratti sulla sua testa erano stati revocati, poteva solo significare che chiunque l'avesse ricattato perché uccidesse Jack aveva deciso di trovarlo e occuparsene di persona, senza coinvolgere professionisti indipendenti.

Allora c'è qualcuno che l'ha presa come una questione personale. Sai chi è?

No, ma deve essere uno con le palle di acciaio puro. D è un osso duro, io non prenderei in considerazione un contratto su di lui neanche per un compenso enorme. Quel tipo è un fantasma.

D sogghignò. Un vantaggio dell'avere diverse identità era poter sentire cosa pensavano *davvero* i colleghi di te. *Ho sentito che Petros è in città.*

Già. I fratelli l'hanno reclutato nel caso che il chirurgo scappi, così se ne può occupare lui. E se lo prende, sai, ci lasciano giocare un po' Petros.

A D si rivoltò lo stomaco. Aveva visto i resti della gente con cui Petros aveva "giocato", e gli venne in mente l'immagine di Jack con le palle degli occhi cavate, le dita spezzate una a una, sventrato lentamente e bruciato con ferri roventi prima che gli fosse finalmente permesso di morire.

Magari vengo a B-mora e vedo come si mettono le cose.

Sì? Io sono a Lauderdale. Ho più lavori con i signori della droga di quanti riesca a gestirne.

Buona fortuna.

Grazie. Fammi sapere se ti danno degli incarichi.

A presto.

D fece log-out e si disconnesse dalla rete. E così JJ e Carver erano entrambi sulle tracce di Jack. Se JJ aveva la posizione migliore, voleva dire che era disposta a prendersi il lavoro più rischioso (e più pagato), e Carver con tutta probabilità avrebbe fatto il suo primo tentativo quando la sicurezza intorno a Jack fosse stata al minimo.

Doveva trovare Carver. Subito.

Jack tornò nella sua camera d'hotel dopo le nove, esausto. Brad Salie, il procuratore federale, gli aveva fatto ripassare la sua testimonianza dozzine di volte e sembrava soddisfatto delle risposte. «Vuoi cenare?» gli chiese Churchill seguendolo in camera. «Il servizio è offerto dal Dipartimento di giustizia.»

Jack scosse la testa. «Vorrei dormire per un anno, nient'altro.» Si buttò di schiena sul letto. «Quando dovrò testimoniare?»

«Non lo so. Non sarà fin dopo lunedì, almeno; devono selezionare la giuria.»

Jack lo fissò. «Devono ancora scegliere i giurati?»

«Be', sì. Quello in genere è il primo passo.»

«E tu non potevi aspettare che avessero sbrigato tutte quelle menate e *iniziassero davvero il processo* prima di trascinarmi qui?»

«Salie aveva bisogno di te qui e ora! Doveva prepararti, e una volta iniziato lo show non ci sarà tempo! Credimi, i fratelli hanno avvocati molto ben pagati e cercheranno di portare avanti l'esame preliminare quanto più a lungo sia umanamente possibile.»

«Prendendo tempo così da avere più possibilità di uccidermi,» disse Jack.

«Questo non accadrà.»

«Scommetto che avete detto lo stesso a tutti quegli altri testimoni che non sono arrivati al processo con quella gente.» Churchill lo fissò senza aprire bocca. «Scusami. Mi sto comportando da stronzo.»

«Non ti scusare. Hai le tue buone ragioni. Molti dei testimoni con cui ho a che fare sono molto peggio di te, per tanti versi.»

Jack si alzò e andò alla finestra. Appoggiò la testa al vetro e guardò verso il panorama all'esterno, ma riuscì a vedere con chiarezza solo il proprio riflesso.

Sentì Churchill schiarirsi la gola. «Ti… ehm… ti manca lui, vero?» Il suo tono cercava di essere neutro, ma Jack sapeva che non avrebbe chiesto una cosa simile se non avesse avuto già un'idea chiara della situazione.

Sospirò. «Sì.»

«Mi dispiace, Jack, ma devo chiederti se…»

«Sì. La risposta è sì. Qualsiasi cosa tu stia pensando, lo eravamo.»

«Ah.»

Jack fece un passo indietro e lo guardò. «Hai un'opinione a riguardo?» chiese.

«No.»

«Sì invece.»

«È solo che… sei sicuro che sia una cosa saggia, Jack? Intendo, con il genere d'uomo che è…»

«Non sai niente di lui.»

«Okay, sono sicuro che sia così. E capisco… come possa essere successo. Voglio dire, eravate in fuga per proteggere le vostre vite, lui ti ha salvato, tu eri solo… È un bello stress, una girandola di emozioni.»

Jack fece una risatina. «Cavolo, non lo conosci davvero se lo immagini in balia delle emozioni.»

Churchill rimase in silenzio per un momento. «Senti, sto per dedicare un bel po' di tempo e denaro alla creazione della tua nuova identità e devo preoccuparmi dei tuoi legami affettivi. La gente potrebbe volerti contattare una volta che ti sarai trasferito, cosa che comprometterebbe la tua sicurezza.»

Ti troverò. «Non contatterò nessuno. Parola di scout.»

«Non sei mai stato uno scout.»

«Sono stato lupetto per un mese, anche quello conta.» Jack si girò di nuovo verso la finestra per sfuggire allo sguardo calmo e indagatore di Churchill.

«Okay. Ho dovuto chiedere, mi dispiace. È solo che dobbiamo fare molta attenzione alle persone con cui i nostri testimoni sono… coinvolti, e vorrei…»

«Io lo amo,» disse Jack guardando fuori, verso la baia immersa nel buio. Era la prima volta che lo diceva ad alta voce.

Non ne aveva avuto l'intenzione. Era come se le parole gli fossero apparse spontaneamente sulle labbra e fossero sfuggite senza neanche il bisogno di una spinta. Doveva dirlo a qualcuno.

«Sì?»

Jack si girò e incontrò il suo sguardo, poi annuì. «Sì.»

Churchill si fissò di nuovo le mani. «Mi dispiace, Jack.»

«Non c'è problema.» Jack si sfregò il viso. «Senti, sono stanco da morire e potrei anche farmi un pianto, quindi preferirei stare da solo…»

Churchill si alzò. «Ti lascio in pace.»

«Grazie.»

«Non so se domani ti vedrò. Comunque non devi lasciare questa stanza.»

Jack lo guardò a bocca aperta. «Sul serio?»

«Sul serio. Ascolta, recupera sonno, guarda un po' di tv. Se vuoi libri o altro possiamo procurarteli noi.»

«Un computer?»

«Posso farti avere un computer ma non puoi accedere a Internet.»

«Merda.»

«Mi dispiace. Hai il mio numero di cellulare. Chiamami quando vuoi.»

«Okay.»

«Buonanotte, Jack.» Così dicendo, Churchill se ne andò. Jack mise il naso fuori dalla porta. La sua camera dava su un piccolo foyer dove erano sedute due guardie armate. Gli fecero un cenno con la testa e lui rientrò, dando un giro alla serratura e agganciando la catena.

La suite era davvero bella, non fosse stato che Jack, lì, era completamente solo. *Dove sei stanotte, D? Quanto sei distante? Ti sento molto lontano. Anni luce, ora come ora. Mi sembra che non potrò mai più rivederti.* Andò di nuovo alla finestra. *Probabilmente non dovrei starmene qua davanti al vetro. Qualcuno con un fucile di precisione potrebbe spararmi o qualcosa del genere.* L'hotel affacciava direttamente sull'Inner Harbor e la finestra dava sull'acqua; non c'era un punto comodo da cui sparare a distanza. Inoltre, il vetro era a prova di proiettile, stando a quanto detto da

Churchill. Jack resistette alla tentazione di chiudere le tende. Quella sera desiderava la compagnia dell'oscurità. Con le tende chiuse, la stanza assomigliava troppo a una cella.

Mise il borsone sul letto e cominciò a tirare fuori vestiti e prodotti da bagno. Cercando il kit da barba, la sua mano incontrò qualcosa di strano, che sapeva non aver messo lui lì.

Lo tirò fuori e sorrise, mentre le lacrime che aveva preannunciato a Churchill gli si formarono negli occhi. *Dovevi avere l'ultima parola, eh, D?* Jack ridacchiò e per un attimo gli sembrò che fosse lì con lui nella stanza, gli parve di sentire l'odore della sua pelle, di udire la sua voce roca, di percepire su di sé il peso del suo sguardo mentre osservava la reazione avuta trovando il regalo. Quello che D aveva infilato nel borsone perché lo trovasse e pensasse a lui.

D si inerpicò sulla scala anti-incendio che portava all'ultimo piano, buttandosi il borsone sulla spalla. Si arrampicò sulla ringhiera, afferrò il cornicione e si issò sulla superficie di ardesia. Quello era il posto più alto che avesse trovato, che guardasse nella giusta direzione. Fece un rapido giro del tetto per assicurarsi di essere solo, poi tornò al punto che aveva ispezionato in precedenza. Tirò fuori una sedia pieghevole da campeggio e la aprì dietro a una grossa ciminiera in cemento, e vi si stravaccò dopo aver posato il borsone di fianco a essa.

Aveva passato l'intera giornata a localizzare Carver. L'ipotesi più probabile era che non fosse ancora in città, il che poteva significare che progettava di fare il colpo dopo l'inizio del processo. Se Churchill era in gamba, non avrebbe permesso a Jack di lasciare la propria stanza se non in caso di assoluta necessità, e anche un killer alle prime armi sa bene che la condizione migliore per far fuori un bersaglio è durante gli spostamenti.

Tirò fuori il binocolo dal borsone. Era pesante da morire e gli era costato una fortuna, ma era di tipo militare e molto potente. Più potente di così e sarebbero stato un telescopio. Se lo portò agli occhi e scrutò la baia in direzione dell'hotel, che era in diagonale rispetto al tetto dove stava lui. I protocolli standard di sicurezza imponevano che Jack fosse piazzato in una stanza che desse sulla baia, secondo piano dall'alto, nessun altro ospite sopra, sotto o a fianco. D osservò le finestre illuminate sul lato della baia, concentrandosi sul quattordicesimo piano, finché non la trovò: una stanza senza luci intorno su tutti i quattro lati. Le tende erano aperte. Zoomò fino a vedere chiaramente la finestra. Aveva scelto un buon punto d'osservazione, su un edificio di quasi tredici piani, così che il tetto era quasi allo stesso livello del quattordicesimo dell'Hyatt, e un rialzo del terreno gli permetteva di vedere direttamente nella camera di Jack. Strinse lo zoom.

Jack e Churchill avevano lasciato l'ufficio del procuratore mezz'ora prima. D non li aveva visti uscire di lì, ma aveva notato l'auto di Churchill andar via dall'autorimessa e l'aveva preceduta fin lì. I due dovevano aver trovato più traffico di lui.

Rimase seduto in attesa. Paziente. Era sempre paziente. Doveva esserlo più di quanto non fosse mai stato in vita sua, per Jack, qualsiasi cosa avvenisse. Paziente e pronto all'azione.

E finalmente eccolo. Lo vide entrare in camera e liberarsi della giacca, seguito da un uomo che doveva essere Churchill. Era magrolino e rosso di capelli, ma a D ispirò fiducia. Dai suoi modi si capiva che non era un idiota. Jack si buttò sul letto. Si misero a parlare. D non riusciva a leggere il labiale, ma Jack sembrava irritato. *Probabilmente si è già rotto di tutti quei termini legali.* Jack andò alla finestra e appoggiò la fronte al vetro per un minuto. D conosceva quell'espressione. Voleva dire *sono troppo stanco per continuare a discutere.*

Seguirono altri minuti di conversazione. Poi Jack tornò alla finestra, braccia conserte, sguardo rivolto alla baia. D trattenne il respiro. Sembrava quasi che Jack stesse guardando dritto verso di lui, anche se naturalmente non poteva vedere molto da dentro una stanza illuminata. Dietro, Churchill stava parlando. Jack rispose, e stavolta D riuscì a leggergli le labbra.

Io lo amo.

Le dita di D strinsero con più forza il binocolo. *Nah, ti immagini le cose.*

Invece no. Sapeva di non immaginarsele. *Sta parlando di qualcun altro.*

E di chi diavolo starebbe parlando?

Quelle tattiche di auto-sabotaggio mentale erano inutili, perché D aveva visto quel che aveva visto, e sapeva che Jack lo aveva detto con convinzione. Lo sapeva perché, in quella stanza di motel, quella mattina, lo aveva quasi detto prima di bloccarsi vedendo l'espressione sul suo volto. D ne era stato contento. Non era sicuro di sopportare di udire quelle parole, perché pensava di non poterle dire a sua volta e in tal caso non voleva veder soffrire Jack.

A dire il vero non l'aveva mai detto a nessuno, non in quel modo. Aveva detto a sua figlia che le voleva bene, naturalmente. Ma quando Sharon aveva usato quelle parole, lui aveva svicolato con un semplice "anch'io". Per Jack non sarebbe stato abbastanza. Lui avrebbe avuto di meglio. Un giorno.

Guardò Jack allontanarsi dalla finestra. Churchill ora aveva l'aria di stare per andarsene. Jack sparì, poi tornò e guardò fuori per un attimo. D colse quella rara opportunità di osservarlo senza l'imbarazzo di essere beccato. *È così... Già. È così.* Jack gli aveva rivolto svariate volte degli apprezzamenti sul suo aspetto, probabilmente sperando di incoraggiarlo a ricambiare, anche solo in tono scherzoso, ma lui non era riuscito a fare altro che arrossire e mormorare parole confuse. Non era capace di esprimere quel che pensava, ovvero che avrebbe potuto guardare Jack per cent'anni di fila senza mai stancarsi. Jack adesso stava aprendo il borsone. D si sporse in avanti, un sorrisetto a curvargli le labbra. Sperò che non avesse già aperto la borsa durante il viaggio, e che non avesse trovato il regalo. Che delusione sarebbe stata.

Fortunatamente Jack era vicino al letto, rivolto verso la finestra, e D poté vedere chiaramente la scena. Aggrottando la fronte, tirò fuori il dono. Sorrise mentre osservava la piccola scatola di ciliegie ricoperte di cioccolato che D, quella fatidica mattina, gli aveva infilato nella borsa mentre lui era sotto la doccia. L'aveva presa settimane prima, ma ogni volta che pensava di darla a Jack, veniva preso da un attacco di timidezza e la metteva via. Ora o mai più, aveva pensato quel giorno.

Jack adesso aveva un gran sorriso sul volto. Si sedette sul letto e tirò fuori una ciliegia. D lo osservò mentre, con cura, ne mordeva una parte, succhiava lo sciroppo e poi con un dito si puliva un angolo della bocca. Inclinò la testa di lato e tirò fuori la lingua per andare a pescare la ciliegia, cosa che richiese alcuni tentativi. Perfetto per D, che si godette la vista della lingua rosa di Jack che si lavorava l'interno del piccolo guscio dolce. Alla fine ci riuscì e poi finì a morsetti il cioccolato. Scosse la testa, facendo una risatina, poi richiuse la confezione e la posò sul comodino. Le sue dita vi indugiarono per un attimo. D lo vide sospirare per poi alzarsi e andare in bagno.

D si rilassò. Meglio di così non sarebbe potuta andare. Pensò brevemente a quanto fosse perverso a spiare Jack dall'altra parte della baia, ma date le circostanze pensò di poter essere perdonato.

Il suo cellulare vibrò. Era un messaggio. Probabilmente da X. Lasciò ricadere sul petto il binocolo e ripescò il telefono dalla tasca.

> tutto ok?
> sì
> killer x J?
> 2 x qnt ne so
> piste?
> nessuno ancora qua. tengo sotto controllo.
> m. bene
> dove 6?
> anch'io qua
> vieni ad aiutarmi?
> se serve
> magari finalm. ci incontriamo
> sì. dobbiamo organizzare.
> che ne dici di adesso?
> adesso?
> sì
> ???
> ti sento digitare sulla tastiera, genio.

D sentì un sospiro e poi… una voce. «Ma che cazzo.» Era una voce di donna. Proveniva dall'altro lato della ciminiera accanto a cui sedeva lui. Rimase immobile, in preda allo stupore, mentre udiva dei passi fare il giro... e poi una donna dai capelli biondi gli comparve davanti. «Be', è davvero imbarazzante.»

D la fissò. «Sei tu.»

Lei gli sorrise. «E anche tu... sei tu.»

Lui si alzò lentamente. «Non ci posso credere.» Sul tetto c'era buio, ma grazie al bagliore delle luci cittadine e della luna si vedeva abbastanza chiaramente. Era alta poco meno di lui e appariva forte. Indossava dei pantaloni cargo e un bomber rivestito di pile. I capelli chiari erano raccolti in una coda. «Sei... una donna.»

«Già.» Allungò la mano. «Megan Knox, Servizi segreti degli Stati Uniti.» Apparentemente, trovarsi faccia a faccia con lui la disorientava un po'. D sapeva come si sentiva. Ancora scosso, le strinse la mano. «Maledizione, D,» disse mordendosi un labbro. «È bello incontrarti.»

«Anche per me,» rispose tenendole ancora stretta la mano. Infine la lasciò andare e rimasero a fissarsi.

Lui guardò verso la ciminiera. «Per quanto tempo saresti rimasta lì zitta zitta?»

«Non so. Finché tu te ne fossi andato, probabilmente. Avevo messo la tastiera del telefono in modalità silenziosa; non pensavo che mi avresti sentita.»

«Ho un buon udito.»

«Ho notato.»

«E dai. Ti avrei trovata quassù.»

«Be', quando hai perlustrato il tetto non mi hai vista, no?»

«Dove ti nascondevi?»

Fece un gesto con il capo verso l'angolo più lontano. «Dentro un bocchettone dell'aria.»

«Volpe.»

«È il mio secondo nome.»

D non sapeva più che dire. Rimasero fermi in piedi come idioti per qualche momento, poi lui ridacchiò. «Sono ancora un po' sotto shock.»

«Be', è una sorpresa anche per me.»

«Dai, siediti.»

«Okay. Abbiamo molto di cui parlare.» Si sedette accanto a lui, su una sporgenza.

«E allora… sei un'agente dei Servizi segreti, eh?»

Lei lo guardò. «Non ho mai detto di essere un'agente.»

«Ah,» fece lui, intuendo che non avrebbe risposto ad altre domande in merito.

«Chi ha Jack come bersaglio?»

«Shhh. Possiamo parlare dopo. Uscirà da un momento all'altro dalla doccia e non me lo voglio perdere per niente.»

«Ooh,» disse lei tirando fuori il proprio binocolo.

D la guardò. «Ehi!»

«Che c'è? Vuoi negare un po' di dolcezza a una ragazza che lavora duro?»

«Non è Halloween.»

«E con questo cosa vorresti dire?»

«Che non divido i miei dolci con nessuno. Dammi quel coso.»

⊕ CAPITOLO 21

D e X (*Megan, si chiama Megan*) rimasero seduti sul tetto finché nella camera di Jack si spense la luce. Si sentì in imbarazzo a osservarlo con lei lì al suo fianco, anche se la ragazza rimase in silenzio, apparentemente senza degnarlo di grande attenzione. D si agitò sulla sedia quando Jack uscì dal bagno con un asciugamano intorno alla vita, sebbene X, da quella distanza, non potesse vedere niente senza binocolo.

Abbassò il pesante strumento. «Okay. Ora andiamo.»

«Okay.» Lei rimise il proprio nel cappotto.

D scosse la testa. «Con quei cosi ridicoli non avresti potuto vedere niente in ogni caso. Dove li hai presi, al negozio 'tutto a un dollaro'?»

Lei gli porse il suo binocolo compatto. «Dai un'occhiata.»

D se lo portò agli occhi e subito scattò all'indietro nel tentativo di riorientarsi. Era di almeno un ordine di magnitudine più potente del suo. «Maledizione,» mormorò. Riusciva a vedere oltre l'hotel, fino agli uffici dell'edificio dietro.

«È digitale,» disse lei, riprendendoselo.

«Piuttosto figo.»

«Ho un debole per i giocattoli. Andiamo, ti offro un caffè o quel che vuoi tu.»

Erano seduti in un angolo remoto di un ristorante aperto tutta la notte. Una cameriera annoiata se ne stava in fondo al bancone a leggere un romanzetto d'amore mentre la radio accanto a lei gracchiava debolmente. Lasciò sul tavolo una caraffa di caffè e disse loro di fare un cenno nel caso ne volessero ancora o avessero voglia di una fetta di torta.

D scosse la testa, mettendosi intanto a girare e rigirare la tazzona (era del tipo grosso e smaltato color caramello, perfetta). «Ancora non ci credo che tu sia seduta qui davanti a me.»

«Immagino sia diverso per me. Ti osservo e conosco da sempre il tuo aspetto.»

«Già.»

Lei lo stava fissando. «Spero di non essere una delusione.»

D la guardò. «Perché dovresti?»

«Be', magari ti aspettavi qualche mercenario tutto muscoli.»

Lui ridacchiò. «Ne ho conosciuti alcuni così. Ottusi e buoni solo a lavorarsi qualcuno. Preferisco una persona furba.»

Lei incrociò le braccia sul tavolo. «Conosco la tua situazione. Forse più di quanto la conosci tu. Ma di sicuro hai delle domande da farmi.»

«Stai dicendo che risponderai a tutte le mie domande?»

«Be'… forse non a *tutte*. Quelle che posso.»

«Sei dei Servizi segreti.»

«Eh sì.»

«Ma non sei un'agente.»

«No.» Sospirò. «Sono una di quelle persone che non esistono.»

«Questo è un punto che abbiamo in comune.»

«Già. Diciamo che mi occupo dei lavori che non compaiono nel report annuale o nel budget. Cose che ufficialmente non accadono.»

«Ah-ha.»

«Negli ultimi dieci anni mi sono occupata di anti-assassinio. In pratica me ne vado in giro seguendo soffiate e informazioni; alcune mi vengono passate, altre le raccolgo io stessa. Devi sapere che a volte impersono qualcuno del tuo campo.»

Lui aggrottò la fronte. «Sotto che nome?»

«Shelby.»

Lui fece una risatina simile a un grugnito. «Eri tu?»

«Già. Lo so, ti ho fregato quel lavoro a Tempe.»

«Niente affatto. Volevo che lo facessi. Cambiato idea. Ho fatto trapelare i contatti e ritirato l'offerta in modo che qualcuno si intromettesse e lo prendesse. Grazie per il favore.»

«Ti sei preso gioco di me!» esclamò lei. «Stronzo!»

Lui fece spallucce. «Senti chi parla.»

Lei annuì e ridacchiò. «Comunque. La natura del mio lavoro mi ha reso facile spostarmi e, diciamo… accudirti.»

D rimase in silenzio per un attimo. «Mi vuoi finalmente dire come mai?»

«Tu mi hai salvato la vita.»

«Ancora non so come.»

«Questo è un argomento per la prossima chiacchierata.»

Lui annuì. Era quello che sospettava. «Okay. Allora c'è una cosa sola di cui parlare.»

«Chi ha fatto quelle due offerte su Jack?»

«La prima è andata a un tizio chiamato Carver, lo conosci?»

«Sì, è un peso piuma.»

«Be', non lo scarterei automaticamente, ma non mi preoccupa quanto JJ. Credo che lo tallonerò quando arriverà in città e lo persuaderò a portare gli affari altrove.»

Lei annuì. «Farò qualche indagine discreta sui nomi falsi di Carver che si conoscono, vedrò se scopro come arriva e dove sta.»

«Bene. Poi c'è JJ.»

«Non so niente di lui.»

«Lei. E mi preoccupa molto più di Carver.»

«Perché? È una tosta?»

D le fece un sorrisetto amaro. «JJ è una donna di sessantotto anni, alta circa uno e sessanta, che non pesa più di quaranta chili.»

Meg ridacchiò. «Sul serio?»

«Già. Nessuno le dà mai una seconda occhiata. L'ho vista un paio di volte quando non lavorava e sembrava una signora di Park Avenue, tacchi alti, capelli bianchi e occhiali da sole. Invece, sul campo… si arriccia i capelli, si mette su quelle maglie con gli orsacchiotti e sembra la perfetta nonnina.»

«Qualcuno che nessuno sospetterebbe mai.»

«O ricorderebbe. Ma cavolo se porta a termine le missioni.»

«In che modo?»

«Cazzo, è una maestra dell'assassinio con sostanze chimiche. Veleni, gas nervini, iniezioni. Potrebbe metterglielo nel cibo, sulla maniglia dello sportello dell'auto, nel sistema di ventilazione, o nell'acqua.»

«Maledizione. Non sarà facile proteggerlo da lei.»

«Esatto. Possiamo solo sperare di intervenire prima di lei. Ma non è una tonta come Carver. Sarà dura da trovare. Ci sto ancora pensando. Ma le è toccata l'ultimo contratto, quindi si muoverà solo se Carver fallisce. Finché io non blocco i tentativi di Carver non farà niente e aspetterà che il processo si avvicini.» Sospirò. «Ma quei due sono solo parte dei miei problemi.»

Meg annuì. «Petros?»

«Ah, lo sai?»

«Ne parlano tutti. Dalla quantità di voci che corrono su di lui, sembra quasi che sia Keyser Soze. Sai, ho pensato spesso che il business del crimine funzionerebbe in maniera molto più efficiente se tutti i criminali tenessero la bocca chiusa, cosa di cui sembrano patologicamente incapaci.»

«Uhmm. Però questo ci facilita il lavoro.»

«Tu non sei mai stato uno che fa andare la lingua.»

«Per questo sono ancora in piedi.»

«Non ne dubito.» Si sporse in avanti. «Se vuoi mi occupo di Petros, così tu puoi concentrarti su Carver e JJ.»

D la osservò, riflettendo. Si fidava abbastanza di lei? Pensava che ne fosse capace? Gli bastarono pochi secondi per arrivare alla conclusione: sì e sì. «Okay. Sarebbe più facile se sapessi cosa ha intenzione di fare.»

«Non ti è venuto in mente che potrebbe essere qui per te?»

«Non è possibile. Lavora per i fratelli, quindi si tratta di Jack. Non sono i fratelli a starmi personalmente sul collo, ma qualcuno che ancora deve mostrare la faccia. Scommetto che lo hanno fatto venire in città nel caso in cui Jack riesca ad arrivare a testimoniare ed entri nel programma di protezione. È uno dei suoi talenti speciali.»

Meg sembrò pensarci su, poi lasciò cadere la cosa. «Qual è il tuo piano per dopo? Nell'ipotesi che nessuno arrivi a Jack.»

«Be', lui entrerà nel programma di protezione testimoni.»

«Non posso credere che ti accontenti che finisca così.»

D fece un mezzo sorriso teso. «Diavolo, no. Sistemerò le cose così che non debba rimanere nel programma. In modo che possa riprendersi il suo nome e tornare a fare il chirurgo.»

«Sarebbe un bel colpo. Come pensi di farcela?»

«Ho qualche idea.»

Lei sembrò afferrare che non aveva intenzione di discuterne. Rimasero in silenzio per qualche minuto a bere i loro caffè. Quando Megan parlò di nuovo, la sua voce era calma. «E cosa verrà dopo, per te e Jack?» chiese. «Ci hai pensato?»

D fissò il contenuto della tazza. «Ci ho pensato.» Lei aspettava che proseguisse, ma non voleva parlare dei suoi piani futuri con Jack, neanche con lei. Anche se avesse voluto, parlarne ad alta voce sembrava un rischio, come se dare forma alle proprie speranze le potesse sabotare.

La verità era che a malapena riusciva a pensare nel dettaglio all'avvenire. Jack aveva parlato di una casa con un giardino e dei cani. D non si era spinto tanto in là. Tutto quello che si concedeva di immaginare era un qualche futuro indefinito in cui avrebbe rivisto Jack e non lo avrebbe più lasciato. Oltre quello, era tutto vago e nebuloso, e D non aveva il coraggio di guardare con chiarezza. Se l'avesse fatto e poi nulla fosse accaduto, si sarebbe trovato con la testa piena di piani e dettagli a tormentarlo, ricordandogli quello che non poteva avere. Era già abbastanza brutto che la sua mente continuasse a insistere che era possibile, se non probabile, che Jack morisse e che a lui sarebbe rimasta solo una tomba.

Una tomba che non avrebbe mai visitato, perché, nel caso fosse successo il peggio, non poteva immaginare altro che di svanire nella notte, spezzare tutti i legami con il mondo e galleggiare attraverso la vita come uno spettro, senza mai più toccare niente o nessuno.

Jack aprì le palpebre e si girò su un fianco. Il letto era comodo in maniera assurda. Si era abituato al materasso bitorzoluto della casa di Redding e, successivamente, a una settimana di pulciosi motel anonimi, ma quello… quello era il paradiso. Nonostante ciò non aveva dormito molto bene e dava la colpa alla solitudine. Da un po' di tempo non dormiva da solo, e gli sembrava che ci fosse qualcosa di sbagliato: non sentiva il peso di D accanto a sé, il calore del suo corpo a ricordargli la sua presenza anche quando non erano a contatto. Il letto, con lui solo a riscaldarlo, sembrava in realtà freddo.

Sorrise quando i suoi occhi si posarono sulla scatola di ciliegie coperte di cioccolato che stava sul comodino, ma durò poco. Le ciliegie erano un misero sostituto.

Si girò e allungò un braccio attraverso il posto vuoto e freddo in cui ci sarebbe dovuto essere D, ma in cui non c'era e probabilmente per lungo tempo non ci sarebbe stato. Gli si prospettava una giornata senza fine, che avrebbe passato intrappolato in quella camera d'albergo, senza niente da fare se non rimuginare e godersi la depressione che, lo sapeva, stava appostata nelle tenebre, pronta a gettarsi su di lui.

Si mise le mani sul viso. *Maledizione. È tutto finito. La mia vita, il mio lavoro, la mia casa, la mia città, i miei amici.* Aveva fatto del suo meglio, per tutta la durata di quella odissea, per non pensare a quanto aveva perduto e a quanto profondamente la sua esistenza era cambiata. Per lo più ci era riuscito, ma ora non c'era più niente che lo distraesse da quei pensieri.

Almeno ho avuto lui. Per un po'. Ma adesso neanche lui c'è più.

Diede un pugno al cuscino e se ne mise un altro sulla testa. *Svegliatemi quando è ora di testimoniare. Magari, quando sarà finita uscirò dal tribunale e chiamerò a gran voce i sicari dicendogli di venire a prendermi, basta che sia una cosa rapida e indolore.*

Seguire la macchina di Carver dall'aeroporto di Baltimora non fu difficile, perché aveva noleggiato una Corvette rossa. D rise, tirando su con il naso, quando vide quella cosa sgargiante uscire dal parcheggio. Carver era abbastanza nuovo del mestiere, perciò lo affascinava ancora l'idea di essere un fuorilegge con una caterva di denaro. Di solito, quelli che guidavano auto di lusso e compravano gioielli e case nel Sud della Francia non duravano a lungo. Secondo D, quello sarebbe stato il destino anche di Carver.

Il suo cellulare trillò. «D.»

«Okay,» disse Megan senza preamboli. «La macchina è stata presa a noleggio con un nome diverso da quello usato per il volo, quindi è probabile che abbia utilizzato lo stesso per l'albergo, in modo che corrispondessero.»

«E che nome ha usato per l'auto?»

«Tieniti forte. Slade Thorndike.»

D scosse il capo. «Cazzo, mi prendi in giro?»

«Giuro sulla mia testa.»

«L'ha preso da una soap opera?»

«Sembrerebbe. In ogni modo, ho trovato una casa in centro affittata a quel nome in Thames Street.»

D ebbe un tuffo allo stomaco. «Thames Street?»

«Già.»

«Merda, si trova a Fells Point. Vicino a dove eravamo stanotte.»

«Be', il tribunale è a un solo isolato dall'hotel. Potrebbe averlo scelto per quel motivo.»

«Forse, ma è più saggio ipotizzare che sappia dove si trova Jack. Lo seguo fino alla casa e me ne occupo lì.»

Meg rimase in silenzio un momento. «Hai intenzione di ucciderlo?»

D strinse i denti. «Se mi costringe. Dammi quell'indirizzo.» Si allontanò dalla corvette e la oltrepassò, la mascella contratta.

La casa presa in affitto era in realtà una bifamiliare, anonima come lo sono di solito le residenze temporanee. Il sistema di sicurezza era una barzelletta, e D entrò senza problemi passando dal garage. Fece un rapido controllo, dato che non aveva molto tempo. Carver sarebbe arrivato entro dieci minuti, forse qualcuno in più se non conosceva bene la zona.

Trovò un angolo accanto alla sala da pranzo da dove

poteva vedere sia l'entrata sia la porta d'accesso al garage, in modo da coprire qualsiasi accesso Carver scegliesse.

Se ne stette lì fermo e in silenzio, respirando a malapena, una SIG Sauer con silenziatore incorporato stretta nella mano guantata che teneva nella tasca del suo cappotto caban. La sua mente voleva tornare a Jack. Pensare a lui, a cosa stesse facendo, a come si sentisse. Non poteva. Era una distrazione che non si poteva permettere.

Chiuse gli occhi e cercò di ritornare in quel posto. Nel posto dove era vissuto per così tanto tempo, la cassaforte ben chiusa dove ogni cosa era liscia, splendente, senza un graffio o un segno sulla superficie della sua mente arida.

Spegni. Spegni tutto. Ricordi come si fa. È facile.

Era difficile tornare là quando una parte di lui insisteva con testardaggine a chiedersi se quel posto esistesse ancora. Invece che essere pulito e intonso, ora era un casino totale, sottosopra come un giardino la cui terra è stata rigirata prima di piantare i semi. La porta della cassaforte era spalancata e mezzo scardinata, e tutti i segreti che aveva contenuto erano sparpagliati in giro.

Udì la porta del garage aprirsi e fece un passo indietro nell'ombra. Una portiera sbatté, una chiave fu infilata nella serratura e la porta che dava sulla cucina si aprì. Carver faceva tanto rumore da svegliare i morti.

Ignaro di tutto, lasciò cadere il suo borsone, camminò dritto verso D e cercò l'interruttore. Prima che lo raggiungesse, D uscì con uno scatto felino dal suo nascondiglio, gli afferrò il polso, gli girò con uno strattone il braccio portandolo tra le scapole e lo schiacciò con il petto contro il muro, puntandogli il muso della pistola contro la tempia. «Adesso fai silenzio,» sibilò.

«Chi cazzo sei?» chiese Carver con voce soffocata. Cercò di lottare, ma D gli teneva le gambe aperte con un ginocchio, e tutto il suo peso era appoggiato sul braccio piegato. Carver non sarebbe andato da nessuna parte.

«Non ti interessa. Ora, ascoltami bene e magari esci vivo di qui, okay?» Carver annuì. «Sei qua per far fuori Jack Francisco, giusto? Per i fratelli Dominguez?»

«Non so di cosa parli.»

«Se pensi che sia un poliziotto sei ancora più stupido di quanto sembri. Rispondimi.» Gli torse ancora di più il braccio.

«Sì. Francisco.»

«Quando dovevi colpire?»

«Chi è che lo vuole sapere?»

D rifletté per un momento. Era vero che il suo nome era legato a una notevole reputazione. Se Carver avesse saputo con chi aveva a che fare, probabilmente si sarebbe messo sull'attenti come un bravo soldatino, specialmente visto che era noto a tutti che D aveva già ucciso un collega. Ma se gli avesse detto chi era, le probabilità che rimanesse un segreto si sarebbero ridotte. Non sapeva bene quanta differenza avrebbe fatto se Carver fosse andato in giro a raccontare che lui era lì. Al momento non c'era una taglia sulla sua testa e anche se ci fosse stata, molti professionisti, al pari di Frost, vi si sarebbero tenuti lontani. L'unico pericolo per lui era che eventuali informazioni su dove si trovasse raggiungessero, in particolare, coloro che lo stavano cercando... e che probabilmente già sapevano. Sicuramente sapevano che aveva protetto Jack per mesi, e non era credibile che pensassero che lo aveva lasciato lì a Baltimora senza protezione. Di certo avevano già capito che D si trovava in città. Una parte di lui *voleva* addirittura che lo sapessero, così da poterla fare finita. Prima fossero arrivati a lui, prima la faccenda si sarebbe risolta, in un modo o nell'altro, e si sarebbe potuto concentrare sul problema di Jack con i fratelli. La cosa che lo preoccupava di più era che si mettessero sulle sue tracce prima che venisse messo sotto protezione, e in tal caso avrebbe dovuto dedicare metà del tempo a proteggere Jack e l'altra metà a proteggere se stesso. Ma aveva idea che i fratelli non l'avrebbero fatto.

Lo sai, potresti ucciderlo dopo che ti ha detto qual è il suo piano. Problema risolto.

Era verissimo, ma... non voleva ucciderlo.

Non vuoi ammazzarlo perché Jack non vorrebbe che tu lo facessi. E allora?

E allora, chi dirige i giochi, tu o Jack?

D non sapeva la risposta a quella domanda, ma nei due

secondi che gli ci vollero per fare quelle considerazioni decise che cosa doveva dire a Carver. Stava facendo tutto per Jack, e lo voleva fare come D. Non come Lincoln o qualche altra sua identità, ma come...

Come l'uomo che Jack ama. Lui mi ama. È pazzesco e complicato, a malapena riesco a crederci e di sicuro non me lo merito, ma lui l'ha detto, quindi deve essere vero. È da qualche parte in questa città proprio ora, senza avere alcuna idea di cosa io stia facendo o perché e mi ama, ed è tutto quello che mi resta al mondo.

Si sporse in avanti e ringhiò nell'orecchio di Carver: «Mi chiamo D.» Quello si irrigidì. «Vedo che il nome non ti è nuovo.»

«Che cazzo ci fai qua?» Sentì il brivido di paura nella voce di Carver e capì di averlo in pugno.

«Sono io che faccio le domande. Quando dovresti colpire Francisco?»

«Vuoi il contratto? Te lo vendo.»

D abbassò la pistola e gliela premette contro la gamba. «Rotula,» sibilò.

Carver cercò di allontanarsi dall'arma ma non aveva molto spazio per muoversi. «Va bene, Dio santo. L'idea è di prenderlo con un tiro a lunga gittata mentre entra in tribunale.»

D era così sorpreso che gli ci volle un momento per raccogliere le idee. «Gesù! Sapevo che eri nuovo del mestiere ma non pensavo fossi un coglione totale.»

«Eh?»

«In quale universo portano un testimone in tribunale facendolo apparire in pubblico? Lo fanno passare per i tunnel, idiota del cazzo.»

Carver per un momento non disse niente. «Ah.»

«Eh, già. Cristo santissimo. Va bene, non ho tempo da perdere con te, sfigato. Dunque: tra un attimo ti mando nel mondo dei sogni. Quando ti risveglierai, io me ne sarò andato. Tu prendi i tuoi bagagli, rimetti il culo su quella calamita per poliziotti color rosso fuoco che hai noleggiato e te ne vai dalla città. Non mi importa dove, ma più ti allontani e meglio è. Tieniti il compenso per il lavoro.»

«Ma... non lo vuoi tu?»

«No.»

«E chi farà il lavoro?»

«Nessuno.»

Carver grugnì. «I fratelli vorranno la mia testa se lascio la città con i loro soldi senza aver fatto il lavoro.»

«Se piantano grane farò in modo che il compenso gli venga restituito di tasca mia, ma presto avranno problemi più grossi di quello.»

«Perché lo fai?»

«Abbiamo un accordo?»

Carver stette zitto per un momento. «Sì.»

D gli torse di nuovo il braccio, ottenendo in risposta un grugnito di dolore. «Ascoltami,» disse, la bocca incollata al suo orecchio. «Tu sparisci e non ti fai più vedere. Io ti terrò d'occhio. Se anche solo mi arriva l'odore di quello che hai mangiato a pranzo, non avrai neanche il tempo di provare rimorso. E bocca chiusa sul fatto che mi hai visto qui. Chiaro?»

L'altro annuì. «Sì. Capito.»

D scosse la testa. «Devi mollare questo settore. Non hai le palle.» Fece un passo indietro e gli diede un colpo con il calcio della pistola. Quello cadde privo di sensi per terra. D lo perquisì e gli prese le armi, poi afferrò il fucile che aveva portato e le armi extra e sparì.

«Credo che oggi riusciranno a concludere l'esame preliminare,» disse Churchill. Era passato per pranzare con Jack in camera sua. Era mercoledì e il testimone stava per dare di matto. Churchill faceva del suo meglio per tenergli compagnia, ma non c'era molto da fare in una stanza d'hotel.

«Grazie a Dio.»

«Già. Temevamo che trascinassero la cosa ma il giudice non lo permette. Ha presieduto alcuni processi ai Dominguez in passato, processi interrotti quando si è scoperto che i testimoni erano morti. Sta mandando le cose avanti con celerità.»

«Pensi che sarò sul banco entro la fine della settimana?»

«Lo spero. Non sarai il primo testimone, ma Brad cercherà di fartici arrivare prima che può. Tuttavia non potremo metterti sotto protezione finché il processo non sarà finito, perché potresti essere richiamato in ogni momento.» Sospirò. «Potrei far sì che Brad anticipi la tua testimonianza per via di comprovabili minacce alla tua vita.»

Jack annuì. «Ma non mi dire.»

Churchill bevve in un sorso il suo tè freddo e raddrizzò la schiena. Guardò Jack per un momento e inspirò profondamente. «Posso farti qualche domanda su di lui?»

Jack se ne stava seduto stravaccato al tavolo e giocherellava con i resti dei suoi noodles cinesi. «Cosa vuoi sapere?»

«Non saprei. Il fatto è che... quelli del suo campo sono una specie di leggenda urbana. Ne senti parlare ma non li vedi né li incontri mai. Curiosità, immagino.»

«È solo un uomo.»

«Su questo ho i miei dubbi.»

Jack posò bruscamente la forchetta e raddrizzò la schiena. «Senti, se vuoi sapere qualcosa di D glielo dovrai chiedere tu stesso, visto che voi due siete così intimi. Io non ti dirò una sola cosa su di lui, perché non spetta a me farlo e, inoltre, non sono del tutto sicuro di fidarmi di te.» Sembrò rimanere in attesa di una reazione di rabbia, ma Churchill si limitò a sorridere.

«Bene,» disse. «È quello che speravo dicessi.»

«Sei contento che ti abbia detto che non mi fido di te?»

«Jack, nella tua posizione non ci si può permettere di fidarsi di nessuno al cento per cento.»

«Di D mi fido.»

Churchill annuì. «Lo so. Immagino che si sia meritato questa fiducia, eh?»

Jack fissò il vuoto. «Sei sposato?»

«Da dieci anni.»

«Hai figli?»

«Due bambini.»

«E hai una casa, ci scommetto. E un'auto, probabilmente più di una, e poi hai questo lavoro con tutte le sue responsabilità, e amici e colleghi con cui fai le grigliate in giardino, e zie, fratelli, nipoti, ex compagni di college e tutto il resto… giusto?»

Churchill annuì. «Esatto.»

«Be', io no. Non più. E una volta finito questo processo, non ne avrò più la possibilità. D è tutto che quello che ho, Churchill. Non ti aspettare che ti dica com'è lui o cosa c'è tra noi, perché non posso. Devo tenerlo per me. Okay?»

«Okay. Mi dispiace, Jack. Non volevo…»

«Lo so. Solo che… sono bloccato in questa maledetta camera senza niente da fare a parte rimuginare su dove sia, se sia vivo o morto, e chiedermi se lo rivedrò mai.»

«Churchill.»

«Sono D.»

«Ottimo tempismo. Ho appena lasciato la camera di… oh, aspetta, probabilmente questo lo sai già, eh?»

D ridacchiò. «A dire il vero al momento non sto controllando te o lui, quindi sì, tempismo perfetto.»

«Vorrei che mi dessi il permesso di dirgli che sei qui.»

«Già non va bene che tu gli abbia detto che ci siamo sentiti per tutta l'estate. Probabilmente adesso è arrabbiato con me.»

Churchill rimase in silenzio per un momento. «D, gli manchi così tanto in questo momento che non penso si possa arrabbiare, qualsiasi cosa tu faccia.»

D non disse niente, si morsicò l'interno della guancia finché le parole pronunciate da Churchill non gli furono passate dalla mente.

«Sei riuscito a rintracciare questa JJ?» chiese l'altro.

«No. Sto rivoltando anche i sassi e per quanto ne posso sapere, non è ancora neanche in città, anche se dovrebbe arrivare. È più che capace di nascondersi alla mia vista.»

«Te lo dico un'altra volta: dammi la sua descrizione e i nomi usati che si conoscono, e la metto sulla lista nera.»

«E io ti rispondo un'altra volta che non posso farlo. I fratelli non possono venire a conoscenza del fatto che qualcuno sa dei lavoretti che hanno assegnato, perché se questo accade, li annulleranno e chiameranno qualcun altro che non sappiamo. Devi fidarti di me. E poi io ho un aiuto di quel tipo, quindi non ricade tutto su di te.»

«Aiuto? E da chi?»

«Non posso dirlo. Diciamo solo che ho amici ai piani alti. Sanno già quando testimonierà?»

«Brad spera di averlo al banco venerdì. Comunque quello è il primo giorno in cui è chiamato in tribunale.»

«Quindi mi stai dicendo che lascerà l'hotel venerdì mattina?»

«Esatto. Lo faremo passare dai tunnel.»

«Dunque: se fossi JJ, cercherei di colpirlo prima oppure durante il tragitto. Durante il tragitto è difficile, idem quando è in camera. Che percorso farete per portarlo dalla stanza ai tunnel?»

«L'ascensore blindato va direttamente ai tunnel. Non saremo mai esposti.»

«Questa è davvero un'ottima cosa. Così limitiamo le opzioni di JJ. Controlli cosa mangia e beve?»

«Ho una guardia che assiste alla preparazione del cibo e che non lo perde di vista finché non lo portano in camera.» Churchill esitò. «E se avvelenasse gli ingredienti prima che arrivino in cucina?»

«No, non può rischiare di avvelenare altra gente oltre a Jack, la cosa attirerebbe troppa attenzione. Non oserebbe mettere niente nei condotti d'aria dell'hotel o nell'acqua per lo stesso motivo.» Gli venne un dubbio. «E che mi dici dei detersivi? Una volta ha avvelenato una persona spacciandosi per cameriera e mettendo un gas nervino nel bocchettone della doccia.»

«Non facciamo fare le pulizie allo staff dell'hotel. Quando serve, le guardie portano via la sua biancheria. A dire il vero è una procedura di protezione standard, precauzioni per la biancheria a parte.»

«Bene,» commentò D, a malincuore colpito dalla sua scrupolosità.

«E di te che mi dici?» chiese Churchill. «Qualche indizio che ti abbiano seguito fin qua?»

«Per ora no. Tanto ci puoi scommettere che sanno che sono qui. Ma non me ne preoccupo. Verranno a prendermi quando vogliono. Fino ad allora, mentre proteggo Jack, non posso farci niente.» D sospirò. «Ma ho idea che aspetteranno finché lui non ha chiuso qua ed è sotto protezione.»

«Perché?»

«Non so veramente che cosa vogliono da me, uccidermi o torturarmi o farmi fare per loro il lavoro che normalmente non farei, ma finché lui è vivo e al sicuro loro hanno una merce di scambio non da poco, dato che io farei qualsiasi cosa perché resti al sicuro.»

Churchill tacque per un po'. «Mi state facendo impazzire. Sia tu che lui. Sono sul punto di mandare al diavolo il processo e mettervi entrambi su un aereo con delle nuove identità e farvi atterrare in qualche posto dove nessuno vi troverebbe mai.»

D sospirò. «Vorrei fosse possibile, amico.» Chiuse il telefono. Stava per rimetterlo in tasca quando lo sentì squillare di nuovo. «D.»

«Sono Meg. Dove sei?»

«Sulla 83, arrivo dalla Towson. Che c'è?»

«Incontriamoci all'ospedale Mercy, in centro. Ho sentito sullo scanner di frequenze che una donna è stata portata là con lesioni gravi. La descrizione sembrava quella, così ho controllato.» Indugiò un attimo. «D, penso che sia JJ.»

D sbatté le palpebre. «Chi diavolo l'ha picchiata?»

«La polizia non lo sa. L'hanno trovata in un vicolo che dà sul Lexington Market.»

«Arrivo.»

Megan stava aspettando D all'entrata dell'ospedale. «Andiamo, è al Pronto Soccorso,» disse, incamminandosi senza attendere risposta.

«Cosa ti fa pensare che sia JJ?»

«Portava addosso vari documenti con nomi diversi e un bel po' di contante.» Attraverso le doppie porte entrarono nel centro traumatologico. Alcuni poliziotti stavano parlando con un medico; Megan esibì il suo badge e quelli fecero cenno di passare.

D si bloccò di colpo. La donna che era sdraiata nel letto era stata picchiata quasi a morte. La faccia, gonfia e piena di lividi, era quasi irriconoscibile, e un braccio era ingessato. «Merda,» mormorò.

«È lei?»

Lui annuì. «Sì.» Guardò l'infermiera. «Può parlare?»

«È un po' intontita ma potete parlare per qualche minuto.»

D andò al suo capezzale, poi guardò le altre due donne. «Potrei, ehm…»

L'infermiera sorrise. «Vi lascio soli.»

D si chinò sulla sagoma inerte di JJ. «Ehi,» disse. «Puoi… sentirmi?» Nessuna risposta. «JJ?» Se la donna era in grado di sentire, quel nome avrebbe dovuto attirare la sua attenzione.

I suoi occhi si aprirono immediatamente. Non appariva affatto intontita, ma appena lo vide aggrottò la fronte. «D?»

«Sì, sono D.»

Lei sospirò e fece una smorfia. «Cazzo, non dovrei essere sorpresa. Be', grazie per avermi risparmiato la fatica di cercarti.»

D era confuso. «Cercarmi? Ma di che parli? E chi ti ha malmenata?»

«Dei tizi che non ho riconosciuto ma che avevano un messaggio per te. Non mi hanno uccisa perché potessi portartelo.»

«Quale messaggio?»

Lei lo guardò negli occhi. «Hanno detto che non mi avrebbero lasciato uccidere Jack Francisco perché…» Deglutì. «Perché è compito tuo e si aspettano ancora che tu lo faccia.»

Figli di troia. «E allora aspetteranno a lungo, perché io non lo ucciderò mai.»

Lei annuì. «Hanno detto che avresti risposto così, e che ti sbagli. Lo ucciderai. Forse adesso non ci credi, ma lo farai.»

⊕CAPITOLO 22

Megan stava parlando al cellulare. «Ah-ha. E lui è... sì. Okay.» Pausa. «Grazie, Pete. Sì, chiamami.» Chiuse la chiamata e guardò in direzione di D, che se ne stava stravaccato su una poltrona nell'appartamento di lei, uno dei vari posticini anonimi che il Dipartimento del tesoro teneva in giro per il mondo, a disposizione di agenti come lei. Era vestito tutto di nero, come sempre, indossava gli occhiali da sole anche in casa e sembrava uno scappato da un concorso di sosia di Bono. Tamburellava le dita contro il bracciolo e si mangiucchiava il pollice dell'altra mano. «Okay, uno dei federali dice che probabilmente saranno pronti a far testimoniare Jack dopo la pausa pranzo. Il procuratore sta parlando con lui proprio adesso.»

Lui rispose con un grugnito.

«D, hai fatto tutto il possibile.» Un altro grugnito. «Dovresti provare a rilassarti. Non so, fatti un sandwich. Riposa. Quando è stata l'ultima volta che ti sei fatto una bella dormita?» Immaginò che fosse quando aveva dormito per l'ultima volta insieme a Jack. «Non possiamo fare niente finché lui non lascia il banco dei testimoni.»

Terzo grugnito. «Potrei andare a casa dei fratelli e iniziare a sparare.»

«Uh... Per quanto la cosa ti possa tentare, non penso che sarebbe il modo di agire più discreto.»

«'Fanculo la discrezione. Preferirei far saltare un po' di teste.»

«Basta. D'ora in poi tu bevi solo decaffeinato.» Sospirando, si sedette sul divano. «Non possiamo fare più niente per proteggere Jack in tribunale, niente che non abbiamo già fatto. Giusto?»

«Uhm. Immagino di no.»

Lei lo osservò di profilo. Aveva tenuto d'occhio D per lungo tempo, più a lungo di quanto lui sapesse. Ormai pensava di conoscerlo, per quanto si potesse conoscere un uomo come lui, e aveva persino iniziato a considerarlo un amico; un'amicizia piuttosto strana, unilaterale e a lunga distanza, ma pur sempre con una persona su cui poteva contare. Ma quello era un D che non aveva mai visto. Quello era un D spinto da motivazioni interiori, che lasciava che gli avvenimenti lo toccassero, e che, quando non faceva attenzione, mostrava sul viso le proprie emozioni. Il D che conosceva da anni era un tipo che faceva attenzione, sempre. «Stai ancora pensando al messaggio di JJ, eh?»

Lui si tolse gli occhiali da sole e si strofinò il naso. «Non posso farci niente.»

«Quelli l'hanno fatto solo per depistarti, e guarda come ha funzionato bene!»

«Chiunque siano 'quelli'.»

«Be', è chiaro che a costoro non importa niente dei fratelli.» Si sporse in avanti. «Questa faccenda riguarda te. Vogliono che sia *tu* a uccidere Jack.»

Lui serrò la mascella. «Non lo farò. Piuttosto muoio.» Parole che sarebbero sembrate melodrammatiche dette da chiunque altro, dalle labbra di D suonavano come proclami scanditi dalla cima di una montagna.

«Lo so. Ma adesso è importante capire chi è questa gente. Ti hanno ricattato perché prendessi il lavoro per uccidere Jack, l'hanno rapito… ora ti hanno seguito qui ma non ti hanno fatto niente, anche se probabilmente avrebbero potuto.»

Lui annuì. «Mi stanno seguendo. E ora gli ho regalato un'altra carta da giocare.» Batté il pugno sul bracciolo. «Avrei dovuto tenere Jack fuori da tutto questo.»

«Immagino che la possibilità sia sfumata nel preciso momento in cui non lo hai ucciso come si aspettavano che facessi.» Si schiarì la gola ed esitò, riflettendo sulle parole da usare. «Pensi che… ehm, che sappiano dei tuoi sentimenti per Jack e dei suoi per te?»

D la fissò negli occhi. I suoi erano ridotti a una fessura,

pensierosi. Sostenne lo sguardo di Megan per alcuni lunghi momenti prima di guardare altrove. Mise la mano in tasca e tirò fuori un piccolo aggeggio delle dimensioni di un iPod. Lo accese e si mise a guardarlo.

«Che stai facendo?»

«Lo osservo.»

«Cos'è quello?»

D sospirò. «Un localizzatore.»

«Hai messo un localizzatore addosso a Jack?»

«Certo! E se fosse stato rapito o colpito dai fratelli in un agguato o Dio sa cos'altro?»

«Quando hai avuto il tempo di piazzarglielo addosso?»

«È nella sua pistola. Ce l'ho messo prima di dargliela.»

«Be', speriamo la tenga addosso.»

«Deve: Churchill gli ha fatto avere un porto d'armi. Comunque, il localizzatore mostra che è in tribunale, quindi ce l'ha con sé.»

«Non gliela lasceranno tenere lì dentro, porto d'armi o no, dato che non è delle forze dell'ordine.»

«No, ma la lascia alle guardie all'ingresso e la riprende uscendo, quindi se la pistola è lì, lui è dentro.»

Lei annuì. «Cosa accadrà dopo che ha testimoniato?»

D sospirò. «Be', di solito il testimone sta in città finché il processo finisce, in caso lo richiamino, ma Churchill sta cercando di farlo spostare prima della fine. Lo vuol portare fuori città. Possono sempre riportarlo se c'è bisogno di lui al processo.»

Megan si piegò in avanti. «E tu davvero non andrai a vederlo prima di allora? Seriamente?»

Lui la guardò. «No. Non posso.»

«Troppo rischioso?»

«Sì, e poi...» Abbandonò la testa contro lo schienale della poltrona e chiuse gli occhi. «Non posso e basta,» mormorò. «Vederlo di nuovo sapendo di avere solo qualche ora prima di dirgli ancora addio, e per lungo tempo... Meglio lasciarlo andare e riprendere a occuparmi delle mie faccende.»

Megan esitò, poi allungò una mano e gliela posò sul braccio. Sembrava così strano toccarlo, anche solo stringergli la mano o sfiorarlo con la spalla dopo averlo osservato a distanza per tanto tempo. Era come svegliarsi un giorno e scoprire di poter toccare la gente che si vede in tv. D girò la testa verso Megan. «So quanto è dura per te,» disse lei, sperando di apparire comprensiva e non sdolcinata.

Lui alzò le spalle. «Non importa. Sai com'è il detto, le cose devono essere difficili prima di diventare facili, se mai lo diventano.»

«Ma voglio dire... non hai mai...» Si interruppe. «Non importa.»

«Cosa?» D sollevò la testa e la guardò dubbioso.

Megan inspirò profondamente. «Non hai mai amato nessuno così prima d'ora, vero?»

Lui distolse lo sguardo. «Chi dice che...»

Lei lo bloccò. «Non negare. Non insultare la mia intelligenza.»

D la guardò di nuovo negli occhi e la vulnerabilità nel suo sguardo quasi spaventò Megan. «Di questo non parlo.» Si alzò e a grandi passi se ne andò nell'altra stanza, lasciando la donna a fissare il vuoto e a riflettere sulle stranezze della mente maschile.

Jack era in attesa da due ore nella stanza dei testimoni quando Brad Salie entrò, apparentemente calmo e padrone della situazione come sempre. Era un ometto con i capelli radi e gli occhiali, che lo facevano assomigliare a un contabile. Ma Jack aveva subito acquisito rispetto per lui: quell'aspetto dimesso giocava a suo favore quando le giurie rimanevano sorprese dalla presenza autorevole che esibiva in aula. Lo aiutava anche il fatto di possedere una voce profonda e tonante che sembrava quella di un uomo grosso il doppio.

«Non dovresti essere là dentro a fare la tua scena alla Perry Mason?» chiese Jack.

Brad gli fece cenno di entrare in una delle salette di consultazione private e chiuse la porta. «I testimoni di stamattina sono per lo più marginali; li sta interrogando Linda. Mi dispiace che questa settimana non abbiamo avuto tempo di parlare.»

«Pazienza. Io sono stato molto impegnato a guardare soap opera.»

«Carlisle sarà armato fino ai denti quando sarai là al banco,» disse Brad. «Sei uno dei testimoni più importanti.»

«Così dicono.»

«Dato che tutte le perizie scientifiche e gli altri testimoni corroborano la tua versione, tutto quel che può fare è attaccare la tua credibilità e l'affidabilità della tua storia.»

«Non sono la stessa cosa?»

«No. Credibilità è se menti oppure no, affidabilità è se quello che hai visto è davvero ciò che è accaduto. Dire alla giuria che non dovrebbero tenere conto di una testimonianza perché il teste è un pregiudicato che ha motivo di mentire è una questione di credibilità, ma dire che non dovrebbero farlo perché il teste non portava gli occhiali quando ha visto l'imputato fuggire dalla scena del crimine… affidabilità.»

«Ah.»

«Attaccare la tua credibilità è rischioso, perché sei un testimone degno di fiducia, che rischia la vita a testimoniare, quindi prendersela troppo duramente con te lo farebbe apparire come un bullo. Anche se sospetto che abbia intenzione di provarci.»

«E come?»

Brad sospirò. «Penso che in qualche modo voglia tirare in ballo la tua sessualità.»

Jack si raddrizzò. «E in che maniera *questo* c'entra qualcosa?»

«Non c'entra,» si affrettò a specificare Brad. «Ma durante l'esame preliminare continuava a chiedere ai potenziali giurati cosa pensassero dei gay, e sembrava preferire quelli omofobi. Il punto è come diavolo pensa di menzionare l'argomento in aula, visto che a livello legale è del tutto irrilevante… Ma anche se pone la questione, io obietto e l'obiezione è accolta, anche se la domanda viene tolta dal verbale e la giuria riceve ordine di ignorarla, ciononondimeno l'avrà tirato fuori. Capisci che intendo? Non so davvero che direzione prenderà. Potrebbe essere controproducente per lui: se cerca di usare la tua sessualità contro di te, c'è una buona probabilità che sembri alla ricerca disperata di qualcosa che macchi la tua reputazione come testimone. Voglio solo che tu sia preparato all'eventualità.»

«Okay.»

«Se attacca la tua credibilità, è meno rischioso. Carlisle ama rimarcare quanto sia inattendibile l'identificazione di individui di un'altra razza.»

Jack lo fissò. «Sul serio?»

«Che tu ci creda o no, l'idea non è assurda. Vari studi criminologici hanno dimostrato che i testimoni hanno più difficoltà a distinguere i lineamenti di persone che non siano della loro stessa razza. Questo non vuol dire che l'identificazione sia vana, ma dà comunque agli avvocati della difesa nuovi strumenti da utilizzare contro i testimoni.»

«Ma quegli imputati...»

«Sono latino-americani e tu sei bianco. So che chiamarli razza diversa è una forzatura, ma scommetto che lui ci proverà. E ama fare dei giochetti in aula per dimostrare la sua tesi. Mi ricordo un caso – bada, ne ho solo sentito parlare – in cui l'imputato era un uomo di colore e la testimone una bianca di mezz'età. Carlisle l'aveva fatta girare di schiena così che non vedesse cosa faceva lui, e quando le aveva detto di voltarsi di nuovo, aveva schierato l'imputato insieme ad altri quattro uomini di colore con la stessa altezza, corporatura, taglio di capelli, carnagione e barba, e stessi vestiti. E lei non è riuscita a indicare l'imputato anche se per ore lo aveva avuto davanti agli occhi al tavolo della difesa.»

Jack sbatté le palpebre. «Cazzo.»

«Già, questo ha praticamente distrutto la sua testimonianza, anche se la donna aveva in precedenza scelto l'imputato nel confronto della polizia. È stato un disastro per il procuratore, che si è dannato a cercare di obiettare alla dimostrazione, ma l'obiezione è stata respinta.»

«Be', non mi coglierà in fallo su una cosa del genere. Sono un chirurgo specializzato in ricostruzione facciale, Brad. Guardo volti per mestiere.»

«E io conto su quello.» Brad rimase zitto per un

momento. «Jack... se tira fuori la tua omosessualità farò tutto quel che posso per far sì che non si appigli a quel tipo di domande. Sono preparato a contrattaccare a vari possibili approcci da parte sua. Ma potrei doverti interrogare per smentire le cose che lui insinua, se i suoi tentativi non vengono respinti. Devo sapere se ti va bene.»

Jack si sporse in avanti. «Tu fai tutto ciò che devi per assicurarti che la giuria mi creda, Brad. Non hai idea di quello a cui sto rinunciando per sedermi a quel banco dei testimoni.»

«Ne ho un'idea.»

«No, per niente. Quindi, se si rende necessario chiedermi della mia vita sessuale, fai pure. Non sono arrivato fin qua solo per lasciare che qualche stronzo della difesa vanifichi tutto.» Jack sospirò. «Voglio solo mettere la parola fine.»

«Be', esaudirò il tuo desiderio perché dopo pranzo ti chiamo, salvo catastrofi. Gli renderò molto difficile attaccarti senza sembrare un coglione, quindi speriamo che il controinterrogatorio sia breve e oggi tu finisca.»

Jack non riusciva a immaginarselo. Quella testimonianza incombeva su di lui da così tanto tempo come una nube nera, che aveva dato una forma nuova alla sua intera vita. L'idea che potesse essere tutto finito in un pomeriggio sembrava ridicola. «Okay. Sarò pronto.»

«Dichiari il suo nome per gli atti, prego.»

«John Edward Francisco.»

«Qual è la sua occupazione?»

«Sono un chirurgo maxillo-facciale con specializzazione in chirurgia cranio-facciale.»

Brad fece uno di quei sorrisi disarmanti che sembrano voler dire *Sono una persona comune come voi, neanch'io capisco questo gergo strambo da dottori*. «E di cosa si tratta esattamente?»

«Sono specializzato in chirurgia ricostruttiva della faccia, nel caso di traumi, e anche nella correzione di difetti dalla nascita: viso, mascella, cranio.»

«I suoi titoli di studio?»

«Laurea in scienze presso la Dartmouth, un dottorato in chirurgia dentale e uno in medicina, entrambi conseguiti presso l'università dell'Ohio.»

«Quindi ha due differenti abilitazioni professionali, una in odontoiatria e una in medicina.»

«Sì. Quella di dentista è obbligatoria per specializzarsi in chirurgia maxillo-facciale.»

«Lei perciò ha fatto la scuola per dentisti *e anche* quella per medici?» Brad diede alla domanda un tono del tipo *non è incredibile quanto è figo quest'uomo?*, chiaramente a beneficio della giuria. Che in effetti sembrava colpita.

«Sì, sono andato a scuola un bel po',» disse Jack, sorridendo in un modo che sperò essere auto-ironico. L'ultima cosa che voleva era apparire come uno stronzo arrogante che si crede Dio.

«E dove lavorava al momento del delitto, dottor Francisco?»

«Al Johns Hopkins Medical Center.»

«Con che ruolo?»

«Ero primario di chirurgia.»

«Anche la vittima, Maria Dominguez, lavorava al Johns Hopkins, corretto?»

«Sì. Mi dicono che lavorava come inserviente alle strutture.»

«La conosceva?»

«No. L'avevo vista in giro ma non la conoscevo per nome. È un ospedale molto grande.»

«Sapeva che il marito, da cui stava divorziando, era cugino di secondo grado dell'imputato, Tommy Dominguez, e di suo fratello Raoul?»

«No, assolutamente.»

«Il giorno in cui Maria è morta, a che ora ha lasciato il lavoro?»

«Alle sei e mezza circa.»

«E dove si è diretto?»

«Al parcheggio riservato allo staff.»

«Perché si è recato lì?»

«Per prendere la mia auto e andare a casa.»

«Dottor Francisco, la prego di descrivere cosa ha visto

quando è entrato nel parcheggio.»

Jack si risistemò sulla sedia e inspirò. Ecco il momento fatidico. Fino allora, era stata una passeggiata; Brad lo aveva introdotto all'ambiente dell'aula e aveva dimostrato la sua credibilità alla giuria. Jack aveva seguito le istruzioni ricevute, senza mai guardare gli imputati o la giuria, tenendo gli occhi su Brad, che stava davanti al tavolo del procuratore, accanto ai giurati, in modo che vedessero bene il teste. Brad, con spirito pragmatico, gli aveva consigliato di giocare la carta dell'avvenenza con le giurate donne, se ci riusciva senza apparire viscido o arrogante, ma Jack non sapeva bene come fare e si limitava a stare seduto con la schiena dritta. «Ero quasi alla macchina, avevo la chiave in mano. C'era un furgone parcheggiato contro il muro alla mia destra. Mentre passavo accanto a una colonna tra me e il furgone, ho sentito dei rumori come di una colluttazione. Mi sono fermato a guardare. C'erano due uomini che immobilizzavano una donna.»

«Ha riconosciuto Maria Dominguez?»

«Non immediatamente.»

«Continui, prego.»

«Prima ancora che potessi aprire bocca per dire qualcosa, uno dei due uomini l'ha accoltellata qua,» disse, portandosi la mano al petto. «Sulla spalla, così,» aggiunse imitando la scena.

«Quale dei due ha compiuto il gesto?»

«Quello più alto.»

«E cosa ha fatto lei quando ha visto l'uomo accoltellare Maria?»

«Mi sono accucciato a terra dietro la colonna così che non mi vedessero.»

«Era spaventato?»

«Sì. Temevo che se avessero saputo che li avevo visti, avrebbero ucciso anche me.»

«Cosa ha fatto poi?»

«Ho sentito delle portiere aprirsi e chiudersi e una macchina che se ne andava. Ho guardato in quella direzione cercando di memorizzare la targa. Ho chiamato il 911. La donna era riversa a terra accanto al furgone. Dopo che la macchina se n'è andata, sono accorso a vedere se riuscivo a prestarle aiuto.»

«E ci è riuscito?»

«La ferita era molto profonda e perdeva molto sangue. Ho esercitato pressione ma non c'era molto che potessi fare. La polizia è arrivata molto velocemente, e dall'ospedale hanno portato una barella. Ho detto agli agenti cosa ho visto e quanto ricordavo della targa.»

«Dottor Francisco, vede oggi, in questo tribunale, gli uomini che hanno accoltellato Maria Dominguez?»

«Sì, li vedo.» Dicendo così, si girò e guardò gli imputati. Vedeva le loro facce per la prima volta dal giorno del delitto, e fu agghiacciante. Entrambi lo fissavano con occhi inespressivi da rettile, senza tradire alcuna emozione. Erano ben sbarbati e vestiti come persone normali. «Là, sono quelli i due uomini,» disse indicando con il dito.

Brad annuì. «Venga messo agli atti che il teste ha identificato gli imputati, Thomas Dominguez e Carlos Alvarez.»

«Prendiamo atto,» replicò il giudice Petersen.

«Dottor Francisco, ancora qualche domanda. Lei si aspetta di trarre profitto dalla sua testimonianza di oggi?»

«No.»

«Anzi, venire a testimoniare l'ha messa in notevole pericolo.»

Carlisle si alzò. «Obiezione, vostro onore. Non c'è prova che la vita del dottor Francisco sia stata minacciata, dai miei clienti o da chiunque altro.»

«Ritiro la domanda. Dottor Francisco, qual è stata la sua situazione da quando ha assistito al crimine?»

«Sono stato sotto la protezione dell'ufficio dello sceriffo federale.»

«Protezione testimoni, vuole dire.»

«Sì.»

«Lei ha di fatto rinunciato alla sua carriera, alla sua casa, ad amici e familiari, solo per poter testimoniare.»

Jack sospirò. «Sì, è vero.»

«Grazie, dottor Francisco. Non ho altre domande.» Brad andò a sedere al tavolo del procuratore e rivolse a Jack un vago cenno di approvazione carico di tensione.

Rod Carlisle si alzò e si avvicinò al podio. Jack si preparò psicologicamente, perché, a differenza che con le domande poste da Brad Salie, non sapeva cosa aspettarsi.

Carlisle, a differenza di Brad, appariva come un difensore di quelli potenti. Era alto e leonino, con una chioma color argento perfettamente acconciata e abbronzatura da mar dei Caraibi. Vestiti impeccabili. Se la prese comoda, alzandosi con calma e sistemando le sue carte, come se Jack non fosse degno della sua sollecitudine, e la sua testimonianza non importante. Jack attese paziente e intanto lo osservava.

Alla fine, Carlisle si mise davanti al banco dei testimoni e lo fissò dritto negli occhi. «Dottor Francisco, lei è omosessuale?»

Brad scattò in piedi come se l'avessero pungolato. «Obiezione, vostro onore! L'orientamento sessuale del teste non è rilevante!»

Petersen rivolse a Carlisle uno sguardo raggelante. «Confermo.»

«Vostro onore, sospettiamo che il teste, in quel parcheggio, sia stato distratto, e l'importanza del suo orientamento sarà chiara tra un attimo.»

Petersen sospirò. «Spero che ci voglia davvero un attimo. Obiezione respinta.»

Carlisle si rivolse di nuovo a Jack. «Dunque, dottor Francisco?»

Jack non si concesse di battere ciglio o mostrare il minimo segno di agitazione. «Sì, sono omosessuale.»

«E al momento ha una relazione?»

Jack sospirò. «Se mi sta chiedendo un appuntamento, signor Carlisle, devo dire che il suo tempismo è pessimo.» Il tribunale scoppiò in una risata e Carlisle avvampò. Si girò verso il giudice.

«Vostro onore, la prego, chieda al teste di evitare commenti impertinenti e rispondere alla domanda.»

«Dottor Francisco, per piacere risponda alla… *domanda*,» disse Petersen senza nascondere il suo disgusto.

Il problema era che Jack non sapeva davvero la risposta. Sapeva quale avrebbe voluto che fosse, quindi diede quella. «Sì, ce l'ho.»

«E ce l'aveva anche al momento del delitto?»

«No.»

«Quindi ha incontrato qualcuno da quando è... com'è l'espressione? Nel programma di protezione.»

Brad scattò di nuovo. «Vostro onore, sentiremo una domanda rilevante prima o poi?»

«Venga al punto, signor Carlisle.»

L'uomo girò su se stesso in modo drammatico e guardò Jack. «Dottor Francisco, non è forse vero che in quel parcheggio aveva appuntamento con un prostituto?»

Jack fu stupefatto da quella palese montatura, ma Brad Salie, apparentemente sull'orlo di una crisi nervosa, gli risparmiò di rispondere. «Obiezione!» tuonò, alzando entrambe le mani. «Fatti immaginati non comprovati! Vostro onore, la difesa non ha alcuna prova che tale persona sia mai esistita o che tale fatto abbia avuto luogo!»

«Accolta.»

Ma Carlisle non aveva finito. «E non è forse vero che al momento del delitto stava ricevendo sesso orale, e quindi era troppo distratto per aver notato qualcosa, a maggior ragione un crimine commesso dai miei clienti?»

«Si sta solo inventando le cose!» gridò Brad. L'aula era attraversata da mormorii scioccati.

Petersen batté il martello nel tentativo di mettere ordine. «Venite qua!» ringhiò. I due avvocati si avvicinarono allo scranno ma Jack riusciva a sentire ogni parola.

«Signor Carlisle, ha prove di questo presunto appuntamento del dottor Francisco?» chiese Petersen.

«Vostro onore, ho diritto a presentare ipotesi ragionevoli per quanto riguarda l'affidabilità del teste.»

«*Ragionevoli*,» sibilò Brad. «Nessun incontro del genere è stato programmato né ha avuto luogo, vostro onore, e qualsiasi tentativo di insinuare il contrario è pura menzogna. Lo farò condannare e radiare dall'albo per aver fatto accuse false e pregiudizievoli! Non ha alcun diritto di inventarsi di sana pianta persone ed eventi!»

«Se non mi è permesso discutere dell'affidabilità del

teste, allora ho motivo per fare ricorso,» disse Carlisle.

«Non mi minacci qui, nel mio tribunale,» replicò Petersen. «Lei abbandonerà immediatamente questa linea di interrogatorio e le sue domande sulla sessualità del teste verranno cancellate dal verbale.» Guardò Brad. «Ci sono le basi per annullare il processo, signor Salie.»

Jack ebbe un tuffo al cuore. *Ti prego, non chiedere l'annullamento. Non posso rifare tutto questo da capo.*

«Lo so, vostro onore, ma i miei testimoni sono già abbastanza in pericolo. *Anzi*, sospetto che il signor Carlisle abbia optato intenzionalmente per una linea di interrogatorio pregiudizievole *sperando* di fare annullare il processo, così che i suoi clienti abbiano più tempo per far fuori le persone abbastanza coraggiose da testimoniare contro di loro!»

«Vostro onore, questo è scandal...» iniziò Carlisle, ma venne subito zittito.

«Ha detto abbastanza, signor Carlisle. Brad, intende chiedere l'annullamento?»

«No, vostro onore, ma rimane comunque il fatto che la difesa ha messo quest'idea nella mente dei giurati e...»

«Lo so, avvocato. Me ne occuperò. Potete tornare ai vostri posti.» Brad e Carlisle obbedirono e il giudice Petersen si rivolse alla giuria. «Signore e signori, le domande del signor Carlisle sull'orientamento sessuale del dottor Francisco saranno tolte dagli atti e vi invito a ignorarle. Inoltre, questa corte non è a conoscenza di prove che l'incontro descritto abbia mai avuto luogo, né ha alcuna ragione di crederlo probabile. Personalmente, vorrei chiedere scusa al dottor Francisco per aver consentito tali domande e averlo così sottoposto a un'accusa del genere.»

«Grazie, vostro onore,» rispose Jack. Diede un'occhiata a Brad, che annuì. Era scuro in volto ma appariva determinato.

«Signor Carlisle, se ha delle domande rilevanti per il dottor Francisco, può continuare.»

Carlisle non sembrava turbato dalla sconfitta e proseguì come se tutto stesse andando come aveva pianificato. «Dottor Francisco, lei di che razza è?»

Jack guardò Brad, che in risposta roteò gli occhi in un

modo che voleva dire *ecco che ci siamo*. «Geneticamente parlando, le razze non esistono,» disse.

«Riformulo la domanda: lei di che razza è, nel senso comune, non genetico del termine?»

«Caucasica.»

«E gli imputati sono latinoamericani, giusto?»

«Giusto.»

«Dottor Francisco, prima abbiamo sentito il parere di un esperto di identificazione che ci ha informato che spesso i testimoni hanno difficoltà a identificare le persone di una razza diversa dalla loro. Le è familiare questo fenomeno?»

«Sì, certo.»

«E lei continua a sostenere che gli uomini che ha visto uccidere Maria Dominguez erano gli imputati?»

«Sì, assolutamente.»

«Come fa a esserne così sicuro?»

«Signor Carlisle, sono un medico specializzato in facce e ho ottimo occhio per i dettagli. La loro *appartenenza etnica* non ha influenzato la mia abilità di identificarli. Sono del tutto certo che gli uomini che ho visto siano i suoi clienti.» Gli aveva consigliato Brad di riferirsi agli imputati come "i suoi clienti" durante il controinterrogatorio, un'accortezza volta a sottolineare il legame tra l'avvocato e i criminali sotto processo e il suo desiderio di farli scagionare.

«Lei ha occhio per i dettagli?» chiese il difensore.

«Credo di sì.»

Carlisle si girò di colpo dando così le spalle a Jack. «E allora mi dica, di che colore sono i miei occhi?»

Brad scattò di nuovo. «Vostro onore, il teste ha risposto alle domande della difesa; questa dimostrazione è provocatoria e non necessaria.»

Carlisle rispose continuando a dargli la schiena. «Il teste si è vantato del suo occhio per il dettaglio, è mio diritto verificare la sua affermazione se vogliamo accettare la sua identificazione degli imputati.»

Petersen sospirò. «Obiezione respinta.»

«Dottor Francisco, aspettiamo dunque la sua risposta.»

Jack sorrise. *Sesso orale nel parcheggio. Te la sei cercata, stronzo.*

«Signor Carlisle, i suoi occhi appaiono blu. Tuttavia, la presenza di un sottile cerchio marrone intorno alle pupille mi fa pensare che probabilmente lei porta lenti colorate. Le sue ciglia sono insolitamente corte, il suo labbro inferiore è leggermente più pieno di quello superiore e sospetto che lei abbia origini mediterranee, guardando la sua arcata sopracciliare sporgente, la fossetta sul mento e la mascella squadrata. I suoi lobi sono piccoli e attaccati al collo, e stamattina, radendosi, si è tagliato sotto la parte sinistra della mascella. Ha inoltre un piccolo neo sulla parte superiore della guancia destra, una cicatrice da varicella quasi nella stessa posizione, i suoi denti sono rivestiti, il naso è rifatto e credo che abbia anche degli impianti nelle guance.» Fu fortemente tentato di fare lo spiritoso e aggiungere *Ho dimenticato qualcosa?* ma pensò di avere ampiamente dimostrato ciò che voleva dire, e girare il coltello nella piaga lo avrebbe fatto sembrare un cretino arrogante.

La giuria stava sorridendo e lanciando occhiate di disapprovazione a Carlisle, che chiaramente non aveva ottenuto benevolenza con il suo spettacolino. Il pubblico ridacchiava. Brad Salie stava diventando viola per l'euforia repressa. Carlisle si girò a guardarlo, mostrando come unico segno di disagio un leggero rossore intorno alle orecchie. «Non ho più domande,» disse e tornò al proprio tavolo.

Brad si alzò. «Nessun controinterrogatorio, vostro onore.»

Petersen annuì. «Il teste può andare.»

Jack dovette aspettare, nel caso la seduta venisse rinviata e lui richiamato, ma poco dopo le quattro in punto Brad entrò a grandi passi nella sala dei testimoni puntando su di lui e, raggiante, gli afferrò le spalle. «Tu. Se non fosse del tutto inappropriato ti bacerei sulla bocca.»

«Uhm, va bene così.»

«Sei stato *fantastico*.»

«Non riesco a credere che si sia inventato quelle stronzate su prostituti e pompini!»

«Oh, e io non intendo fargliela passare liscia, credimi. Voglio che quel coglione sia almeno ammonito per questa sua montatura. Ma a dire il vero potrebbe andare a nostro vantaggio.»

«Sul serio?»

«Già. La giuria ha scoperto che si è inventato tutto, cosa che ha reso evidente quanto sia terrorizzato dalla tua testimonianza, altrimenti non sarebbe arrivato a tanto per screditarti. Quindi quello che hai detto deve avere parecchia importanza.»

Jack annuì. «Si vede.»

«Be', Jack, è finita! Come ti senti?»

Di merda, a dire il vero. «Non saprei dire. Ho vissuto così a lungo con il pensiero di testimoniare che adesso che è finita... mi sento un po' smarrito.»

«Quando sarai messo sotto protezione?»

«Non lo so.»

«Appena possibile,» disse Churchill, che era appena entrato. Andò a stringere la mano a Jack. «Sei stato grandioso,» gli disse. «Te l'avevo detto: il sogno di ogni procuratore.»

«Be', ha tempo almeno per uscire a bersi un drink,» propose Brad.

Churchill guardò Jack. «Non saprei. Devo tenerlo al sicuro.»

«C'è un bar all'altro isolato che si raggiunge attraverso i tunnel, ci andiamo sempre. E dai, Churchill! I fratelli di sicuro non compariranno all'improvviso in un bar pieno di testimoni!»

Jack fu colto da una voglia improvvisa di farsi un drink con i ragazzi. Una voglia pazzesca. «Sì, mi piacerebbe,» disse.

«Jack...»

«Sono rimasto chiuso in quella stanza per quasi una settimana e ora ci starò tutto il week end, o sbaglio?»

«Esatto,» rispose Churchill con sguardo cupo.

«Andrà tutto bene. Una serata e basta. Finalmente tutta quella merda è stata messa agli atti del tribunale, lascia che festeggi.»

Churchill rifletté per un momento, poi annuì riluttante. «Okay. Ma vengo anch'io con un paio di guardie armate.»

Jack fece un gran sorriso. «Ottimo!»

Brad gli diede una pacca sulla spalla. «Devo riempire

qualche modulo e incontrare un attimo Linda. Mi aspettate? Torno entro un'ora.»

«Ci trovi qua.» Brad se ne andò e Jack si rilassò sulla sedia. Si sentiva come se stesse per ricongiungersi con la razza umana, anche se solo per qualche ora. La gente normale non viveva nelle stanze d'hotel né si nascondeva nelle case dei fratelli altrui per mesi di fila; andava in metropolitana, mangiava nei ristoranti e usciva a bere con gli amici.

O con i fidanzati.

Jack chiuse gli occhi e si immaginò in un bar. Churchill e Brad erano presenti, insieme alle guardie… poi girò la testa e vide D, che sorrideva, beveva birra e metteva una moneta nel jukebox, ridendo a battute scialbe e respingendo le avance delle donne.

Si strofinò gli occhi e allontanò quella visione. D era lontano e pensare a lui gli faceva solo male.

«Jack, torno tra un minuto,» disse Churchill «Devo fare una telefonata.»

«Okay,» rispose lui automaticamente. Appoggiò la testa sulle braccia che teneva piegate sul tavolo e lasciò che gli occhi si chiudessero, mentre il rumore di fondo di voci e passi avanti e indietro svaniva. *Chiudo gli occhi solo per un momento…*

Nel giro di un minuto si era addormentato.

⊕CAPITOLO 23

Il telefono di D squillò tre volte prima che lui rispondesse: una prova di quanto la sua mente fosse altrove.

«Sì?»

«Sono Churchill.»

«Ebbene?»

«Ehm… be', Jack ha testimoniato.»

D espirò. «Bene.»

«Il procuratore ha invitato Jack a uscire per un drink, e anche me, e… insomma, ci andiamo.»

D raddrizzò la schiena. «Mi stai dicendo che stai per portare Jack in una località non sorvegliata dove potrebbero sparargli o avvelenarlo o Dio sa cos'altro.»

«Non è un prigioniero, D. Ha appena reso eroicamente un servizio alla comunità, merita di rilassarsi un po'.»

«Cazzo, si rilasserà proprio una volta *morto!*» esclamò lui.

«Penso che tu sia eccessivamente paranoico. Saremo in un luogo pubblico davanti a vari testimoni, molti dei quali sono avvocati e poliziotti, ci arriviamo tramite i tunnel per ridurre al minimo i rischi, e Jack sarà tenuto d'occhio.»

«Non vuol dire che sarà al sicuro. Se fosse il mio bersaglio, riuscirei a trovare mezza dozzina di modi per ucciderlo in quelle circostanze, e tu non sapresti mai che sono stato io, né ti renderesti conto di quello che accade finché non è troppo tardi.»

«D, Jack vuole andarci. Si sente frustrato e claustrofobico e gli manchi tu. Si merita di socializzare un po'.»

Quelle parole lo fecero riflettere. Se la decisione fosse spettata a lui avrebbe tenuto Jack sempre chiuso in una gabbia, irraggiungibile al sicuro. Ma per quanto lo volesse, per quanto tranquillamente avrebbe dormito sapendo che Jack era al sicuro, non avrebbe potuto farlo. "Al sicuro" poteva trasformarsi rapidamente in "rinchiuso". E ciò che è rinchiuso tende a voler fuggire. «Immagino di non poterti fermare,» bofonchiò D. «Ma vi controllerò.»

«Fai quel che devi fare,» disse Churchill. Dal tono, sembrava infastidito.

«Cos'ho fatto per farti incazzare, adesso?»

«Oh, mi dispiace, ti sembro incazzato? Forse è solo perché ogni giorno vedo quella faccia da cane bastonato dirmi che pensa che non ti rivedrà mai più, quando per tutto il tempo tu sei qua e potresti passare del tempo con lui invece di guardarlo giorno e notte a distanza. Lo stalking di solito non è annoverato tra le basi per una relazione duratura, sai.»

«È troppo rischioso per lui sapere…»

«Troppo rischioso, certo. Per lui o per te?»

«Eh?»

«So perché non vuoi fargli sapere che sei qua. Perché insisterebbe per vederti e tu non lo puoi permettere, vero?»

«No che non posso, cazzo!» urlò D. «Non posso lasciarmi distrarre. Non posso abbassare la guardia per un singolo secondo, e Jack è un campione nel distrarmi! Devo essere concentrato se voglio proteggerlo.»

«Quello è il *mio lavoro* adesso, D, e vorrei che me lo lasciassi fare.»

«Per quanto? Per quanto lo sorveglierai, anticipando ogni possibile minaccia? Io sono preparato a farlo per sempre, e tu?» Silenzio. «Esatto. Proteggerlo è il *mio* lavoro. Il mio unico lavoro. E lo voglio fare.» Furioso, riappese.

Ma guarda questo tizio. Venirmi a spiegare come stanno le cose.

Eppure ha ragione e tu lo sai. Jack insisterebbe per vederti se sapesse che sei qui, e tu non sopporti di vederlo perché penseresti tutto il tempo che devi lasciarlo di nuovo, e stavolta per un tempo ben più lungo.

Dio. Non posso andare avanti così. Non posso vivere in questo modo. Non riesco a fare il mio lavoro del cazzo.

Così non posso proteggerlo. Sono troppo… coinvolto. *Immagino che gli accada qualcosa e mi si rivolta lo stomaco e non riesco a pensare. Così non gli sono di alcuna utilità.*

Devo fare qualcosa.

Il bar era popolato dalla tipica folla felice dell'happy hour post-ufficio, cravatte allentate e capelli sciolti, che sorrideva e ordinava margarita, cosmopolitan e martini. Molti sembravano essere avvocati, e tutti parevano conoscere Jack di vista. Se avesse voluto farsi venti drink di fila non avrebbe dovuto pagare una volta sola, ammesso che non fosse svenuto prima.

Sembrava che tutti avessero sentito la storia del disastroso controinterrogatorio di Carlisle. «Davvero ha detto a quello stronzo in Armani che porta lenti colorate?» chiese un avvocato a Jack.

Lui annuì. «Il blu non esiste in natura.»

«Maledizione, avrei pagato una bella cifra per assistere alla scena.»

«Via dal mio teste, Byron,» disse Brad, tornato al fianco di Jack. Churchill si teneva abbastanza vicino a lui senza darlo troppo a vedere, e le sue due guardie erano al bar, gonfie di alcol. A Jack non importava. Era così euforico che avrebbe volentieri chiamato Raoul Dominguez per dirgli di farlo pure fuori. «Sei l'idolo delle folle, Jack,» disse.

«Come no.»

«Oggi ti sei fatto un bel po' di amici nel mondo legale. Di sicuro non prenderai mai più una multa a Baltimora.»

«Nel caso dovessi vivere ancora qua,» rispose Jack.

Brad tornò serio. «Mi dispiace per questo lato della faccenda.»

«Non ti preoccupare. Sapevo a cosa sarei andato incontro.» Jack buttò giù il suo gin and tonic. «Ehi, lascia che ti chieda una cosa.»

«Spara.»

«Perché Carlisle ha fatto una manovra così azzardata chiedendomi del colore dei suoi occhi? C'erano buone possibilità che lo avessi notato.»

«Certo, era rischiosa. Ha già fatto giochetti del genere in passato, anche se questo mi è nuovo. Comunque lui pensa di fare una scommessa sicura. I testimoni sono ansiosi, sotto pressione, e quando sono sul banco di solito guardano gli

315

imputati, il pubblico, il procuratore... e se guardano Carlisle non lo vedono davvero. Immagino però che dopo oggi ci penserà due volte prima di riprovare quel trucco.»

Jack si mise a ridere. «Forse.» Si alzò. «Vado a prendere dell'acqua minerale. Non mi va di ubriacarmi stasera.»

Fendette la folla e si diresse al bancone, tendendo il collo per vedere oltre la massa di avvocati in libera uscita. La gente lo sfiorava passandogli vicino, cosa che gli diede un senso di claustrofobia. Forse, dopo tutto si era abituato alla solitudine.

All'improvviso sentì che gli veniva messo qualcosa in mano. Osservò intorno a sé, ma nessuno guardava verso di lui. Poteva essere stato chiunque. Si avvicinò al bancone e guardò il foglietto ripiegato che aveva nel palmo. I suoi occhi si ridussero a una fessura e si guardò di nuovo intorno. Nessuno gli stava prestando particolare attenzione. Posò il bicchiere sul bancone. Churchill era vicino a Brad. Le guardie stavano flirtando con due belle donne in completi eleganti.

Si accucciò leggermente e si fece strada in mezzo alla folla, che gli sembrava ogni minuto più opprimente. Arrivato al bagno, si chiuse in un cubicolo e si sedette per leggere il biglietto. Aprì il foglio piegato con cura, le dita tremanti. Si trattava di una minaccia? Una richiesta? La lettera di un fan?

Abbiamo D.

Jack si sentì le interiora fredde e scivolose, come un pesce appena pescato dall'acqua che salta sul molo e annaspa alla vana ricerca di aria, bruciato e accecato dal sole. «Merda,» mormorò.

Vieni nel vicolo dietro il bar. Da solo. Ti osserviamo. Non avvisare nessuno o lui muore.

Hai dieci minuti.

Jack lesse il messaggio tre volte. Era scritto a mano, in un anonimo stampatello.

Non è possibile che abbiano D. Lui è lontano da qui.

E allora? Sono forse incapaci di scovarlo e portarlo qua? In fondo ti hanno trovato a Las Vegas, no?

Non possono averlo catturato. È troppo intelligente. Non lo permetterebbe mai.

È umano. E non esattamente al suo massimo, no? Sai quanto

316

poco sei concentrato tu adesso, non pensi che possa stare così anche lui?

Ma io sono solo io… Lui è… D. Non abbassa mai la guardia.

Ne sei certo?

Jack sapeva che quella discussione interiore era vana, perché anche se era sicuro al novantanove per cento che stessero bluffando, quell'un per cento di dubbio gli diceva che non poteva non fare niente. Non poteva buttare via il foglietto e lasciar perdere. E se D era veramente nelle loro mani? Probabilmente no. Ma in caso positivo? E se lui non avesse fatto nulla e loro lo avessero ucciso?

Non potrebbero. Riuscirebbe a fuggire o qualcosa di simile. Non possono uccidere D.

Non è Superman, anche se a volte ti sembra. Potrebbero ucciderlo. Se l'hanno in pugno.

Ma non ce l'hanno.

Jack si premette i pugni contro la bocca per soffocare un grido di frustrazione. Colpì con forza il muro, tanto forte da farsi male e riportare se stesso alla realtà dei fatti.

Dillo a Churchill. Dillo a qualcuno.

Hanno detto di non farlo. Che mi osservano.

Non ti stanno osservando. È una trappola. Cercano solo di farti uscire da solo per prenderti. È così ovvio. È chiaramente un tranello.

Così ovvio che potrebbe essere reale. Ma devo caderci dentro, reale o no che sia.

A D verrebbe un colpo se potesse sentire quello che stai pensando.

'Fanculo D. Lui non è qua. Sono solo e nessuno mi può aiutare. È una trappola. D è a chilometri da qui.

E se non lo fosse? E se fosse là fuori con una pistola alla tempia?

In quel caso starà pregando che tu non esca. Non vorrebbe che andassi in quel vicolo anche se è in mano loro.

Ma non spetta a lui decidere. Forse è disposto a sacrificare se stesso ma di sicuro io non voglio.

Ti urlerebbe fino a sgolarsi che è una trappola, che dovresti sapere che è una trappola, ovviamente una trappola.

Chiedi aiuto.

Non posso chiedere aiuto.

Cosa faresti per salvarlo? A cosa rinunceresti?

A tutto.

Non c'è nessuno che mi possa aiutare al momento.
Sono solo.
Ma non uscirò là fuori come un agnello che va al sacrificio. Quello
no.

Jack buttò nel water il biglietto e tirò l'acqua, poi
sgattaiolò fuori dal bagno. Una rapida occhiata al bar gli mostrò
che le due guardie stavano ancora conversando con le signore.
Churchill era sempre accanto a Brad, ma la sua attenzione non
era su di lui. Si guardava in giro cercando Jack. *Merda.*

Si infilò nel guardaroba. Afferrò un cappello da baseball
e se lo calò in testa. Spogliatosi della sua giacca, ne indossò
una di pelle di qualcun altro. La sua pistola era in una fondina
agganciata alla cintura; fece scattare la sicura e controllò il
caricatore. Tirò giù ancora un po' il cappello, chinò la testa e
piegò leggermente le ginocchia per sembrare più basso. Scivolò
in mezzo alla folla senza essere notato, e uscì dalla porta
principale.

Camminò con nonchalance sul marciapiede, diretto al
vicolo. C'erano in realtà due vicoli intorno all'isolato: uno lo
tagliava a metà da est a ovest e un altro formava un incrocio a
T in direzione nord. Era quest'ultimo, più corto, che passava
dietro il bar. C'era un'entrata posteriore proprio lì; senza
dubbio si aspettavano che usasse quella, cosa che non aveva
proprio intenzione di fare.

Si incamminò per il vicolo più lungo e si fermò. Non
vedeva né sentiva nessuno. Doveva farsi un'idea migliore del
posto.

Con un salto afferrò l'estremità di una scala anti-
incendio, la tirò giù e si arrampicò. Stando accovacciato, scivolò
sui tetti finché non si trovò sopra il bar. Fece un respiro
profondo e guardò di sotto.

All'inizio non vide nulla, ma poi un leggero movimento
catturò la sua attenzione: era la sagoma scura di un uomo, in
piedi a lato dell'entrata posteriore, forata dal puntino luminoso
di una sigaretta accesa. Dava le spalle all'incrocio a T. Jack
allungò la vista nella penombra ma non vide nessun altro.

Tornò alla scala anti-incendio e scese. Con cautela si
mosse verso l'incrocio, tenendo d'occhio il terreno in modo da

non pestare niente di rumoroso. All'angolo chiuse gli occhi e cercò di ricomporsi, creando intorno a sé un'armatura di silenzio e distacco come avrebbe fatto D. Il suo modo di fare doveva averlo contagiato, visto quanto erano stati a stretto contatto nelle settimane precedenti.

Ma che diavolo credi di fare, Francisco? Chi credi di essere, Superdentista in azione? Che cavolo stai facendo, a muoverti furtivamente in vicoli bui cercando di salvare un uomo che si incazzerebbe a morte con te, che è capace di prendersi ottima cura di sé e che probabilmente neanche ha bisogno di essere salvato?

Jack chiuse gli occhi.

So chi sono io. Io ricompongo i volti. Una volta ho fatto rianimazione interna per mezz'ora, senza interruzione, a un uomo che era caduto nel ghiaccio. Sono rimasto seduto di fronte a spietati boss mafiosi, ho detto a una giuria cosa avevano fatto e rispedito a scuola il loro avvocato stronzo. E ho fatto sì che un uomo dal cuore rivestito d'acciaio mi raccontasse cose che non aveva mai raccontato a nessuno.

Cosa sto facendo, non lo so. Bene, cominciamo.

Tirò fuori la pistola, tenendola bassa al suo fianco, e poi rapido si infilò nel vicolo dietro il bar.

D mise le mani a coppa intorno al display del localizzatore perché il suo pur debole bagliore non attirasse l'attenzione. Aveva trovato un punto d'osservazione della strada e si era appollaiato in un angolo in ombra da cui controllava il puntino che rappresentava Jack dentro l'edificio. Era la prima volta in tutta la settimana che era così vicino a lui, e guardarlo attraverso la finestra di un hotel con un binocolo super potente non era sufficiente.

Studiò la strada ma non vide altro che pedoni e macchine. Fino allora non c'era stato niente di sospetto, ma il luogo era troppo esposto, non gli piaceva.

Guardò giù: il tetto del bar era il terzo contando dall'incrocio che era sotto di lui. Le demarcazioni tra gli esercizi erano indistinguibili da lì, nient'altro che una distesa irregolare di catrame e ghiaia con prese di ventilazione, unità di condizionamento e qua e là protuberanze che sembravano lapidi funerarie. *È là dentro proprio adesso, che si fa un drink e probabilmente sorride come sai tu. Ride e riceve congratulazioni per l'ottimo lavoro svolto. Come è giusto.*

Potresti semplicemente scendere ed entrare. Sorprenderlo. Immagina la sua espressione quando ti vede. Farebbe un gran sorriso e i suoi occhi si illuminerebbero, magari ti abbraccerebbe persino. Potresti averlo tra le braccia proprio ora. Basta che... vai giù. È facile. Sul serio, che male c'è? Presto sarà sotto protezione. Non c'è molto tempo, quindi prenditene un po'. Passalo con lui.

Era un pensiero così seducente. Sarebbe stato così facile attuarlo. Ma non poteva. Aveva del lavoro da fare e non poteva permettersi di distogliere gli occhi dai suoi obiettivi. Così facendo era sopravvissuto più di dieci anni in un settore pieno di tagliagole, conservando intanto la sua sanità mentale. Non ci avrebbe rinunciato adesso.

Guardò il monitor e sobbalzò. Il puntino rosso che era Jack non si trovava più dentro il bar. Era dietro l'angolo e si muoveva nel vicolo. Nel vicolo buio e deserto. D afferrò il binocolo e guardò nell'oscurità. C'era un uomo, in piedi accanto alla porta sul retro del bar. La sua sigaretta mandava brevi bagliori rossi. D riusciva a malapena a vedergli la faccia.

Si alzò di scatto e scese dalla scala prima che un solo altro pensiero potesse attraversargli la mente.

Jack scivolò lungo il muro. La giacca scura lo rendeva invisibile nell'ombra. Contro lo stesso muro era in attesa lo sconosciuto, qualche numero più in là. Lo guardò per qualche momento e l'uomo non si mosse. Jack strisciò finché non si trovò a un metro e mezzo dall'altro. Esitò, inspirando aria per calmarsi.

Ci siamo. La mia prima applicazione pratica di tutte quelle lezioni sulle armi.

Alzò la pistola all'altezza della spalla, tenendola saldamente con due mani. «Non muoverti,» disse. Sperava che la sua voce suonasse autoritaria e sicura, invece ricordava quei giochini di gomma che si danno ai cani.

L'uomo rimase immobile, poi si voltò lentamente verso di lui. Aveva un viso scuro e occhi luccicanti da rettile, e non sembrava turbato dal fatto di avere un'arma puntata contro.

«Salve, signor Francisco,» disse. Con calma allungò una mano e fece scivolare la pesante barra di sicurezza davanti alla porta del bar.

«*Dottor* Francisco.»

«Giusto. Le mie scuse.»

Jack continuava a tenere l'arma puntata sulla sua faccia. «Dov'è D?»

Lo sconosciuto sospirò. «Non avrà pensato davvero che l'avessimo?»

Jack, pur essendoselo aspettato, sentì dentro di sé un confuso mix di sollievo, paura e delusione. Sollievo che D non fosse in pericolo, paura di esserlo lui, e delusione perché era uscito usando tutto il suo coraggio per niente. «No, certo.»

«Ma lei è venuto comunque,» disse lo sconosciuto annuendo. «Un'azione molto coraggiosa. Anche se stupida.» L'uomo tirò fuori un accendino e lo fece scattare.

Jack ebbe appena il tempo di rendersi conto che quello era un tipo di segnale, prima che due sagome uscissero dall'ombra e si precipitassero su di lui. La pistola gli fu tolta di mano con un colpo. L'immediatezza dell'assalto lo sorprese. *Fai qualcosa! Avrai pure imparato qualcosa da tutte quelle lezioni di Krav Maga, no?*

Stava succedendo tutto troppo in fretta. Uno degli uomini lo buttò a terra, poi un altro lo tirò su. Lo colpirono in faccia. *Gesù Cristo, fa male quando te lo fanno sul serio.* Il dolore esplose invadendo ogni punto del suo cranio, rendendo per un momento il mondo bianco e togliendogli l'udito. *Merda, D non mi ha mai avvertito che avrei provato queste sensazioni.*

Un altro colpo stava volando nell'aria quando qualcosa fece *click* nel suo cervello. *Reagisci. Fai del male. Prendi il controllo.* Jack fece un passo verso l'uomo e lo costrinse a girarsi, afferrando il braccio teso in aria pronto a colpire. Gli sbatté il gomito contro il petto e gli pestò il piede più forte che poteva, poi lo spinse a lato. Fu preso da dietro e, senza pensare, diede un colpo all'indietro con la testa, piantandola contro il naso dell'aggressore. La botta fece male a lui quanto, stando al rumore, doveva averlo fatto all'altro.

Lo sconosciuto rimaneva a guardare la scena in silenzio,

mani in tasca.

Gli afferrarono le braccia e le tirarono dietro di lui con uno strattone. I due uomini a cui era riuscito a fare male – un po' – erano di nuovo in piedi, ciascuno al suo fianco. Lo trascinarono al centro del vicolo e lì lo tennero fermo. Jack si dimenò, ma era bloccato.

Lo sconosciuto gli comparve davanti. «È stato... niente male,» disse. Senza preavviso, fece un passo avanti e colpì di nuovo Jack, stavolta con più forza. Tutta l'aria che aveva in petto fu risucchiata fuori e le sue ginocchia cedettero. Il dolore era tremendo. «Questo è da parte di Roderick Carlisle. È abbastanza seccato, sa. Non si riprenderà mai da quel che è accaduto oggi. Io personalmente l'ho trovato divertente. È davvero uno stronzo di proporzioni bibliche.» Sospirò. «Non abbiamo molto tempo. I suoi tutori probabilmente la stanno già cercando. Penso che dovrò sedarla per il viaggio.»

«Dove mi portate?»

«Ha importanza?» Estrasse una siringa nello stesso momento in cui qualcuno premeva contro la porta del bar. Jack udì la voce di Churchill, poi la porta fu scossa sui suoi cardini dall'interno. Lo sconosciuto sospirò. «Forza, non c'è tempo. Portatemelo.» Fu sollevato da sotto le ascelle ma poi sentì dietro di sé due colpi in rapida sequenza e fu repentinamente lasciato andare. Gli ci volle un momento per rendersi conto che entrambi gli uomini adesso erano riversi a terra ai suoi piedi.

Lo sconosciuto si limitò a sbattere le palpebre, la siringa stretta tra le dita eleganti come fosse un cocktail alla moda in un bicchiere delicato. Il suo sguardo oltrepassò Jack e si rivolse al vicolo.

Lui si girò e vide avvicinarsi una figura scura, una pistola nella mano sollevata e una luce che brillava nel buio dove c'era il silenziatore. Non si trattava di Churchill. La figura passò davanti all'insegna USCITA dell'edificio accanto e per un momento si stagliò contro quel bagliore rosso.

Jack spalancò la bocca, i suoi dolori dimenticati di colpo. Il male al viso si ridusse a un rumore sordo dietro al rombo del sangue nelle orecchie.

D non stava guardando lui ma lo sconosciuto più in là.

Jack girò su se stesso e si rese conto che gli stava bloccando la visuale. «Jack, abbassati,» disse D con calma glaciale come se stesse commentando previsioni meteo di freddo insolito.

Jack incespicò instabile per togliersi di mezzo e D fece fuoco, ma lo sconosciuto aveva approfittato della sua temporanea esitazione ed era scomparso nell'ombra. Jack udì dei passi di corsa ma non riuscì a capire dove fosse andato.

Si girò di nuovo. «D, che diavolo…» Le parole gli morirono in gola con la rapidità con cui erano uscite.

Anche D era sparito. Jack fece una giravolta. Sentiva delle sirene sempre più vicine e altri passi veloci, e si chiese se avesse avuto le allucinazioni. D era davvero stato lì o era un prodotto della sua mente stressata? No, era successo veramente. C'erano due corpi ai suoi piedi a testimoniarlo. Churchill e le guardie federali apparvero all'imboccatura del vicolo e corsero verso di lui. Una delle guardie parlava nella radio. «Jack! Stai bene?» chiese Churchill. I federali corsero in due direzioni diverse.

«Sì… Ehm. Ho visto…»

«Che cazzo ti è venuto in mente di uscire da solo?» gridò Churchill afferrandolo per la giacca. «Avresti potuto essere ucciso! Che ti è preso a uscire così, senza scorta?»

«Ho… Ho ricevuto un messaggio. D era qui.»

L'altro lo fissò. «Cosa?»

«D è appena stato qua. Proprio qua. Questi tizi mi avevano preso… un altro stava per iniettarmi non so cosa… D gli ha sparato. L'altro è scappato, credo… Credo che D lo stia inseguendo…» Si risvegliò di colpo dal suo stato di trance. «Ma che cazzo ci fa qua? Dovrebbe essere lontano, molto lontano! Questa era l'idea! Io qua e lui… lui altrove!»

«Jack, posso spiegarti…»

L'espressione colpevole di Churchill fece schizzare la rabbia di Jack a livelli inauditi. «Tu SAPEVI?» tuonò. «Sapevi che era qui e non me l'hai detto?»

«Non me l'ha lasciato fare. Lui…»

«Taci! Non voglio sentire.»

«Jack, dobbiamo portarti in ospedale, sei ferito.»

Lui se lo tolse di dosso con uno strattone. «Non vado da

nessuna parte! D!» gridò, dirigendosi verso il punto dove era scomparso. «Torna qua così ti faccio il culo, e bada che te lo faccio sul serio! D! So che puoi sentirmi…»

Le parole gli morirono in bocca quando barcollò contro un muro e si chinò, rigettando la cena sul marciapiede lurido. Churchill si mise accanto a lui, una mano sulla sua spalla. «Va tutto bene, Jack. È finita.»

«No,» bofonchiò Jack, mentre dagli occhi gli sgorgavano le lacrime. «Non sarà mai finita, andrà avanti per sempre…»

«Dai, adesso ti portiamo via. Voglio che ti fai dare un'occhiata. Non avrei mai dovuto permetterti di venire qua.»

«La mia pistola,» disse Jack, tirandosi su e pulendosi la bocca. «Dov'è la mia pistola?»

«La troveremo dopo.»

«No!» esclamò Jack. «Non me ne vado senza. D mi ha dato quella pistola e io non la perderò.»

Churchill la indicò. «Eccola.» La raccolse e la porse a Jack, che la prese con due mani e la fissò.

«Non ho neanche fatto fuoco una volta,» disse sbattendo le palpebre.

«Questa è un'*ottima* cosa.» Jack non riusciva a fare altro che osservare l'arma, ipnotizzato dalla sua lucente, compatta efficienza. «Andiamo, Jack. Se ne occuperà la polizia. Ti portiamo in un posto sicuro.»

Lui annuì e lasciò che Churchill lo conducesse via.

«Questi due se la sono beccata entrambi nella nuca. Sembrerebbe una 9 mm. Centro perfetto in entrambi i casi. Niente male per un colpo sparato al buio,» disse il tecnico della scientifica, dando un tono sarcastico all'ultima frase. Era un tiro oltre le capacità umane e lo sapevano tutti e due. «Niente documenti.»

«Ma che sorpresa,» commentò Churchill, che con aria imbronciata stava tirando boccate da un sigaro. «Controlleremo le impronte. Scommetto che entrambi hanno amici stretti che di cognome fanno Dominguez.»

Erano passate svariate ore dalla sparatoria dietro il bar. Churchill aveva ricostruito i fatti, anche se non poteva esattamente raccontare alla polizia locale del ruolo svolto da D. Non si preoccupò neanche un istante che inventarsi una storia per loro fosse poco etico. La sua priorità era tenere protetto il suo testimone, e in qualche modo quella necessità si era gonfiata ed espansa fino a includere D. Senza dubbio nel vicolo c'era stato anche un terzo uomo, e si poteva immaginare che avrebbero attribuito a lui l'uccisione dei due scagnozzi, fatti fuori perché non parlassero. Uno scenario crudele ma non inusuale.

L'identità del terzo era sconosciuta, anche se Churchill aveva una certa idea su chi potesse essere. Forse evitava di dirne il nome nel caso si fosse rivelata sbagliata.

Jack era stato visitato in ospedale – la diagnosi era: malconcio ma a posto – e riportato nella sua camera d'hotel, dove di certo ora stava camminando avanti e indietro e parlando tra sé.

Churchill si sarebbe mangiato le mani per averlo portato al bar. Non gli era parso particolarmente rischioso. Era un luogo pubblico affollato, non esposto sulla strada, e c'era una scorta di ben tre uomini. Ma il loro amico senza nome aveva congegnato un modo per far abbandonare a Jack quel luogo sicuro con la stessa efficienza con cui si sarebbe tolto una spina. E cos'aveva fatto Jack? Aveva tirato fuori una pistola e colto di sorpresa il tizio. Quella pensata gli si era ritorta contro in maniera spettacolare, ma di una cosa bisognava dargli credito: aveva fegato.

I minuti in cui si era reso conto che Jack non era davvero in bagno erano stati... bruttini. La ricerca nel bar, la conferma sempre più evidente che lui non era più lì, la scoperta della porta sbarrata a indicare che il suo testimone poteva essere già morto. Sospirò e scacciò quei pensieri. Non era la sua scena del crimine. Di quei tizi si sarebbe occupata la polizia del posto.

Sentendo vibrare il cellulare, lo estrasse e trovò un SMS.

Vediamoci dall'altra parte della strada, sotto l'arco.

Attraversò il vicolo fino all'incrocio. C'era un arco di

pietra che portava nel cortile di un edificio, e dietro uno dei montanti c'era un'ombra un po' più fitta e alta delle altre. Churchill lo raggiunse, capace a malapena di distinguerlo nella penombra. «Perché non sei con Jack?»

«Non gli sto appiccicato 24 ore su 24, sai. È in camera sua con delle guardie alla porta. È al sicuro.»

«Scusa tanto se al momento non ti prendo in parola.»

«Lo so, D. Tu sei l'unico che può proteggerlo e noi altri dobbiamo tutti andare a quel paese, giusto?»

Silenzio. «Sai chi c'era in quel vicolo, vero?»

«Sto cercando di prendere in considerazione una cosa alla volta.»

«Era Petros.»

«Merda. Ora l'hai detto ad alta voce. Il suo nome.» Sospirò. «Non l'hai preso, eh?»

«Mi ha seminato. E non è un'impresa da poco. Quello stronzo è come il mercurio, non puoi raccoglierlo. Se ci provi scivola via come… una roba scivolosa.» D sembrava scoraggiato. «Farò fare un altro tentativo a X.»

Churchill schiacciò per terra il suo sigaro. «Lunedì mattina porterò Jack ad Albany.»

«Dove lo trasferirete?»

«D, sai che non posso dirtelo.»

«Pensi che non lo scoprirò?»

«Probabile, ma non significa che io possa dirtelo. Questo non è un tribunale, dove ti puoi appellare alla teoria della scoperta inevitabile.»

D annuì. «Va bene.» Si strinse nella giacca. «Portami da lui.»

Churchill sbatté le palpebre. «Vuoi… vuoi vedere Jack?»

L'altro rimase in silenzio per vari istanti. «Fossi arrivato un attimo dopo, sarebbe morto. Bastano pochi secondi. L'ho visto accadere, sai. Appena ho capito che Petros era in quel vicolo sono corso lì, e intanto mi sono immaginato la scena. Arrivavo e lui era sparito. Tutti spariti. Chissà dove.» Fissò per terra. «Devo vederlo,» disse, la voce bassa e piena di imbarazzo. «Non ce la faccio più. Il solo modo con cui posso sapere che è al sicuro è stargli accanto.» Sollevò la testa e, con due occhi appena visibili nel buio, incontrò lo sguardo di Churchill. «Devo vederlo,» ripeté.

L'altro annuì. «Era ora.»

Jack camminava avanti e indietro, mormorando tra sé e cercando di ignorare il pulsare della faccia. Aveva evitato di guardarsi allo specchio. Una volta gli era bastata. I due lividi su guance e zigomi sembravano macchie d'inchiostro. Tutto il suo corpo era dolorante; secondo Churchill il motivo era che inconsciamente aveva irrigidito tutti i muscoli durante lo scontro.

Lo scontro. Se chiudeva gli occhi si ritrovava in quel vicolo. Grugniti e lamenti, il rumore di carne che colpisce altra carne, la sua testa che rompeva il naso a un uomo... la silhouette di D nel buio, illuminato da dietro dalla luce rossa, che lo faceva assomigliare a uno spirito infernale.

D, che probabilmente si era trovato in città per tutto quel tempo. D, che non glielo aveva mai detto. D, che lui avrebbe voluto uccidere. D, senza il quale temeva di non poter vivere.

Udì bussare alla porta. «Sono Churchill.»

«Entra.»

Churchill usò la propria chiave ed entrò. «C'è qualcuno che vuole vederti,» disse.

Jack si fermò e girò la testa giusto in tempo per vedere D sbucare da dietro di lui. Se ne stava lì in silenzio e sembrava... stanco. Distrutto, come Jack lo aveva visto solo una volta, quando aveva contratto l'infezione. Sembrava che non avesse dormito o mangiato. Non aveva per niente un bell'aspetto.

Jack si ritrovò ad annuire per impedirsi di urlare. «Naturalmente. Naturalmente sei qua. E naturalmente eri anche in quel vicolo. Sei stato nei paraggi tutto il tempo, vero?» D e Churchill si scambiarono uno sguardo imbarazzato. «Naturalmente. Ti sei nascosto nel mio taxi? Eri nascosto anche sotto la panchina del Baker Park?»

D si schiarì la gola, e la sua voce uscì roca come non capitava da molto. «Jack, non potevo...»

«No. Perché avresti dovuto? Perché avreste dovuto dirmi

qualcosa, e intendo tutti e due? Jack deve essere protetto. Jack non può affrontare cose simili. Jack non ha bisogno di sapere ciò che non lo concerne. Cazzo, Jack è fatto di zucchero filato e potrebbe sciogliersi o andare in mille pezzi se anche solo gli fanno una battutaccia!» urlò.

«Non è così.»

Churchill, sempre più a disagio, li interruppe. «Io, ehm... vi lascio soli. Ehm... ci vediamo dopo.» Se ne andò, ma Jack a malapena se ne accorse.

D si tolse la giacca e la lasciò cadere a terra, poi con una mano si massaggiò il cranio rasato. «Jack, dovevo proteggerti, ma non potevo lasciare che tu mi immaginassi là fuori a osservarti. Avevi altre cose a cui pensare.»

«Be', non saprei. Ora è tutto finito.» Jack lo guardò. La rabbia stava rapidamente scivolando via, lasciando solo la sensazione di essere nella stessa stanza con D, e inoltre sollievo, perché erano entrambi vivi, e una specie di euforia causata dalla sua presenza, che cercò di controllare per non mettersi a ghignare come un idiota.

Gli occhi di D studiarono il suo viso. «Gesù, ma guardati. Ti hanno fatto un bel lavoro.»

Jack annuì. «Fa un male cane.»

L'altro si avvicinò di un passo. «Quindi... fammi vedere se ho capito bene. Sei nel bar. Ti arriva un biglietto che dice che qualcuno mi ha preso e se non esci mi uccidono.»

«Già.»

«E tu ci hai creduto?»

«Neanche una parola.»

«Ma sei andato là fuori comunque. Nel caso mi avessero preso davvero.»

Jack fu sorpreso dalla semplicità con cui lo disse. Si era aspettato dei rimproveri furiosi per la sua dabbenaggine. «Sì, è quello che ho fatto.»

«E poi, la mia parte preferita. Non ti sei limitato ad andare là fuori come un cretino, no. Hai perlustrato l'area dall'alto, determinato il modo migliore per avvicinarti furtivamente e cercato di sorprendere il tizio che ti voleva catturare.»

Jack annuì. «Sì. Lo so, è stato stupido.»

«'Stupido' non rende l'idea. 'Pazzesco', semmai. Assurdo, una vera cretinata. E io che pensavo di aver incontrato gente coraggiosa e fedele, ma nessuna è al tuo livello, Doc.»

Sollevò lo sguardo e, ormai a pochi metri da lui, incontrò gli occhi di D. In essi vide solo tenerezza, del tipo che così a lungo aveva desiderato vedere e che solo dopo varie settimane era trapelata. «Ah sì?»

«E quando ti hanno assalito, a uno hai rotto il piede e all'altro il naso. E tutto questo dopo una giornata che, mi hanno detto, è stata infernale e in cui hai smerdato un avvocato e il suo costoso completo.»

Jack sentì nascere un sorrisetto. «Già.»

D allungò la mano e con cautela toccò il livido sulla sua tempia sinistra. «Be', mi sembra giusto dire che hai avuto una giornata bella piena, Jack.»

Lui accorciò la distanza tra loro e si protese, appoggiando le mani sulla vita di D. Si fermò quando i loro visi furono a pochi centimetri l'uno dall'altro.

«La giornata non è ancora finita,» sussurrò.

✛CAPITOLO 24

«La giornata non è ancora finita.»

Le parole di Jack rimasero sospese come nuvole tra loro, cariche di promesse. Le mani che teneva intorno alla vita di D tremavano. D sentiva il calore del suo alito, che sapeva del gin che aveva preso al bar, e il sentore di disinfettante con cui gli avevano pulito le ferite all'ospedale.

Jack tentò un sorriso che sembrò perdersi prima di arrivargli alle labbra. Il tragitto dalla sua testa al suo sorriso, immaginò D, doveva essere piuttosto accidentato e difficoltoso in quei giorni, eppure ecco il solito Jack, che cercava di essere positivo e allegro. Non si trattenne più: lo avvicinò a sé, avvolse le braccia intorno a lui e premette il viso contro i suoi capelli. Sentì il corpo di Jack adattarsi subito al suo, le braccia raggiungere la sua schiena e stringerlo forte. «Gesù, Jack,» sussurrò. «Tu mi ucciderai, è sicuro.» Jack sospirò profondamente e rabbrividì, rilasciando la tensione nell'onda del suo respiro. D lo strinse ancora più forte. *Maledizione, mi è mancato tutto questo. Come farò quando saremo lontani per mesi o anni?* «Ho visto che quei tizi ti avevano e...» Chinò la testa, la bocca contro l'incavo del collo di Jack. «Quasi mi si è fermato il cuore, cazzo,» mormorò.

Jack si raddrizzò e posò una mano dietro alla sua testa. «So cosa vuoi dire. Mi sono sentito così quando ho letto quel messaggio.»

D sollevò il capo. «Parliamo dopo.» *Ora voglio solo baciarti fino a toglierti il fiato.* Le labbra di Jack erano morbide come le ricordava, i suoni impercettibili che lui emetteva gli scaldavano il ventre come prima, e la sensazione che gli dava tenerlo tra le braccia era perfetta come sempre. Le mani di Jack erano sul

330

collo di D e lo attiravano a sé. A occhi chiusi, D si sentì ruotare nel buio, bloccato dalla bocca di Jack, mentre scendeva sempre più in profondità, per trovare tutto quel che poteva di quell'uomo, che era il *suo* uomo, non c'era più alcun dubbio ormai, come lui di certo apparteneva a Jack. Sentì i loro pezzi unirsi di nuovo in un incastro perfetto, tutta la sua vita un'odissea solitaria prima di quel momento, prima di lui.

Jack, dandogli dei baci leggeri, fece un passo indietro. «Aspetta,» disse sorridendo.

D grugnì e lo attirò di nuovo a sé. «Nah, non aspetto. Ti voglio in quel letto, Doc.»

«Oh, certo,» rispose Jack allargando il sorriso. «Ma sono lurido. Mi serve una doccia.»

«Uhm,» fece D. «Credo che servirebbe anche a me.»

«Allora faresti meglio a seguirmi.»

Sotto la doccia, protagoniste furono le mani. Le sue mani, le mani di D, mani ovunque finché sembrò che ce ne dovessero essere più di quattro tra di loro. Jack le mise sul suo stesso corpo e su D, e a malapena riusciva a dire a chi appartenessero. Sapone, acqua calda e vapore e il corpo di D contro il suo, e la tensione della giornata scivolò giù per lo scarico insieme ai residui di sudore e paura e sporco rimasti sulla pelle.

Si girò per regolare il miscelatore e alzare un po' la temperatura dell'acqua e in un attimo sentì D abbracciarlo stretto con entrambe le braccia, la testa sulla sua spalla. Jack rimase immobile per un istante e si lasciò semplicemente stringere, mentre con le mani afferrava gli avambracci di D. Reclinò la testa e appoggiò la guancia contro il suo capo, e stettero così per quello che parve un lungo istante. Un rituale di acqua e vapore, i loro corpi nudi premuti insieme dai piedi alle spalle, la sua schiena contro le spalle di D. Meglio così. Guardami, D. Qualsiasi cosa vorresti dire e non ci riesci, guardami.

D scivolò con il viso, premendolo contro il suo fino a trovare di nuovo le sue labbra, mentre l'acqua della doccia riempiva le loro bocche. Le mani di D si diressero a sud e afferrarono il sedere di Jack, e allora il momento del silenzio e del sollievo ebbe fine. Le mani che delicatamente avevano pulito divennero mani che afferravano avide, e i baci teneri si fecero rudi ed esigenti. Jack lasciò andare la bocca di D e si avventò sul suo collo, cosa che lui gradiva particolarmente, mentre le mani di D scivolarono via dai suoi fianchi e gli si infilarono tra le gambe da davanti, oltre i testicoli, con dita insaponate che improvvisamente premevano dentro di lui. Jack sussultò e si aggrappò alle spalle di D, che lo penetrava con due dita, cavalcando il suo avambraccio come una sella. «Ti sono mancato, Doc?» rombò nel suo orecchio. Invece di dare una risposta, Jack gli afferrò la testa e gli infilò la lingua in bocca, fremendo contro le dita che lo penetravano, finché la sensazione non fu troppo intensa e si staccò da esse. Allungò la mano e chiuse l'acqua.

«Eh no,» disse vedendo l'espressione perplessa di D. «Hai detto che mi volevi in quel letto ed è lì che andremo.»

«Anche le docce non sono male,» rispose D con tono speranzoso, ma Jack era già fuori e si stava asciugando con una salvietta. Lui lo seguì.

«Adesso asciugati bene,» gli ordinò Jack.

«Lo so, tu odi le lenzuola umide. Immagino vorrai anche che mi foni anche i capelli,» disse passandosi una mano sul cranio quasi pelato.

Jack scoppiò a ridere. «Asciugo i miei.»

D, ormai asciutto, raddrizzò la schiena e buttò per terra la salvietta. «Cazzo, mi prendi in giro?»

«Non posso andare a letto con i capelli umidi. Bagnerei i cuscini su cui poi dormiremo, cosa che detesto. Cuscini umidicci, che schifo.» Facendo una smorfia, staccò il phon dal suo sostegno.

D gli andò vicino e glielo tolse di mano. «Ci sono due letti, Jack. Se pensi che io aspetterò che i tuoi cavolo di capelli si asciughino, sei pazzo.»

Jack lo guardò negli occhi e sorrise, poi gli si avvicinò il più possibile. «Adoro che mi vuoi tanto da non poter aspettare un altro minuto,» sussurrò piegando leggermente la testa. «Ma più di tutto adoro il fatto che me lo dici.»

D fece un grugnito. «Preferisco mostrare.» Trascinò Jack fuori dal bagno e inciamparono nei rispettivi piedi. Jack fece girare D in modo da essere sopra quando si buttarono sul letto. Si mossero confusamente sul materasso finché non furono avvinghiati e pronti. Jack premette l'inguine contro quello di D mentre si baciavano e si sfregavano l'uno contro l'altro con movimenti resi caotici dalla foga. Sentì le dita di lui affondargli nella carne della schiena e del culo, e Jack capì cosa voleva. Si fece un po' indietro e, guardando D negli occhi, seppe che voleva la stessa cosa. «Mostrami cos'hai, Doc,» sussurrò. Non era una richiesta diretta, ma era comunque più di quanto fosse riuscito a esprimere la prima volta che l'avevano fatto. Jack non sapeva se era per via della settimana di lontananza o per il sollievo che il processo fosse finito che D si stava aprendo ancora un po', ma la cosa gli piaceva.

Prese il lubrificante dal comodino e si unse bene, aprì le ginocchia di D spingendole verso l'alto e si sdraiò su di lui, baciandolo voracemente mentre con una mano D lo guidava dentro di sé. Cercò di andarci piano ma lui non glielo lasciò fare: gli afferrò il sedere e con uno strattone lo prese dentro di sé. «'Fanculo,» grugnì Jack.

«Già,» sibilò D. «Non è quello che vuoi?»

«Ho già quello che voglio,» rispose Jack e lo baciò di nuovo, puntando le ginocchia in modo da poter dare dei colpi in avanti. Adesso D gli avvolgeva i fianchi con le gambe, la sua testa buttata all'indietro, il petto lucido per le gocce d'acqua che cadevano dai capelli umidi di Jack. Si sentì selvaggio, potente: non poteva non esserlo, se proprio quell'uomo era disposto ad aprire le gambe per *lui*, Jack Francisco, chirurgo dai bei modi, tipo simpatico, di bell'aspetto, bravo a trattare con la gente, proprietario di un appartamento decorato con gusto, abbonato a *GQ* e *Men's Health*. Quella sera si sentiva molto più di quello. Quella sera si sentiva un dio, in parte perché D lo guardava proprio come se lo fosse.

Jack aumentò il ritmo, mentre sul suo viso il sudore andava a unirsi all'umido della doccia. D contrasse la mascella per frenare i gemiti che tuttavia lui udiva lo stesso, le sue mani si agitarono contro le spalle di Jack, poi D gli afferrò il collo e lo tirò di nuovo giù per baciarlo, mordergli le labbra e mormorare nel suo orecchio, mentre i fianchi roteavano.

L'orgasmo scoppiò come una bomba e Jack urlò venendo dentro al corpo di D in preda allo spasmo. A malapena si rese conto della tiepida macchia di umidità che si formava tra di loro quando anche l'altro venne. Il suo grido di liberazione fu parzialmente inghiottito dalla bocca di D, e poi si accasciò esausto tra le sue braccia, lasciando che il mondo si allontanasse vorticando.

Rimasero sdraiati in silenzio a lungo, cambiando posizione ogni dieci minuti circa, toccandosi gentilmente senza parlare. D tracciò con un dito i lividi sull'addome di Jack, ispezionando i danni con aria perplessa. Jack accarezzò il suo cranio ben disegnato, i capelli cortissimi morbidi come lanugine felina sotto la sua mano.

L'aria sterile dell'hotel asciugò gli umori dei loro corpi e li raffreddò; senza dire una parola, i due uomini tirarono indietro la pesante biancheria da letto e vi si infilarono sotto. D prese Jack tra le braccia e si raggomitolarono uno contro l'altro sospirando piano.

Dopo più di un'ora di silenzio, Jack parlò. «Da dove comincio?»

D grugnì. «Immagino che tu debba sapere cosa ci facevo qui.» Jack non rispose, limitandosi ad attendere. «Non potevo lasciarti venire qua a testimoniare senza la mia protezione. Lo sai, vero?»

Jack esitò. «E i tuoi problemi? Stavi per rintracciare quelli che ti stanno alle calcagna.»

«Mi sono occupato anche di quello.» D tacque per un attimo. Non sapeva come spiegarlo senza impiegare tutta la notte, e aveva in progetto altre cose da fare con lui. «Jack, ora niente conta eccetto che lunedì andrai sotto protezione e io sarò ben contento di vederlo accadere.»

«L'uomo di stasera... Quello con la siringa. Era uno importante, vero? Ne aveva tutta l'aria.»

D annuì. «Si chiama Petros. È, diciamo... il cattivo su cui gli altri cattivi raccontano le storie di paura.»

«Lavora per i fratelli?»

«Non esclusivamente, ma da queste parti di solito sì. È un libero professionista e bello costoso.» D rifletté per un momento. «Nikos Petros è cresciuto nella mafia greca, poi si è arruolato. È stato addestrato nelle Forze armate britanniche. Alcuni dicono che abbia passato alcuni anni in medio oriente a imparare il mestiere.»

«Quale mestiere?»

«Il mestiere del dolore. Dolore e tortura.»

Jack rimase in silenzio per alcuni secondi. «È quello che avrebbe fatto a me, vero?»

«Probabile. Visto che hai già testimoniato, se i fratelli ti vogliono ancora morto vuol dire che è un avvertimento. E perché sia un avvertimento efficace dovresti morire nel modo più lento e doloroso possibile. Il messaggio è: ecco cosa c'è in serbo per chiunque sia così idiota da volerci intralciare.»

«Gesù,» disse piano Jack, tremando leggermente. D lo strinse un po' più forte.

«Non ci pensare. Non avverrà.»

«E per quanto riguarda te?» chiese Jack, sollevando la testa per guardarlo negli occhi. «Hai scoperto qualcosa di più sui tuoi ricattatori?»

D pensò di dirgli che no, non aveva scoperto altro. Jack non aveva bisogno di sapere di JJ o del messaggio, e lui odiava l'idea di caricarlo di quel fardello. Lo guardò negli occhi, vide la sua preoccupazione e capì che non poteva nascondergli la cosa, non se volevano essere un giorno ciò che speravano. «Qualcosa, sì.» Fece una pausa per raccogliere le idee. «Quando sono arrivato, ho scoperto che due persone erano state ingaggiate dai fratelli per ucciderti. Di una mi sono occupato io.»

«L'hai uccisa?»

«Nah, le ho solo dato un forte incentivo a lasciare la città.»

«Ah.»

«L'altra, una donna, ho fatto fatica a trovarla. Ma poi è apparsa in ospedale. Era stata picchiata niente male, e aveva un messaggio per me. Ovvero che nessuno ti avrebbe ucciso perché... perché quello era compito mio, e si aspettavano lo svolgessi. Le ho detto che non ti avrei mai fatto del male, e lei mi ha risposto che invece lo avrei fatto anche se non lo credevo possibile.»

Jack sembrava perplesso. «Perciò questi tuoi ricattatori senza volto hanno picchiato questo sicario... uhm, questa *sicaria*... perché non mi uccidesse e potessi farlo tu?»

«Già.»

«Be', ma dove diavolo erano quando i tizi mi hanno assalito nel vicolo?»

D dovette rifletterci su un momento. «Uhm. Ottima domanda.» Lo guardò con un sopracciglio alzato. «Forse non pensavano tu fossi così scemo da andare in quel vicolo.»

Jack roteò gli occhi. «Forse hanno scoperto che sarei stato in quel bar quando era ormai troppo tardi.»

«O forse,» replicò D, pensando ad alta voce. «Petros ha venduto i suoi servizi a qualcuno disposto a pagare più dei fratelli.»

«Vuoi dire... che magari non mi avrebbe portato da loro?»

«Ormai non possiamo saperlo. Ma se lavorava per i miei ricattatori invece che per i fratelli... non è una bella notizia.»

Il cellulare di Jack si mise a squillare. Lui si girò per rispondere. «Pronto. Oh, Churchill.» Pausa. «Sì, è ancora qua. Spero di trattenerlo il più possibile. Quando dobbiamo... ah sì?» Altra pausa. «Okay. Sì, può andarmi bene. Lo farò.» Chiuse la conversazione e si girò di nuovo verso D. «Churchill mi porterà ad Albany lunedì mattina, e da lì non so dove. Ci siamo.»

«Già,» disse lui, toccando con un dito il viso di Jack. *È per il meglio. Quello che serve perché sia al sicuro. Non puoi fare quello che hai da fare per lui se devi anche tenerlo d'occhio. Lascialo andare. Quelli della protezione testimoni sono bravi. Lo terranno al sicuro.*

Ma come faccio a lasciarlo andare?

Jack sembrava meditare su qualcosa. «Dice che devo passare tutto il fine settimana in questa camera, e lunedì mattina mi porteranno via in elicottero dal tetto.»

«Ah-ha.»

Jack lo guardò negli occhi. «Puoi rimanere?» La sua espressione era speranzosa come quella di un ragazzino eccitato per la proroga dei divertimenti.

«Tutto il week end?»

«Ti prego, D. Stai con me. Voglio dire... una volta arrivato lunedì, io...» Si concesse una pausa in cui distolse lo sguardo e deglutì forte. «Mi serve più tempo possibile con te prima di andarmene, potrebbe passarne davvero tanto prima che ci rivedremo.» I suoi occhi tornarono a incrociare quelli di D, che fu così colpito dalla loro espressione che, se non fosse stato già sdraiato, sarebbe caduto riverso sul letto. Attirò di nuovo Jack a sé.

«Sì,» rispose. «Sì, posso rimanere.» Jack sospirò e gli diede un bacio, poi si rannicchiò di nuovo contro di lui. «Come fai, Jack?» chiese D dopo un altro lungo silenzio, in realtà riluttante a sapere la risposta.

«A fare cosa?»

«A provare... a provare dei sentimenti per me.»

«Perché non dovrei?»

«Per quello che sono. Per quello che ho fatto.»

Jack stette in silenzio per qualche secondo, poi si sollevò su un gomito per guardare D in faccia. «So cosa hai fatto.»

«E non ti disturba?»

«Sì, mi disturba. Ma... io ti conosco, D. Hai ucciso, ma non sei un killer. Non realmente. Sei stato spinto a farlo, e poi sei andato avanti perché pensavi di non avere altro, e più lo facevi più ti isolavi, così che era tutto quello che potevi fare. Se fossi un killer vivresti per quello. Non ti consumerebbe da dentro come invece ti succede. Più hai ucciso, peggio stavi, e meno provavi sentimenti.»

D annuì. «Questo non cambia ciò che ho fatto.»

«No. E se qualcuno mi mostrasse un dossier su di te, con ciò che hai passato e che hai fatto, probabilmente direi: quest'uomo merita di passare la vita dietro le sbarre. Per dieci anni hai ucciso cattivi, D. Certa gente direbbe che sei un eroe.»

D lo guardò. «Tu fai parte di quella gente?»

«So che pensi di no. Ma non posso...» Esitò e distolse lo sguardo. «Non posso dimenticare quel che hai fatto di buono, e l'orribile tragedia che ti ha portato a fare quel che fai. Nessuno è completamente buono o cattivo. Non puoi cambiare quel che hai fatto in passato, per me o per chiunque altro. Ma tu sei già cambiato.»

«Non posso prendermene il merito,» mormorò D. «Se sono cambiato è per causa tua, Doc.»

«Non credo. Magari ti ho fatto venire *voglia* di cambiare, ma è una cosa che hai dovuto fare tu. Sai davvero quanto sei cambiato da quando ci siamo incontrati?» D non sapeva come rispondere. «Perché io vedo la trasformazione, ed è sorprendente. E il modo in cui ti sei comportato con me... dovevi *uccidermi*, sei stato duro, brutale, e non ti sei fatto scrupoli per questo. Pensavo che avrei avuto paura di te, che ti avrei odiato, ma in qualche modo mi hai convinto ad amarti.»

D guardò Jack sbattendo le palpebre, senza distogliere lo sguardo blu da lui.

«Sì, hai capito bene,» sussurrò Jack.

D chiuse gli occhi prima che l'altro gli potesse guardare dentro. «Jack, io... non sono...»

«Shhh,» fece lui premendo la fronte contro la sua. «Lascia stare.»

Inarcando il collo, D mirò con voluttà alla bocca di Jack e si incontrarono a metà strada. Era finito il momento delle parole, parole terrificanti, inebrianti, eccitanti, parole che gli facevano venire voglia di raggomitolarsi in un angolo e piangere tutte le sue lacrime, di tirare fuori singhiozzando tutto il veleno che aveva dentro. Ora c'erano solo la bocca di Jack e il calore della sua pelle mentre scivolava sopra di lui come per proteggerlo da un'esplosione, le mani di D che vagavano sul suo corpo, che se fossero state più grandi avrebbero potuto toccarlo tutto insieme. Se le avesse mosse abbastanza velocemente avrebbe sentito Jack tutto in una volta.

Jack si sollevò e si mise a cavalcioni sui suoi fianchi, le loro dita intrecciate... Oddio, il suo corpo era l'unico paradiso possibile per D. Quando erano uniti in quel modo avrebbe voluto essere di nuovo Anson, tornare indietro e fare tutto da capo, in modo diverso, e incontrare Jack presentandosi nei panni di un uomo differente, un uomo integro, che fosse in grado di dirgli che lo amava fin nel profondo della sua anima marcia.

Jack si alzò per andare in bagno all'incirca alle due. D stava dormendo in pace; lui avrebbe voluto dire lo stesso di sé. Non aveva fatto altro che appisolarsi per tutta la notte.

Si guardò nello specchio e i lividi sul suo viso lo spaventarono: quasi si era dimenticato di averli.

Gliel'ho detto. In un certo senso.

In qualche modo mi hai convinto ad amarti.

Non lo aveva pianificato. Gli era uscito e basta. Nell'istante in cui lo aveva detto avrebbe desiderato rimangiarselo, ma quell'impulso era svanito appena aveva visto l'espressione di D. Sembrava che nessuno gliel'avesse mai detto prima di allora, che nessuno lo avesse mai *amato* prima di allora. Magari era così. Di sicuro sua figlia... ma non era neanche lontanamente la stessa cosa.

Ci aveva pensato a lungo. Amava *davvero* D? O la sua era solo gratitudine? Si era innamorato di lui solo per via della vicinanza? Restare intrappolato con qualcuno per settimane è una condizione che può giocare degli scherzi alla psiche di una persona. Circostanze intense, paura per la propria vita, e poi il fatto che D aveva un'innegabile aura di mistero e sensualità. Non è difficile immaginare di prendersi una cotta per un uomo che di sua volontà si frappone tra te e la morte.

Ma poi si era ricordato di certe cose. D che annusava l'odore del sole sulla sua pelle. La volta che gli aveva raccontato del coniglietto morto. L'espressione sul suo viso quando si erano baciati per la prima volta. E quella settimana che erano stati lontani... Ora gli era più chiaro che mai che lui e D non erano più due individui separati. Essere di nuovo insieme a lui, di nuovo tra le sue braccia, sentire la sua voce... aveva le viscere attorcigliate e non riusciva a dormire perché sapeva che la tregua sarebbe stata breve, e poi...

Non pensarci adesso. Ci sarà tempo per farlo dopo.

Si lavò le mani, fece un respiro e tornò in camera. Si infilò di nuovo nel letto e si rannicchiò contro D, che sussultò e si girò. «Cazzo, sei freddo.»

«Sono appena andato in bagno.»

«Uhm. Meglio che ti riscaldi un po' se vuoi stare nel mio letto.» Fece scivolare il braccio sullo stomaco di Jack e gli baciò il collo, poi la gola, fino al petto. Jack sospirò e si stiracchiò come un gatto sotto il suo tocco esperto, rabbrividendo quando D gli succhiò un capezzolo e poi l'altro, scendendo poi verso lo stomaco.

D si mise comodo tra le sue gambe e gli appoggiò la guancia all'addome, gli occhi chiusi, e rimase lì fermo in silenzio. Sollevò la testa, appoggiando il mento sul fianco di Jack, e lo guardò nel debole bagliore delle luci cittadine che venivano da fuori. Jack portò una mano alla sua testa; gli piaceva sentire i capelli corti di D sotto le dita. Lui gli stava accarezzando gentilmente i muscoli dello stomaco. «Uhmm,» disse, emettendo un suono indistinto.

«Cosa?»

«Niente, solo che...» D sospirò, appoggiando di nuovo la guancia sulla sua pelle. «Amo il tuo corpo,» sussurrò piano, come sperando di non farsi sentire da Jack, mentre la sua mano si era messa ad accarezzargli il fianco. «È, tipo, forte e solido ma anche morbido, e hai sempre un odore così buono.»

Jack osservò la cima della sua testa e si sentì sciogliere. D aveva già espresso un tacito apprezzamento per il suo aspetto fisico ma non aveva mai detto niente del genere. Il tepore del corpo di D e il suo respiro così vicino gli rilassarono i muscoli; gli parve di non poter fare altro che toccare la sua testa.

D scivolò ancora più in basso, finché la sua guancia non fu alla giunzione di fianco e coscia. La sua mano si infilò in mezzo ai peli pubici, accarezzando la pelle là sotto. Jack sentiva il suo respiro contro il membro semi-eretto, ma era così rilassato che non percepiva alcuna urgenza. D scivolò in avanti e prese Jack in bocca, la guancia ancora appoggiata al suo inguine, succhiandolo gentilmente come si fa con un pollice. Jack si sentì indurire nella sua bocca; quel succhiare lento e delicato era esasperante.

«Oh, Cristo,» mugugnò. «Oddio, è fantastico.»

D lo succhiò fino all'orgasmo; lui venne con un sospiro, il suo corpo tutto un fremito. D inghiottì e lo accarezzò sul fianco, lasciando che il suo membro gli scivolasse dalle labbra, tornando a posare la guancia sul suo stomaco. Girò di poco la testa e piazzò un bacio, un singolo bacio, vicino al suo ombelico.

«Cosa intendi con 'noi'?»

D aggrottò la fronte. Tornò indietro con la memoria cercando di capire a cosa Jack potesse riferirsi. Qualsiasi cosa fosse, risaliva ad alcune ore prima, dato che al momento erano le cinque del mattino ed erano sdraiati in mezzo a un groviglio di lenzuola, praticamente testa contro piede, la testa di D in fondo al letto e quella di Jack appoggiata sulla sua coscia. «Eh?»

«Parlavi di quando stavi cercando l'altro tizio e hai detto: 'non siamo riusciti a trovarlo'. Stavi lavorando insieme a qualcuno?»

Gli si accese una lampadina. «Oh, sì. Gesù! Non ci credo che ho dimenticato di dirtelo. Ho incontrato X.»

«X? La tua gola profonda?»

«Una cosa del genere. Sì, mi ha trovato lei poco dopo che...»

«Lei?»

«Già. Si chiama Megan. Cazzo, bello vederla finalmente in faccia.»

Jack si sedette a gambe incrociate in stile indiano. «Ti ha detto perché ti proteggeva?»

«No, non ancora. Ha accennato che lo farà.»

«Quindi... chi è?»

«È dei Servizi segreti. Ma non è un'agente. Lavora nell'ombra per loro.»

Jack roteò gli occhi. «E chi non ha agenti che lavorano nell'ombra? A questo punto non mi stupirei se scoprissi che l'ufficio del bilancio ha una squadra di contabili dediti alle missioni segrete.»

D ridacchiò. «Lavora nell'anti-assassinio, ragion per cui è venuta a contatto con molta gente del mio campo... oh, scusa, del mio ex campo,» aggiunse vedendo l'espressione di Jack. «È davvero scaltra e in gamba. Sono contento di essere stato aiutato da lei.»

«Era con te ieri?»

«No, non sono riuscito a dirle del bar. Sta cercando di capire chi abbia rovistato nel mio dossier militare, e credo sia tornata a Washington...»

«Qualcuno ha letto il tuo dossier?!» esclamò Jack.

D sospirò. «Scusami, tesoro. Continuo a dimenticare chi è a conoscenza di cosa o chi mi ha detto cosa, e se tu c'eri oppure no. Per tutto il resto sei sempre stato presente, quindi mi è difficile ricordare che non eri al corrente di certe conversazioni.» Stava per andare avanti ma Jack lo stava fissando a bocca aperta. «Cosa?»

«Mi hai chiamato 'tesoro'?»

D sbatté le palpebre. «Oh... immagino di sì,» disse arrossendo di colpo. Jack era ancora senza parole. Fingeva noncuranza ma D vedeva che era rimasto colpito. *Maledizione, dovevo proprio farglielo notare? Merda.* «Dicevi? Dossier militare?»

«Esatto. Me l'ha detto Churchill. In marzo, uno sconosciuto o degli sconosciuti hanno avuto accesso ai miei file. Vuol dire che conoscono il mio nome, la mia storia personale, un sacco di cose che nel frattempo erano state coperte. Non so se qualcosa li abbia indirizzati a me.»

«Pensi ci sia un legame con i tuoi ricattatori?» chiese Jack serissimo.

«Non può essere una coincidenza. Comunque Megan ha detto che se ne occuperà. Spero chiami oggi. So che le farebbe davvero piacere incontrarti.»

«Sì, anche a me piacerebbe incontrarla,» disse Jack mettendo enfasi sul "la".

«Dovrei fare un salto veloce da lei domattina per prendere la mia roba,» rifletté D.

Jack girò la testa di scatto. «Tu hai *vissuto* con lei?»

«Utilizza degli appartamenti di proprietà del dipartimento del tesoro. Perché...» D sospirò. «Non sarai mica geloso.»

Jack si tirò su. «No... be', okay, sì. Voglio dire, avete questo rapporto intimo di lunga data, lei ti ha salvato la vita e tu in qualche modo la sua, e adesso scopro che è una donna...»

«E in che modo questo aspetto dovrebbe avere un

effetto su di me, il sicario gay, eh? Non dovrebbe farmi *passare* la voglia di andarci a letto?»

Alle spalle di Jack, D emise un grugnito e diede un ultimo colpo prima di accasciarsi contro la sua schiena. Jack si aggrappò alla testiera come ne dipendesse la sua vita, boccheggiando e sorreggendo così entrambi per alcuni secondi, prima di cedere alla forza di gravità e cadere sul letto, noncurante del fatto di finire sulla propria macchia di umidità. D scivolò fuori e gli si tolse di dosso. «Dio santissimo,» disse.

«Già,» rispose Jack in un rantolo. «Maledizione.» Si girò sulla schiena. «Mi sa che stavolta hai bruciato tutti i record, stallone.»

D tacque per un momento, poi iniziò a ridacchiare.

«Cosa?»

«Stallone,» ripeté D con voce roca.

Jack rise con il naso. «Conosci una parola migliore per definire l'uomo che ha esplorato il mio didietro cinque volte in una notte?»

A sentire quell'espressione D scoppiò a ridere di cuore, un'evenienza più unica che rara. «Esplorato il tuo didietro!» ululò. «Ah, merda, questa è bellissima!» Jack non poté non unirsi alla risata. Si sentiva euforico, come un bambino al parco dei divertimenti che finalmente incontra il suo personaggio dei cartoni preferito, desideroso solo di corrergli incontro, farsi dare un abbraccione e farsi trasportare in un posto dove nessuno ha mai pianto e tutto è luminoso e colorato.

D si stava calmando. «Comunque hai esplorato anche tu un paio di volte.»

«Non è quello il punto,» disse Jack, stirando le braccia dietro la testa. «Nessuno di noi due, domani, sarà in condizione di camminare.»

«E chi ha bisogno di camminare? Non so tu ma io non prevedo di lasciare questo letto.»

«Cosa, vuoi che stiamo tutto il week end sdraiati nudi?»

«Hai qualcosa in contrario?»

«Potremmo scandalizzare i federali quando ci portano il cibo.»

«Ah, chi cazzo se ne frega.»

Jack alzò un sopracciglio. «Chi sei tu e dove hai messo D?»

Lui si fece di nuovo serio. «Non so bene come risponderti, Doc.»

Jack osservò i contorni del suo viso nella grigia luce che entrava dalla finestra prima dell'alba, e si chiese per la milionesima volta cosa avrebbe convinto D a dirgli il suo vero nome. *Anson. Io lo so. Lo sento nella testa quando ti guardo. Per me sei ancora D, ma vorrei chiamarti con il tuo nome di battesimo. Vorrei che sentissi che è di nuovo tuo. Cosa ti ci vuole, D? Quanto tempo dovrò attendere? A meno che tu non me lo dica nei prossimi due giorni, molto.*

Si girò sul fianco e fu accolto dalle braccia di D. Giacquero in silenzio per un po', cosa che di recente avevano fatto spesso. Jack sapeva che c'erano molte cose che avrebbero potuto dire ma non dicevano, e andava bene così. In qualche modo, gli stava bene non esprimerle. «D?» chiamò, percependo che l'altro stava per appisolarsi di nuovo.

«Uhm?»

«Sarò davvero al sicuro sotto protezione?»

Sentì che D si svegliava di nuovo. «Che vuoi dire?»

«Be'… sembra che questi tizi riescano ad arrivare a chiunque, ovunque. Se davvero volessero, potrebbero trovarmi quando sono sotto protezione?»

«Forse. Se davvero volessero. Ma sarebbe una bella impresa, ci vorrebbe uno sforzo notevole e sarebbe rischioso. Si esporrebbero a vari tipi di casini con la legge e non ne vale la pena. Dopo che hai testimoniato, l'unica ragione di ucciderti sarebbe lanciare un avvertimento. E non si prenderebbero tanto disturbo per un avvertimento.»

Jack sospirò. «So che stai solo indorando la pillola, ma te lo lascio fare.»

«Ehi,» disse D scuotendogli piano la spalla. «Andrà tutto bene.»

Qualcosa nel suo tono colpì Jack, che girò la testa per guardarlo. «Che vuoi dire?»

«Solo che… non ti succederà niente.»

«D, di solito tu sei quello che si prepara al peggio.»

Appena pronunciate queste parole, Jack capì. Si mise a sedere. «È quello che stai facendo, vero? Sei sulle loro tracce o qualcosa di simile. Hai qualche piano di cui non mi hai parlato!»

D alzò una mano. «Dai, Jack…»

«E non dirmi 'dai, Jack'! Come se tu non avessi già abbastanza preoccupazioni con i tuoi ricattatori alle calcagna senza accollarti anche i miei problemi!»

«I tuoi problemi sono anche i miei, Doc. E non è come pensi.»

«E allora com'è?»

D sospirò e si mise seduto anche lui. «Va bene, va bene. Non ti arrabbiare.»

«Troppo tardi, cazzo!»

«Mi lasci parlare?» Jack si costrinse a tacere e ascoltare. «Okay.» D inspirò profondamente. «Posso sistemare le cose e farti evitare di andare sotto protezione.»

Jack spalancò gli occhi. «Puoi farlo?»

«Credo di sì.»

«Vuoi dire… che potrei tornare a essere Jack Francisco? Il *dottor* Jack Francisco?»

«L'idea è quella.»

«Senza la parte in cui mi fanno fuori?»

«Sì, quella è la più importante.»

«E come diavolo pensi di riuscirci, D?»

«Ho un piano. Diciamo.»

Jack si fece indietro. «Non… no. Non ti lascerò farli fuori tutti.»

«Anche se potessi, non aiuterebbe. No, ho un'idea diversa.»

«Dimmela!»

«Meglio se non lo sai.»

«Oh, ma che cazzo, ti piace proprio decidere cosa devo e non devo sapere.»

«Merda, non mi *piace*, è solo che dev'essere così!»

«Pensi di far sì che i fratelli non mi vogliano più morto, e senza uccidere nessuno?»

«Sì.»

«Perché non voglio che tu uccida più nessuno. Mai più.»

D tacque. «Davvero?»

«Davvero. Quello era il vecchio te. Non sei più quell'uomo. Sei il *mio* uomo, adesso, il *mio* D, e il mio D non uccide la gente.»

Lui sospirò. «Infatti.»

Jack ebbe un attimo di esitazione. «Si può fare un'eccezione nel caso in cui un orribile seviziatore mi punti una siringa alla gola.»

«Lo terrò a mente,» disse D con un sorrisetto amaro.

Jack sostenne il suo sguardo. «Vorrei poterti dire che non devi mettere in pericolo la tua vita per me. Forse questo fa di me una persona orrenda, ma rivoglio davvero la mia vita. Non voglio vivere temendo quegli uomini tutto il tempo. Se c'è un modo per risolvere il problema...»

«Me ne occupo io,» disse D stringendo la mascella. «E non lo faccio per te, Doc.»

«No?»

«No.» Allungò timidamente un braccio e prese le mani di Jack. «Lo faccio per tutti e due, diciamo così. Perché una volta fatta, forse potrò finalmente fermarmi. Mettere radici e diventare il tizio che dici tu, quello che non uccide gli altri.»

Jack sorrise. «Quello che amo?»

D rispose a sua volta con un sorriso, tremolante e incerto, che quasi spezzò il cuore a Jack. «Già. Lui.»

«Sai che quel tizio sei tu, vero? Qui e adesso?»

«Sì?» mormorò D.

Jack annuì. «Devi esserlo per forza, perché è te che amo.»

D lo guardò negli occhi e lui vide nei suoi un accenno di lacrime, che sparì però con un battito di ciglia. Era rimasta solo la faccia di D: un po' più aperta, senza espressione né una risposta da dare, ma andava bene così. Jack lo attirò tra le braccia e lo tenne stretto finché il sole sorse fuori dalla finestra. Sperò di aver fatto la cosa giusta.

⊕CAPITOLO 25

«Mi porti del pane tostato con pancetta e uova, frittelle di patate e un caffè grande.» Megan Knox non credeva nel cibo sano. Suo fratello maggiore aveva passato una vita a mangiare roba salutare, era stato un vegetariano fanatico del fitness ed era morto di infarto fulminante a quarantaquattro anni. Attaccò il suo pasto unto. Stava viaggiando sulla I-95 in direzione Baltimora, spinta dall'urgenza a utilizzare pratiche di guida pericolosa come mangiare al volante.

Appena ebbe finito, tirò fuori il cellulare per chiamare D. Gli ci volle più del solito per rispondere. «Sì.»

«Sono io.»

«Dove sei stata?»

«Sto tornando proprio ora.»

«Hai… ehi, piantala, sto cercando di parlare al telefono,» disse a qualcuno che era lì con lui – qualcuno che stava ridacchiando – e la sua voce aveva un tono dolce e scherzoso che lei non gli aveva mai sentito prima. «Hai scoperto qualcosa?»

«Oh sì. Ho un bel po' di roba da mostrarti.»

«Bene. Perché non… maledizione, se non la pianti le prendi!» disse a chiunque fosse con lui. Megan poteva immaginare di chi si trattasse: anche solo dalla voce, si intuiva che D stesse sorridendo.

«Sei insieme a Jack, D?»

«Sì,» disse. Ora si intuiva anche che stava arrossendo. «Ieri qua è successo un casino. Ho passato la notte in camera sua.»

Megan sorrise, sentendo altre risate maliziose in sottofondo e quello che pareva un suono gioioso di D. «Be', è

347

ottimo che tu riesca a passare del tempo con lui.» Nessuna risposta. «No?»

«Sì,» disse piano lui. «Davvero ottimo.» Megan intuì dalla sua voce che stava minimizzando, e tutt'a un tratto si sentì il magone in gola. D era stata l'unica presenza costante nella sua vita per quasi dieci anni. Lo aveva seguito, aiutato, era stata aiutata da lui e, anche se fino a una settimana prima non si erano mai incontrati, c'erano stati periodi in cui le era parso che fosse il suo unico amico. I loro tipici scambi di messaggi, brevi e criptici, a volte avevano rappresentato il suo solo contatto umano per giorni di fila.

Per tutti quegli anni, aveva saputo che i suoi modi distaccati nascondevano un grande dolore. Conosceva del suo passato più di quanto pensava lui probabilmente, e lo aveva visto sprofondare in un pozzo oscuro di solitudine per così tanto tempo che temeva non ne sarebbe uscito più. Da quello, lei non avrebbe potuto salvarlo, per quanto avrebbe voluto.

Per fortuna, era apparso sulla scena qualcuno che ne era in grado. Dopo aver scoperto che D aveva dovuto accettare di uccidere Francisco, era corsa a Las Vegas più veloce che poteva, con il cuore in gola, sperando di non dover intervenire per salvare la vita a Jack. Se proprio fosse stato necessario avrebbe sparato a D, ma le si sarebbe spezzato il cuore. Tuttavia lui, come Megan aveva sperato, non era riuscito a portare a termine il compito, così era rimasta ferma a guardare gli sviluppi della situazione, pregando che D si limitasse a consegnare Jack alle autorità e sparire.

E poi... buon Dio, che voce aveva quando l'aveva chiamata chiedendo aiuto dopo il rapimento. «Hanno preso Jack,» aveva detto, e per la prima volta lei aveva percepito la sua emozione. Jack era diventato importante per lui. E adesso Megan aveva visto con i suoi occhi quello che aveva sempre saputo.

D amava Jack. Così tanto che avrebbe dato la sua vita senza pensarci due volte. Era come se avesse addosso un mantello fatto per qualcun altro, che non si adattava bene alle sue spalle, un mantello rubato, e che D temeva sarebbe stato reclamato dal legittimo proprietario. Lui continuava a dirsi che non aveva bisogno di indossarlo perché non sentiva il freddo, che poteva continuare il proprio viaggio senza ripararsi, solo che non era più così. La sua pelle aveva di nuovo conosciuto il calore e si ricordava com'era, non poteva più sopportare il gelo. Il mantello non era stato fatto su misura, e se non poteva essere adattato a lui, era D a dover crescere per riempirlo.

Quindi, sentendo dall'inflessione nella sua voce che D era con Jack, che aveva passato la notte con lui e aveva lasciato che il calore gli penetrasse di nuovo nelle ossa, Megan abbandonò la cautela quel tanto da esserne contenta. «Sono partita da venti minuti,» gli disse, lasciando passare quei pensieri in un lampo.

«Ascolta, faccio così: chiamo Churchill e vi faccio incontrare a casa tua. Ti dovrebbe scortare fin qua in ogni caso. E mi potresti portare la mia borsa? Non ho più vestiti puliti.»

«Dubito che a chi ti sta tenendo compagnia dispiaccia vederti girare al naturale.»

«Forse no, ma non mi fa impazzire l'idea che tu e Churchill vediate i miei gingilli.»

«Giusto. Allora a presto.»

«Non vedo l'ora.» La sua voce ora sembrava distante, dato che aveva allontanato il telefono dall'orecchio. «Okay, furbacchione, porta qua il culo…» fu l'ultima cosa che Megan udì prima di riattaccare. Ridacchiò. Uomini!

«Pensi sia divertente, eh?» disse D afferrando le caviglie nude di Jack, che cercava di sfuggirgli, e trascinandolo sul letto. «Una persona non può avere una conversazione civile?»

Jack si arrese e si fece trascinare. «No. Non quando parli con la tua *ragazza*.»

D se lo tirò in grembo con uno strattone, abbassò il capo e lo baciò intensamente, lavorandoselo con la bocca finché Jack si rilassò tra le sue braccia e si aprì a lui, dimenticandosi cosa avesse detto o fatto o persino pensato. D si fece indietro. «Dicevi, la mia… cosa?»

«Eh?»

«Appunto. Comunque, Megan sta arrivando. Chiamo Churchill perché la incontri da lei.»

Jack annuì e si ricompose. «Credo che farò una doccia, visto che io, vestiti puliti, ne ho. Tu dovrai bivaccare in accappatoio finché non arrivano.»

D ridacchiò. «Gesù, Jack. Usare una parola come 'bivaccare' in una conversazione di tutti i giorni!» Lui ghignò, poi si chinò a baciargli la cima della testa prima di dirigersi in bagno.

Fece una smorfia vedendosi allo specchio. Era disgustoso. Coperto di sudore, succhiotti e chissà cos'altro, per non parlare dei lividi della sera prima, nonché altri lividi e segni vari che gli erano stati fatti *dopo* l'aggressione. Sembrava che l'avessero strapazzato e poi riposto senza asciugarlo.

Sorrise. *Ottima descrizione.*

Si infilò sotto il getto caldo, sospirando di beatitudine. Era assurdo che provasse un senso di pace proprio in quel momento; dopotutto, molte persone lo volevano ancora morto e lo aspettava una lunga separazione da D, della cui sicurezza era sempre più preoccupato, non ultima ragione il fatto che lui stesso non sembrava preoccuparsene. Eppure, nel suo cuore c'erano pace, gioia e persino speranza.

D era lì, era venuto di sua volontà, e gli aveva detto la verità su cose che a lungo gli aveva nascosto. Sembrava presente in un modo mai visto prima. Fino a quel momento, Jack aveva avuto l'impressione che D, pur essendo emotivamente legato a lui e fisicamente attratto, avesse sempre un piede fuori dalla porta e, a ogni parola di ogni conversazione, stesse soppesando i rischi. Ma la sera precedente... il modo in cui si era comportato, le cose che aveva detto. Era ancora uno stronzo taciturno e scontroso, ma almeno appariva come uno stronzo taciturno e scontroso disposto a impegnarsi. Per se stesso, per Jack, per tutto quello che il futuro poteva riservare loro. Per il futuro che potevano davvero avere insieme.

È vero. ABBIAMO un futuro insieme. Prima o poi.

Jack si appoggiò alle piastrelle della doccia, sentendo un po' di quell'euforia svanire nello scarico. 'Prima o poi' poteva voler dire più poi che prima.

350

D si avvolse in un accappatoio dell'hotel e, mentre attendeva Churchill e Megan, si mise a camminare per la stanza. Non avrebbe voluto che arrivassero. Loro rappresentavano il mondo, quel mondo da cui si erano tenuti distanti ormai per mesi. Sperava di passare il resto del fine settimana con Jack, e che le notizie portate da Megan non mandassero a monte tutto, ma non era ottimista. Se non avesse avuto a disposizione altri due giorni per cibarsi di Jack, avrebbe dovuto nutrirsi frugalmente dei ricordi messi da parte la notte prima per chissà quanto tempo.

Smettila di essere così egoista. Hai cose di cui occuparti e meglio adesso che poi. Non pensi ad altro che a passare del tempo con lui in questa stanza, quando invece dovresti riflettere su come preservare la sua sicurezza, per non parlare della tua maledetta pellaccia, per quel che vale.

Si sfregò il cranio con la mano. *Perché deve essere così? Briciole raccolte qua e là, una sola notte cercando di ficcarci dentro tutto, i momenti per parlare, quelli per stare in silenzio e tutto il resto. Niente di puro, tutto contaminato dalle preoccupazioni su cosa verrà poi, su quale nuova calamità ci pioverà addosso rovinando il poco tempo che abbiamo.*

Ma un giorno... Un giorno non sarà così. Te lo prometto, Jack.

Jack uscì dal bagno completamente nudo, asciugandosi i capelli con una salvietta. Sorrise quando vide che D lo guardava. Deviò per mettersi di fronte a lui e infilò le mani nel suo accappatoio, cingendogli la vita. «Fatto. Tutto pulito.»

«Magari è meglio se controllo,» mormorò D, avvicinandosi a lui, ma ancor prima che lo toccasse, il sorriso civettuolo di Jack era sparito e il suo sguardo era altrove. «Che c'è che non va?»

Lui sospirò. «Niente. Solo che... presto te ne andrai.»

D annuì, passandogli le mani sulle braccia, su e giù. «Già.»

«Voglio dire, lo sapevo, ma ora come ora non riesco a pensare ad altro che al fatto che non ti vedrò così per molto tempo.»

«Non serve a niente rimuginare su cose fuori dal nostro controllo.»

«Sei sicuro che non possiamo fare niente?» chiese Jack guardandolo negli occhi.

«Cosa intendi?»

«*Andiamocene* e basta,» disse Jack, le parole come un fiume in piena trattenuto troppo a lungo dalle labbra. «Una volta che sarò sotto protezione ti dirò dove sono e tu mi raggiungerai. Resteremo nell'anonimato, non devono per forza sapere dove siamo.»

D stava scuotendo la testa ancor prima che lui avesse finito di parlare. «No, Jack. Credi che non ci abbia pensato? È una vera tentazione, lo so. Ma quelli mi stanno alle calcagna e non si fermeranno mai. Sono andati troppo oltre e sono troppo incazzati, qualsiasi sia il motivo. Non posso stare con te finché la questione non è risolta. E i fratelli? Potrebbero arrivare a te tramite me, e a quel punto cosa faremmo?» Fece una pausa. «Jack, so che pensi che andare sotto protezione risolverà tutti i tuoi problemi, ma hai pensato che non potrai più fare il chirurgo?»

«Lo so,» disse piano lui.

«Dovrai accettare un tipo di lavoro che non attiri l'attenzione. Sei pronto a rinunciare a una carriera a cui hai dedicato anni e anni?»

«Non mi importa!» sibilò Jack. «Voglio dire, mi importa ma…» Si interruppe e distolse lo sguardo. «Non è che la mia vita di prima fosse così fantastica, sai. Ero quasi sollevato di lasciarmela alle spalle. Ero divorziato, mi annoiavo, non uscivo con nessuno, avevo perso molti dei miei veri amici e mi sembrava di aspettare qualcosa, ma non sapevo cosa.» Lo guardò in faccia. «Sì, mi manca il mio lavoro. E mi importa. Ma non quanto mi importa stare con te.»

D rimase quasi ammutolito dal sentimento così espresso, ma non lo fece vedere. «Parli in questo modo per via di stanotte e di tutto questo dramma,» disse. «Non è reale. Verrà un momento che ti dispiacerà, proverai rimpianto e io non sarò un rimpiazzo adeguato. Non è quello che voglio per te, capito?» Jack, a occhi bassi, non rispose. «Non ti permetterò di perdere ciò per cui hai lavorato. È parte di te, e io non lascerò che una parte di te venga distrutta.» Esitò. «Devi fidarti di me, Jack.»

A quelle parole, lui alzò la testa e incontrò il suo sguardo. «Mi fido di te.»

D non riusciva a pensare ad altro da dire. Poteva solo tenerlo vicino e baciare quelle labbra, sentire quel caldo, liscio corpo tra le sue braccia, contro il suo petto, la barbetta ruvida di Jack contro la sua, i capelli umidi odorosi di shampoo. Dopo qualche istante, Jack si staccò da lui. «Credo sia meglio che mi vesta prima che finiamo di nuovo in quel letto mentre arrivano Churchill e Megan,» disse.

Fece per girarsi, ma D lo teneva per il braccio. Così si voltò di nuovo, sul viso un punto di domanda. D lo guardava, nient'altro, i suoi occhi che lo osservavano, incapace di chiedere ciò che avrebbe voluto. *Tienimi stretto ancora un po', Jack. Dimmi di nuovo che vuoi stare con me davvero, giuralo e dimmi che non mi stai prendendo in giro, perché non so come o quando avverrà, ma avrò ancora bisogno di te come l'aria, come il sangue nelle vene. Toccami di nuovo come fai tu con quelle mani delicate, facendomi sentire prezioso. Di' ancora che mi ami, perché sentire quelle parole è stato come riaprire un pozzo senza fondo che si è prosciugato anni fa e ormai non potrà più essere pieno. Sentire quelle parole non mi basta mai, ma dille ancora, un'altra volta, e forse ci crederò un po' di più, e un po' di più la volta dopo, così un giorno ci crederò abbastanza da poter dire quello che vuoi sentirti dire, perché Dio sa che ti amo più della mia vita, più di ogni cosa al mondo, ma non posso dirlo perché non sono ancora l'uomo che ho bisogno di essere, l'uomo che ti guarderà negli occhi e si dichiarerà.*

D rimase fermo in silenzio, ma Jack sembrò afferrare quel che aveva in mente, perché si avvicinò di nuovo, gli mise le braccia al collo, lo baciò sul viso e lo tenne stretto, sussurrandogli nell'orecchio parole che sembravano prese dalla sua stessa testa e ripetute, solo che quando le pronunciava Jack, lui ci credeva.

Quando bussarono alla porta, D e Jack fecero un balzo all'unisono e si guardarono, mentre lo stesso pensiero li attraversava entrambi: *ci siamo*.

Jack si alzò e guardò dallo spioncino: era Churchill. Aprì la porta e si fece da parte. «Ehi, Jack,» disse Churchill dandogli una pacca sulla spalla mentre gli passava accanto. Era seguito da una donna bionda tutta d'un pezzo che doveva essere la figura mitologica che si era figurato passando per vari stadi di gelosia.

Li seguì nella stanza, dove D era seduto in accappatoio sul bordo del letto. Si alzò, apparentemente molto a disagio senza la sua solita uniforme nera a proteggerlo. Jack era dietro di loro e si sentiva inutile. Megan lo stava osservando. D si schiarì la voce. «Uhm… Megan, questo è Jack,» disse.

Lei fece un sorriso pieno di calore che le addolcì i lineamenti e sciolse un po' della tensione che Jack provava. «È bello conoscerti, Jack,» disse, ora sorridendo con tutta la bocca. «Finalmente. E di persona.»

«Immagino che tu sappia molto più di me rispetto a quanto io so di te.»

«Mi dispiace per questo.»

«Non ti scusare. Sarei un vero stronzo ad avercela con te dopo che hai salvato la mia vita e quella di D.»

«Hai la mia roba?» li interruppe D, chiaramente impaziente di togliersi quel cavolo di accappatoio.

Megan gli porse il borsone che aveva in mano. «Ecco qua.»

«Grazie.» Andò verso il bagno. «Torno subito,» aggiunse guardando Jack.

La porta si richiuse alle spalle di D e le tre persone rimaste si ritrovarono a formare un imbarazzante triangolo. Jack sbatté le palpebre, guardando prima Churchill e poi Megan, e si rese conto che anche loro si erano appena incontrati per la prima volta, e gli divenne subito chiaro che anche se il fulcro della vicenda era proteggere lui, era D a legarli tutti. Era l'amante di Jack, l'amico di Megan e, in un certo senso, il collega di Churchill. «Volete sedervi?» chiese Jack, sentendosi ridicolo a fare il padrone di casa in una stanza d'albergo.

Churchill scelse la sedia alla scrivania. Megan si sedette sul letto intonso, mentre Jack si affrettò a tirare su le coperte dell'altro, acutamente consapevole che apparisse… molto usato. Si sedette sul bordo, le mani serrate in mezzo alle ginocchia.

«Come va la testa?» chiese Churchill.

«Non male. I lividi sono ancora freschi.»

«Churchill mi ha messa al corrente di quel che è successo ieri sera,» disse Megan sporgendosi in avanti.

Jack sospirò. «Se stai pensando di farmi una ramanzina per la mia stupidità, lascia perdere. D mi ha già fatto una testa così.»

Lei alzò le spalle. «Stavo per dire che sei stato molto coraggioso. Oltre che stupido.»

«Inizio a credere che "coraggioso" e "stupido" vadano spesso insieme.» La guardò in faccia. «Non mi porti buone nuove, eh?»

Lei distolse lo sguardo. «Dipende da cosa intendi per buone nuove. Data la situazione, è un termine relativo.»

Jack annuì. «Questa sì che è una non-risposta.»

«Dopo lunedì non dovrai più preoccuparti,» disse Churchill.

Jack girò di scatto la testa verso di lui. «Mi prendi in giro? Pensi che trascinarmi Dio sa dove mi farà smettere di preoccuparmi per D? Pensi che non mi ci dannerò l'anima?»

«No, certo che no... Non intendevo questo,» farfugliò lui.

Jack si passò una mano sul viso. «Gesù, Churchill. Sai, una parte di me vorrebbe mandare affanculo la protezione testimoni e restare con D.»

La faccia di Churchill fu deformata dall'orrore. «Jack, non puoi pensare seriamente di...»

«E se ti dicessi che invece lo penso? Non mi puoi forzare ad accettare il programma se non voglio la tua protezione.»

«Jack, non è quello che D vorrebbe,» commentò Megan.

«Cosa ne sai di quel che vuole lui?» esclamò, aggredendola. Gli stava venendo quello che D avrebbe definito un attacco isterico, ma non riusciva a fermarsi. Tutti erano così maledettamente impegnati a pianificargli la vita che l'idea di riprendersene il controllo a suon di pugni lo tentava da morire. «Osservarlo a distanza per dieci anni non fa di te un'esperta, sai!»

«Neanche andarci a letto per due mesi,» replicò lei senza scomporsi.

Churchill sussultò, sul suo viso un'espressione da "non

riesco a credere che l'abbia detto" che, in altre circostanze, sarebbe stata comica.

Jack la guardò per capire se ci fosse della malizia nella sua espressione ma non ne vide. «Hai ragione,» rispose. «Ma so cose su di lui che non conosce nessuno, neanche tu.»

«Non sostengo di sapere molto su di lui,» replicò Megan. «Ma so quel che prova per te. E l'unica cosa che al momento lo sostiene è la consapevolezza che tra qualche giorno sarai al sicuro sotto protezione e che si potrà concentrare su quel che deve fare, sia per te che per lui. Pensi che la cosa migliore sia metterti in pericolo rifiutando la protezione?»

Lui sospirò. «No. È che... odio questa situazione,» mormorò. «Comunque vada, ha solo aspetti negativi, con una dose extra di negatività a parte. Niente di positivo.»

«Ci saranno aspetti positivi a sufficienza se ne uscirete entrambi vivi,» disse piano Megan. «Cerca di pensare a quello.»

Jack annuì. «Ma cosa ti dice il fatto che io abbia raggiunto un punto in cui restare in vita è il meglio a cui posso aspirare? Quanto si possono abbassare i propri standard prima di cominciare a chiedersi a cosa serva averne?»

«Be', restare in vita potrebbe non essere l'obiettivo,» disse Churchill «ma è un punto di partenza. E preferibile all'alternativa, giusto?»

La porta del bagno si aprì e D uscì pulito, vestito e sbarbato. «Okay,» disse andando a sedersi sul letto accanto a Jack. «Cosa mi sono perso?»

«Niente,» rispose Jack, nella mente una nuvola nera. Il senso di pace e speranza di poco prima sembrava ormai lontano. «Riflessioni sul senso della vita.»

D non gli diede retta. «Megan, cos'hai scoperto?»

Lei inspirò profondamente. «Okay.» Infilò la mano nella sua borsa a tracolla e tirò fuori delle carte. «Non sono riuscita a identificare chi esattamente abbia avuto accesso ai tuoi file. Almeno non direttamente. Ho iniziato a sospettare che chiunque fosse, non cercava te. Nessuno conosce la tua identità precedente o sa che tu sei stato nell'esercito, quindi potrebbe trattarsi di qualcuno che facendo delle ricerche su altri si è imbattuto nel tuo dossier. Così mi sono chiesta: chi è più

356

probabile abbia fatto questo? E mi sono chiesta se c'entrasse qualcosa con il maggiore Baldwin.»

«Chi è?» chiese Jack.

«Un uomo che ho ucciso,» rispose a bassa voce D. «Il primo che ho ucciso. Colui che ha contribuito a pianificare l'attentato di Oklahoma City. È stato lui a... be', a mettermi su questa strada.»

«La sua morte è stata classificata come suicidio.»

«Perché l'ho fatta sembrare tale.»

«Ma se qualcuno avesse dei sospetti e cominciasse a indagare sulle sue ultime azioni, scoprirebbe che avevi appuntamento con lui il giorno prima.»

D annuì. «Lo hanno fissato gli agenti che volevano che lo uccidessi. Così io avrei potuto vedere com'era disposto il suo ufficio e lui, conoscendo la mia faccia, non si sarebbe insospettito vedendomi al lavoro il giorno dopo.»

«Se qualcuno indagasse in profondità, cercherebbe una persona che abbia avuto contatti con il maggiore nei giorni precedenti la sua morte, il che porterebbe a te, oltre ad altri. Quindi è quello che ho fatto. Baldwin ha avuto contatti con almeno una dozzina tra agenti, civili e personale arruolato, secondo la sua agenda, e i file di tutti costoro sono stati riaperti contemporaneamente al tuo, D... con una differenza: tutti loro hanno incontrato il maggiore *dopo* di te.» D sospirò e annuì.

Jack era confuso. «Non capisco perché sia significativo.»

«Vuol dire che qualcuno ha indagato a ritroso partendo dalla sua morte, ma quando sono arrivati a me si sono fermati. Devono aver trovato quel che cercavano,» disse D.

«Penso di sì,» confermò lei. Fissò il dossier che aveva in mano. «D, non so...»

«Dai, spara,» replicò lui.

«Baldwin aveva una figlia. Più o meno della tua età. Ha dei precedenti penali, per lo più crimini finanziari e istigazione a delinquere.» Megan sembrò prepararsi psicologicamente a quanto stava per dire. «Si chiama Catherine Baldwin, anche se ha molti nomi falsi.»

D restava in attesa. «E...?»

Senza una parola, Megan gli porse il dossier. D lo aprì;

Jack sbirciò oltre la sua spalla e vide una foto. La donna aveva capelli scuri e lisci e la faccia a cuore. Non l'aveva mai vista prima. D, invece, la conosceva di sicuro. Fece un balzo come se avesse toccato un filo scoperto e trattenne il respiro. «Oh, Gesù,» sibilò.

Jack gli afferrò il braccio. «Cosa? Chi è?»

«È Josey,» rispose D, senza fiato. «La mia referente, cazzo.»

Alla vista di quel viso nel dossier, un viso che per anni era stato il suo unico contatto umano affidabile... A D venne in mente l'assurda immagine di se stesso in piedi su una spiaggia, la marea che mulinava intorno alle caviglie, la sabbia sotto di lui che muovendosi lo inghiottiva sempre di più. La testa gli girava, il cervello era occupato a riscrivere l'intera storia degli ultimi dieci anni, dandole una forma del tutto diversa sulla base di quella nuova informazione. A malapena percepiva la presenza della mano di Jack sul braccio, e gli occhi di Megan e di Churchill su di sé. Megan doveva aver saputo chi era quella Catherine Baldwin prima di dargli la foto, doveva aver visto Josey in tutti quegli anni in cui lo aveva spiato.

Gli stavano dicendo delle cose ma lui non sentiva. «D,» lo chiamò alla fine Jack, scuotendogli il braccio.

«Eh? Scusa, è solo che... cazzo, non riesco a crederci.»

«Quindi deve essere stata lei a ricattarti,» disse Churchill.

D scosse la testa. «Sembrerebbe. È arrivata al punto di farsi picchiare per rendere la cosa credibile. Questa sì che è dedizione.» Sospirò. «Ma le ho ucciso il padre e immagino che voglia strapparmi il cuore o qualcosa del genere.»

«Pensi che sappia che stai collaborando con l'FBI?» chiese Jack.

«Non so,» disse D guardando Megan. «Hai scoperto qualcosa sulle sue condizioni finanziarie?»

Lei annuì. «Sì.»

«È messa bene?»

«No,» rispose Megan scuotendo la testa.

«E allora lo sa.»

«È quello che ho pensato anch'io.»

Jack alzò una mano. «Mi sono perso.»

D si alzò e iniziò a camminare su e giù. Non riusciva a stare fermo. «Ha ricevuto aiuto da qualcuno per questa sua operazione ai miei danni. Il tempo di questa gente costa caro, per non parlare di spese come motel, cibo e via dicendo. Molto caro, specialmente se la faccenda si protrae a lungo. Se fosse una vendetta personale dovrebbe pagare tutto di tasca sua, e non ha una tale quantità di denaro. Ma se sa che collaboro con i federali, be'… c'è molta gente che la aiuterebbe a farmi fuori per tariffe ridicole, se non gratis.»

«Stanno tenendo la faccenda ben nascosta,» disse Megan. «Io ho le orecchie aperte e anche tu, ma non circolano voci se non sulla taglia su Jack e sul fatto che hai ucciso Sig a Los Angeles. Evidentemente ha un gruppo ristretto di collaboratori e un alto livello di segretezza.»

«Non penso che abbia ingaggiato dei professionisti, solo degli scagnozzi, che non fanno così tante domande.»

«Sembrerebbe così.»

D le ridiede il dossier e si stropicciò gli occhi. «Gesù. Non riesco a farmene una ragione, cazzo. Lo sa dalla *primavera scorsa*?» Rifletté un attimo. «Ora che ci penso… è allora che ha iniziato a parlarmi di contratti su testimoni pur sapendo che non li avrei accettati. Ha continuato a farlo, offrendomi un lavoro più remunerativo dell'altro. Immagino si sia stufata di spingermi ad accettarli con le buone e mi ha forzato a prendere quello di Jack. Perché è così decisa a costringermi a uccidere un testimone?»

«È un reato capitale in buona parte degli Stati,» mormorò Jack. «No? Omicidio di in testimone.»

«Ha ragione,» disse Churchill. «Se uccidi un testimone in uno Stato che contempla la pena di morte, ti becchi un ago nel braccio.»

«Scommetto che lei apprezza questa ironia,» rispose D. «Non ho mai riflettuto troppo sulle regole in vigore riguardo ai lavori che prendevo. Magari desidera una sorta di giustizia divina.» Scosse la testa. «Tuttavia non poteva essere preparata al fatto che le cose andassero avanti così tanto. Perché le sta tirando per le lunghe? È in città, mi ha fatto avere quel messaggio tramite JJ... potrebbe farmi fuori e amen. Non vuole più uccidermi e basta. Vuole farmi del male, più male possibile e più a lungo possibile.»

«Cosa hai intenzione di fare?» mormorò Jack, stringendogli le dita come per rassicurarlo.

La mente di D era vuota. Lo shock aveva cancellato idee e strategie. «Non ne ho la più pallida idea, cazzo.»

«Be'... ecco la mia proposta», disse Churchill, parlando per la prima volta dopo un lungo silenzio. «Lunedì porto Jack ad Albany. Se quella vuole farti del male, potrebbe cercare di farlo tramite lui, quindi credo che dovreste rimanere entrambi in questa stanza finché non siamo pronti a trasferirlo a nord. Dopo di che, D, tu potrai occuparti di Josey senza dover stare in pena per Jack.»

D annuì. «Sì. Ottimo.»

«Penso che dovremmo trasferirli,» disse Megan. «Lei deve essere a conoscenza della loro posizione.»

«Non sono d'accordo. La conosce e non ha cercato di arrivare a loro. Sa che sarebbe inutile, perché la sorveglianza qui è buona. Trasferire loro due li esporrebbe e basta, e sarebbe molto difficile assicurarsi che non fossero seguiti verso la nuova località, con così poco preavviso.»

«Penso che dovremmo restare qui,» confermò D. «Non farà alcun tentativo. Non immagina che Jack non starà in città per tutta la durata del processo come pensavamo avrebbe fatto all'inizio. Possiamo portarlo fuori lunedì prima che lei si renda conto di cosa sta succedendo e io, di nascosto, posso cercare di mettere chiarezza in questo casino.»

Megan annuì. «Okay. Ha senso.» Lo guardò negli occhi. «Cosa vuoi che faccia?»

«Ho bisogno che tu scopra se Petros sta lavorando per Josey o per i fratelli. O per entrambi. Ho idea che stia facendo il doppio gioco. Puoi dare un'occhiata in giro e controllare?»

«Cercherò. È piuttosto sfuggente.»

«Tieni d'occhio anche Josey.»

«Naturalmente.»

Scese il silenzio. Sembrava che non ci fosse più molto da dire, ma nessuno voleva andarsene. Un'aria funerea aleggiava nella stanza, senza motivo apparente, ma D la percepiva e sapeva che per Jack era lo stesso, a giudicare dal modo in cui gli teneva stretta la mano.

Alla fine Churchill si alzò. «Be', immagino...» iniziò per poi interrompersi.

«Sarà meglio andare,» finì Megan alzandosi a sua volta.

L'altro strinse la mano a D. «Ci sentiamo. Buona fortuna.»

«Anche a te,» rispose lui. *Sembra un addio. Perché ci stiamo dicendo addio?*

Si rivolse a Jack. «Chiamami sul cellulare se ti serve qualcosa. Potrei passare domani ma ho un bel po' di scartoffie da riempire per la tua nuova identità.»

«Giusto.»

Megan toccò D sulla spalla. «Ti chiamo dopo.» Lui si limitò ad annuire, le braccia incrociate sul petto. Lei guardò Jack. «Spero di rivederti presto, Jack.»

Lui rimase immobile per un attimo, poi all'improvviso la abbracciò. «Anch'io,» disse. D osservò la scena di Jack che scioglieva l'abbraccio e Megan che seguiva Churchill alla porta. Jack andò a chiuderla quando furono usciti, fermandosi a fare un cenno alle due guardie. Poi tornò dentro e per qualche istante rimase fermo in silenzio.

«Tutto bene?» chiese a D.

Lui alzò le spalle. «Rispetto a cosa? Un'altra situazione merdosa da affrontare. Onestamente, riesco a malapena a pensarci adesso. Tanto non posso fare niente fino a lunedì.»

Jack annuì e si mise a fissare il pavimento, strusciando le punte dei piedi sulla moquette. «È tutto qua, vero?» sussurrò.

«Cosa?»

«Questo week end. È tutto quello che ci rimane. Per sempre.»

«Jack...»

«Non dirmi stronzate, D. Non mi indorare la pillola come se fossi un bambino indifeso.» Sollevò la testa, i loro sguardi si incrociarono e si attrassero come magneti. «È finita. lunedì me ne andrò, e poi uno di noi due morirà. Forse entrambi. È troppo. C'è troppa gente che vuole la nostra morte ed è troppo determinata.» Fece un passo verso di lui. «Per noi è finita, vero?»

Quell'idea colpì il cuore di D come un pugno di ferro. Avrebbe voluto negare. *No, Jack. Non sarà così perché non glielo permetterò. Non lascerò che accada, a me o a te.* Ma non poteva, non ora che avevano le spalle al muro. «Probabilmente,» disse, in modo quasi inaudibile.

Jack chiuse gli occhi ed espirò piano. Sembrava quasi sollevato. «D?»

«Sì?»

«Togliti quei vestiti.»

Restarono a letto tutto il giorno.

Jack si vestì per ricevere il servizio in camera, poi si spogliò di nuovo. Misero il carrello accanto al letto e afferrarono la prima cosa che venne loro sotto mano.

«Come sarebbe stato?» sussurrò Jack. Rimasero sdraiati sul fianco, faccia a faccia, guardandosi per ore, o così sembrava, cedendo al sonno e svegliandosi di nuovo.

D sospirò, infilando le mani sotto la testa. «Magari... avremmo comprato una casa. Non ho mai avuto una casa mia.»

«Con il giardino.»

«Sì. Così saresti rientrato profumato di sole dopo aver fatto giardinaggio.»

«Avremmo avuto un cane?»

«Uhm... Non ne ho mai avuto uno.»

«Io sì, quando studiavo medicina. Un Cairn terrier. Un cosino dolce dolce che credeva di essere un Rottweiler.»

«Avrei potuto portarlo fuori la sera. A fare il giro del vicinato.» Esitò. «Dovresti prenderne uno. Sai, dopo.»

Jack scosse la testa. «Non è quello il punto.»

«Lo so.»

Con lo sguardo esplorò il viso di D. Lo conosceva così bene ormai, che gli sembrava di poter disegnare ogni singola lentiggine a memoria. «Sarebbe stata una bella vita,» sussurrò.

D lo guardò negli occhi. «Sì. Lo sarebbe stata davvero.»

⊕CAPITOLO 26

Dormono profondamente e a lungo, alcune parti del corpo sempre a contatto tra loro. A volte stretti l'uno all'altro come gemelli nella pancia della mamma, altre volte distanti, solo un piede a sfiorare una gamba. Si stiracchiano e fanno l'amore, in silenzio, e poi si addormentano di nuovo ancora uniti. Si svegliano uno nelle braccia dell'altro, senza parlare, guardandosi o distogliendo lo sguardo. Lasciano che il buio li colga insieme e finché il sole non sorge fuori dalla finestra, sono come assenti dal mondo.

Lei gira intorno alla casa, furtiva come un gatto, e altrettanto silenziosa. Più che una casa, è una tenuta. La sicurezza è pari a quella della Casa Bianca, ma lei conosce dei trucchi. Lui è all'interno, da qualche parte. Lei lo ha seguito fin lì, ha visto la sua auto correre dentro come un bambino che rientra in casa dopo il coprifuoco. Petros, che ora magari sta guardando fuori dalla finestra, chiedendosi chi potrebbe stare guardando dentro.

Lui rimane seduto alla sua scrivania per tutta la notte. Il numero di previdenza sociale cancellato, rimpiazzato da uno nuovo, corrispondente a un nuovo nome. Impronte digitali cancellate. Conti correnti chiusi, uno nuovo aperto. Patente di guida eliminata, una nuova al suo posto. Jack Davies, benvenuto al mondo.

Lei siede in una stanza buia, ascoltando i propri pensieri. Non c'è tempo. Non può più rimandare. Deve agire ora o sarà troppo tardi. Presto lo avrà di nuovo davanti a sé, e non esiterà.

Oggi. Tutto avviene oggi.

Megan tornò quatta quatta alla macchina attraversando

svariati ettari di arbusti selvatici intorno alla proprietà dei Dominguez. Le serviva un nuovo piano. Petros poteva essere lì oppure no. Appostarsi ai margini con un binocolo super potente non era il modo per determinarlo con maggiore efficacia.

Aveva lasciato l'auto in un parcheggio accanto a una pista ciclabile; quando ci tornò c'erano altre macchine ma nessuno in vista. Stava aprendo la portiera quando si rese conto di non essere sola, una frazione di secondo troppo tardi per poter fare qualcosa.

Il braccio di lui fu intorno alla sua gola, una lama puntata alla carotide. «Sei una piccola serpe, eh?» le sussurrò all'orecchio.

«Anche tu,» disse lei con un fil di voce.

«Sono giorni che cerco di seguirti.»

«Idem.»

«Fai una mossa e ti taglio la gola.»

Lei deglutì con forza, sopprimendo i segni della paura. Sapeva che lui ci sarebbe andato a nozze. «Che cosa vuoi farmi?»

Pausa. «Voglio tenerti fuori dai piedi.»

Un brivido di vera paura le corse lungo la schiena. «Sta per succedere qualcosa.»

«Sì, presto.» Si chinò su di lei. «Sali in macchina.»

Jack aprì gli occhi. D era sdraiato sulla schiena, la testa rivolta alla finestra, ma era certo fosse sveglio. Gli scivolò più vicino, chinandosi per dargli un bacio sul collo. Il braccio di D si allungò per cingergli le spalle e il petto di Jack si alzò e abbassò con un sospiro. «Che probabilità ho di fare del sesso mattutino?» mormorò Jack nel suo orecchio.

D ridacchiò, producendo un rombo sordo nel petto. «Superiori alla media,» rispose, girandosi verso di lui e facendolo stendere sulla schiena. Jack sospirò soddisfatto sentendo il peso di D premere su di lui, i fianchi contro le sue gambe. Non aveva mai avuto una preferenza tra stare sopra o sotto, ma sapeva di gradire la sensazione di D sopra di sé.

Ma in quel momento D non stava mettendo a frutto la

posizione e si limitava a guardarlo; il sorriso morì sulle labbra di Jack appena la realtà, che aveva creduto di poter ignorare, si riaffacciò alla sua mente. «È domenica,» disse.

D annuì. «Già.»

Jack scosse la testa. «Odio la domenica. È il giorno prima del lunedì.»

«Puoi dirlo forte.»

Per un lungo attimo Jack lo guardò e basta, lasciando che lo sguardo esplorasse ogni punto del viso di D. *Se posso memorizzare ogni dettaglio, magari non lo perderò.* «Penso che dovremmo uscire per un po' da questa stanza. Giusto per un po'.»

D aggrottò la fronte. «Non è previsto che usciamo.»

«Churchill mi lascia andare al ristorante dell'hotel, basta che i federali mi accompagnino. Andiamo a fare colazione.» Sospirò. «Mi sento una merda, D. Ma mi sentirò meglio se posso farmi una doccia, vestirmi e andare a mangiarmi degli waffle o qualcosa di simile.»

D annuì e fece un sorrisetto. «Gli waffle non sono una cattiva idea.»

«E poi possiamo tornare qua e fare sesso tutto il giorno.»

«Hai un sacco di progetti, eh?»

«Progetti su di te,» disse Jack, posandogli una mano su una natica. «Dai, fammi alzare.»

Andò a farsi una doccia rapida. Senza D a condividere lo spazio con lui, non c'era motivo di attardarsi, anche se l'acqua calda era rilassante. D entrò in bagno mentre lui si stava asciugando; si scambiarono un lungo bacio senza fretta prima di scambiarsi di posto. Jack si mise dei vestiti puliti e si pettinò. Pensò di chiamare Churchill ma scelse di evitare. Se ci avesse parlato, probabilmente lui gli avrebbe spiegato i preparativi e avrebbe voluto dargli informazioni sull'itinerario del giorno dopo, e le informazioni, ora come ora, erano sue nemiche. Non avrebbero fatto altro che rendere tutto più reale.

Non si era accorto di quanto fosse rimasto seduto sul letto a guardare fuori dalla finestra, finché non sentì D uscire dal bagno. «Che fai?» chiese lui. «Sembra che tu stia meditando profondamente.»

Jack sussultò leggermente. «Oh, no... Non più profondamente del solito, almeno.» Guardò D infilarsi i jeans, una T-shirt e la giacca, triste nel vedere la sua pelle scomparire sotto strati di vestiario. «Avvertiamo i federali?»

«Giusto,» rispose lui. Andò alla porta e mise il naso fuori.

Ci fu un attimo di silenzio. Jack balzò in piedi. Ripensandoci dopo, era come se se lo fosse aspettato, come se in qualche modo avesse saputo.

«Jack, vieni qui,» disse D, la voce bassa ma risoluta.

Jack era già a metà strada. Fece un passo nella stanzetta che separava il corridoio e la camera, schermandola dagli sguardi dei passanti. Entrambe le guardie erano accasciate sulle loro sedie e prive di sensi. Ai loro piedi, delle tazze di caffè. Jack si accucciò davanti a una di loro e gli mise due dita sulla carotide.

«Sono morti?» chiese D, guardando in corridoio.

«No,» rispose Jack, sollevando una palpebra all'uomo. «Sono stati drogati. Un barbiturico.» Guardò D negli occhi. Non c'era sorpresa nel suo sguardo, solo rassegnazione.

«Torniamo dentro,» disse D. Sembrava aver sentito abbastanza. Chiuse la porta e si mise a camminare su e giù, passandosi una mano tra i capelli. Jack lo osservava ansioso. D sembrava incerto, come se non sapesse cosa fare. Non lo aveva mai visto così.

«E adesso?» chiese, pur temendo la risposta.

D lo guardò. «Lei sta venendo a prenderci, Jack.»

«Ma sembra una cosa assurda, troppo rischiosa.»

«Cazzo se lo è, ma non ha altre chance. Deve aver sentito che domani ti portano via e se ci vuole entrambi, è ora o mai più.»

«Be', non possiamo lasciare questa stanza,» disse Jack.

«Perché no?»

«Perché,» rispose bruscamente, sorpreso che D non ci fosse arrivato prima di lui, «l'ascensore è a destra e le scale a sinistra, ma non sappiamo cosa useranno, quindi abbiamo il cinquanta per cento di possibilità di incontrarli se cerchiamo di scendere!»

A metà della frase, D stava già annuendo. Osservò Jack

che caricava la propria pistola, saggiandone la consistenza rassicurante nelle mani. «Stai bene?» chiese.

Jack sollevò lo sguardo. «Rispetto a cosa?»

«Lo chiedo perché la cosa migliore che possiamo fare è aspettare qui che arrivino, poi farli fuori così che possiamo uscire prima che ci si accorga di quanto è successo.»

Lui annuì. «Okay.»

«Questo vuol dire che potresti dover lottare, e forse uccidere. Non voglio metterti in una situazione del genere, ma cercare di sgattaiolare fuori prima che arrivino è troppo rischioso: potrebbero assalirci prima che usciamo, e qua dentro abbiamo maggiori possibilità di difenderci.»

«Ho già detto che va bene… Ho un'idea,» disse, tirando fuori la borsa da dottore dall'armadio. In viaggio l'aveva sempre con sé ed era una presenza familiare, rassicurante. Gli dava l'impressione di poter fare ancora il medico. Estrasse una piccola fiala di sedativo e due siringhe usa e getta. «Più silenzioso delle pallottole,» disse.

D fece un sorriso cupo. «Bella pensata, Doc. Adesso vieni qui con me e aspettiamo gli ospiti.» Jack lo raggiunse dall'altra parte della stanza, dove si schiacciarono contro la parete dietro l'angolo che dava sull'atrio. D teneva la pistola contro la mascella, Jack al fianco, sperando di non doverla usare.

«Spero non ci voglia molto,» sussurrò.

«No. Non possono rischiare di lasciare là fuori i federali troppo a lungo.» Entrambi udirono il *ding* dell'ascensore in corridoio, poi dei passi in avvicinamento. «Okay,» mormorò D. «Stai pronto.»

Jack annuì e deglutì forte. *Sarò capace di farlo? Questo non è come sparare al poligono di tiro… ma magari non dovremo sparare. Si spera. Gesù, la vita di D è così tutto il tempo?* Ripassò mentalmente cosa avrebbero dovuto fare una volta entrati i cattivi. *Aspetta che siano dentro. Esci, blocca l'entrata. Solleva l'arma, lascia parlare D.* Annuì a se stesso. *Aspetta… non abbiamo mai parlato di un piano di attacco.* Jack sbatté le palpebre, rendendosi conto che era proprio così. Lui e D non avevano discusso sul da farsi, ma in qualche modo sapeva.

I passi si erano fermati davanti alla porta. Un attimo di silenzio... *Stanno prendendo la chiave dalla tasca della guardia...* poi seguì un *click* appena udibile quando la porta si aprì.

Due individui dalla carnagione scura in anonimi completi da uomini d'affari entrarono nella stanza con aria decisa, armi puntate, esaminando con gli occhi l'ambiente. Come di concerto, sia Jack che D saltarono fuori dall'angolo e bloccarono l'entrata. Jack sentì un manto di calma scendere su di sé e si guardò sollevare la pistola e puntarla contro uno dei due uomini, mentre D teneva sotto tiro l'altro. «Su le mani,» ordinò D, la voce bassa e autoritaria. I due rimasero immobili. «Subito.» Obbedirono. «Armi sul letto.» Gettarono le armi sul letto più vicino. «Ora giratevi, lentamente.» Si girarono lanciandogli un'occhiataccia. «Dove dovreste portarci?»

L'uomo sulla sinistra ghignò. «Non ti dico un tubo.»

«Uhm. Immagino che allora ti sparerò nel ginocchio.» Abbassò la pistola.

«Va bene, va bene!» rispose quello. «Parcheggio,» ringhiò. «Da lì ci avrebbe detto lei dove andare.»

«E quanti altri vi aspettano giù?»

«Due.»

«Dove?»

«In fondo alle scale. Dovevamo farvi passare di là.»

D annuì. Mentre ci rifletteva su, la sua lingua si insinuò nell'angolo della bocca. Gettò una rapida occhiata a Jack. «Okay, Doc.»

Lui gli porse la propria pistola in modo che potesse tenere sotto tiro entrambi gli uomini. Con un gesto veloce estrasse una dose di sedativo dalla fiala che aveva in tasca, andò a iniettarlo nel collo dei due sconosciuti, in maniera rapida e indolore. *Questa è una violazione del codice di Ippocrate, lo so*, pensò osservando gli uomini collassare a terra. *Noi o loro.*

D era già in movimento. Si buttò la borsa sulla spalla e infilò la seconda pistola nel retro dei pantaloni. «Andiamo, Jack. Dobbiamo muoverci.»

Lui afferrò il proprio borsone e ci mise dentro la borsa da medico. D era già diretto alla porta. Mise fuori la testa, guardò a destra e sinistra, e gli fece cenno di seguirlo.

«Prendiamo l'ascensore, vero?» chiese Jack.

«No, scale.»

«Ma quelli ci aspettano in fondo!»

«Sì, lo so. Ma se prendiamo l'ascensore, poi dobbiamo comunque passargli accanto quando andiamo alla mia macchina, e ci vedranno arrivare. Si aspettano di vederci sulle scale con i loro amici, potrebbero non capire subito che siamo soli e allora avremmo tempo di prenderli alla sprovvista.»

Jack annuì. Vedeva la logica ma non gli piaceva l'idea del confronto fisico che implicava. «Non possiamo solo... sai, passare di soppiatto?» Tutto stava accadendo così in fretta che gli serviva un minuto per riprendere fiato.

D sospirò. «No, Jack, non possiamo passare di soppiatto. Questi non sono cattivi da film privi di visione periferica, non possiamo sgattaiolare mentre guardano dall'altra parte. Se rivuoi la tua vita devi *riprendertela*, cazzo.»

«Okay,» si arrese Jack. «Ma... non uccidere nessuno.»

Al che D si fermò a guardarlo. «Tutto 'sto casino e tu ancora ti preoccupi per la mia anima?»

«Qualcuno deve pur farlo.»

L'espressione di D si rilassò per un breve secondo e Jack pensò che stesse per sorridere, ma poi tornò in modalità professionale. «Dai, andiamo.» Passarono per l'atrio e furono subito in corridoio.

D si muoveva veloce ma in silenzio. Jack a malapena gli stava dietro. Quando ebbero raggiunto la porta che dava sul parcheggio sotterraneo, le sue cosce urlavano e le spalle gli dolevano per lo sforzo di tenere la pistola pronta a fare fuoco. D sembrava non risentirne.

Si fermarono davanti alla porta. D gli fece cenno di restare in silenzio e si appoggiò per ascoltare. Jack lo imitò. Dall'altra parte sentiva vagamente delle voci.

Quanto cazzo ci mettono?

D probabilmente ha fatto resistenza.

Meglio non ferirli. Lei li vuole incolumi.

Vuoi stordirli per il viaggio?

Sì. Ho del cloroformio.

Sei proprio all'antica, cazzo.

Eh, perché cambiare quel che funziona?

A quel punto i due si girarono o si allontanarono di qualche passo, perché le loro voci divennero poco chiare. Jack premette più forte l'orecchio, ma non riuscì a capire cosa dicevano. Guardò verso D per chiedergli se sentisse qualcosa, ma la domanda gli morì in gola.

D, dimentico dei due potenziali rapitori, stava guardando lui. La sua espressione era come carne viva, pura emozione, e sui suoi lineamenti erano dipinti paura, speranza e tristezza a pennellate larghe e profonde, che parevano scavargli ancora di più le rughe e infossare i suoi occhi scuri. Jack rimase senza fiato e non riuscì a distogliere lo sguardo. Sembrava che D fosse già in lutto per lui, mangiato dal dolore da dentro, fino a lasciagli solo un involucro di pelle vuota.

D sollevò una mano e gli accarezzò il viso, le sue dita leggermente tremanti. Jack deglutì con forza e gliele afferrò. *Andrà tutto bene, lo so. Lo so perché non lascerai che vada diversamente, e io mi fido di te. Mi fido tanto da non esitare a mettere la mia vita nelle tue mani, e anche se moriremo, almeno saremo insieme.* Sperò che D potesse vedere i suoi pensieri, dato che non riusciva a parlare.

D serrò la mascella e fece un breve cenno di assenso, poi guardò di nuovo la porta. «Al mio tre,» articolò con le labbra, e alzò tre dita.

Jack inspirò profondamente e si preparò al suo primo test sul campo.

Le braccia e le gambe di Megan erano legate alla rigida sedia di alluminio. La sua testa ciondolava, le spalle erano molli. Il dolore le rendeva facile fingere impotenza, ma di quel passo non avrebbe finto molto a lungo.

Petros camminava dietro di lei, avanti e indietro, avanti e indietro. Lasciandola nel dubbio su quando l'avrebbe colpita di nuovo. Megan aveva del sangue rappreso sul viso e sul petto nudo, ogni taglio preciso, abbastanza profondo da sanguinare e farle male ma non tanto da toglierle i sensi.

«Allora,» disse con voce roca. «Vuoi chiedermi qualcosa?»

Lui ridacchiò. «No.»

«Dunque per te è solo divertimento?»

«Qualcosa del genere.» Si posizionò davanti a lei e la colpì sul viso con il palmo della mano come se fosse un gesto accidentale. *Sembrava* accidentale, ma la sensazione che ebbe Megan fu di essere colpita da un'asse di legno. Abbandonò la testa sulla spalla, come non avendo più la forza di sollevarla. «Mi hanno chiesto di tenerti occupata.»

«Potremmo giocare a carte o qualcosa del genere,» disse lei, le parole che le uscivano biascicate dalla bocca piena di sangue.

«Sto giocando a carte,» rispose lui, e la colpì sull'altra guancia.

D abbassò l'ultimo dito, sollevò la pistola e fece un cenno di assenso a Jack, che lo imitò. Irruppe dalla porta e scattò a sinistra, dove i due uomini che aspettavano di portarli via stavano fumando, e ora li fissavano. Reagirono velocemente, molto più del previsto, ma lui riuscì comunque a colpirne uno in mezzo agli occhi con il calcio della pistola. L'uomo si afflosciò a terra come una marionetta a cui avevano tagliato i fili. L'altro si girò verso di lui e alzò l'arma, ma Jack si buttò in avanti e con la spalla lo colpì in mezzo al busto. Quello gli afferrò la spalla e gli diede una ginocchiata nello stomaco, allora D approfittò della sua distrazione per dargli una botta dietro la testa con la pistola.

Una volta che entrambi gli uomini furono a terra, D aiutò Jack a rialzarsi. «Andiamo,» disse. «Macchina.» Jack avanzò incespicando e cercando di riprendersi. D aveva già in mano le chiavi e, quando raggiunsero l'auto, le portiere erano sbloccate; Jack si buttò sul sedile del passeggero, D si mise alla guida e avviò il motore. «Stai bene?» urlò mentre faceva retromarcia.

Jack annuì. «Devo solo riprendere fiato.»

D girò il volante, resistendo alla tentazione di schiacciare il pedale a tavoletta e filare via da lì più veloce possibile; una fuga del genere avrebbe attirato attenzioni sgradite. Controllò lo specchietto retrovisore mentre si avvicinava all'uscita del parcheggio: fin lì nessuno li aveva seguiti.

Il sollievo non durò a lungo. Appena furono in strada, una macchina uscì di corsa da una strada laterale, senza alcun dubbio diretta verso di loro. «Merda,» mormorò, e allora schiacciò comunque l'acceleratore, girando l'angolo con una sbandata. «Tieniti,» mugugnò.

Jack era girato e guardava verso il parabrezza posteriore. «Come lo sapevano?»

«O uno di quelli è andato a suonare un allarme oppure lo ha fatto uno dei tizi in camera.» D girò il volante, bruciò un semaforo rosso e tagliò un altro angolo. «Ma che cazzo t'importa? E stai giù!»

Aveva appena pronunciato quelle parole che tre pallottole attraversarono il lunotto posteriore, mandandolo in frantumi, e altre colpirono la carrozzeria. «Gesù!» gridò Jack, rannicchiandosi con le mani sulla testa. «Pensavo ci volessero vivi!»

«Cercano di fermare l'auto.» D correva verso est, facendo lo slalom tra macchine che gli suonavano il clacson e tagliando la strada a destra e a manca.

«Oh, merda... adesso ce ne sono due,» disse Jack, sbirciando dal poggiatesta del sedile e stringendosi nella cintura di sicurezza.

D imboccò l'uscita che portava all'autostrada, attendendo fino all'ultimo momento prima di prendere la rampa d'accesso. Per alcuni terrificanti secondi gli parve di sentire la macchina andare su due ruote. «Dobbiamo fare cambio,» disse.

«Cambio di che?»

«Devi guidare tu. A meno che non pensi di potergli sparare alle ruote.»

«Ma sei pazzo?»

«Ecco. Metti il piede qua sull'acceleratore.» D lasciò il volante e mise il piede sinistro sull'acceleratore, spostando la gamba destra verso il lato del passeggero.

«Merda merda merda,» esclamò piano Jack, ma fece come chiesto. Portò il piede all'acceleratore, si allungò e afferrò il volante con la sinistra.

«Okay, al mio tre. Uno, due... tre!» D balzò sul sedile

accanto mentre Jack scivolava al posto di guida. La macchina non fece una piega. «Bene,» disse D, tirando fuori la pistola. Mirò attraverso il buco che aveva rimpiazzato il lunotto posteriore e sparò alcuni colpi. «Cazzo, vai dritto!»

«Sto facendo del mio meglio!» gridò Jack. «Ti sembro uno stunt driver di professione?»

D tentò di nuovo. Le due auto stavano ancora alle loro calcagna. Non riconobbe nessuno degli uomini a bordo, e tra di loro non c'era nessuno dei quattro che aveva steso all'hotel. *Merda, ha ancora più scagnozzi di quanti pensassi.* Colpire lo pneumatico di un veicolo in corsa era molto più difficile di quanto sembrasse nei film, ma alla fine riuscì a prendere una delle auto, che, perdendo il controllo, sbandò verso il centro della strada.

L'altra accelerò e si portò al loro fianco. Il guidatore sparò alcuni colpi in direzione di Jack. «Merda!» continuò a ripetere lui, chinando la testa. D rispose al fuoco ma colpì solo il fianco della macchina, che iniziò ad avvicinarsi, costringendoli verso destra. «Cazzo... mi sta spingendo fuori strada!»

«Scatta in avanti o rallenta!» gridò D.

Prima che Jack potesse fare una di quelle due cose, il loro inseguitore li colpì con violenza nella fiancata sinistra. Jack sterzò a destra per sfuggirgli e finì per prendere un'uscita. «Cazzo,» mormorò, spingendo la macchina giù per la rampa.

«Torna in autostrada!» ordinò D, ma era troppo tardi. Jack dovette di nuovo sterzare a destra per evitare il flusso di auto ed erano ormai tornati su una strada di superficie. Si guardò indietro. L'inseguitore era di nuovo dietro di loro. «Dobbiamo seminare questo tizio, Doc.»

«Va bene,» disse cupo Jack, la mascella stretta e le mani aggrappate al volante. «Tieniti.»

D si tenne alla maniglia sopra al finestrino mentre Jack sterzava prima in una direzione poi nell'altra, bruciando semafori. D quasi sperò che un poliziotto li fermasse, ma d'altro canto non voleva essere responsabile della morte di un agente. Il loro inseguitore adesso aveva problemi a stare al passo; l'auto guidata da Jack prendeva meglio le curve.

Non aveva idea di dove si trovassero. Da qualche parte a Baltimora est. In ogni caso, non era un panorama invitante. Distese di capannoni industriali e magazzini abbandonati incombevano come parchi gioco costruiti per dei giganti che da tempo se ne erano andati, una volta cresciuti. Jack stava osservando gli edifici scorrere veloci accanto a loro, curva dopo curva, finché la macchina inseguitrice non fu lontana e invisibile.

«Okay, lasciamo la strada e nascondiamoci in fretta da qualche parte, e speriamo che quello ci passi accanto senza vederci,» disse D.

Jack annuì e svoltò bruscamente verso quella che sembrava una vecchia distilleria. Un po' troppo bruscamente, perché la gomma andò a impigliarsi nel marciapiede dissestato e si sentì un forte scoppio. «'Fanculo a me,» esclamò Jack, portando la macchina che ormai non poteva più sterzare dietro a una grande struttura simile a un serbatoio. Pigiò forte il freno ed entrambi schizzarono in avanti. D si aggrappò al cruscotto. «Mi dispiace...» cominciò Jack, ma l'altro lo interruppe subito.

«Prendi la pistola e via, dobbiamo muoverci. Non impiegheranno molto a capire dove siamo andati.» Ricaricò entrambe le sue armi. Adesso tutto ciò che potevano fare era stare nascosti e chiamare aiuto. Odiava farlo, ma erano in due contro quattro energumeni incazzati, forse anche più di quattro, e non poteva proteggere Jack da una tale armata.

Corsero per il cortile deserto e si infilarono nel magazzino. La luce del mattino entrava di sbieco dai finestroni; il posto era vuoto, a parte qualche solitario arnese arrugginito. D gli fece cenno di seguirlo fino a un ufficio e lì si sedettero contro il muro interno, nascondendosi alla vista. «Adesso sarebbe il momento di chiamare Churchill,» disse D. Jack tirò fuori il cellulare, lo aprì e imprecò. «Cosa?»

«Non c'è segnale.»

«Merda.»

«Magari, se saliamo...»

A D non piaceva l'idea. Stava bene in quel piccolo nascondiglio: ci si difendeva facilmente. Ma non potevano rimanere lì seduti per sempre, né rischiare di andarsene senza la prospettiva di un aiuto. «Sì, okay.»

Si alzarono e lasciarono la stanza. Lì vicino c'era una scala di metallo che conduceva al sottotetto e alla porta di solo Dio sapeva cosa, ma era la loro opzione migliore. Si inerpicarono in fretta. Scoprirono che la porta dava su una passerella tramite cui si arrivava a una sorta di serbatoio di stoccaggio, un centinaio di metri più in là. Jack provò di nuovo con il telefono, ma la sua espressione fece capire a D che non c'era niente da fare. «Be', più in alto di così non possiamo andare,» disse D. «Torniamo dentro.»

Rientrarono nell'ufficio. «E adesso?» chiese Jack.

D diede un pugno al muro. «Non lo so, cazzo.» Lo guardò negli occhi, quegli occhi azzurri e pieni di fiducia che gli chiedevano risposte, sicurezza, un piano da seguire. «Mi dispiace, Jack.» Deglutì forte. «Mi dispiace così tanto di averti messo in questo casino.»

«Non è colpa tua. Sono io il testimone con il bersaglio sulla schiena, ricordi?»

«Sì, ma questi tizi danno la caccia a me. La sola ragione per cui gli frega qualcosa di te sono io.»

Jack sospirò. «Hai rischiato la vita per me mezza dozzina di volte, D. Immagino che ora sia il mio turno.»

«Non è compito tuo.»

«Col cavolo.» Jack gli afferrò la mano, il fuoco nello sguardo. «Sei il mio uomo, no?»

«Lo sono?» chiese D, scrutando i suoi occhi. Il tono sembrava quello di un bambino, persino alle sue stesse orecchie.

«Sì, lo sei. Qualsiasi cosa accada, fino alla fine dei miei giorni.» Jack inspirò profondamente. «A meno che non muoia per mano tua.»

D aggrottò la fronte. «Jack...»

«È quello che vuole lei, no? Che tu mi uccida?»

«Non ti farei mai del male.»

«Lo so. Ma...» Distolse lo sguardo per un secondo. «Penso che sappiamo entrambi che lei potrebbe fare cose che ti indurrebbero a uccidermi... per porre fine alle mie sofferenze.»

Sì, D lo sapeva. Aveva perso ore di sonno chiedendosi

cosa avrebbe fatto in una simile situazione: sembrava proprio il tipo di piano che Josey avrebbe concepito. «Forse.»

«Devi promettermi che non lo farai.»

«Ma... Jack...»

«No, D. Non importa cosa mi fa, tu giurami che non mi ucciderai. Anche se ti imploro. Qualsiasi cosa mi capiti, non voglio il mio sangue sulle tue mani, perché non riusciresti mai a lavartelo via.»

Le parole di Jack si impressero sulla pelle di D come un ferro rovente. «Non importa,» disse. «Se dovessimo arrivare a quello, io ti seguirei subito dopo.»

«Basta che prometti.» Jack gli stava stringendo le dita così forte da fare male. «Non voglio aiutarla a farti del male. Non voglio partecipare a una cosa del genere. Non lasciare che ti costringa a farlo.»

D annuì. «Va bene,» disse con voce strozzata. «Lo prometto.» Fissò Jack e si chiese se avrebbe mai più abbracciato quell'uomo, fatto l'amore con lui, o se si sarebbe più svegliato con il suo viso sul cuscino accanto.

Fuori dall'edificio si udirono delle voci e passi di corsa. D e Jack rimasero rannicchiati lì nell'ufficio, le dita intrecciate, aspettando che il loro destino li trovasse.

La porta del magazzino si aprì con un calcio. «D!» gridò una voce. «Sei qua, stronzo?»

Lui sbirciò e vide due uomini con grosse armi in piedi sulla soglia. Li avrebbero trovati comunque entro pochi secondi e, se avesse agito subito, almeno avrebbe potuto assottigliare di un po' le loro chance di successo. «No!» gridò e ne colpì uno al petto. Poi si accucciò di nuovo mentre l'uomo apriva il fuoco con una automatica, sparando una serie di colpi che frantumò il vetro delle finestre sopra la sua testa. D spuntò di nuovo e colpì l'uomo con la mitragliatrice, ma lo prese solo di striscio. Altri quattro si erano uniti a loro, e per alcuni, terribili secondi, tutto quello che lui e Jack poterono fare fu di stare accucciati il più possibile mentre gli scagnozzi di Josey scaricavano il fuoco delle loro automatiche nel piccolo ufficio.

Tutt'a un tratto, gli spari cessarono. «D?» chiese una voce nuova. Una voce femminile.

Era Josey.

«Figlia di puttana,» sussurrò D. Jack gli prese il viso e lo girò verso di sé.

«Ci siamo,» balbettò.

Lui annuì. «Temo di sì.»

Jack deglutì. «Cazzo,» mormorò.

D avvicinò a sé il suo viso e lo baciò con forza. «Segui il mio esempio e non tentare cose strane. Ora si fa sul serio.» Jack annuì.

D inspirò profondamente e si alzò. Guardò all'interno del magazzino con le finestre in frantumi. «Josey,» disse. Anche Jack, accanto a lui, si stava alzando.

Lei fece qualche passo in avanti. Sembrava quella di sempre. Tutta praticità, sguardo gelido e determinazione. «Be'. Ecco il famigerato dottor Francisco.» Jack raddrizzò le spalle ma non disse niente. «Perché non venite fuori tutti e due e facciamo amicizia?»

La speranza stava velocemente abbandonando D. Nessuno sapeva che loro si trovavano lì. Nessuno sapeva che qualcosa fosse andato storto. Con un numero inferiore di armi e munizioni quasi finite, era impotente. Josey aveva con sé sei uomini. Se era giunto il momento di pagare il conto dei suoi numerosi crimini, lo avrebbe pagato volentieri. La cosa migliore che potesse sperare in quel momento era di riuscire a convincerla a risparmiare la vita a Jack. Inspirò forte, prese la mano del suo uomo e uscì con lui dall'ufficio, pronto a fronteggiare la donna che lo avrebbe giustiziato. Rimasero in attesa mentre uno degli uomini di Josey li perquisiva togliendo loro le armi.

Lo sguardo di Josey si posò sulle loro mani intrecciate. «Uhmm. Non avrei proprio immaginato che fossi dell'altra sponda, D.» Lui rimase in silenzio. «Hai tirato questa cosa un po' più per le lunghe rispetto a quanto previsto.»

«E come era *previsto* che andasse?» chiese D.

«Pensavo fosse ovvio. Tu uccidevi Francisco, io facevo una soffiata anonima, tu venivi arrestato e giustiziato per l'uccisione di un testimone.»

«Tutto qua?»

Lei fece spallucce. «Sei tu quello che fa piani elaborati, non io. Sì, tutto qua. Semplice, pulito, con una nota di giustizia poetica. All'inizio ero arrabbiata perché non lo avevi ucciso, ma ora la faccenda ha preso una piega molto migliore di quella che avrei potuto immaginare io.»

«Tuo padre ha avuto quel che si meritava,» disse D, prima di riuscire a frenarsi.

Josey a stento reagì. «Era un freddo figlio di troia a cui non fregava un cazzo di me. Pensi che lo faccia per lui? Be'… in parte. Mi stavo già chiedendo come gestire il fatto che tu stessi denunciando i miei collaboratori alla cazzo di FBI, quando ho scoperto che avevi ucciso mio padre. Si può dire che sia stata la goccia che ha fatto traboccare il vaso.»

D digrignò i denti. «So che hai un tuo piano, ma io non ucciderò Jack.»

«È quello che pensi tu.»

«Ti dico che non lo farò, cazzo.»

Lei fece un passo avanti. «Ma lo hai già fatto. Lo stai facendo proprio adesso.»

D socchiuse gli occhi. «Di che cazzo parli?»

«Lo hai ucciso quando te ne sei innamorato, D. Così mi hai fornito un modo per farti del male.»

Senza distogliere lo sguardo dalla faccia di D, Josey sollevò la pistola e sparò a Jack nello stomaco.

Megan sapeva di dover fare presto una mossa, altrimenti si sarebbe indebolita troppo. Non sapeva quanto sangue avesse perso, ma c'era una pozza non trascurabile sotto la sedia. Tuttavia, Petros fino a quel momento si era limitato a giocare con lei. Tagli da poco, altri tagli non così da poco… Non aveva ancora tranciato né strappato via niente. Quella sarebbe stata la prossima tappa.

C'era una sola cosa che poteva fare per uscire da quella situazione, e lui non gliene aveva dato l'opportunità. Sarebbe bastato che si chinasse su di lei… Cazzo, doveva sbrigarsi. Da qualche parte, D e Jack erano in pericolo.

Come obbedendo a un inconscio impulso di esaudire i suoi desideri, Petros le si parò davanti. «Suppongo che i preliminari siano stati sufficienti,» disse con voce suadente. Si chinò su di lei.

Megan sollevò la testa, che aveva tenuto a ciondoloni sul petto, e con la fronte diede il colpo più forte che le riuscì contro il naso di Petros. Lui indietreggiò e cadde sulla schiena.

Lei inspirò profondamente, si dondolò all'indietro e poi si buttò in avanti, piantando i piedi per terra con forza in modo da lanciare tutto il suo corpo insieme alla sedia, la cui traversa anteriore atterrò contro il collo dell'uomo. Lui emise un buffo rumore gorgogliante. Megan si inclinò leggermente in avanti, aumentando la pressione sulla gola di Petros. «Dove hanno portato Jack e D?»

Lui non fece altro che fissarla.

«Dove?!»

Nessuna risposta.

«Bene, facciamo come vuoi tu.» Sollevò oltre lo schienale della sedia le braccia ancora legate, afferrò dal tavolo accanto il rasoio di Petros e si liberò. «Li trovo da sola.» Dopo appena due passi, un senso di stordimento si impossessò di lei. Per liberarsi, aveva consumato l'ultimo sprazzo di energia a sua disposizione.

Sentì che Petros, dietro di lei, spingeva via la sedia e si alzava. *Ultima chance, Meg.* Strinse la presa sul rasoio e fece una piroetta su se stessa, andando a disegnare un arco sul collo dell'uomo.

Lui si bloccò di colpo, sgranando gli occhi. Per un attimo non accadde nulla, poi un ampio squarcio a forma di bocca si aprì nel suo collo e del sangue gli scese sul petto. Portò le mani alla gola, ma il taglio era troppo profondo per poterlo arginare così. Megan, sussultando, lo osservò accasciarsi al suolo, una macchia di sangue che si allargava sotto di lui.

Si inginocchiò, mentre il mondo intorno a lei diventava grigio. Strisciò sul pavimento e raggiunse il proprio giaccone, da cui estrasse il cellulare, cercando di focalizzare abbastanza chiaramente per poter comporre il numero. «Churchill,» rispose una voce che sembrava beatamente ignara all'altro capo.

«Sono Megan...»

«Cosa c'è che non va?»

«Sta succedendo un casino. Lei sta per fare la sua mossa ora. Aiutali.»

«Sei ferita?»

«Sì, merda. Ho appena ucciso Petros.»

«Dove sei?»

«Non so...» Scivolò su un lato e per un momento la sua mente vagò, ma l'ultimo barlume di coscienza le permise di mordersi la lingua con forza e risvegliarsi.

«Metti giù e chiama il 911. Hai la geolocalizzazione attiva, vero?»

«Sì.»

«Fallo subito. Io mi occupo di Jack e D.»

Megan premette il tasto di fine chiamata e restò a fissare con aria assente la tastiera. *Chi è che devo chiamare?* L'informazione svanì, accompagnata nella perdita dei sensi dai numeri luminosi del telefono.

A D sembrò avvenire tutto al rallentatore. Il braccio di Josey che si alzava, determinato e sicuro, e faceva fuoco nel momento esatto in cui lui capiva cosa stesse per fare. Lui che si girava verso Jack e vedeva il proiettile colpirlo a sinistra sopra la vita, la sua bocca che si apriva in una O di stupore, D che si allungava verso di lui in un gesto involontario e disperato, come se potesse far tornare Jack intero con la sola forza di volontà.

Lo shock cancellò qualsiasi altro pensiero dalla sua mente. Poi tornò presente, il tempo riprese il solito ritmo e Jack era steso a terra, la mano sullo stomaco e il sangue che iniziava a passargli attraverso le dita.

Scivolò in ginocchio e prese in grembo Jack, premendo sulla ferita. Lui stava emettendo un lamento acuto, i denti stretti in una morsa e gli occhi rovesciati verso il suo viso.

Josey si avvicinò. «La ferita non è letale. Be', diciamo che lo è ma ci vorrà qualche giorno.»

La rabbia di D era troppo grande perché il suo corpo la contenesse. «Stronza figlia di puttana, ti strapperò gli occhi dal cranio!» le gridò in maniera quasi incomprensibile, mentre della bava schizzava dalle sue labbra. Jack soppresse un gemito pieno di angoscia e dolore e D lo attirò più vicino, tenendogli la testa accanto al petto. Il sangue fluiva continuamente ma non rapidamente. Era stato un colpo di precisione, pensato per causare un dolore più prolungato possibile e una lenta morta per dissanguamento. La mano di Jack fluttuò nell'aria come un uccello con un'ala spezzata, prima di afferrare la fronte di D con una forza dettata dal panico. «Te la caverai, piccolo,» gli sussurrò lui, premendogli la guancia contro la sommità della testa. «Tieni duro, cerca di non muoverti.» Jack emise un gorgoglio e il suo petto si sollevò. Gesù, Josey era riuscita persino a evitare di colpire i polmoni, il che avrebbe accelerato la morte.

«Non se la caverà, D.»

«Taci, cazzo!»

«Non dargli false speranze, è crudele.»

«ADESSO VENGO A FARTI A PEZZI CON LE MIE MANI!» urlò D. Sentiva delle lacrime scendergli sulle guance, odiava che Josey lo vedesse così scoperto e vulnerabile, ma al momento quella era l'ultima delle sue preoccupazioni.

«Puoi sopportare di vederlo morire così? Di una morte lunga, lenta e dolorosa?»

«Non pensarlo neanche, cazzo,» disse D con voce strozzata, cercando di tenere fermo Jack.

«Puoi mettere fine al suo dolore qui e ora, lo sai.»

«Non lo farò.»

Lei sospirò, un sospiro triste e rassegnato che sembrava dire "guarda cosa mi costringi a fare". «Immaginavo che non avresti ceduto così facilmente.» Sollevò di nuovo la pistola e sparò nel polpaccio di Jack. Lui gridò, dimenandosi tra le braccia di D come se cercasse di schizzare fuori dalla propria pelle.

D lo cinse ancora più stretto tra le braccia. Gradualmente si rese conto di urlare ripetutamente «basta, basta,» senza essersi neanche accorto di avere iniziato. Jack si accasciò semi-svenuto, tremando e sussultando, mentre dalla sua gola uscivano in continuazione dei lamenti simili a fischi.

«Tu sei il solo che può fermare questa cosa, D.»

Lui la fissò, percependo la presenza dell'odio come

quella di un estraneo. In vita sua, non aveva mai odiato qualcuno in maniera così estrema e con tanto ardore. «Farò tutto quel che vuoi, cazzo, basta che smetti di fargli male. Lascialo stare e mi arrenderò. Mi puoi torturare quanto vuoi, ma lascia andare lui.»

«Penso che tu sappia che non funziona così.»

«Perché mi odi così tanto, eh? Perché devi mettere in mezzo lui?»

«Le spie che corrono dai federali non meritano altro, D. Tutti devono saperlo.»

Jack gli stava tirando la camicia. D lo guardò: il suo viso era pallido come il ventre di un pesce, coperto di sudore e di gocce di sangue. «Hai promesso,» sussurrò.

«Jack, io…»

«Non farlo,» disse di nuovo lui, le ultime parole perse nell'ennesimo gemito di dolore, il suo corpo che tentava di arrotolarsi su se stesso come un onisco.

D lo guardò negli occhi e, sebbene offuscati dal dolore, percepì l'amore di Jack per lui con tutto il suo essere, lo sentì accendere i fuochi a lungo allineati al suo interno e illuminarlo da dentro. Jack, che aveva rischiato così tanto per lui, Jack, che era rimasto al suo fianco, Jack, che ora era disposto a soffrire in agonia per lui. Jack, che lui sentiva di non meritare.

Josey si stava accovacciando accanto a loro. In mano aveva un'altra pistola. «Questa pistola ha dentro un solo proiettile. Non pensare neanche di usarla contro di me o contro uno dei miei uomini, perché ti possono freddare prima che il tuo colpo parta, e per il tuo errore soffrirebbe lui. Prendila e fammi vedere cosa capita alla gente che ti ama.»

D fissò l'arma. Lo stava chiamando, la sua voce bassa e seducente. *Non soffrirà mai più. Non sarà mai più in pericolo. Non arriverà mai a stancarsi di te e a capire quanto sei indegno di lui. Sarà fuori dalle sue grinfie e smetterà di patire.* La pistola rappresentava pace, normalità, e tutto quello che D era stato per dieci anni.

La pistola avrebbe potuto salvarli entrambi.

Allungò la mano e la prese. Jack lo tirò per la camicia. «No,» si lamentò piano.

«Va tutto bene, Jack.» La sua voce sembrava tanto

distante. L'arma era una presenza così familiare, lì nella sua mano. Come essere a casa. Guardò Josey, che stava annuendo come si fa con un bambino compiacente. Lui le sorrise.

D sollevò la pistola e se la premette contro la mascella.

Jack gli tirò la camicia con maggiore insistenza. «No, no,» ripeté.

«Shhh, Jack,» disse D. «Andrà tutto bene.»

Il sorriso era svanito dal viso di Josey. D immaginò che quella svolta non fosse contemplata dal suo piano. «Non essere stupido,» disse.

«Stupido? Preferisco morire che uccidere Jack.»

«Tu ammazzati, D, e ti giuro che nessuno soffrirà mai come farò soffrire lui.»

«Stronzate. Non puoi rischiare tempo ed energie per torturare lui quando io non sono lì ad assistere, senza contare che potresti finire *tu* sulla sedia elettrica per aver ucciso un testimone. Quelli del programma di protezione sanno chi sei, sai. Se Jack viene trovato morto, verranno a cercarti.»

«Sei disposto a scommetterci il resto della sua breve vita?»

«Sì,» gracchiò Jack, la mano su quella di D, gli occhi umidi fissi su Josey. D se lo strinse ancora di più al petto.

«Stai bluffando,» disse lei, ma non ne sembrava così certa. «Mi riprendo la pistola.»

«Vuoi scoprire quanto sono rapido a spararmi prima che tu me la possa portare via?»

Lei si alzò e camminò in circolo. D aveva sabotato la sua strategia: il massimo che a quel punto gli riuscisse di fare. Poteva sentire il sangue di Jack che gli bagnava le gambe, e i continui gemiti di dolore gli facevano contrarre la spina dorsale. La scelta era tra uccidere Jack o uccidersi, se di scelta si poteva parlare. «D,» sussurrò Jack. Lui chinò il capo per guardarlo, per guardare il viso della sola persona che avesse mai amato, la cui preziosa vita scorreva goccia dopo goccia sul pavimento sporco del magazzino.

Gli accarezzò i capelli con la mano libera, sporca di sangue. «Cosa, tesoro?»

Jack stava tremando così violentemente che gli battevano

i denti. «Non mi pento di niente,» disse, le labbra contorte in una specie di sorriso.

D ricambiò il sorriso. «Tu sei la sola cosa di cui non mi pento.»

Josey sogghignò. «Non lo farai. Non hai il fegato.»

D si irrigidì. «No? Guarda.»

All'improvviso esplose un colpo, e per un momento D si chiese se si fosse sparato prima del previsto, ma non proveniva dalla sua pistola. Guardò avanti e vide uno degli uomini di Josey a terra. Per un brevissimo attimo, tutto rimase sospeso; persino i gemiti di dolore di Jack tacquero.

Poi si scatenò l'inferno. La porta del magazzino venne sfondata e quattro uomini in armatura di Kevlar e con distintivo federale sui polsi fecero irruzione, gridando di gettarsi a terra, restare immobili, gettare le armi, e altri ordini che si escludevano a vicenda. Un altro federale scese sferragliando dalle scale. Colpi d'arma furono esplosi e gli uomini di Josey iniziarono a cadere a terra. Uno degli agenti girò su se stesso, colpito al braccio.

Josey, ringhiando, sollevò l'arma puntandola in giro. Ancora prima di rendersi conto di farlo, D le aveva piantato quel singolo proiettile in mezzo agli occhi. Lei cadde, lo sguardo incredulo puntato su di loro, senza una parola.

D strinse Jack al petto e gli venne da singhiozzare. In quel momento Churchill piombò nella stanza, accompagnato, o almeno così avrebbe giurato D, da un alone di luce dorata e da uno squillo di trombe. Gli altri federali avevano ammanettato tre degli uomini di Josey, e i rimanenti apparivano morti o feriti. «È tutto okay,» continuava a dire D, sia a Jack che a se stesso. Gli prese il viso tra le mani. «Adesso andrà tutto bene, Doc. È arrivata la cavalleria.»

Jack emise un grido di dolore, e del sangue gli comparve sulle labbra. «Era ora, cazzo,» riuscì a dire.

D rise, stordito dal sollievo. Churchill si inginocchiò accanto a loro. «Gesù,» disse.

«È ferito all'addome, a sinistra,» spiegò D. «Si riprenderà ma dobbiamo portarlo in ospedale. Ha anche una ferita al polpaccio.»

«Tu sei ferito?»

«No, sto bene. Come cazzo ci hai trovato?»

«Grazie al localizzatore nella pistola di Jack. L'ho trovato il primo giorno che lui stava in hotel, mentre controllavo che non ci fossero cimici. Immagino l'abbia messo tu. Mi sono segnato la frequenza in caso mi servisse. Megan mi ha chiamato, Petros l'ha catturata e le ha fatto un bel servizio per tenerla fuori dai giochi, così lei ha capito che qualcosa non andava.» Churchill sputò fuori tutto alla velocità della luce, ma il cervello di D non stava esattamente funzionando al suo meglio, impegnato com'era a elaborare il fatto che lui e Jack non sarebbero morti.

«Ottimo tempismo,» fu tutto quello che riuscì a dire.

Churchill gli afferrò il braccio. «D, stanno chiamando i rinforzi. Devi andartene, subito.»

Jack, che aveva assistito con lo sguardo appannato, si riebbe sentendo queste parole. «Cosa?»

«Tra tre minuti questo posto brulicherà di poliziotti, federali e agenti della scientifica, e tu non puoi farti trovare qui. Non posso proteggerti con tutte queste forze dell'ordine in giro.» Gli diede le chiavi della sua auto. «Prendi la mia macchina. Ho visto che la tua ha una ruota a terra.»

D le fissò. Non poteva dire addio a Jack così, in quel posto e in quel momento, e lasciarlo sanguinante sul pavimento di un magazzino dimenticato da Dio. «Cristo, non posso farlo. Non posso lasciare Jack in questo modo!»

Jack lo prese per il braccio. «Devi andare,» disse. «D... non possono trovarti. Devi... fare tutte quelle cose.» La sua voce incerta era velata di un'angoscia a malapena repressa. «Devi rimanere libero, devi andare.»

«Ora è il mio turno di proteggerlo,» disse Churchill.

D poté solo annuire. «Okay, okay... ma...» Rivolse a Churchill uno sguardo disperato.

«Vi do un minuto,» disse e si allontanò.

D guardò Jack, che a sua volta lo fissava con gli occhi pieni di lacrime. «Non pensavo che ci saremmo detti addio in questo modo,» fece Jack.

«Cazzo, no,» rispose lui con voce strozzata.

«Me la caverò,» disse l'altro, in un evidente tentativo di scandire le parole con chiarezza.

D premette la fronte contro quella di Jack. Avrebbe voluto potergli trasmettere i propri pensieri e sentimenti direttamente nel cervello senza dover ricorrere alle parole, che sarebbero state inadeguate. Comunque non erano mai state il suo forte. «Sei stato la più grande fortuna e gioia della mia vita,» disse, mentre le sue lacrime cadevano sul viso di Jack, che era girato a guardarlo.

Jack continuava a stringersi alla sua camicia. «Ti amo,» gracchiò.

«Ci vedremo ancora,» disse D, tentando di avere un tono convincente e non supplichevole come temeva.

«Aspetterò.» Jack lo tirò a sé e per alcuni momenti, allo stesso tempo troppo lunghi e troppo brevi, non dissero niente, limitandosi a respirare ognuno l'essenza dell'altro. D lo fece sdraiare sul pavimento e si inginocchiò al suo fianco. Un respiro spezzato gli uscì dalle labbra mentre per un istante premeva il viso contro il petto di Jack, sentendo la mano di lui che si posava dietro la sua testa. Si scambiarono un ultimo sguardo e annuirono entrambi, come se avessero preso una decisione, poi D si rimise in piedi e si girò, camminando più veloce che poteva verso l'uscita. Sentì Jack chiamarlo un'ultima volta prima di chiudersi la porta del magazzino alle spalle.

⊕CAPITOLO 27

La prima cosa che Jack percepì fu la brezza. La brezza gelida. Un vento artico con la forza di un uragano stava soffiando dentro il suo naso. Sollevò una mano che sembrava ricoperta di cemento e la agitò per disperdere la brezza, ma incontrò solo una maschera di plastica che era legata al suo viso. «Umpf,» fece, non capendo bene che parola fosse, quando quello che aveva voluto dire era "toglietemi questa maledetta maschera d'ossigeno dalla faccia".

«Qualcuno si è svegliato,» disse una voce femminile. Un viso apparve sopra di lui e rimosse la maschera. «Mi sente, Jack?»

«Uhmm,» rispose lui annuendo. Si guardò intorno. Ospedale, macchinari, tubi, gente con il camice. «Mi operano?» bofonchiò.

L'infermiera sorrise. «È già stato operato. Ora si trova in rianimazione. Stia fermo, okay? Cerchi di rilassarsi mentre il suo corpo si sveglia.»

Jack sbatté le palpebre. Stava tornando cosciente. «Che ora è?»

Lei controllò l'orologio. «Quasi le sei.»

«Ancora domenica?»

«Sì, è sempre domenica.»

Jack non aveva l'energia per fare altre domande. Si rilassò sui cuscini e chiuse gli occhi, poi li riaprì di colpo. Non gli piaceva quel che vedeva a occhi chiusi.

D che si puntava una pistola contro. D che lo stringeva, che piangeva, gridava. D che diceva addio. D che se ne andava. Jack fissò il soffitto, ma l'immagine del viso di D lo aveva seguito dietro le palpebre e lui continuava a vederlo. A quanto pareva, l'avrebbe vista che gli piacesse o no.

Sul lato dove Josey gli aveva sparato non sentiva niente. Immaginò che, una volta svanito l'effetto delle droghe, avrebbe sentito eccome. *Mi hanno sparato. Due volte. Uh. Ma pensa.* L'idea non gli faceva effetto. Gli avevano sparato. Sai che roba.

Era stata una sensazione strana. All'inizio non aveva sentito dolore, solo una pressione tremenda e poi calore, umido sulla pelle, e poi il soffitto del magazzino era davanti ai suoi occhi... e *allora* era arrivato il dolore, passandogli sopra come un macchinario di quelli che rivoltano il terreno, schiacciando qualsiasi pensiero razionale e polverizzando la sua volontà. Non ricordava bene. Il dolore è così. Intensissimo mentre lo provi, indefinibile quando in seguito cerchi di ricordare l'esatta sensazione.

Voleva D. Voleva vederlo entrare in camera con quel suo sorrisetto sghembo, lo sguardo che guizzava a lato e poi di nuovo avanti. Avrebbe voluto stringergli la mano. Almeno quello.

Ma era impossibile, almeno nell'immediato futuro, perché D se n'era andato.

Per settimane, persino mesi, aveva temuto quel momento. Il Momento Di Separarsi. Il Periodo Senza D. Entrambi avevano saputo che incombeva, ma era sempre stata una prospettiva vaga, una di quelle eventualità che devono arrivare ma non lo fanno mai *davvero*. Persino nel week end appena passato, quando l'idea aleggiava nell'aria, non sembrava reale.

Ma adesso lo era. Jack ci si era trovato catapultato dentro senza alcun garbo o riguardo. Aveva sempre pensato che ci sarebbe stato *tempo*. Tempo per dire cose, fare cose, discutere cose. Tempo per *prepararsi*. Una volta, avevano avuto tutto il tempo del mondo. Poi le guardie erano state drogate, c'erano stati degli inseguimenti in macchina, e in qualche modo ecco loro due lì a dirsi addio sul pavimento sporco di un magazzino, D con il sangue di Jack sulla faccia. Così era arrivato l'orribile Momento. Che non lasciava scampo ed era pronto a strapparli l'uno all'altro, a farli a pezzi e a costringerli a chiedersi quanto sarebbe durato.

Jack scivolò nel sonno, e quando l'oblio venne a reclamarlo di nuovo, sentì solo sollievo.

Quando si risvegliò era mattina. Si trovava in una camera normale, Churchill era seduto su una sedia accanto al letto e leggeva un quotidiano. «Ehi,» disse Jack con voce roca.

Churchill sobbalzò e buttò da parte il giornale. «Ehi tu,» rispose. «Come ti senti?»

Jack non era sicuro della risposta. «Uhm... okay, credo.» Cercò di mettersi a sedere ma il gesto gli provocò una fitta di dolore a sinistra, e si rimise giù. «Ho avuto momenti migliori.»

«Be', i medici dicono che l'operazione è andata bene. Il proiettile ti ha attraversato da parte a parte. Ti ha fatto qualche strappo ma loro hanno rimediato. Sei stato fortunato.»

Jack scosse la testa. «Non è stata fortuna. Mi ha sparato volutamente in quel modo.»

Churchill aggrottò la fronte. «Che cosa intendi?»

Intendo che voleva che io morissi dissanguandomi lentamente mentre lei mi torturava, finché D non ne avesse potuto più e mi avesse ucciso ponendo fine alle mie sofferenze. Agitò una mano. «Non importa.» Sospirò. «È lunedì?»

«Già. E appena i medici diranno che sei in condizioni stabili, ti trasferiremo ad Albany come programmato. Spero che sia solo questione di qualche giorno.»

Jack non voleva lasciare Baltimora. Quello era il posto in cui erano stati insieme per l'ultima volta, l'ultimo in cui lo aveva visto. L'ultimo in cui D avrebbe saputo come trovarlo. Una volta andato via da lì, quel legame sarebbe stato spezzato, ed entrambi sarebbero rimasti definitivamente e veramente soli.

Churchill si sporse in avanti, sul viso un'espressione empatica. «Probabilmente la cosa ti provoca sentimenti contrastanti.»

«So che è il momento.»

Churchill si stava fissando le mani. «Mi dispiace così tanto, Jack,» mormorò.

Lui aggrottò la fronte. «Per cosa?»

«Non sarebbero mai dovuti riuscire a trovarti,» disse l'altro in un soffio. «Il programma di protezione non ha mai perso un testimone che avesse seguito le regole, mai. Non ho mai messo nessuno in pericolo.»

Jack sospirò. «Avevo capito che non avete mai perso un testimone che fosse stato già trasferito. Io ero ancora in un limbo. E poi davano la caccia a D, non a me.»

«È uguale. La mia sorveglianza non era adeguata.»

«Nessuna sorveglianza lo è se sono abbastanza determinati,» disse Jack. «E questi lo erano.»

«È solo che... sei stato ferito, e poi quello che hai dovuto passare... insomma, mi dispiace.»

Jack sorrise. «Grazie.» All'improvviso gli balenò un pensiero. «Ehi, Megan sta bene?»

«Sì. Doveva chiamare il 911 ma deve essere svenuta prima di riuscire a farlo. L'abbiamo trovata grazie al GPS che aveva lasciato attivo sul telefono. Aveva solo bisogno di una trasfusione di sangue e liquidi, si riprenderà.» Esitò un attimo. «Petros l'ha tagliuzzata niente male. Sembra che abbia lottato con un grizzly.»

«Ci ha salvato la vita. Se tu non fossi arrivato in quel momento... D stava per spararsi.»

Churchill si chinò verso di lui. «Perché voleva farlo?»

Jack si sforzò nuovamente di mettersi seduto. L'altro si alzò ad aiutarlo, posizionando dei cuscini dietro la sua schiena, poi tornò al proprio posto. «Perché,» rispose lui fissandosi le mani, «Josey voleva che mi uccidesse e io gli avevo fatto promettere che non l'avrebbe fatto per nessun motivo. Quello era il solo modo che avesse per non darle quello che voleva.»

«E cos'è che voleva?»

«Che lui soffrisse. Per lei era come una bambola da rompere per il puro gusto di vederla a pezzi. L'unica cosa da fare era toglierle la bambola.» Jack scosse la testa, gli occhi pieni di lacrime che gli annebbiavano la vista. «Stava per finire tutto lì, in quel momento. Gesù.» Si premette le dita di una mano sul viso. «Cazzo, sono quasi morto.»

«Ma non sei morto,» disse piano Churchill. «E non morirai a breve. Tornerai in salute, ricomincerai e vivrai una vita lunga e noiosa.»

Jack ridacchiò tra le lacrime. «Noiosa. Mi sembra il

paradiso.»

Churchill guardò verso la porta e il suo viso si illuminò. «Si parla del diavolo...» disse mentre Megan entrava. Jack si dovette sforzare per non manifestare il proprio shock. Era vero che sembrava reduce da una lotta con un grizzly. Aveva tagli su viso e collo e su quanto era visibile delle braccia. Entrambi i lati del viso portavano escoriazioni e gli occhi erano gonfi. Inoltre camminava con più cautela del solito.

«Dovevo venire a vederti prima di uscire,» disse con un sorriso, andando al capezzale di Jack. Lui si allungò – cautamente – e la abbracciò, attento a non premere sulle sue ferite quanto sulle proprie.

«Dove pensi di andartene?» chiese Churchill in tono severo.

«A casa. Ho firmato la liberatoria.»

«E il tuo medico è d'accordo?»

«Chi ha detto che è d'accordo? Sto bene. Qui non faccio altro che starmene a letto e lamentarmi, cose che posso fare anche a casa.»

Stava per allontanarsi, ma Jack le tenne la mano. «Grazie,» le disse, cercando di comunicare con lo sguardo la profondità dei suoi sentimenti.

Lei sorrise e gli toccò il viso. «È stato un piacere. Voi siete entrambi ancora vivi, i cattivi no, e questo è il miglior ringraziamento.»

Scese il silenzio su quel malconcio trio. Si guardarono l'un l'altro con espressione opaca. Nessuno aveva bisogno di aprire bocca: era il fantasma di D, la presenza invisibile tra loro, a parlare per tutti.

Alla fine Megan si raddrizzò e inspirò profondamente. «Be', meglio che vada. Sono sicura che presto avrò un bel po' di cose da fare, ma per il momento c'è un divano con il mio nome sopra che mi aspetta.»

Jack sorrise. «Io credo che nel mio futuro ci sia un gran numero di ore di TV.»

Lei gli lisciò i capelli. «Non metterti nei guai, Jack. Ti terrò d'occhio di tanto in tanto.»

Jack annuì. «E... se vedi...» Non finì la frase, ma non ce

n'era bisogno.

Megan si limitò a posargli la mano sulla spalla e a dargli una strizzatina rassicurante. «Okay.»

Megan prese l'ascensore. Si sentiva una mammoletta, dato che il suo appartamento era solo al secondo piano, ma pensò di poter essere scusata per via delle sue recenti traversie.

Non aveva una sola parte del corpo che non le facesse male. Aveva ricevuto varie unità di sangue e le avevano fatto delle flebo durante la notte, ma si sentiva ancora distrutta. Una lunga dormita sembrava la cosa migliore. Per un po' avrebbe dovuto tenere un basso profilo. La gente tendeva a ricordarsi delle donne che sembravano essere state attaccate da un bisonte.

I dottori di Jack avevano detto che avrebbero potuto trasferirlo in mattinata. Ad Albany, o almeno così credeva lui. Presto avrebbe scoperto che ogni testimone sotto protezione veniva portato lì: "Albany" era il nome in codice usato in pubblico dai federali per indicare il posto dove il teste sarebbe stato ricollocato, così che se anche li avesse sentiti la persona sbagliata, la sicurezza del loro protetto non sarebbe stata compromessa. Megan non aveva idea di dove sarebbe finito Jack, né lo sapeva chiunque altro al di fuori del programma. A lui non avrebbero detto dove si andava finché non fossero stati in viaggio.

Aprì la porta di casa. C'era un silenzio meraviglioso. Megan andò in bagno e si esaminò allo specchio: lo spettacolo era piuttosto brutto. La sua faccia era gonfia su entrambi i lati e pesantemente ammaccata, cerchi scuri le circondavano gli occhi, e i tagli su collo e braccia erano di un color rosso vivo. Aveva già preso appuntamento con un chirurgo plastico per rimediare ai danni e non rimanere con delle cicatrici.

Si spruzzò dell'acqua fredda sul viso accaldato, evitando i punti di sutura, e tornò in salotto. «Gesù Cristo,» esclamò, portandosi una mano al petto e fermandosi di colpo.

D era seduto nell'angolo, parzialmente nascosto dalla poltrona, le ginocchia al petto e gli occhi persi nel vuoto. Sembrava... non del tutto presente. *Mio Dio, è seduto lì da ieri?*

Gli indizi sembravano indicare una risposta positiva. I suoi vestiti erano macchiati del sangue di Jack e il viso era pallido.

«D!» esclamò andando a raggiungerlo. «Cosa... quanto tempo sei stato qui seduto?»

Lui alzò faticosamente gli occhi verso i suoi. «Tutta la notte, credo.»

«Stai bene?»

Lui annuì. «Hai visto Jack?»

«Sì, torno ora dall'ospedale.»

Il suo sguardo sembrò rianimarsi. «Lui sta bene?»

Lei si sedette al suo fianco, schiena contro il muro, e tirò su le ginocchia, imitandolo. «Sì, sta bene. È stato operato, tutto okay.» Esitò un attimo. «Domani mattina lascerà la città. Voleva che ti dicessi... be', lo sai.»

D annuì. «Domani, eh?» Sospirò. «Immagino che con questo la storia sia conclusa.»

«Già. Storia chiusa.»

Lei rimase in attesa senza dire niente. Percepì la tensione lasciare gradualmente il corpo di D, e un lieve tremore prendere vita e trasmettersi a lei attraverso le loro spalle a contatto. D chinò la testa e sembrò chiudersi in se stesso. Megan gli passò un braccio intorno alle spalle e piegò le gambe in stile indiano, così fu pronta quando lui scivolò su un fianco e si accasciò, arrendendosi alle proprie emozioni forse per la prima volta in vita sua, sciogliendosi in pianto come, Megan sapeva, non aveva mai fatto davanti a Jack o a chiunque altro. Proruppe in singhiozzi spezzati che portavano il peso di tanto dolore, per aver perduto non solo Jack ma anche sua figlia, la sua vita, la sua anima, l'idea di se stesso come uomo. Lei lo strinse nel miglior modo che poteva, sentendosi come un surrogato di poco valore, accarezzandogli la schiena e facendo dei piccoli versi stupidi rincuoranti. Lui teneva una mano sul suo ginocchio e l'altra contro la bocca, una barriera inefficace contro quel flusso di emozioni, mentre le lacrime scorrevano come il sangue che esce a fiotti disordinati da una ferita grande e profonda.

Lei non cercò di calmarlo o di rassicurarlo a parole. Doveva calmarsi da solo, cosa che fece dopo un po'. Si afflosciò e rimase in silenzio, il corpo segnato dalla stanchezza, il viso carico di tristezza.

Megan lo tenne in grembo senza stringerlo. Appoggiò la testa contro la parete e sentì il debito che aveva nei confronti di quell'uomo gravarle sulle spalle e farsi sempre più opprimente, come sempre quando le capitava una situazione da cui non era riuscita a salvarlo o un guaio in cui non aveva potuto aiutarlo.

Forse era giunto il momento che tale debito rivelasse il suo volto.

D era rimasto quieto per alcuni minuti, ma lei sapeva che non era addormentato. Lo capiva dalla tensione nei muscoli e dal respiro.

Quindi iniziò a raccontare.

«Prima di diventare inesistente,» disse, «ero nei Servizi Segreti regolari.» Lui non reagì, ma lo sentì muoversi leggermente e capì che la stava ascoltando. «Ho fatto carriera e sono arrivata a lavorare come guardia del corpo. Ero maledettamente brava. Alla fine mi hanno assegnata al Ministro della Difesa. Vivevo a Georgetown con mio marito e i nostri due figli.» A quelle parole lo sentì sussultare, evidentemente sorpreso: lei non aveva mai parlato di una famiglia.

«Una notte, un uomo irruppe in casa nostra con una pistola. Legò mio marito e i bambini e minacciò di ucciderli se non gli avessi detto l'itinerario del ministro per la settimana a venire. Ma io non potevo, perché non lo conoscevo. Solo l'agente incaricato aveva questa informazione. Lui non mi credette. Sparò a mio marito nella gamba per convincermi che faceva sul serio. Io lo pregai. Mi buttai in ginocchio e lo pregai di risparmiare la mia famiglia. Cercai di inventarmi un itinerario, ma ero troppo terrorizzata per essere convincente. Non sapevo cosa fare.» Chiuse gli occhi, sospirando. L'orrore di quella notte era di nuovo lì che faceva capolino. «Stava per sparare a uno dei miei figli quando un colpo di fucile attraversò la finestra e lo uccise all'istante.»

Lo lasciò assimilare quanto aveva appena ascoltato. D non si mosse.

«Penso che tu sappia come si chiamava quell'uomo.»

Lui sospirò. «Cy Rugerand.»

«Sì.»

«Era solo un lavoro,» sussurrò.

«Non importa, D. Quando lo hai ucciso, hai salvato non solo me ma anche la mia famiglia.»

«Non sapevo di aver salvato qualcuno.»

«Ah, pensavo di sì. Dalla tua postazione non potevi vederci, ma dovevi sapere che stava minacciando qualcuno.»

D esitò a lungo prima di rispondere. «Già, immagino di sì.»

«Se il tuo compito fosse stato semplicemente ucciderlo, per te sarebbe stato molto più sicuro aspettare che uscisse e sparargli per strada. Ma facendolo attraverso la finestra e stabilendo una traiettoria, hai rivelato la tua posizione sul tetto dall'altra parte della strada, cosa che ti avrebbe reso vulnerabile se avessi lasciato tracce. Inoltre, in quel modo non avresti potuto farla passare per una rapina, dato che si trattava chiaramente di un colpo intenzionale. Era impossibile che avessi *pianificato* di sparargli mentre era dentro casa, perché era assurdo. Nessuno lo fa, troppo rischioso. Avevi in mente di colpirlo mentre entrava o usciva, ma hai cambiato i tuoi programmi quando hai visto cosa stava succedendo.» Posò la mano sul braccio di D. «Lo hai preso in quel momento per salvarci, anche se non sapevi che stavi salvando noi.»

D rimase in silenzio.

Megan chiuse di nuovo gli occhi e appoggiò la testa al muro. «Dopo quella sera, niente è stato più lo stesso. Mio marito mi ha lasciata e ha portato via i nostri figli. Io non ho cercato di ottenerne la custodia. Stanno meglio con lui, e io non mi fido di me stessa più di quanto David si fidasse di me. Avrei messo tutti loro in pericolo, e lui non lo avrebbe sopportato. Neanche io. Non li vedo più di un paio di volte all'anno. Fa male, ma loro sono al sicuro e questa è la cosa importante. David si è risposato. Sua moglie insegna matematica, ama i ragazzi e loro ricambiano. A me sta bene. Finché nessuno cerca di far loro del male a causa mia.» Scrutò D di profilo. «Io successivamente ho chiesto un trasferimento e ho iniziato questa attività. Mi sono ripromessa di scoprire chi avesse ucciso Rugerand, e quando ho scoperto che eri stato tu, ho indagato un po' per capire chi fossi e cosa ti fosse successo.» Sospirò. «Per quasi dieci anni ti ho tenuto d'occhio. Ti ho visto accettare dei lavori e rifiutarne altri, cercando di capire se eri davvero un uomo o un mostro che uccideva per denaro.»

Guardò la luce del pomeriggio fuori dalla finestra. Il cielo era azzurro ed era una bellissima giornata. Troppo bella per starsene lì tenendo in grembo un uomo macchiato di sangue e dal cuore spezzato e intanto vomitargli adesso la storia della propria vita.

«Sarei tua se mi volessi,» disse dopo una lunga pausa. «Ma so che non è così. Non fa niente. So della cassaforte segreta dentro di te, quella dove conservi le cose brutte, il dolore. E so che hai trovato la persona che aveva la chiave per aprirla. Io la sto ancora cercando, credo.» Fece spallucce. «O forse non la sto cercando affatto. Alcune cose devono restare chiuse in cassaforte.»

D rimase fermo per alcuni secondi, poi si tirò su e riprese la posizione seduta, schiena contro il muro. Allungò le gambe e si sfregò gli occhi, poi si guardò le mani. «Io amo lui,» mormorò tra sé e sé.

Megan annuì. «Lo so. Questo vuol dire che terrò gli occhi aperti anche per lui. Per chiunque ti stia a cuore, D. Qualsiasi cosa tu abbia bisogno.»

«Era solo un lavoro,» disse lui con voce roca.

Lei sorrise. «Non capisci, eh? Non importa che fosse un lavoro. Hai fatto una scelta, e quella scelta ha salvato me e la mia famiglia.»

D finalmente sollevò il viso per guardarla bene in faccia, ma qualsiasi cosa stesse per dire fu rimpiazzata da un'espressione d'orrore. «Oddio, ma che cazzo ti è successo?»

«Petros si è divertito un po' con me. Sto bene.»

«Non stai bene, sembri mezza morta. Dovresti essere in ospedale.»

«Ho firmato per poter uscire.» Raddrizzò leggermente le spalle. «Però ho fatto la festa a quello psicopatico.»

Dopo un momento, D fece un sorrisetto. «L'hai ucciso?»

«Vorrei potermi vantare di aver seguito una strategia, ma è stato più che altro un riflesso automatico.»

«Come hai fatto?»

«Un rasoio nella gola.»

D sembrava colpito. «Però. Vecchio stile.»

«Be', anche il trattamento che lui ha riservato alla mia faccia è stato vecchio stile,» disse Megan con una smorfia.

«Questo è sicuro, cazzo. Vuoi del ghiaccio o altro?»

«Sono a posto. Mi hanno dato del Darvocet in ospedale.»

Lui rimase in silenzio per qualche altro momento. «Megan, senti... qualsiasi debito avessi con me, l'hai ripagato abbondantemente. Hai salvato la mia vita e quella di Jack quando hai chiamato Churchill. Ora saremmo entrambi cadaveri su quel pavimento se tu non l'avessi fatto. Per non parlare di tutte le volte che mi hai salvato la vita in passato, o di quando ci hai aiutato al lago Tahoe.»

«Un debito del genere non è un mutuo, D. Non si estingue dopo trent'anni più interessi. Non finisce mai, non sarà mai ripagato.»

«Be', allora... adesso anch'io ti devo la vita. Quindi, immagino, continueremo a ripagarci a vicenda finché uno dei due non dice basta.»

«Ci sto, se tu ci stai.»

«Temo che sarò molto impegnato nell'immediato futuro.»

«Be', sai come raggiungermi.» Megan si alzò e gli porse la mano per aiutarlo a rimettersi in piedi. «Prendiamola con calma per ora. Potremmo fare entrambi una doccia, metterci dei vestiti puliti e mangiare qualcosa, direi.»

D si mise la mano sullo stomaco. «Ho una certa fame. Credo... non so. Adesso che so che Jack sta bene, be'... mi sono tolto un bel pensiero almeno per il momento.»

«Ho preso le tue cose dalla macchina di Jack. L'avevi lasciata al magazzino.»

«Giusto. Grazie.» Si diresse verso il bagno, poi si girò. «Hai ridato anche a Jack le sue cose?»

«Certamente.»

«Bene,» rispose lui annuendo. «Non sopporterei di immaginarlo senza la sua borsa da medico.»

Ordinarono una pizza e la mangiarono seduti per terra accanto al tavolino, scambiandosi poche parole. Megan si sentiva un po' agitata dopo la confessione. Aveva provato e riprovato per anni il discorso con cui un giorno avrebbe spiegato a D tutto quel che aveva fatto per lei, ma quando il momento era arrivato, i preparativi erano andati a farsi benedire e i nudi fatti le erano usciti di bocca come un fiume in piena. Si sentiva svuotata: nello spazio interiore dove aveva nascosto tutti i suoi segreti e le parole che un giorno gli avrebbe detto, adesso c'era l'eco. Era un vuoto del tipo buono però, a differenza di quello che, sapeva, aveva preso dimora dentro l'animo di D.

D ingollò in un sorso mezza bottiglia di birra. «Maledizione,» disse. «Ci voleva proprio.»

Lei annuì con la bocca piena di pizza. «Grassi e carboidrati, cosa c'è di meglio?»

Lui giocherellò con il bordo del suo tovagliolo di carta, un'espressione pensosa sul viso. «Pensavo di dormire qui stanotte, se per te va bene.»

«Certo.»

«Non vorrei fermarmi ma sono esausto, cazzo. È come se la tensione di mesi fosse sparita di colpo e adesso mi sento come uno spaghetto floscio.»

«So cosa intendi.»

«Non so neanche dove andrò, poi. Forse è meglio per me se resto in zona. Però devo trovare degli informatori per fare quello che ho in programma. E i fratelli hanno parenti che lavorano per loro dappertutto; dovrò fare qualche viaggio.»

«Ancora non vuoi dirmi cos'hai in mente, eh?»

«Meglio che tu non lo sappia.»

Lei alzò le spalle. «Come preferisci.»

D scosse la testa. «Tanto spunterai magicamente dal nulla come fai sempre, non so neanche perché provo a nasconderti le cose.»

Megan sorrise, per quanto glielo concedessero le ferite sul viso. «Vuoi sapere come faccio a trovarti sempre?»

Lui strinse gli occhi. «Stai per dirmelo veramente?»

«Be', non abbiamo più molti segreti l'uno per l'altra, no?

Tanto vale vuotare il sacco.»

«In effetti muoio dalla voglia di saperlo.»

Lei inspirò profondamente, incerta della sua reazione. «Hai un trasmettitore impiantato nel corpo.»

D aggrottò la fronte. «Non è possibile.»

«Sì.»

«No, cazzo! Se l'avessi lo saprei!»

«Non necessariamente.»

«Perché diavolo dovrei crederti quando mi dici di avermi impian...»

«Non te l'ho impiantato io. Sono stati... i tuoi ex datori di lavoro.»

«I miei ex... cosa?»

«Eri nei corpi speciali, D. Diciamo solo che l'esercito gradisce poter tenere sotto controllo le proprie risorse.» Lui sembrava sconvolto. «Fammi indovinare,» proseguì lei. «Appena prima che fossi promosso ai corpi speciali, ti hanno fatto un'operazione di poco conto ma che richiedeva l'anestesia generale, giusto?»

D stava annuendo, la fronte sempre aggrottata. «Un ponte dentale.»

«Già, procedura comune. Mentre eri addormentato ti hanno impiantato un trasmettitore in un osso, probabilmente nella mascella, visto che ti avevano già aperto le gengive. È piccolo, non metallico, atossico e ha una batteria al litio che dura quarant'anni. Segnale a elevata frequenza, che praticamente chiunque potrebbe seguire via satellite.»

«Porco cazzo,» commentò D massaggiandosi la mascella.

«Il dispositivo viene disattivato quando la risorsa lascia il lavoro, muore oppure se ne va per altri motivi, come hai fatto tu.»

«Ma tu l'hai fatto riattivare, giusto?»

«Nel mio lavoro ho impedito molti assassinii. Varia gente al Pentagono mi deve dei favori.»

«E chi impedirà a qualcun altro di rintracciarmi con 'sta cazzo di cosa?» chiese D. Sembrava che avesse voglia di strapparsi la mascella dal viso per liberarsi dell'aggeggio.

«Oh, nessuno può farlo. La frequenza usa un codice

cifrato. Anzi, è stato piuttosto difficile accedervi. Mi sono assicurata che nessun altro ci riesca mai. Ho eliminato dal sistema i codici dopo averli scoperti.»

D sembrava ancora turbato. «Non mi piace l'idea di una cimice nella mia testa che ti permette di trovarmi. Senza offesa, ma non amo stare al guinzaglio di qualcuno.»

«Lo so.» Ci rifletté per un momento. «Se vuoi che lo disattivi, lo faccio.»

Lui aprì subito la bocca, probabilmente per dire "sì, cazzo," ma poi la richiuse e ci pensò su. Fece un gran sospiro. «Meglio di no. Tu terrai d'occhio Jack, immagino.» Lei fece sì con la testa. «Potresti aver bisogno di trovarmi. Stavo già pensando che potremmo stabilire una specie di check-in settimanale, in modo che se lo salto, sai che mi è successo qualcosa. Credo... credo sia meglio se mi puoi reperire,» concluse a malincuore.

«Lo credo anch'io.»

Lui sostenne il suo sguardo per un attimo, poi si alzò. «Mi infilo a letto. Domattina me ne vado... se ti sta bene,» aggiunse.

Megan agitò una mano. «Okay.» Lui si diresse verso la camera degli ospiti. «D?»

«Sì?»

«Posso chiederti una cosa?»

Lui si girò. «Spara.»

Megan pensò alle parole più adatte per dirlo. «Cos'è che vuoi, in definitiva? Una volta chiusa la faccenda con i fratelli, mettiamo che riesci a tirare fuori Jack dal programma di protezione. Cosa speri di fare?»

D si appoggiò al muro. «Be', lui vuole... una vita normale. Un giardino, un cane... roba così.»

Lei inclinò la testa. «È quello che vuoi anche *tu*?»

«Io voglio dargli quello che vuole lui.» Sospirò. «Spero solo di ricordarmi come si fa.» Si girò e raggiunse la camera, chiudendosi la porta alle spalle.

«Non posso uscire su una sedia a rotelle?»

«No. Ti portano in barella. Hai appena subìto

un'operazione, che cazzo.»

«Era ieri.»

«Barella.»

«Va bene.» Jack però insistette almeno per poter scendere dal letto e stendersi sulla barella da solo, cosa che fece lentamente e con cautela.

Churchill restò al suo fianco mentre veniva caricato in ascensore e portato alla piattaforma sul tetto, dove un elicottero del soccorso medico era in attesa. «L'elicottero ci porterà in aeroporto,» disse Churchill, «e da lì partiremo.»

«Posso volare?»

«Il governo dispone di aerei con attrezzatura medica. Sarà come se fossi di nuovo in camera.»

«Figo.» Mentre lo caricavano sul mezzo, Jack si aggrappò ai lati della barella, sentendosi tutt'a un tratto acrofobico. Churchill si sedette accanto al pilota, un'infermiera salì e prese posto accanto alla barella. Lui guardò il panorama di Baltimora fuori dal finestrino. *Chissà se è ancora in città o è già in qualche altro Stato.* Venne colpito dall'assurda speranza che D fosse ancora lì e che potesse casualmente guardare in su e veder partire l'elicottero. Un ultimo addio, anche senza sapere che Jack fosse a bordo.

L'infermiera gli stava mettendo un paio di cuffie per isolarlo dal rumore delle pale. «Tutto okay, Jack?» chiese Churchill, la sua voce metallica attraverso le cuffie.

Lui annuì. «Okay.» *Sono solo pieno di buchi e con il cuore a pezzi. Niente di grave.* Allungò la mano per toccare il finestrino con un dito mentre l'elicottero decollava, sfrecciando via dall'ospedale più veloce di quanto Jack si aspettasse. Dopo pochi minuti, la città era un punto lontano e l'aeroporto si avvicinava.

Addio, D. Già mi manchi.

Jack si risvegliò in una camera d'ospedale diversa. Proprio come prima, Churchill era seduto in una sedia accanto al letto, solo che adesso era notte e il posto non era più Baltimora. «Gesù, ho dormito per tutto il volo?» disse con voce roca.

401

Churchill sussultò e fece cadere il libro che stava leggendo. «Oh, merda… sì. L'infermiera ti ha dato un sedativo.»

«Siamo ad Albany?»

Lui fece un ghigno. «Non eravamo diretti ad Albany, Jack. È quello che diciamo sempre nel caso ci ascolti qualcuno. La nostra parolina in codice.»

«Ah. Quindi dove siamo?»

«Benvenuto a Portland, Jack. La tua nuova casa.»

«Portland nel Maine?»

«Oregon.»

Jack sgranò gli occhi.

«Lo so, è lontanuccio.»

«Cristo.»

«Starai in ospedale almeno una settimana prima che possiamo portarti nella tua nuova casa.»

«Dove lavorerò? Ho un nome? E come faccio per il denaro? E…»

Churchill alzò una mano. «Shhh. Ci sarà tempo poi per parlare di queste cose. Ci siamo presi cura di ogni cosa, tu non devi preoccuparti.» Si alzò e si avvicinò a lui. «Ma se vuoi sapere il tuo nuovo nome, eccolo.» Diede a Jack una patente di guida.

Lui la studiò: era una patente dell'Oregon, con la sua faccia accanto a un nome che era suo solo per metà: Jack Davies. Un nome generico. Ordinario. Comune.

Innocuo.

Dovevano esserci un triliardo di Jack Davies in tutto il Paese. Con quel nome, poteva mai trovarlo qualcuno?

Soprattutto la persona da cui voleva essere trovato?

D stava controllando in giro se avesse dimenticato qualcosa, quando Megan uscì dalla sua stanza in vestaglia e strascicando i piedi. Appariva ancora più pesta e malconcia della sera prima, se possibile. Lui sentì di nuovo montare la rabbia verso Petros per quello che aveva fatto alla sua amica.

Amica. L'unica persona che gli era amica, a parte Jack. E adesso la sola che potesse incontrare quando avesse voluto.

Dopo anni vissuti in solitudine, l'idea di tornarci aveva perso attrattiva, e fu grato di avere almeno lei.

«Stai uscendo?» chiese lei, le parole inghiottite a metà da un gran sbadiglio.

«Già. Sono diretto a New York. I fratelli sono molto attivi lì. Sentirò com'è l'aria, troverò un posto dove stare e andrò in esplorazione.»

«Io starò qui per almeno una settimana. Dopo, non so. Comunque hai il mio numero di cellulare.»

Lui annuì e si palpò la tasca cercando le chiavi della macchina, arrivando però a una constatazione ovvia in modo imbarazzante. «Oh, cazzo. Non ho una macchina.»

Lei gli allungò le sue chiavi. «Prendi questa. Appartiene al Tesoro. Ti consiglio di cambiare targa appena riesci.» Troncò la sua possibile obiezione prima ancora che la esprimesse. «Me ne manderanno un'altra. Non ti preoccupare.»

Lui prese le chiavi. «Uhm… va bene.» Rimasero davanti alla porta, immersi per un momento in un silenzio spiacevole. D sentì che avrebbe dovuto fare qualcosa, ma si sentiva a disagio.

Megan sorrise, poi gli si avvicinò e lo abbracciò. Dopo un attimo di esitazione D ricambiò, attento a non premere sulle sue numerose ferite. «Stammi bene. E tienimi informata.»

«Okay. E, uhm…»

«Appena mi sarò rimessa in piedi, gli darò un'occhiata. Tu, ehm… hai un messaggio per lui?»

D ci pensò su. «No. Non potrei dire a Jack niente che già non sappia. Almeno non tramite una terza persona. Neanche se si tratta di te.»

«Capito.»

D lasciò che il suo sguardo vagasse per un attimo sul suo viso pieno di lividi. «Grazie,» le disse, sperando che percepisse la profondità e complessità del suo sentimento.

Lei sospirò. «Vattene, prima di metterci in imbarazzo entrambi,» disse, spingendolo fuori. Lui prese le sue borse, una con i vestiti e una con le armi, e uscì.

Trovò l'auto di Megan, una anonima Ford Taurus, nel parcheggio. Salendo, fu colto dalla familiare sensazione di iniziare una nuova avventura, motori avviati e via a tutta birra. Fece retromarcia e uscì, andò verso l'autostrada e alla fine si immise sulla I-95, direzione nord, New York.

Aprì con un gesto della mano gli occhiali da sole a specchio e se li mise sul naso, lasciando che i chilometri si accumulassero tra lui e quei giorni difficili e pieni di emozioni passati a Baltimora. Ogni *click* del contachilometri lo spogliava di uno strato e lo riportava alla sua modalità di sempre, la mente ferma e concentrata su un unico obiettivo e un solo piano.

Un sorrisetto amaro gli comparve sulle labbra mentre la luce del mattino spuntava sul Maryland. Era un sorriso che poteva significare una cosa sola: che qualcuno stava per pentirsi molto, molto, di quanto aveva fatto.

⊕CAPITOLO 28

Tre mesi dopo…

Jack osservava un bambino di tre anni circa cercare di sollevare una zucca grande almeno quanto lui. Il piccolo aveva capelli biondi e ricci e indossava una salopette e una felpa con cappuccio rosso fuoco. Le sue braccine non riuscivano a circondare neanche metà della circonferenza della zucca, ma lui continuava a tentare facendo delle gran smorfie.

Un uomo raggiunse il bimbo e si accovacciò accanto a lui. Portava jeans e un dolcevita grigio con dei guanti di pelle dall'aspetto costoso. Aveva un po' di barbetta e i capelli erano scompigliati, il perfetto look da papà suburbano nel week end. Il mondo era suo e lui lo sapeva. «Ti piace questa, campione?» disse al bambino.

«Papà, questa!» disse lui, indicando con il dito e guardando suo padre, che era capace di fare qualsiasi cosa, sollevare qualsiasi cosa, dargli qualsiasi cosa, ed era così alto da schermare il sole. «Questa grande!»

«Okay,» disse l'uomo ridacchiando. Una graziosa donna rotondetta arrivò tirando un carrello e tenendo una bambina di circa sei anni per mano. Papà sollevò la grande zucca e la mise sul carrello insieme alle due già prese. «Bene, adesso ne abbiamo abbastanza da intagliare,» disse. «Cerchiamone qualcuna piccola e poi andiamo da zia Sharon.»

«Su!» gridò il bambino, saltellando sui piedini. Il padre si abbassò per issarlo senza sforzo sulle proprie spalle e poi lo tenne per le gambe, ignaro che Jack li stesse guardando andare via.

Jack guardò per terra: le zucche erano sparse per tutto il

405

campo e attendevano di essere scelte per la gloriosa serata di Halloween.

Perché sono qua? A che cazzo mi serve una zucca? Non ho nessuno che mi aiuti a intagliarla o che mi possa prendere in giro per il mio pessimo lavoro.

Si guardò intorno, esaminando gli altri compratori. Famiglie, coppie, bambini, nonni. Il suo sguardo si posò su due uomini in jeans e maglioni colorati che scherzavano tra loro e si spintonavano allegramente mentre discutevano su quale zucca prendere. Li osservò prendersi per mano e stringersela brevemente per poi lasciare andare.

Sospirando, prese su una zucca piuttosto grossa. Che diavolo. Anche i single hanno bisogno delle zucche di Halloween.

«Ehi, Jack!»

Jack sollevò il naso dall'instabile cumulo di libri e riviste raccolti al banco informazioni che attendevano di essere rimessi a posto. Lydia stava uscendo dallo stanzino sul retro e stava indossando il cappotto.

«Stasera recuperi ore?»

«Sfortunatamente sì.»

«Be', noi andiamo da Skully. Vuoi venire?»

«Mi ci vorrà ancora mezz'ora almeno. Possiamo vederci lì?»

«Certo,» rispose lei con un sorrisone. Terrance, il direttore del negozio, aspettava di poter aprire la porta d'ingresso per fare uscire lei e gli altri commessi. «Ci vediamo tra poco.»

Jack annuì e le fece un cenno distratto con la mano, poi ordinò velocemente i libri per sezione. Narrativa, sport, bambini, storia… Osservò con disappunto una grande macchia di caffè su un costoso libro con immagini di finestre dalle vetrate colorate. Un altro da destinare alla pila dei libri rovinati, mugugnò. Dannati clienti.

«Ci metterò venti minuti circa, Jack,» disse Terrance mentre si avviava verso l'ufficio con le braccia piene di cassetti con il contante. «Fai quel che riesci.»

«Okay.»

«E puoi controllare i tavoli?» chiese dall'altro capo della stanza.

«Certo.» Jack lasciò la postazione e andò in fondo al negozio, dove accanto alla sezione "psicologia" c'erano diversi tavoli dedicati alla lettura. Spesso venivano utilizzati dai clienti come discarica. E infatti, lo aspettavano varie pile di volumi e alcune tazze di caffè vuote. Jack raccolse tutto e lo portò al banco informazioni. La sua mente era piacevolmente sgombra.

Churchill gli aveva proposto varie opzioni di impiego, e per tutte quante Jack risultava troppo qualificato in modo quasi ridicolo. Tuttavia, l'idea di lavorare in un posto in cui non doveva prendere decisioni che avrebbero determinato la vita o la morte di qualcuno era seducente, almeno in quella fase della sua vita in cui si stava ancora riprendendo da un grave infortunio e adattando non solo a un nuovo nome, ma anche a una nuova vita.

Quel lavoro era stata una sua scelta. Le librerie erano sempre state tra i suoi posti preferiti, e sebbene sapesse che vendere al dettaglio era pesante, era anche sicuro che la vendita di libri fosse più piacevole, per esempio, di quella di articoli elettronici o auto. Per il momento si poteva dire contento. Era un comunissimo libraio e cassiere e il lavoro era tranquillo. I suoi colleghi ridevano quando usava quella parola per descriverlo, al che replicava che "pace" è un concetto relativo.

Si era preoccupato di poter essere più vecchio degli altri, ma presto aveva scoperto che non ne aveva motivo. I venditori comprendevano studenti universitari, come prevedibile, adulti, ultraquarantenni, persino una esuberante pensionata che al lavoro indossava vistosi pendenti a forma di pentacolo e Birkenstock, ed era in grado di spiegarti tutto quel che volevi sapere dei tarocchi. Nessuno batteva ciglio all'idea di un commesso di libreria trentaseienne.

Aveva passato una settimana in ospedale e poi altre tre di convalescenza in un ordinario appartamento a due stanze che l'ufficio federale aveva premurosamente ammobiliato in uno stile che Jack, tra sé e sé, definiva "alloggio temporaneo chic". Gli era venuto in mente di personalizzarlo un po', ma ogni volta che stava per farlo, qualcosa lo bloccava.

Non resterai qui a lungo. Non abituartici troppo.

Poteva essere vero oppure no. Sarebbe potuto rimanere ancora due settimane come due anni. La sua situazione presentava molte difficoltà. Non poteva fare il proprio lavoro. Doveva adattarsi a una nuova identità. Essere separato dall'uomo che amava. Ma quella incertezza... più passava il tempo, più lo teneva sveglio la notte. Non sapere quanto sarebbe durato quell'esilio, anzi, se sarebbe mai finito.

I colleghi lo accolsero calorosamente quando finalmente arrivò al bar dove erano radunati per il drink del dopo-lavoro. Fu vagamente dispiaciuto di vedere Geoff. Non si aspettava di trovarlo lì, dato che era la sua serata libera. Geoff aveva ventotto anni e approfittava di ogni occasione buona per chiacchierare con lui. Era chiaro che avesse... i suoi motivi. Era un tipo simpatico, anche attraente, ma Jack non riusciva a pensare ad avere una storia. Non ancora.

E il fatto che i colleghi cercassero sempre di sistemarlo con qualcuno non aiutava. Non aveva detto a nessuno di essere gay, ma in qualche modo tutti sembravano saperlo. Evitò lo sguardo di Geoff e prese posto accanto a Gloria, la sua collega preferita. Aveva ventidue anni e un look da darkettona e, per motivi a lui sconosciuti, lo adorava. «Ciao, figone,» disse lei mentre si sedeva. «Come vanno le cose?»

«Oh, sai com'è. Vendi libri, rimetti a posto libri.»

«Stai spezzando il cuore a Geoff,» mormorò Gloria.

Jack gli diede un'occhiata. «Sopravvivrà.»

«È tutta la sera che chiede se vieni anche tu e quando, e ora tu sei qui e lo ignori.»

«Non si arrende.»

«Lo farebbe se tu gli dicessi che sei già impegnato.» Gloria ingurgitò uno shot di qualche bevanda.

Jack la fissò. «Come lo sai?» sussurrò. Non aveva mai minimamente accennato a un legame sentimentale.

Lei lo guardò negli occhi. «Non lo sapevo fino a ora. Lo sospettavo.»

Jack incurvò le spalle. Beccati questa, Francisco. «Ah. Sospettavi anche che sono un cretino? Perché è così.»

«Ma piantala. Quindiii…» disse chinandosi in avanti in modo da avere una conversazione semi-intima. «Lui chi è?»

Oddio. L'espressione "lunga storia" non rende neanche l'idea. «Nessuno che conosci.»

«Non pensavo fosse qualcuno che conosco, ho chiesto solo chi è.»

«Non… non posso davvero parlarne.»

Risposta sbagliata. Jack si accorse dal suo sguardo di avere solo aumentato la sua curiosità. «Non puoi parlarne? E come mai?»

«È complicato.»

Lei lo osservò. «Non dirmi che è un tizio sposato represso. No, aspetta… è un ministro del culto, vero? Gestisce uno di quegli stupidi programmi di rieducazione di ex-gay e grida dal pulpito quanto siano malvagi i froci venuti dall'inferno. E lavora per la campagna di quel pazzo di Pat Robertson.»

Jack non poté fare a meno di ridere di quello scenario, così lontano dalla realtà. «Sì, ci hai preso. Colto nel segno. Ma è davvero eccitante quando grida il nome di Gesù mentre mi scopa.»

Gloria scoppiò a ridere. «Va bene, non dirmelo.»

Lui fissò il tavolo, sognando una birra. «Non è che non voglia dirtelo. È solo davvero complicato. Ed è difficile per me parlare di lui o anche solo pensare a lui, perché al momento non possiamo stare insieme.»

«Da quanto non lo vedi?»

«Tre mesi.»

Lei spalancò gli occhi. «Merda.»

Jack annuì. «A volte mi sembra anche di più. A ripensare al tempo passato con lui… non so. Talvolta non mi sembra reale, come se fosse stato tutto un sogno.» Sospirò. «Non ho neanche una sua foto.»

«Quando lo rivedrai ancora?»

Lui la guardò negli occhi. «Non lo so. Forse mai più.»

Gloria scosse la testa. «Gesù, Jack.»

Jack decise di troncare la conversazione. «Non posso proprio parlarne.»

«Mi dispiace,» disse lei, lo sguardo comprensivo. «Qualsiasi cosa tu stia passando, di sicuro non è una buona cosa.»

«Ciao, Jack!» Sia Jack che Gloria sollevarono sorpresi lo sguardo. Geoff aveva fatto il giro del tavolo e ora era in piedi accanto a loro, tutto entusiasta e speranzoso come un cucciolo che sgrana gli occhioni. Jack si sentì di merda. «Come va?»

«Bene,» rispose lui in tono neutro.

«Sparisci, Geoff,» scattò Gloria.

Il viso di Geoff si rabbuiò immediatamente. Era quasi comico. «Volevo solo… ehm, scusate.» Sgattaiolò via rifacendo il giro del tavolo, dando un'ultima occhiata a Jack.

«Questa te la potevi risparmiare,» disse piano Jack, anche se sotto sotto le era grato.

«Sopravvivrà.»

Megan era seduta nel salotto di Jack, a luci spente, e aspettava il suo ritorno. *Avrei dovuto andargli incontro per strada o aspettare che fosse a casa e suonare il campanello. Cazzo, probabilmente gli farò venire un infarto.*

Tutto vero, ma era difficile per lei abbandonare l'abitudine a muoversi furtivamente, specialmente adesso, e poi era curiosa di vedere la sua reazione.

Sentì girare le chiavi nella serratura. La porta si aprì e nella luce fioca dei lampioni in strada apparve la sagoma di Jack. Aveva una borsa a tracolla e una sciarpa intorno alla gola.

Megan allungò una mano e accese la lampada che stava al suo fianco.

Jack non emise un suono né fece alcun movimento. Con un gesto rapido, quasi troppo rapido perché lei lo notasse, tirò fuori da chissà dove una pistola e la puntò nella sua direzione. Lei ghignò. «Ottimo. Vedo che non hai abbassato la guardia.»

Lui si rilassò ed espirò di colpo tutta l'aria che aveva nel petto. Abbassò l'arma. «Gesù Cristo, Megan!»

«Ovviamente, se fossi stata davvero un cattivo non avrei acceso la luce ma ti avrei sparato direttamente.»

«Allora meglio che tu non lo sia, immagino,» disse Jack, rimettendo la pistola nella borsa. Poi la buttò per terra e andò ad abbracciarla. Lei ricambiò, e si godette la sensazione rassicurante del suo corpo solido tra le braccia. «Maledizione, sono contento di vederti.»

«Anch'io. Sarei venuta prima ma sono stata… un po' impegnata.» Jack si staccò da lei e le osservò il viso. «Il tuo chirurgo ha fatto un bel lavoro,» commentò. «Le cicatrici sono a malapena visibili.»

«Già, anche se 'a malapena visibili' per me è già troppo. Pensi che sbiadiranno del tutto?»

«Certo.» Le girò il viso e tastò la sua cicatrice più vistosa, una linea verticale vicino all'orecchio. «Questa però potrebbe non andare mai via del tutto. Stai usando creme, vitamine? Posso consigliarti qualcosa.»

«Sì, uso qualsiasi prodotto noto all'uomo.»

«E allora di più non puoi fare. Assicurati di bere sempre tanta acqua. Una pelle ben idratata guarisce meglio e ha il tessuto cicatriziale ridotto al minimo.» Sorrise. «Che strana sensazione mi dà fornire pareri medici. In questi giorni, l'unico parere che do è sullo scrittore di gialli che il cliente dovrebbe leggere.» Si tolse la sciarpa. «Immagino che sia stato Churchill a dirti dove stavo.»

«Già.»

«Come hai fatto?»

«Un buon pompino è un mezzo molto convincente.» Scoppiò a ridere vedendo l'espressione attonita di Jack. «Sto scherzando. Sono riuscita a ottenere un appuntamento all'ufficio federale in qualità di consulente sulle tattiche anti-assassinio.»

«E cosa comporta questo tipo di lavoro?»

«Comporta che di tanto in tanto io possa incontrare quelli del programma protezione e dirgli delle cose intelligenti. Ah, e anche avere accesso al loro database.»

«Carino.» Si era messo a preparare il caffè. «E quindi…»

«Non l'ho visto,» disse lei piano, con tono comprensivo.

Lui si affrettò ad annuire. «Certo, capisco.»

«Jack, è normale che tu voglia avere notizie. Sono passati tre mesi.» Si sedette sul divano. «Quel che posso dirti è che due giorni fa era vivo e stava bene. Mi scrive un sms ogni settimana, tanto per farmi sapere che non è morto.»

Lui tornò in salotto e le porse una tazza di caffè. «Be', è già qualcosa.»

«Sta agendo in clandestinità. Non so come stia andando il suo piano, in qualsiasi cosa consista.»

«Pensavo ti avesse spiegato più di quanto abbia detto a me.»

«No, macché. Solo qual è l'obiettivo, ovvero toglierti dalle scatole i fratelli.»

«Vorrei poterlo fare io stesso. Odio pensare che sia là fuori a mettersi in pericolo per me.»

«Lo so. Ma dobbiamo lasciarlo fare, sia tu che io. È il suo modo di…»

«Espiare,» concluse Jack.

Lei annuì. «Esatto, espiare.» Inclinò la testa, osservando il suo profilo. «Jack… stai bene?»

Lui sospirò e si mise a giocherellare con la propria tazza. «Paragonato a cosa?»

«Stai avendo dei ripensamenti, vero?»

«No!» rispose con fretta eccessiva.

Megan si schiarì la voce e proseguì con cautela. «È un no che significa sì?»

Jack stava per negare di nuovo, ma esitò. Scosse la testa. «Non so,» disse piano. «Credo che… be', molte cose che prima non erano importanti adesso lo sembrano.»

«Tipo?» Megan pensava di sapere cosa intendeva, ma voleva sentirlo da lui.

Jack fece un verso sprezzante. «Oh, niente di significativo. Piccole cose, per esempio il fatto che ha ucciso della gente. Molta gente.»

«Gente cattiva.»

«E questo lo rende giusto? Pensa se qualcuno decidesse che sono una cattiva persona. Molti lo penserebbero perché sono gay. Per questo motivo sarebbe giusto uccidermi?»

«C'è una bella differenza tra giudicare qualcuno malvagio per aver stuprato un bambino di cinque anni e farlo perché è gay.»

«Sicura?» Jack si rilassò contro lo schienale. «Sai qual è

stato il suo ultimo lavoro?»

Lei annuì. «Ha ucciso un mercante d'arte che riciclava opere depredate dai nazisti.»

«Esatto. Probabilmente quel tizio non aveva mai fatto del male a nessuno in vita sua, almeno non male fisico. Era un mercante d'arte. Meritava di morire?»

«Sai, non era D a pensare che lo meritasse. Non è stato lui ad affidare a se stesso il lavoro.»

«No. Ma di sicuro ha considerato quell'uomo cattivo a sufficienza da permettergli di accettare l'incarico e prendere i soldi.» Jack si sfregò il viso con una mano. «Niente di tutto questo mi è importato… fino adesso. Adesso non smetto di chiedermi se sia successo realmente.»

«Non ne sei sicuro?»

«Non so cosa pensare!» esclamò lui. «A volte mi sveglio e per un minuto sono certo di essermi sognato tutto. È successo veramente? E lui esiste? Se adesso lo raccontassi a qualcuno, non mi crederebbe assolutamente. Non ci crederei neanch'io.»

«È stato tutto vero, Jack.»

«Lo so. Ho le cicatrici come prova. E quello non è neanche l'aspetto che fa più paura.» Non andò avanti con il discorso.

«Non sei sicuro che i tuoi sentimenti fossero reali,» disse Megan a bassa voce.

«In quel momento lo sembravano. Eravamo io e lui contro il mondo. E non in modo metaforico, da reietti alla Kerouac. No, in un modo molto concreto, fatto di pallottole, in cui tutto era estremizzato e amplificato e non c'era alternativa. Dovevo amarlo per non avere paura di lui, e dovevo farmi amare da lui perché non mi abbandonasse.»

«È così che stavano le cose?»

«No. Forse. Non lo so.» Si chinò in avanti e mise la testa tra le mani. «Non lo vorrei, ma temo possa essere così. E ora tutto quello che abbiamo passato, anche le cose belle, le conversazioni, il sesso, lui che mi protegge… è tutto macchiato da una specie di verità nebulosa che non sono neanche sicuro esista.»

«Stai analizzando troppo a fondo.»

«Ah, tu credi?» scattò lui. «È il mio talento speciale.» Lasciò cadere le mani, e lei notò quanto fosse stanco. Stanco di rimuginare. «Mi vergogno, ma a volte tra me e me un po' spero che lui non torni mai più nella mia vita. In quel caso non dovrò sapere cosa gli è successo. Potrò tenermi il ricordo di quei mesi passati insieme e ripensare a lui senza che la realtà arrivi e mi incasini tutto. Mi terrorizza che lui possa ricomparire dopo aver fatto Dio solo sa cosa per garantirmi la sicurezza, e io scopra che quello che provavo non era reale, o anche peggio, che era reale ma non abbastanza per avere una vita insieme. Quasi preferirei non vederlo mai più che perderlo come succede a tutte le coppie del mondo. Che lasciarci come la gente comune. A noi non dovrebbe andare così. Dovremmo morire tragicamente sotto una grandinata di proiettili, oppure separarci in maniera drammatica e struggerci per sempre. Non ritrovarci solo per poi lasciarci per questioni di soldi o problemi di intimità o perché ci annoiamo a letto, o per qualsiasi motivo spinga la gente a mollarsi.» Si accasciò nella sedia e chiuse gli occhi. «Quello che c'era tra me e D è stata la sintonia più appassionata ed eccitante che abbia mai avuto con qualcuno in tutta la mia vita. Ma ho paura che se proviamo qualcosa di più permanente, la perderemo.» Osservò Megan. «Dio, ho fatto un gran discorso, eh? Mi dispiace.»

«No, va bene. Tutto quello che hai detto è valido, sono tutte preoccupazioni legittime. Ma di tutte queste parole, solo due sono davvero importanti.»

«Quali?»

«'Ho paura'.»

Lui annuì sospirando. «Già.»

«Devi solo chiederti se vuoi lasciar vincere la paura. Sarebbe orribile per te perderlo in un modo banale, o scoprire che quello che pensavi ci fosse tra voi non era tale. Ma io credo che sia peggio non provarci mai.»

«Lui alzò la testa verso l'alto. «Ovviamente hai ragione. Come se potessi arrendermi ora solo perché provo timore. In fondo, non fa sempre paura?»

«Oh, sì.» Megan raddrizzò la schiena. «Devo andare, Jack.»

«Così presto?» disse lui con disappunto.

«Mai un momento di tregua.» Si alzò. «Ma sono contenta di trovarti in forma e al sicuro. Passerò certamente questa informazione.»

Lui si alzò e l'accompagnò alla porta. «Puoi passare anche un messaggio?»

«Se riesco.»

«Digli... digli di incontrarmi il giorno di Natale. Non posso vedere la mia famiglia, non ho altro da fare. Digli che devo solo vederlo, anche se per poche ore. Raccontagli che ti ho pregato, che mi sono buttato in ginocchio e ho fatto una scena imbarazzante.»

Lei sorrise. «Dove dovrebbe incontrarti?»

Jack distolse lo sguardo. «Lui saprà dove.»

Megan annuì. «Okay. Glielo dirò.»

25 dicembre 2006

Jack attraversò Redding con lo stomaco sottosopra, dopo più di sei ore di tragitto da Portland. Avrebbe potuto prendere l'aereo, ma vista la trafila di sicurezza e la durata del viaggio, era quasi più rapido guidare per tutte le sette ore complessive che lo avrebbero portato dalla sua abitazione alla casa in cui ancora si vedeva in sogno.

Girando l'angolo, avrebbe scorto una macchina nel vialetto, o forse no. *Anche se non vedi l'auto, lui potrebbe comunque esserci. Potrebbe averla nascosta. O aver preso un taxi. Potrebbe essere caduto dal cielo.*

Girò l'angolo. Niente auto nel vialetto.

Era quasi mezzogiorno. Magari sarebbe arrivato più tardi. Se aveva ricevuto il suo messaggio e se aveva intenzione di onorare la sua richiesta. Jack riteneva minima la possibilità che D si facesse vedere. Ma di certo non poteva non comparire proprio lui, nel caso che quella chance remota diventasse realtà.

Parcheggiò la macchina nel vialetto e rimase lì seduto per un minuto. Il posto era uguale a come lo ricordava, a parte le erbacce. Tutto quel lavoro di giardinaggio per niente.

Scese e cercò la fessura nel cemento dove avevano nascosto una chiave di riserva. Era ancora lì. Jack raggiunse la porta d'ingresso, fece un respiro, poi la aprì ed entrò. Fu come mettere piede in un groviglio surreale di ricordi che sembravano ormai disconnessi perché erano stati maneggiati troppo.

Dopo aver passato tanto tempo a rivivere i momenti vissuti lì, rivedere realmente quel posto fu... strano. C'erano dei dettagli che aveva ricordato in maniera diversa, e che adesso sembravano più veri nella sua ricostruzione fallace che nella realtà. Posò a terra il borsone con il cambio (lo aveva riempito seguendo un impulso ottimista) e rimase fermo a farsi saturare i polmoni dall'aria viziata.

Andò in cucina. Bricco del caffè, tavolo, sedie da giardino. Il cortile sul retro, triste e trascurato. Rivide la sua stessa ombra mentre imparava a sparare e lottare corpo a corpo, quel giorno che D aveva sentito l'odore del sole sulla sua pelle. Prima di andarsene avevano messo a posto la cucina; ora non restava alcuna traccia del loro passaggio, a parte, forse, delle impronte digitali, anche se Jack non avrebbe escluso che D avesse ripulito tutto come una scena del crimine.

Si fece forza e andò in camera.

Qualcuno aveva dormito nel letto, ci avrebbe giurato. Lo aveva rifatto lui stesso prima di andarsene, con la sua solita precisione maniacale. Qualcuno lo aveva rifatto dopo di lui, ma lasciando le lenzuola storte e un po' spiegazzate, a differenza sua.

Ma non fu il letto ad attirare la sua attenzione, bensì il biglietto sopra.

Lo fissò per un tempo imprecisato. *È già stato qui. È venuto appositamente in un giorno in cui sapeva di non trovarmi, in modo da evitarmi. E ha dormito nel letto.*

Non verrà.

Prese il biglietto tra le dita intorpidite e si sedette a leggerlo.

24/12
Jack,

buon Natale, compare. Mi dispiace non poter stare con te a farmi uno zabaione o altro. Non posso proprio. Non sono forte come te. Non posso venire a trovarti, passare una giornata con te e poi dirti addio di nuovo. Quando ti ho lasciato sul pavimento di quel magazzino mi è parso che una parte di me mi venisse strappata e rimanesse lì, e non posso rivederla finché non me la ricucio addosso definitivamente.

Comunque è stato carino da parte tua invitarmi. Megan mi ha detto che te la cavi bene e che lavori in una libreria. Questo mi ha fatto ridacchiare. Mi ha detto che stai alla grande. Che sei guarito perfettamente e neanche zoppichi. Questo è stato un grande sollievo per me.

Io sto bene. Le cose vanno come immaginavo, anche se più per le lunghe del previsto, ma in fondo non è sempre così? È frustrante da morire, ma non posso avere fretta o mando tutto a monte. So che probabilmente sei curioso di sapere cosa sto facendo esattamente, ma non posso dirtelo. Voglio però che tu sappia che ho mantenuto la promessa. Non ho ucciso più nessuno, e se va come ho in mente, non dovrò farlo. Immagino che ti interessi saperlo.

Maledizione, mi manchi da morire. Quando vedo un tipo con i capelli scuri per strada mi sembri tu. Non che io guardi gli altri uomini, ah ah. Se fossi bravo con le parole magari potrei dirti un sacco di cose carine su cosa provo e cosa penso eccetera, ma sai che non sono quel genere di persona. Posso solo dirti che non hai idea di quanto sia tentato di rimanere in questa casa e aspettarti, ma devo essere forte se voglio che noi due abbiamo una chance in futuro.

Non arrabbiarti con me se ti do buca. So che capirai.

Non riesco a credere che sto scrivendo così tanto, cavolo. Sembra proprio che mi hai contagiato, Doc.

Ci sono delle cose che aspetto ancora di dirti, Jack. Cose che devi sapere. Ma col cazzo che le scrivo in un biglietto.

Ci vediamo presto (spero),

D

Jack lo lesse tre volte. Magari nel testo c'era un messaggio cifrato che gli avrebbe indicato una località segreta dove D lo stava aspettando.

Oddio, questa cosa dello spionaggio ti ha proprio dato alla testa, eh?

Se c'era un codice segreto, cosa di cui dubitava, non lo

trovava.

Mise da parte il biglietto e si buttò di schiena sul letto, scalciò via le scarpe e si infilò sotto le coperte. Affondò la testa nel cuscino e sorrise: c'era ancora traccia dell'odore di D.

Poi scese dal letto e si spogliò completamente.

Questo è un po' da pervertiti, Jack.

E chi se ne frega. Lui è stato qua, proprio qua, cazzo.

Si infilò di nuovo nel letto e chiuse gli occhi, immaginando D steso proprio dove era lui appena il giorno prima. O forse solo qualche ora prima. Chissà quando se n'era andato.

Si concedeva raramente il lusso di ricordare il sesso fatto con D. Farlo lo deprimeva troppo. Invece si masturbava guardando porno gay oppure immaginava di farsi fare un pompino da Anderson Cooper. D non era autorizzato a comparire in quelle fantasie, probabilmente per la stessa ragione per cui si era rifiutato di incontrare Jack.

Adesso invece si lasciò andare. Lasciò che la mente venisse travolta e inghiottita da un vortice di ricordi erotici. Dopo pochi secondi ce l'aveva duro da far male.

Quel lento pompino che mi fece in hotel a Baltimora. La prima volta che sono stato sopra di lui, lo sguardo che mi ha lanciato di sfuggita sopra la spalla, i suoi fianchi nel mio grembo...

Non era ancora arrivato alla parte bella che già stava venendo.

Merda. Ho battuto un nuovo record.

Rilassati. Tra pochi minuti puoi ricominciare.

Sospirò.

Buon Natale, D.

INTERMEZZO

San Valentino. Strizzatemi un limone negli occhi, vi prego.
Tutti compravano biglietti e libri melensi sull'amore. Per le librerie non era una ricorrenza particolarmente redditizia, ma alcuni uomini avevano afferrato il fatto che un buon libro o un DVD durava molto più di un mazzo di fiori, quindi c'era più passaggio del solito.

Jack aveva il turno in cassa ed era impegnato a chiacchierare con i clienti, gioviale come sempre. *Tieniti occupato e non ci pensare.*

Gloria lo raggiunse in un momento di calma. «Ti ho portato un latte macchiato,» disse porgendogli un bicchierone di carta.

«Grazie. Comunque tra un'ora me ne vado.»

«Ti va di uscire insieme? Possiamo lanciare la nostra fatwa, 'single contro San Valentino'.» Dietro a tutto quell'eyeliner nero, i suoi occhi esprimevano empatia.

Jack alzò le spalle. «Non credo. Ho solo voglia di tornare a casa e starmene a fissare il cellulare.»

«Pensi che potrebbe chiamare?»

Lui sospirò. «Neanche in un milione di anni.»

Lei gli accarezzò il braccio. «Mi dispiace davvero vederti così mogio,» disse sporgendo il labbro inferiore. Dopo la prima ammissione, mesi prima, Jack le aveva raccontato qualcosa di più della sua situazione, ma non abbastanza da farsi scoprire. Lei raddrizzò la schiena e sorrise. «Pensi mai che magari hai bisogno di farti una scopata?»

Jack ridacchiò. «Sì, spesso.»

«Potresti andare in un bar gay e sceglierti un uomo, sai. *Lui* non ti porterebbe rancore.»

419

«No, non credo. Io però sì.»

«Jack, è assurdo aspettarsi che tu rimanga casto quando non sai come e quando finirà questo periodo di separazione, che neanche dipende da te.»

«Lo so. Magari riuscirò a farlo. Ma... è troppo presto.»

«Okay. Capito.» Gli diede di nuovo una pacca sul braccio. «E se vuoi fare un giretto sull'altra sponda, io sono disponibile.»

Lui si mise a ridere. «Grazie per l'offerta.»

«Mi piace definirlo un servizio pubblico.»

«Fai la tua parte per il bene dell'America gay, giusto?»

«Ehi, tra i tuoi c'è molta gente che occasionalmente ha dato una chance a noi vecchie streghe, anche se pochi sarebbero disposti ad ammetterlo.»

«Se lo dici tu.»

«Basta che stasera non ti avvilisci troppo, okay? E telefonami se ti viene anche solo la tentazione di chiamarlo da sbronzo.»

«E chi dovrei chiamare, Gloria? Non ho neanche il suo numero.»

Jack si trascinò a casa, testa giù e sguardo abbassato. Nella posta non trovò altro che bollette, con quel nome a lui estraneo che lo guardava dalle etichette con l'indirizzo. *Un giorno sarò di nuovo Francisco. Lui me l'ha detto e io gli credo.*

Quell'idea stava diventando un mantra, una fede credibile e documentata quanto la teoria del progetto intelligente. Il biglietto che D aveva lasciato per lui a Redding era stato letto così tante volte da ridursi quasi a pezzi, e il suo contenuto imparato a memoria e analizzato finché le parole avevano iniziato a perdere di significato. Ormai erano cinque mesi, quasi sei, e anche se aveva immaginato che ci sarebbe voluto tanto, mantenere un atteggiamento sereno non era facile. Da Natale non aveva più sentito neanche Megan.

Arrivato in cima alle scale si bloccò. C'era un pacco sullo zerbino.

Cercando di non eccitarsi troppo, Jack vi si avvicinò con indifferenza. Aveva ordinato qualcosa su Amazon? Era una possibilità concreta. Le offerte speciali erano la sua droga. Ma quel pacco non arrivava da Amazon. Non c'era lo smiley stampato su un lato.

Si chinò e lo raccolse. Il suo nome era scritto a mano in una grafia che lui conosceva, anche se non c'era l'indirizzo. Doveva essere stato consegnato a mano da Churchill o Megan, gli unici a sapere dove vivesse. «Merda», mormorò, cercando le chiavi nella tasca, e finalmente entrò in casa.

Si liberò della borsa e del cappotto e si mise subito a strappare il cartone. Che diavolo mai poteva mandargli D per San Valentino?

Quando vide la scatola rimase a fissarla per un momento, e poi soffocò una risata che tentava di trasformarsi in pianto. «Gesù, D,» disse. «Me l'hai menata tanto, ma in realtà ti piace regalarmi queste maledette ciliegie ricoperte di cioccolato.»

Non c'era un biglietto di accompagnamento. Non che Jack se lo aspettasse. Era già abbastanza sapere che D pensava a lui. Strappò il cellophane e aprì la confezione. Stavolta si trattava di una scatola intera, non delle quattro che D gli aveva lasciato in valigia a Baltimora. Svariate dozzine. Gli sarebbero durate settimane.

Fanculo. Mangiatele tutte stasera, in una volta sola. Mangiale finché non stai male.

⊕CAPITOLO 29

Aprile 2007

Casa di Ruiz odorava di panni lavati e di olio per auto, con un leggero sottofondo di peperoncino. Ed era polverosa. I familiari di Ruiz avevano fatto un po' di casino mentre preparavano la valigia, i volti tesi, gli sguardi che si rivolgevano di frequente a D. Poteva dire mille volte che non gli avrebbe fatto del male, ma loro continuavano lo stesso a guardarlo con l'espressione di un cucciolo spaventato che si aspetta di essere preso a calci all'improvviso. O morso da un serpente dopo aver cercato di evitarlo.

Questo è l'ultimo. Ancora uno dovrebbe davvero bastare. Poi posso raggiungere Raoul, e poi... e poi andrò da Jack e tutta questa storia sarà finita. Meglio che lo sia, cazzo, perché non ce la faccio più a stare lontano da lui.

Sentì aprirsi la porta e la voce allegra di Ruiz chiamare in un misto di inglese e spagnolo: «Carida!» Dei passi indicarono che stava entrando in casa. «Juanita?» disse, il tono ora incerto. Seguì una lunga pausa. «Dios mio!» esclamò.

Senza dubbio aveva notato il caos. I suoi familiari avevano buttato roba di qua e di là mentre facevano i bagagli e la casa doveva dare l'impressione di essere stata saccheggiata.

«Juanita! Pedro!» urlò Ruiz, ora con voce allarmata. D udì i suoi passi avvicinarsi al salotto e si preparò. Aveva fatto quella cosa ormai sei volte ma non diventava mai facile. Ruiz entrò di corsa nella stanza e si fermò di colpo quando vide D, seduto sulla poltrona reclinabile, la pistola tenuta saldamente tra le mani appoggiate sulle ginocchia.

«Salve, Ruiz,» disse in tono calmo.

L'altro lo fissò. «La sombra,» mormorò.

D non conosceva granché lo spagnolo, ma sapeva che cosa significava "la sombra", ovvero "l'ombra". Aveva sentito che ora lo chiamavano così. «Se lo dici tu.»

«Dov'è la mia famiglia? Mia moglie e i miei figli?»

«Stanno bene.»

Ruiz avanzò verso di lui. «Se gli hai fatto qualcosa...»

«Non ho fatto del male alla tua famiglia, Miguel, e non intendo fargliene. Ma potrei farne a te se non mantieni le distanze,» disse D, spostando di poco la pistola. «Ho dato loro un po' di vantaggio su di te. Presto li rivedrai.»

Ruiz stava annuendo. «È quello che è successo anche agli altri, no? Esteban, Casanas, tutti quanti.»

«Tu ancora non sai cosa è successo, ma lo saprai.»

Si sedette su una sedia davanti a D. «Se vuoi uccidermi, okay. Ma lasciami prima parlare con la mia famiglia, così so che stanno bene.»

«Non voglio ucciderti. Ma dovrai fare esattamente come ti dico. Dopo di che ti porterò da loro e non ti disturberò mai più.»

Ruiz stava scuotendo la testa. «Non capisco. Cos'è che vuoi?»

«Informazioni. E basta. Voglio sapere tutto ciò che sai sull'operazione Dominguez. Gli omicidi a cui hai partecipato. Dove si trovano i corpi che hai aiutato a seppellire. Quel che sai della loro attività criminale. Tu e io staremo un po' di tempo a passare in rassegna tutto ciò che sai.»

«Tu sei pazzo, amigo. Tanto vale che mi uccidi. Non posso mettermi contro i fratelli.»

«Gli altri lo hanno fatto. Esteban, Casanas e tutti gli altri.»

Ruiz sgranò gli occhi. «Da... davvero?»

«Sì. Ho scatole piene di prove fornite da loro.»

«E... nessuno di loro è morto?»

«No. Stanno facendo tutti delle belle vite con nuove identità in Paesi lontani. I fratelli non possono trovare nessuno di loro, come non troveranno te. A quello ci penso io. Mi credi?»

«No,» disse Ruiz senza esitazioni.

D annuì. «Lo immaginavo.» Tirò fuori il cellulare e mandò un breve messaggio. Trenta secondi dopo, il telefono sul tavolo accanto squillò. Ruiz fece un balzo. D schiacciò il pulsante del vivavoce e fece cenno a Ruiz di parlare.

«Pro… pronto?» disse quello.

«Miguel?»

Ruiz sgranò gli occhi. «Tristan? Es que usted?»

L'uomo all'altro capo, Tristan Casanas, ridacchiò. «Soy yo, viejo amigo.»

«Pensé que estaba muerto! Y ahora este hombre dice…»

«Debemos hablar Inglés.»

Ruiz sollevò lo sguardo verso D. «Va bene. Inglese. Ma sei davvero tu, no? Non è un trucco.»

«Quanta gente ha il tuo numero di casa, eh?»

Questo lo fece riflettere. «Dove sei?»

«Sono in España, Miguel!»

Ruiz si era sporto in avanti. «Sei là? Sei davvero là?»

«*Sì!* Cosa ti ho sempre detto, eh?»

«Che un giorno saresti tornato al tuo Paese e avresti aperto una *cantina*,» rammentò lui in tono cantilenante, rivolgendo un sorrisetto al telefono.

«Ho la mia *cantina*!»

Ruiz sembrava esterrefatto. «Ma è… non ci posso credere, Tristan!»

«L'uomo. La sombra… è lì, no?»

L'altro guardò D. «È qua.»

«Puoi credere a quel che ti dice. Ci ha mandati lui qui.»

Adesso Ruiz aveva l'aria di essere in attesa della battuta clou di uno sketch. «Lo ha… lo ha fatto lui?»

«Ci ha dato abbastanza soldi per venire qua. Nuovi documenti, nuovi passaporti, nuovi nomi così non ci potranno mai trovare. So che vuoi liberarti di quel *hijo de puta*,» disse Casanas, abbassando la voce come se temesse di essere sentito dai fratelli. «Vogliono che pensiamo che non c'è via d'uscita. Ci tengono in trappola come conigli. Non ci credevo neanche io, quando sono tornato a casa e ho trovato *la sombra* e mia moglie e mia figlia sparite… Poi ho ricevuto anche io questa telefonata, ma da Esteban.»

Ruiz raddrizzò la schiena. «Esteban? Dov'è?»

«Non devo dirlo, amigo. Ma è al sicuro e ha una nuova vita, come me. Ho detto che avrei fatto questa telefonata così anche tu puoi scappare. Puoi, se ti fidi della *sombra*.»

«Come faccio?» chiese Ruiz scuotendo la testa. «Sembra... una specie di trappola.»

«Lo so. Devi fidarti di me, non lo è. Miguel, ho detto la parola?»

Ruiz diede di nuovo un'occhiata a D. «No,» rispose piano.

«Credimi. Ora sono seduto nella mia *cantina*. Stiamo lavando i bicchieri per la sera. Presto sarà piena, ci sarà musica, Estella verrà con il bambino e balleremo come persone libere. Ora non mi guardo più sempre alle spalle, Miguel. Auguro questo anche a te. Ti ho portato io nel business del sangue, ma non ti ho detto che come me ci saresti rimasto bloccato. Adesso posso aiutarti a uscirne.»

Ci fu una pausa, lunga e carica di significato. Ruiz guardava il telefono e intanto si strizzava le mani. D sapeva che stava valutando le probabilità che Casanas dicesse il vero. La parola a cui aveva accennato era una in codice per segnalare un pericolo. Se un membro dell'organizzazione dei fratelli veniva forzato a dire qualcosa di non vero o a incastrare un altro membro, doveva infilare nella conversazione una parola innocua ma non molto comune. D non sapeva quale fosse né voleva saperlo. Ma il fatto che, pur potendo farlo, Casanas non l'avesse usata rappresentava sicuramente un fattore importante nei calcoli di Ruiz.

E in effetti, tutto ciò che Tristan Casanas aveva detto era vero. D aveva procurato nuovi passaporti e documenti d'identità a lui, moglie e figlioletta e aveva pagato per il loro trasferimento a Barcellona, in tasca un gruzzolo abbastanza consistente da consentire loro di ricominciare. In cambio aveva ottenuto due casse piene di documenti e di prove dettagliate degli atti perpetuati o ordinati da Raoul e Tommy Dominguez, atti dei quali Casanas era a conoscenza in prima persona. Le casse erano andate ad aggiungersi alla dozzina circa che D aveva avuto dai cinque membri della famiglia Dominguez che negli ultimi sei mesi aveva aiutato a far trasferire.

Più difficile era stato convincere il primo, dato che non c'era nessuno che potesse garantire per quanto detto da D. Nessuno a cui fare una telefonata in un posto sicuro per verificare che lui realmente gli avesse dato una nuova identità e una nuova vita nell'altro continente. Quindi D aveva dovuto osservare accuratamente gli uomini che lavoravano per i fratelli e capire quale fosse quello giusto da avvicinare, nonché assicurarsi l'aiuto di Megan per dare a tutta la faccenda un'aria di ufficialità governativa.

Dopo di che, era stata una passeggiata. D era stato francamente sorpreso di vedere con quanta prontezza quegli uomini consegnavano i fratelli, armi e bagagli, in cambio di una possibilità di fuga. Non solo per evitare la galera o avere una sentenza ridotta, ma per ottenere la vera e propria libertà in un posto dove non sarebbero stati trovati né sarebbero stati vittima di vendette.

Dopo la scomparsa del primo, l'organizzazione ne aveva a malapena risentito. Non era così inusuale. Si pensava che avesse mollato e che sicuramente sarebbe stato ritrovato. O magari aveva fatto incazzare qualcuno ed era finito cadavere lungo una strada. E il fatto che avesse portato con sé tutti i suoi vestiti e oggetti personali? Dettaglio trascurabile.

La sparizione del secondo aveva causato qualche preoccupazione. Al terzo, fu come l'esplosione di una bomba. Adesso se ne stavano andando uomini con famiglie. Mogli, figli, cane e gatto, tutto quanto. Quello non poteva essere un caso. Una coincidenza.

Quando aveva preparato Casanas, quello era morto dalle risate sentendo cosa c'era dietro alle sparizioni. Aveva covato un odio profondo per i fratelli, ben più profondo di quello provato dagli altri. D non aveva chiesto il motivo, ma non importava. Tristan Casanas gli aveva allegramente raccontato degli scarsi progressi fatti da Raoul nel tentativo di rintracciare i suoi uomini scomparsi e della paranoia che aveva colto tutti su chi sarebbe stato il prossimo.

Quella era musica per le sue orecchie. Significava che il

piano stava funzionando. Dopo Ruiz, basta. Adesso aveva materiale a sufficienza.

Ruiz fece un gran respiro. «Gracias, amigo,» disse al telefono. «Ti rivedrò presto, sì?»

«*Sì*, Miguel. Buena suerte, amico mio.» Riappese.

Ruiz guardò D. «Cosa vuoi da me, uomo senza nome?»

D fece un sorrisetto. «Io e te passeremo del tempo insieme, Ruiz. Risponderai a un bel po' di domande, mi disegnerai qualche cartina e girerai dei video. E alla fine ti ritroverai a bordo di un aereo.»

Trovarsi dentro casa di Raoul Dominguez – anche se "magione" era un termine più appropriato – era stranamente confortante. Dopo tutti i mesi che aveva passato a proteggere Jack contro le macchinazioni di quell'individuo e a sottrarre uomini dalle sue grinfie, introdursi nella sua abitazione privata fu assurdamente semplice. Usando un vecchio trucco, si era presentato come membro dello staff che si occupava del catering alla festa della Quinceañera della figlia quindicenne di Raoul. Aveva afferrato un vassoio colmo di bicchieri di vino ed era semplicemente entrato dalla porta di servizio. Poi si era tolto la giacca da cameriere e si era infilato di sopra, raggiungendo lo studio privato dell'uomo. Aveva una teoria sul motivo per cui Dominguez non avesse rinforzato la sicurezza intorno a sé, ma presto avrebbe scoperto se aveva ragione.

Adesso era in attesa. Dominguez aveva in programma di salutare dopo la festa moglie e figli, diretti in Giamaica per una vacanza. Non li avrebbe raggiunti, dato che era troppo occupato a dare la caccia ai fantasmi. Dopo quella sera, avrebbe potuto smettere.

D non sapeva quando sarebbe entrato nello studio. La sera stessa, dopo la festa? O solo la mattina dopo? Non importava. Aveva atteso tutto quel tempo, avrebbe potuto attendere ancora un po'.

Era seduto su una poltroncina nell'ombra, dove Dominguez non l'avrebbe visto finché non si fosse messo alla scrivania. Appoggiò la testa allo schienale e pensò a Jack, cosa che raramente si concedeva. Di solito evitava di farlo, perché gli spezzava la concentrazione e smuoveva ogni tipo di emozione, dirigendo tutti i suoi pensieri su di lui, ma ormai la conclusione era così vicina.

Ragione in più per non perdere la testa e non farti distrarre, si disse, ma proprio non ci riusciva. C'era un'altissima probabilità che entro qualche giorno avrebbe rivisto Jack, e non poteva non pensarci.

Aveva immaginato la scena del loro incontro in mille modi. Aveva immaginato la faccia di Jack quando avesse aperto la porta di casa sua e lo avesse visto lì. Aveva immaginato se stesso in attesa del suo ritorno dal lavoro. Aveva pensato di chiedere a Megan di andarlo a prendere per portarlo in qualche posto tranquillo dove non avrebbero dovuto preoccuparsi di eventuali ficcanaso. Aveva pensato che forse l'unica cosa da fare era introdursi nell'appartamento di Jack e aspettarlo.

Ancora non aveva deciso il modo. Ricomparire nella vita di qualcuno, aveva scoperto, non era poi così facile. A rigor di logica, come prima cosa avrebbe dovuto chiamarlo e fargli sapere che stava arrivando. Ma così facendo sarebbe mancata... la drammaticità. Perché ce ne dovesse essere, non lo sapeva, ma avvisarlo per telefono gli sembrava sbagliato.

D controllò l'orologio. Era passata la mezzanotte. Ormai la famiglia doveva trovarsi in limousine, diretta all'aeroporto. I rumori della festa avevano lasciato il posto a quelli della gente addetta alle pulizie. Vide allontanarsi un furgone del servizio di catering e poi un altro.

Udì dei passi avvicinarsi. Si preparò mentalmente, cosa che gli parve buffa. *Come fai a essere ancora più pronto del solito?* sentì dire Jack con quel suo tono ironico che sembrava sfidare l'immagine che D aveva di se stesso, sempre così seria.

La porta si aprì. Udì i passi pesanti di Raoul che entrava, poi la porta venne richiusa a chiave. Perfetto.

Raoul andò alla scrivania senza guardarsi intorno. Prese un fascicolo e vi diede un'occhiata, rivolse lo sguardo fuori dalla finestra e di nuovo alla stanza... e si bloccò.

D sapeva di essere appena visibile nella penombra, ulteriormente schermato dagli alti braccioli simili ad ali della poltrona in pelle. Raoul non poteva distinguere i suoi lineamenti. D non avrebbe saputo dire che reazione si fosse aspettato, ma Dominguez non fece una piega. Lentamente posò il fascicolo e poi si sedette alla scrivania, senza mai staccargli gli occhi di dosso. «Ti aspettavo,» disse infine. La sua voce era come carbone bruciato e ridotto in cenere.

«Lo so.»

«Cosa sai?»

«Non hai preso precauzioni particolari per proteggere la casa. Avresti potuto tenermi fuori, se avessi voluto.»

«Ma tu prima o poi mi avresti fatto le tue richieste. Hai dimostrato di essere in grado di arrivare ai miei uomini, dove e quando ti pare. Uno come te, attento a far sparire degli uomini come se non fossero mai nati, deve avere un piano. Desidera qualcosa e vuol farmi credere che io glielo darò. Vuol farmi credere che sono in suo potere.»

«Non penserai davvero che sia *io* in tuo potere.»

«Perché no?»

«Perché proprio in questo momento, con il piede stai attivando le misure di sicurezza della stanza per intrappolarmi e allertare le tue guardie.» Raoul sbatté le palpebre. «Peccato che io l'abbia scollegato. Ho pensato fosse meglio parlare da soli.»

Un lungo silenzio calò su di loro. Dominguez non poteva non aver notato la pistola che D teneva in grembo… né il fatto che si trattasse della propria, presa dal primo cassetto. «Cosa vuoi?» chiese infine.

«Niente di cui sentirai la mancanza. O che ti dispiacerà darmi.»

«E allora perché questo… questo assedio?» disse Dominguez chinandosi leggermente in avanti. Un fascio di luce gli passò sugli occhi socchiusi e D vi lesse fredda intelligenza e rabbia. «Per mesi ti sei sforzato di dimostrarmi di cosa sei capace. Perché, se quello che chiedi è roba da poco?»

«Voglio che ti sia ben chiaro quanto faccio sul serio.»

«Uno come te è serio e basta.» Dominguez si appoggiò le dita alle labbra. «Petros parlava di te.»

«Ah sì?»

«Diceva che di tutti gli uomini al mondo, pochi rispettava e temeva. Tu eri uno di quelli.»

D nascose la sua sorpresa. «Non avevo idea che sapesse chi sono.»

«Sapeva.»

D osservò la sua silhouette stagliata contro la luce bluastra proveniente da fuori. «Sai per cosa sono qui, vero?»

L'altro sospirò. «Ho sentito che non fai più questo mestiere. Alcuni dicono che hai perso la voglia. Altri, che ti sei rammollito o che temi di essere preso. Ma… nessuna di queste cose è la verità, giusto?»

«Quindi pensi di conoscerla?»

«Penso di conoscere gli uomini come te. Hanno bisogno di abilità e freddezza. Quando trovano qualcosa per cui vivere, le perdono. Se hai lasciato il business della morte vuol dire che hai ritrovato la gioia di vivere, *sì*?»

D non disse niente.

«Ti dico per cosa sei qui. Sei venuto per farmi giurare che non farò del male a Jack Francisco, l'uomo che ami. Per essere sicuro che io dica sì, mi porti via gli uomini e ottieni da loro quel che sanno. Adesso mi dirai delle prove che hai in mano, le scatole di roba, le buste, le foto e i video di quello che ti hanno detto. Mi dirai che se succede qualcosa al tuo uomo o a te, tu vai all'FBI. Tutto viene rivelato e io sono finito, vado in galera con i miei fratelli e la mia organizzazione è fatta a pezzi.» Raoul scosse la testa. «Tanta fatica e tempo sprecato, la sombra. Bastava chiedere.»

«Mi serviva una garanzia.»

«Il dottor Francisco non può più farmi male. Magari ho già attuato la mia *venganza*. O magari no. Magari vederti fuori dal giro, che non uccidi più i miei uomini in fuga dalla legge… magari questo è motivo sufficiente per lasciare Francisco in libertà e al sicuro. Invece uno come te a lutto, senza più ragione di vivere, che desidera vendetta…» Raoul ridacchiò. «Di questo ho bisogno come un buco in testa, capisci?»

D si concesse un sorrisetto. «Allora forse mi bastava dare un colpo di telefono.»

«Dovrei ucciderti subito per i sei uomini che ho perso.»

«Probabilmente sì ma, ehm, devo avvisarti…»

«Hai preso misure contro azioni del genere. Già,

naturalmente.» Sospirò. «Potresti dirmi dove sono.»

«Se lo facessi mi uccideresti.»

Dominguez dondolò la testa avanti e indietro. «Forse sì, forse no. Potrei trovarli io, sai.»

Adesso toccava a D ridacchiare. «Non li troverai. E ho preso precauzioni in merito. Nel momento in cui uno di loro scompare...»

«Sì, sì. Pronto a tutti gli imprevisti.» Raoul si alzò. «Puoi dire al tuo dottore di uscire dal nascondiglio. Non dovrà temere né me né quelli che lavorano per me. Sarà mio compito far sì che sia al sicuro. Nessuno lo cercherà.»

Anche D si alzò. «Ho la tua parola?»

«La mia parola. Rafforzata dalle prove che hai a portata di mano. Tra quante banche le hai ripartite?»

D sogghignò. «Quattordici.»

«Molto scrupoloso, signor Dane.»

Sembrò che l'aria di colpo fosse defluita dalla stanza, o almeno dai polmoni di D.

Dominguez sorrise. «Non sei solo tu a tenerti preparato. E non è forse giunto il momento di riprendere quel nome?»

È finita.

Non è possibile. Devo aver dimenticato qualcosa.

No. Sono mesi che prepari tutto. Ti ha solo messo in agitazione scoprire che Dominguez era un passo avanti a te.

E se si rimangia la parola?

Sei pronto anche per questo. Hai le prove per ricattarlo.

Ma Jack sarà già morto. È un bel rischio da correre.

Il rischio ci sarebbe stato comunque, che tirasse fuori lui l'argomento o che lo facessi tu. Lasci che questo rischio ti porti via quello che desideri? Che Jack desidera?

Voglio che rimanga nascosto. È più sicuro non fare niente. Lo lascio lì al sicuro. Qualsiasi rischio, per quanto piccolo, è già troppo.

E se tra una settimana Jack venisse investito da una macchina? Allora non ti sentiresti un idiota? Prenditi quello che il destino ti concede, stronzo. Tutto quello che hai mai avuto ti è stato tolto. Adesso possiedi qualcosa di tuo. Meglio non fartelo sfuggire, se sai che è la cosa giusta per te.

Immagino… immagino non ci sia nient'altro da fare.
Vai a prenderlo e basta.

D consultò il pezzo di carta che gli aveva dato Megan, poi salì le scale fino al secondo piano. *L'appartamento di Jack era il C. A… B… eccolo.*

Rimase immobile davanti alla porta, nervoso come non gli capitava mai. *Ciao. Uhm… come va?*

No, no.

Ehi, Jack, sono D. Finalmente sono qui.

Merda, pure la rima. Sembra una filastrocca per bambini, cazzo.

Ciao, caro. Spogliati.

Andare dritti al punto è la cosa migliore, no?

D si passò una mano tra i capelli. Probabilmente non ci sarebbe stato bisogno di dire molto. Conoscendo Jack, avrebbe parlato lui abbastanza per entrambi.

Respirò a fondo e bussò.

Attese.

E attese ancora.

Merda, non è a casa.

Ma Megan aveva detto che stasera non lavorava da Borders.

Può sempre andarsene da qualche altra parte, furbone.

Si allontanò dalla porta, guardandosi intorno come se Jack potesse essere nascosto in attesa di sorprenderlo.

Non sapendo cosa fare, rifece il tragitto all'inverso, pensando vagamente che poteva parcheggiare in un punto discreto e controllare finché Jack non fosse tornato, e solo dopo andare alla porta. Appena i suoi piedi toccarono il marciapiede, tirò fuori le chiavi, ma all'improvviso si sentì osservato. Si girò verso il parcheggio.

Lì c'era Jack, a dieci metri da lui. La borsa a tracolla, chiavi in mano, occhiali da sole tenuti tra i denti. Spalancò la bocca e gli occhiali caddero a terra, poi fu il turno delle chiavi, che cascarono nell'erba con un tintinnio sordo.

D rimase senza fiato. La visione di Jack fu come un colpo di cannone allo stomaco. *Maledizione, mi ero dimenticato quanto fosse bello, cazzo.* Durante il periodo in cui erano rimasti separati, Jack per lui era stato soprattutto un'idea, una motivazione, e non lo immaginava come un essere in carne e ossa per non sentirne troppo la mancanza.

Adesso, anche se non lo aveva vicino, D all'improvviso sentì il sapore della sua pelle e delle sue labbra, come se l'avesse baciato non più di cinque secondi prima.

Jack sembrava completamente scioccato. Chiuse gli occhi, poi li riaprì. D sorrise, e tra le mille parole che aveva immaginato di dirgli rivedendolo, quelle che gli uscirono di bocca furono del tutto inaspettate anche per lui.

«Ciao, tesoro.»

La faccia di Jack... D non avrebbe saputo bene come descriverla, ma gli venne in mente il termine "implodere". Lo vide venire avanti e quasi inciampare nel cordolo di cemento del marciapiede. D si mosse a grandi passi verso di lui, e le sue braccia si spalancarono da sole, avvolgendo l'altro, che sbatté contro il suo petto come un braccialetto elastico, di quelli che si fanno schioccare sul polso. Jack singhiozzò. D lo sentì tremare, mentre le sue mani gli afferravano la camicia. Una poi si sollevò per andare a posarsi sulla nuca di D. «Hai i capelli così lunghi,» balbettò.

Lui ridacchiò. *Di tutte le cose su cui potrebbe fare un commento, proprio i capelli.*

Jack si allontanò leggermente e gli prese il viso tra le mani. Il suo era bagnato. «Dio santo, sei vero? Oppure sono finalmente uscito di senno?»

«Potrebbe essere, ma io sono davvero qua, Doc.»

«Oh, Gesù,» sospirò Jack e lo tirò a sé per baciarlo, con forza e disperazione. D si lasciò andare al bacio, noncurante che qualcuno li vedesse arrivando in macchina o da una finestra. Le sue braccia percorsero il petto di Jack, godendo della sua rassicurante solidità, del calore del corpo che penetrava attraverso il suo giubbotto e ne scioglieva il tessuto, scioglieva il cuore di D, che ora poteva permetterlo. Con la lingua stuzzicò le labbra di Jack, che si aprirono, e ci sguazzò dentro, rimpinzandosi di piaceri che da allora in poi non avrebbe più dovuto conservare per i giorni bui, perché nessuna nuvola avrebbe mai più velato il cielo.

Si staccarono ma restarono uniti per la fronte, entrambi

433

ansimanti. «Sei tornato per restare?» sussurrò Jack in tono timoroso.

D annuì. «È tutto finito, dottor Francisco. Sei un uomo libero.»

«Ma... come? Come hai...»

«Shhh,» disse D scuotendo rapidamente la testa. «Ci sarà tempo per tutto questo. Lasciami gongolare per un minuto, prima di farmi tutte le domande che hai in mente.» Jack tacque, e rimasero lì abbracciati stretti e immobili per qualche momento. «Mi sei mancato da pazzi,» disse piano D.

«Anche tu,» rispose Jack, la mano sulla guancia di lui. «Dimmi solo una cosa, okay?»

«Cosa?»

«È tutto vero? Noi... possiamo...» Si fermò e ricominciò da capo. «Staremo davvero insieme adesso?»

D sorrise. «Be', per ora pare di sì. Almeno finché non ci diamo sui nervi.»

Jack fece una risatina sorpresa. «Dio, in questi ultimi mesi non ho desiderato altro che tu mi dessi sui nervi.»

«Allora direi che è il tuo giorno fortunato.»

Si fece indietro e guardò di nuovo D negli occhi. I suoi luccicavano. «Non riesco a credere che tu sia davvero tornato, D.»

Lui sospirò e dal petto portò le mani intorno al viso di Jack. «Anson. Mi chiamo così. Anson Dane.» Era così facile dirlo, finalmente.

Jack fece un sorriso lento come il sole che sorge, e D si sentì un groppo in gola. «È bello conoscerti, Anson.»

D tirò di nuovo a sé Jack e lo tenne stretto, affondando il viso contro il suo collo, che quel giorno profumava ancora di sole. Chiuse gli occhi e rivide la cassaforte, le porte spalancate e i cardini divelti, i suoi contenuti che fuoriuscivano e volavano via come uccelli nel cielo, e la pace di quel vuoto lo riempì, dandogli la certezza che non avrebbe mai più avuto bisogno della cassaforte.

CAPITOLO 30

Sembra un film.
Anzi, sembra la fine di un film.
Ma in realtà è l'inizio.

Il dottor Jack Francisco, tornato in pieno possesso del suo nome di battesimo e delle credenziali mediche, detentore di una patente nuova di zecca e di un nuovo numero di sicurezza sociale, non riusciva a smettere di sorridere come un cretino. Stava attraversando in auto il Colorado su una striscia d'asfalto a due corsie che pareva non finire mai. Il cielo era blu in quel caldo pomeriggio di giugno, e lui guidava una Mustang decappottabile color rosso fuoco del '68.

Era rimasto sconcertato quando D si era presentato a bordo di quell'auto come una star del cinema, un braccio intorno al sedile, sorridendo in maniera furba sotto gli occhiali a specchio. «Pensavo che saresti andato all'autonoleggio,» aveva detto Jack sgranando gli occhi.

«Infatti.»

«Non sapevo che Avis noleggiasse le Mustang,» aveva ribattuto lui, sogghignando quando D era sceso dall'auto con un balzo senza aprire la portiera, come in un film di James Dean.

«Infatti,» aveva ripetuto, raggiungendolo con aria spavalda. «Ho trovato un noleggio di auto d'epoca. Ho pensato che sarebbe stato, sai... divertente.»

Jack aveva alzato un sopracciglio. «Sto cercando di elaborare l'idea di te che prendi una decisione sulla base di ciò che ti diverte e non ci riesco.»

«Ehi, se spettasse a me la scelta, prenderei l'aereo per Baltimora e saremmo lì in sei ore, ma no, tu vuoi guidare attraverso il Paese per 'divertimento'. E se divertimento deve essere, allora che divertimento sia sul serio, maledizione.»

«Sto solo cercando di rimediare al nostro *precedente* viaggio in macchina attraverso il Paese.»

D era tornato serio. «Già. Quello non è stato proprio uno spasso.»

«Be', lo abbiamo intrapreso sapendo che alla fine ci saremmo allontanati. Stavolta lo facciamo sapendo che staremo insieme,» aveva detto Jack sorridendo.

Ed era quello il motivo per cui adesso si trovava nell'ultima inquadratura di un film, con il sole che tramontava alle sue spalle. D era accasciato sul sedile del passeggero, le gambe – apparentemente lunghissime – distese e le caviglie incrociate all'altezza dello specchietto retrovisore. La testa era accanto al suo braccio, e ogni tanto si appoggiava a lui in un modo forse casuale, forse no. Ciò che gonfiava il cuore di Jack era che sembrava rilassato. In pace. Finalmente.

Gli ultimi due mesi erano passati con una celerità che gli aveva dato le vertigini. Non era preparato a tornare dalla palestra e trovare D nel cortile di casa. Nonostante tutto il tempo passato ad aspettarlo, a sentire la sua mancanza e ad anticipare il suo ritorno, quando alla fine era successo realmente era stato così inatteso da prenderlo totalmente alla sprovvista. Per un momento aveva creduto di avere le allucinazioni, ma poi si era trovato tra le braccia di D e aveva avuto la certezza che fosse tutto vero.

Incespicando, erano arrivati all'appartamento di Jack, da cui non erano usciti per due giorni. Quasi fuori di sé dalla frenesia, la prima volta che avevano tentato di fare l'amore non aveva funzionato. Erano troppo impazienti e vogliosi, e D aveva preso Jack troppo velocemente, facendogli male. Jack aveva gridato e lo aveva allontanato da sé, D aveva perso l'eccitazione e si era profuso in scuse. Jack aveva cercato di rassicurarlo, ma D era sembrato all'improvviso smarrito e, con sua grande sorpresa, era scoppiato in lacrime. Lacrime che, sospettava, si era tenuto dentro per dieci anni.

Quindi aveva passato la notte semplicemente tenendolo tra le braccia finché entrambi non si erano addormentati.

Si era svegliato il mattino dopo con D che, appoggiato su un gomito, lo guardava con un sorrisetto. «Come ti senti?» aveva chiesto Jack.

«Come un uomo nuovo.»

«Tu *sei* un uomo nuovo, Anson.» Si erano avvicinati e da allora in poi era stata pura beatitudine. Per un giorno intero e una notte, finché il bisogno di cibo non li aveva spinti a uscire dalla camera.

E poi, il caos.

Come prima cosa, le telefonate. Jack aveva presentato le dimissioni da Borders. «Basta che gli dici che molli il lavoro e non ti presenti più,» aveva borbottato D.

«Non posso. Devo presentare delle dimissioni formali. Sai che casini gli creo se smetto di colpo di andarci?»

«Non è un problema tuo.»

«Ehi, a me piace quel lavoro! Non li lascio nei pasticci se non sono obbligato! E non lo sono, giusto?» D aveva dovuto ammettere che no, non c'era fretta, quindi Jack aveva lavorato in libreria per altre due settimane. Questo gli aveva concesso il piacere di portare D di malavoglia al bar per presentarlo a Gloria e agli altri colleghi. Non era riuscito a trattenersi dal fare un sorriso tronfio mentre diceva: «Questo è il mio compagno, Anson», vedendo D che maldestramente si destreggiava tra strette di mano, chiacchierate sul tempo e domande curiose.

Poi era stato il turno della telefonata che più temeva, quella in cui aveva detto a Churchill che non gli serviva più la protezione testimoni. L'altro non aveva commentato. Jack aveva sospettato che sapesse almeno parte della verità, e quando gli aveva spiegato che i fratelli non rappresentavano più un problema per lui, aveva accettato la notizia senza protestare granché.

A questo era seguita l'infinita trafila per riavere la sua vera identità, senza contare quella nuova che serviva a D. Megan aveva sfruttato le sue conoscenze, ottenendo per lui un nuovo certificato di nascita e un numero di sicurezza sociale. E così era tornato a essere Anson Dane. «Ma Anson Dane non dovrebbe essere morto?» aveva chiesto Jack.

«Non c'è nessuna legge secondo cui non può esistere un

solo Anson Dane,» aveva risposto D, esaminando la patente nuova di zecca. «Sì, lui è morto, ma io no. Ho un numero di sicurezza sociale diverso e un nuovo luogo di nascita, e Megan mi ha pure tolto un anno. Per le autorità, io non sono lo stesso Anson Dane che era nell'esercito ed è morto in quell'incidente d'auto.»

Una volta tornati entrambi a far parte del sistema, Jack aveva chiamato il Johns Hopkins per chiedere se serviva loro un chirurgo specializzato in ricostruzione maxillo-facciale. Lo avevano invitato subito a fare parte dello staff. Poi s'era discusso se *davvero* volesse tornare a Baltimora. Ne erano seguite lunghe conversazioni.

«E tu?» aveva chiesto Jack a D, rannicchiato con lui nel letto. «Non è che puoi trovarti un lavoro al grande magazzino del bricolage.»

«Perché no? A me non sembra male.»

«Sii serio.»

«Ho dei piani. Ma non richiedono la mia presenza in un posto particolare. Vado dove vai tu, Jack.»

Lui aveva sospirato. «E io dove voglio andare?»

«Non so. Dimmi tu. Vuoi stare qui?»

«No.»

«Tornare a Baltimora?»

«No,» aveva risposto Jack senza esitazioni, sbattendo le palpebre e percependo la sorpresa di D.

«No?»

Jack si era rigirato tra le sue braccia e l'aveva guardato negli occhi. «No. Voglio dire, dobbiamo starci per un po' di tempo. Ho della roba immagazzinata là. Ma…» Aveva riflettuto per un momento. «Penso di voler tornare a casa.»

«Casa? E dov'è?»

«L'unico periodo in cui mi sono sentito davvero a mio agio, davvero a casa, è stato quando facevo la scuola di medicina. Penso…» Jack si era immaginato di nuovo in quella città e l'idea gli era piaciuta. «Sì, penso che vorrei tornare là.»

D aveva ridacchiato. «Vuoi trasferirti in *Ohio*?»

«Cos'ha che non va l'Ohio?»

«Niente. Solo che non si sente mai di gente che si

trasferisce lì.»

«Comunque, non è un posto generico in Ohio ma Columbus. È diverso.»

«Se lo dici tu.»

«Ma prima dobbiamo passare da Baltimora.»

«Certo. Domani prendiamo i biglietti aerei.»

«No, andiamoci in macchina.»

«Oh, merda, Jack. Ci vorrà una settimana.»

«Lo so. L'idea è quella.» Si era sporto a baciargli il collo. «Andiamo,» aveva mormorato in tono sensuale. «È stato tutto così frenetico da quando sei tornato. Sarebbe carino avere una settimana tutta per noi, non credi? Ci prendiamo il nostro tempo... stiamo in hotel di lusso... nessuna fretta, niente da fare, nessuno che ci dia la caccia...»

Aveva passato le mani sul petto di D provocando un basso ringhio. «Sembra una bella idea,» aveva detto, chiudendo l'argomento e poi la bocca di Jack con la sua.

Fu così che si erano ritrovati, al terzo giorno di viaggio, nel bel mezzo del Colorado, diretti al famigerato Stanley Hotel. «È l'hotel di *Shining*,» aveva detto Jack, indicando la località sul dettagliato itinerario che aveva fatto al computer.

«Ci saranno degli inquietanti bambini fantasma? Non è roba che fa per me.»

Jack lo guardò ghignando. «Non dirmi che Anson Dane, grande e grosso, ha paura di qualche fantasma.»

«Ho paura di qualsiasi cosa non si possa abbattere con una pallottola, Doc.»

Jack non poteva farsi sfuggire un'occasione simile. «Ah sì?» disse afferrando la mano di D e portandola tra le sue gambe. «Anche di questo?»

Sorrise ripensando a quanto successo dopo. Non che al momento gli mancassero i motivi per sorridere. Stavano percorrendo la Highway 34 in direzione est, attraverso il parco delle Montagne Rocciose, e si sarebbero fermati a Estes Park per la notte. Il paesaggio era così bello che a volte distraeva dalla guida. Anson fece un sospiro, poi la sua mano si spostò dal grembo e si intrecciò a quella di Jack. «Fantastico, cazzo.» disse D. Erano le prime parole pronunciate da uno dei due dopo varie ore.

«Lo so.»

«Quanto manca all'hotel?»

«Estes Park è in fondo alla strada. Un paio di ore, dipende dal traffico nel parco.»

«Magari vediamo un orso.»

«Io voglio vedere un alce.»

«Ci sono alci qui?»

«Credo di sì.»

La strada si riempì di auto quanto più ci si avvicinava ai campeggi e alla zona dedicata ai visitatori. D si tirò su per vedere meglio. Effettivamente videro un alce. Rimasero fermi per mezz'ora in un ingorgo causato dalla gente che rallentava per guardare un grosso alce che camminava tranquillo a lato della strada. D tirò fuori una macchina fotografica e scattò delle foto. «Sei proprio un turista,» rise Jack.

«Cazzo, Jack, è un alce! E guarda che bestione!» Indicò l'animale sorridendo come un bambino, gli occhi pieni di meraviglia che ricambiavano lo sguardo di Jack.

Lui sorrise a sua volta, e guardando D venne colto da un groppo in gola.

Arrivarono allo Stanley appena prima delle sette, il sole già basso in mezzo alle cime dei monti. D fischiò. «Bel posto,» disse, alzando lo sguardo verso l'imponente facciata bianca dell'hotel.

Un parcheggiatore arrivò in fretta a prendere le chiavi della macchina, e un facchino comparve dal nulla per portare via i bagagli. Entrando, Jack si guardò intorno: uno spazio cavernoso rivestito di legno che gli fece pensare di doversi vestire da boscaiolo. Andarono alla reception, dove Jack, come sempre, si presentò sorridendo all'impiegato, mentre D scrutava da dietro, occhiali da sole ancora sul naso e aria enigmatica. «Buonasera, signori,» disse il receptionist. Il gay radar di Jack mandò subito un segnale.

«Salve. Ho una prenotazione a nome Francisco.»

«Vediamo… Ah sì, signore, una suite solo per questa notte, corretto?» chiese, scrutando prima lui e poi D.

«Esatto.»

«Benvenuti allo Stanley,» disse l'uomo – Charles, secondo la targhetta – incurvando leggermente le labbra. Jack aveva già notato quell'atteggiamento un milione di volte con impiegati, camerieri, e in generale con le persone a contatto con il pubblico. La tipica inflessione che si faceva rilassata e sembrava dire: *Ovviamente voi due siete una coppia gay. Non c'è bisogno di menzionarlo perché è evidente, quindi mi metterò a flirtare apertamente con voi, perché è quel che ci si aspetta.* Jack ormai quasi non ci faceva caso, D invece era a disagio. Charles strisciò la carta di credito di Jack, poi porse loro la chiave della stanza. «Vi prego, se c'è qualcosa che posso fare per rendere il vostro soggiorno più piacevole, fatemelo sapere.»

D fece un passo avanti e afferrò la chiave dal bancone prima che Jack potesse dire una parola. «Grazie,» rispose, facendo suonare quella parola come una sentenza di morte. Lo sguardo di Charles da provocante si fece sospettoso. Jack si limitò ad alzare le spalle, e sorridendo tristemente seguì D su per le scale, seguito dal fattorino.

La loro suite era situata nella parte laterale dell'hotel. Le sue ampie finestre davano su uno spettacolare panorama delle montagne circostanti. Jack diede una mancia al fattorino, dopodiché i due si ritrovarono di nuovo soli. «Bella vista,» disse.

«Non mi interessa la vista,» rispose D, allontanandosi dalla finestra e prendendo Jack tra le braccia.

Jack sogghignò e ricambiò i suoi baci imperiosi. «Non vuoi nemmeno fare la doccia prima? Sono tutto sudicio dal viaggio.»

D lo spinse verso il letto. «A me sembra che hai un buon odore,» disse strofinandogli il naso contro il collo.

Lui non aveva altre obiezioni. D afferrò il bordo della sua T-shirt e gliela sfilò dalla testa, poi lo spinse di nuovo sul letto. Jack si tirò su sui gomiti e lo guardò mentre gli slacciava la cintura e gli sfilava i jeans, con una concentrazione sul compito che lui trovò incantevole. *Ora spoglierò quest'uomo con la maggiore velocità ed efficienza possibile, state a vedere.*

Una volta che Jack fu nudo, l'altro si arrampicò sul letto

e si inginocchiò su di lui ammirando il suo corpo. «Uhmm. Lasciati osservare,» sussurrò D mentre le mani si posavano sulla sua pancia, accarezzandogli la pelle e i peli che diventavano più fitti verso l'inguine. Jack rimase immobile sotto le sue mani vagabonde, osservando la sua espressione. Il modo diretto e impudente in cui esprimeva il proprio desiderio era ancora una novità per lui. Da quando era tornato, D era molto più a suo agio nel farlo, come anche nel dichiarare il suo apprezzamento per il corpo di Jack. Corpo che nel frattempo era anche cambiato un po'. Era più snello e tonico di quando si erano separati, cosa che D aveva notato già dal primo giorno.

«Ti sei tenuto in allenamento, Doc?» aveva chiesto tastando i muscoli sodi del petto di Jack.

«L'esercizio fisico è indicato contro la frustrazione sessuale,» era stata la sua risposta.

Jack allungò le mani e attirò D tra le sue braccia, protendendo il viso verso la sua bocca. Lui si allungò e intrecciò i loro corpi, e l'intensa sensazione del corpo vestito di D contro quello nudo di Jack accelerò il respiro di entrambi. D portò la mano dietro Jack per afferrargli il sedere, mentre lui gli massaggiava l'inguine attraverso i jeans. «Togliti questi cosi,» mormorò Jack, e dopo pochi attimi D era di nuovo tra le sue braccia in tutta la sua gloriosa nudità.

«Dio, che meraviglia,» sussurrò Jack. D gli stava succhiando il collo e si contorceva contro di lui in un modo tale da fargli credere che avesse pensato a quello per tutto il giorno. «Dov'è il lubrificante?»

«Ah, lo vuoi, eh?» grugnì D contro la sua pelle.

«Sì,» rispose Jack, e qualsiasi cosa potesse aggiungere si perdette nella bocca dell'altro. D scese dal letto e andò a recuperare il lubrificante da una tasca esterna della valigia. Jack si mise a sedere, e quando D tornò da lui lo tirò a sé con un braccio, schiacciando le loro bocche l'una contro l'altra, e riportandoli entrambi sul letto. Il suo sangue pompava forte nelle vene e saliva in superficie, riscaldando e arrossando la pelle di tutto il corpo. Sentì D ungersi e poi premergli contro e penetrarlo, lo vide chiudere gli occhi, il respiro ridotto a un sibilo. Quella era la sua parte preferita: osservarlo mentre abbandonava la sua solita circospezione, quando la sensazione di essere dentro Jack sopraffaceva la maschera che portava sempre sul viso mandandola in pezzi, rivelando il nudo bisogno e la vulnerabilità che nascondeva. Sapere di essere lui a causargli quelle sensazioni, lui e nessun altro, per il resto della vita di D, era inebriante.

D si chinò per baciarlo ma Jack lo fermò. Non gli andavano i baci. Non voleva fare l'amore, non in quel momento. Non voleva scambiarsi tenere carezze o avere un rapporto lungo e senza fretta. Voleva essere scopato, e dall'unico uomo con cui era stato a letto che fosse capace di farlo nel modo giusto. Al momento, desiderava che D lo inchiodasse al materasso fino a renderlo incapace di reggersi in piedi. E andava bene che D lo sapesse. Lo avrebbe rispettato anche una volta finito. Lo avrebbe amato comunque. Forse non lo diceva a parole, ma non voleva dire che non fosse così.

Jack stava già iniziando il suo climax quando D all'improvviso si tirò fuori e gli afferrò i fianchi, girandolo senza sforzo, come un pancake su una padella unta. Non lo fece mettere in ginocchio ma gli sollevò i fianchi per poi penetrarlo di nuovo appoggiandosi alla sua schiena. Tutto il letto sobbalzava al ritmo dei suoi affondi, schiacciando sempre di più il corpo di Jack contro il materasso. «Vuoi questo?» sibilò D, la bocca contro il suo orecchio, girando i fianchi in giù e in avanti e facendogli vedere le stelle.

«Sì,» fu l'unica cosa che Jack riuscì a dire, le mani che si aggrappavano al bordo del letto. Arcuò la schiena, preparandosi a essere scorticato vivo, la pelle di D calda e umida contro la sua, gocce di sudore che gli cadevano addosso.

«Dannazione,» grugnì D mentre era in profondità dentro di lui, trattenendosi per un momento e contemporaneamente tendendosi, prima di ricominciare a montarlo da dietro come un cavallo selvatico. Jack cacciò un urlo, che venne soffocato dalla sua stessa eccitazione, e tutto scomparve, tranne il calore, il respiro, il sudore e il sesso. «Maledizione, tu mi uccidi,» disse D in maniera quasi inintelligibile. «Sei fantastico, cazzo.»

«D,» ansimò Jack. «Oddio… sì…» Non riuscì neanche a finire la frase perché cadde in avanti e venne con un grido, creando una pozza calda tra il suo stomaco e il copriletto dell'hotel.

D adesso aveva il braccio intorno al suo collo e lo stringeva a sé. «Oh, tesoro…» Jack lo sentì irrigidirsi e dare un ultimo affondo. Fu preso da un groppo in gola pensando all'intimità di quell'atto, un'intimità a volte terribile, spaventosa nella sua intensità.

D si accasciò sulla sua schiena, le braccia avvolte intorno a lui. Era ancora dentro, ma ora si stava ammosciando. Entrambi ansimavano come se avessero fatto una lunga corsa. Jack si tirò su con il peso dell'altro addosso, ed entrambi si rovesciarono sulla schiena, D scivolando giù, in un intreccio di braccia e gambe. «Gesù Cristo,» esclamò Jack. D riuscì solo a grugnire in modo incoerente. Rimasero immobili per qualche minuto aspettando che i loro cuori tornassero a battere normalmente. «Non capisco,» disse Jack alla fine.

«Cosa?»

«Come diavolo hai imparato a scopare così quando l'unico uomo con cui sei andato a letto sono io.»

D ridacchiò. «Evidentemente è un talento naturale.» Sospirando si issò su un gomito per guardare Jack. «O forse ho preso ispirazione dai migliori,» disse, passandogli la mano sul petto.

Lui sollevò un sopracciglio. «Non hai bisogno di usare queste frasi per rimorchiarmi, sai. Sono già tuo.»

D fece un sorriso lento come sciroppo che cola. «Già, proprio così.»

Per alcuni momenti, Jack non poté fare altro che sorridere di rimando come un ebete. Fu il gorgoglio del suo stomaco a riportarlo alla realtà. «Cibo. Ho bisogno di cibo.»

«Io non esco da questa stanza.»

«Servizio in camera?»

«Adesso sì che ragioniamo.»

Jack si svegliò di soprassalto, emettendo un singhiozzo strozzato. Fissò la stanza in penombra, con la pallida luce grigia dell'alba che toccava appena la finestra, e ascoltò il battito del proprio cuore. Girò la testa e vide D che dormiva su un fianco, il viso rivolto dall'altra parte. C'era stato un periodo in cui il minimo movimento o rumore lo svegliava all'istante, ma da quando D era tornato, due mesi prima, era molto più rilassato.

Jack espirò e si passò una mano sul viso. Erano passate alcune settimane da quando aveva avuto l'incubo ricorrente, quello cominciato poco dopo il ritorno di D. Sogni in cui il suo uomo faceva una strage, inseguiva gente, sparava, accoltellava. Delle oscure figure cadevano sotto i suoi proiettili. Nei suoi incubi, Jack gli urlava di smettere ma D non lo ascoltava.

Non serviva Freud per capire cosa volesse dire. D forse pensava di fare una buona cosa risparmiando i dettagli a Jack, ma non sapere era molto peggio. La sua immaginazione creava scenari che probabilmente battevano di gran lunga i fatti reali.

All'inizio non si era lamentato granché del rifiuto di D di dirgli cosa avesse fatto per assicurarsi la sua incolumità. «È finita, tu sei al sicuro, è solo questo che conta,» continuava a ripetere D. Lo riteneva forse troppo sensibile per poter sentire il suo resoconto? Non pensava di potersi fidare di lui?

No. Nessuna delle due. La ragione doveva essere che D aveva fatto qualcosa – o svariate cose – che a suo avviso Jack non avrebbe approvato. Giurava di non aver ucciso nessuno, e lui era piuttosto certo di potergli credere, ma rimanevano comunque un bel po' di sgradevoli opzioni nella gamma di cose che avrebbe potuto non approvare.

L'iniziale rifiuto di D lo aveva sorpreso e irritato, ma nell'euforia di riaverlo con sé, non volendo rovinare l'atmosfera, aveva lasciato cadere la cosa. Aveva tirato fuori nuovamente l'argomento una settimana dopo, e la risposta era stata la solita. Aveva lasciato perdere un'altra volta. Conosceva D, e pensava che evitando di insistere avrebbe cambiato idea e gli avrebbe detto la verità di sua iniziativa. E che invece, più avesse insistito, più caparbiamente D avrebbe resistito.

Devo aiutarlo a sentirsi al sicuro in questa relazione. Probabilmente pensa che di qualsiasi cosa si tratti, mi allontanerà da lui, e che se la racconterà, mi perderà. Quando inizierà a credere che non lo lascerò in alcun caso, allora mi dirà tutto.

C'era una vocina che insisteva a chiedergli cosa avrebbe fatto nel caso D avesse commesso un atto così orribile da spingerlo ad andarsene, ma era obbligata al silenzio per buona parte del tempo, quindi aveva cominciato a esprimere i propri dubbi attraverso gli incubi.

Jack rimase lì sdraiato, incapace di dormire, finché D non si stiracchiò alle sei in punto. Si girò su un fianco e gli gettò un braccio sul petto, mormorando parole incomprensibili. Lui sospirando gli cinse le spalle.

D girò la testa verso il suo petto e iniziò a baciargli la mano calda di letto. Intanto gli carezzava pigramente il fianco, con movimenti che si facevano più audaci quanto più si svegliava. Jack posò la mano sulla testa di D e gli passò le dita tra i ricci biondo sabbia. D adorava il sesso mattutino. Era il suo momento preferito per "le sdolcinatezze", come le chiamava lui. La sonnolenza sembrava spogliarlo di quanto rimaneva delle sue inibizioni da macho, e si concedeva di fare cose come baciare Jack al centro del petto, come in quel momento. Lui sospirò e lasciò chiudere le palpebre, ora come ora solo grato di essere viziato.

D scivolò sempre più all'indietro nel letto, spingendo via le coperte finché non furono entrambi a sedere scoperto nella pallida luce mattutina. Si sistemò in mezzo alle gambe di Jack e le sollevò prendendole sotto le ginocchia, le appoggiò sulle proprie spalle e con le braccia gli avvolse le cosce, praticamente bloccandolo. Abbassò la testa e iniziò a succhiarlo. Jack sibilò. Avrebbe voluto spingere in avanti i fianchi ma non poteva. «Oh, Gesù…» mormorò, afferrando i lati del cuscino e tirandoselo sulla faccia fino quasi a esserne inghiottito.

«Attento,» disse D, sollevando il capo, «non vorrai soffocare.»

Jack si abbracciò cuscino e testa insieme, grugnendo dalla frustrazione. «Non fermarti,» brontolò.

D mormorò qualcosa di incomprensibile e tornò al suo compito con ancora più zelo. Jack roteò gli occhi all'indietro e si chiese se avesse ancora del sangue in circolo nel cranio. Venne nella bocca di D, emettendo un grugnito di sorpresa, e la forza dell'orgasmo sollevò il suo busto dal letto. D si sporse su di lui sorridendo in modo malizioso e pulendosi le labbra con la mano. «Mi pare di aver sentito la sveglia,» disse Jack con voce flebile.

«Battuta prevedibile, Doc,» commentò D, tornando ad abbassarsi su di lui.

«Eh no,» disse Jack fermandolo. «È il tuo turno,» aggiunse, facendogli cenno di continuare a strisciare verso di lui finché non fu in ginocchio sopra la sua faccia. Lo accarezzò alcune volte, poi allungò la mano e afferrandogli il sedere lo fece abbassare verso la propria bocca. D, mani contro il muro per sorreggersi, emise un gemito mentre tentava di rimanere più rilassato possibile e iniziava a dare dei piccoli affondi nella bocca di Jack. Sapeva che non ci sarebbe voluto molto, e infatti non fu smentito; al mattino non aveva mai molta resistenza. Un minuto dopo, il suo orgasmo esplodeva nella gola di Jack e D si accasciava al suo fianco.

«Cristo,» ansimò, stringendo a sé Jack. «Tu devi essere il re dei pompini, cazzo.» Fece una pausa. «Non che abbia termini di paragone.»

«E allora come fai a sapere che quelli che faccio io non sono mosci?» D fece una smorfia. «Ah, battuta involontaria.»

«Impossibile.»

«Perché?»

«Perché se esistessero pompini migliori, nessuno ne sopravvivrebbe.»

Jack scoppiò a ridere. «E poi dici che non sei bravo a dire cose romantiche.»

Rimasero sdraiati per alcuni minuti, senza parlare, le membra nude ingarbugliate. La mano sinistra di D gli carezzava lentamente l'avambraccio, mentre Jack con le dita disegnava figure a caso sulla pelle tesa del suo fianco.

Devo sapere cosa ha fatto.

D si stirò come un gatto. «Be', Jack, muoviamoci. Se vogliamo essere sulla strada per le otto è meglio che alziamo il culo, eh?»

Dopo essersi lavati e vestiti, Jack e D scesero al ristorante per la colazione. Jack rimase in silenzio, impegnato a studiare un modo per tornare sull'argomento. Non riusciva a credere di aver lasciato perdere per così tanto tempo. Anche se, onestamente, i due mesi trascorsi dal ritorno di D erano stati una specie di vortice, e per buona parte di essi D era stato via. Aveva dovuto fare due viaggi di una settimana ciascuno per sistemare questioni in sospeso della sua vecchia vita, recuperare roba immagazzinata, liberarsi di altra lasciata in giro per il Paese, chiudere conti bancari e fare rapporto al Bureau. Jack intanto aveva studiato un sacco, leggendosi numeri arretrati di riviste mediche e convincendo i chirurghi dell'ospedale locale a lasciarlo assistere a varie operazioni. Non poteva semplicemente tornare dopo un anno a fare interventi delicati, del tipo in cui era specializzato, senza un minimo di preparazione.

Oltretutto, i complessi preparativi logistici per il viaggio a Baltimora, seguito dal trasferimento a Columbus, avevano richiesto molto tempo. I due mesi erano volati ed ecco che Jack e D erano in partenza, senza che una sola parola fosse stata pronunciata a proposito di quanto successo durante il periodo di separazione.

Mentre uscivano dall'ascensore e porgevano le borse al fattorino, D lo osservava. «Che c'è che non va?»

Jack alzò le spalle. «Niente.»

«Hai quell'espressione…»

«Quale espressione?»

«Come avessi qualche pensiero in mente.»

«Non ho nessun pensiero.»

D sospirò. «Come vuoi tu.»

Si avviarono in silenzio verso il ristorante, dove furono fatti accomodare e fu loro versato il caffè, e rimasero in attesa di ordinare. «Okay, ho qualcosa in mente,» disse Jack.

«Te l'avevo detto.»

«Sì, avevi ragione. Urrà per te.»

«Di cosa si tratta?»

Jack sospirò e sostenne lo sguardo di D, seduto dall'altra parte del tavolo. «Non hai proprio intenzione di dirmelo? Mai?»

D stesso doveva avere riflettuto sull'argomento, oppure sospettato che cosa turbasse Jack, perché non ebbe bisogno di chiedere a cosa si riferisse. «Ne abbiamo già parlato, Jack.»

«E allora parliamone ancora.»

«Te l'ho spiegato. Ho sistemato le cose. Tu non devi più preoccupartene.»

«Come? In che modo le hai sistemate?» domandò lui sporgendosi in avanti.

«Le ho sistemate,» ripeté D serrando la mascella.

«Non capisci che quello che mi immagino io forse è molto peggio di quello che hai fatto in realtà?»

«Ti ho detto che non ho ucciso nessuno.»

«E io ti credo. Ma ci sono molte cose che possono accadere, oltre all'assassinio.»

D lo fissò con durezza. «Non ti fidi di me, Jack?»

Jack raddrizzò la schiena. «Oh, no. Non iniziare. Non ti azzardare a colpevolizzarmi come se io non mi fidassi abbastanza di te. Mi fido. Ma non posso andare avanti senza sapere, mi devi raccontare cosa hai fatto.»

«Non ti riguarda,» sbottò l'altro, e immediatamente sembrò capire di aver fatto un errore. Si fece piccolo, distolse lo sguardo e prese il suo bicchiere d'acqua.

Jack sentì il viso farsi di pietra. «Non mi riguarda? No, aspetta... hai davvero detto che *non mi riguarda*?»

D non disse niente, limitandosi a guardare dentro al bicchiere. Jack annuì, le mani serrate sul tavolo. «Okay, messaggio ricevuto. Forte e chiaro. Le cose fatte per il mio bene non mi riguardano. Certe cose su cui tu sei chiaramente combattuto, non mi riguardano. L'atteggiamento da mafioso omertoso del mio stesso partner non mi riguarda. Dannazione.» Si alzò. «Non ho fame. Quando sei pronto ad andare, mi trovi in macchina.»

Uscì a grandi passi dal ristorante, costringendosi a non controllare se D lo stesse seguendo. Era nella lobby quando si sentì ghermire il braccio.

«Dai, Jack.»

«Dai cosa?»

«È...» Si guardò intorno e poi si avvicinò. «Ti prego. È meglio se non sai niente. Devi fidarti di me.»

Jack scosse la testa. «Non è questione di fiducia, Anson. Mi hai raccontato cose su di te che dici di non aver rivelato a nessun altro. Perché questa volta deve essere diverso? Adesso che dovremmo condividere *di più*, perché non puoi condividere questo? Qualsiasi cosa tu abbia fatto per aiutarmi non può essere peggiore di quelle che io ti ho perdonato. Ma questo... questo non raccontarmi niente, ho difficoltà a perdonarlo.» Si liberò della stretta di D e si diresse verso la porta. Lo sentì camminare dietro di sé ma non disse altro.

La loro auto arrivò all'ingresso. D caricò le borse nel portabagagli mentre Jack andava a saldare il conto, e dopo pochi minuti erano di nuovo in viaggio.

Jack si fermò a una pompa di benzina a Estes Park. Nessuno dei due disse una parola quando lui scese per rifornirsi. D entrò nel minimarket e tornò con una bottiglia d'acqua e vari snack per il viaggio. Si rimise al posto del passeggero e attese.

Jack finì di fare il pieno e si risedette al volante, ma invece di ripartire rimase a fissare il vuoto.

«Ho mandato via i suoi uomini,» disse finalmente D.

Lui non rispose.

«Ne ho scelti sei. Alcuni dei suoi luogotenenti. Gente importante. Uomini che sapevo sarebbero usciti volentieri dal giro. Ho procurato nuove identità a loro e alle famiglie. Li ho pagati perché lasciassero il Paese e sparissero.» Esitò per un attimo. «Prima di andarsene mi hanno detto delle cose. Dove sono sepolti corpi. Dove si trovano scorte segrete di droga e altro. Hanno firmato dichiarazioni giurate e confessioni. Alla fine sono andato da Dominguez e gli ho detto: guarda, ho una marea di prove contro di te in quattordici cassette di sicurezza sparse per gli USA, e se non vuoi che spedisca tutto all'FBI devi lasciare in pace Jack Francisco.»

È davvero una bellissima giornata, pensò Jack. Anche solo per starsene seduti alla stazione di servizio. La brezza proveniente dalle montagne era fresca e fragrante. Inclinò la testa all'indietro e fece un respiro profondo. «È tutto?»

D annuì. «Sì. È tutto.»

Lui annuì. «Potresti farlo rinchiudere per il resto della sua vita. Recuperare quei corpi, lasciare che i familiari li seppelliscano. Potresti smantellare il suo intero business. Giusto?»

«Già.»

«E scambi tutto questo con la mia vita.»

«Scambierei molto più di questo con la tua vita, Jack.»

Lui si girò e guardò D negli occhi. *Morirebbe per me. Lo ha praticamente detto. Ma non è di questo che ho bisogno. Ho bisogno che lui viva per me.* «Ogni crimine che commetterà da ora in poi sarà colpa nostra.»

D scosse la testa. «Quei crimini ci sarebbero comunque. Se non fosse lui a commetterli sarebbe un altro. Un uomo del genere è simile a una lucertola a cui tagli la zampa e quella ricresce. Non posso fermare quello che sta facendo o disfare ciò che ha già fatto. Ma posso salvare te, Jack. Se ci sarà una cosa buona fatta da me in questa vita, sarà stato salvare te, e tanto mi basta.»

Jack sentì gli occhi riempirsi di lacrime. Non riusciva a distogliere lo sguardo dal viso di D, così trasparente e onesto. «Anson...» iniziò.

Inarcando un sopracciglio, D si guardò dietro le spalle. Jack inclinò il capo. Sentiva avvicinarsi delle sirene, tante sirene, sempre più vicine. Entrambi si girarono e guardarono verso la strada in tempo per vedere un pick-up azzurro prendere a gran velocità una curva della statale a quattro corsie in direzione dell'incrocio. Stava andando ad almeno 140 chilometri orari. Girando su se stesso, il furgone prese in pieno un mini-van, facendolo ribaltare, poi sbandò attraversando l'incrocio e si capovolse tre volte. «Gesù Cristo!» gridò Jack. Entrambi saltarono giù dall'auto e corsero verso il luogo dello schianto. Anzi, degli schianti.

Jack si diresse al mini-van che era stato travolto. Arrivava gente da ogni parte, e le macchine della polizia che avevano seguito il pick-up comparvero annunciate dal rombo dei motori, sgommando sull'asfalto quando si fermarono. All'interno del mini-van una donna stava gridando, ma non sembrava ferita. Suo marito, il guidatore, era in brutte condizioni. Jack si fece largo tra la gente e arrivò alla portiera dal lato di guida, ma la trovò bloccata. Corse dall'altra parte e aprì quella del passeggero.

«Ehi! Quel tizio sta scappando!» disse qualcuno. Jack

451

diede un'occhiata da sopra la spalla e vide il conducente del pick-up, miracolosamente illeso, fuggire dal teatro dell'incidente. Jack e D si scambiarono uno sguardo e un cenno d'intesa. D si mise a rincorrere il colpevole mentre lui con uno strattone fece scendere la donna urlante.

«Mi dispiace, signora, ma devo entrare qui dentro.» Si chinò sul guidatore, che annaspava in debito d'ossigeno e sanguinava profusamente da un taglio sul collo. Non erano schizzi arteriosi ma si trattava comunque di una brutta ferita. Piazzò una mano sul taglio, slacciò la cintura di sicurezza e trascinò l'uomo nel retro del furgone, dove lo adagiò per terra. Deglutì con forza quando vide che aveva sulla coscia un grosso squarcio che continuava a perdere sangue. *Merda.*

Un poliziotto corse da lui. «Che diavolo sta facendo?» disse. «Non lo sposti finché non arrivano i paramedici!»

Jack quasi non lo guardò. «Sono un dottore e quest'uomo sta morendo dissanguato,» sbottò. «Ha delle costole fratturate e, credo, anche un polmone perforato.» La moglie dell'infortunato gemeva e cercava di risalire sul mezzo, ma era trattenuta da una donna grossa.

«Ma... non potrebbe avere una lesione spinale o qualcosa del genere? Non dovrebbe muoverlo senza una barella!»

«Muove gambe e braccia, quindi non è paralizzato. E questo non importa molto se finisce per dissanguarsi, no? Ora stia zitto, cazzo!» Una donna stava porgendo a Jack dei pannolini di stoffa. «Grazie,» disse, premendoli sulla ferita. Fece un cenno al poliziotto. «Lei tenga fermi questi.» L'agente si inginocchiò accanto alla testa dell'uomo e fece come diceva lui. «Adesso continui a premere.» L'altro annuì.

Jack si spostò verso la coscia dell'uomo e gli strappò il tessuto dei pantaloni. Lo squarcio era profondo, brutto e pieno di sangue. Diede una rapida occhiata intorno. Si era radunata una discreta folla. «Mi servono una bottiglia d'acqua e un coltellino!» disse. Un giovane vestito da ciclista gli lanciò una bottiglietta, e un ragazzo dall'aria poco raccomandabile arrivò con un coltello a serramanico. Il poliziotto gli scoccò un'occhiataccia, ma il giovane si limitò ad alzare le spalle.

Jack pulì la ferita e fece scattare il coltellino. «Che cosa gli sta facendo?» gridò la moglie del ferito. «Non lo tagli!»

Lui la ignorò e sezionò la ferita abbastanza profondamente da vedere da dove arrivasse il sangue. Mise dentro la mano, gesto che provocò vari gemiti nella folla, trovò il vaso sanguigno reciso e lo strinse tra le dita. Si sedette sulle ginocchia e chiuse gli occhi, visualizzando la valvola scivolosa in mezzo ai polpastrelli, concentrandosi sulla presa. Era come cercare di mantenerla su uno spaghetto unto. Uno spaghetto che ti pulsa tra le mani.

«Che cosa sta *facendoooo*?» continuava a urlare la donna.

«Sto tenendo chiusa la sua arteria femorale,» disse Jack. «Ed è molto scivolosa, quindi per piacere, stia zitta e mi lasci concentrare!» Sentiva avvicinarsi l'ambulanza. I paramedici di sicuro avevano delle pinze.

«Doc, sopravvivrà?» Jack guardò in su, stupito che altra gente oltre a D lo chiamasse così, e vide che era stato il poliziotto a parlare.

«Ha perso molto sangue,» disse lui. «Ma respira, e si spera che il sanguinamento sia sotto controllo.»

La folla si spostò per far passare i paramedici. «Cosa succede qua?» chiese uno di loro vedendo i suoi vestiti macchiati di sangue.

«Ha la femorale recisa, la sto tenendo chiusa. Ha una pinza?» Il paramedico le cercò nella borsa e gliene porse una. Jack inspirò a fondo, si chinò e collocò la pinza al posto delle proprie dita. «Okay. La ferita sul collo è brutta ma il sanguinamento sta rallentando. E penso che un polmone sia perforato.»

«Okay. Ora ci pensiamo noi, dottore,» disse il paramedico, indovinando la professione di Jack. Lui si alzò e si fece da parte, lasciando che preparassero l'uomo per il trasporto all'ospedale più vicino. Anche il poliziotto che aveva premuto sulla ferita sul collo si alzò e andò a stringergli la mano.

«Ehi... gran bel lavoro,» disse l'agente in tono burbero. «Quel tizio probabilmente sarebbe morto se lei non fosse stato lì.»

Jack sorrise debolmente, sentendosi un po' scosso. Dalla folla arrivarono degli applausi sparsi ma lui li udì a malapena: stava cercando D in mezzo al caos. Si fece strada tra la gente e tornò verso il pick-up.

Due poliziotti arrivavano dalla strada, in mezzo a loro il guidatore in manette. D li seguiva, una mano sulla fronte a toccarsi una ferita. Jack corse verso di lui. «Stai bene?»

«Sì. Lo stronzo mi ha dato un bel colpo con un'asse di legno.»

«Conosce quest'uomo?» chiese uno degli agenti a Jack.

«Sì, è il mio compagno,» rispose lui, incurante se per qualcuno fosse un problema.

«Be', non succede tutti i giorni che un civile insegua con l'auto un sospetto in fuga e lo fermi. Gli dica di tenersi lontano dalle faccende della polizia. Si potrebbe fare male.»

Jack non poté che ridere dell'idea di D in pericolo per via di un cretino qualsiasi su un pick-up. «Non è esattamente un civile, agente.»

Uno dei due stava facendo sedere il colpevole sul sedile posteriore di una volante, l'altro si girò a guardarli. «No?» chiese a D, che appariva mortificato.

Prese dalla tasca posteriore il portafoglio e lo aprì rivolgendolo verso l'agente.

«FBI?» chiese inarcando un sopracciglio. «Che diavolo ci fa qua?»

«Vacanza, o almeno così pensavo,» brontolò D. Jack si mise una mano davanti alla bocca per nascondere il suo divertimento. Quel badge esisteva da sette giorni esatti, e D non era davvero un agente – consulente, diciamo – ma il poliziotto non doveva per forza conoscere i dettagli.

«Quindi, perché inseguivate quel tizio?» chiese Jack dandosi un contegno.

L'agente sospirò. «Non si è fermato a un controllo di routine.»

«Perché?»

«A quanto pare c'è un mandato di arresto su di lui.»

«Per cosa?»

L'altro gli rivolse uno sguardo inespressivo. «Multe per

divieto di sosta non pagate.»

D fece una risatina sarcastica e scosse la testa. Jack sgranò gli occhi. «Costui vi coinvolge in un inseguimento ad alta velocità, quasi uccide un uomo, nonché se stesso... solo per via di alcune multe non pagate?»

Il poliziotto alzò le spalle. «Mondo assurdo, eh?» Si toccò il cappello. «Grazie per il vostro aiuto.» Salì in auto e ripartirono. Il posto era ormai invaso da polizia locale e altri paramedici, arrivati per dare soccorso agli automobilisti con ferite meno serie.

Jack e D rimasero per un momento fermi a osservare quel caos. «Quell'uomo si riprenderà?» chiese D.

«Penso di sì,» rispose Jack, guardando il ferito che veniva caricato su un'ambulanza. La moglie, ancora in lacrime, salì insieme a lui e gli prese subito la mano. Guardò fuori dal finestrino e i loro sguardi si incrociarono. Fece un piccolo sorriso. *Grazie*, fu la parola che Jack le lesse sulle labbra. Lui annuì e sollevò una mano. «Andiamo,» disse. «Ti pulisco quel taglio.»

Guidò D a un'altra ambulanza che era nei paraggi. I paramedici gli diedero del disinfettante e delle bende con cui lui pulì il piccolo taglio sulla fronte. Si prese del tempo, lasciando che le proprie dita si soffermassero sulla sua pelle.

Potrebbe finire tutto così, in un attimo. Tu stai guidando, uno stronzo ti prende in pieno e sei morto. O qualcuno che ami muore. È un cazzo di terno al lotto. D lo stava fissando e Jack vide dei pensieri simili ai suoi passargli nello sguardo. «Ti diverti a giocare a guardie e ladri, eh?» chiese a bassa voce.

D tirò su con il naso. «L'ho preso a un paio di isolati da qui. Cercava di scavalcare una staccionata che dava su un vicolo. L'ho tirato giù, lui si è difeso come poteva ma...» Alzò le spalle. «È solo un ragazzino idiota. Pensa di essere immortale e non gli frega niente se qualcun altro muore.»

Avendo sistemato il taglio, Jack rimase fermo a guardare D. «Non pensavo proprio che stamattina avrei salvato delle vite,» disse.

«Io non pensavo che avrei acchiappato dei cattivi.» Guardò Jack negli occhi. «Oggi sei stato eroico, tesoro.»

«Anche tu.»

D arrossì. «Non sono un eroe.»

«Be', sei il *mio* eroe.» Jack lo prese per mano e lo fece alzare dallo scalino dell'ambulanza su cui si era seduto. «Andiamocene di qua, dai.»

«Non vorranno i nostri nomi o roba del genere?»

«Probabile. Andiamo via prima che ci trovino. Più tardi chiamiamo il dipartimento di polizia.»

Tornarono alla macchina, ancora parcheggiata alla pompa di benzina. Jack aprì il portabagagli, prese una camicia pulita e andò nel bagno della stazione di servizio per lavarsi le mani insanguinate e cambiarsi. D attese in macchina.

Jack tornò e sospirando si mise al volante, ma non partì subito. D salì e, allacciandosi la cintura, lo guardò. «Che c'è?»

«Non so. Voglio dire… La merda cade proprio dal cielo, eh?»

D annuì. «Già. Bisogna muoversi veloci per non beccarla.»

Lui sorrise e avviò il motore. Si spostò dalle pompe di benzina e si diresse verso la strada.

«Jack?»

«Cosa?» chiese con voce tesa. Si stava concentrando per aggirare le macchina della polizia e le ambulanze.

«Ti amo.»

Jack dimenticò ogni altro pensiero. Fermò la macchina e si girò a guardare D negli occhi. Erano colmi di serena certezza. La mano di D si spostò verso di lui e lui la afferrò. «Sì?» Odiava la lieve sfumatura di bisogno che sentiva nella propria voce, ma era la prima volta che udiva quelle parole pronunciate da D. Sapeva che era sincero, ma era difficile non desiderare una conferma.

L'altro annuì. «Sì.»

Jack si sporse per baciarlo, indugiando un po' oltre il limite della buona educazione, incurante che qualcuno li vedesse. «Grazie,» sussurrò contro le sue labbra.

D gli diede un altro rapido bacio e poi, sorridendo, tornò sul sedile. «Fuggiamo di qua, Doc, prima che scoppi una rissa o si schianti un aereo.»

Jack sogghignò e avviò la macchina verso l'autostrada, in direzione est, la mano ancora stretta in quella di D, tra i sedili.

EPILOGO

«Ma guarda un po' come sei elegante con quel completo.» L'agente speciale Frank Boorstein sogghignò e diede di gomito all'agente Blansky quando vide entrare nella sala relax l'agente speciale Ernest Hough, fresco di diploma e chiaramente intenzionato a non dare nell'occhio. Missione impossibile, dato che l'intero ufficio lo attendeva, sapendo che sarebbe arrivato quella mattina.

Hough arrossì e il suo viso da ragazzino si coprì di macchie purpuree. «Grazie, Frank,» mormorò.

«Mi sa che quando ti occupavi delle scartoffie gli sei piaciuto, se ti hanno chiamato a portare il distintivo nel taschino.»

Lui alzò le spalle. «Immagino di sì.»

«Benvenuto tra i professionisti, Ernie,» disse Blansky. «Hai la pistola?»

Ernie annuì, aprendo la giacca quel tanto da mostrare l'arma nella sua fondina. «So persino come si usa e tutto il resto,» disse sollevando un sopracciglio.

«Ooh, qualcuno si è già montato la testa!» esclamò Boorstein ridendo.

Hough si schiarì la voce, ansioso di cambiare argomento. «Allora, cos'è questa task force per cui mi vogliono? Sembra una cosa super segreta.»

Boorstein si fece serio. «Ti informeranno presto. Per cominciare, a chi sei stato assegnato?»

«Uhm...» Hough consultò un pezzo di carta. «Non lo conosco. È un certo agente Dane.»

Blansky e Boorstein si scambiarono un'occhiata. «Maledizione. Ti vogliono proprio mettere alla prova se ti

458

fanno iniziare con Mister D,» disse Boorstein.

Hough li guardò con apprensione. «Chi è? Deve essere nuovo.»

«È qui da sei mesi. E tecnicamente non è un agente. È un consulente. Ma la task force è roba sua e la dirige come un campo di lavori forzati.»

«È un duro, eh?»

Boorstein rispose con una serietà atipica per lui. «Mister D sarebbe capace di spedire il generale Patton a piangere dalla mamma. Dovresti vederlo alle prese con i sospettati che gli portiamo.» Abbassò la voce. «Gira voce che Mister D è così bravo con i criminali perché era uno di loro.»

Ernie sembrava sempre più preoccupato. «E vogliono mettermi con questo qua il mio primo giorno?»

«Magari lo ha chiesto lui. È piuttosto esigente riguardo alla scelta dei membri della task force. Vorrà vedere come te la cavi.»

«Fantastico.»

Boorstein alzò lo sguardo. «Ah, parli del diavolo... Eccolo qua.»

Hough si girò in tempo per vedere un uomo alto percorrere a grandi passi il corridoio in direzione della sala relax. Indossava jeans e una giacca nera sopra una T-shirt in tinta, e si stava togliendo gli occhiali da sole a specchio. «Merda, arriva,» disse Blansky. «Non lo fare incazzare, è bello teso. Stanotte un caso è andato male e Mister D è uno che prende le cose sul personale.»

Hough deglutì forte mentre l'uomo alto si fermava in mezzo alla stanza, mani sui fianchi. I suoi occhi erano freddi e taglienti e la mascella squadrata sembrava perennemente serrata. «Dov'è quel cazzo di rapporto, Frank?» ringhiò.

«Te l'ho mandato via mail stamattina,» rispose Boorstein.

«Il coroner ha chiamato?»

«Non ancora.»

«Cazzo, devo andar giù a chiedergli io stesso quel cazzo di rapporto?» bofonchiò D, scuotendo la testa e guardando in basso. «Come se non sapessimo la causa della morte,» aggiunse in tono improvvisamente mesto. Il suo sguardo si posò su

Hough, che sembrava resistere a fatica alla tentazione di indietreggiare. «Tu chi diavolo sei?»

«Agente speciale Ernest Hough, Mister D... ehm, Dane.»

«Ah, sei il tipo nuovo a cui devo fare da babysitter, come se non avessi altro da fare.»

«Ho già lavorato qui. Io, ehm... ero analista prima di entrare in accademia e, ehm... Frank e Jim mi conoscono e, be'...» Le parole gli morirono in bocca. D si limitava a guardarlo inespressivo.

«Ti sembra che mi interessi la storia della tua vita? Scoprirai presto se sei destinato a rimanere abbastanza a lungo perché io possa chiedertela. Frank, domani hai la commissione disciplinare per avere fatto fuoco, e non dirmi che non te ne frega un cazzo.»

«Tu non devi sottoporti a revisione quando usi la tua arma, perché dovrei farlo io?» brontolò Frank.

«Io non devo perché non sono una mammoletta di super agente speciale come te, io sparo a chi mi pare e a chiunque mi voglia chiedere come mai posso farlo. Adesso, chiamami quando il coroner si è tolto il dito dal culo, intesi?» Si girò e uscì senza aggiungere altro.

Hough soffiò attraverso i denti. «Bella prima impressione, stronzo,» disse tra sé e sé.

«Non ti preoccupare. Non lo avresti colpito favorevolmente in alcun caso.»

Blansky, che era stato sempre zitto, finalmente aprì bocca. «Gente, volete sapere una cosa su Mister D?»

Boorstein e Hough si avvicinarono. «Certo,» disse il primo.

Blansky sorrise. «È gay.»

Boorstein non poté trattenersi e scoppiò a ridere. «Mi prendi per il culo.»

«Giuro sulla tomba di mia madre.»

«È gay?!»

«Sta sull'altra sponda, come l'Inghilterra.»

«Come lo sai?»

«L'ho sentito per caso parlare con Myerson del suo

calendario di lavoro. A quanto pare, vive in quel loft in centro solo quando ha un incarico presso di noi. Quando non lavora vive a Columbus insieme a un chirurgo.»

«Gesù, chi mai potrebbe convivere con Mister D?»

«Non lo so ma deve essere uno con le palle d'acciaio.»

Boorstein sorrise. «Magari no. Mister D potrà fare il duro qua con noi, ma scommetto che quando è a casa con il suo chirurgo si trasforma in un orsacchiottone. Un momento, sei sicuro che sia un uomo? 'Chirurgo' può anche indicare una donna, stronzo sessista.»

«No, è un uomo. Mister D stava chiedendo a Myerson quando inizia il processo a Franco, perché ha in programma una vacanza. Myerson gli ha chiesto dove andava e lui ha detto che questo Jack deve fare un intervento importante la settimana prossima, e che dopo voleva portarlo da qualche parte.»

«Oh, che carino,» commentò Hough.

«Sì, vedremo se lo troverai carino la prima volta che ti farà piangere.» Boorstein scosse la testa. «Non riesco proprio a immaginarmi Mister D che succhia il cazzo a un uomo.»

Blansky fece un passo indietro, inorridito. «Dio, e perché dovresti? Gesù, Frank!»

«Be', tu ci riesci?»

«No e non voglio neanche provarci!»

«Secondo voi è uno che prende o riceve?»

Blansky alzò le mani. «Basta, non vi ascolto più. Andiamo, Ernie, ti do le tue password.»

D entrò nell'ufficio di Myerson senza bussare. Lui, che era al telefono, lo guardò irritato ma gli fece cenno di sedersi. D si lasciò cadere sulla sedia con uno sbuffo di frustrazione. Si sentiva tutto dolorante, e non solo nel fisico.

Myerson riattaccò. «Hai un aspetto di merda.»

«Me lo merito dopo quello che ho lasciato succedere.»

«Credo che registrerò su un nastro 'non è stata colpa tua' e te lo farò ascoltare in loop.»

«Questo non cambierà il fatto che sia colpa mia, cazzo.»

«Non c'è modo di avere ragione con te, eh?»

D lo ignorò. «Non ho niente in mano, Paul. Niente,

cazzo. Non ho idea di chi abbia fatto questo. Non ho mai visto niente di così...» Si interruppe e poi riprese da capo. «Non ho mai visto niente del genere. Chiunque sia il responsabile, non gioca secondo le regole.»

«Ah, ci sono delle regole?»

«Diciamo modi di comportarsi che hanno un senso. Modi per minimizzare i rischi massimizzando il profitto. Ma questi se ne fregano. È come se non gli importasse di quel che gli può capitare, o di essere presi, e questo mi fa paura, cazzo, perché li rende imprevedibili.» Si passò una mano sul viso. «È come se...» Lasciò evaporare le parole, come se ciò che stava per dire fosse troppo inquietante.

«Cosa?» lo incalzò Myerson.

«È come se si eccitassero a farlo,» riprese D. «Se vuoi qualcuno morto, lo uccidi in maniera rapida e sicura. Quello che hanno fatto a me invece richiede tempo e determinazione. Devono avere fegato, e pure bello tosto. È stato rischioso, e i professionisti non amano il rischio.»

«Mi stai dicendo che secondo te non si trattava di professionisti?»

«Cristo, non so cosa sto dicendo.»

«Stai per crollare, D. Senti, perché non vai a casa? Domani torni a Columbus, giusto?»

«Quello era il piano prima che...»

«Vai. Ormai il lavoro è tutto della scientifica. Vai a casa e prenditi la settimana. Vedi Jack. Sai che sei più sereno quando c'è lui.»

D si esaminò le unghie. Aveva pensato molto a Jack dopo la morte di Jennifer Nang avvenuta la sera prima. Era fin troppo facile immaginare il suo uomo che subiva un destino simile, visto quanto vi era stato vicino. La sua mente andò a lui, al sicuro a Columbus e beatamente ignaro dei tormenti di D. L'immagine di Jack che dormiva tranquillo a casa gli strinse il cuore. «Sì,» mormorò. «Credo che lo farò.»

Myerson lo fissò. «Sei davvero sconvolto, eh?»

«Cosa te lo fa pensare?»

«Di solito fai più resistenza.» Lo osservò per un attimo. «Frank può accompagnarti a casa.»

«Non...»

«D, la tua auto è distrutta, ricordi?»

«Posso prenderne una dal parco macchine.»

«Ti porta Frank,» ripeté il suo superiore nel tipico tono non-accetto-rifiuti. D si rassegnò, cosa che ormai si era abituato a fare in quel mondo per lui nuovo e pieno di fastidi, come dover rispondere alle autorità. Almeno finché queste ultime non lo facevano incazzare.

«Wow. Partecipi al concorso scolastico di scienze?»

Jack allungò la mano per prendere il caffè senza distogliere lo sguardo dalle immagini della risonanza magnetica che stava esaminando. Portia gli diede la tazza e si sedette alla scrivania. Jack bevve un sorso e poi la guardò. «Vaniglia?»

«Pensavo che oggi un po' di zucchero extra ti facesse bene.»

«Umpf.»

«Jack, hai esaminato la risonanza un milione di volte.» Guardò il ripiano della scrivania, colmo di dossier, diagrammi, libri e immagini diagnostiche, più il modello tridimensionale di un cranio di bambino, gravemente danneggiato.

Lui annuì. «Lo so. Ma... voglio essere pronto. Sarà un intervento molto complicato.»

«Ed è per quello che vogliono te, perché sei il migliore. Rilassati.»

Jack posò le scansioni e si rimise sulla sua sedia. «Hai ragione. È che mi dispiace per il bambino. Ha perso entrambi i genitori nell'incidente, il minimo che io possa fare è rimettergli insieme la faccia.» Tornò a concentrarsi sul presente e notò che Portia sembrava stanca. «Quanto è durata quella sostituzione dell'anca?»

«Tre ore. Continuava a sanguinare.» Bevve un sorso dalla propria tazza di caffè. «Quand'è l'operazione del piccolo?»

«Lunedì mattina. Sarà una vera maratona.»

«L'uomo invisibile torna a casa questo week end, no?»

«Già.»

«Non dovresti essere a casa ad aspettarlo saltellando dall'impazienza come sempre?»

«Scusami tanto, io non *saltello*.» Le fece una smorfia. «Comunque non sarà di ritorno fino a domani pomeriggio.»

«Quindi non vieni al party del dottor Avendale?»

Jack si diede una pacca sulla fronte. «Merda. È domani sera?»

«Già.»

Sospirò. «Potrei fare un salto, immagino.»

«Potresti portare D, sai.»

«Lui odia queste cose.»

«Jack, tu sopporti il fatto che lui sia via due settimane su quattro, lui potrebbe fare uno sforzo e venire a un evento mondano con te.»

«Io non devo *sopportare* niente, Portia. È una sistemazione che funziona sia per me che per lui.»

«Non vedo come. Io non potrei immaginare di stare senza Andy per metà del tempo.»

«Tu non sei me e Andy non è D. Sai, noi siamo stati scapoli a lungo. Anzi, altro che scapoli, eravamo praticamente eremiti. Entrambi ci teniamo a stare soli ogni tanto. E poi, quando lui è presente, lo è davvero. Sono io quello il cui lavoro crea problemi. È una vera rottura quando lui è a casa e io vengo chiamato d'urgenza.»

«La cosa gli dà fastidio?»

«No, sono io che sono scontento.» Jack si girò e rigirò il modellino del cranio tra le mani. «In ogni caso, deve fare il suo lavoro,» disse piano. «E se questo vuol dire che ogni tanto mi manca, pazienza.»

Frank non parlò molto durante i novanta minuti di tragitto da Cincinnati. Mister D rimase in silenzio a guardare fuori dal finestrino, probabilmente seccato per il fatto di dover essere portato a casa in auto come un bambino reduce dall'allenamento di calcio. Frank neanche provò a fare conversazione o a racimolare qualche rara e preziosa informazione su di lui. Aveva passato innumerevoli ore appostato insieme all'uomo e non aveva avuto fortuna da quel punto di vista, quindi immaginava che non sarebbe stata un'ora e mezza in auto a fargli venire voglia di confidarsi.

Inoltre, stava per vedere la casa dove Mister D abitava. Dove abitava con un altro uomo. Era più di quanto chiunque avesse saputo o visto, anche se si trattava solo di un'occhiata dall'esterno.

A mano a mano che si avvicinavano, D, con aria riluttante, gli dava indicazioni, esprimendole con grugniti appena udibili. Usciti dall'autostrada, andarono a sud rispetto al centro, entrando in un grazioso quartiere alberato, con strade lastricate di mattonelle e sobrie case secolari che probabilmente costavano almeno mezzo milione ciascuna.

«Qua,» disse infine D, facendo cenno a Frank di accostare fuori da una casa di mattoni con un garage esterno.

«Be', eccoci, Mister D.»

L'altro sospirò. «Immagino che mi darai del maleducato se non ti invito neanche per un caffè prima di rispedirti verso sud,» mugugnò.

Frank alzò le spalle. «A un caffè non dico di no.»

D lo guardò. «Neanche alla possibilità di sbirciare nella mia vita privata, immagino.»

«Vuoi bendarmi gli occhi?»

Lui emise un grugnito. «Andiamo, dai.»

Frank spense il motore e scese, cercando di non apparire troppo impaziente. D recuperò la propria borsa dal sedile posteriore e se la issò in spalla. Tirò fuori le chiavi e si diressero verso la casa. D aprì la porta e si fece malvolentieri da parte per far passare Frank.

Non sapeva cosa si fosse aspettato, ma l'interno era quello di una normale casa, forse solo un po' più lussuosa della media. La stanza principale era un salotto di quelli che si usano poco. Di buon gusto, non appariscente. Mister D lasciò la borsa ai piedi delle scale ed entrò senza dire una parola. Frank lo seguì in cucina: qualcuno doveva avere speso una bella cifra per arredarla, visto il livello dei mobili e degli elettrodomestici. Era una cucina a vista, separata dalla informale zona pranzo da una lunga isola, con forno e lavello da una parte e un bar con sgabelli dall'altra. La parete in fondo era costituita da una serie di porte-finestre che davano su un patio, e tutta la stanza era invasa dalla luce.

Mister D stava riempiendo la caffettiera. «Bel posto,» disse Frank.

«Grazie.»

«Da quanto ci vivi?»

Sospiro. «Sei mesi circa.»

Frank diede un'occhiata in giro. Oltre la zona pranzo c'era un angolo che sembrava molto più vissuto: un divano di pelle dall'aria comoda, scaffali di libri, un televisore piatto alla parete. Prese una foto incorniciata dallo scaffale più vicino. Mostrava Mister D e un uomo in un posto che doveva essere il Grand Canyon, erano appoggiati a una ringhiera che li separava da un dirupo, alle loro spalle il cielo blu. Non si toccavano ma entrambi sorridevano, felici e rilassati. L'altro era attraente e aveva l'aria simpatica; doveva essere il misterioso Jack. Frank si chiese come avesse mai fatto a incontrare Mister D. Non riusciva a immaginarsi il suo enigmatico collega cercare l'amore in un bar o aprire un profilo su OkCupid.

«Ecco,» disse D comparendo con una tazza di caffè. «Ti piace nero, se non sbaglio.»

«Grazie,» rispose Frank. D guardò prima la foto, poi il collega, e di nuovo la foto. *Non dirà niente se non faccio una domanda io.* «Quindi, uhm… questo è il tuo partner?»

Un lungo… lunghissimo momento di silenzio. Mister D si limitava a guardare Frank senza tradire emozioni. Alla fine gli tolse la foto dalle mani. «Immagino tu sappia già chi è,» disse a bassa voce. Rimise la cornice sullo scaffale, lasciando che le sue dita vi indugiassero sopra per un attimo. Si mise le mani in tasca e guardò verso il pavimento.

«Sai… nessuno ti giudica, Mister D. Non importa a nessuno.»

A quelle parole, lui alzò di scatto la testa. «Ti pare che sia preoccupato che qualcuno mi *giudichi*?»

«Uhm… non direi.»

«Sono… sono solo affari miei. Non mi va di mischiarli con il lavoro, se a te sta bene. So che tutti quanti vorreste sapere delle cose su di me, ma non mi va di farvele sapere, capito?»

Frank annuì. «Siamo solo curiosi.»

«Dovreste passare più tempo a preoccuparvi del vostro cazzo di lavoro e meno a farvi domande sulla mia vita personale.» Mister D tornò in cucina, dove tirò fuori un'altra tazza.

Frank lo seguì. «Quindi... è un chirurgo, giusto?»

Vide D scuotere la testa. «Non mi chiedo neanche come fai a saperlo. Sì, è un bravissimo chirurgo, uno dei migliori dello Stato.»

«È, ehm... un bell'uomo.»

D si girò. «Quello che è o non è non ti deve preoccupare. Intesi, Frank?»

«Sì, capito,» rispose lui seppellendo lo sguardo nella tazza. Il suo grandioso piano per mettere Mister D a suo agio stava fallendo miseramente.

In quel momento entrambi sentirono un'auto entrare nel vialetto di casa. D chiuse gli occhi. «Merda,» mormorò. «Okay, mi sa che il tuo desiderio verrà esaudito. Stai qui, chiaro? Puoi chiedere come va e presentarti ma poi levi il culo da qua. Non resti a chiacchierare o altro, e credimi, lui ti inviterà a farlo. Basta che dici 'no, grazie, devo ripartire' e te ne vai. Mi hai capito bene, Frank?»

«Capito, Mister D.»

«Bene. Stai qui finché non torno.» Gli puntò l'indice in faccia, poi si girò e andò nell'ingresso, e in quel momento Frank udì il pigolio di un'auto che veniva chiusa con il telecomando. Si rese conto che Mister D gli aveva detto di restare lì per poter accogliere il partner in privato, per quanto possibile, e avvisarlo che avevano un ospite.

Sentì la porta aprirsi, poi una voce sorpresa. «Ehi! Cosa ci fai a casa? Pensavo non saresti arrivato fino a domani!»

«Tornato prima,» spiegò D, la voce coperta dal suono di stoffe fruscianti e da bassi mormorii, il che faceva capire che si stavano abbracciando.

Frank sapeva che era da maleducati, ma non poté trattenersi e andò a sbirciare nell'ingresso. Vide Mister D abbracciare l'uomo della foto, un abbraccio stretto che ricordò a Frank che il collega passava settimane di fila lontano da casa. *Devono sentire la mancanza l'uno dell'altro*, pensò.

Mister D sciolse l'abbraccio e l'espressione sul suo viso stupì tanto Frank da farlo quasi tradire. D sembrava… rilassato. Felice. Una persona completamente diversa. Stava ammirando il proprio partner con una tenerezza di cui quasi non lo avrebbe ritenuto capace, e a un certo punto lo attirò a sé per baciarlo. *Okay, questo posso anche non vederlo.* Frank fece un passo indietro e andò verso le porte che davano sul patio. Riusciva ancora a sentire le loro voci.

«Dov'è la tua macchina?»

«Ehm… ho avuto un incidente.»

«Oh, merda, tu stai bene?»

«Benissimo, non ho un graffio. L'auto però è sfasciata.»

«Come sei tornato a casa?»

«Ehm… uno del lavoro mi ha portato. È di là in cucina.»

«È ancora qui?» Il compagno di Mister D sembrava eccitato. «Vuoi dire che finalmente sto per incontrare uno dei tuoi misteriosi colleghi? Quale?»

«È… Frank.»

Mr D fece appena in tempo a dirlo che il suo partner, il chirurgo, era già corso in cucina con un sorrisone sul viso. Aveva gli occhi sorprendentemente azzurri. «Salve!» disse porgendogli la mano. Frank la prese e la strinse. «Sono Jack Francisco. È un vero piacere incontrarti finalmente! Ho sentito tanto parlare di te!»

Davvero? Io, prima di oggi, non ho sentito una sola parola su di te. «Piacere, dottor Francisco. Sono Frank Boorstein.»

«Chiamami Jack. Continuo a dire a D che dovremmo invitare alcuni dei suoi amici per cena…»

«Non sono miei amici,» bofonchiò lui.

«Ignoralo, è un brontolone. Siediti! Gentile da parte tua guidare fin qua per riportarlo a casa.» Aggrottando la fronte, si girò verso D. «Perché non hai preso in prestito una macchina?»

D sbatté le palpebre. «Uhm, be'…»

«È rimasto su tutta la notte per lavorare al caso,» spiegò Frank. «L'agente Myerson non voleva rischiare che si addormentasse al volante.»

Jack annuì. «Capisco.»

Mister D prese la tazza vuota di Frank. «Non mi saresti

addormentato,» mormorò.

«Vabbè. Sono molto contento di incontrare finalmente uno di voi. Iniziavo a preoccuparmi che non foste reali.» D si sedette sul bracciolo del divano accanto a Jack, che senza pensarci gli mise una mano sul ginocchio. Mister D la guardò, poi si alzò e andò a sedersi dall'altra parte. Lui per un attimo aggrottò la fronte, poi tornò a essere tutto sorrisi. «Perché non resti per cena? Pensavo che sarei stato da solo, ma si fa presto a buttare un paio di bistecche sul grill e…»

«È una proposta gentilissima,» rispose Frank, vedendo che D gli stava gettando un'occhiataccia da dietro le spalle di Jack, «ma devo rimettermi in viaggio verso Cincinnati.» Si alzò. «Ma è stato un vero piacere incontrarti.»

Jack lo imitò, annuendo. «Un giorno mi piacerebbe venire a Columbus a conoscere il team al completo. Voglio dire, a volte mi sembra che voi vediate D più di me.»

Frank fece sì con la testa. «Volentieri. Grazie per il caffè. L'uscita la trovo da solo.» Gli strinse di nuovo la mano, poi si diresse verso la porta. Mister D lo seguì.

«Grazie,» mormorò mentre Frank usciva.

Lui annuì. «Il… il tuo compagno è davvero simpatico, Mister D.»

D strascicò i piedi e arrossì leggermente, con grande sorpresa di Frank. «Sì, lo so,» disse fissandosi le scarpe.

«Sai, anche se tutti noi lo incontrassimo, vedessimo casa vostra e chiacchierassimo normalmente… saremmo comunque terrorizzati a morte da te. Quindi che male c'è?»

Mister D fece un sorrisetto. «Muovi il culo e torna a Cinci. Non voglio rientrare al lavoro e scoprire che è andato tutto a puttane. Capito?»

«Sissignore.»

D richiuse la porta e tornò dentro, preparandosi a ribattere a ciò che certamente stava per dirgli Jack: che avrebbe dovuto insistere con Frank perché rimanesse, che non era educato dirgli di tornare a Cincinnati così presto, che avrebbe voluto chiacchierare ancora un po' con lui eccetera. «Lo so, sono uno stronzo cafone,» disse.

Jack si stava togliendo la giacca. «Pensi che me ne importi?» disse, andando verso di lui e buttandogli le braccia al collo.

«Oh. Io, ehm... pensavo che volessi chiacchierare ancora un po' con Frank,» disse, cingendogli la vita.

«Certo. Ma dopo due settimane che sei via, preferisco fare questo,» replicò lui, chinandosi a baciare dolcemente D sulle labbra. Si allontanò di un passo, esplorando con gli occhi il suo viso. «Il caso è andato male?»

D sussultò leggermente e distolse lo sguardo. «Cosa te lo fa pensare?»

Jack continuò a fissarlo. «È così, vero? È andato molto male.» Gli massaggiò le braccia. «Sei tesissimo e sembri stanco morto.» Tirandolo a sé lo abbracciò, e D si lasciò andare tra le sue braccia forti, espirando nell'aria fresca e pulita di casa loro un po' dell'orrore vissuto. Jack gli massaggiò la schiena. «Perché non vai su a fare un sonnellino? Più tardi ti risveglio e mangiamo qualcosa dal frigo, poi scoperemo come conigli impazziti e ti sentirai meglio.»

D sospirò e appoggiò il viso al collo di Jack. «Tu sì che sai come organizzare una serata, Doc.»

Jack ridacchiò e lo baciò su una guancia. «Vai di sopra, subito.»

«Uhm, sicuro che non posso convincerti a venire su con me?» chiese lui allontanandosi di un passo.

«In tal caso il sonnellino non avrebbe senso, no?» disse Jack sorridendo, negli occhi quella scintilla che a D mancava tanto quando era via.

Jack ascoltò i passi di D sopra la propria testa finché non li sentì arrivare al letto, poi uno scricchiolio gli fece capire che vi si era sdraiato sopra. Tirò fuori il cellulare e chiamò Portia.

«Farai meglio a non darmi buca,» disse lei invece di salutarlo.

«Mi dispiace. Anson è tornato a casa prima.»

«Ah. Be', in tal caso,» riprese in tono più gentile «immagino avrai cose migliori da fare.»

«Non so. Qualcosa è andato male durante il suo ultimo

caso.»

«Che cosa?»

«Non mi ha raccontato niente.»

«E allora come fai a saperlo?»

«Per via del modo in cui si comporta. Troppo normale. È una maschera.» Sospirò. «Prima o poi mi racconterà, lo fa sempre. Adesso sta riposando.»

«Wow, che vita al massimo!»

Jack sorrise. «Era stanco. Non posso spassarmela con lui se continua ad addormentarsi.»

«Sei un mascalzone, dottor Francisco.»

«Sì, e a lui verrebbe un colpo se sapesse che ti dico queste cose. Ti farò sapere se veniamo al party di Abe di domani.»

«Okay.»

Jack riattaccò e andò all'ingresso a recuperare la ventiquattrore e un latte macchiato lasciato a metà e ormai freddo. Non poteva affrontare la serata senza caffeina. Il bar di zona non era lontano, e una passeggiata sembrava un buon modo per passare il tempo mentre D dormiva. Si mise il cappotto e uscì.

Era una giornata chiara e fredda. L'autunno era stato mite e anche adesso, a inizio dicembre, i giorni davvero freddi erano stati pochi. Anche solo essere arrivati a dicembre sembrava una vittoria. Presto avrebbero festeggiato il loro primo Natale insieme, e lui non riusciva a non esserne gasato, anche se D minimizzava ogni volta che ne aveva l'opportunità.

Durante la camminata, la sua mente vagò. Pensò a Frank e si sentì felice di aver incontrato uno dei colleghi di D, anche se per poco (sicuramente a causa della tacita insistenza del suo compagno), e si chiese nuovamente cosa fosse successo per farlo tornare a casa in anticipo, con la sua tipica maschera da "va tutto bene".

Non ci pensare. Non serve preoccuparsene ora. Pensa a qualcosa di lieto.

La sua mente si aggrappò a un ricordo a caso, quella volta che lui e D avevano pomiciato in un ascensore del Venetian Casino di Las Vegas.

Scottati dal sole dopo una giornata al Grand Canyon, stanchi per il lungo viaggio… perché cazzo ci eravamo fermati in quel mostro di pacchianità? Ah già, perché è divertente. Divertente, come no. È quello che si fa quando si è a Las Vegas. Vuoi giocare a dadi? Non sono capace. Andiamo, io so giocare a blackjack. Eccome se lo sai. Spettinato dal vento e con l'aria disinvolta in mezzo a squallidi turisti e giocatori d'azzardo poco raccomandabili. Una vittoria, poi un'altra. Cazzo, quello è il costo della nostra camera. Dove sono i drink omaggio di cui ho sentito parlare? Scocco un'occhiata a D, osservo il rossore sul suo collo man mano che il pensiero che ho in mente attraversa il tavolo e arriva a lui. Guardo le cameriere osservare D, mentre altre donne fanno cadere l'occhio sul suo viso abbronzato e sui capelli schiariti dal sole. Indietro, stronze. È il mio uomo quello che state spogliando con gli occhi.

È passata l'una, l'ascensore è vuoto. Ho le tasche piene di soldi. Cazzo, non scherzavi quando dicevi che sai giocare a blackjack. Tutta fortuna, immagino. Già. Pensi che potrei rifarlo? Le porte si richiudono e D si muove così in fretta che vengo preso alla sprovvista, spinto contro il muro, mani che afferrano e bocche che divorano, cosce accavallate una sull'altra e camicie fuori dai pantaloni, dita che palpano la pelle denudata. Cazzo, D, probabilmente ci sono telecamere di sicurezza qua dentro. Bene, lasciamo che vedano cos'ho qua. Un gemito profondo e possessivo e la bocca di D fa suoi con forza il mio collo e la spalla, le mie braccia si avvinghiano a lui come un rampicante. Poi le porte si aprono con un ding *e ci dividiamo, scompigliati e ansimanti.*

Jack sorrise al ricordo di quella scena e di quello che era avvenuto dopo in camera.

Girò l'angolo sulla Third Street ed entrò da Cup O'Joe. «Ehi, Jack,» disse Marc, il barista, vedendolo arrivare. «Latte macchiato?»

«Uhm… naa. Fammi un moccaccino con uno spruzzo di nocciola, scremato, senza panna.»

«Okay.» Registrò l'ordine. «Tutto solo stasera?»

«La mia dolce metà è a casa addormentata. È appena tornato da un viaggio di due settimane.»

«Be', digli che qua lo aspetta 'un cazzo di caffè nero' con il suo nome sopra,» disse Marc strizzandogli l'occhio.

Jack sorrise. «Sarà fatto.» Prese una copia del quotidiano locale e si sedette con la sua bevanda. Passò mezz'ora, durante la quale vari clienti entrarono e uscirono. Jack lesse alcune recensioni di film e le notizie bizzarre, poi controllò i concerti in programma. Si segnò sul Blackberry che Jose Gonzalez suonava al Wexner Center a gennaio. Sperò quasi che quella sera D fosse a Cincinnati. Lui non voleva mai andare ai concerti, diceva di odiare quella "robaccia indie". Anzi, Jack doveva ancora capire che tipo di musica gli piacesse. Sembrava non gli interessasse niente. Tendeva a considerare buona parte della cultura pop con una specie di disprezzo misto a sospetto, cosa che lo faceva sentire un plebeo solo perché guardava la TV. D aveva tante ottime qualità, per non dire di attributi fisici che facevano perdonare tutto il resto, ma a volte non era altro che un bastardo cocciuto e musone.

Jack si alzò dopo un'ora circa e lasciò il locale. Si prese il suo tempo per arrivare a casa, imboccò una stradina intorno a Schiller Park, fermandosi a coccolare alcuni cani e scambiando due chiacchiere con dei vicini. Quando rientrò erano quasi le nove. Si fermò all'ingresso, tendendo l'orecchio per captare del movimento, ma non ne udì alcuno. D doveva essere ancora addormentato.

Si tolse il cappotto e salì in punta di piedi. Spinse piano la porta della camera da letto socchiudendola; D era sdraiato sulla schiena, braccia e gambe aperte, e indossava solo i boxer e una T-shirt. Jack entrò e si chiuse la porta alle spalle cercando di non far rumore. Si sedette sul bordo del letto e guardò Anson, il cui viso era tranquillo ma mostrava ancora tracce della tensione percepita prima. Jack si sentì nascere nel petto un moto di tenerezza per quell'uomo difficile. A volte non riusciva a credere che entrambi fossero davvero lì, che vivessero insieme e nessuno dei due fosse morto o mutilato a vita. Che fosse successo sul serio e che alla fine fosse andato tutto bene. Sembrava quasi impossibile che un periodo così orrendo della sua vita lo avesse portato a incontrare l'uomo della sua vita.

Sorrise tra sé e sé. *Qualcuno deve essere svegliato.* Infilò la mano tra le cosce di D e gliela appoggiò sui boxer. D mugugnò e si spostò. «Vieni qua,» disse con voce impastata dal sonno, tirando Jack sul letto e facendolo sdraiare sulla schiena. Lo baciò sulla bocca. «Uhmm, sai di dolce,» sussurrò.

«Sono uscito a prendere un moccaccino.»

«Naa. Credo sia il tuo sapore,» disse D, facendogli un sorriso sghembo e sollevandogli una ciocca di capelli dalla fronte. Jack si sentì sciogliere. «E penso che tu sia troppo vestito, Doc.»

Si misero a sedere e si spogliarono in fretta, infilandosi sotto le coperte in un ammasso di membra nude. La pelle di D era deliziosamente morbida e calda contro quella di Jack. Si misero su un fianco e per un po' si scambiarono effusioni. Rimasero in silenzio a guardarsi, godendosi la quiete. «Mi sei mancato,» sussurrò Jack.

«Anche tu.»

«Odio dormire in questo letto da solo.»

D sospirò. «E io odio stare in quell'appartamento asettico, dove di te non c'è niente.» Si chinò a baciare di nuovo Jack e fece scivolare la mano sulle sue natiche, attirandolo a sé. I baci si fecero più intensi. Si girarono e D si ritrovò sopra, i fianchi tra le gambe di Jack. Si strusciarono l'uno contro l'altro ansimando, anca contro anca. D lo baciò di nuovo. «Vuoi venire così?»

Lui fece no con la testa. «Ti voglio dentro di me.»

D annuì e afferrò il lubrificante, si unse e si infilò dentro Jack, il viso stravolto dal piacere. L'altro trattenne il respiro e con le mani gli strinse i fianchi, finché non si ritrovarono nuovamente congiunti e D crollò tra le sue braccia, sospirando e tremando. Per alcuni istanti non si mosse, rimase fermo come se stesse di nuovo gustando quella familiare sensazione dopo settimane di attesa. Jack chiuse gli occhi e cinse con le braccia l'amante, contento come sempre di riaverlo a casa, nel suo letto e nel suo corpo, i posti a cui apparteneva, dopo essere sopravvissuto all'ennesimo incarico.

Lentamente, iniziarono a dondolarsi insieme, mentre la frizione esterna e interna generava calore, facendoli sudare. La bocca di D scese come un rapace su quella di Jack, mentre gli affondi si facevano più violenti e rapidi. Si tirò su sui gomiti e lo guardò negli occhi, e mentre il suo corpo raggiungeva vette per lui nuove, le difese lo abbandonarono; Jack vide nel suo sguardo l'orrore di quel che gli era successo durante l'ultimo lavoro, mentre l'ondata crescente della passione portava con sé, dalle profondità marine, altre emozioni a frangersi sulla spiaggia. D appariva confuso, persino spaventato. Ora stava penetrando Jack con un'intensità che sembrava dettata dal panico. Lui sussultò alla sensazione di sfregamento dentro di sé, e l'orgasmo lo colpì con forza; schizzò sul proprio stomaco, afferrando il viso di D, che a sua volta chiuse gli occhi e venne urlando, ansimando e... piangendo. La sua faccia si contorse riempiendosi di pieghe, e lacrime fuoriuscirono dalle palpebre serrate. Si accasciò su Jack, tremando e cercando di ricacciare dentro il pianto.

«Va tutto bene,» sussurrò Jack stringendolo forte. «Butta fuori tutto.»

Lui pianse in silenzio per alcuni momenti, poi riprese il controllo. Rimase lì fermo, la testa contro la spalla del partner, ancora rannicchiato dentro di lui.

«Cos'è successo, tesoro?» mormorò Jack, usando una volta tanto un vezzeggiativo. «Non me lo puoi dire? Sei così sconvolto, odio vederti così.»

D si mise a sedere di scatto, tirandosi fuori da lui con una repentinità che gli fece leggermente male. Si girò, asciugandosi gli occhi con una mano, e buttò le gambe giù dal letto. Jack si sedette. Aspettò in silenzio che D si prendesse il suo tempo per trovare le parole giuste. «Il caso è finito male,» disse alla fine con voce bassa e roca. «Molto male.»

«Vuoi parlarne?»

D scosse la testa. «No. Ma penso che dovrei farlo.»

«Okay.»

Rimase a lungo in silenzio e immobile, le mani avvinghiate al bordo del letto, la testa bassa. «Uhm...» cominciò e subito si interruppe. «Penso che starei meglio se... potresti, ehm...»

Jack sapeva a cosa si riferiva, anche se non riusciva a dirlo. Scivolò in avanti e si rannicchiò contro la schiena di D, poi lo cinse con le braccia. D si rilassò leggermente e quando l'altro gli mise le mani sul petto lui gliele strinse. Appoggiò per un attimo il lato della testa contro quella di Jack, poi si raddrizzò e iniziò a parlare.

«Si chiamava Jennifer Nang. Aveva un figlio di sette anni, Evan. Non sapeva che razza d'uomo fosse il marito prima di sposarlo. Lo ha lasciato quando il piccolo aveva cinque anni. Attraverso certi canali abbiamo saputo che il marito aveva messo una taglia su di lei e sul figlio.»

«Sul proprio figlio?»

«Per lui non era altro che un oggetto, un trofeo. Sapeva che il modo migliore di minacciare la madre era minacciare il bambino. Quindi noi li abbiamo messi sotto protezione. Da quanto riferito da nostri informatori, nessuno ha preso l'incarico. Non ci sono molti professionisti che farebbero una cosa del genere a un bambino. Persino noi abbiamo degli standard.»

Jack evitò di commentare il fatto che avesse detto "noi".

«Comunque. Stamattina avremmo dovuto consegnarli a delle guardie federali. Avevano a disposizione un'abitazione sicura dove stare finché il Bureau, che si occupava del caso, non avesse potuto arrestare il marito. Myerson mi aveva chiesto quanti uomini mettere davanti alla casa. Io ho risposto due. Se nessuno aveva preso l'incarico, non erano ancora in pericolo.» D emise un sospiro così carico di stanchezza e disperazione che a Jack si strinse il cuore per lui.

«Quando gli uomini messi fuori dalla porta non si sono fatti sentire per il solito controllo, siamo andati a vedere cosa succedeva.» Seguì un lungo silenzio. Jack rimase fermo stretto a lui, sentendolo tremare fin nelle viscere e chiedendosi cosa fosse accaduto di così orribile per sconvolgerlo tanto profondamente. Aveva paura di sentirlo, ma non avrebbe evitato di farlo. «Erano morti. Madre e figlio, ed entrambi i nostri uomini. Loro erano morti per un colpo d'arma da fuoco, ma la donna e il bambino...» Scosse la testa. «Non avevo mai visto niente del genere. Nessuno lo aveva mai visto.»

Seguì un'altra lunga pausa.

«Non avevano ucciso Jennifer. Era legata a una sedia ma... non l'avevano toccata. Aveva un buco in fronte, ma non erano stati loro.» Jack non capiva, ma non disse niente e lasciò che D proseguisse. «Il bambino era... era...» Il corpo di D sussultò. «Ciò che è stato fatto a quel bambino è inconcepibile per me. Ciò che gli hanno fatto. Lo hanno picchiato, bruciato, torturato, stuprato… Le cose peggiori che puoi immaginare, le hanno fatte. E hanno costretto lei a vedere tutto.»

Jack ebbe un conato. «Gesù.»

«L'hanno fatta guardare finché lui non è morto. Poi le hanno messo accanto la pistola, le hanno sciolto la corda e se ne sono andati. Lei ha liberato la mano e si è uccisa.»

Jack premette la fronte contro le spalle di D, stringendolo ancora più forte. «Oh, mio Dio, Anson.»

«Nessuno sapeva come affrontare la cosa. Un tecnico della scientifica è andato a vomitare tra i cespugli. Sono uscito per prendere aria e uno dei miei agenti era in macchina che piangeva come un bambino.»

«E tu?» sussurrò Jack.

«Io?» ridacchiò D con amarezza. «Ho fatto il mio cazzo di lavoro e basta. Testa bassa e l'ho fatto. Jack… credimi, chiunque abbia compiuto questo è qualcuno che non sapevo potesse esistere. Mai conosciuto un professionista che farebbe una cosa così. Ci ha messo ore. Non ha alcun senso. Se vuoi qualcuno morto, gli spari o lo avveleni e fine. Non fai una cosa simile a meno che il punto sia proprio l'atto in sé. Chi ha fatto questo, voleva farlo. È una persona su cui persino il sole si rifiuta di splendere.»

«Non è stata colpa tua,» disse Jack.

«Avrei potuto mettere più uomini a quella porta. Non pensavo che ancora ci fosse pericolo, ma diavolo se mi sbagliavo.»

«Non sei onnisciente, D. Hai fatto quel che ritenevi giusto.»

«Sembri Myerson. Forse avete ragione. Ma io ho ancora intenzione di scoprire chi è stato. E lo farò.» Strinse le mani di Jack. «Mi sono fatto convincere a tornare a casa perché… niente, volevo vederti,» sussurrò. «Ho visto il corpo di lei e non riuscivo a smettere di pensare a quanto poco è mancato che premessi il grilletto contro di te, a quante cose mi sarei perso, a quanto non merito tutto questo… a quante persone ho fatto fuori.»

Jack lo zittì baciandolo sulla guancia. «Shhh,» disse.

«Pensavo che avessimo superato tutto questo.»

«Non c'è modo di superarlo, Jack. Pensi che non sappia a cosa hai rinunciato per essere qua con me ora? O i compromessi che accetti dentro di te?»

Lui non disse niente. Pensava a Raoul Dominguez, da cui D aveva comprato la sua vita. «Non parliamone adesso.»

«Non vuoi mai parlarne. Hai paura di quel che potresti dire?»

Jack sospirò. «Non so proprio cosa ci sia ancora da dire.»

D scosse la testa. «A volte è troppo da sopportare. Mi ha ricordato di nuovo come ho quasi...» Si girò verso di lui e gli appoggiò le mani sulle spalle. «Se avessi portato a termine il mio compito, ora sarei morto. E non solo perché Josey aveva intenzione di denunciarmi. Cazzo, Jack, ero al limite. Se penso a quanto sono stato prossimo a ucciderti...» A quelle parole, la gola gli si chiuse e la voce gli tremò. «Se l'avessi fatto non avrei mai saputo chi avevo eliminato da questo mondo o quanto il mondo avesse bisogno di lui. Mi distrugge l'idea che non ti avrei mai conosciuto o amato. Non posso pensarci troppo o la mente mi scoppia.»

«Non lo hai fatto perché non eri veramente così.»

D abbandonò le mani, che si staccarono dal corpo di Jack e gli caddero in grembo. Le fissò. «Non mi merito né te né tutto questo,» mormorò.

«Gesù, D. Potremmo evitare di tornare sull'argomento? Questo è solo un altro modo per te di distaccarti. Se non meriti di stare con me, allora non devi impegnarti per essere parte della coppia, giusto?»

«Cristo, sai che odio quando parli come uno strizzacervelli!»

«Allora non costringermi a farlo! Non importa se lo meriti o no: sei qui, io sono qui e questo è ciò che abbiamo. Magari neanche io lo merito.»

«Perché, ti sei lasciato dietro una scia di cadaveri di cui non so niente?»

Jack prese il viso di D tra le mani. «Guardami. Non posso passare tutta la mia vita a ripetere le stesse cose. Voglio stare con te, e per farlo devo imparare a convivere con il tuo passato. Non posso dirti che mi va tutto bene, sarebbe una bugia e lo sai. Non esiste la perfezione. Nessuno di noi due può fare più niente per quello che è accaduto in passato. Ma...» Fece una pausa, sorpreso di sentirsi così commosso. «Ma sono grato di avere te, adesso, e che tu abbia me,» disse con il groppo in gola. «Possiamo solo fare del nostro meglio. Nient'altro.»

D allungò una mano e afferrò quelle di Jack, tirandole a sé. «Sono tornato prima perché, per tutto il tempo che sono stato in quella stanza con quei cadaveri, riuscivo a pensare solo che dovevo raggiungerti al più presto e dirti che ti amo,» dichiarò. «Ti amo così tanto che... be', la maggior parte del tempo non so neanche che fare.»

Jack sorrise e sentì il groppo in gola farsi più grosso. D non lo diceva molto spesso. Si chinò e premette la fronte contro la sua. «Anch'io ti amo,» sussurrò.

Si infilarono un paio di boxer e scesero da basso alla ricerca di qualcosa da mangiare. Finirono seduti sul divano a sbafarsi avanzi di cibo cinese direttamente dalle confezioni di cartone, con pretzel e liquirizia rossa come contorno.

«Domani c'è... una cosa,» disse Jack masticando del pollo speziato. «Abe Avendale sta per trasferirsi a Tucson e dà un party di addio a casa sua. Sono più o meno obbligato a fare una scappata. Farò più veloce che posso.»

«Uhm. Non è necessario.»

«Tu stai pure a casa. Non voglio lasciarti da solo tutta la se...»

«Vengo con te.»

Jack sbatté le palpebre, sorpreso. «Tu... davvero?»

D alzò le spalle. «Perché no. Frank dice che dovrei provare a parlare con la gente normale ogni tanto.»

«Sapevo che Frank era un tipo in gamba.» Jack fece un gran sorriso. «Be', ottimo. Oh, ho una notizia.»

«Cosa?»

«Ho parlato con il mio broker e dice che tra alcuni mesi dovrei essere in grado di pagarti metà della casa.»

D smise di masticare, poi lentamente appoggiò il suo

cartone di noodles. «Ti avevo detto che non sei costretto a farlo.»

«Lo so. Ma io voglio.»

«Ho comprato questa casa per te. Non devi pagarmi la metà.»

«Non *voglio* che tu mi compri una casa, Anson. Non è un regalino, come una cravatta o una bici. È qualcosa che dovremmo condividere.»

«Perché non mi lasci fare come mi va?» chiese D, sempre più agitato. «Lascia che usi questo maledetto denaro per qualcosa di buono e lavi via la macchia del modo in cui l'ho guadagnato!»

«Va bene, l'hai speso per qualcosa di buono. Ora ti pagherò la metà con i soldi che ho fatto ricostruendo facce. Quelli sono puliti, no?»

«Perché devi essere così testardo?»

«Perché non sono la tua mogliettina, D!» esclamò Jack. «Non mi metterò a fare la casalinga come una moglie ordinata per posta! Non ho bisogno che tu mi mantenga. Sai quanto guadagno? Cos'altro devo fare con tutti quei soldi? Comprare macchine di lusso e caffè di qualità extra?»

«Hai sempre detto di voler viaggiare.»

«E mi piacerebbe da matti, ma tu non vuoi andare da nessuna parte.»

«Ma siamo andati in vari posti!»

«Sì, abbiamo fatto il nostro giretto, ma da quando hai iniziato a lavorare sono riuscito solo a portarti a Hocking Hills per il week-end.»

D si incupì. «Non ti piace Hocking Hills?»

«Mi piace ma...» Jack lo osservò. «Cosa?»

«Volevo portartici il prossimo fine settimana. Una volta che avrai operato il bambino.»

Jack abbassò le spalle. «Ah. Be'... è carino da parte tua. Ma se ci sono delle complicazioni post-operatorie non potrò spostarmi.»

«Il bambino se la caverà. Noi affitteremo una baita e passeremo tutto il tempo nella vasca idromassaggio.»

Lui annuì. «Okay, D. Okay.»

Due di notte. D era ancora sveglio. Giaceva a letto tenendo tra le braccia Jack, beatamente addormentato, il cui respiro gli muoveva i peli radi del petto. Dopo la cena improvvisata si erano accoccolati sul divano sotto una coperta e avevano guardato le notizie, poi Jack lo aveva preso per mano e portato su in camera, dove avevano fatto di nuovo l'amore, con maggior lentezza e cura, lasciando da parte ogni discussione inquietante.

Guardò il viso di Jack, le ciglia nere contro la guancia. Sollevò un dito e gli arruffò la peluria morbida alla base del collo, percependo una sorta di bolla di contentezza che gli si gonfiava nel petto. Una sensazione sempre strana ogni volta che gli capitava, sempre sorprendente: ancora non credeva che un'emozione del genere potesse appartenere a lui.

D non aveva mai immaginato di poter essere felice come lo era con Jack. La loro relazione non era perfetta. Le sue lunghe assenze pesavano su entrambi. La sua felicità era costantemente guastata dal timore che qualcuno gliela portasse via, per non menzionare la convinzione di non meritarsela. Il suo istinto di protezione faceva uscire di testa Jack. E, dal canto suo, la scarsa cautela di Jack riguardo alla propria sicurezza e la libertà con cui diffondeva i loro dettagli privati facevano uscire di testa D. E sempre, sempre presente era l'elefante nella stanza, quello che entrambi vedevano ma di cui nessuno dei due discuteva: il passato criminale di D e quel che aveva fatto per garantire l'incolumità a Jack.

D doveva convincere se stesso che quelle cose si potessero superare. Non sapeva se sarebbe stato in grado di cambiare. Spesso ne dubitava, e aspettava solo il giorno in cui Jack si sarebbe stufato e lui lo avrebbe perso. Ma per adesso si godeva la gioia che gli nasceva dentro quando tornava a casa e il suo uomo gli sorrideva, facendo quel gran sorriso felice che sembrava dire che sì, D era proprio ciò che mancava per completare la vita di Jack. D poteva rilassarsi in compagna di qualcuno che lo conosceva e accettava davvero, anche se non riusciva a capire come fosse possibile. Sentiva Jack chiamarlo "Anson" e gli sembrava che quel nome fosse di nuovo suo.

Ed era tutto… pieno di pace. La vita con lui era piena di pace, una cosa che alla sua anima pareva strana. Anche se Jack cercava in continuazione di farlo partecipare maggiormente a ciò che gli succedeva intorno, più di quanto D avrebbe gradito. Ma se era quello che voleva, lui lo avrebbe tollerato.

Non si era mai neanche sognato il tipo di vita sessuale che aveva adesso. I suoi rapporti con Sharon erano stati frettolosi, di routine, piacevoli ma non indispensabili. Il sesso con Jack, invece, era… be', non era sicuro di poterlo descrivere. Era umiliante pensare che se Jack avesse voluto, lui si sarebbe messo ad ansimare come un cane e a strisciare ai suoi piedi. Davanti al desiderio che provava per Jack era privo di difese, e questo a volte gli faceva paura, anche se valeva la pena di rinunciare un po' al proprio autocontrollo.

Strinse un po' più forte Jack, che si stirò e tornò a mettere la testa nell'incavo della sua spalla, poi, sempre addormentato, si rilassò di nuovo.

Quella sera lo aveva quasi detto. Si era chiesto se fosse il momento giusto, e le parole gli erano quasi uscite. *Sposami, Jack. Lascia che ti metta un anello al dito così tutti vedranno che appartieni a qualcuno. Dimmi che sarà finché morte non ci separi. Promettimelo.*

Per quello c'era ancora tempo. Era tutto così nuovo.

Ma aveva dei progetti. Intenzioni e progetti. In cima alle priorità c'era proteggere quell'uomo che gli dormiva tra le braccia così fiducioso e aperto. Nessuno avrebbe mai fatto del male a Jack… e nessuno glielo avrebbe portato via.

Mai nella vita.

Jane Seville è un'autrice che vive a Columbus, in Ohio. Le piace leggere e scrivere di begli uomini che fanno cose sconce tra loro.

È cresciuta circondata da uomini gay: sua madre dirigeva il coro gay della zona. Poi ha frequentato un college femminile dove, indovinate un po', era circondata da donne gay.

Nonostante lei non sia omosessuale, Jane ha sempre avuto un profondo legame con il movimento dei diritti gay e continua a fare tutto ciò che può per aiutarli.

A Jane piace cucinare, gli show di VH1, fare bricolage e portare a spasso il suo Terranova.

www.ingramcontent.com/pod-product-compliance
Lightning Source LLC
Chambersburg PA
CBHW020825030726
47496CB00001B/94